大東急記念文庫善本叢刊 中古中世篇 別巻四

集古筆翰

影印篇

汲古書院

編修委員
簗島　裕
島津忠夫
井上宗雄
長谷川　強
岡崎久司

目次〈影印篇〉

凡例……七

筆者名一覧（五十音順）……九

集古筆翰

第一輯（宸翰其他）……三

目次……四

一—一　後柏原天皇　着到和歌懐紙断簡……五

一—二　後柏原天皇　着到和歌懐紙断簡……七

一—三　正親町天皇　詠草……九

一—四　後陽成天皇　書状……一〇

一—五　後水尾天皇　和歌色紙……一一

一—六　後西天皇　和歌懐紙……一二

一—七　伏見宮邦高親王　和歌懐紙……一三

一—八　青蓮院尊朝法親王　詠草……一四

一—九　青蓮院尊純法親王　詠草……一五

一—一〇　八条宮智仁親王　詠草……一六

一—一一　妙法院尭恕親王　書状……一七

一—一二　有栖川宮幸仁親王　書状……一八

一—一三　閑院宮典仁親王　書状……一九

一—一四　閑院宮美仁親王　詠草……二〇

第二輯（鎌倉室町時代）……二三

目次……二四

二—一　細川頼之　室町幕府管領奉書……二五

二—二　赤松義則　書状……二六

二—三　細川持賢　書状……二七

二—四　飛鳥井雅康　書状……二九

二—五　織田信長　朱印状……三〇

二—六　豊臣秀吉　朱印状……三一

二—七　鳥養宗慶　書状……三二

二—八　正親町三条実継　書状……三三

二—九　津田宗及　書状……三四

二—一〇　和久半左衛門　書状……三六

二—一一　鳥養宗慶　書状……三七

二—一二　蜷川親元　書状……三八

二—一三　聖守　聖教識語……三九

二—一四　筆者不詳　書状……四〇

二—一五　筆者不詳　書状……四一

二—一六　二条康道　書状……四二

二—一七　平時頼　詩懐紙……四三

二—一八　清原宣賢　『春秋左伝注疏』断簡……四四

二—一九　南化玄興　詩色紙……四五

二—二〇　悦渓宗悟　法語……四六

二—二一　仙嶽宗洞　狂詩……四七

二—二二　南甫□純　詩偈……四八

二—二三　勧修寺教秀　詩懐紙……四九

二—二四　中院通秀　詩懐紙……五〇

二—二五　三条西公条　詩懐紙……五一

二—二六　万里小路惟房　和歌懐紙……五二

二—二七　万里小路秀房　和歌懐紙……五三

二—二八　山科言継　和歌……五四

二—二九　等恵　和歌懐紙……五五

二—三〇　荒木田守晨・守武　和歌色紙……五六

二—三一　中院通勝　書状……五七

二—三二　大炊御門経孝　和歌懐紙……五八

二—三三　近衛前久　和歌懐紙……五九

二—三四　近衛信尹　詠草……六〇

二—三五　松永久秀　書状……六一

第三輯……六三

目次……六四

三—一　徳川家康　書状……六五

三—二　松平忠吉　請文……六六

三—三　徳川家綱　墨画……六八

三—四　伊達政宗　書状……七〇

三—五　伊達政宗　書状……七一

三—六　立花宗茂　書状……七二

三—七　福島正則　書状……七三

三—八　池田光政　書状 …… 七四
三—九　細川忠利　書状 …… 七五
三—一〇　大久保忠隣　書状 …… 七六
三—一一　後藤光次　書状 …… 七七
三—一二　片桐石州　書状 …… 七八
三—一三　小出秀政　書状 …… 七九
三—一四　松平信綱　書状 …… 八〇
三—一五　松花堂昭乗　書状 …… 八一
三—一六　岡本宣就　書状 …… 八二
三—一七　本阿弥光悦（本阿弥市三郎）　書状 …… 八三
三—一八　近衛信尋　書状 …… 八四
三—一九　土御門泰重　書状 …… 八五
三—二〇　文英清韓　書状 …… 八六
三—二一　別所重棟　書状 …… 八七
三—二二　藤堂高虎　書状 …… 八八
三—二三　板倉勝重　書状 …… 八九
三—二四　板倉重宗　書状 …… 九〇
三—二五　板倉重昌　書状 …… 九一
三—二六・二七　板倉重矩　書状 …… 九二
三—二八　板倉重矩　書状 …… 九四
三—二九　板倉重矩　書状 …… 九五
三—三〇・三一　板倉重矩　書状 …… 九六
三—三二　小堀宗甫　和歌 …… 九八
三—三三　古田織部　書状 …… 九九
三—三四　筆者不詳　書状 …… 一〇〇
三—三五　筆者不詳　書状 …… 一〇一
三—三六　筆者不詳　書状 …… 一〇二
三—三七　筆者不詳　書状 …… 一〇三
三—三八　一渓宗什　書状 …… 一〇四
三—三九　筆者不詳　書状 …… 一〇五
三—四〇　筆者不詳　陸游七言詩 …… 一〇六

第四輯 …… 一〇九

目次 …… 一一〇
四—一　伊藤東涯　詩稿 …… 一一一
四—二　伊藤東所　詩箋 …… 一一二
四—三　宇佐美灊水「王注老子序」稿本 …… 一一三
四—四　深見玄岱　詩箋 …… 一一四
四—五　湯浅常山　文稿 …… 一一五
四—六　細合半斎　詩懐紙 …… 一一七
四—七　細合半斎　書状 …… 一一八
四—八　野村公台　詩箋 …… 一一九
四—九　江村北海　詩箋 …… 一二〇
四—一〇　清田龍川　詩箋 …… 一二一
四—一一　山村蘇門　詩箋 …… 一二三
四—一二　南宮大湫　詩箋 …… 一二四
四—一三　龍草廬　詩箋 …… 一二五
四—一四　那波魯堂　詩箋 …… 一二六
四—一五　永田観鵞　詩箋 …… 一二七
四—一六　井上金峨　大字 …… 一二八
四—一七　山本北山　詩箋 …… 一二九
四—一八　村瀬栲亭　詩稿 …… 一三〇
四—一九　頼春水　詩箋 …… 一三一
四—二〇　赤松滄洲　詩箋 …… 一三二
四—二一　篠崎三島　詩箋 …… 一三三
四—二二　篠崎小竹　詩箋 …… 一三四
四—二三　柴秋村　詩箋 …… 一三五
四—二四　安積艮斎　扇面詩 …… 一三六
四—二五　関松窓　詩箋 …… 一三七
四—二六　林復斎　詩懐紙 …… 一三八
四—二七　古賀侗庵　大字 …… 一三九
四—二八　古賀侗庵　詩稿 …… 一四〇
四—二九　野村篁園　詩箋 …… 一四一
四—三〇　谷文晁　画論稿本 …… 一四二
四—三一　葛西因是　詩箋 …… 一四三
四—三二　月形順　詩箋 …… 一四四
四—三三　秋月韋軒　扇面詩 …… 一四五
四—三四　川田甕江　詩箋 …… 一四六
四—三五　岡松甕谷　詩箋 …… 一四七
四—三六　副島種臣　書状 …… 一四八
四—三七　近衛篤麿　詩箋 …… 一四九
四—三八　藤森弘庵　詩箋 …… 一五〇
四—三九　東条琴台　詩箋 …… 一五一
四—四〇　小島成斎　扇面詩 …… 一五二
四—四一　西周　王陽明文 …… 一五三
四—四二　小原鉄心　詩箋 …… 一五四
四—四三　福地桜痴　扇面詩 …… 一五五

四―四四　円山溟北　詩箋 …… 一五六
四―四五　西依成斎　詩箋 …… 一五七
四―四六　仁井田好古　詩箋 …… 一五八
四―四七　近藤守重　書状他（宋版摸刻ならびに解題刷物） …… 一五九
四―四八　中院通維　誓状 …… 一六〇
四―四九　泉　仲愛　歌序稿本 …… 一六一
四―五〇　蒲生君平　文稿 …… 一六三

第五輯 …… 一六五

目　次 …… 一六六
五―一　近衛家熙　般若心経 …… 一六七
五―二　深草元政　法華五文字論 …… 一六八
五―三　跡部良顕　『類聚国史』写本跋 …… 一六九
五―四　山科道安　詩懐紙 …… 一七〇
五―五　佐藤信淵　著作稿本零葉 …… 一七一
五―六　加藤千蔭　『万葉集略解』奥書 …… 一七三
五―七　曲亭馬琴　原稿料受領書 …… 一七三
五―八　伊勢貞丈　書付 …… 一七四
五―九　伊勢貞丈　『今川壁書』・『腰越状』識語 …… 一七五
五―一〇　近藤守重　『嘉慶上諭』題辞 …… 一七五
五―一一　河村秀根　『武佐志風土記』巻首・奥書 …… 一七六
五―一二　松花堂昭乗　大字 …… 一七八
五―一三　松尾芭蕉　源氏物語和歌抄出懐紙 …… 一七九
五―一四　池西言水　俳諧発句懐紙 …… 一八〇
五―一五　岡西惟中　俳諧句文懐紙 …… 一八一
五―一六　度会園女　歌文懐紙 …… 一八二
五―一七　建部綾足　俳諧発句懐紙 …… 一八三
五―一八　山本以南　句文懐紙 …… 一八四
五―一九　良寛・山本由之　漢詩七言絶句・和歌 …… 一八五
五―二〇　早川直温　和歌懐紙 …… 一八六
五―二一　豊蔵坊信海　狂歌懐紙 …… 一八七
五―二二　慈雲飲光　大灯国師遺誡 …… 一八八
五―二三　忍　鎧　詩懐紙 …… 一八九
五―二四　鯛屋貞柳　狂歌懐紙 …… 一九〇
五―二五　白隠慧鶴　大黒留守模様図自賛和歌 …… 一九一
五―二六　永田佐吉　和歌懐紙 …… 一九二
五―二七　大田南畝　文化十年春興 …… 一九三
五―二八　石川雅望　狂歌懐紙 …… 一九四
五―二九　巻　菱湖　発句懐紙 …… 一九五
五―三〇　伏原宣条　詩懐紙 …… 一九六
五―三一　南摩羽峯　詩懐紙 …… 一九七
五―三二　沢田東江　詩懐紙 …… 一九八
五―三三　岡本保考　書 …… 一九九
五―三四　渡辺素平　後撰集和歌 …… 二〇〇
五―三五　木村蒹葭堂　蘭文 …… 二〇一
五―三六　泊如運敞　大日経要文 …… 二〇二
五―三七　潮音道海　上堂法語 …… 二〇三
五―三八　九条尚実　詩 …… 二〇五
五―三九　尊　任　書状 …… 二〇六
五―四〇　梁川星巌　詩 …… 二〇七
五―四一　吉田松陰　文稿零葉 …… 二〇八
五―四二　日柳燕石　詩稿 …… 二〇九
五―四三　菊池澹如　詩 …… 二一〇
五―四四　大鳥圭介　大字 …… 二一一
五―四五　奥平毅斎　詩稿 …… 二一二
五―四六　樺島石梁　詩懐紙 …… 二一三
五―四七　寺門静軒　詩懐紙 …… 二一四
五―四八　柴野碧海　詩懐紙 …… 二一五
五―四九　大沼竹渓　詩懐紙 …… 二一六
五―五〇　倉成龍渚　詩懐紙 …… 二一七
五―五一　朱　緑池　賦 …… 二一八

第六輯（和歌） …… 二二一

目　次 …… 二二二
六―一　飛鳥井雅庸　和歌懐紙 …… 二二三
六―二　飛鳥井雅章　和歌懐紙 …… 二二四
六―三　飛鳥井雅宣　和歌懐紙 …… 二二五
六―四　中院通村　和歌懐紙 …… 二二六
六―五　中院通茂　和歌懐紙 …… 二二七
六―六　中院通躬　和歌懐紙 …… 二二八
六―七　中院通枝　和歌懐紙 …… 二二九
六―八　中院通枝　和歌懐紙 …… 二三〇

六―九　烏丸光広　書状……二三一
六―一〇　烏丸資慶　和歌懐紙……二三二
六―一一　烏丸光雄　和歌懐紙……二三三
六―一二　烏丸光栄　詠草……二三四
六―一三　烏丸光胤　和歌懐紙……二三五
六―一四　松井幸隆　和歌懐紙……二三六
六―一五　中原職忠　書状案……二三七
六―一六　望月長孝　和歌懐紙……二三八
六―一七　山本春正　和歌懐紙……二三九
六―一八　平間長雅　和歌懐紙……二四一
六―一九　有賀長伯　和歌懐紙……二四二
六―二〇　徳大寺公信　年号案……二四三
六―二一　小倉実起　和歌懐紙……二四四
六―二二　正親町公通　和歌懐紙……二四五
六―二三　正親町公通　自画賛……二四六
六―二四　武者小路実陰　和歌懐紙……二四七
六―二五　上冷泉為村　和歌……二四八
六―二六　日野資枝　和歌懐紙……二四九
六―二七　日野資枝　詠草……二五〇
六―二八　芝山持豊　和歌懐紙……二五一
六―二九　滋野井公澄　和歌懐紙……二五二
六―三〇　滋野井公麗　願文……二五三
六―三一　滋野井公麗　詠草……二五四
六―三二　近衛家煕　和歌懐紙……二五五
六―三三　成島信遍　和歌懐紙……二五六
六―三四　西洞院時名　和歌懐紙……二五七
六―三五　三条実万　和歌懐紙……二五九
六―三六　千種有功　自画賛……二六〇
六―三七　千種有文・有任　画賛……二六一
六―三八　久我建通　和歌懐紙……二六二
六―三九　澄　月　和歌懐紙……二六三
六―四〇　伴　蒿蹊　和文・和歌懐紙……二六四
六―四一　慈　延　和歌懐紙……二六五
六―四二　小沢蘆庵　和歌懐紙……二六六
六―四三　橋本経亮　詠草……二六七
六―四四　居　忠　和歌懐紙……二六八
六―四五　皆川淇園・慈延　和歌懐紙……二六九
六―四六　有賀長収　和歌懐紙……二七〇
六―四七　有賀長因　和歌懐紙……二七一
六―四八　香川景柄　和歌懐紙……二七二
六―四九　山本清渓　和歌色紙……二七三
六―五〇　小野高潔　和歌懐紙……二七四

第七輯（和　歌）……二七七

目　次……二七八
七―一　加藤千蔭　和歌懐紙……二七九
七―二　村田春海　詠草……二八〇
七―三　栗田土満　和歌懐紙……二八一
七―四　内山真龍　扇面画……二八二
七―五　荒木田久老　和歌懐紙……二八三
七―六　清原雄風　詠草……二八四
七―七　本居大平　和歌懐紙……二八五
七―八　本居内遠　和歌懐紙……二八六
七―九　本居豊穎　和歌懐紙……二八七
七―一〇　伴　信友　長歌……二八八
七―一一　足代弘訓　和歌懐紙……二八九
七―一二　鬼嶋広蔭　和歌懐紙……二九〇
七―一三　熊谷直好　和歌懐紙……二九一
七―一四　木下幸文　詠草……二九二
七―一五　渡　忠秋　和歌懐紙……二九三
七―一六　高田与清　和歌懐紙……二九四
七―一七　岸本由豆流　扇面和歌……二九五
七―一八　岩下貞融　和歌懐紙……二九六
七―一九　中島広足　詠草……二九七
七―二〇　木原楯臣　和歌懐紙……二九八
七―二一　香川景樹　和歌懐紙……二九九
七―二二　清水浜臣　長歌……三〇〇
七―二三　橘　守部　和歌……三〇一
七―二四　大田垣蓮月　和歌懐紙……三〇二
七―二五　井上文雄　和歌懐紙……三〇三
七―二六　海野幸典　和歌……三〇四
七―二七　高崎正風　和歌懐紙……三〇五
七―二八　小杉榲邨　長歌……三〇六
七―二九　権田直助　和歌……三〇七
七―三〇　谷森善臣　文並びに歌……三〇八

第八輯（和　歌）……三一一

目　次……三一二

八―一　黒川春村　和歌……三一三
八―二　黒川真頼　和歌懐紙……三一四
八―三　賀茂季鷹　和歌懐紙……三一五
八―四　斎藤彦麿　和歌……三一六
八―五　伊達千広　文並びに歌……三一七
八―六　山田常典　和歌懐紙……三一八
八―七　横山由清　和歌懐紙……三一九
八―八　横山由清　文……三二〇
八―九　鈴木重嶺　長歌……三二一
八―一〇　鈴木重嶺　和歌懐紙……三二二
八―一一　大沢清臣　和歌懐紙……三二三
八―一二　佐々木弘綱　和歌懐紙……三二四
八―一三　木村定良　七夕和歌……三二五
八―一四　木村定良　詩懐紙……三二六
八―一五　豊田長敦　歌文懐紙……三二七
八―一六　堀　秀成　和歌懐紙……三二八
八―一七　御巫清直　和歌懐紙……三二九
八―一八　前田夏蔭　和歌懐紙……三三〇
八―一九　田中頼庸　和歌懐紙……三三一
八―二〇　小中村清矩　和歌懐紙……三三二
八―二一　近藤芳樹　平塚瓢斎著『赤城年鑑』
序文……三三三
八―二二　野之口隆正　和歌懐紙……三三四
八―二三　野之口隆正　詩懐紙……三三五

第九輯（伊吹の狭霧）……三三七

目　次……三三八
九―一　藤井高尚　歌文懐紙……三三九
九―二　新庄道雄　和歌懐紙……三四〇
九―三　八田知紀　歌文懐紙……三四一
九―四　西田直養　歌文懐紙……三四二
九―五　猿渡容盛　長歌および反歌懐紙……三四三
九―六　渋谷秋守　長歌および反歌懐紙……三四四
九―七　久米幹文　和歌懐紙……三四五
九―八　岩崎長世　長歌および反歌懐紙……三四六
九―九　六人部是香　長歌および反歌懐紙……三四八
九―一〇　黒沢翁満　長歌および反歌懐紙……三五〇

第十輯……三五三

目　次……三五四
一〇―一　松平定信　和歌懐紙……三五五
一〇―二　堀田正敦　和歌懐紙……三五六
一〇―三　柳沢吉保　和歌懐紙……三五七
一〇―四　契　沖　『万葉代匠記』巻二
断簡……三五八
一〇―五　北村季吟　歌文懐紙……三五九
一〇―六　北村正立　和歌懐紙……三六〇
一〇―七　北村季文　歌文懐紙……三六一
一〇―八　似　雲　和歌懐紙……三六二
一〇―九　涌　蓮　月に雁画自賛和歌……三六三
一〇―一〇　裏松固禅　和歌懐紙……三六四
一〇―一一　賀茂真淵　詠草……三六五
一〇―一二　加藤枝直　和歌懐紙……三六六
一〇―一三　本居宣長　和歌懐紙……三六七
一〇―一四　平田篤胤　和歌……三六八
一〇―一五　富士谷御杖　和歌……三六九
一〇―一六　田中葵園　和歌入り書状……三七〇
一〇―一七　賀茂真淵　書状……三七一
一〇―一七裏　前田夏蔭　書状……三七二
一〇―一八　斎藤拙堂　扇面和歌……三七三
一〇―一九　中井甃庵　和歌……三七四
一〇―二〇　上田秋成　和歌懐紙……三七五
一〇―二一　山田方谷　扇面詩……三七六
一〇―二二　山田方谷　発句懐紙……三七七
一〇―二三　豪　潮　和歌懐紙……三七八
一〇―二四　屋代弘賢　『蘭亭序』臨書……三七九
一〇―二五　大地東川　詩懐紙……三八〇
一〇―二六　山脇滄洲　詩懐紙……三八一
一〇―二七　伴　玄通　詩懐紙……三八二
一〇―二八　伊藤幸野　詩懐紙……三八三
一〇―二九　江村北海　詩懐紙……三八六
一〇―三〇　六　如　詩懐紙……三八七
一〇―三一　菅　茶山　詩……三八八

一〇―三二 宮崎筠圃 趙文敏筆紫芝歌跋……三八八
一〇―三三 巻 菱湖 詩懐紙……三八九
一〇―三四 貫名海屋 詩……三九〇
一〇―三五 岡本黄石 詩……三九一
一〇―三六 大沼枕山 詩……三九一
一〇―三七 小野湖山 詩……三九二
一〇―三八 赤塚芸庵 書状……三九三
一〇―三九 三好宗甫 書状……三九四
一〇―四〇 松平忠英 書状……三九五

凡　例〈影印篇〉

一、本冊は、萩野由之編輯の名家自筆資料集『集古筆翰』全十輯十帖の影印篇である。総説、書誌事項および各資料の翻字・解説は、分冊である翻字・解説篇に収録した。

二、各帖所収の全資料を原書の順に総て収録した。但し原書は通常、台紙各葉の表面にのみ資料が貼られているが、一部裏面にも表面の関連資料が貼り込まれている場合がある。本影印では表紙・裏表紙も含め裏面が白紙の場合は順次資料ごとに頁を追い込んで編成し、また横長の資料については分割して数頁に分けて収載した。それらの理由により、原書一葉の表裏の位置関係は、本影印では再現されていない。

三、原則として原書の台紙一葉を縮小して一頁に影印したが、収録しきれない横長の資料は数頁に亘って収録した。また文字の小さい資料は適宜縮率を調整した。原資料の本紙の大きさは翻字・解説篇に記載した。

四、萩野による極めや注記の墨書もそのまま収録した。本紙が横長などの理由でそれらが裏面にある場合は、その部分を影印の左端に収めた。

五、影印の柱は、整理番号と見出しから成る。

1　整理番号は、原書の輯数と各輯における収載順の番号との組み合わせによる。

2　見出しは、筆者名に資料の内容や形態を示す名称を組み合わせて示した。筆者名は、通行の名称を採用した。なお、調査により筆者が萩野の極めとは別人であると判明した場合は、その人名を採った。そのため極めの人名と影印の柱とが一致しない場合がある。名称はジャンル、形態を勘案し、適宜「詩懐紙」「扇面詩」「詠草」「書状」などのように略記した。

3　第二項に示した、原書の台紙裏面に貼り込まれた関連資料については、表面と同じ見出しのあとに「(裏)」と表示した。

筆者名一覧（五十音順）〈影印篇〉

※筆者名は見出しによる

あ

赤塚芸庵……三九三
赤松滄洲……一三三
赤松義則……二六
秋月韋軒……一四五
安積艮斎……一三六
足代弘訓……一六九
飛鳥井雅章……二四
飛鳥井雅庸……二三三
飛鳥井雅宣……二三五
飛鳥井雅康……二九
跡部良顕……一六九
荒木田久老……二八三
荒木田守晨……五六
荒木田守武……五六
有栖川宮幸仁親王……一八
有賀長因……二七一
有賀長収……二七〇
有賀長伯……二四二

い

池田光政……七四
池西言水……一八〇
石川雅望……一九四
泉　仲愛……一六一
伊勢貞丈……一七四・一七五
板倉勝重……八九
板倉重矩……九二・九三・九四・九五・九六・九七
板倉重昌……九一
板倉重宗……九〇
一渓宗什……一〇四
伊藤莘野……三八三
伊藤東涯……一一一
伊藤東所……一一二
井上金峨……一二八
井上文雄……三〇三
岩崎長世……三四六
岩下貞融……二九六

う

上田秋成……三七五
宇佐美灊水……一一二
内山真龍……一八二
裏松固禅……三六四
海野幸典……三〇四

え

悦渓宗悟……一四六
江村北海……一二〇・三八六

お

大炊御門経孝……五八
正親町公通……二四五・二四六
正親町三条実継……三一
正親町天皇……九
大久保忠隣……七六
大沢清臣……三三三
大田垣蓮月……三〇二
大田南畝……一九三
大地東川……三八〇
大鳥圭介……二一一
大沼竹渓……二一六
大沼枕山……三九一
岡西惟中……一八一
岡松甕谷……一四七
岡本黄石……三九一
岡本宣就……八二
岡本保考……一九九
奥平毅斎……二一二
小倉実起……一四四
小沢蘆庵……二六六
織田信長……三〇
小野湖山……三九二
小野高潔……二七四
小原鉄心……一五四

か

香川景樹……二九九
香川景柄……二七二
葛西因是……一四三
勧修寺教秀……四九
片桐石州……七八
加藤枝直……三六六
加藤千蔭……一七三・二七九
樺島石梁……二一三
上冷泉為村……二四八
蒲生君平……一六二
賀茂季鷹……三一五
賀茂真淵……三六五・三七一
烏丸資慶……二三二
烏丸光雄……二三三
烏丸光胤……二三五
烏丸光栄……二三四
烏丸光広……二三一
川田甕江……一四六
河村秀根……一七六
閑院宮典仁親王……一九
閑院宮美仁親王……二〇
菅　茶山……三八八

き

菊池澹如……二一〇
鬼嶋広蔭……二九〇
岸本由豆流……二九五
北村季吟……三五九
北村季文……三六一
北村正立……三六〇
木下幸文……二九二
木原楯臣……二九八
木村蒹葭堂……二〇一
木村定良……三三五・三三六
曲亭馬琴……一七三
居　忠……二六八

清原雄風……二八四
清原宣賢……四四

く

日柳燕石……二〇九
九条尚実……二〇五
熊谷直好……二九一
久米幹文……三四五
倉成龍渚……二一七
栗田土満……二八一
黒川春村……三一三
黒川真頼……三一四
黒沢翁満……三五〇

け

契　沖……三五八

こ

小出秀政……七九
豪　潮……三七八
後柏原天皇……五・七
久我建通……二六二
古賀侗庵……一三九・一四〇
後西天皇……一二
小島成斎……一五二
小杉榲邨……三〇六
後藤光次……七七
小中村清矩……三三二
近衛篤麿……一四九
近衛家熙……一六七・二五五
近衛前久……五九
近衛信尹……六〇
近衛信尋……八四
小堀宗甫……九八
後水尾天皇……一一
後陽成天皇……一〇
権田直助……三〇七
近藤守重……一五九・一七五
近藤芳樹……三三三

さ

斎藤拙堂……一七三
斎藤彦麿……三一六
佐々木弘綱……三一四
佐藤信淵……一七一
沢田東江……一九八
猿渡容盛……三四三
三条実万……二五九
三条西公条……五一

し

似　雲……三六二
慈雲飲光……一八八
慈　延……二六五・二六九
滋野井公麗……二五三・二五四
滋野井公澄……二五二
篠崎三島……一三三
篠崎小竹……一三四
柴　秋村……一三五
柴野碧海……二一五
芝山持豊……二五一
渋谷秋守……三四四
清水浜臣……三〇〇
朱　緑池……二一八
松花堂昭乗……八一・一七八
聖　守……三九
青蓮院尊純法親王……一五
青蓮院尊朝法親王……一四
新庄道雄……三四〇

す

鈴木重嶺……三三二・三三三

せ

清田龍川……一二一
関　松窓……一三七
仙嶽宗洞……四七

そ

副島種臣……一四八
尊　任……二〇六

た

鯛屋貞柳……一九〇
平　時頼……四三
高崎正風……三〇五
高田与清……二九四
建部綾足……一八三
立花宗茂……七二
橘　守部……三〇一
伊達千広……三一七
伊達政宗……七〇・七一
田中葵園……三七〇
田中頼庸……三三一
谷　文晁……一四二
谷森善臣……三〇八

ち

千種有功……二六〇
千種有任……二六一
千種有文……二六一
潮音道海……二〇三
澄　月……二六三

つ

月形　順……一四四
津田宗及……三四

て

土御門泰重……八五
寺門静軒……二一四

と

等　恵……五五
東条琴台……一五一
藤堂高虎……八八
徳川家綱……六八
徳川家康……六五
徳大寺公信……二四三
豊田長敦……三一七
豊臣秀吉……三一
鳥養宗慶……三・三七

な

中井甃庵……三七四
中島広足……二九七
永田観鵞……二一七
永田佐吉……一九二
中院通枝……二三〇

中院通勝……五七
中院通維……一六〇
中院通茂……二三七・二三八
中院通秀……五〇
中院通躬……二三九
中院通村……二三六
中原職忠……二三七
那波魯堂……二二六
成島信遍……二五六
南化玄興……四五
南宮大湫……二二四
南甫□純……四八
南摩羽峯……一九七

に

仁井田好古……一五八
西　周……一五三
西田直養……二四二
西洞院時名……二五七
二条康道……四二
西依成斎……一五七
蜷川親元……三八
忍　鎧……一八九

ぬ

貫名海屋……三九〇

の

野之口隆正……三三四・三三五
野村篁園……二四一
野村公台……一一九

は

白隠慧鶴……一九一
泊如運敞……二〇二
橋本経亮……二六七
八条宮智仁親王……一六
八田知紀……三四一
早川直温……一八六
林　復斎……一三八
伴　玄通……三八二
伴　蒿蹊……二六四
伴　信友……二八八

ひ

日野資枝……二四九・二五〇
平田篤胤……三六八
平間長雅……二四一

ふ

深草元政……一六八
深見玄岱……一一四
福島正則……七三
福地桜痴……一五五
藤井高尚……三三九
富士谷御杖……三六九
伏原宣条……一九六
伏見宮邦高親王……一三
藤森弘庵……一五〇
古田織部……九九
文英清韓……八六

へ

別所重棟……八七

ほ

豊蔵坊信海……一八七
細合半斎……一一七・一一八
細川忠利……七五
細川持賢……二七
細川頼之……二五
堀田正敦……三五六
堀　秀成……三二八
本阿弥光悦（本阿弥市三郎）……八三

ま

前田夏蔭……三三〇・三七二
巻　菱湖……一九五・三八九
松井幸隆……二三六
松尾芭蕉……一七九
松平定信……三五五
松平忠英……三九五
松平忠吉……六六
松平信綱……八〇
松永久秀……六一
万里小路惟房……五二
万里小路秀房……五三
円山溟北……一五六

み

御巫清直……三三九
皆川淇園……二六九
宮崎筠圃……三八八
妙法院尭恕親王……一七
三好宗甫……三九四

む

武者小路実陰……二四七
六人部是香……三四八
村瀬栲亭……一三〇
村田春海……二八〇

も

望月長孝……一三八
本居内遠……二八六
本居大平……二八五
本居豊穎……二八七
本居宣長……三六七

や

屋代弘賢……三七九
梁川星巌……二〇七
柳沢吉保……三五七
山科道安……一七〇
山科言継……五四
山田常典……三一八
山田方谷……三七六・三七七
山村蘇門……一二三
山本以南……一八四
山本春正……一三九
山本清渓……一七三
山本北山……一二九
山本由之……一八五
山脇滄洲……三八一

ゆ

湯浅常山……一一五

よ

涌　蓮……三六三
横山由清……三一九・三二〇
吉田松陰……二〇八

ら

頼　春水……一三一

り

六　如……三八七
龍　草廬……一二五
良　寛……一八五

わ

和久半左衛門……三六
渡辺素平……二〇〇
度会園女……一八二
渡　忠秋……二九三

筆者不詳……四〇・四一・一〇〇・一〇一・一〇二・一〇三・一〇五・一〇六

集古筆翰

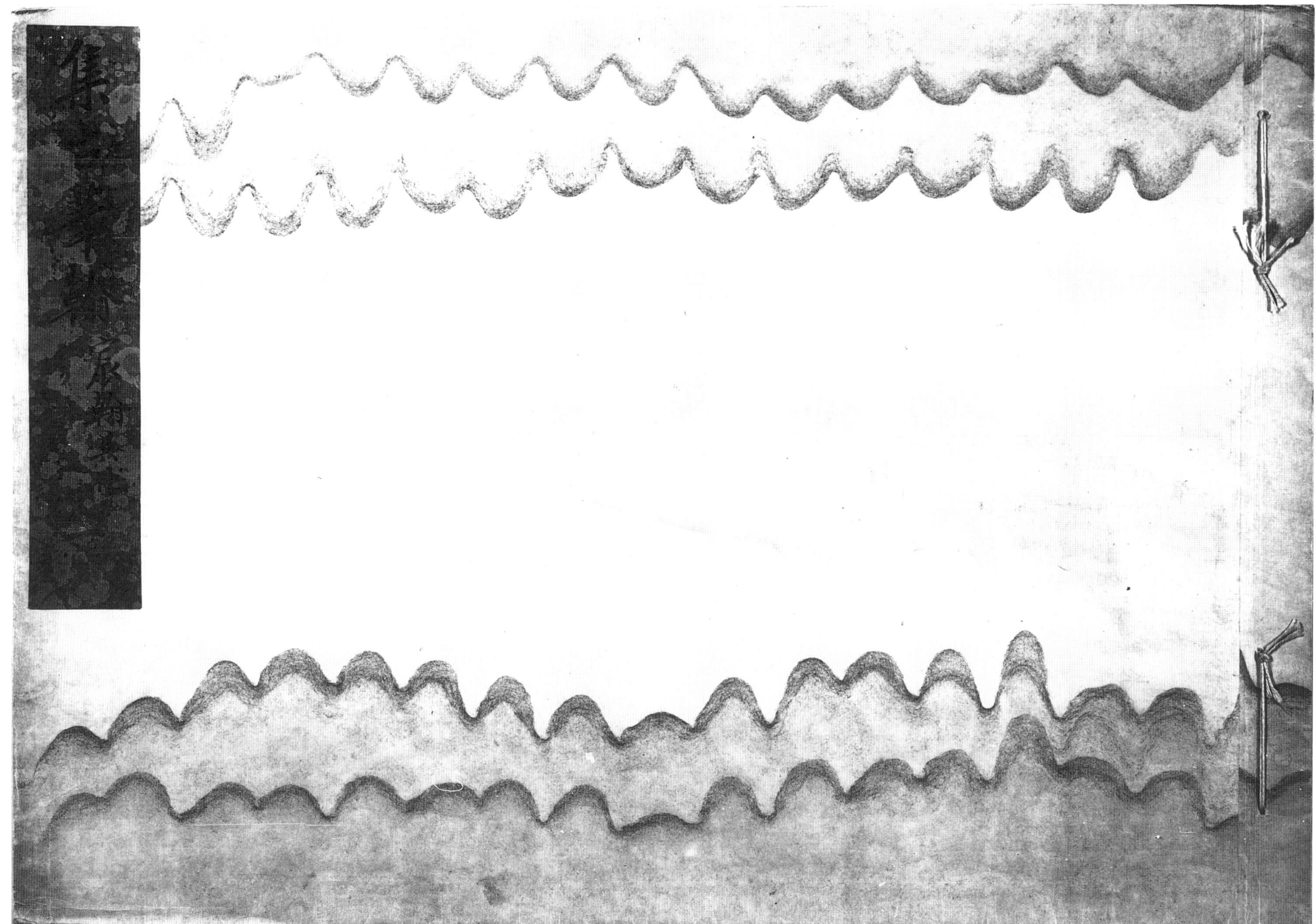

集古筆翰第一輯

目次

後柏原院天皇御着到懐紙 水鳥

同上 照射

正親町院天皇御詠草 後奈良院天皇御加筆 弘治二年正月

後陽成院天皇御消息

後水尾院天皇御製

後西院天皇御懐紙 詠寒松

伏見宮邦高親王 後土御門院御猶子 懐紙

青蓮院宮尊朝親王 天正十二年詠草

尊純親王 元和五年詠草

八條宮智仁親王 元和六年詠草

獅子吼院宮堯恕親王 消息

有栖川宮幸仁親王 消息

慶光天皇 閑院宮典仁親王消息 典仁親王之子

閑院宮美仁親王詠草

已上十四枚

後柏原院天皇御着到懐紙

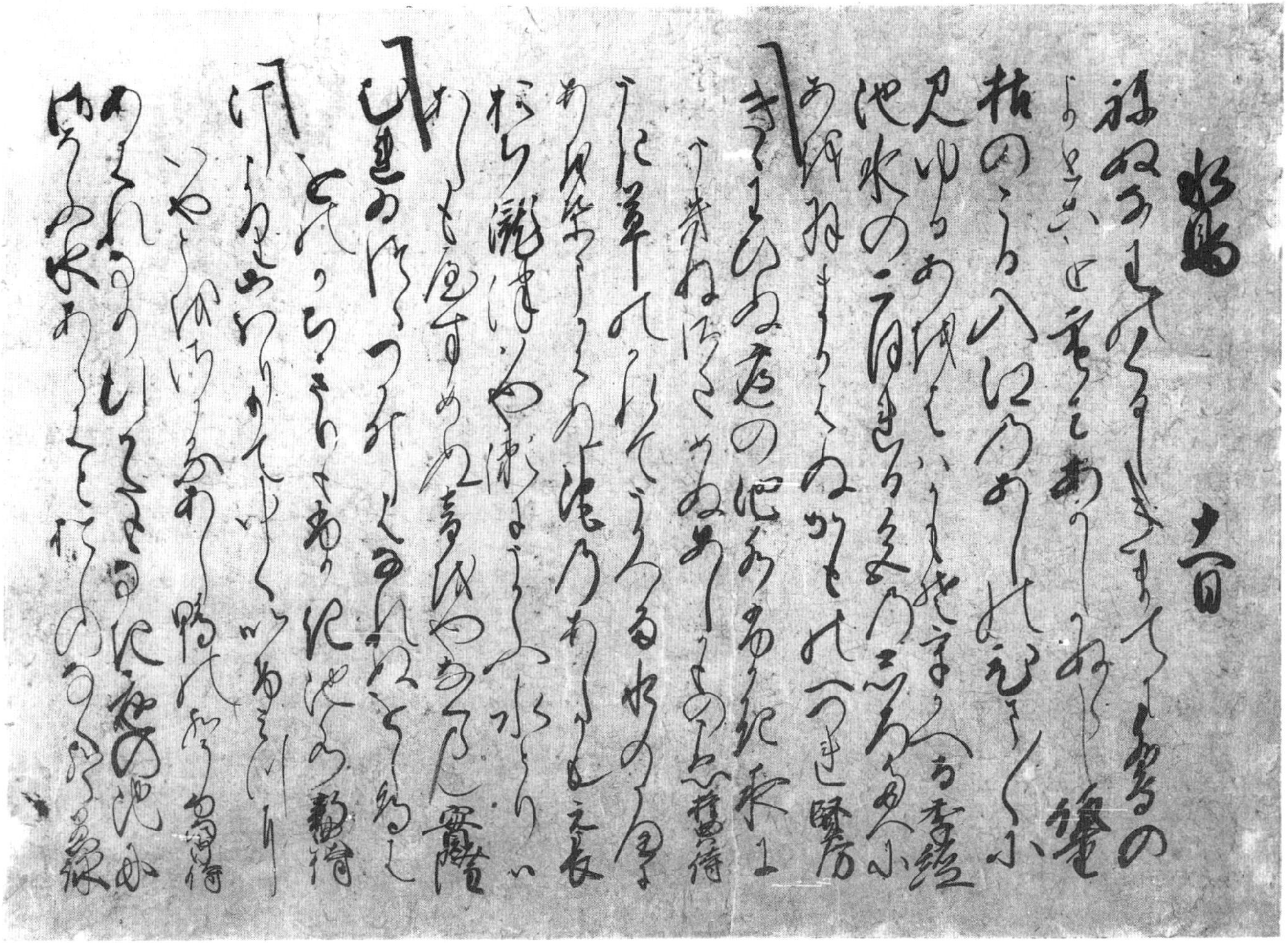

綾小路殿俊量卿
四辻殿季経卿
万里小路殿賢房卿
宮女権典侍
甘露寺殿元長卿
三条西殿実隆公
宮女新典侍
宮女勾当内侍
後柏原院

依或人之懇求而染禿筆以
證之而已

寛文四年
霜月下旬　牛庵清穏
隨世

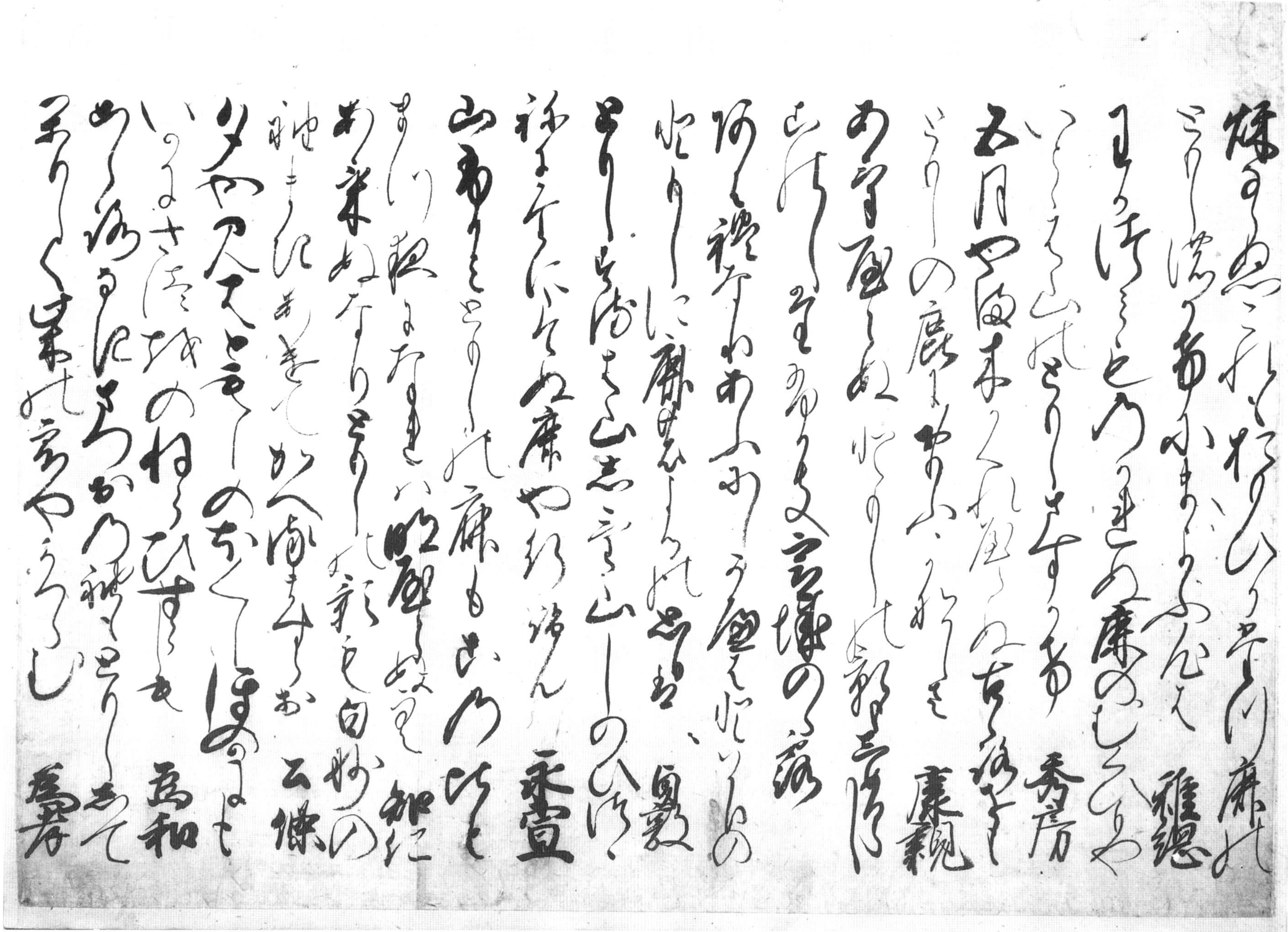

着到懐紙

照射和歌十首各筆 歌署交名如左

雅綱 飛鳥井 年卅三 未上公卿

秀房 萬里小路 藏人頭左中弁七月任参議 年廿九

康親 中山 從二位権中納言 年卅七

御 後柏原院天皇 壽五十八

貞敦 伏見宮邦高親王御子後柏原天皇猶子 御年卌

永宣 高倉 正二位前権中納言 年五十八

知仁 後奈良院天皇時在儲位 御年廿六

公條 三條西 正二位権大納言 年卅五

為和 上冷泉 正三位参議右衛門督 年廿七

為孝 下冷泉 從二位権中納言 年四十七

按永正十八年辛巳三月後柏原天皇即位八月改元大永是
歳九月為孝卿辞中納言下播州則此懐紙（之方在）成大永元年
五月因據公卿補任注作者官銜年歯以
資参考

集古筆翰 第一輯 一—四 後陽成天皇 書状

後陽成院天皇宸翰
御名周仁時ニ雅輔ト変名ヲ用ヰ給ヘリ詳ニ古畫備攷ニモ載セタリ

後水尾天皇宸翰

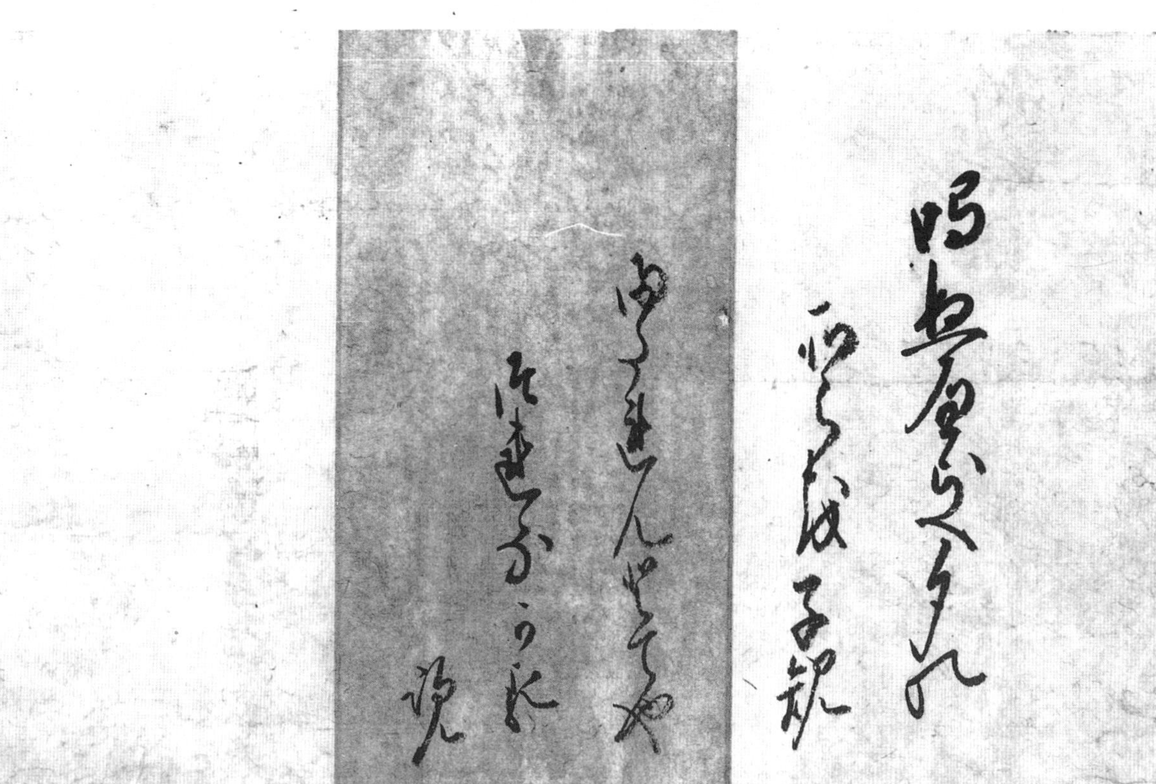

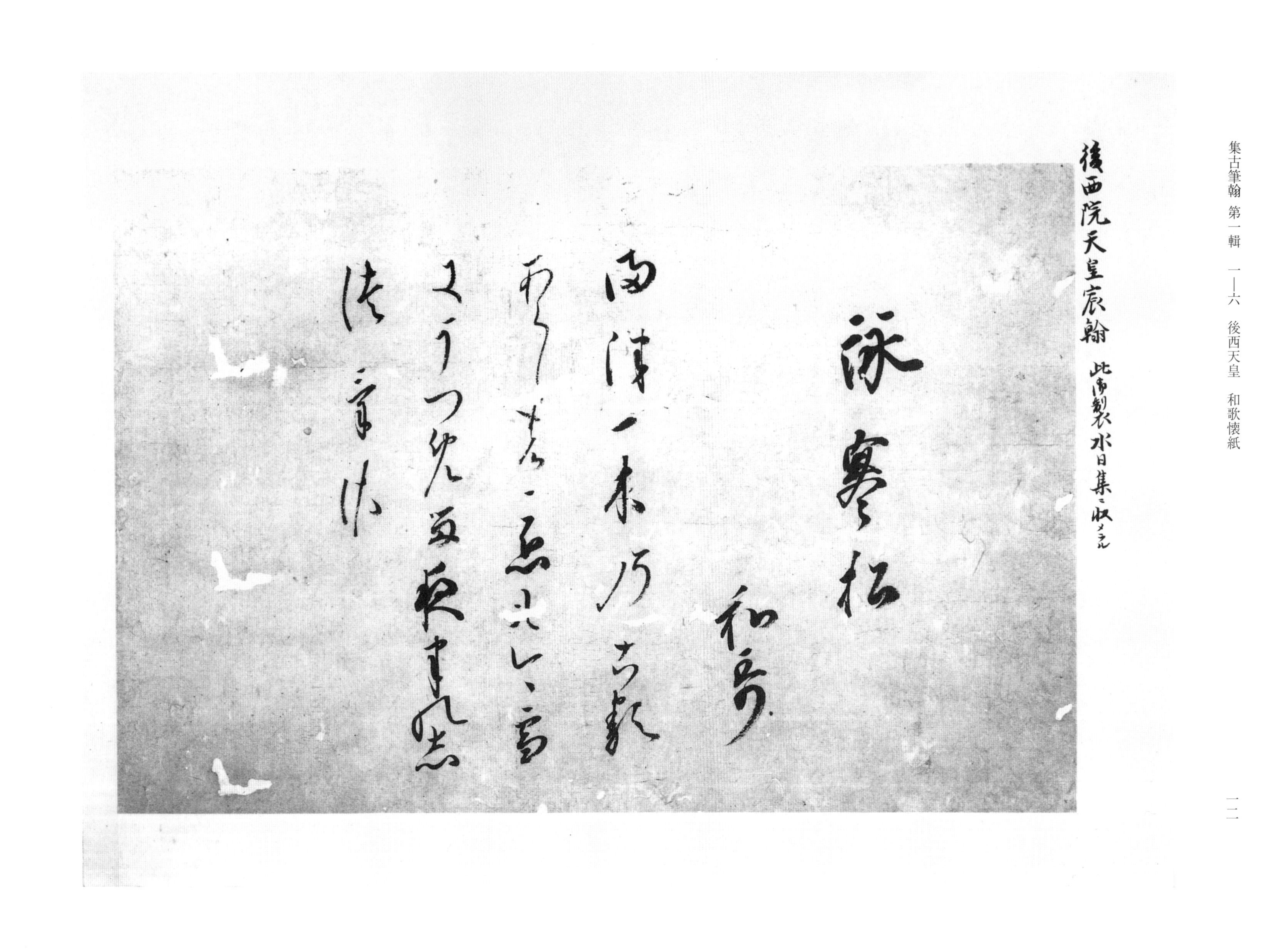

後西院天皇宸翰 此御製水日集ニ收メラル

詠寒松 和歌

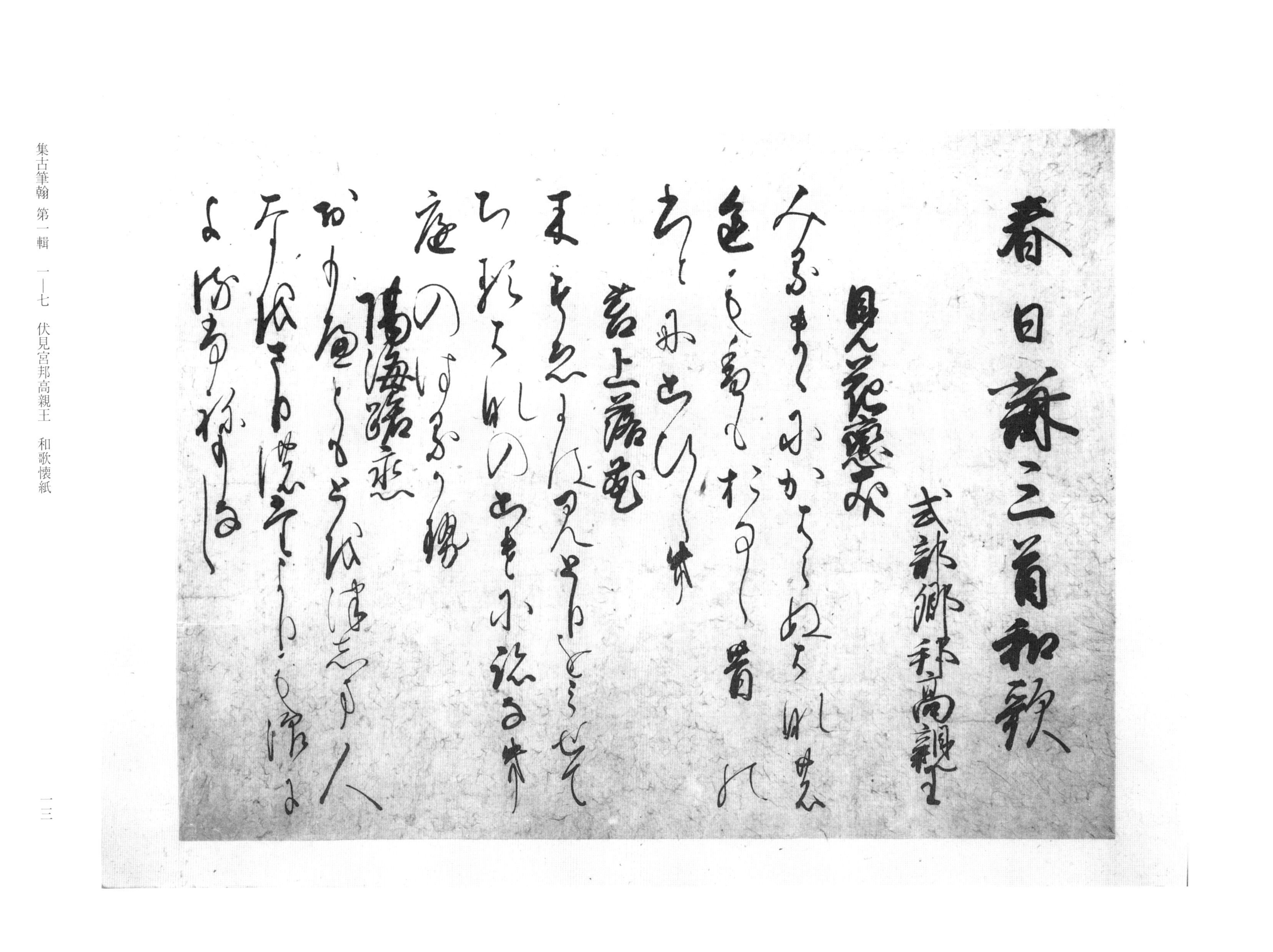

一―七 伏見宮邦高親王 和歌懐紙

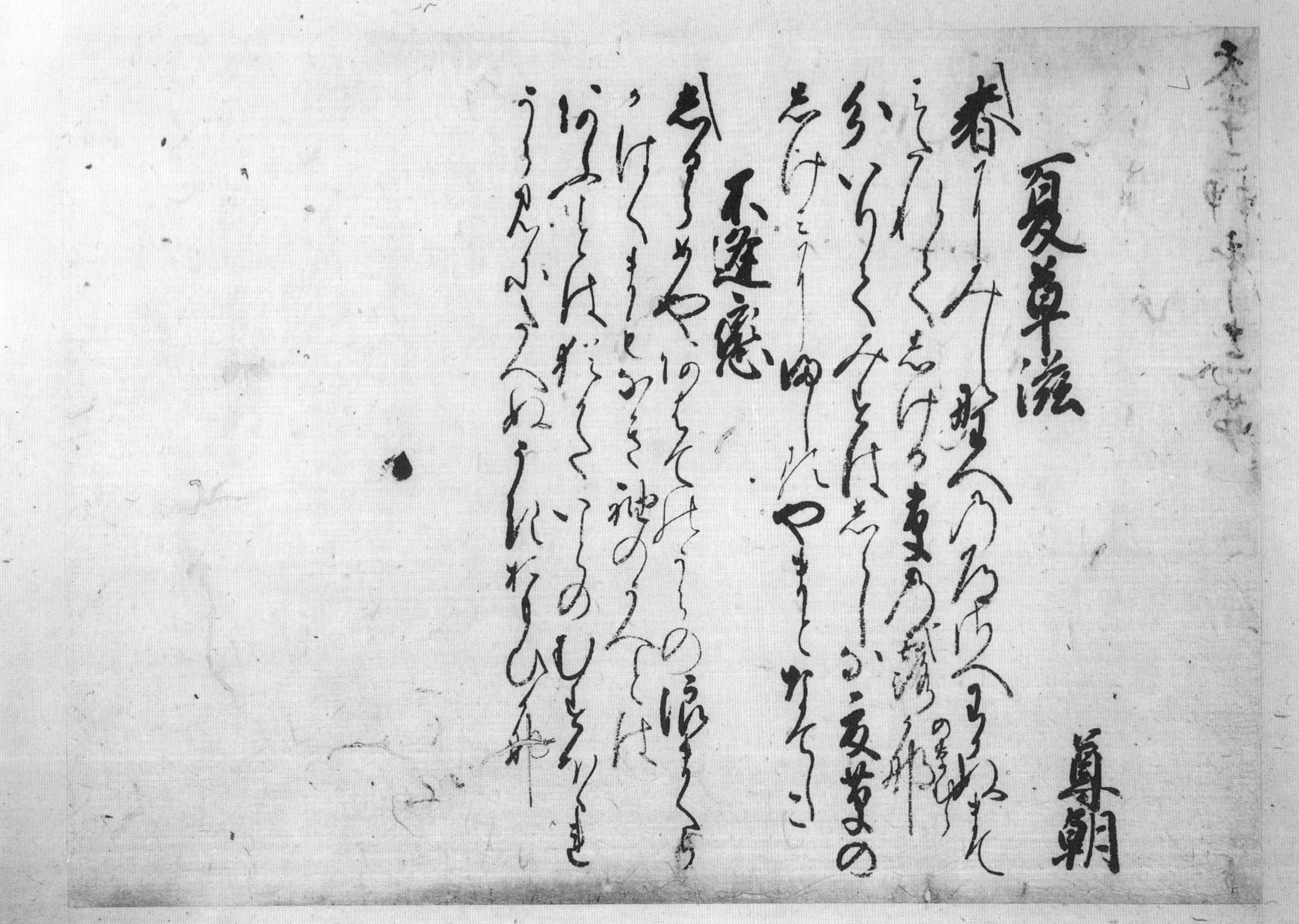

夏草滋

尊朝

不逢恋

一―一〇　八条宮智仁親王　詠草

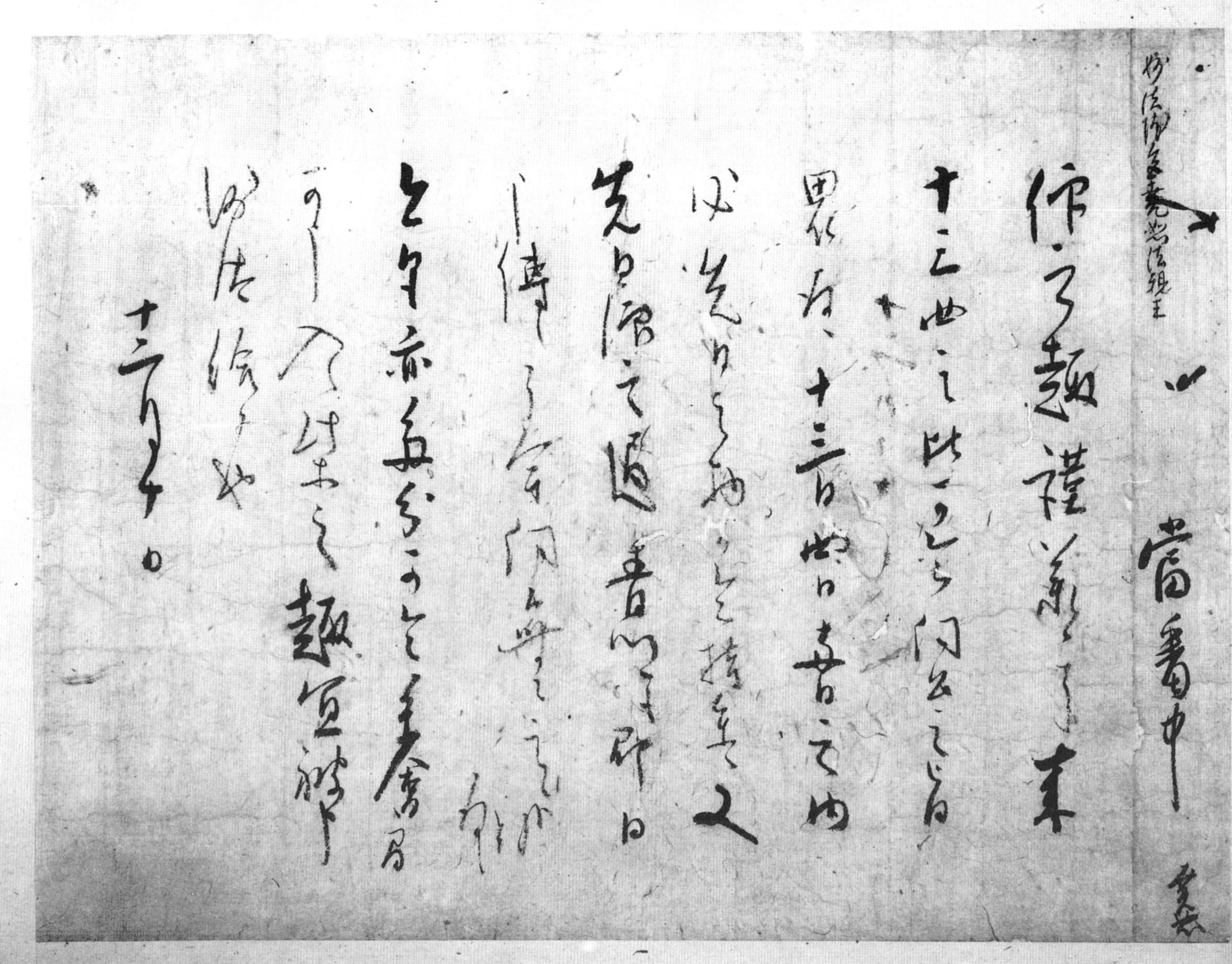

一—一一 妙法院尭恕親王 書状

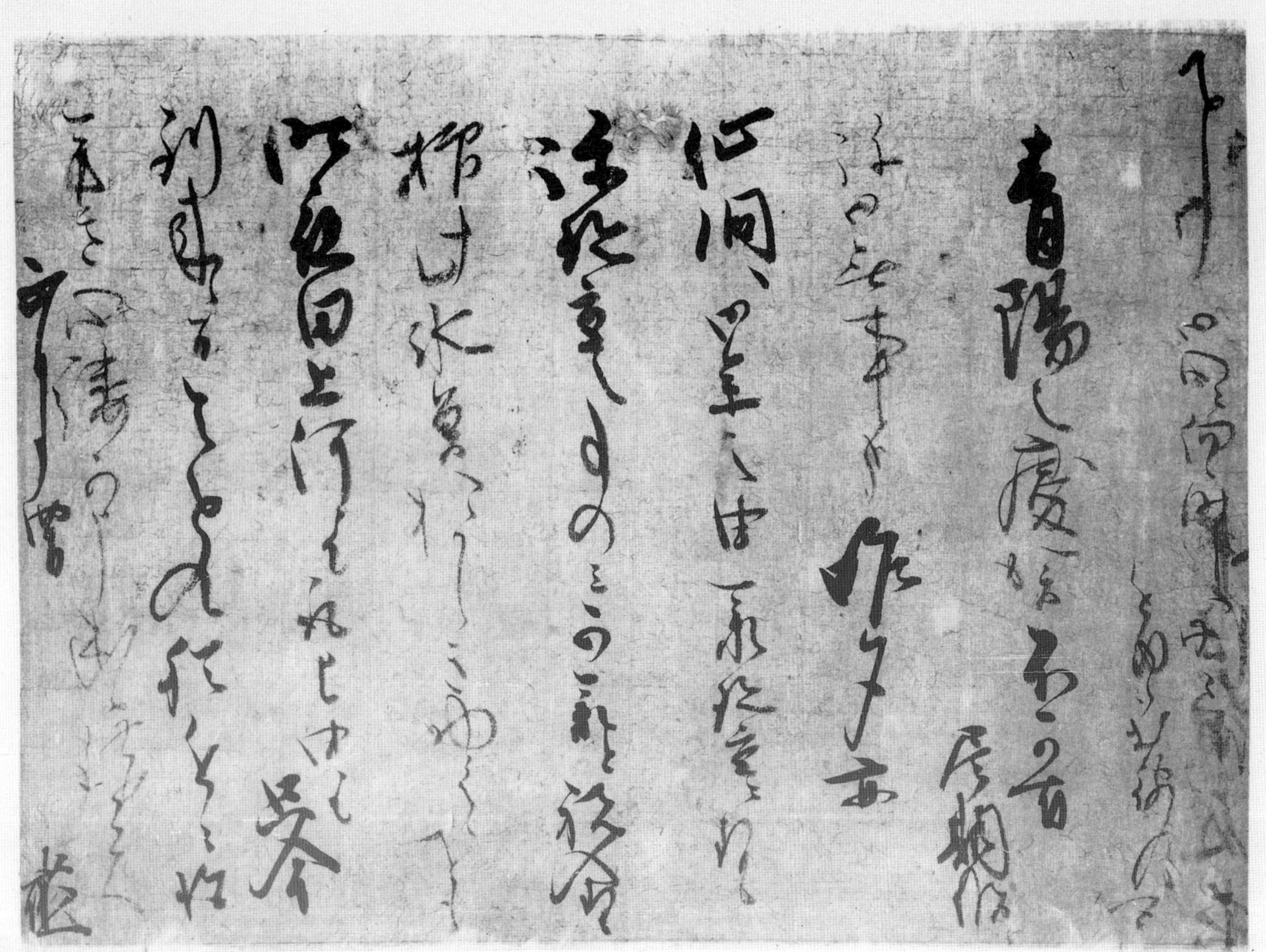

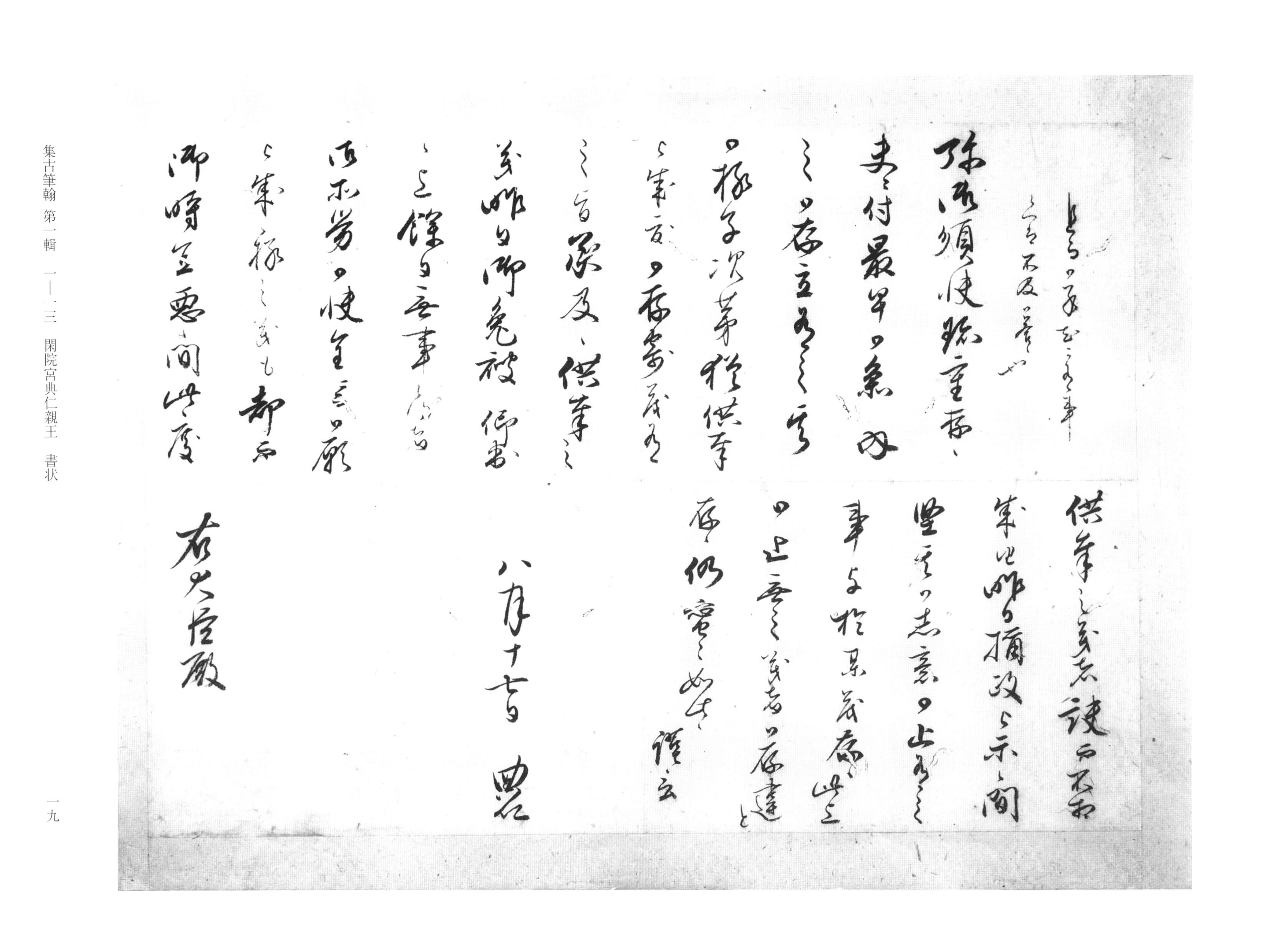

閑院宮美仁親王　典仁親王ノ王子

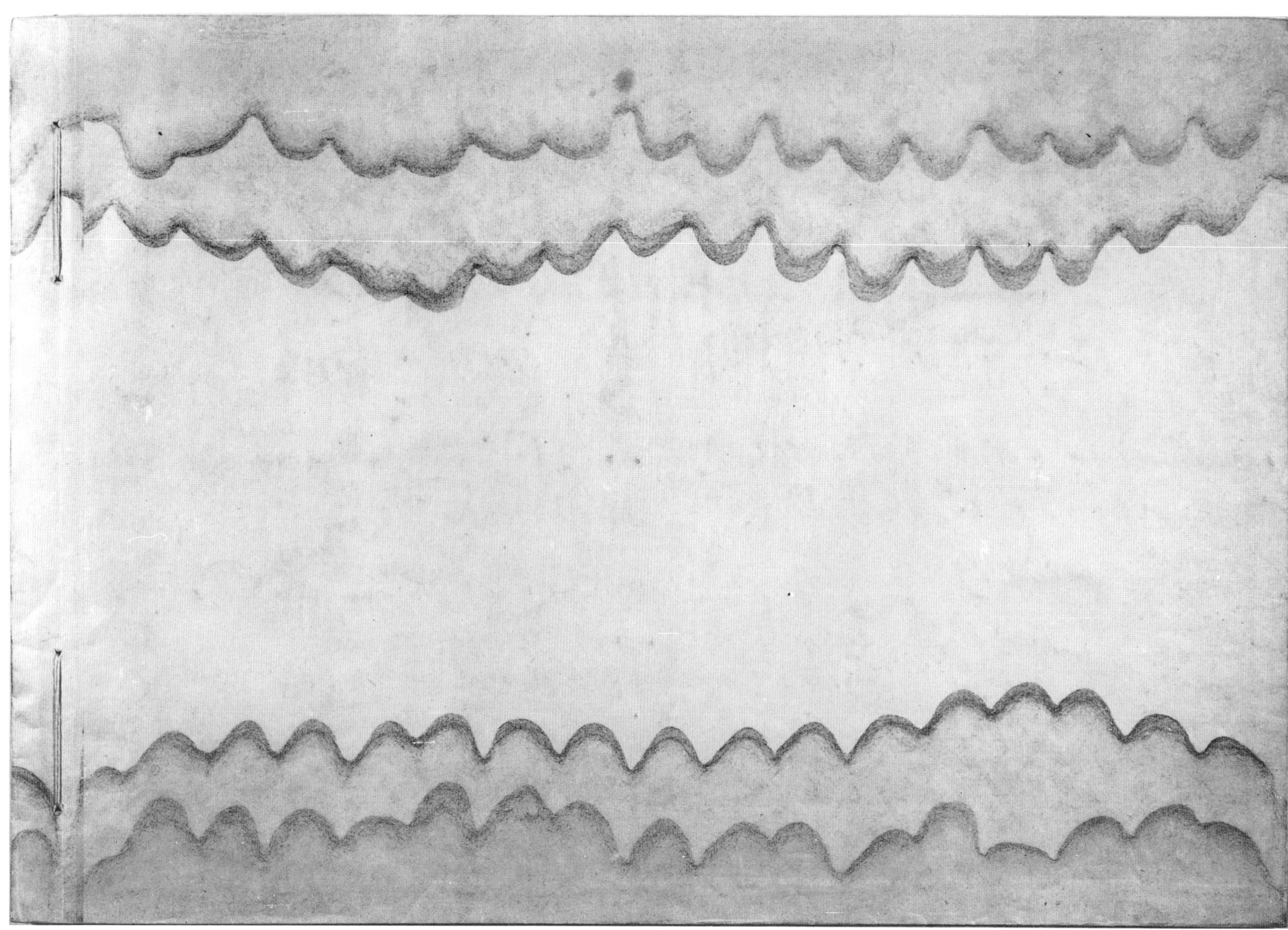

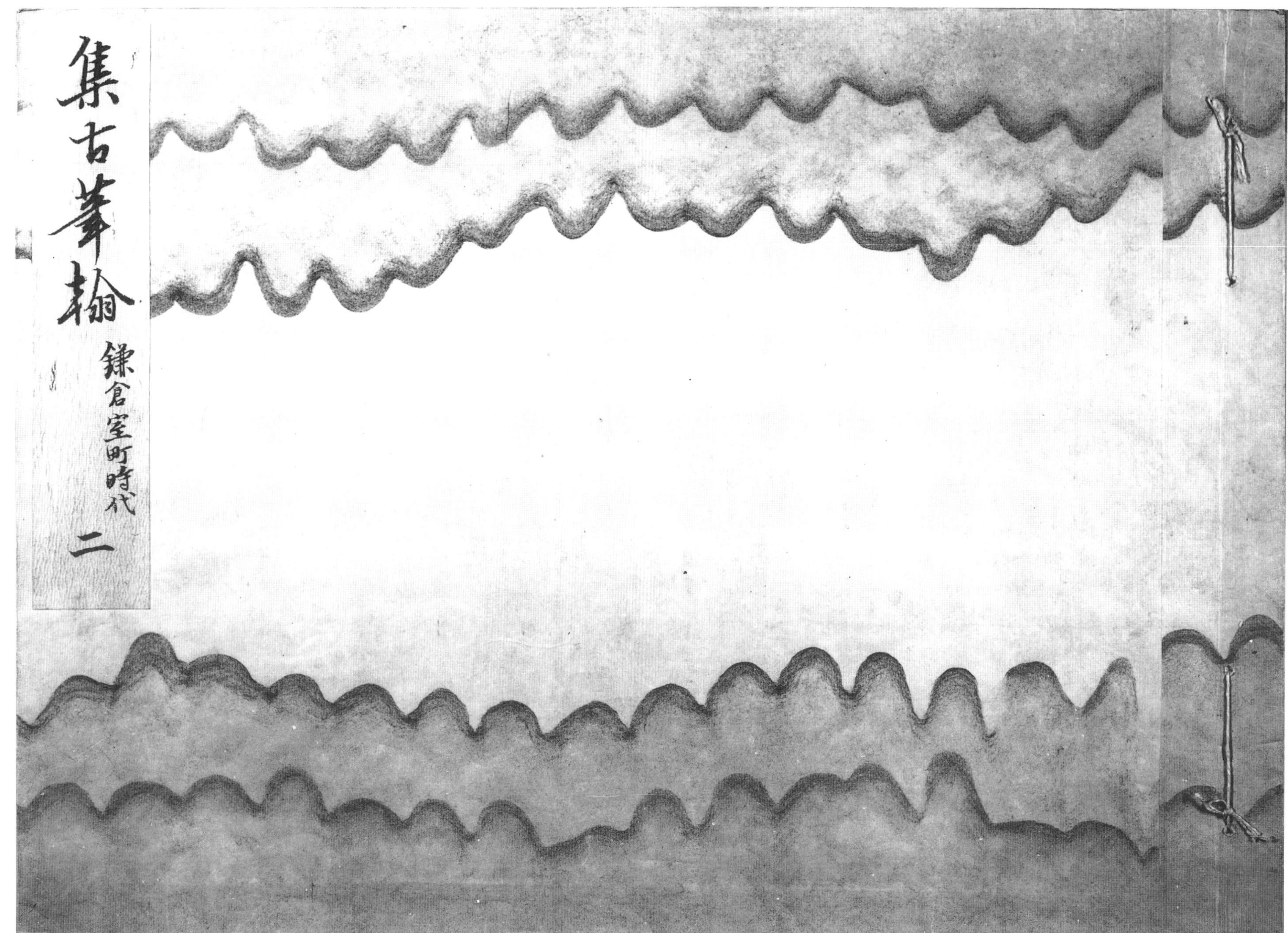
集古筆翰
鎌倉室町時代
二

細川頼之
赤松義則
細川持賢
飛鳥井宗世
織田信長
豊臣秀吉
島養宗慶
正親町三條實継
津田宗及
和久半左衛門
島養宗慶 杉庵
蜷川親範
造東寺大勧進聖守 弘安二年
鎌倉時代文書 旧題シテ慈鎮トアリ
内弁作法文書 旧題シテ太政大臣信長トアリ
足利時代公家文書
平時頼
船橋秀賢
南化和尚
大徳寺悦渓
同 無底藍
東海純南甫

勧修寺教秀
中院通秀
三條西公條
萬里小路惟房
同 秀房
山科言継
尊恵法師
荒木田守晨 守武
中院通勝 素然
大炊御門經孝
近衛前久 龍山
同 信尹
松永弾正久秀
凡三十五通

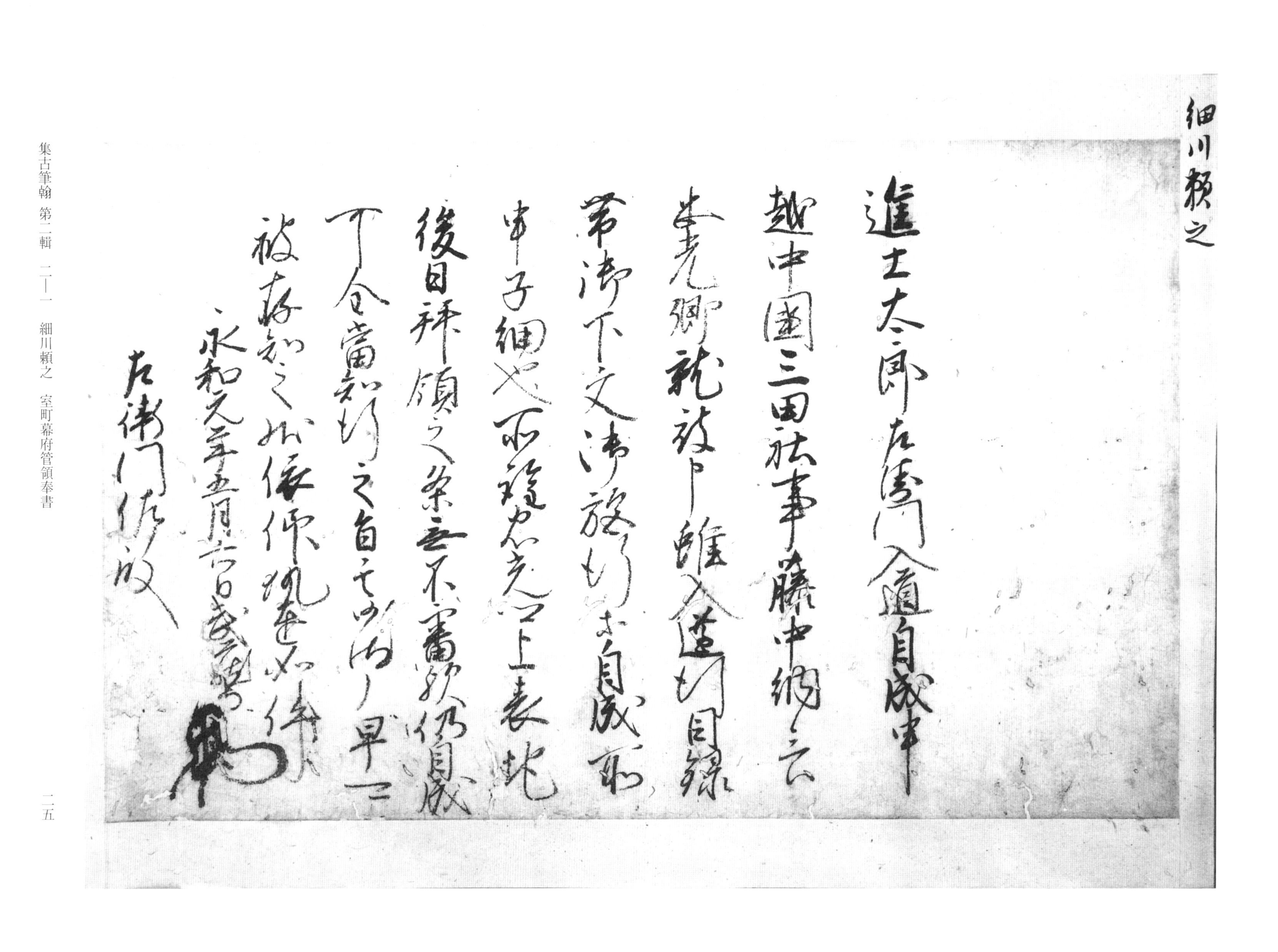

細川頼之

赤松義則

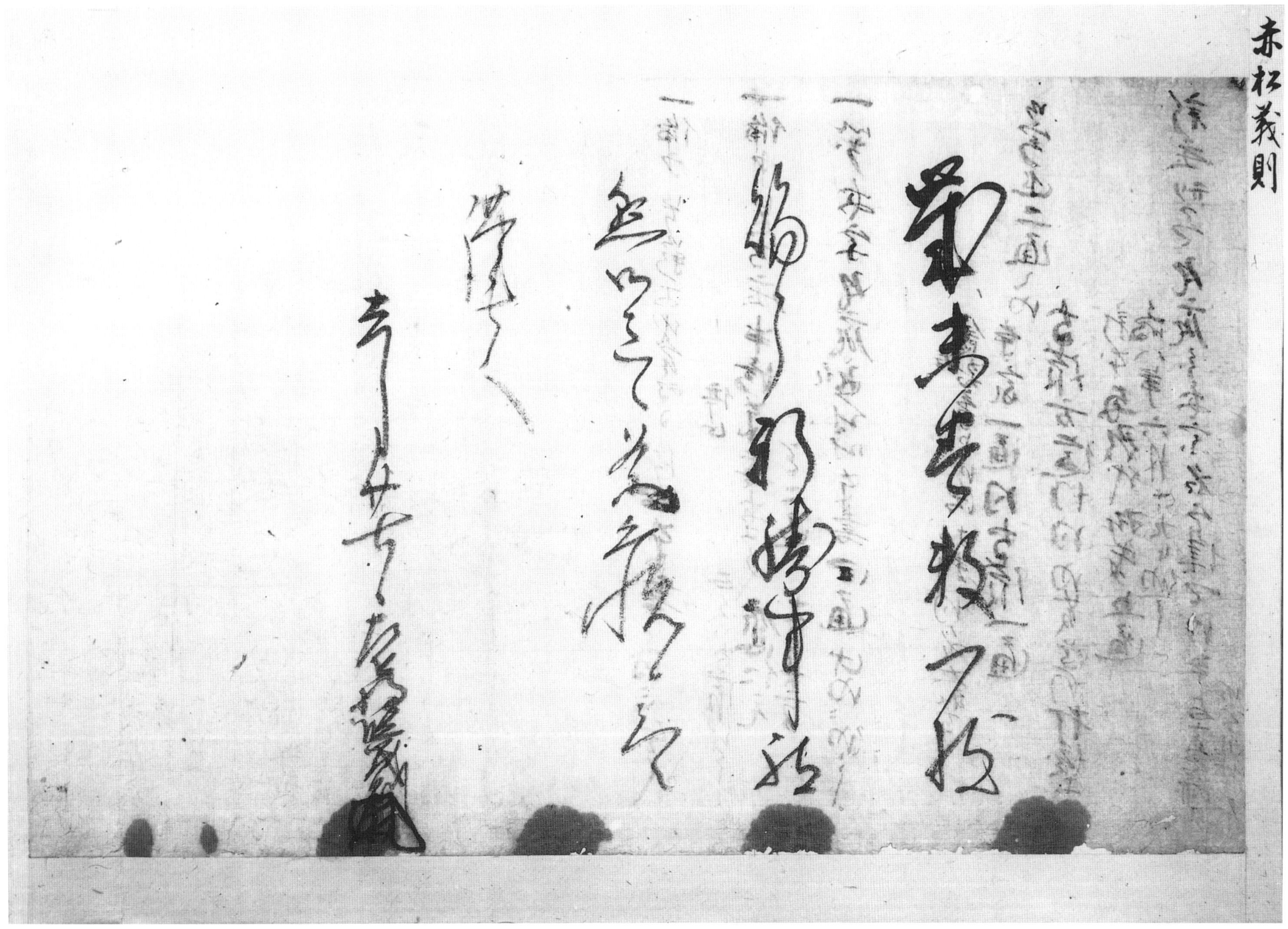

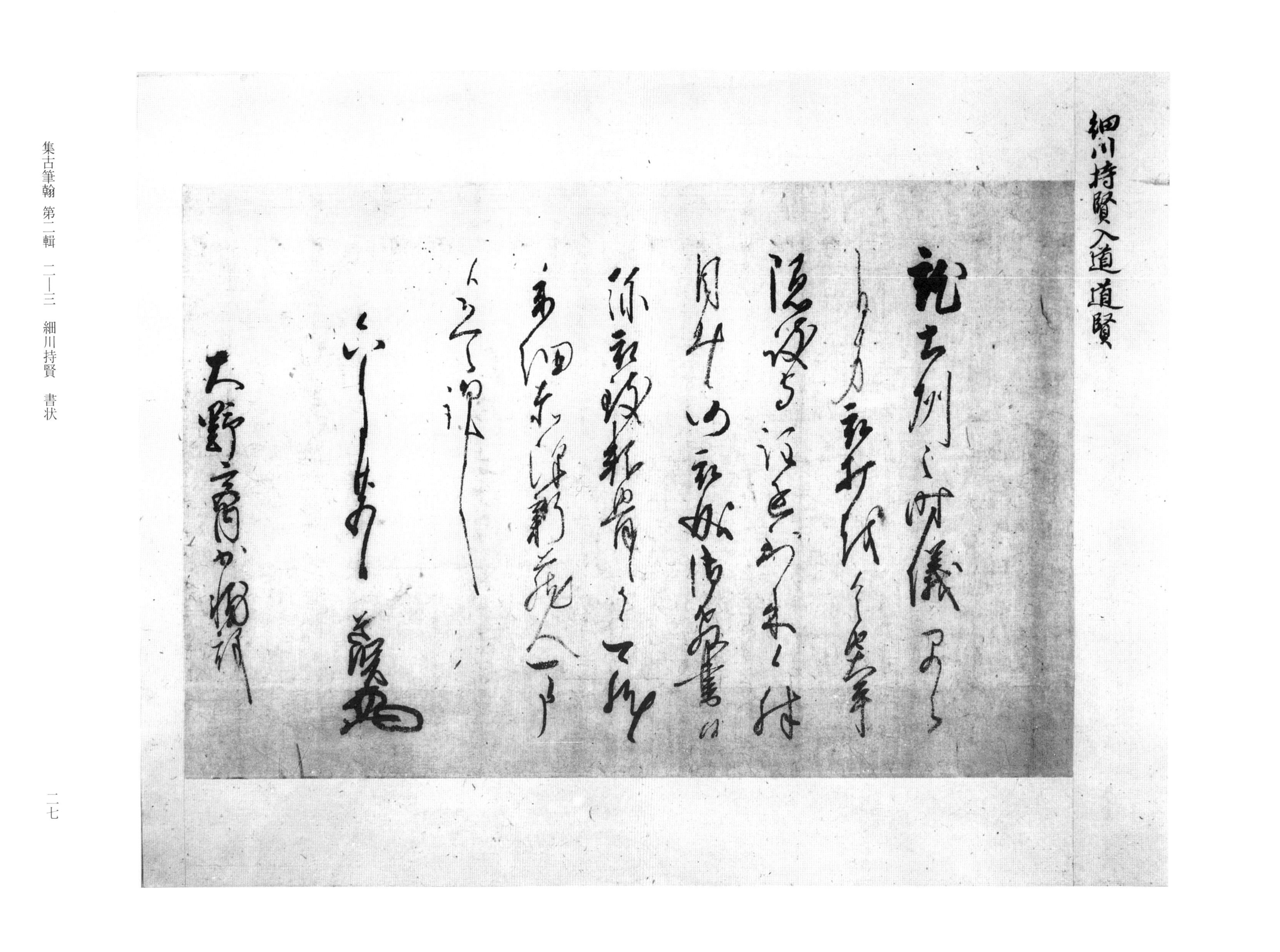

細川持賢入道道賢

飛鳥井雅康 雅世ニ子 栄雅弟支流 文明十四年剃髪称二楽軒宋世 野史ニ傳アリ

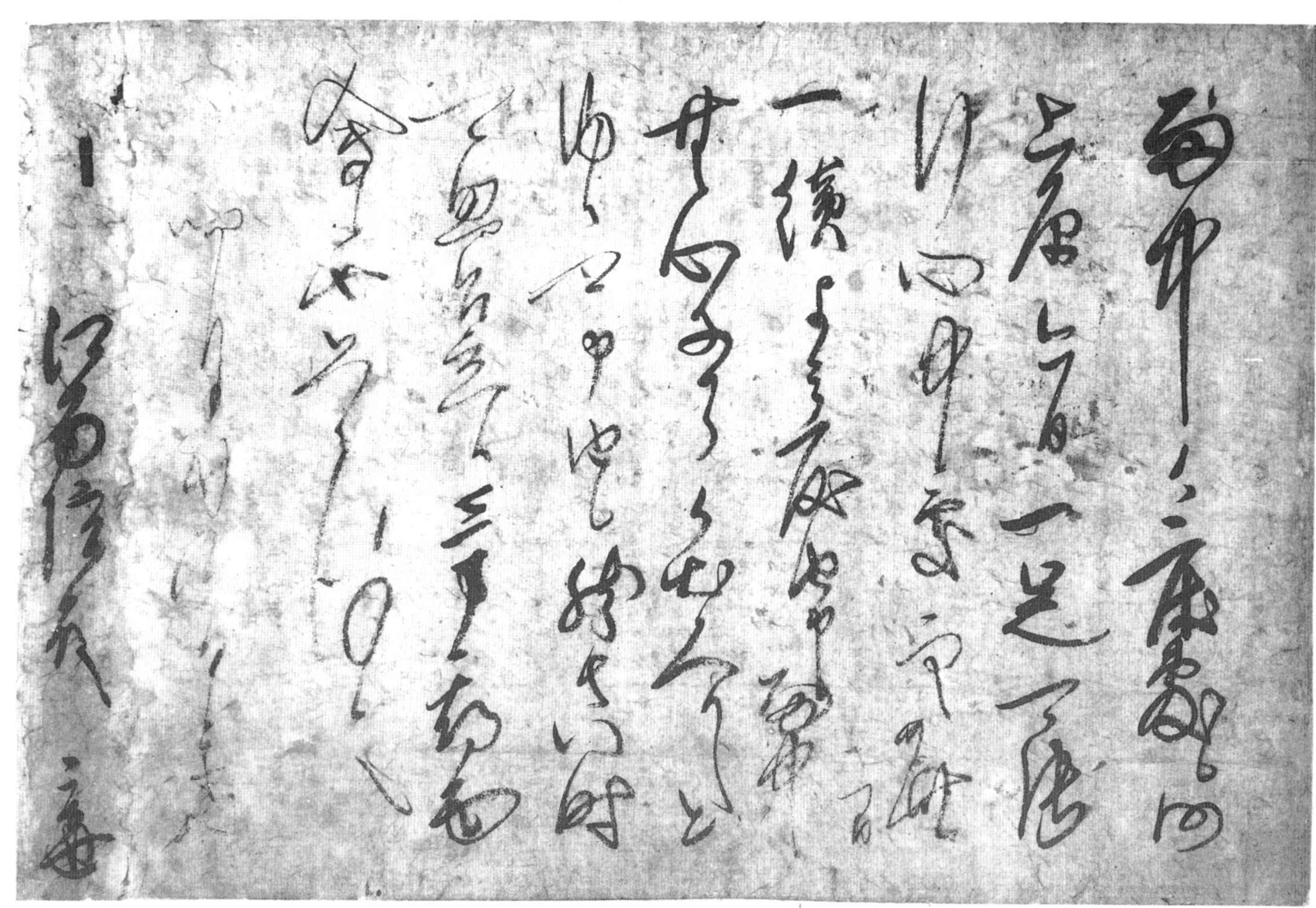

二一五 織田信長 朱印状

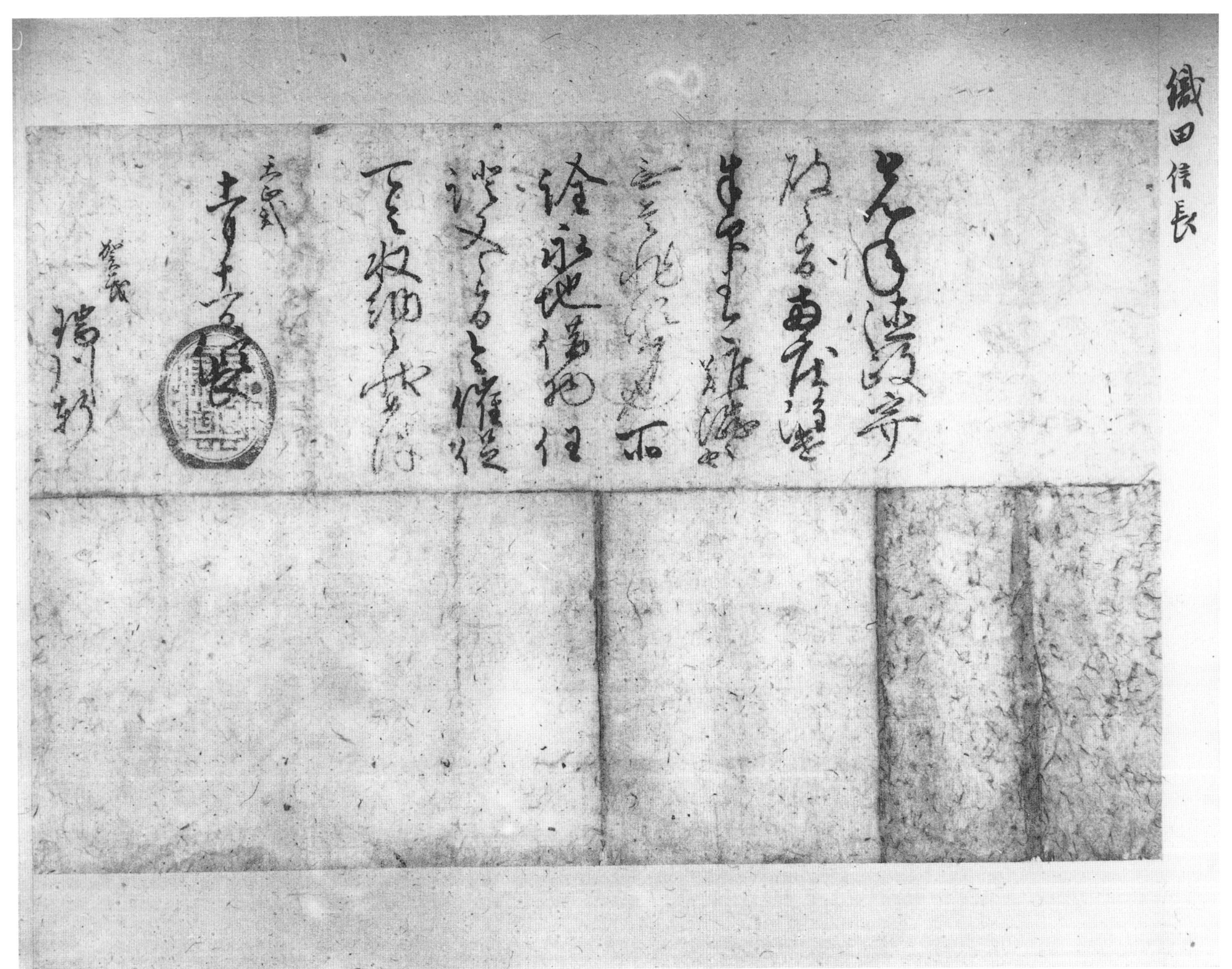

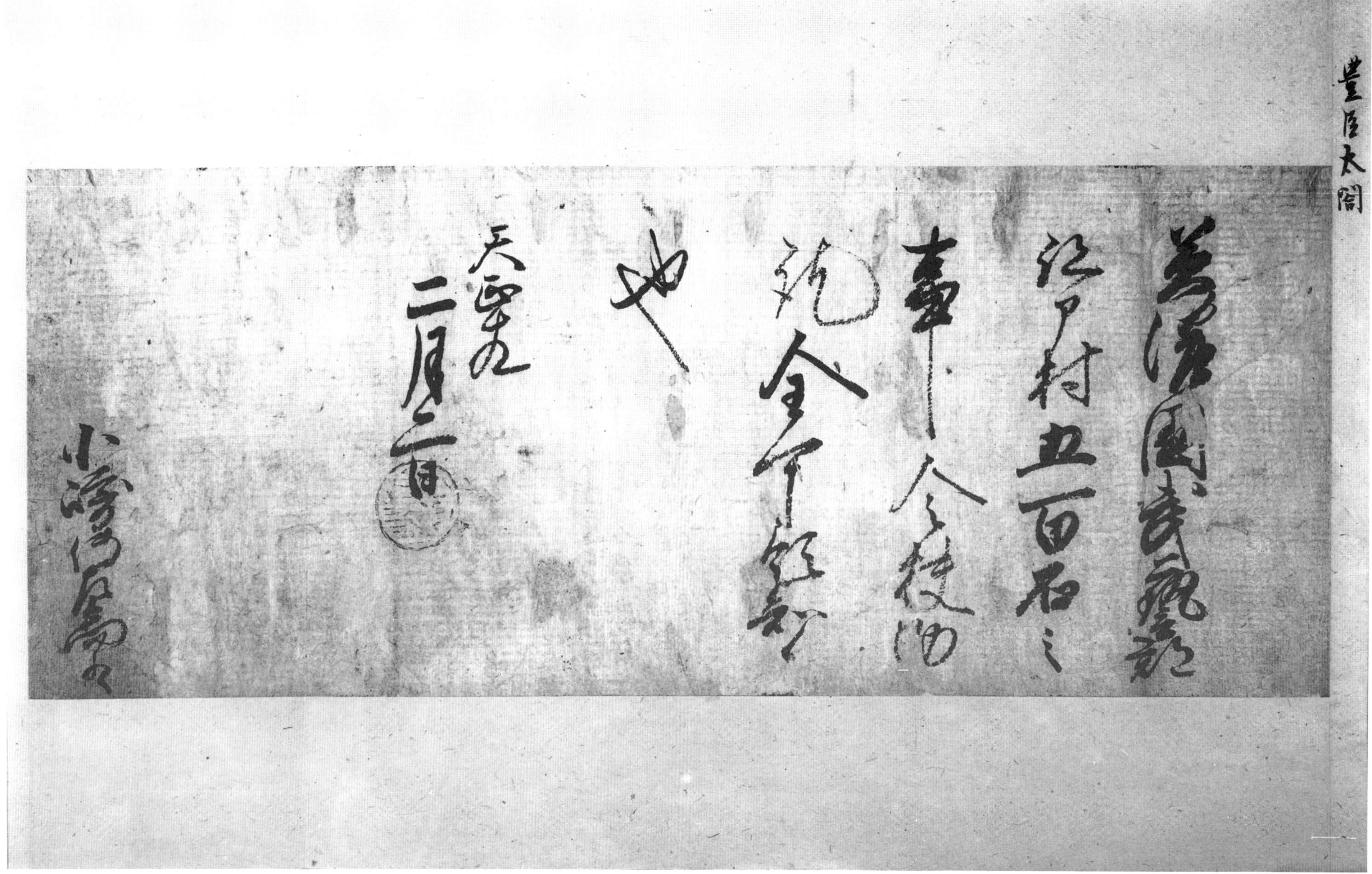
豊臣太閤

鳥養宗慶

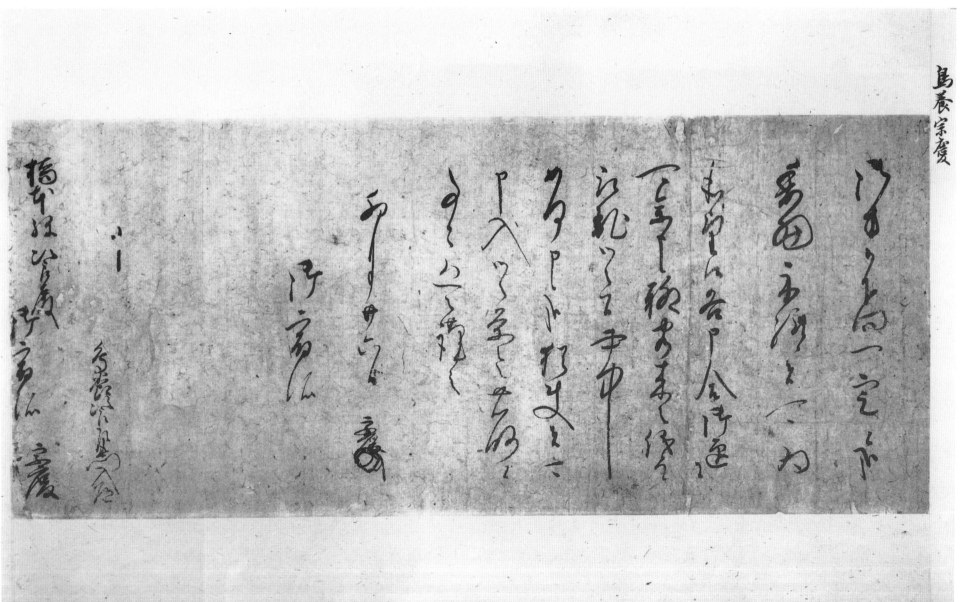

正親町三條實繼

貞治六年内大臣從一位 嘉慶二六廿四薨七十六

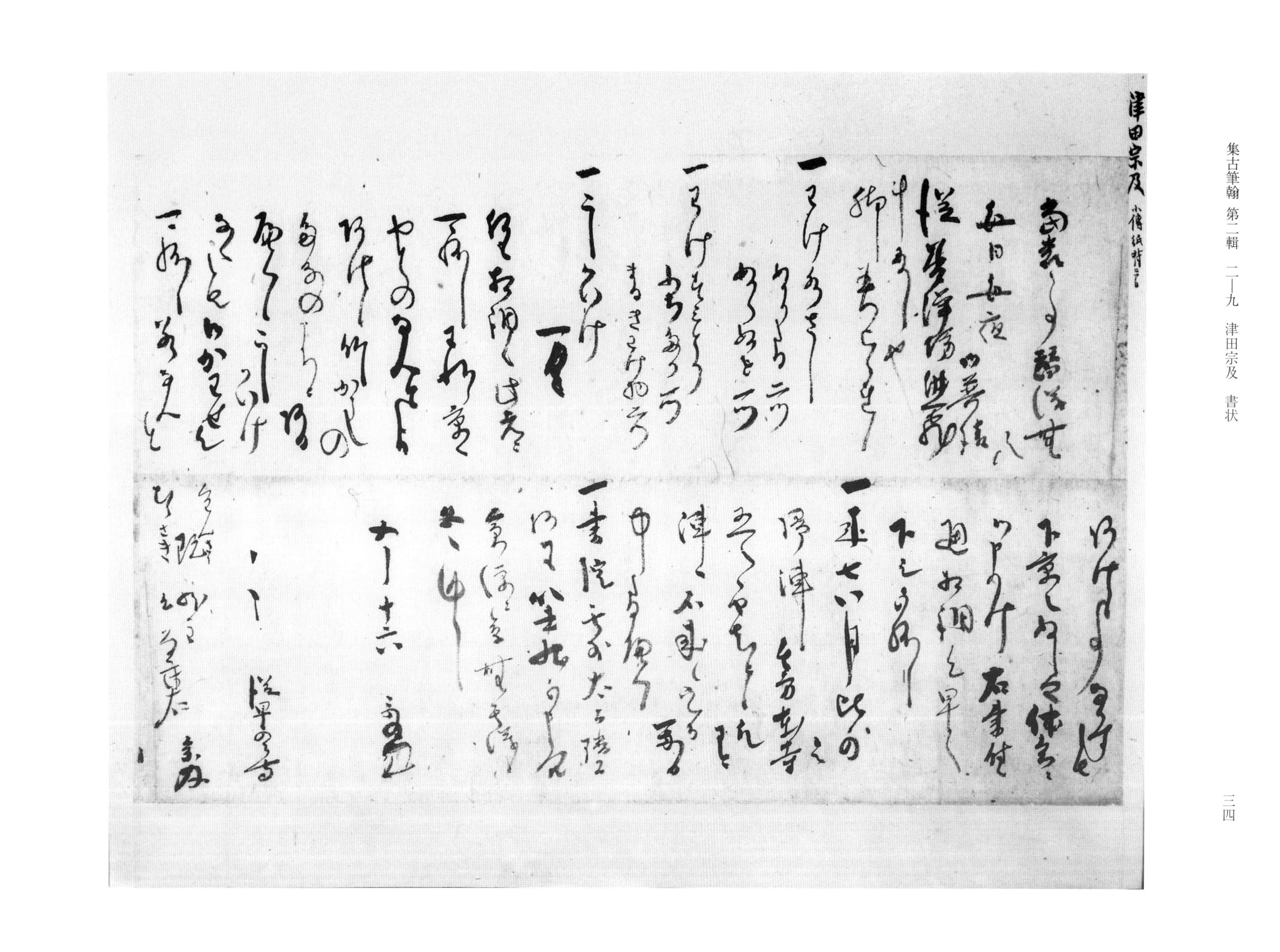

津田宗及

津田宗及 小田原陣中
ヨリノ書
江月和尚実父ナリ 文中ニ宗凡ト
アルハ 江月ノ令兄ニ

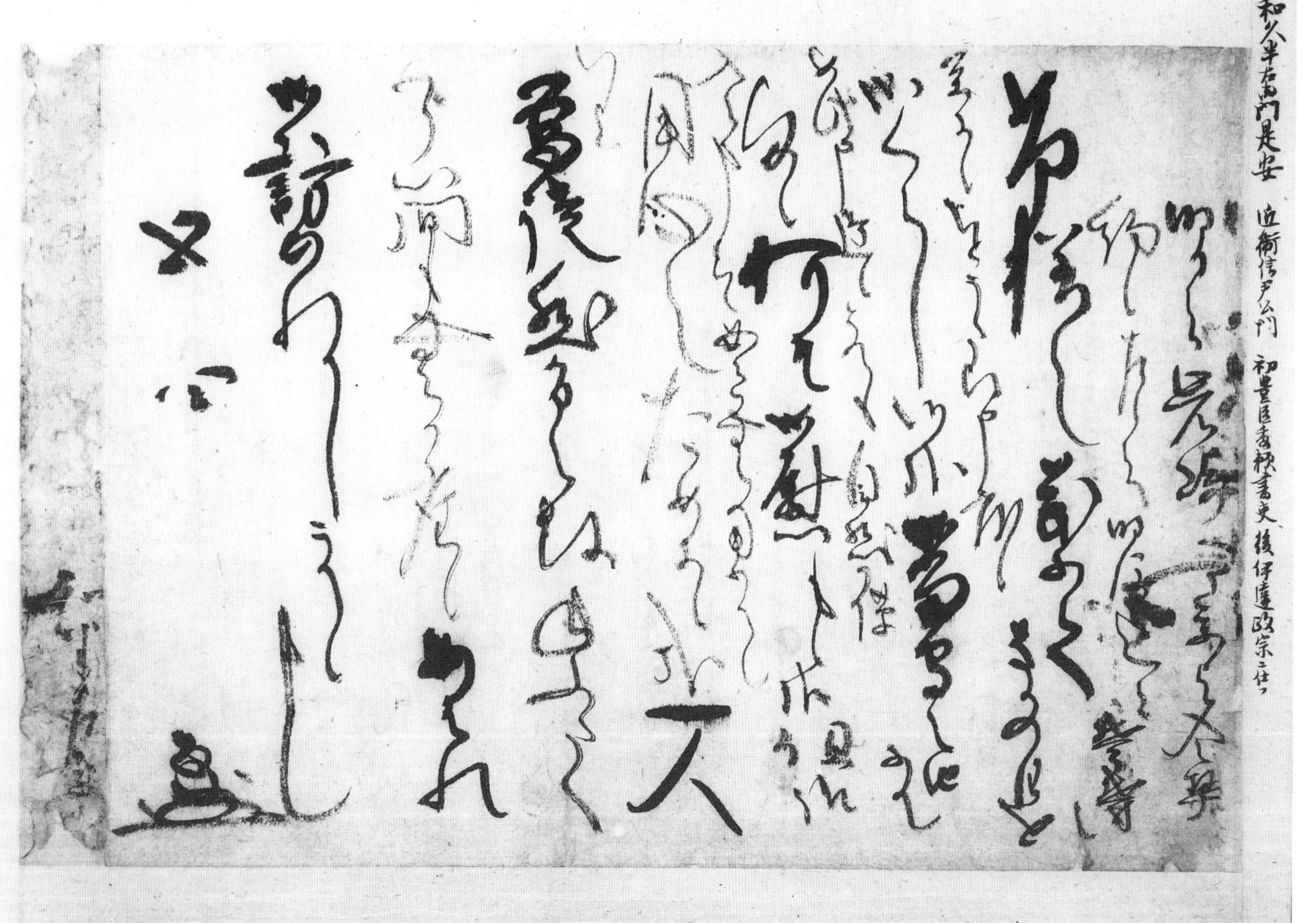
和久半右衛門是安
近衛信尹公門　初豊臣秀頼ニ書吏、後伊達政宗ニ仕フ

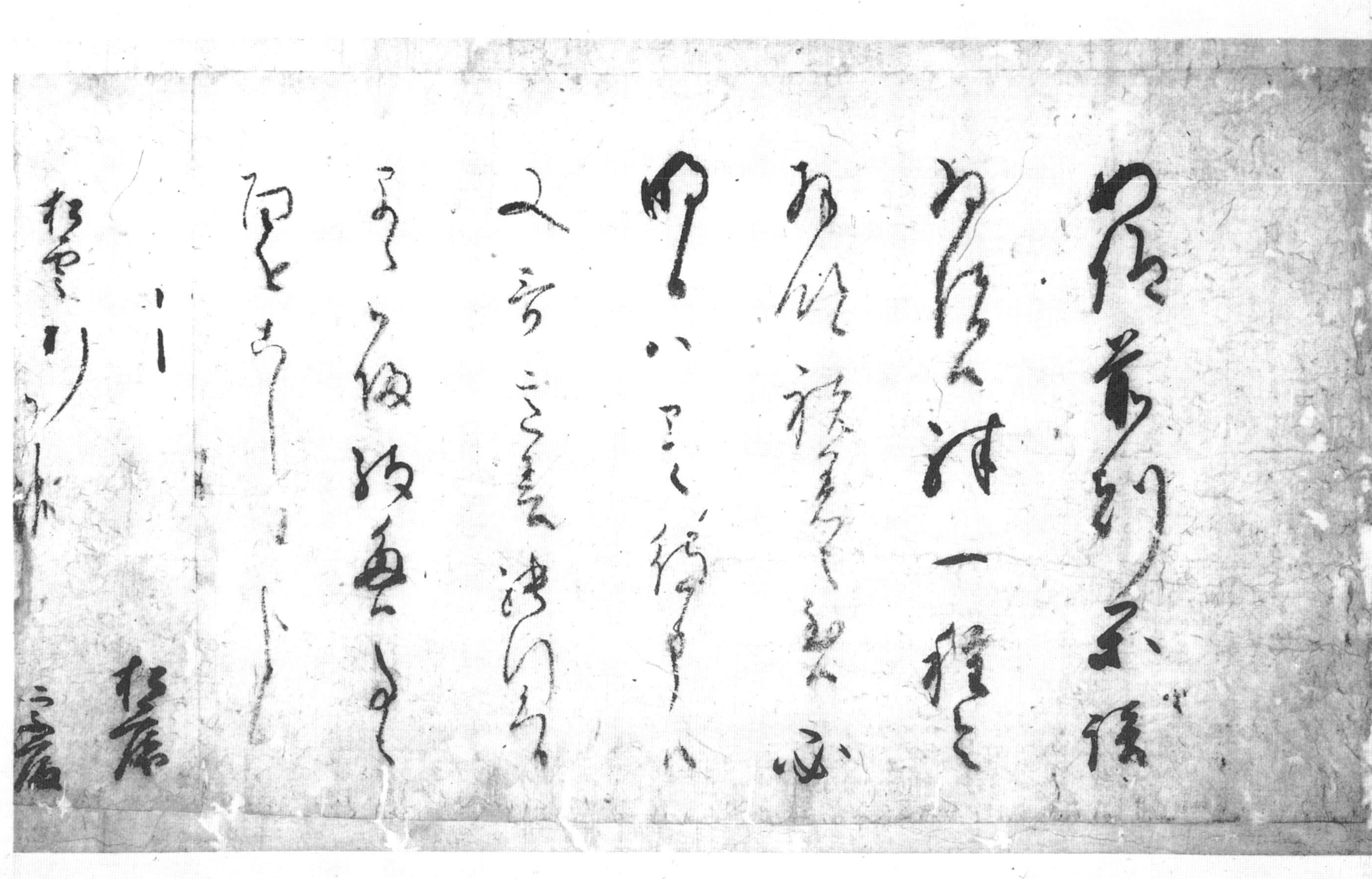
鳥養次郎左エ門入道宗慶
鳥養流筆道祖

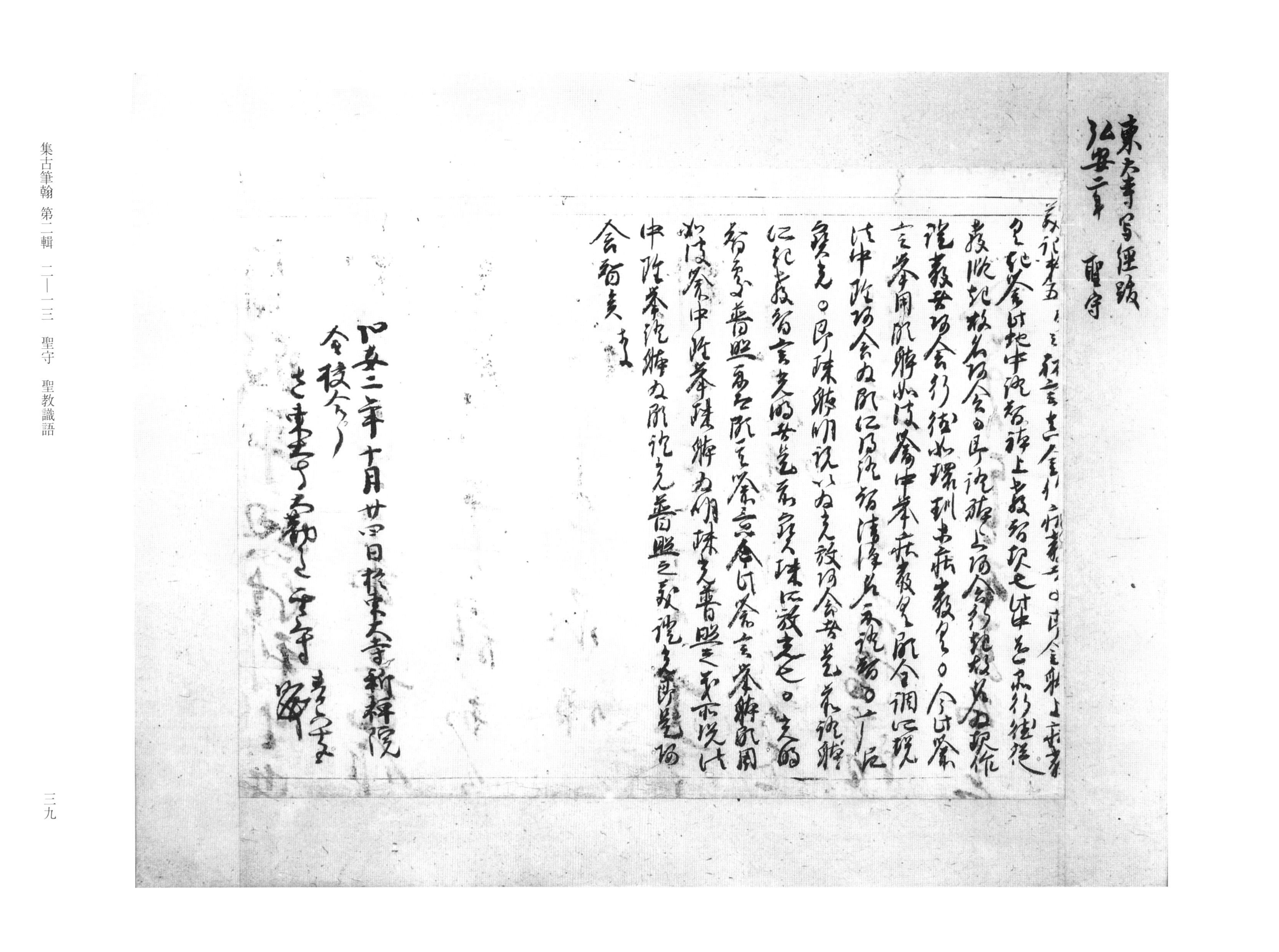

東大寺写経跋
弘安二年 聖守

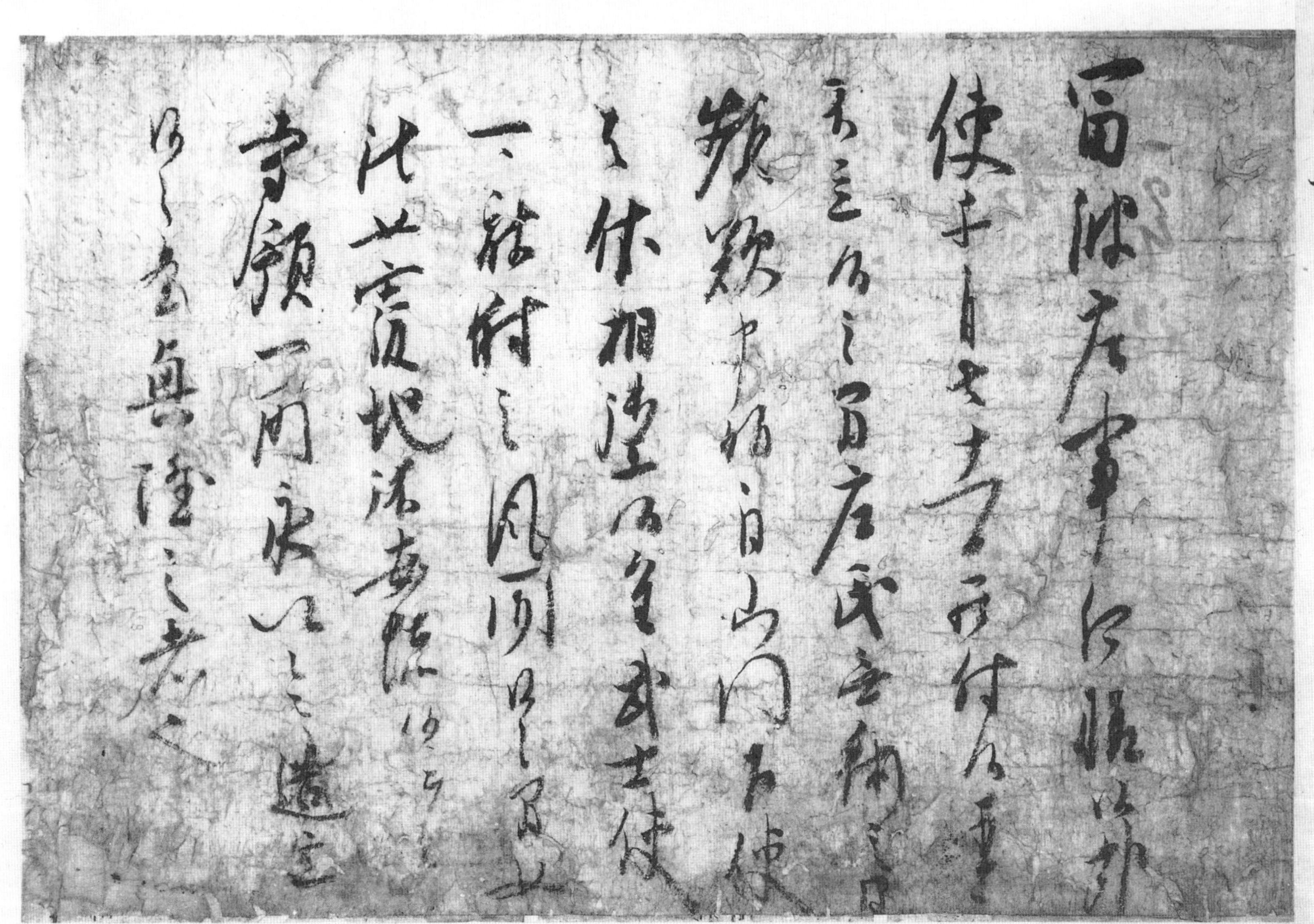
鎌倉時代文書
後人ノ入墨アリ

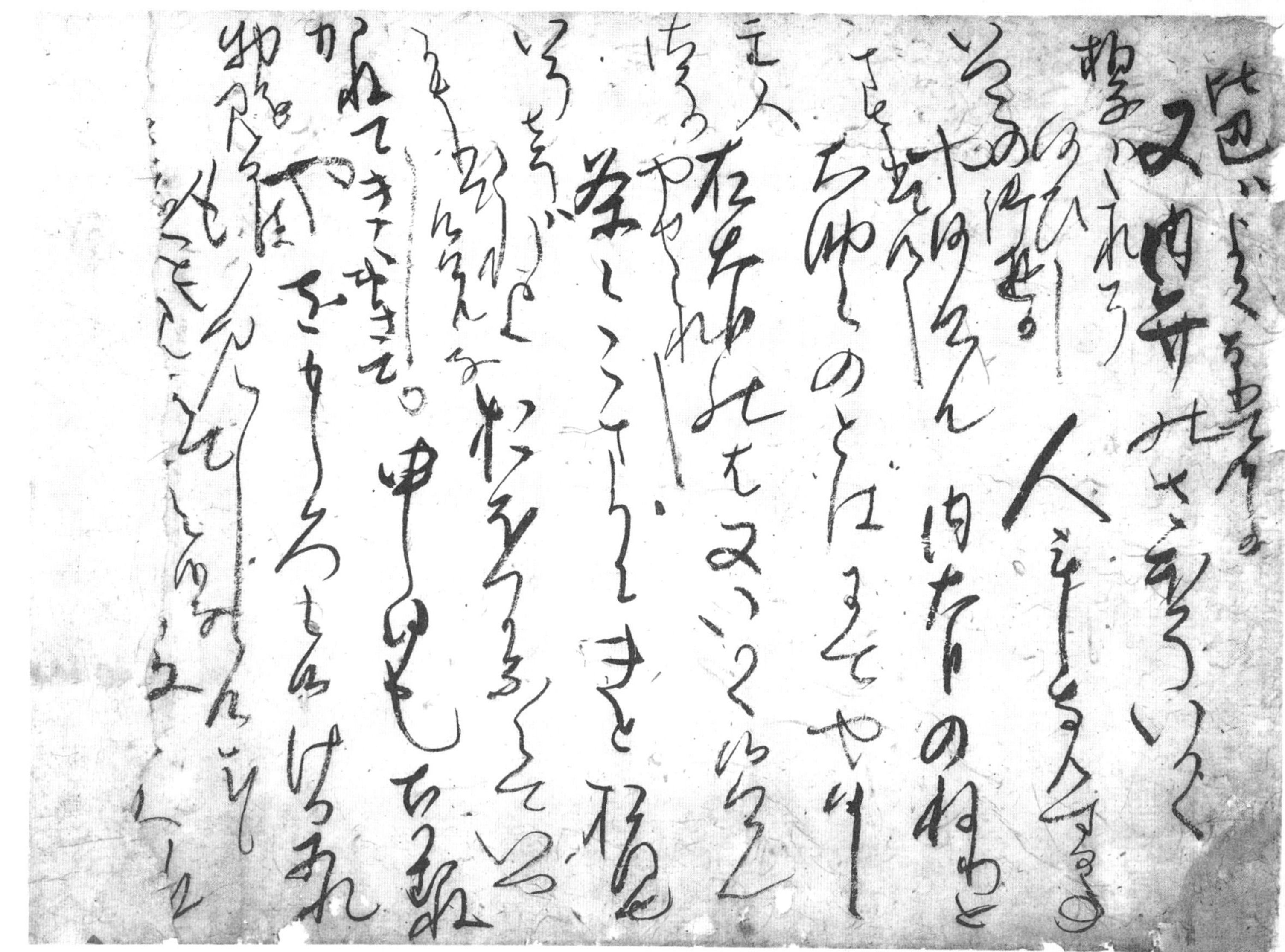

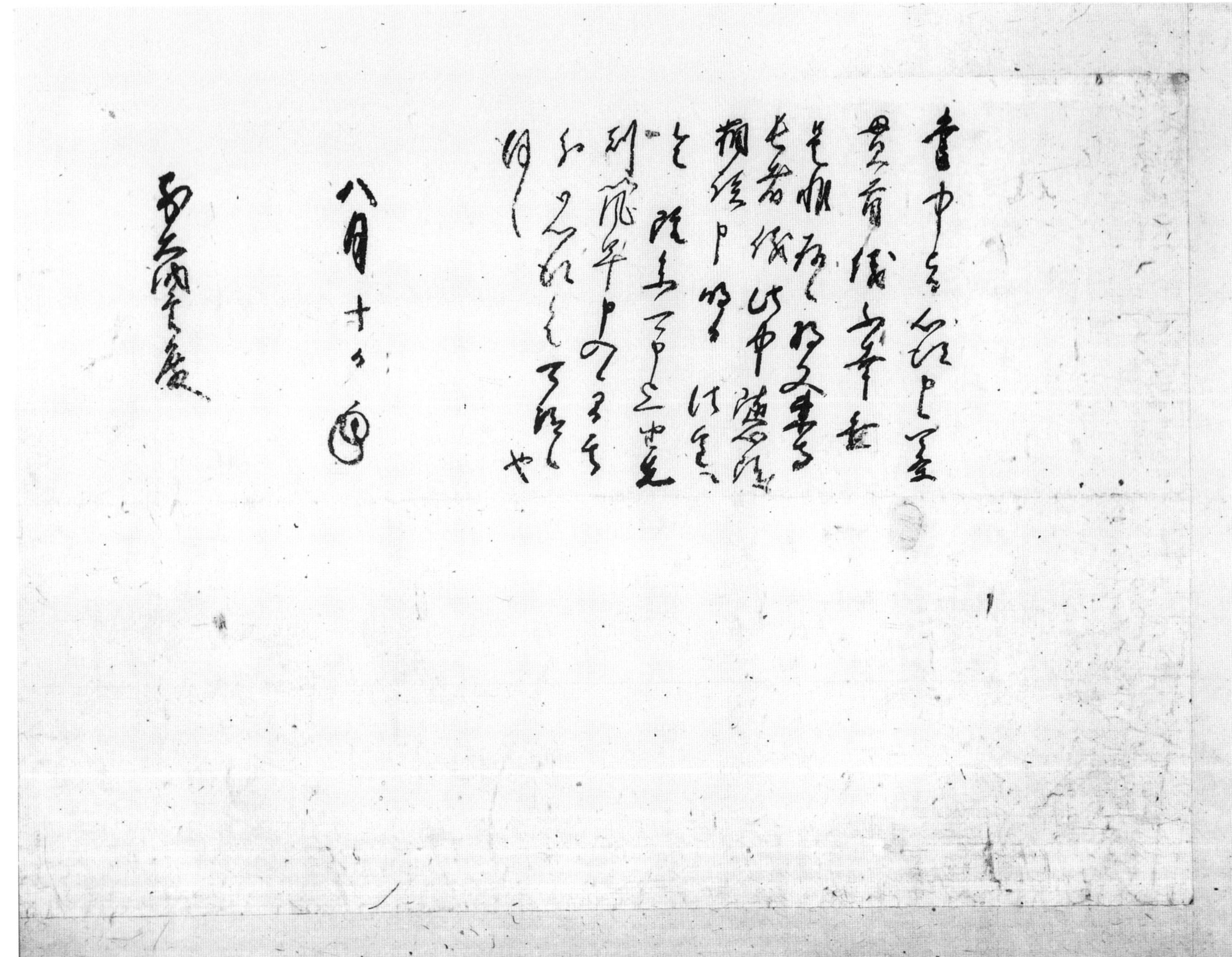

平時頼

旧題北条時頼ハ非ナリ 足利ノ末ノ人ナラン

夏日同賦佳客對泉石
分一字詩 探得情字
散位平時頼

佳客之來成宴令對
泉對石興相弁青
苔色遍路邊霜素
潮聲閑接艣從交
袖飾姑絃調思被襟
孫楚枕漱情一偏獲得
用中交莫咲此時條華

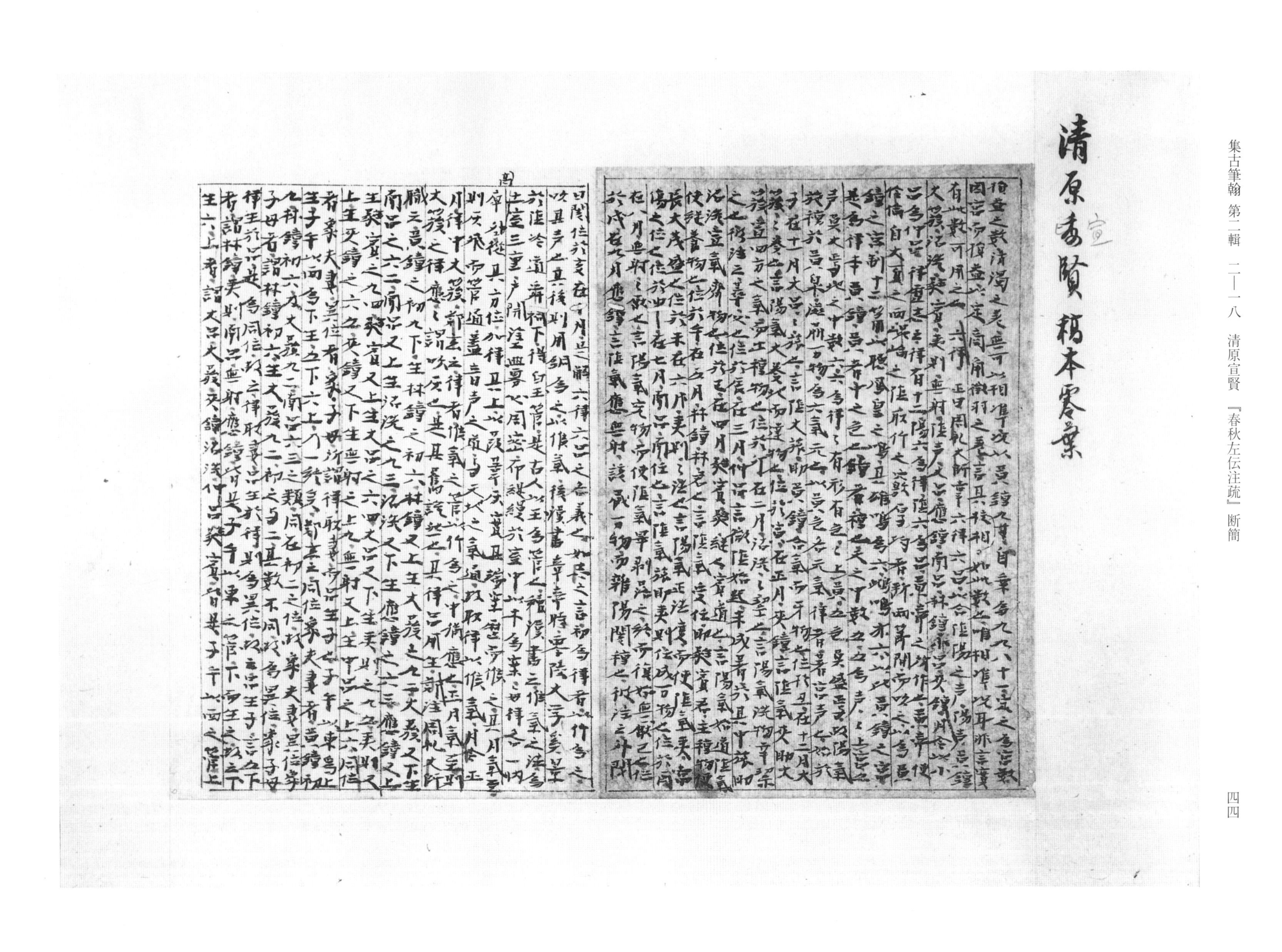

清原宣賢稿本零葉

虚白叟　妙心寺南化和尚歸

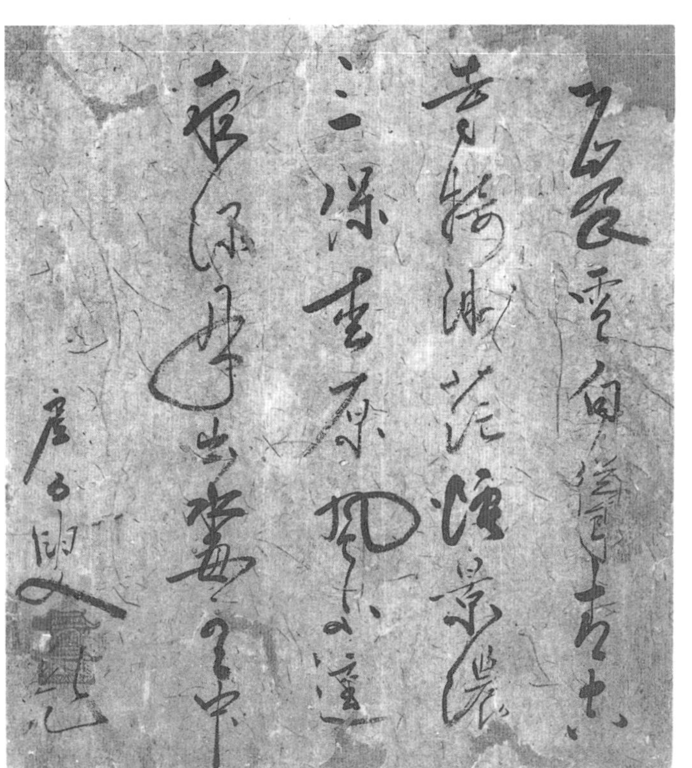

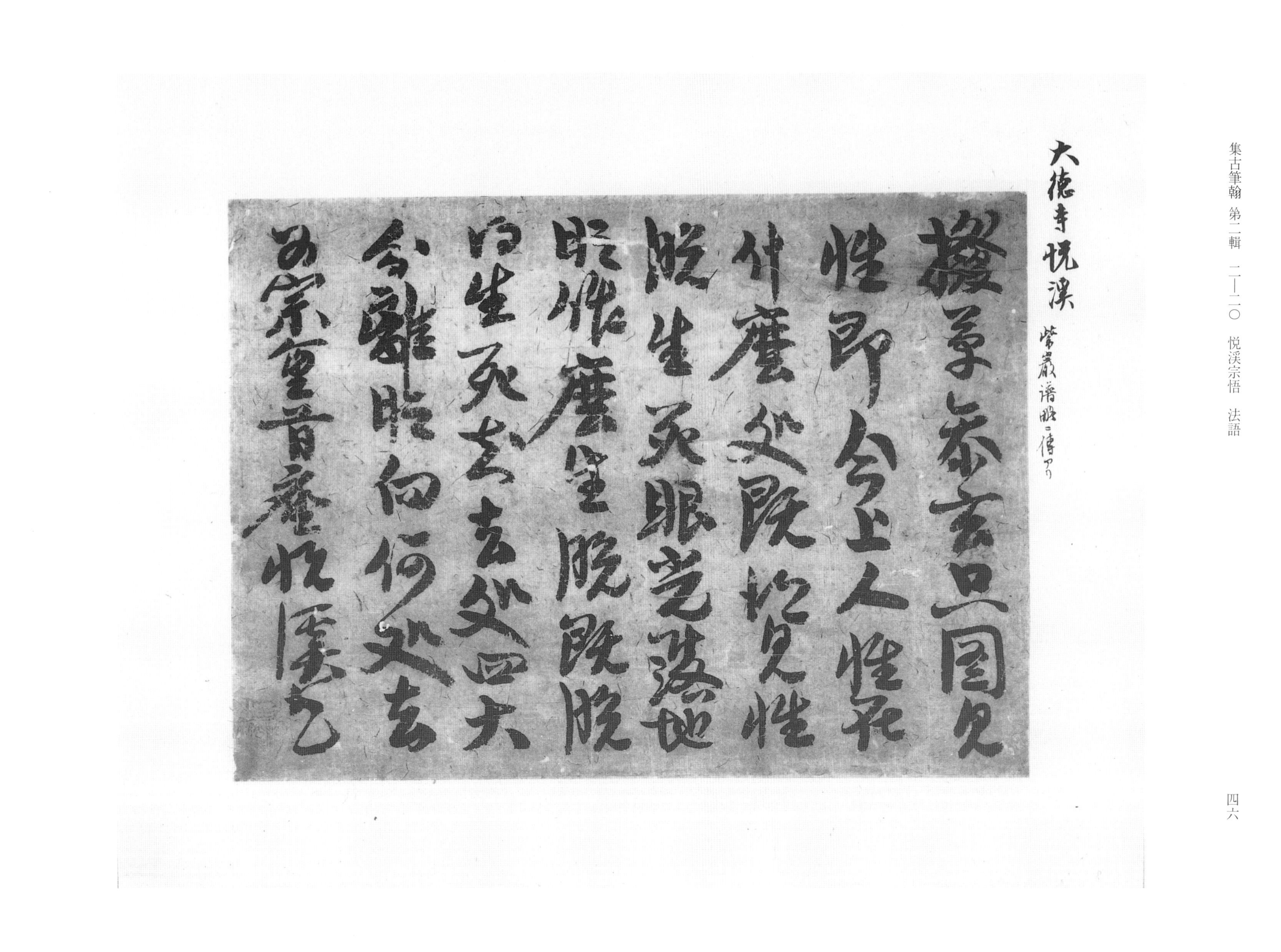

大徳寺悦渓

紫巌譜略ニ傳アリ

大徳寺無底籃

勸修寺
教秀
後奈良
天皇外祖
准大臣從一
位
明應五年
薨年七十一

今茲春首未直　承明下情
不勝恐惶之至爰拜覽春雪
御製臣心無不在　魏闕之
下謹依　勅奉賡　玉韻云
權大納言藤原教秀
東風吹雪昨今深處々
花開簷蔔林玉嘻飛
來添瑞氣萬官朝罷
倚欄吟

中院通秀　文明十七年内大臣従一位　明應三年薨年六十七　也足軒四代ノ祖なり

勧修寺教秀卿ノ詩ト同時ニ應製ノ作なり

跪奉攀
春雪御製之尊韻　伏希
慈覧
従一品源通秀拝

瑞雪今年一尺深
絮飛梅
發滿春林　奎章何計
寫斯景　唱和終成天下
吟

三條西公條
實隆ノ子 天文十一年右大臣
母ハ敎秀公ノ女

七夕同賦星夕涼
如氷詩 題中取韻
参議右近衛権中将藤原公條
桐葉聲〻度轉廊女牛
今夕両情長秋風來
起窓増水光掬銀河
一滴涼

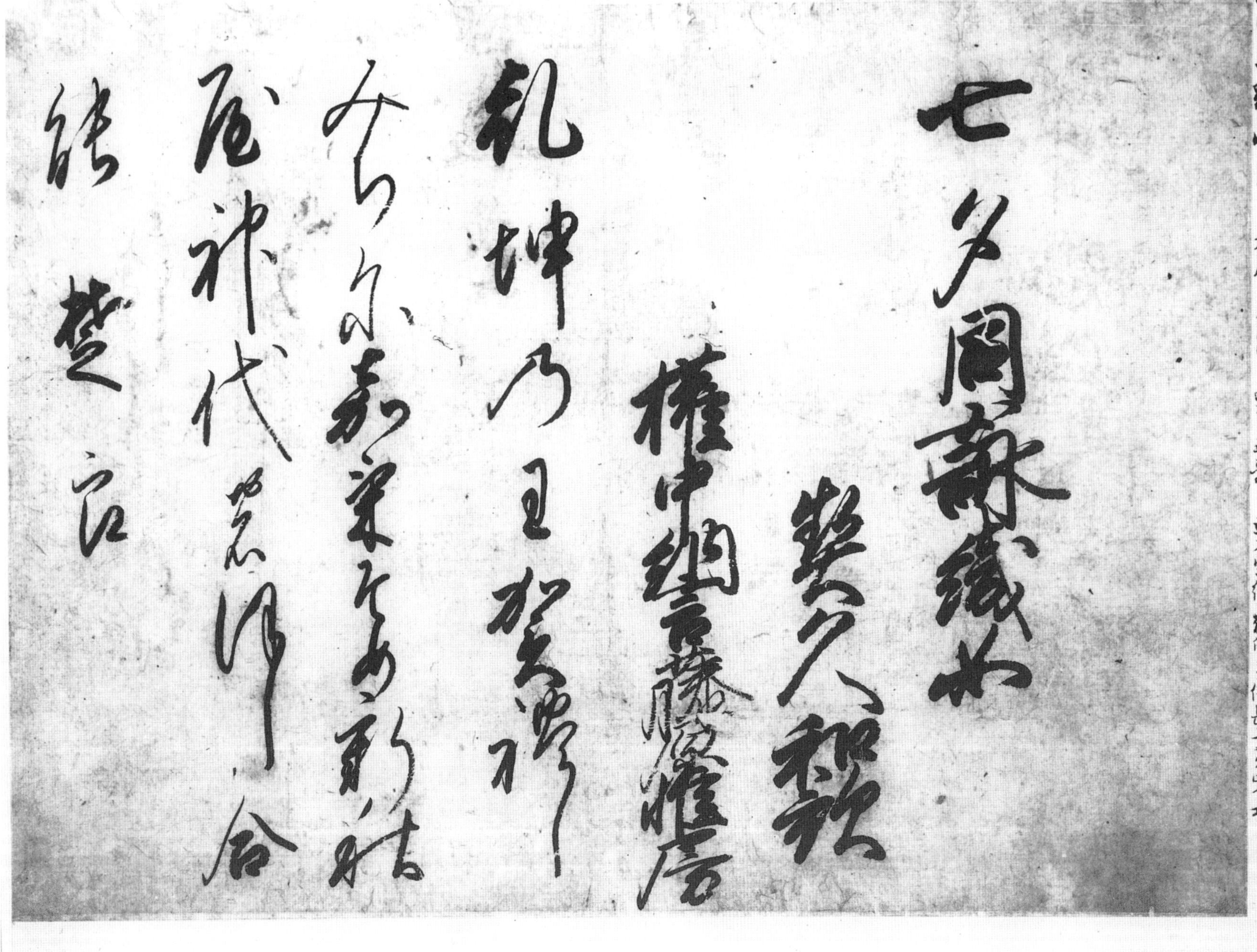

万里小路秀房 天文十五年 内大臣

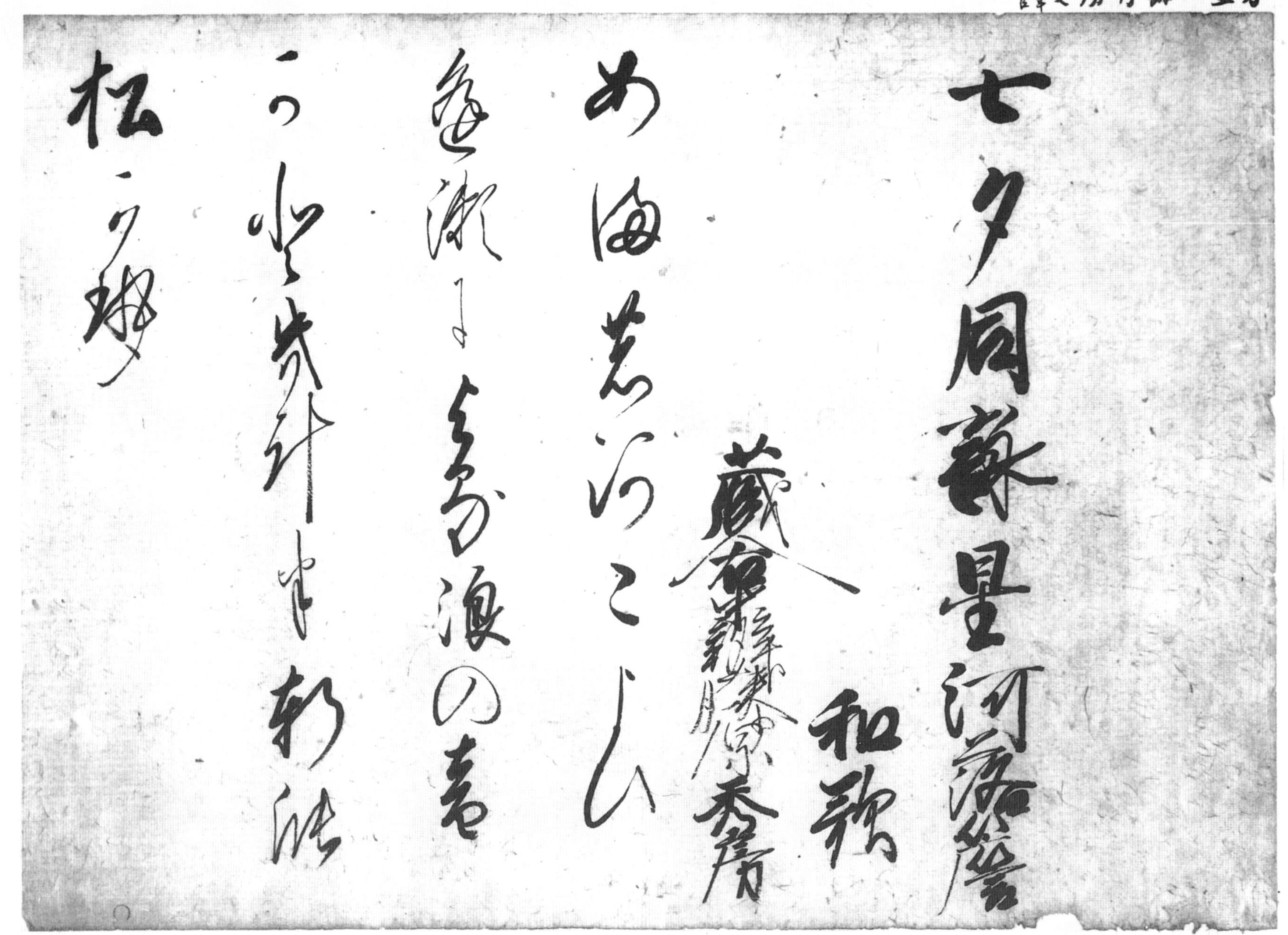

山科言継

天正七年卒年七十三

等恵

牡丹花肖柏高弟

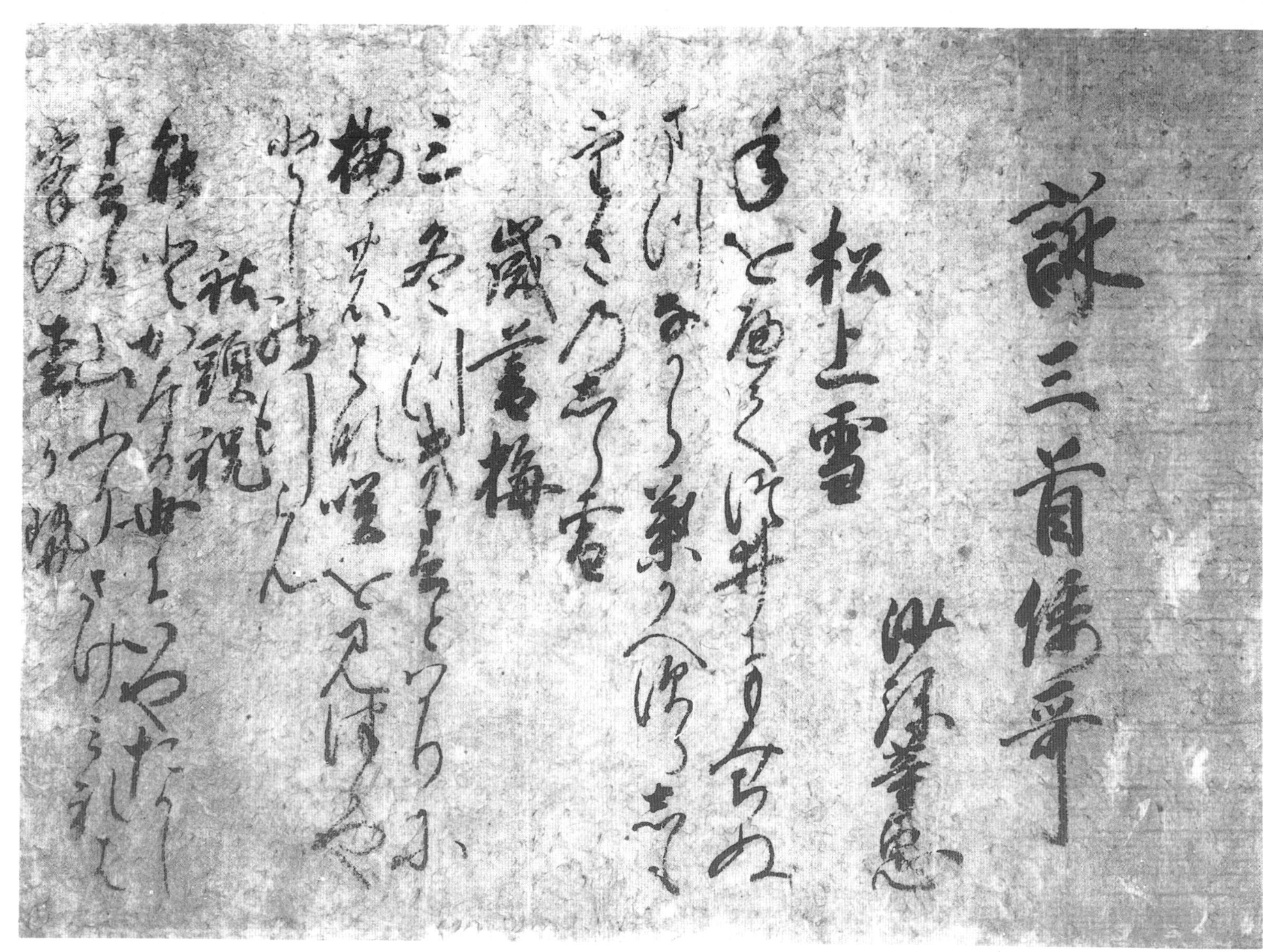

荒木田守晨
守武

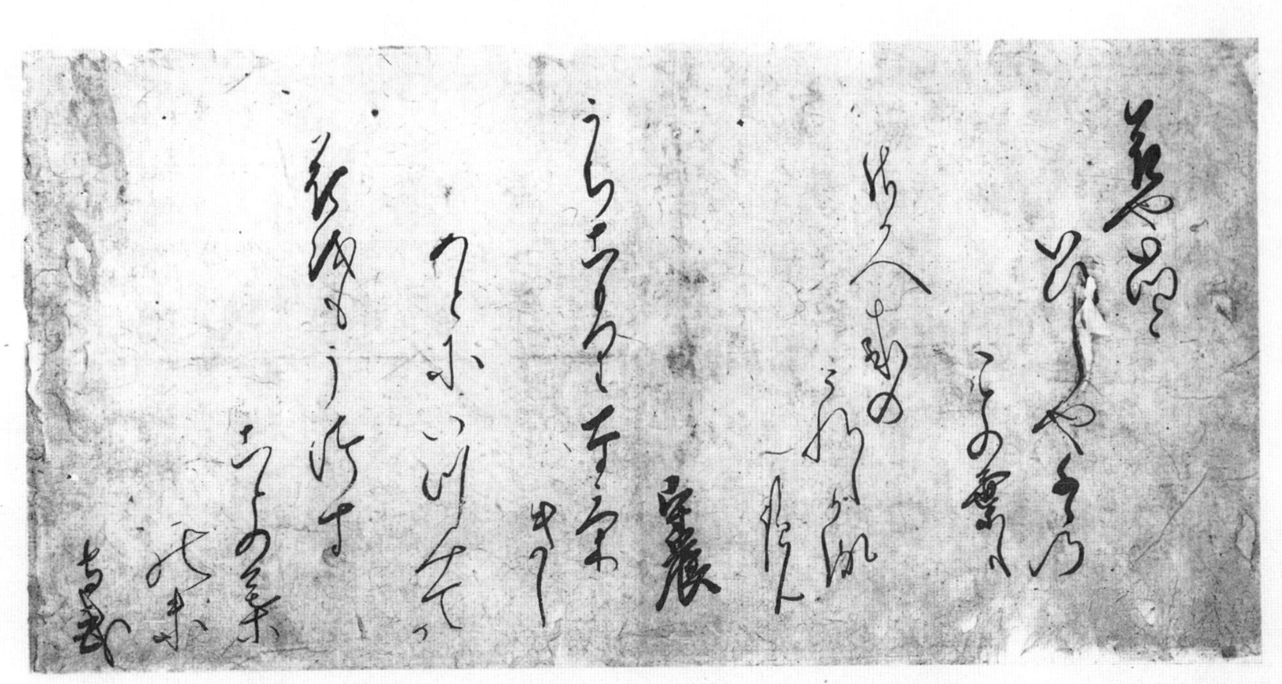

中院通勝卿 入道号素然

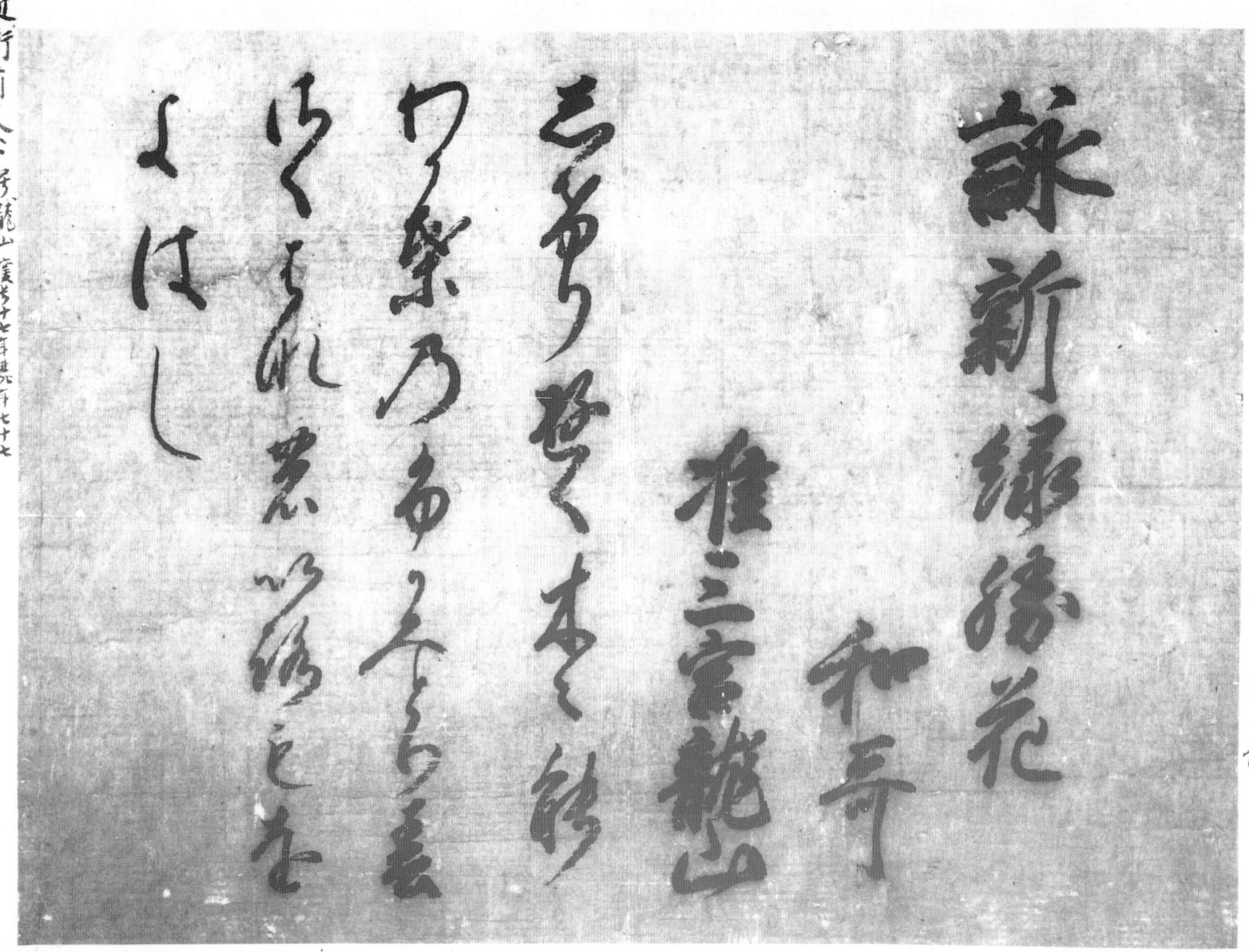
近衛前久
後水尾天皇外祖　天文廿三年関白　天正六年准三宮　法名龍山
詠新緑勝花和哥
准三宮龍山
近衛前久公　号龍山　慶長十七年薨年七十七

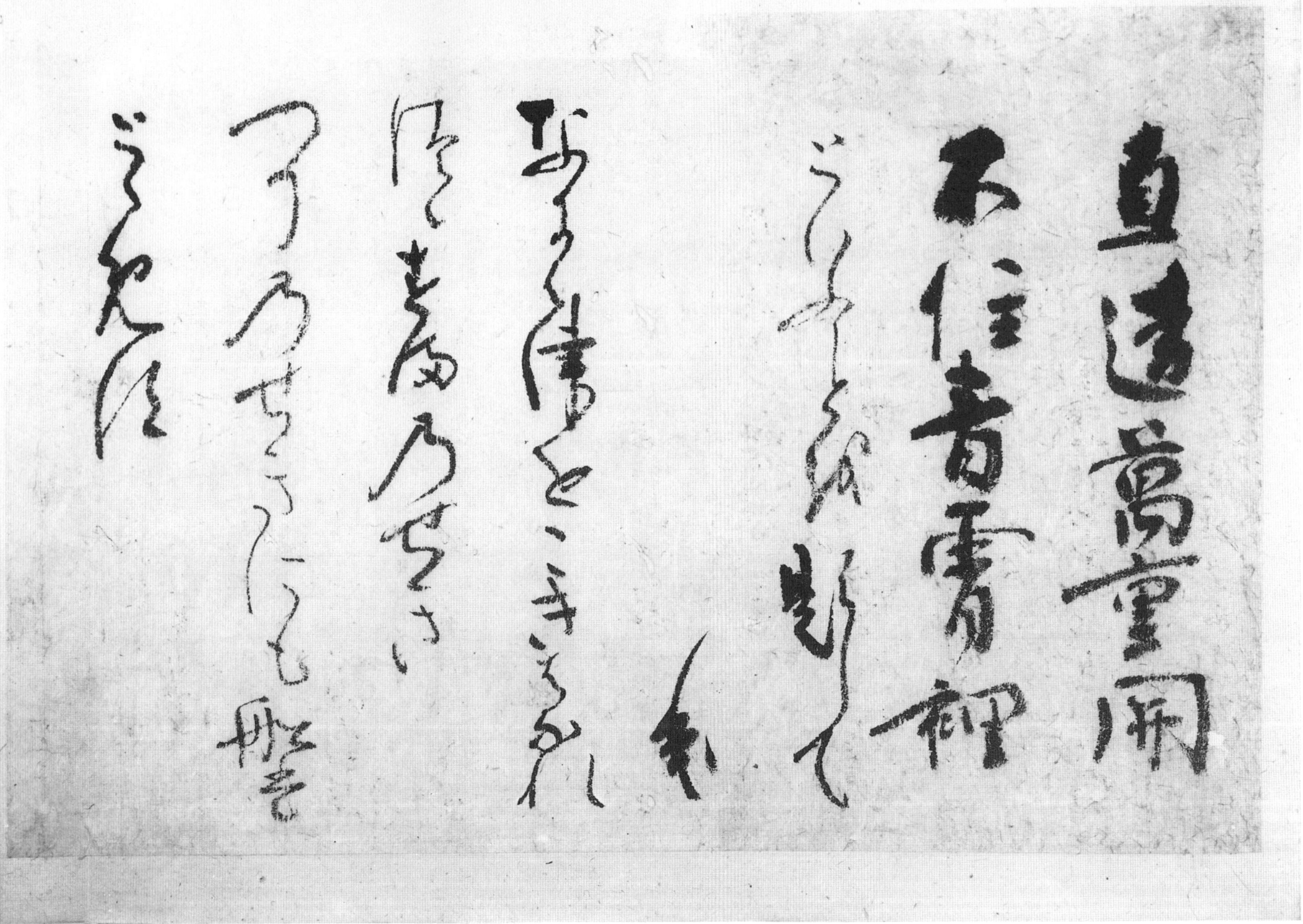
近衛関白信尹公
号三藐院
慶長十九年薨年五十
龍山ノ子

松永弾正久秀

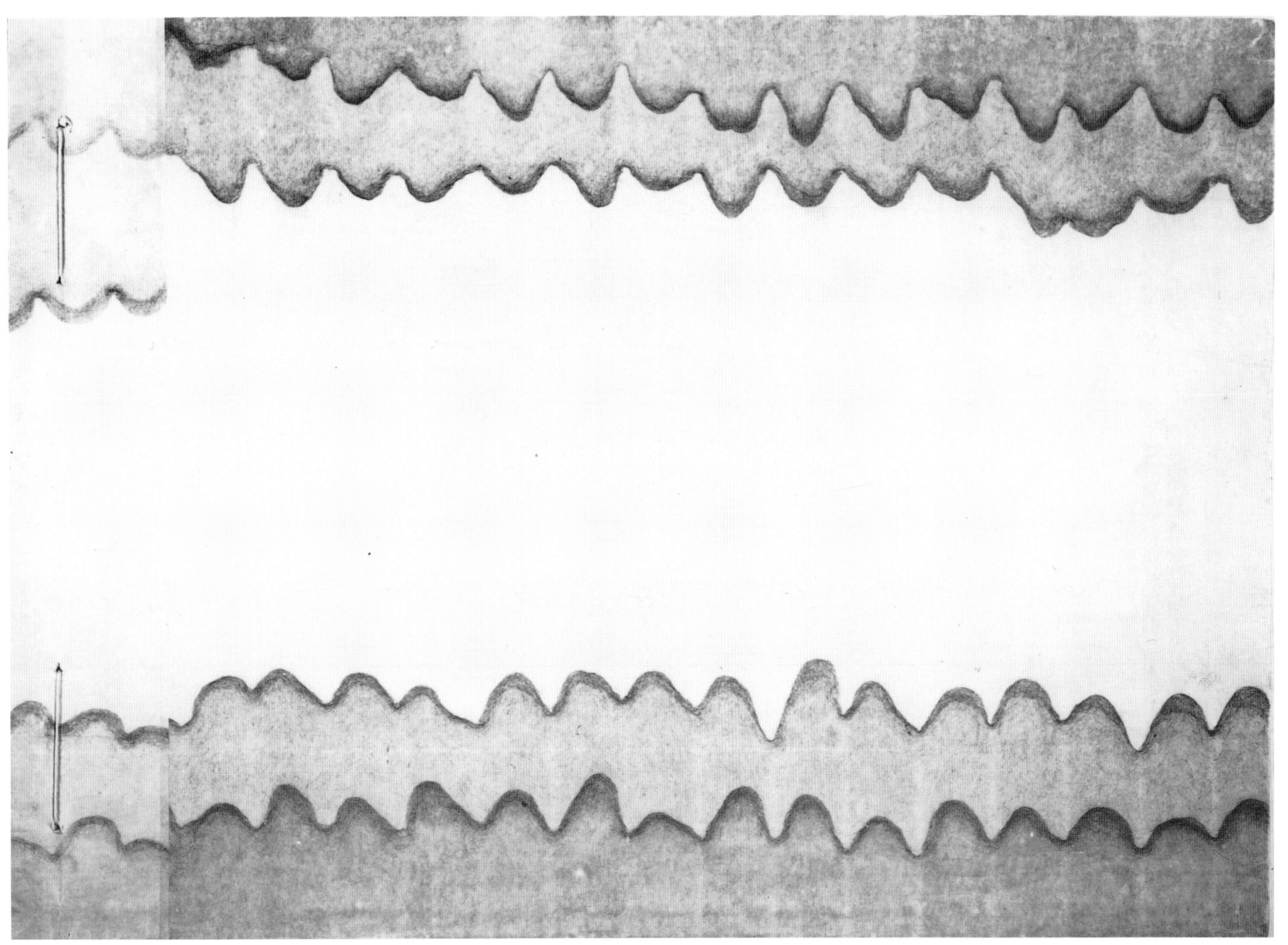

集古筆翰
三

目次

徳川家康公
同下野守忠吉
同　家綱公
伊達政宗
又
立花宗茂
福島正則
池田光政
細川忠興三齋
大久保忠鄰
後藤光次
片桐石見守
小出秀政
松平信綱
松花堂昭乘
本阿弥光悦
近衛應山公
土御門泰重
清韓長老
加藤孫左衛門
藤堂高虎

板倉勝重
同　重宗
同　重昌
同　重矩　六枚
小堀宗甫
古田織部々
未考其人者　七枚

凡四十通

徳川家康公

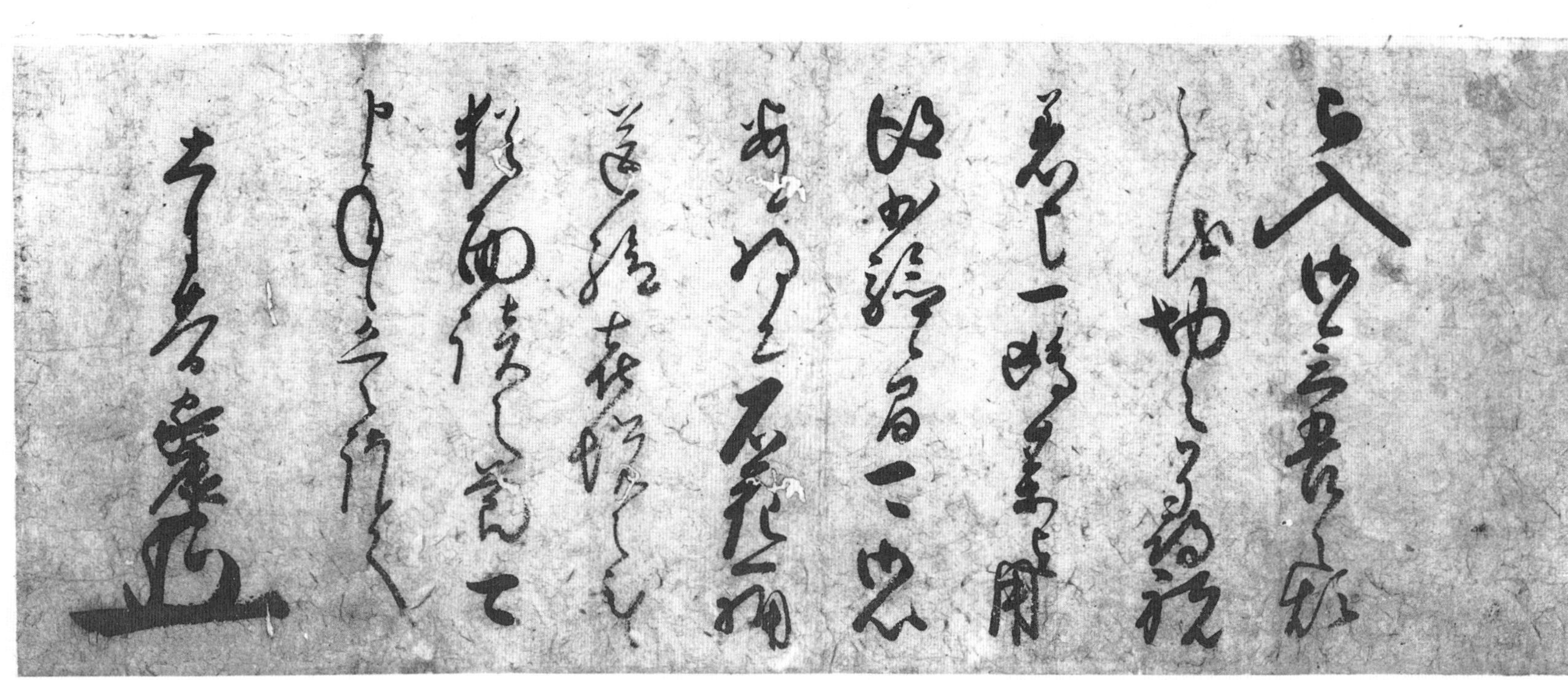

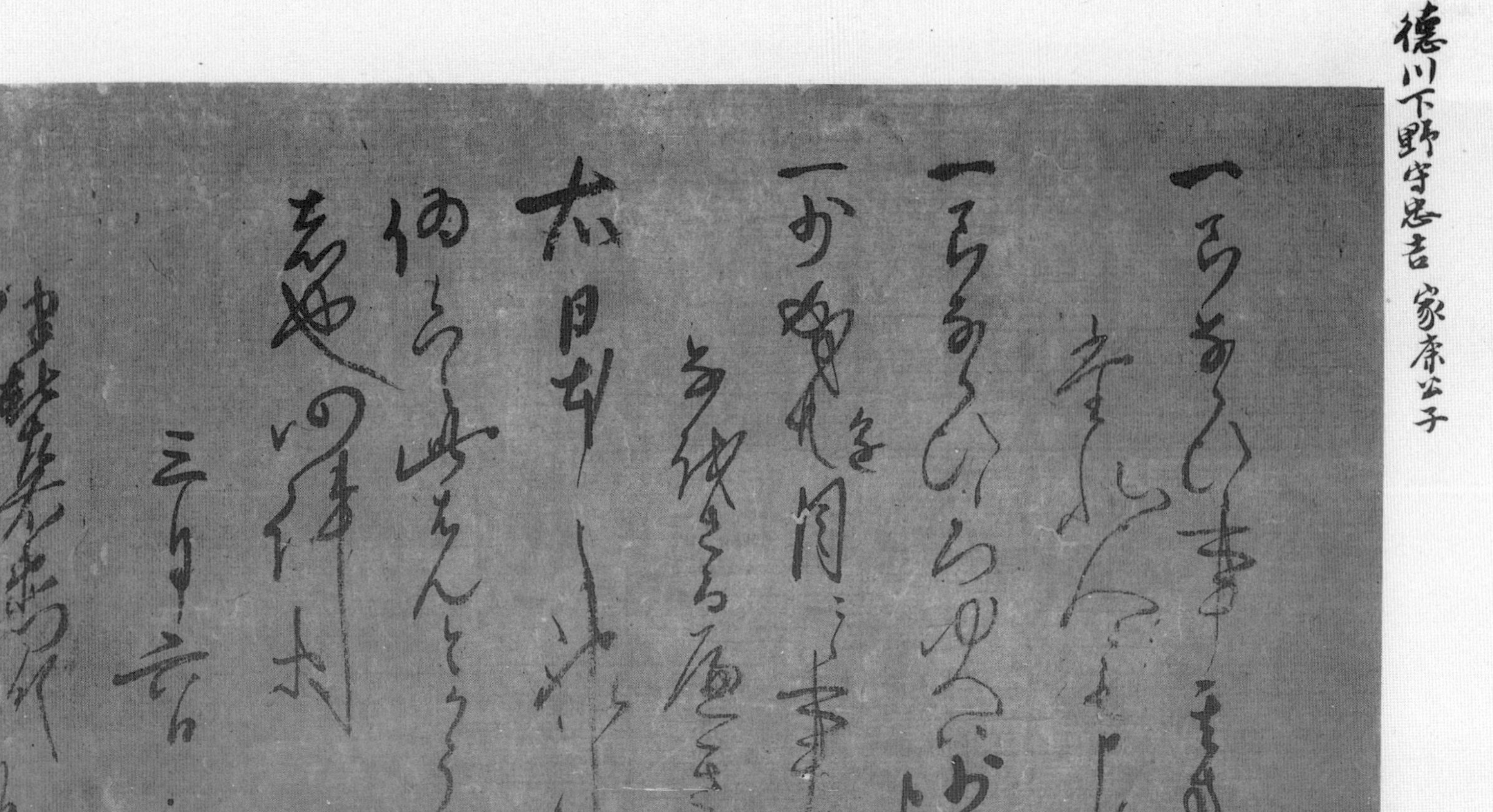
徳川下野守忠吉
家康公子

細川幽斎書状
江戸中納言殿
御舎弟下野守殿
御上洛可有
御礼旨之由ト御
當
事ニ可上候委細
与十郎方に申遣候
謹言
二月十三日　幽
斎判
伴喜左衛門殿

上ノ如キ幽斎自筆ノ書状ト此忠吉ノ書ト二枚相並ベテ
一幅トナセルモノナルガ表装破損セシカバ各離チテ帖
ニ収メタルニ幽斎ノ書ハ友人佐々木信綱君ノ懇
望ニヨリテ割愛シタリ
曾テ細川家ノ蔵幅ヲ観ル中ニ伴喜左衛門ノ上
京シテ野州ノ弓ノ師範トセンコトヲ記セル書状
アルヲ見タリ之ト関聯セルモノナラン伴ハ即細川家
ノ家臣ナラン
野州ノ書太拙劣ニ見ユレバ或ハ其真ニアラザランカト疑
フ者アレド伴ガ野州ヨリ賜ハリテ我旧主ノ書トシテ其子孫ニ
秘蔵セシヲ見レバ或ハ其拙ナルモノ却テ其真ナルヲ知ル
ヲ得シ也

征夷大将軍源家綱筆

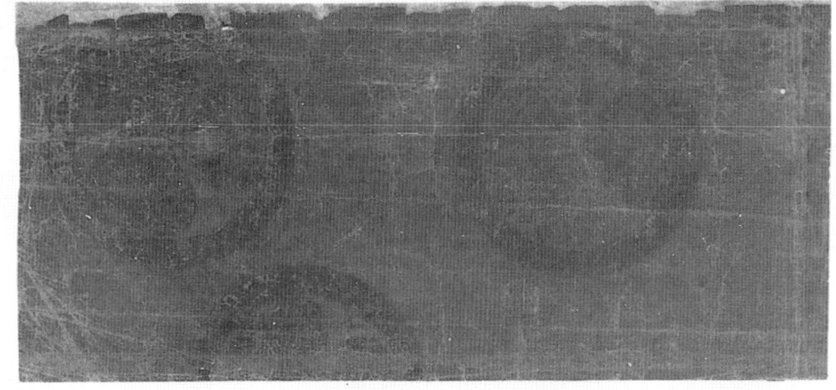

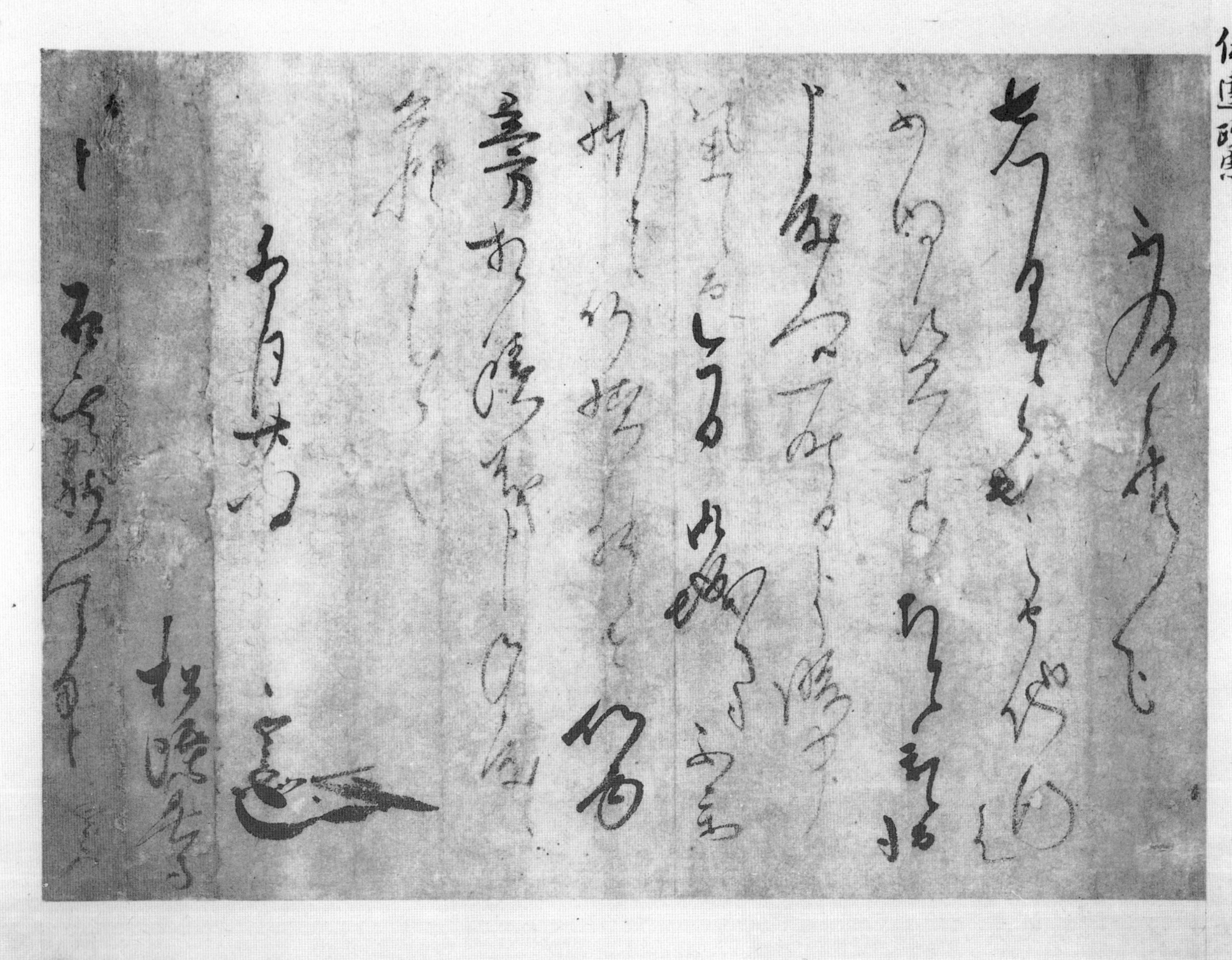
伊達政宗

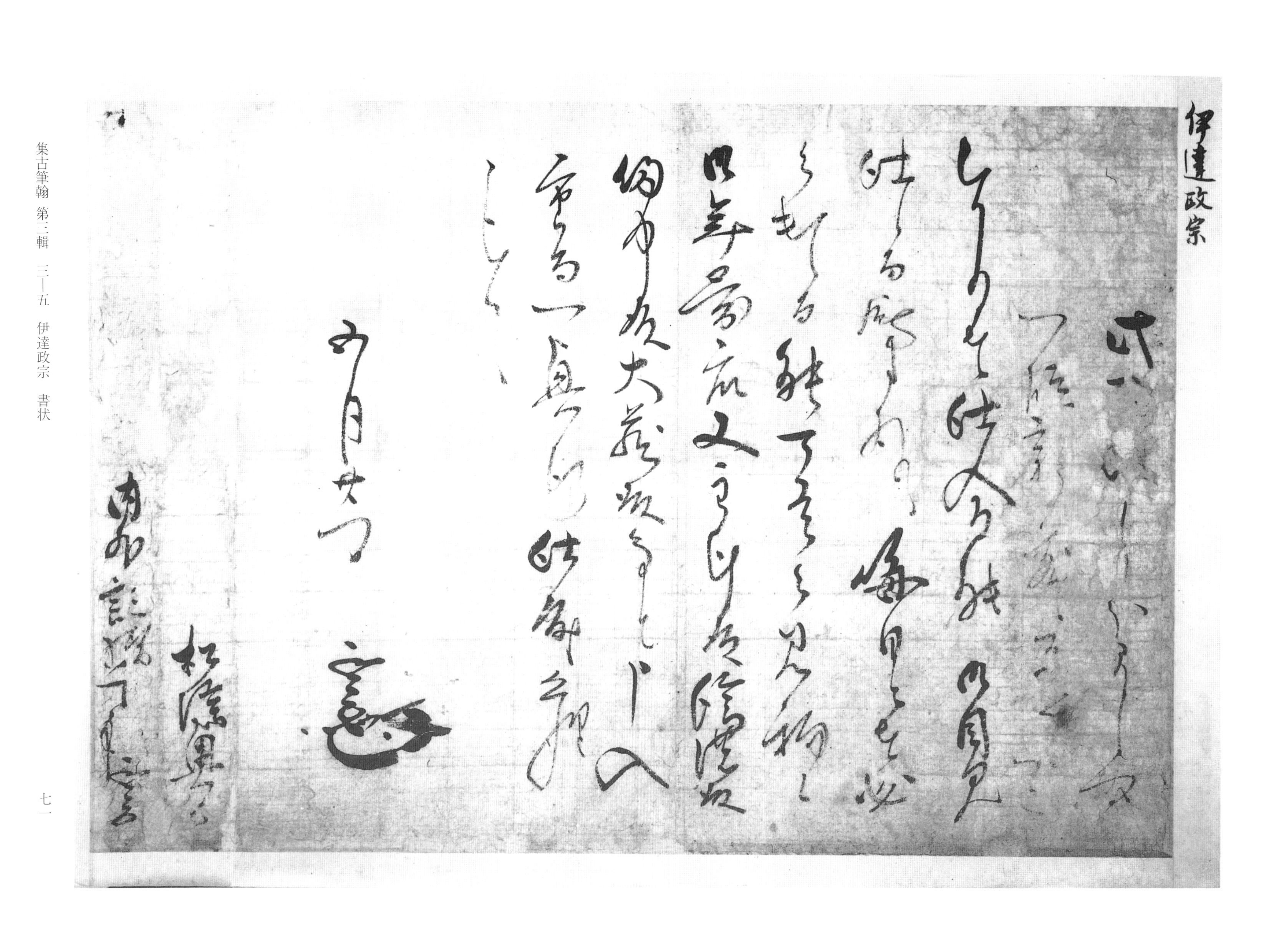

伊達政宗

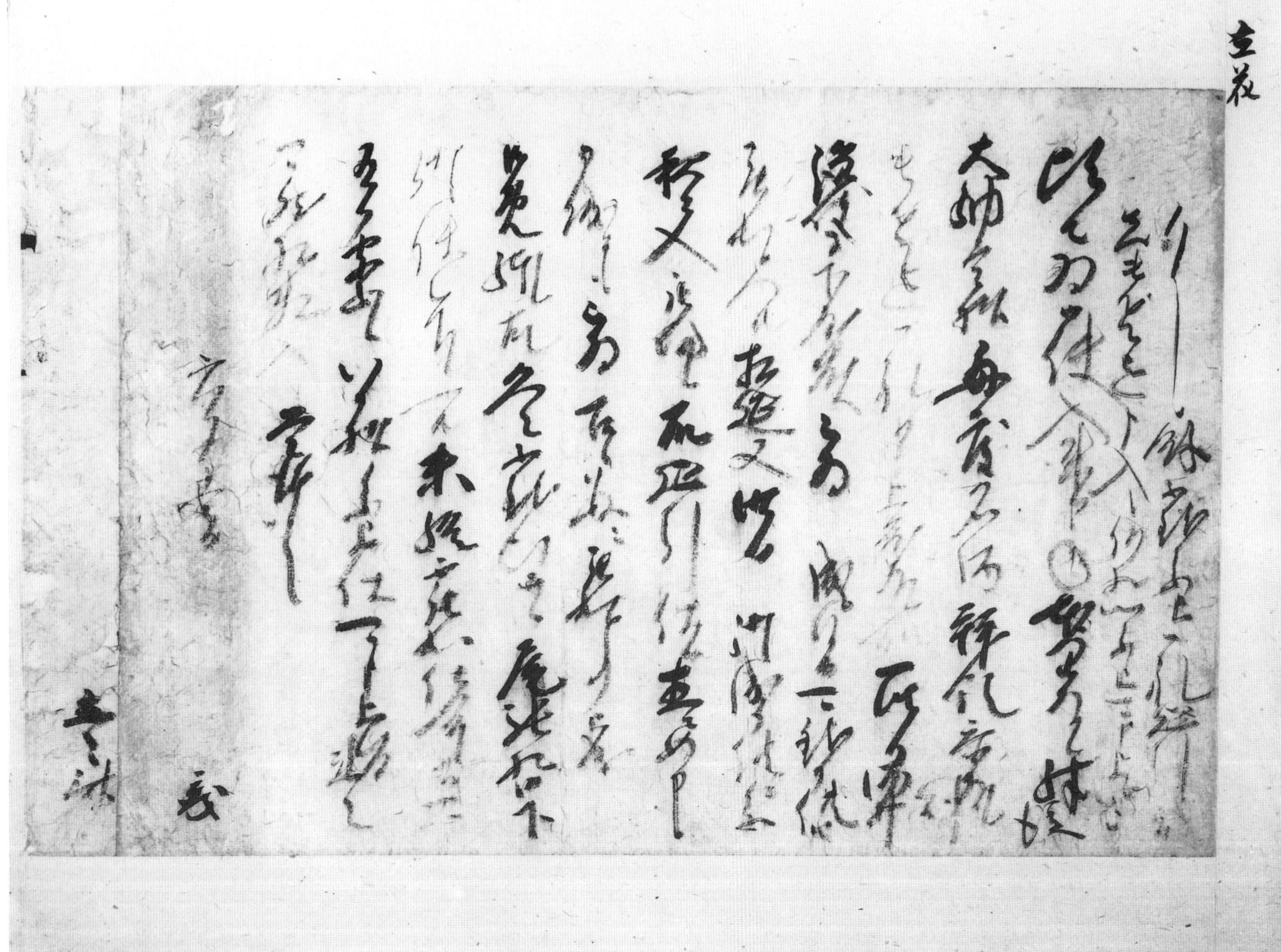

福島正則

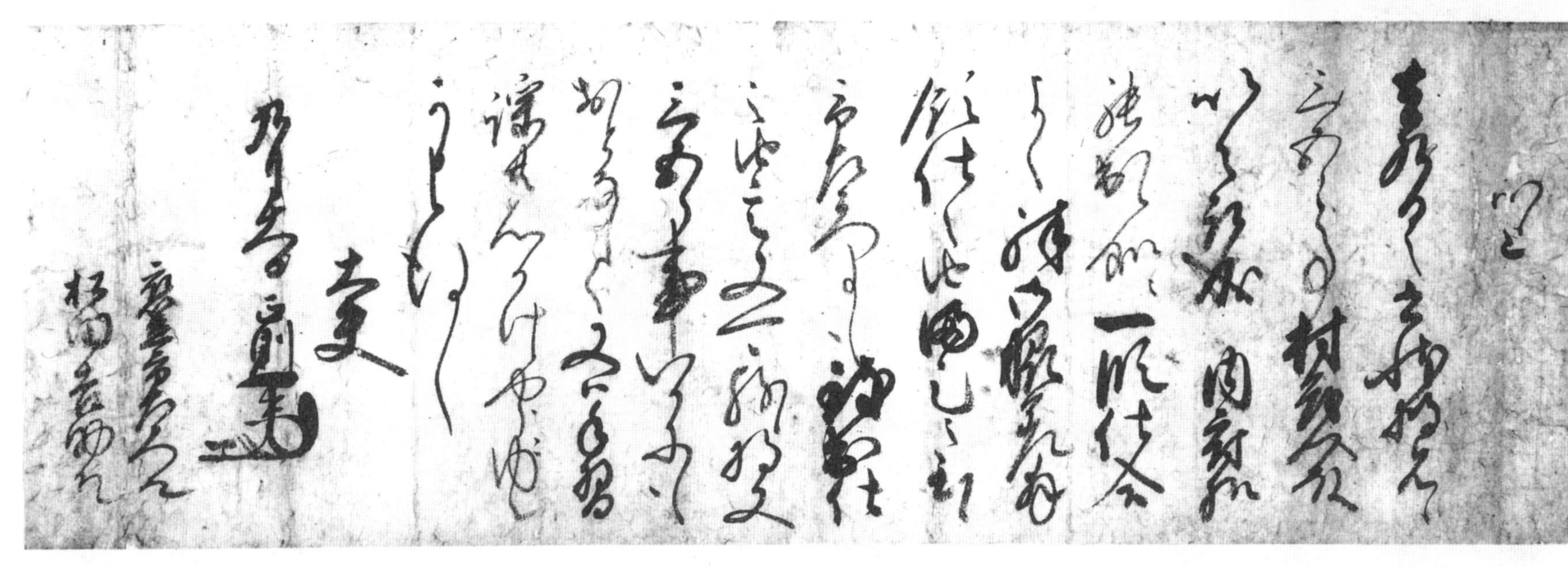

池田光政 芳烈公

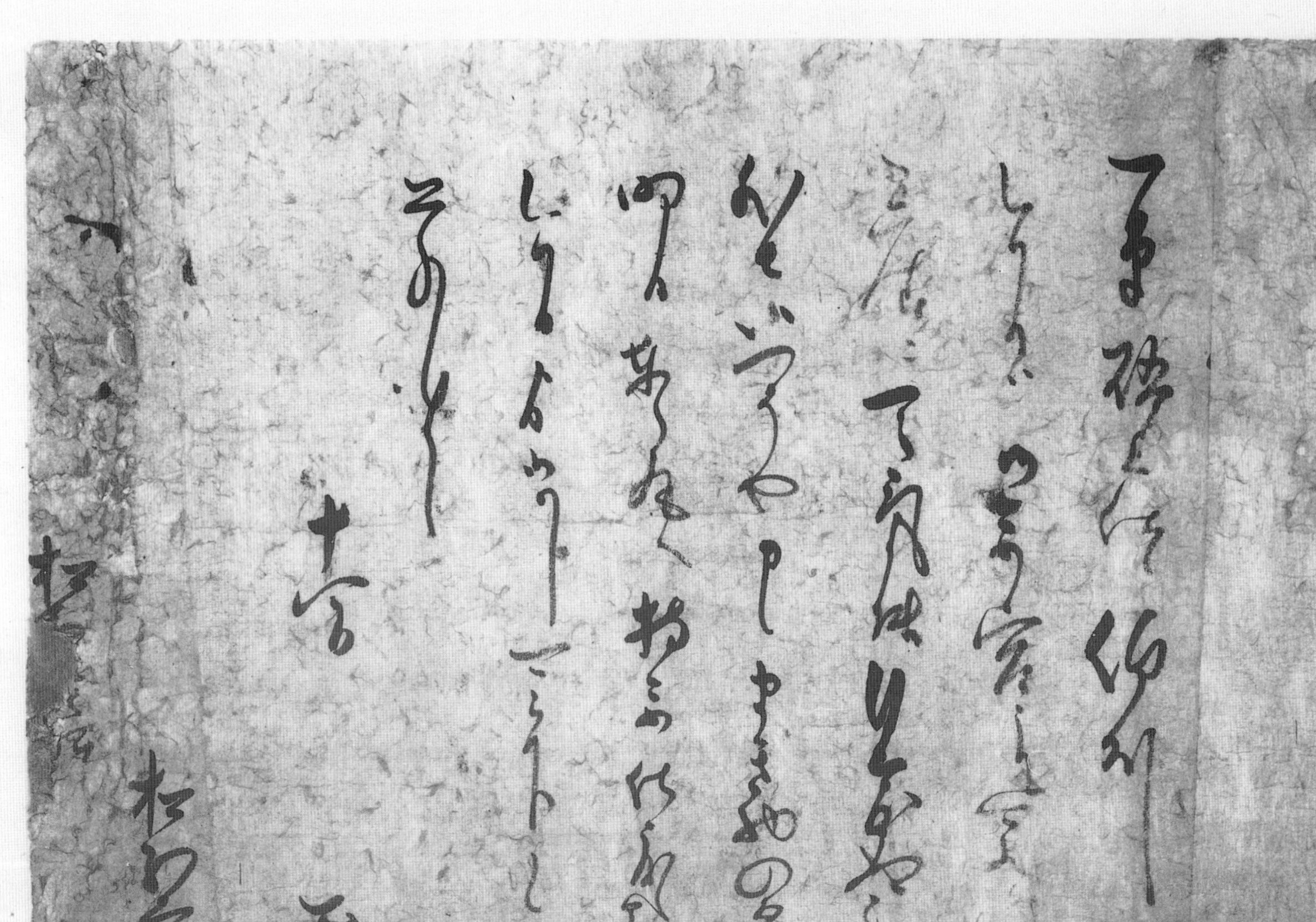

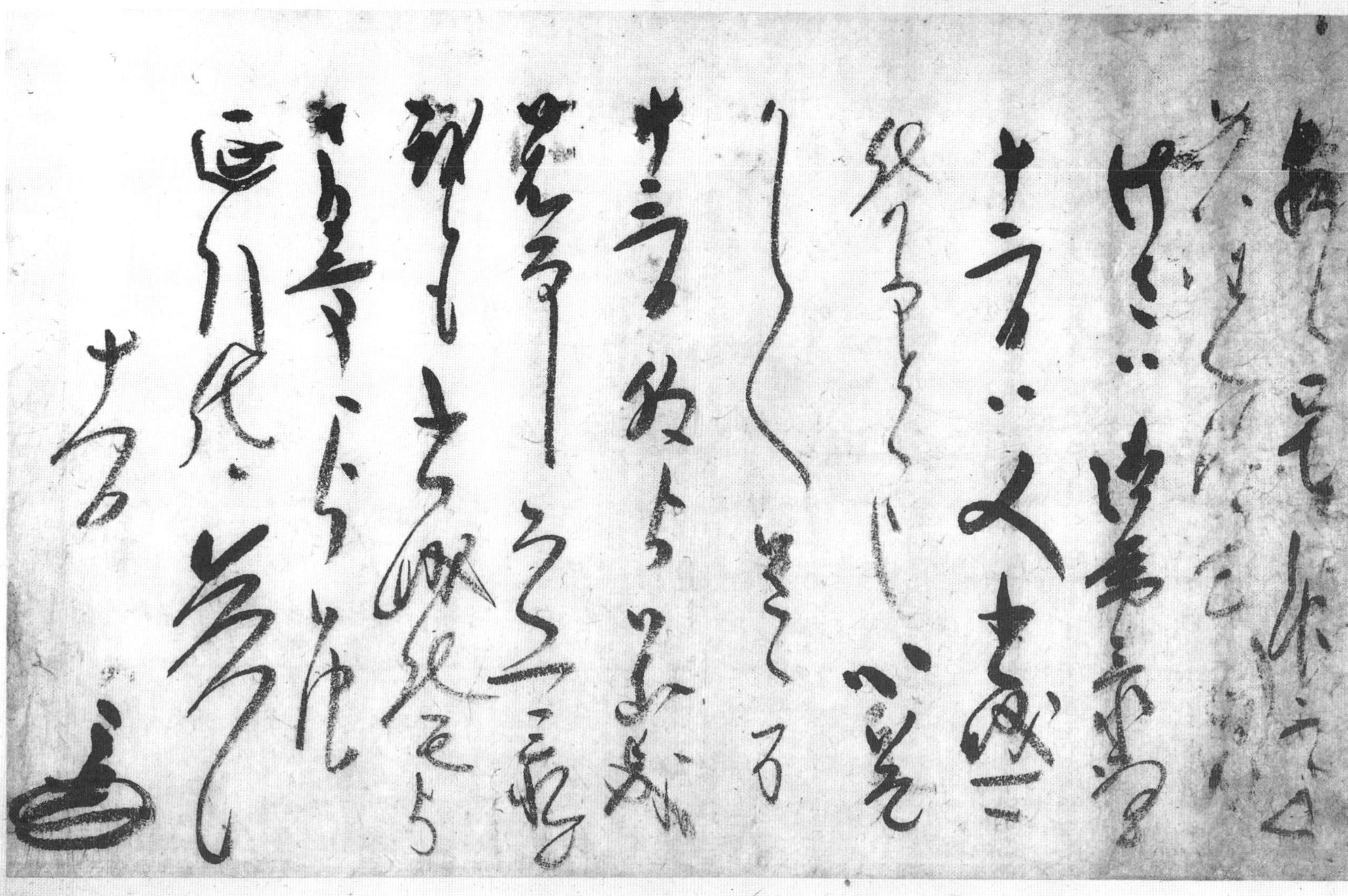
細川忠興 三齋 自筆

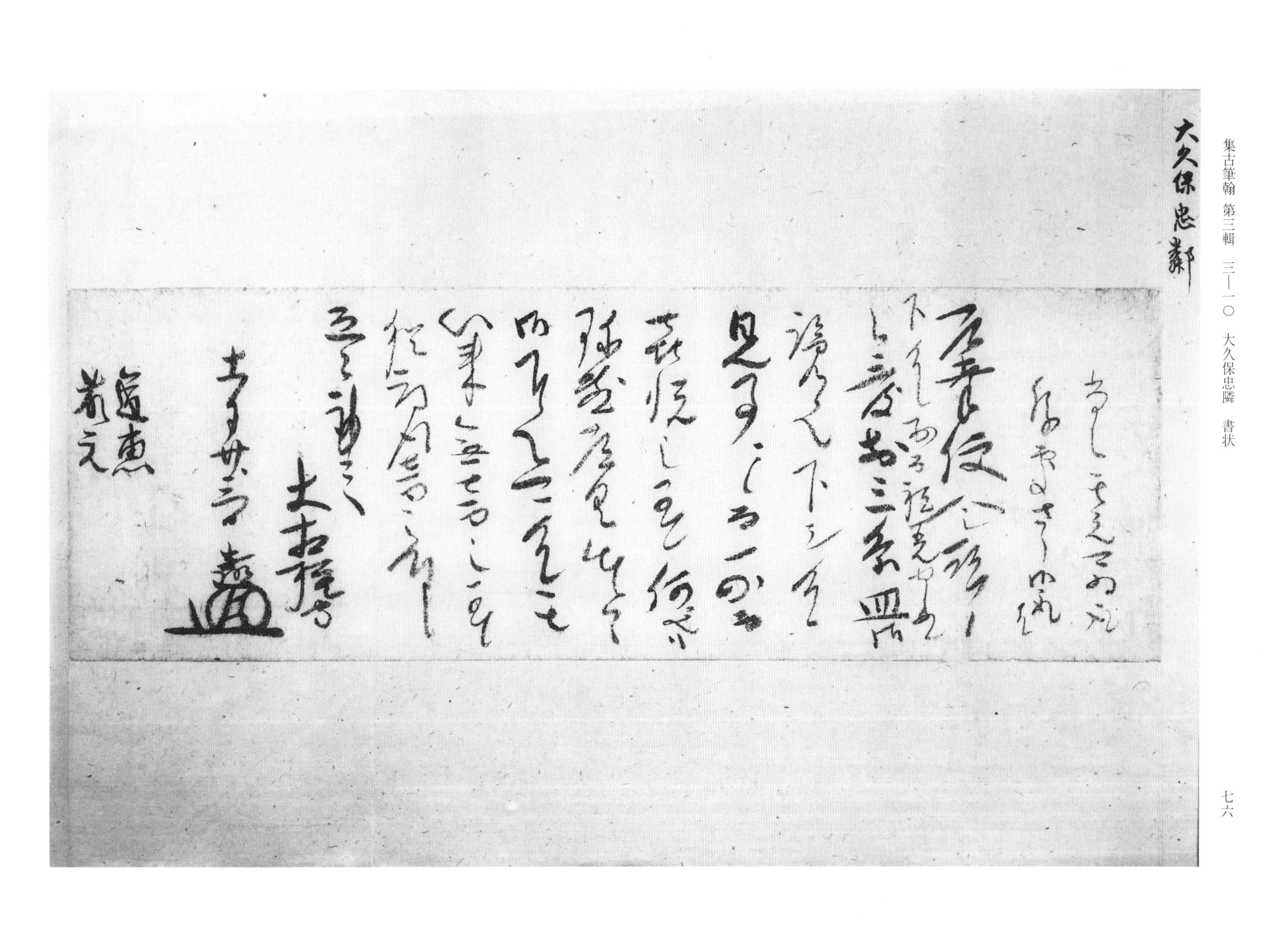

大久保忠鄰

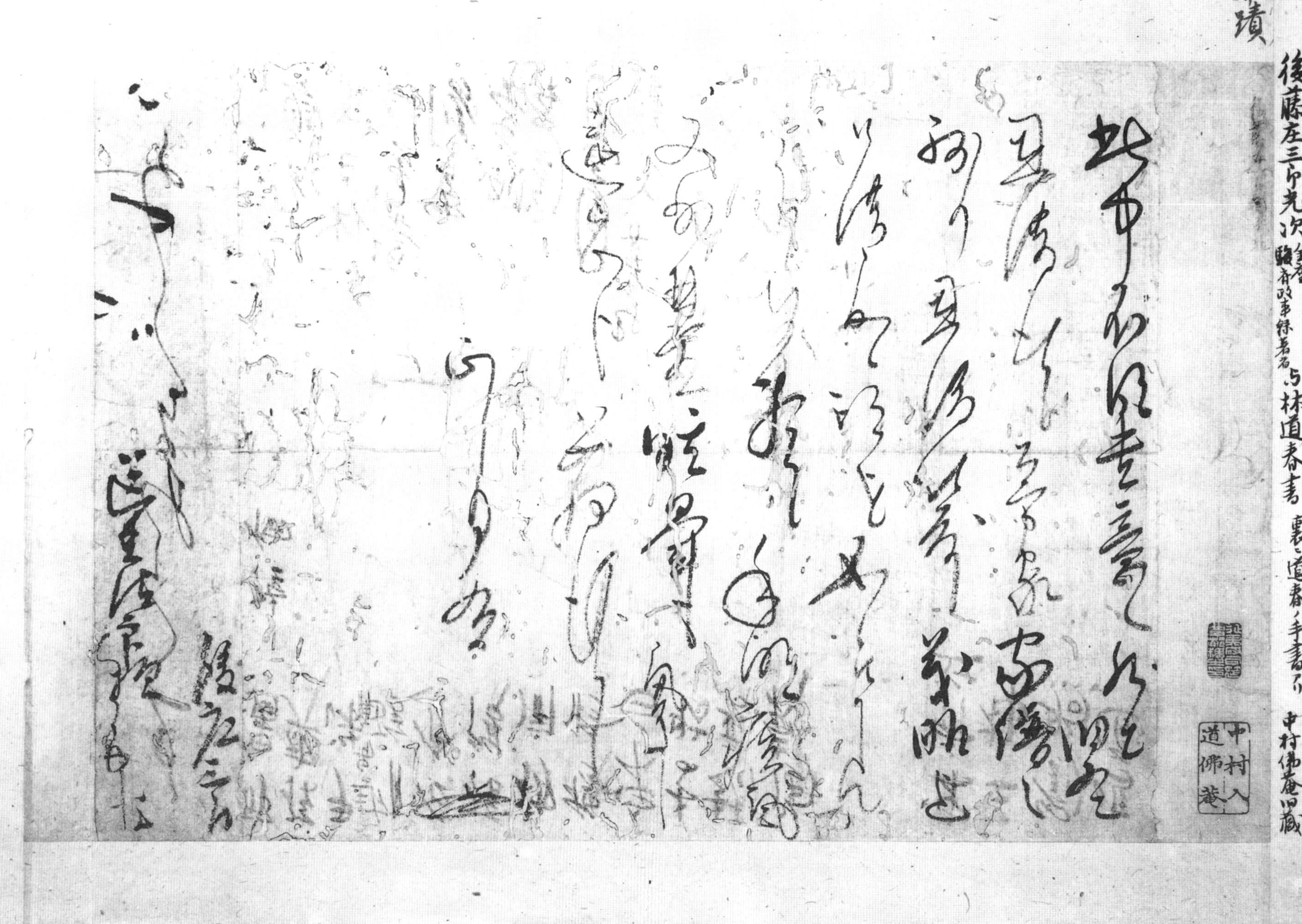
希蹟
後藤庄三郎光次 金座 駿府政事録著者
与林道春書
裏ニ道春ノ手書アリ
中村佛庵旧蔵
中村入道佛庵

片桐貞昌

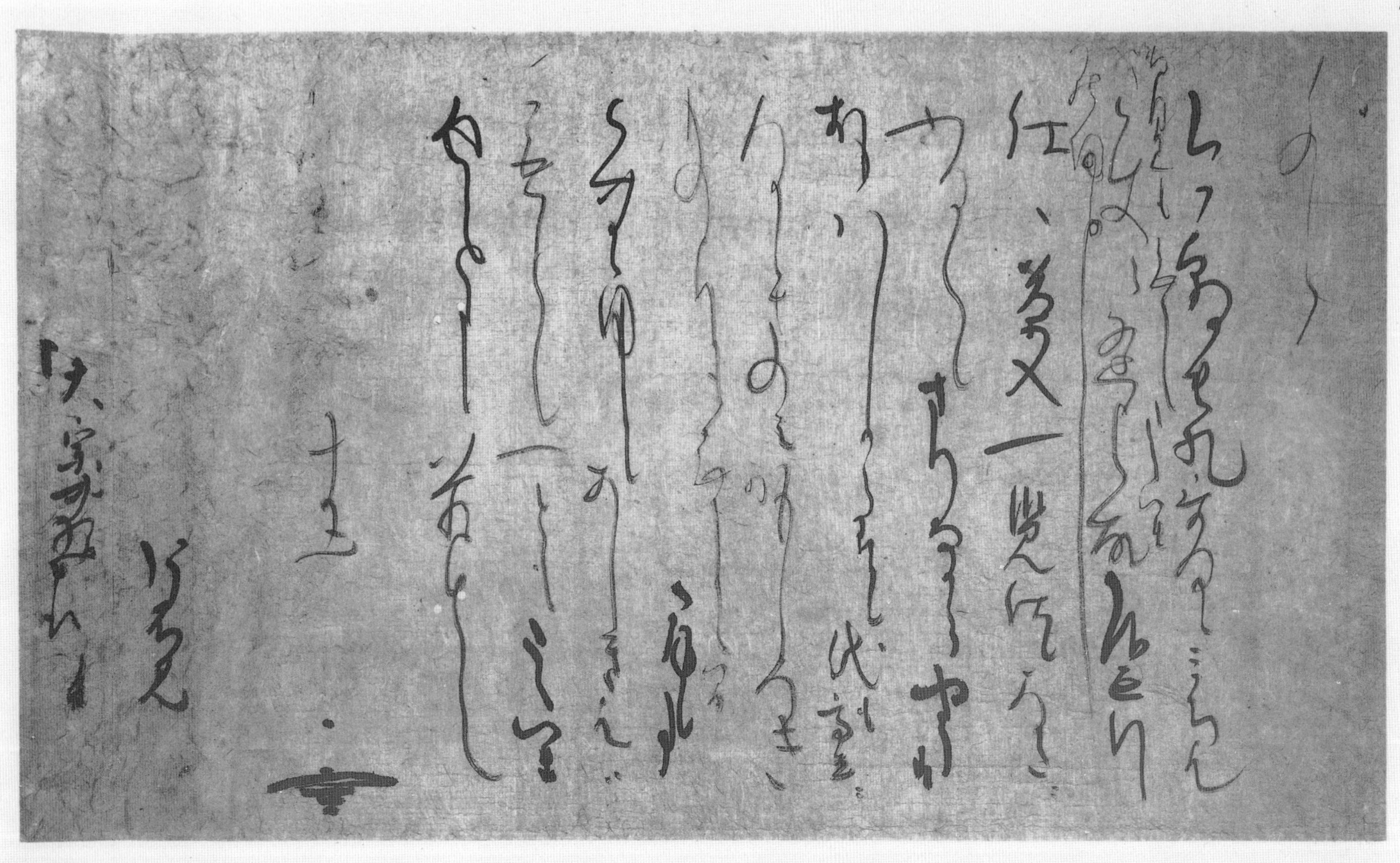

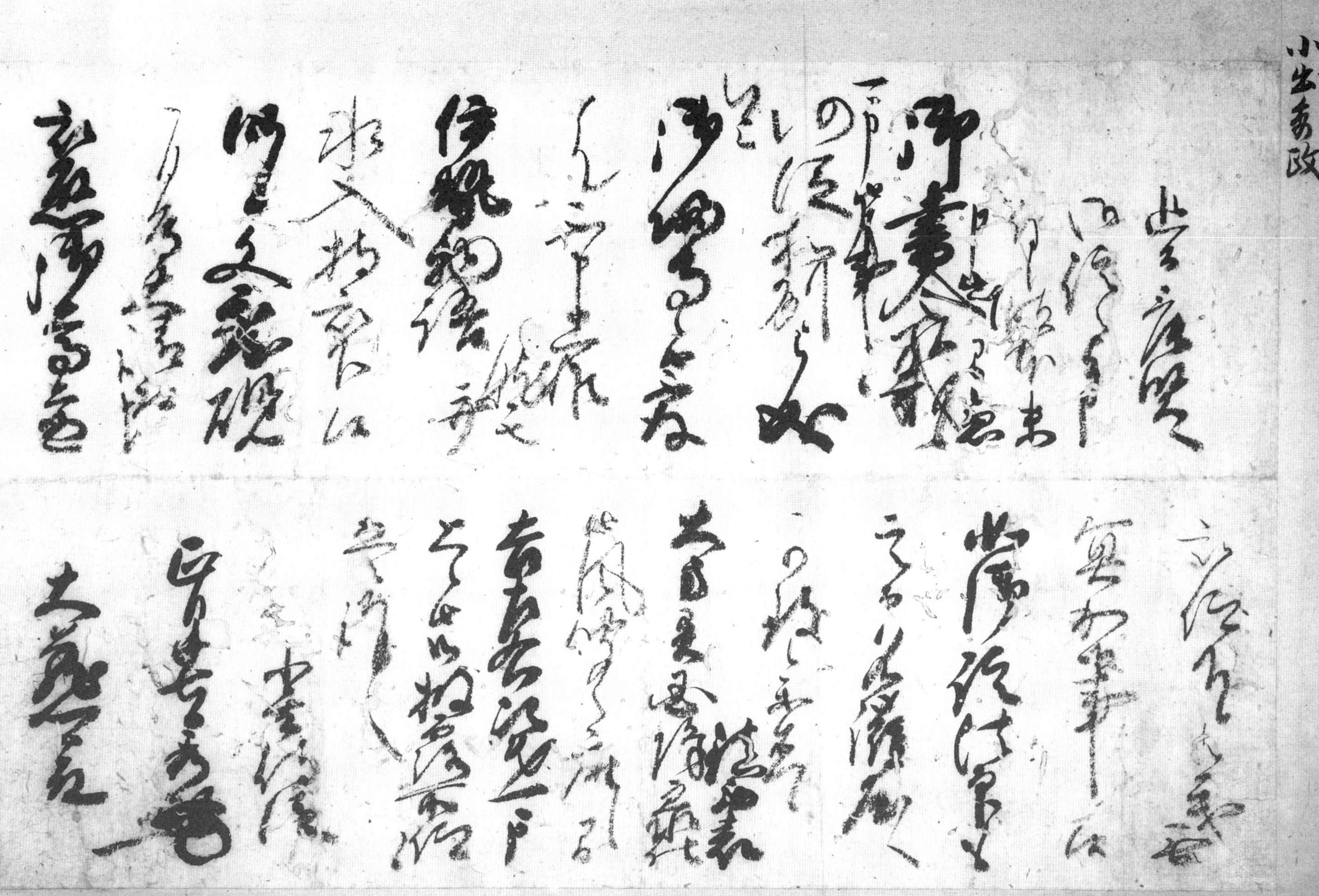
小出秀政

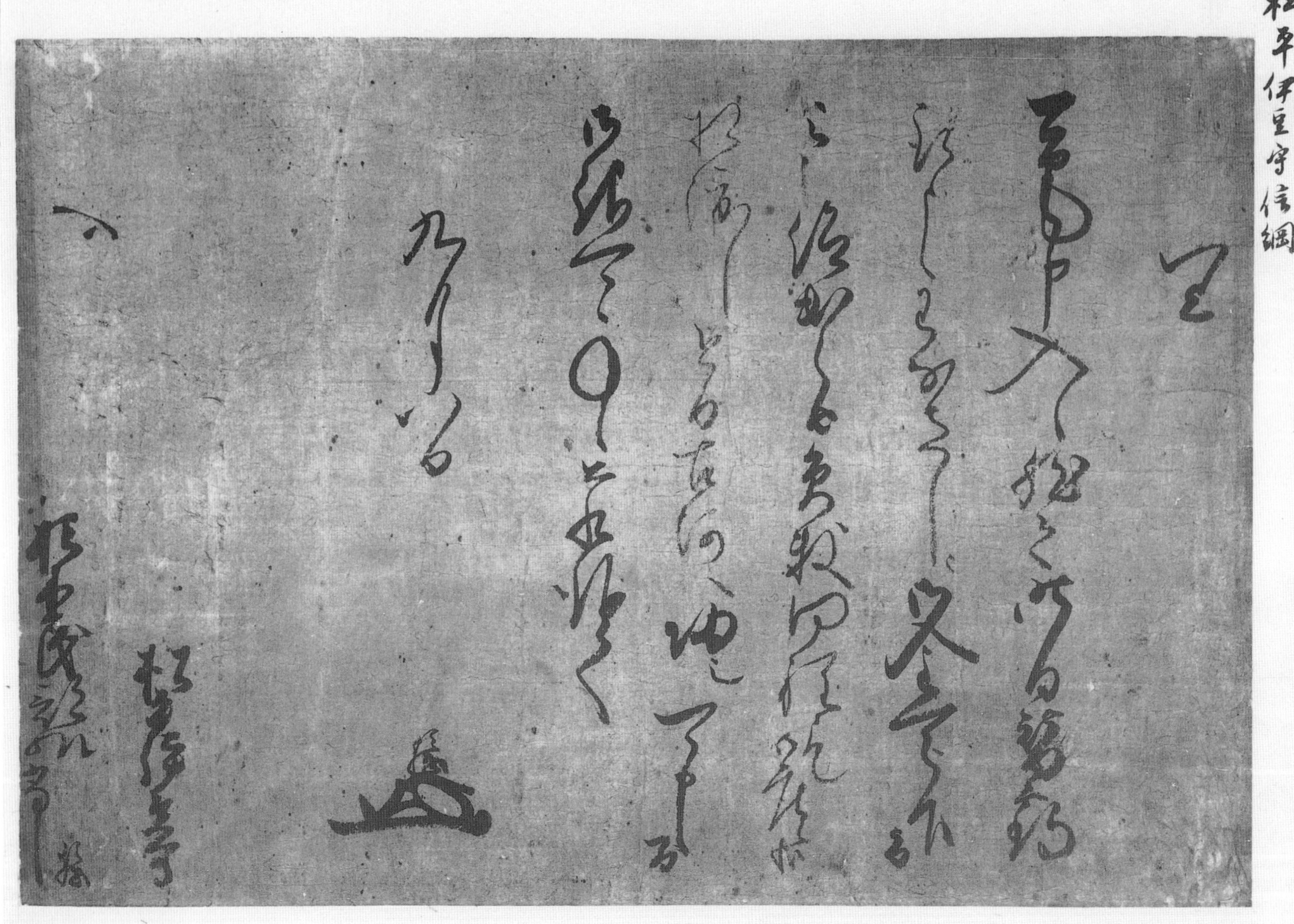
松平伊豆守信綱

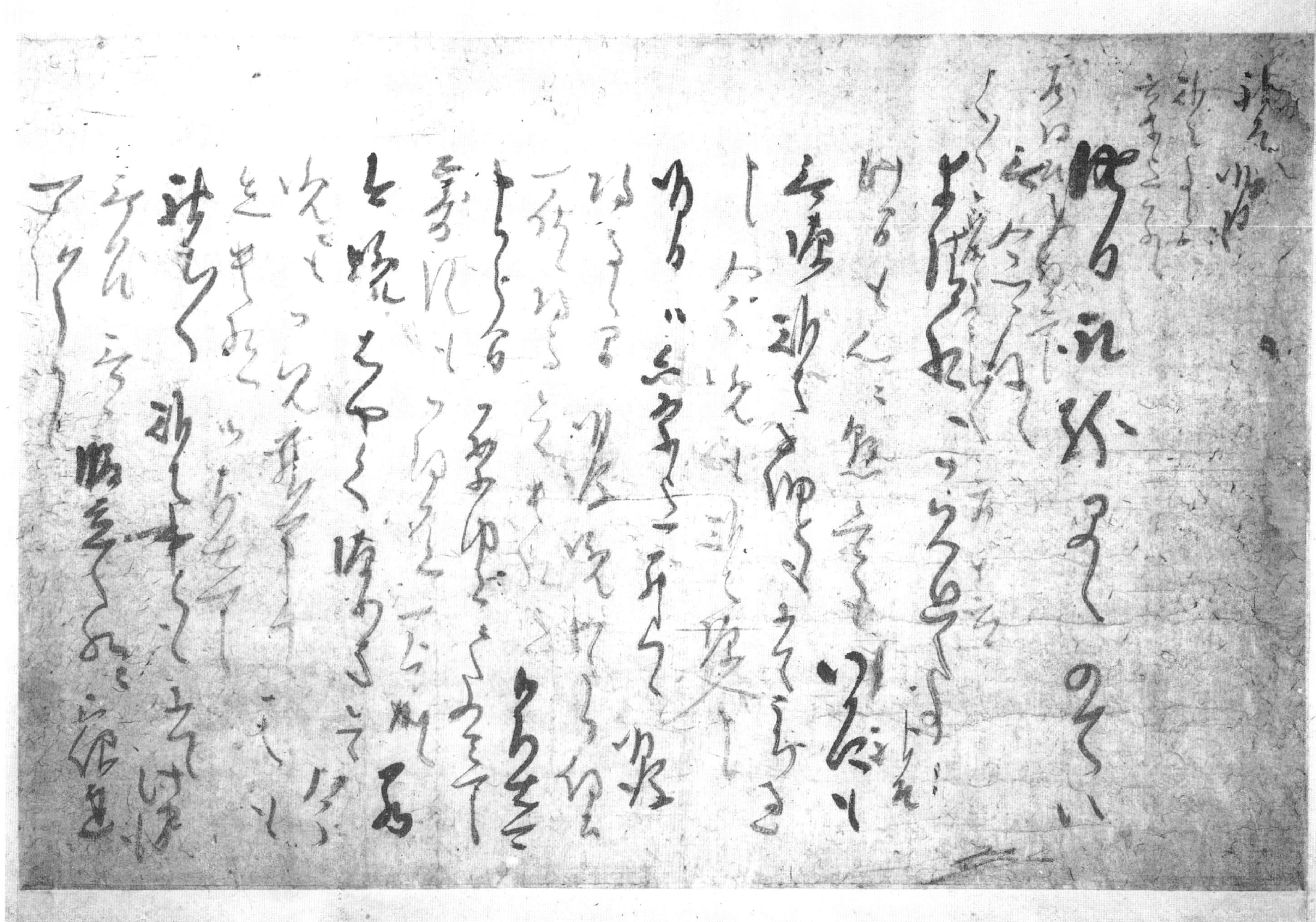

岡本半介宣就

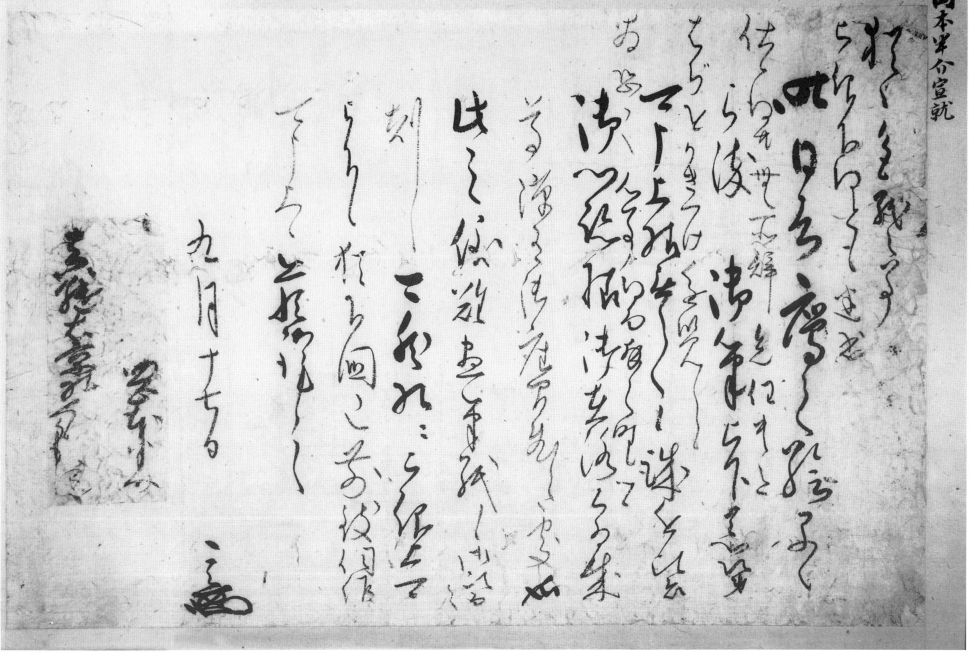

本阿弥光悦

初名二郎三郎

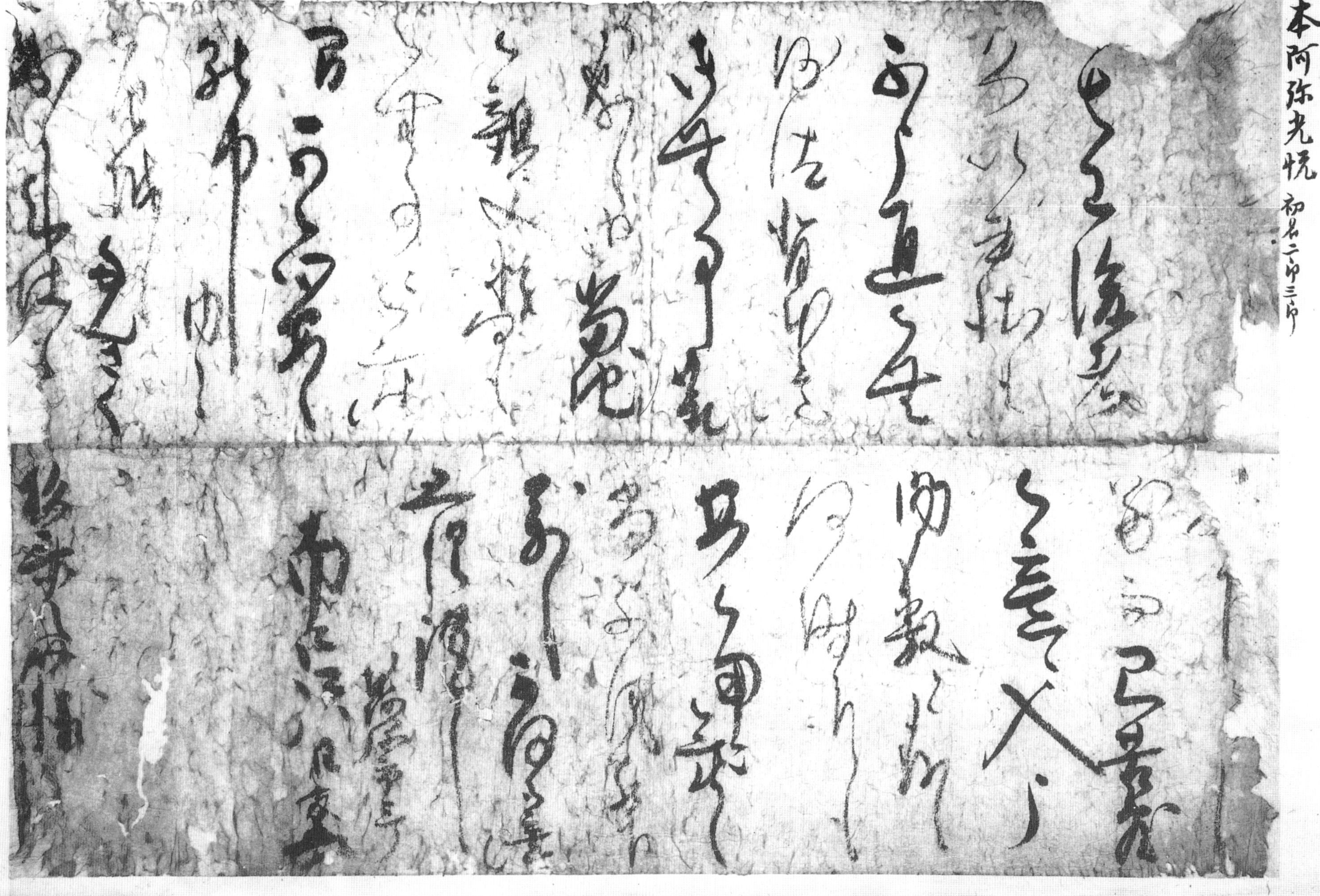

三—一八 近衛信尋 書状

近衛應山公 署名自筆

清韓長老
方廣寺鐘銘作者

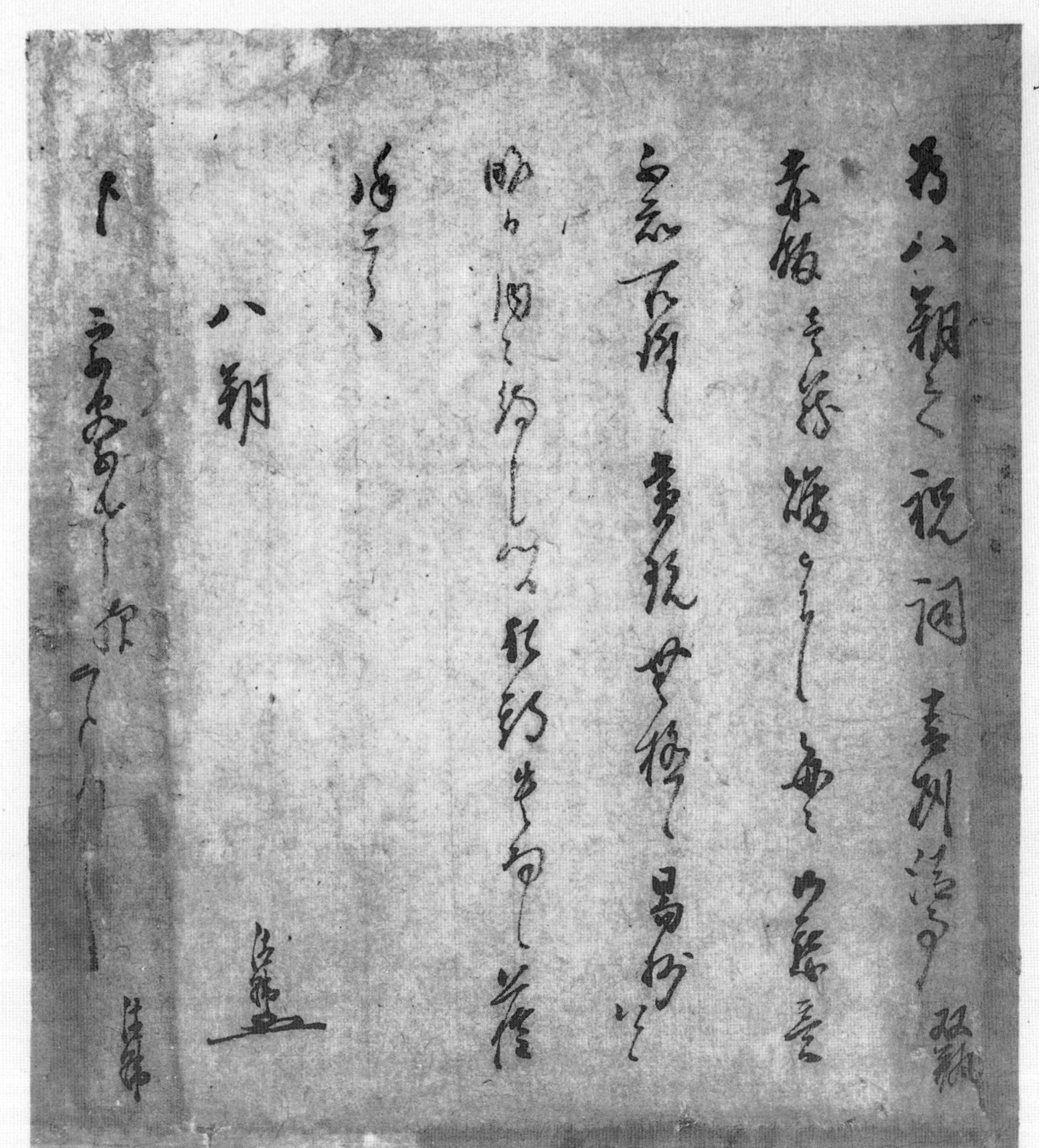

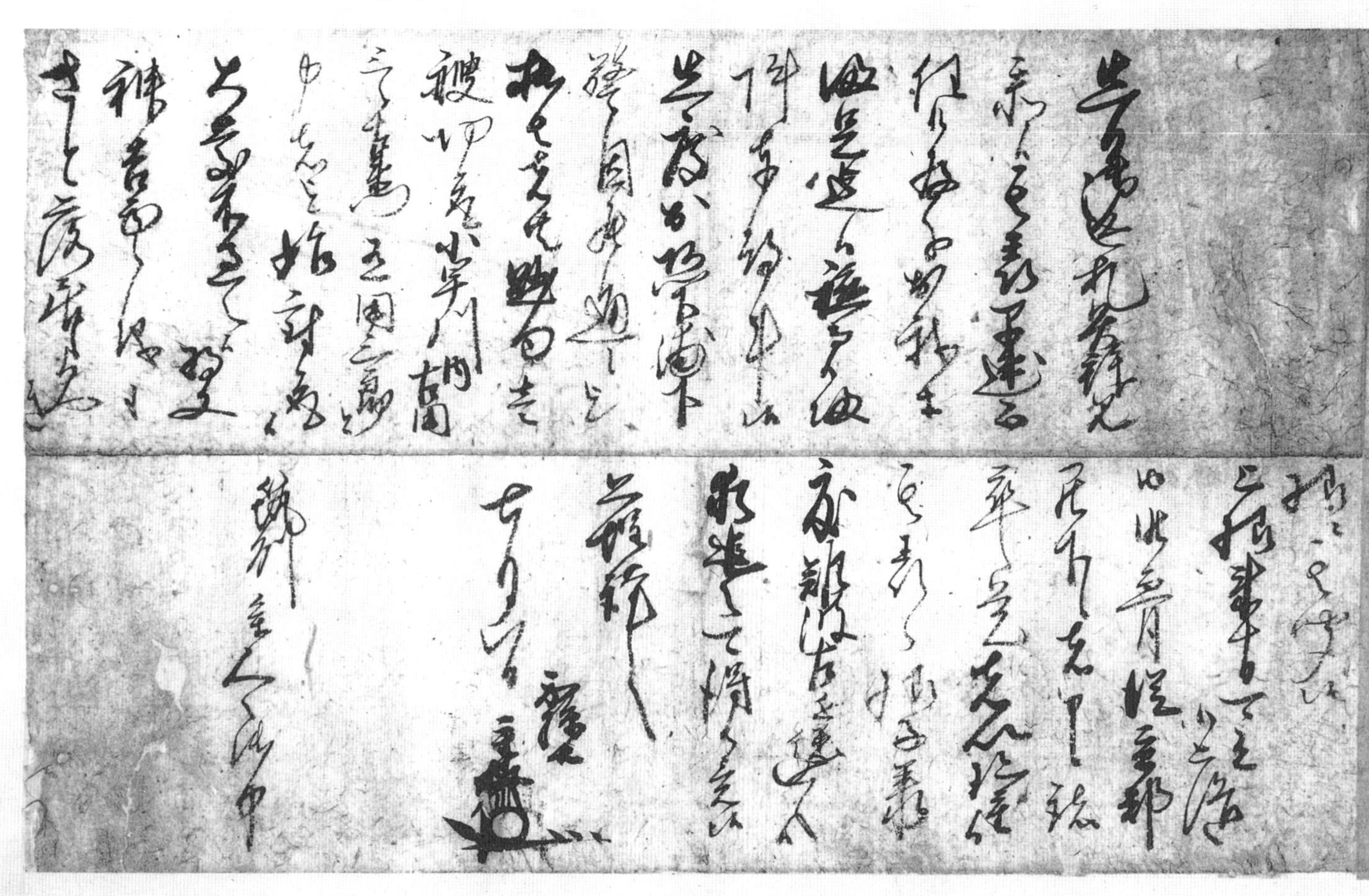

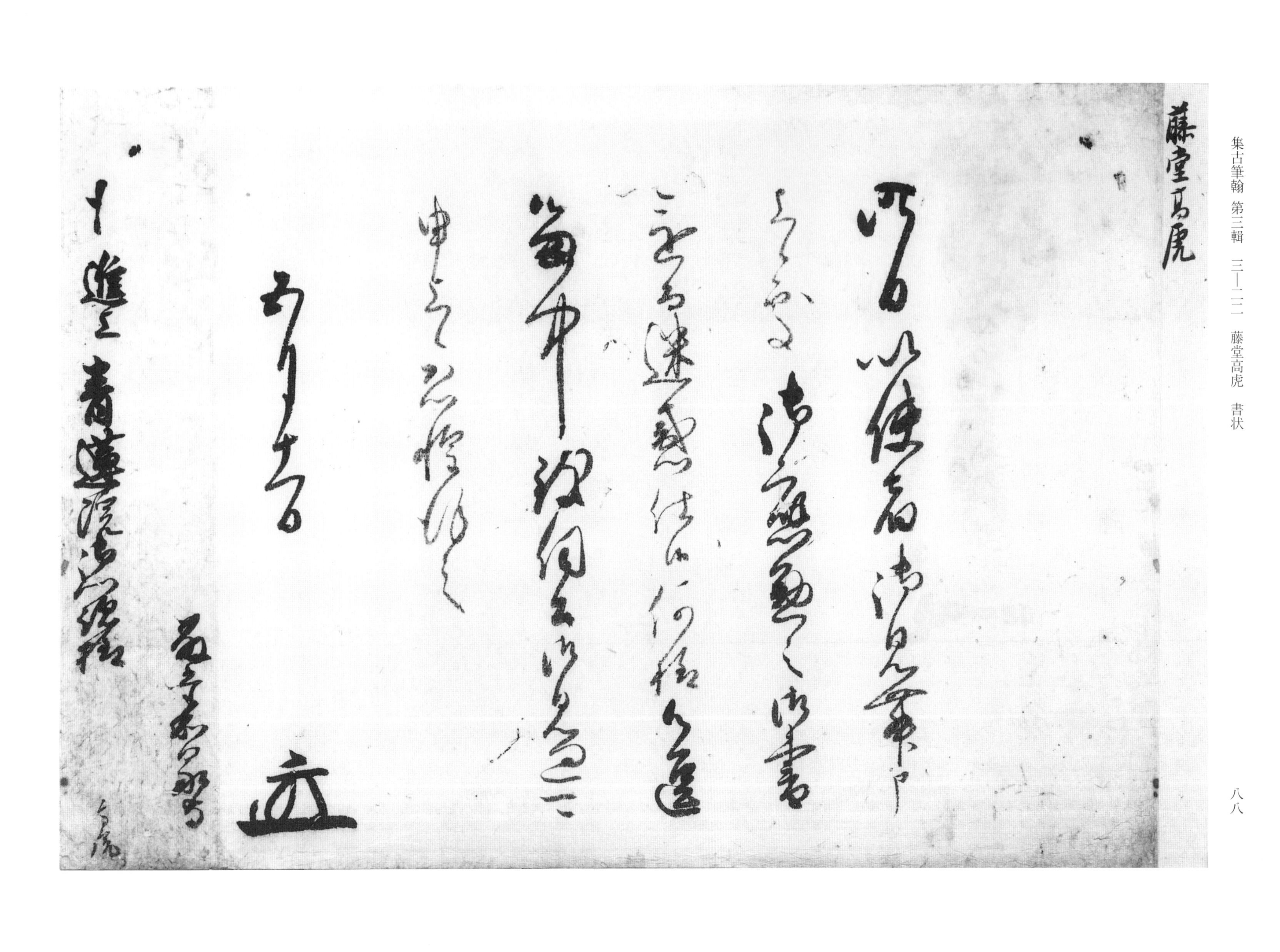

藤堂高虎

板倉伊賀守勝重

板倉内膳正重昌

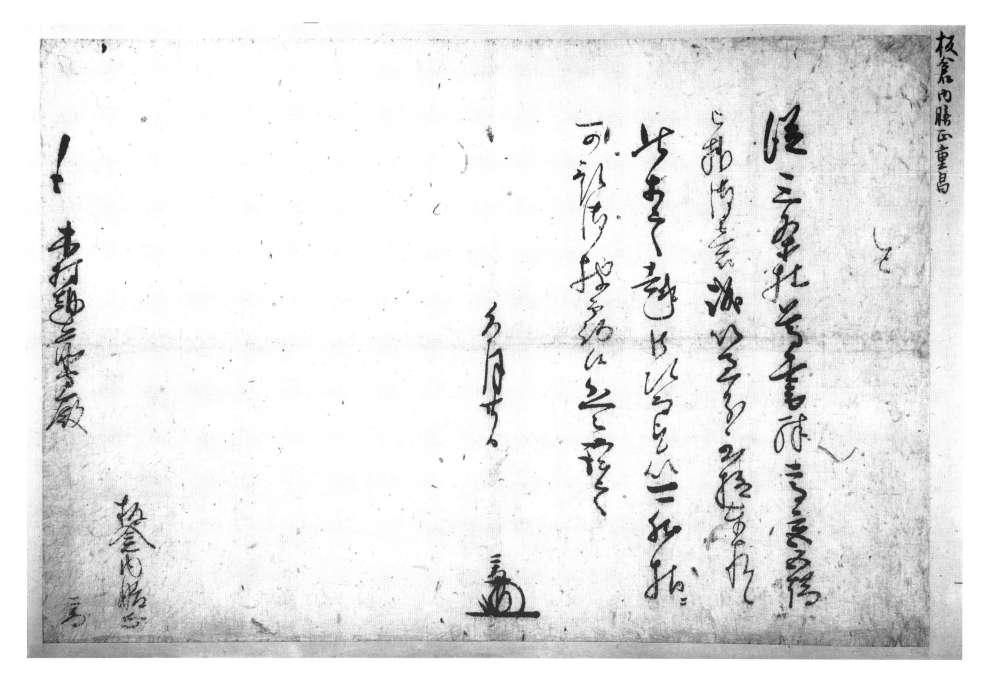

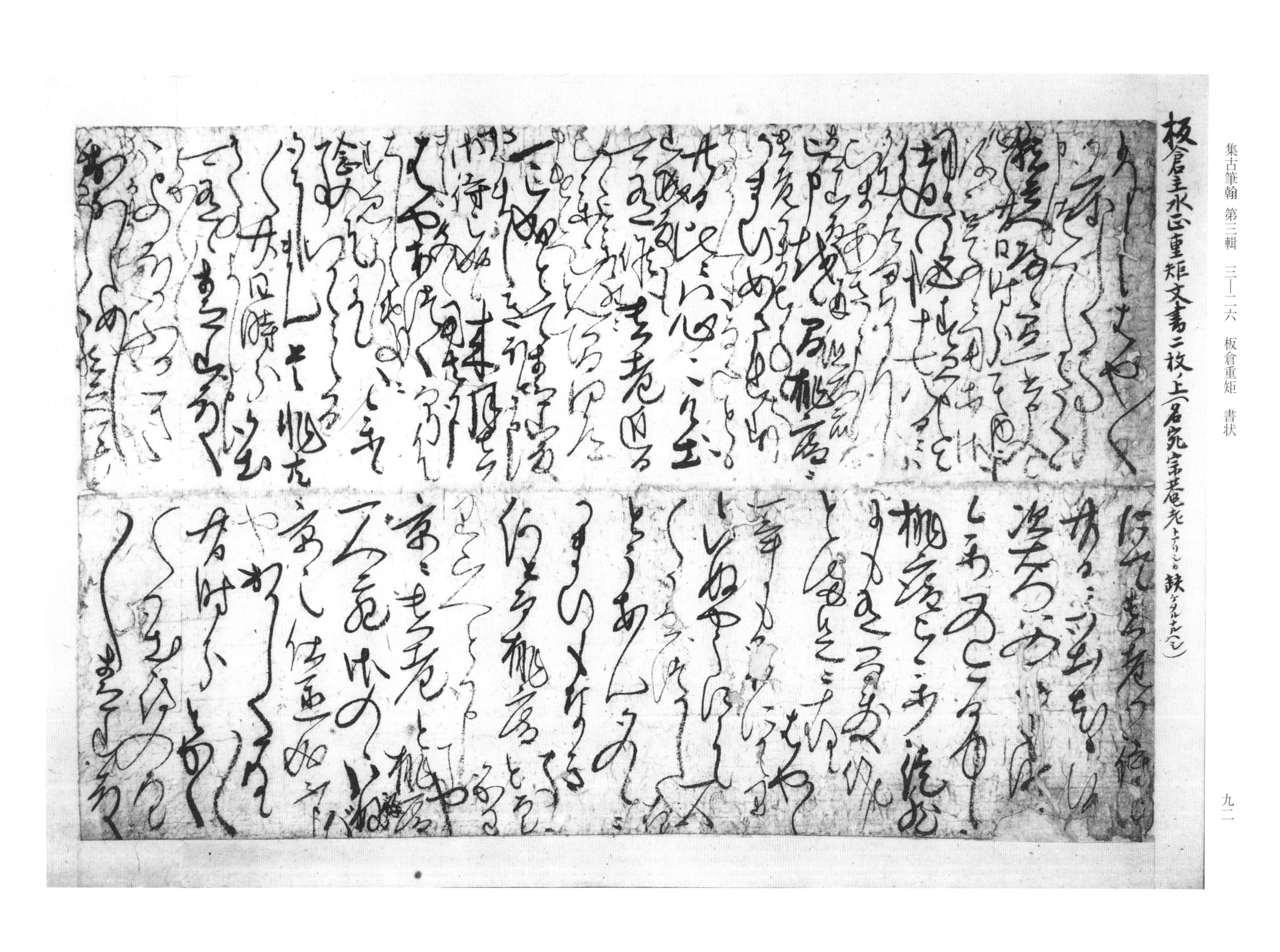

板倉主水正重矩文書二枚ノ上（名究宗巷庵宛トアリシカ缺ケタルナルヘシ）

二枚ノ下

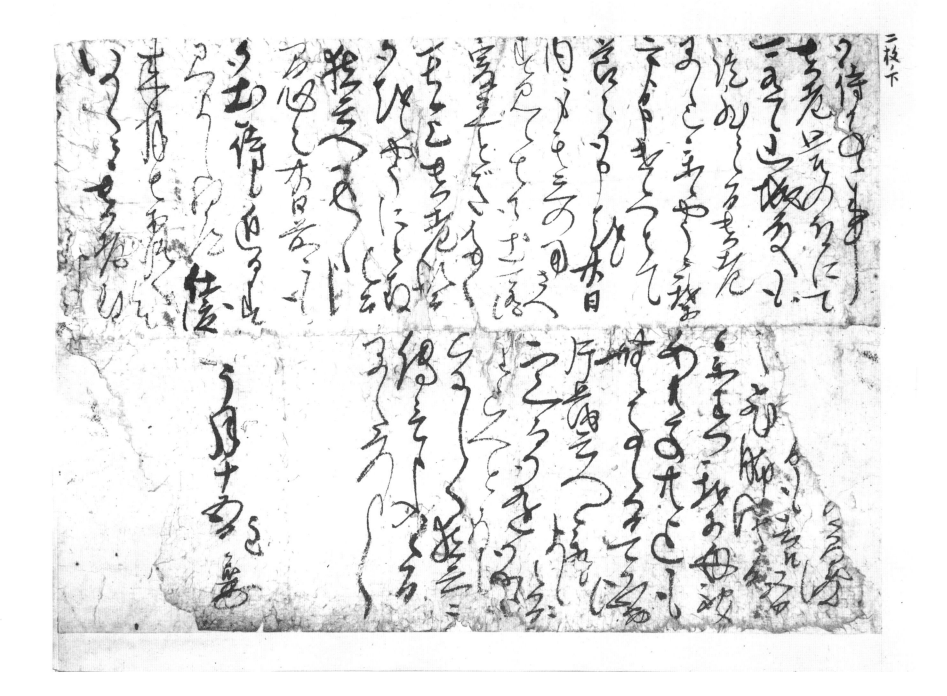

板倉主水正重矩 内膳正重昌男

板倉主水正重矩文書

板倉主水正重矩　内膳正重昌男　正保三年ノ文書二枚ノ内一

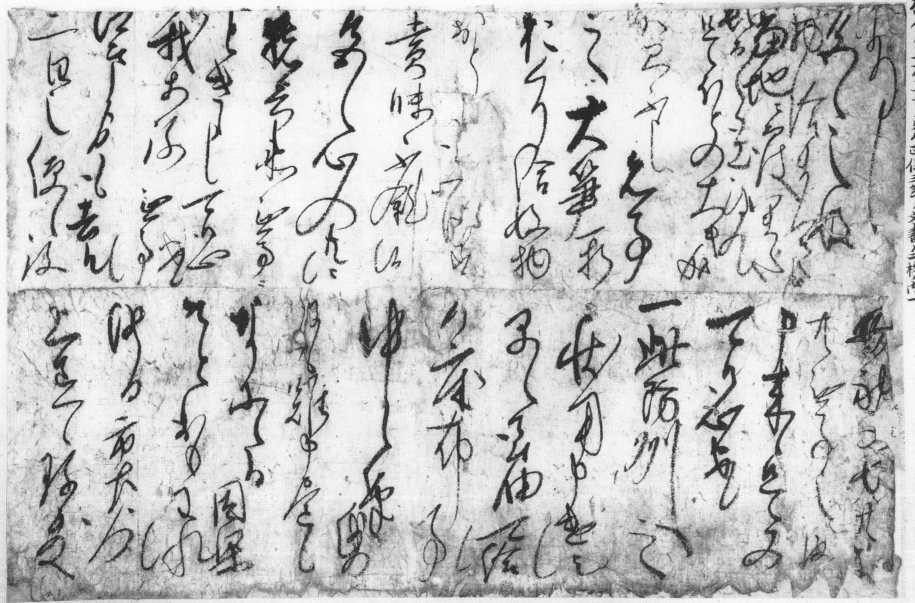

其二

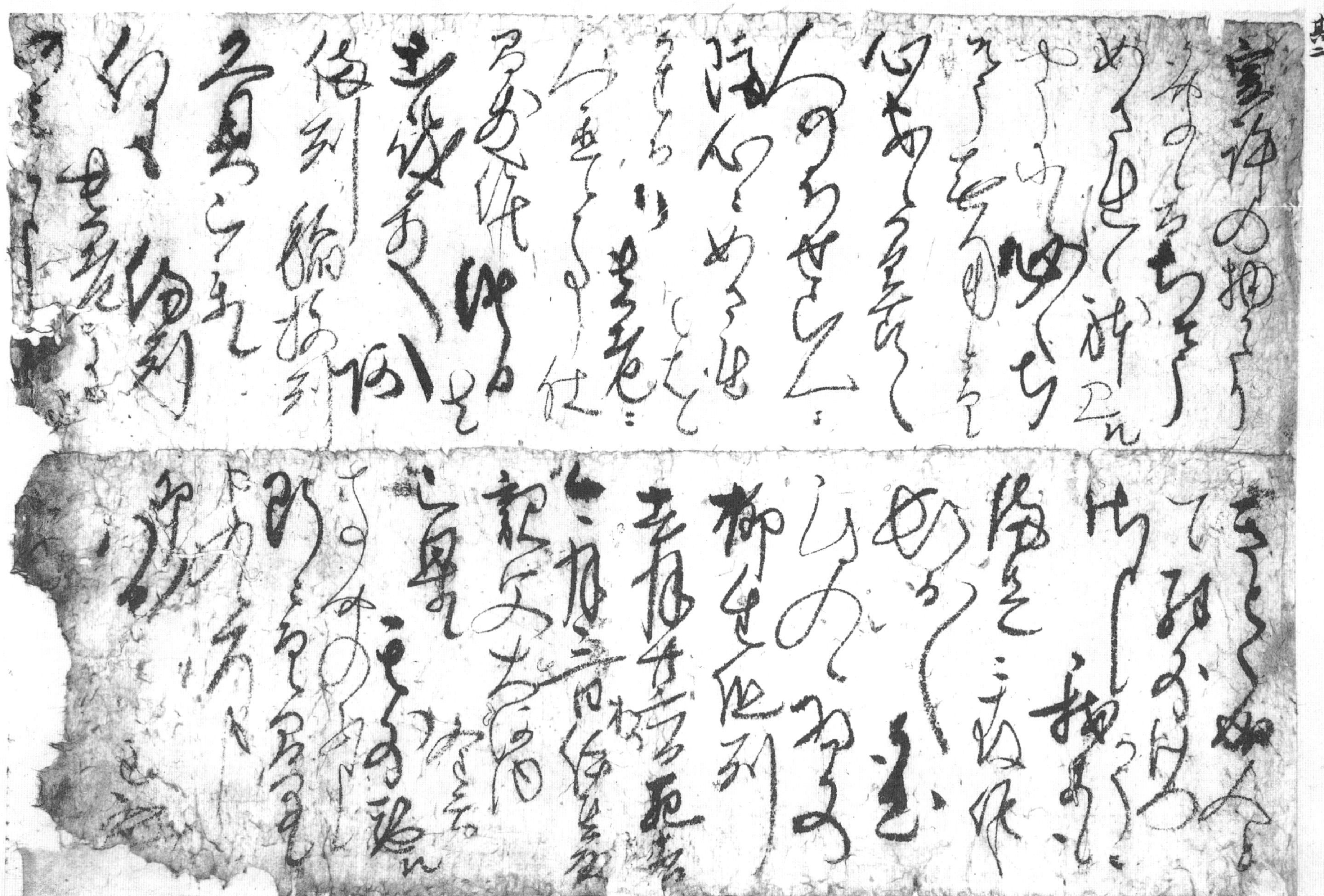

集古筆翰　第三輯　三―三一　小堀宗甫　和歌

古田織部

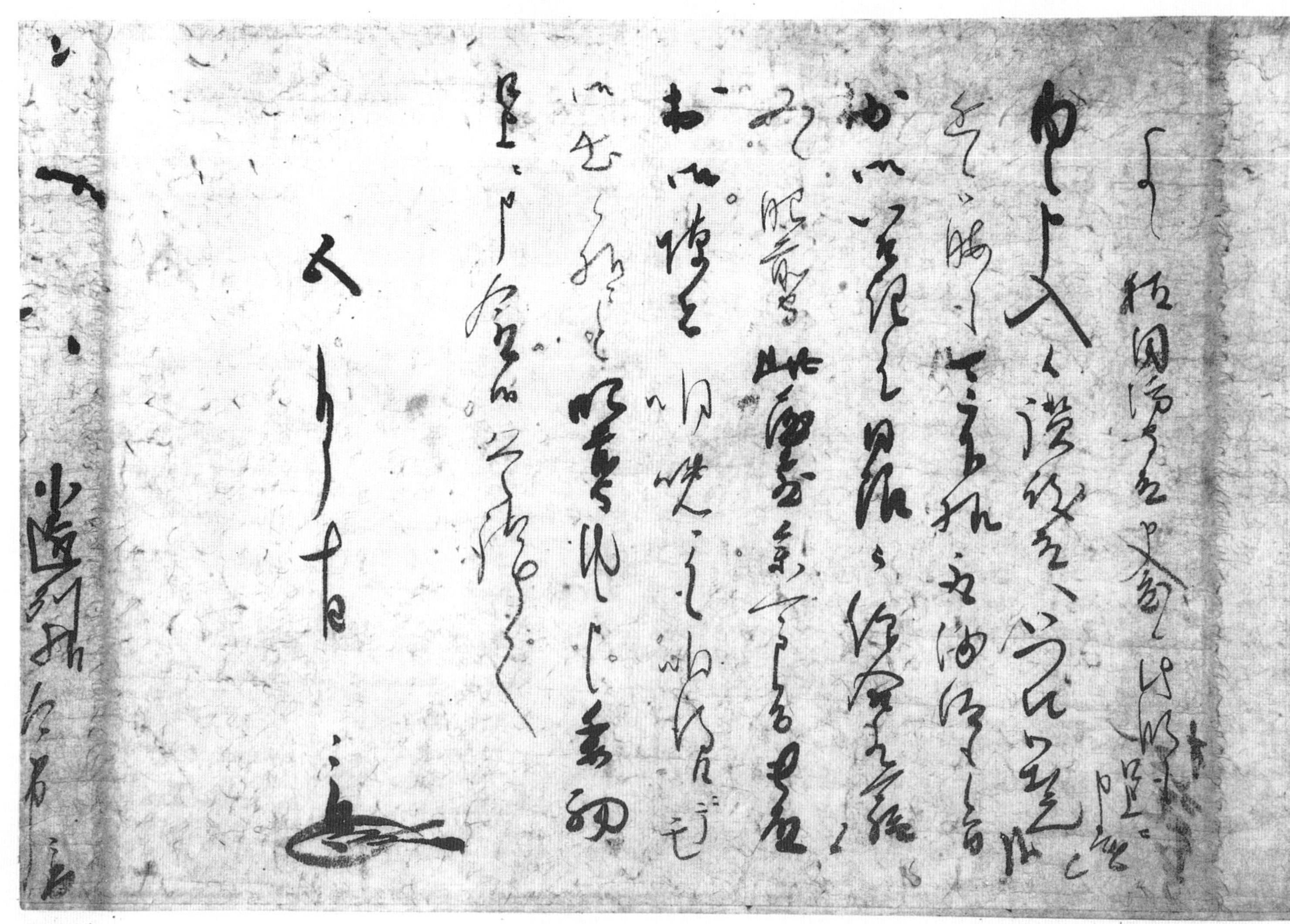

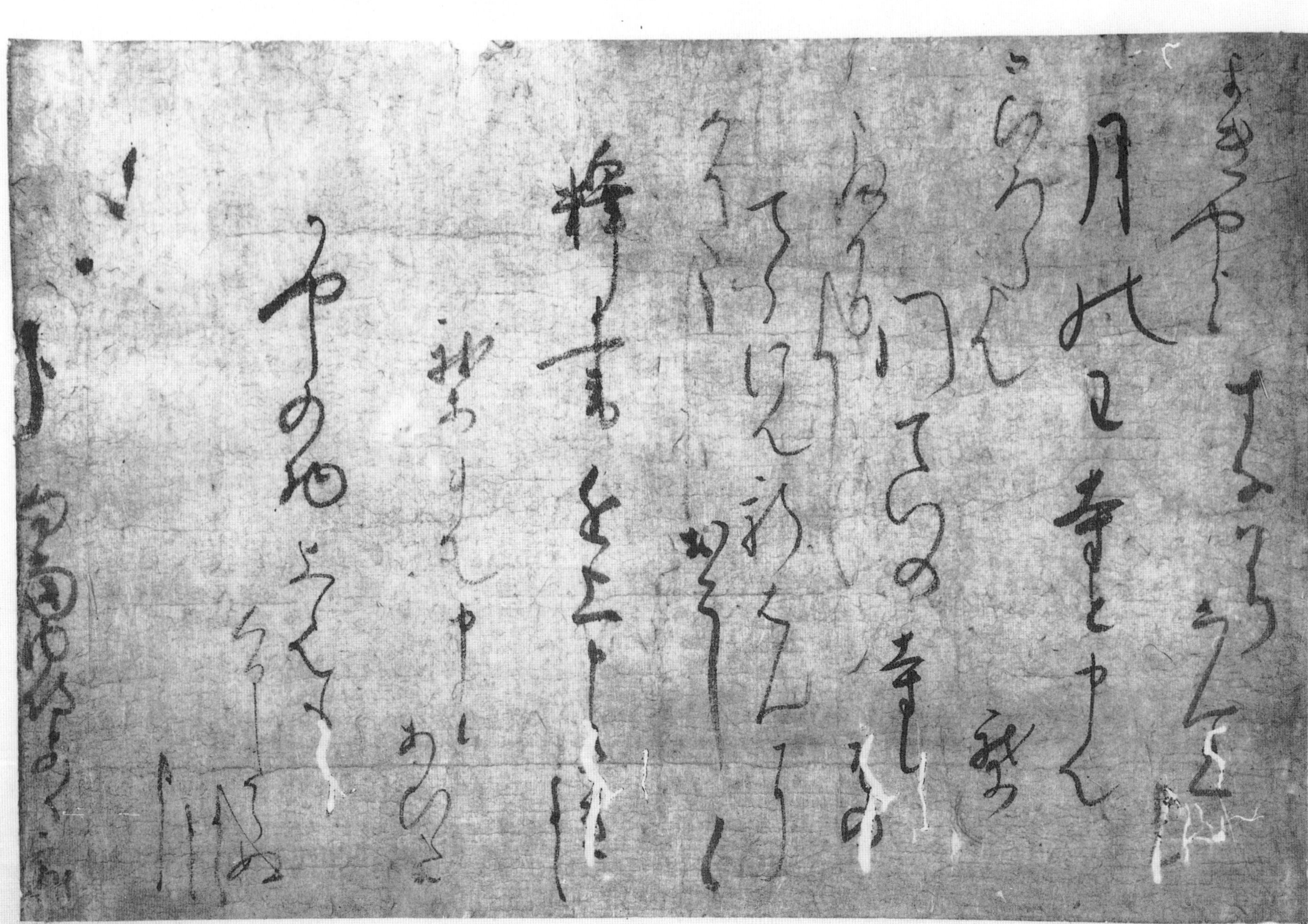

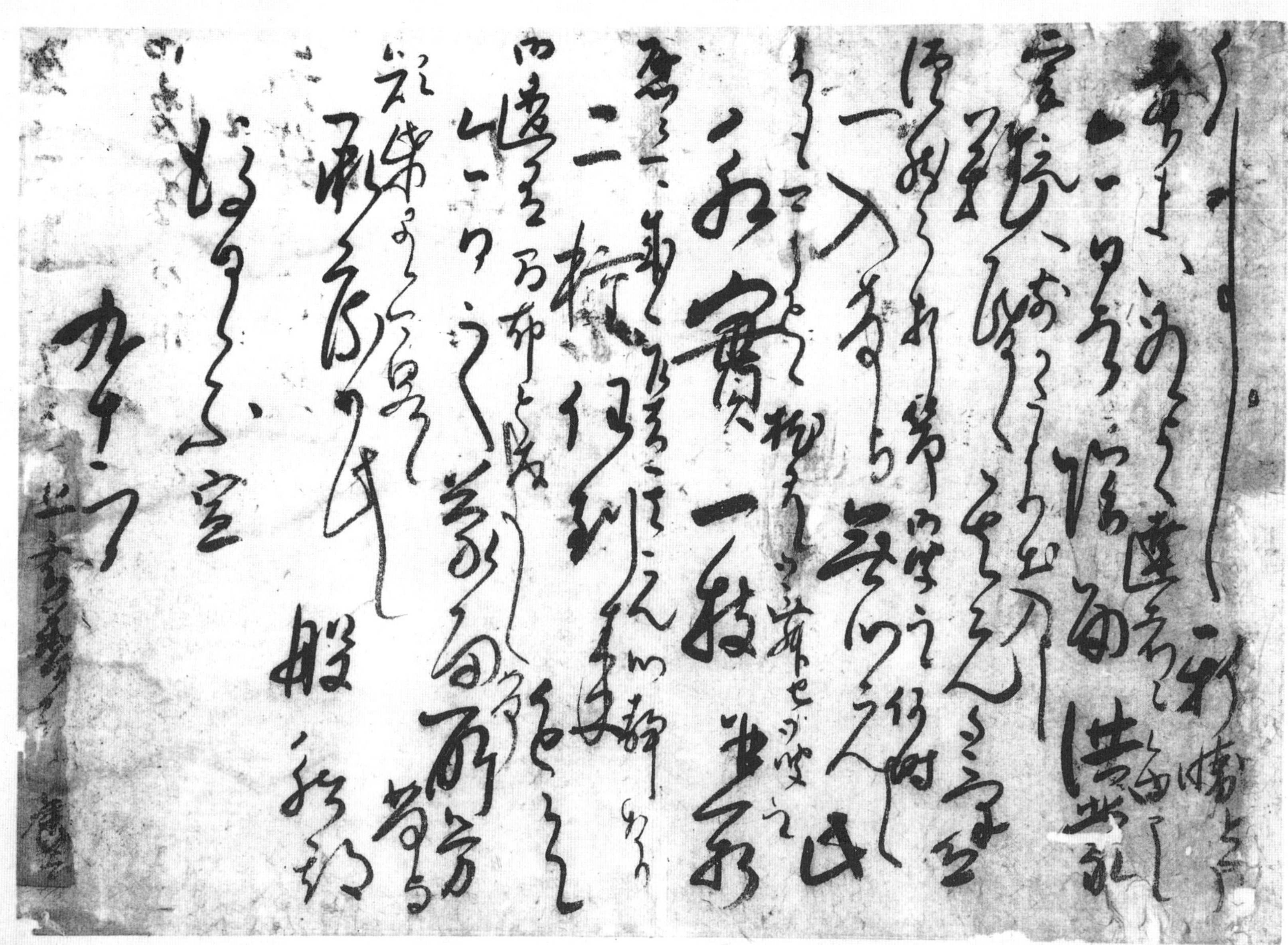

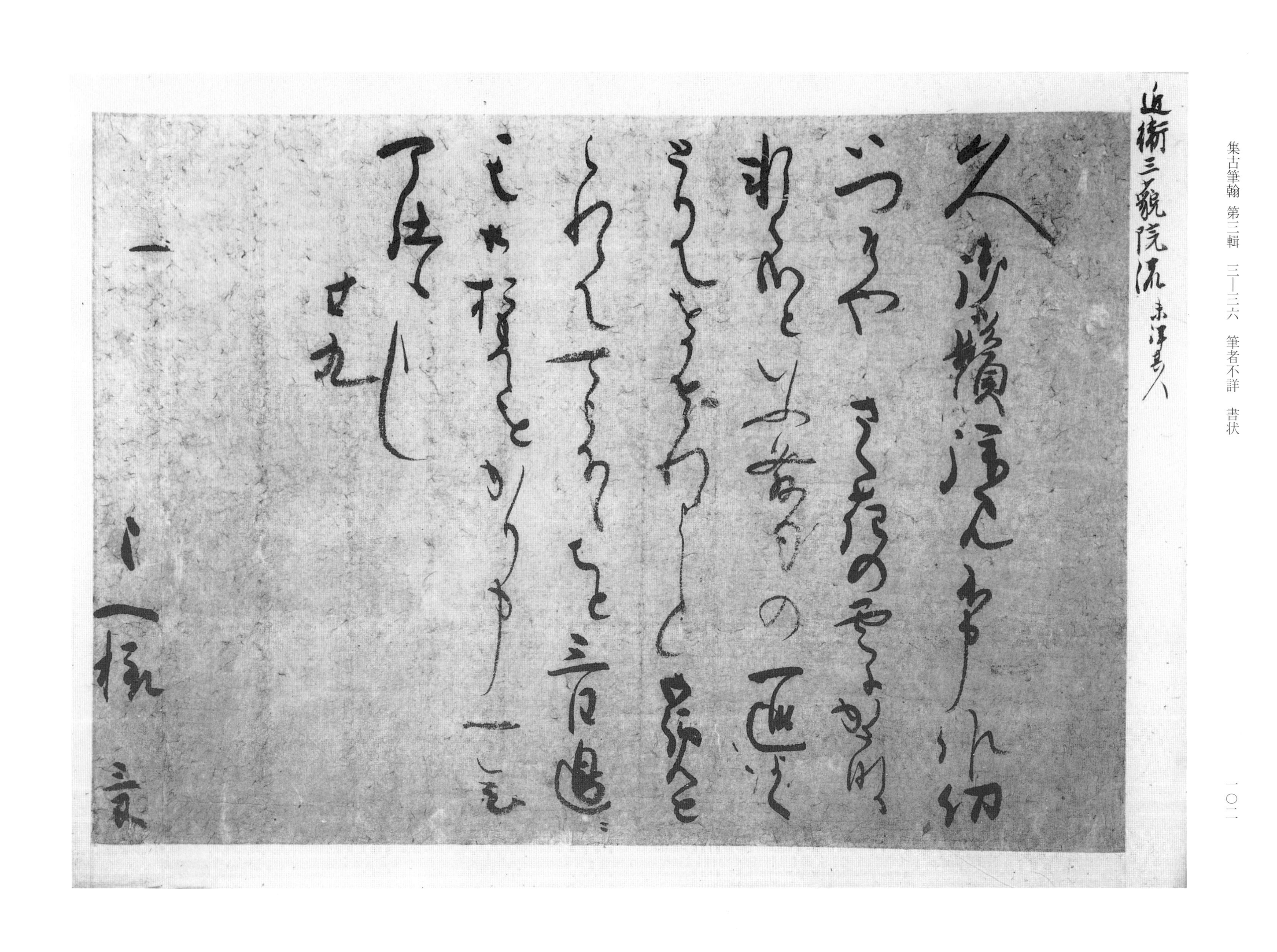

近衛三藐院流　木澤長八

集古筆翰　第三輯　三—三六　筆者不詳　書状

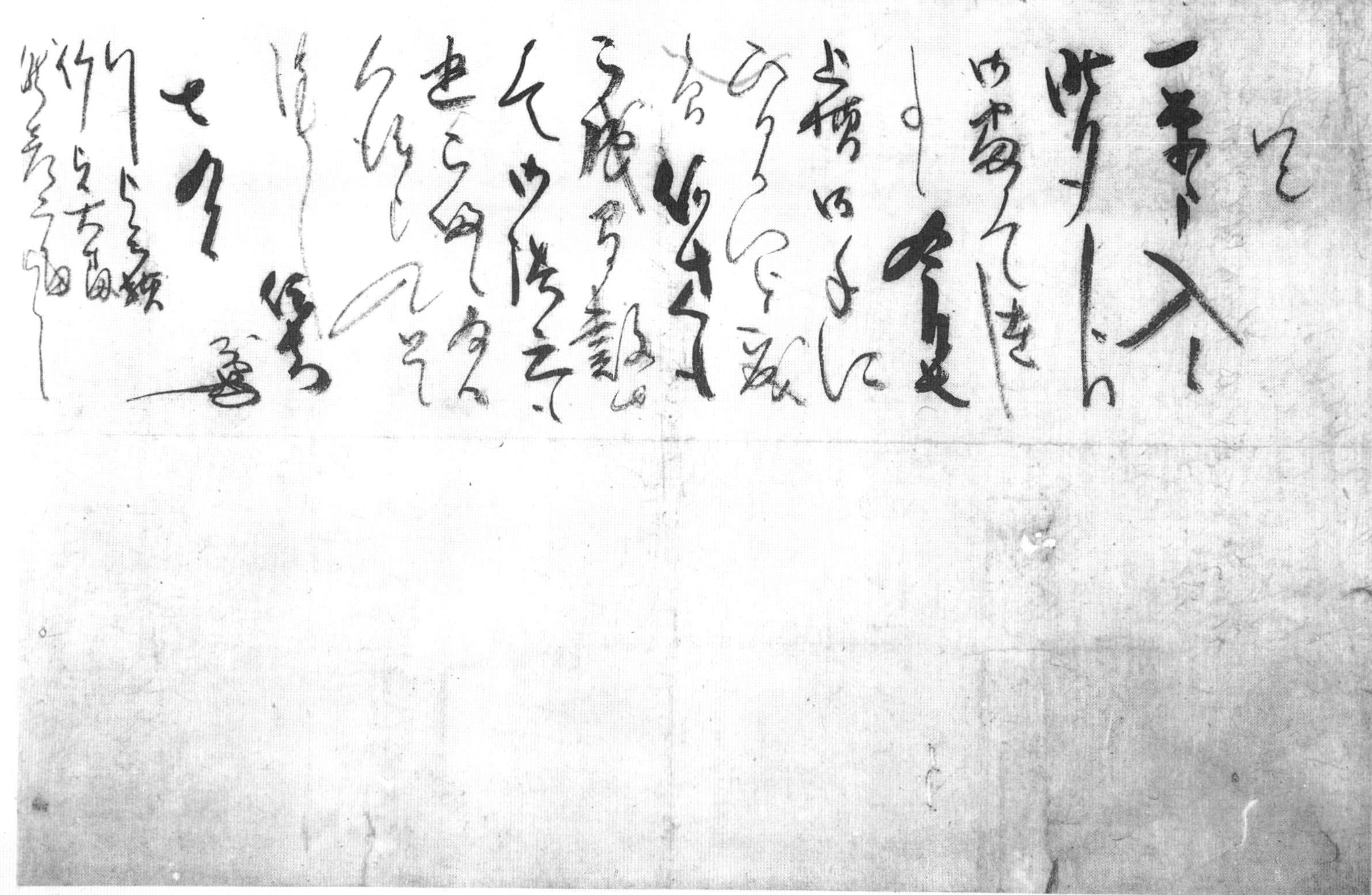

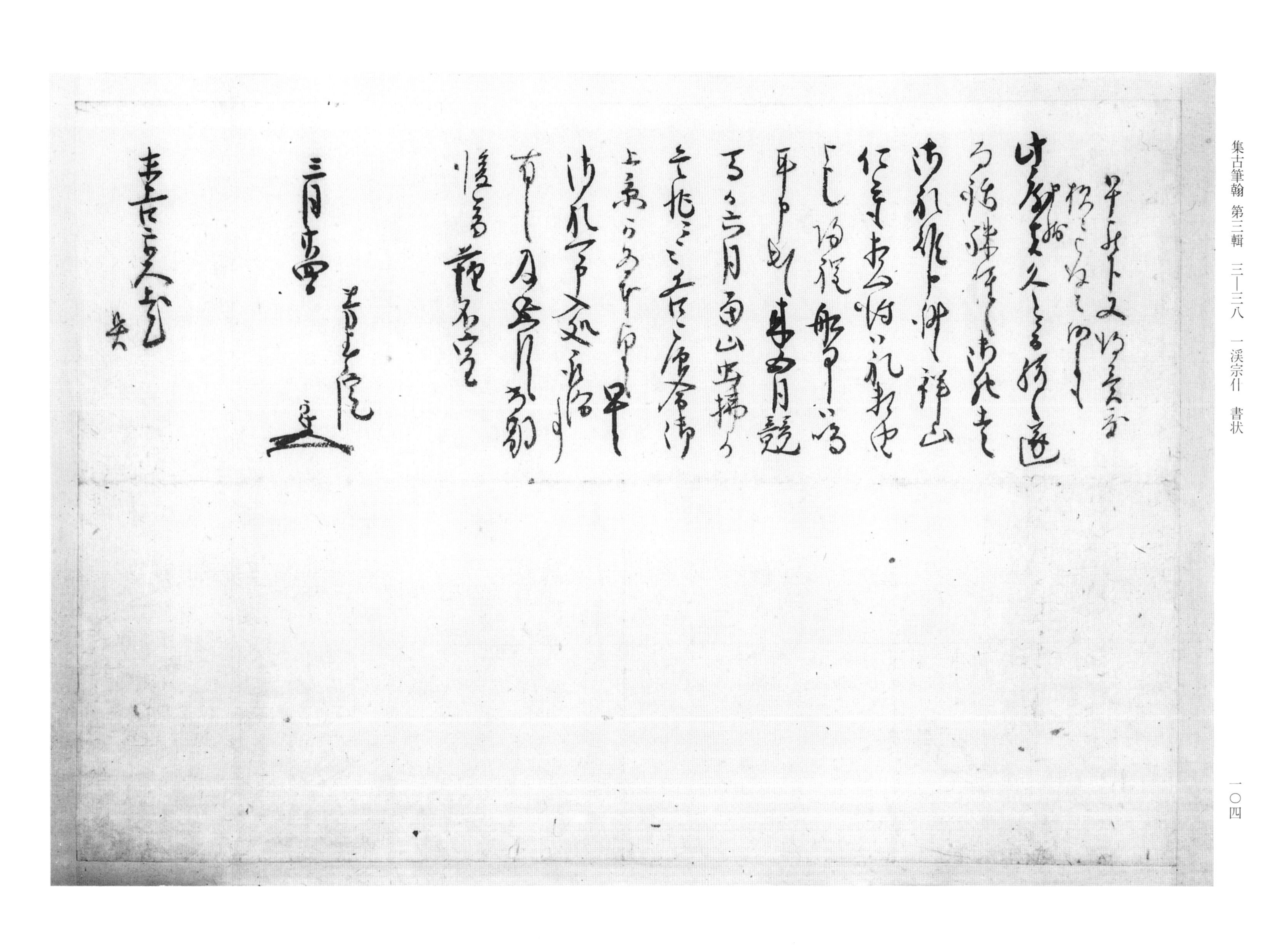

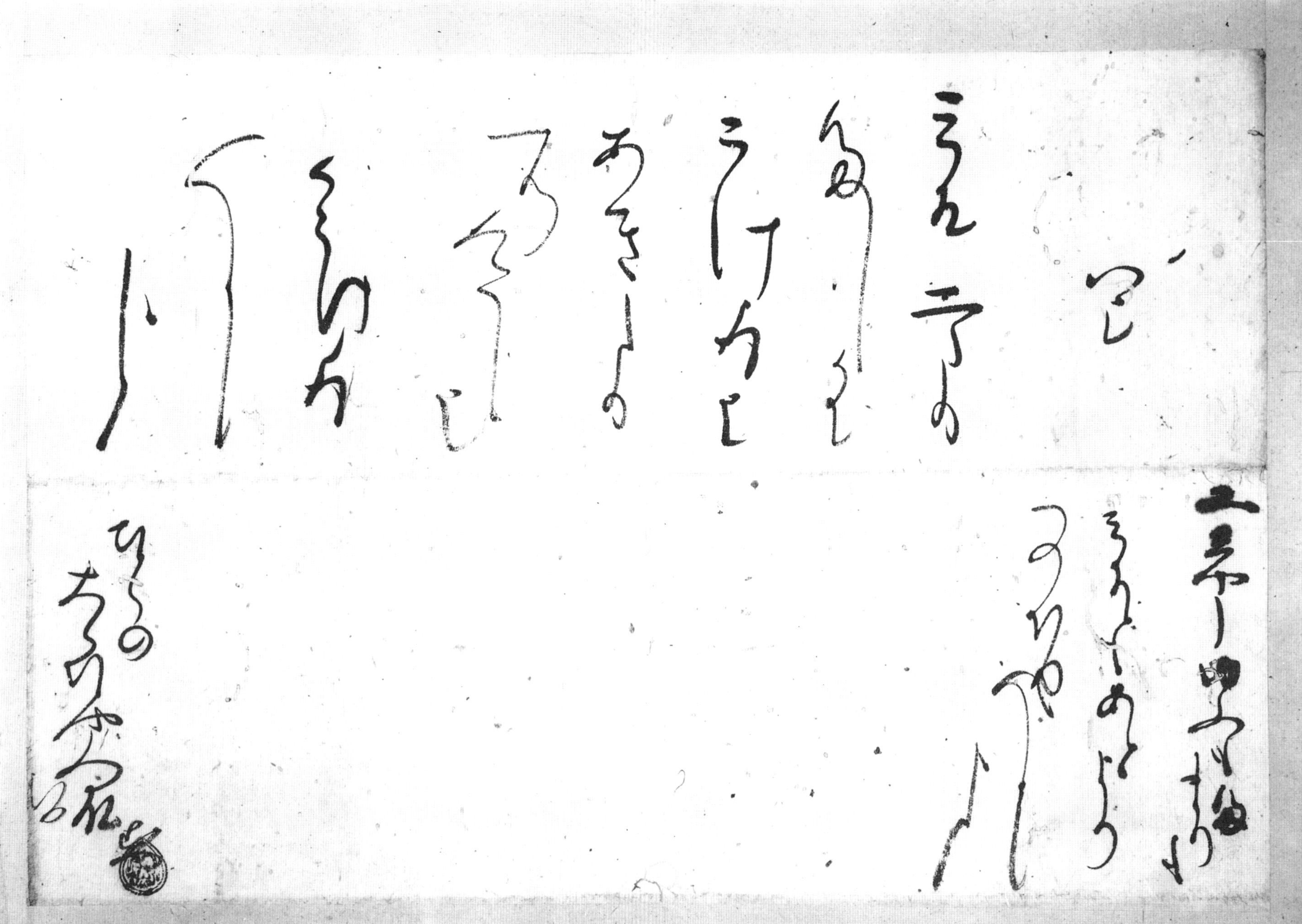

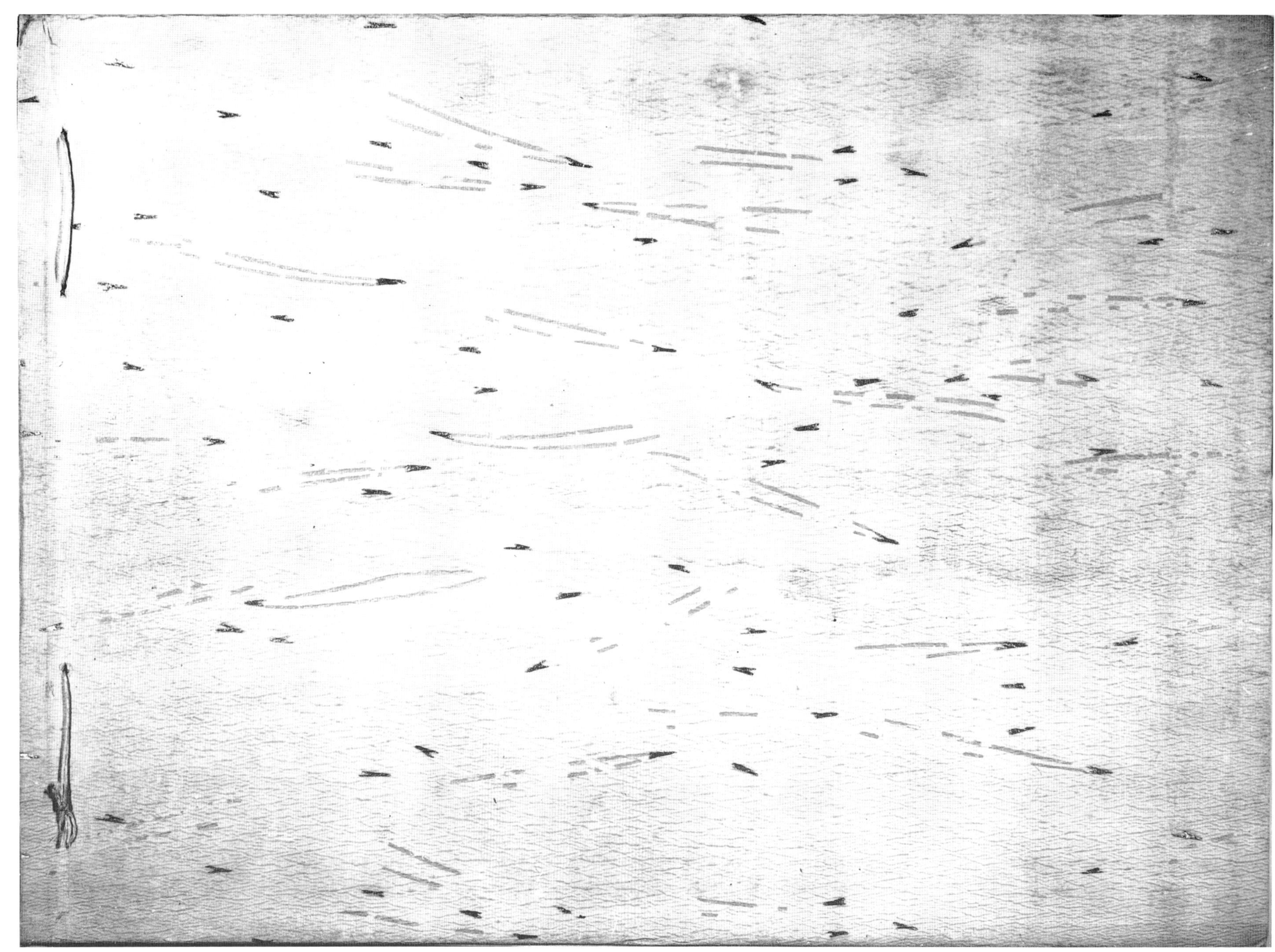

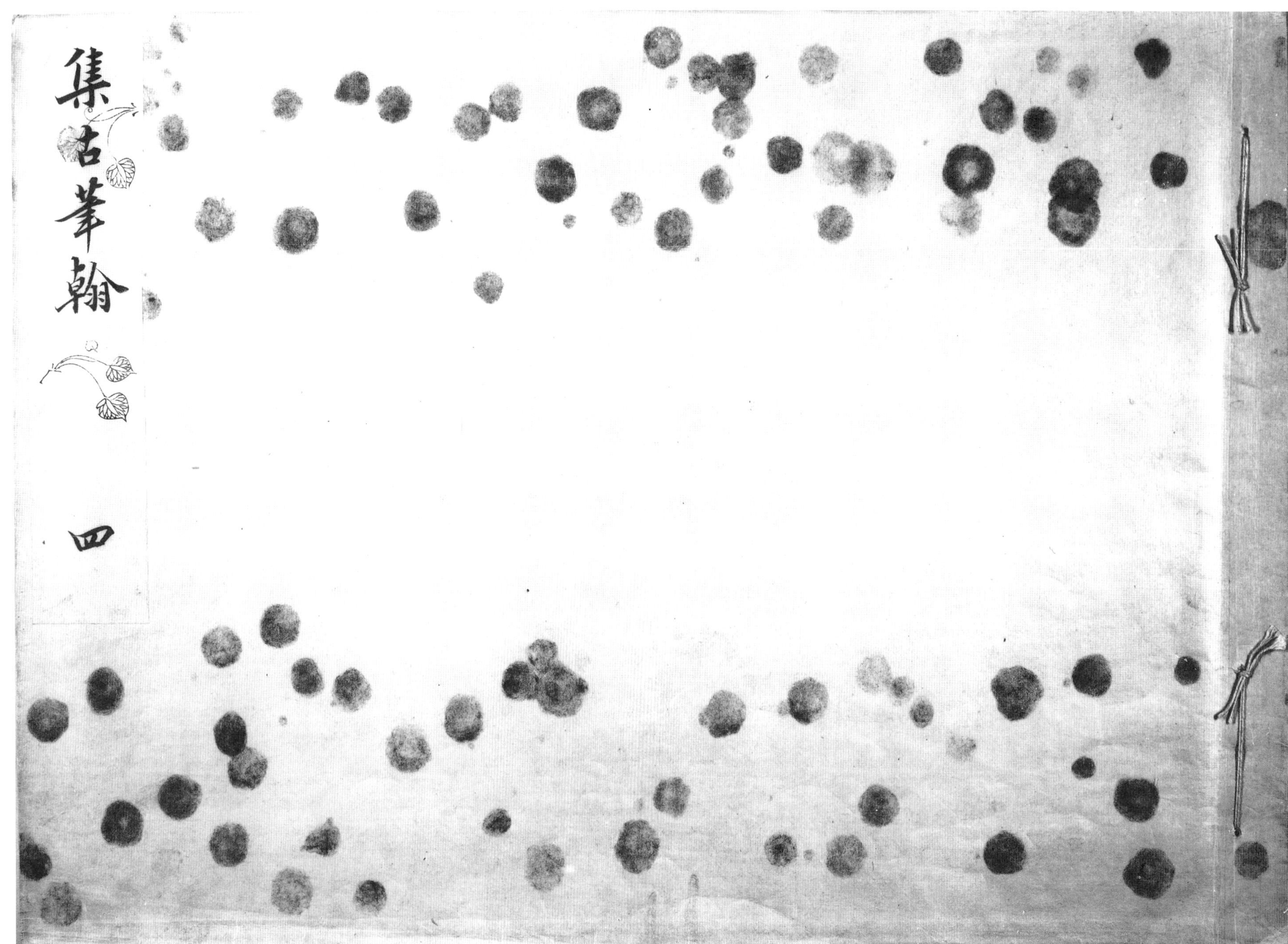

集古筆翰　第四輯　表紙

目次

伊藤東涯
伊藤東所
宇佐美灊水
高天漪
三宅石庵
湯淺常山
細合半齋
野公臺
江村北海
清田龍川
山村蘇門
南宮大湫
龍草廬
那波魯堂
永田觀鵞
井上金峨
山本北山
村瀬栲亭
賴春水
赤松滄洲
篠崎三島
同小竹
柴秋村
安積艮齋
関松窻
林韑
古賀侗菴
又
野村篁園
谷文晁
葛西因是
月形順
秋月韋軒
川田甕江
岡松甕谷
副島種臣
近衛篤麿
藤森弘庵
東條琴臺
小島成齋
西周
小原鐵心
福地櫻痴
圓山溟北
西依成齋
仁井田好古
近藤守重
中院通維
凡四十七通
附存二通
泉仲愛
蒲生君平
凡四十九通

伊藤東涯

集古筆翰　第四輯　四—一　伊藤東涯　詩稿

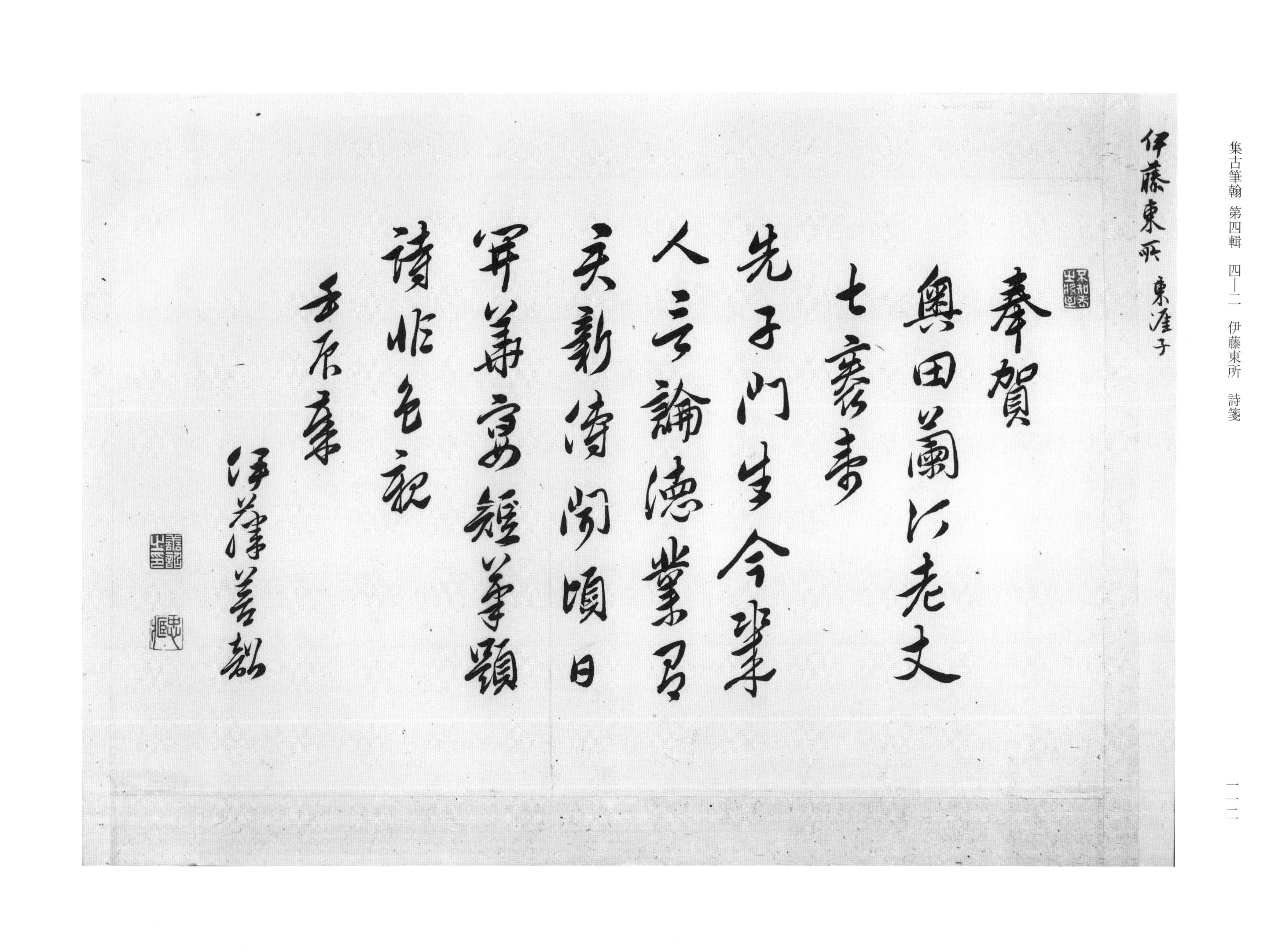

集古筆翰　第四輯　四―二　伊藤東所　詩箋

宇佐美灊水

夫治國之人有以煩擾下者 尽忠之臣有被譴損身者 如此類 世之有多有焉 而君子傷焉 老子蓋有慨於此 而教人無事也 太史公曰 老子所貴道 虚無因應 変化於無為 自有老子之言 荘列 韓呂 淮南諸書 祖而述之 竇公 嚴君平之徒 學而脩之 用之治國家 漢文曹參 汲黯之類 後世從其流者 不可勝数矣 易簡而得功多也

余謂老子出於易者也 易道陰陽消長而及出入進退語默 老子專主陰道而貴謙虚 有所見 主張一端 數術退一步之術而已 得虚無一味 而八十一章 莫往而不虚無焉 猶禁辞数十篇 不出於[illegible]字矣 夫主張一端者 必有所遺 荀卿曰 老子有見於詘 無見於信 主張一偏之弊 不可勝計 読老子者 [illegible]其[illegible]而 不可不知也 読老子者 先聖王之制礼楽度数 以治天下 而后其[illegible]之所[illegible]也

父子有親 君臣有義 夫婦有別 長幼有序 朋友有信 [illegible]礼数[illegible] 是聖人所[illegible]也 [illegible] 無為夫 於[illegible]何又[illegible] 無為乎 故所謂無為者 在聖人制作[illegible] 行之以簡耳 故其礼楽度数之詳 見于[illegible]者 可以観耳 [illegible]聖者 其言無為之一味 [illegible]也 聖人兼智仁勇 老子智者也 以智[illegible]仁勇 欲勝而上之 豈其可得乎 [illegible]哀世救世之[illegible] 後学拘腐之説 [illegible]道世[illegible] 守黙之[illegible]而已 後之称老者 皆不知先王礼楽之教 何足與読老子乎 余欲詳論老子[illegible]

[illegible]之注老子也 [illegible]輔嗣[illegible] 張湛注列子 皆祖王注 [illegible] 郭象注荘[illegible]

老子正文 諸書所引 有無之者 則多脱文 而文字異同 不可勝数 王注亦然 焦竑[illegible]注有考異 王注舊本 附孫曠古本 攷正 今共標[illegible] 外尚有異同 諸本隨見[illegible] 一字而標于[illegible] 誤脱[illegible] 有[illegible] 陸徳明釈文 便于読老子 而又[illegible]異同 唯恵[illegible]誤脱耳 今不可改補 附王注末 以分[illegible] 刻誤 國読者 不可勝数 今悉改正 以便読士 且校以歳月 異同改定 尚有遺者 衰年病廃 以俟後之君子云

明和己丑之春 南總 宇恵 序

集古筆翰 第四輯 四―三 宇佐美灊水「王注老子序」稿本

高天漪

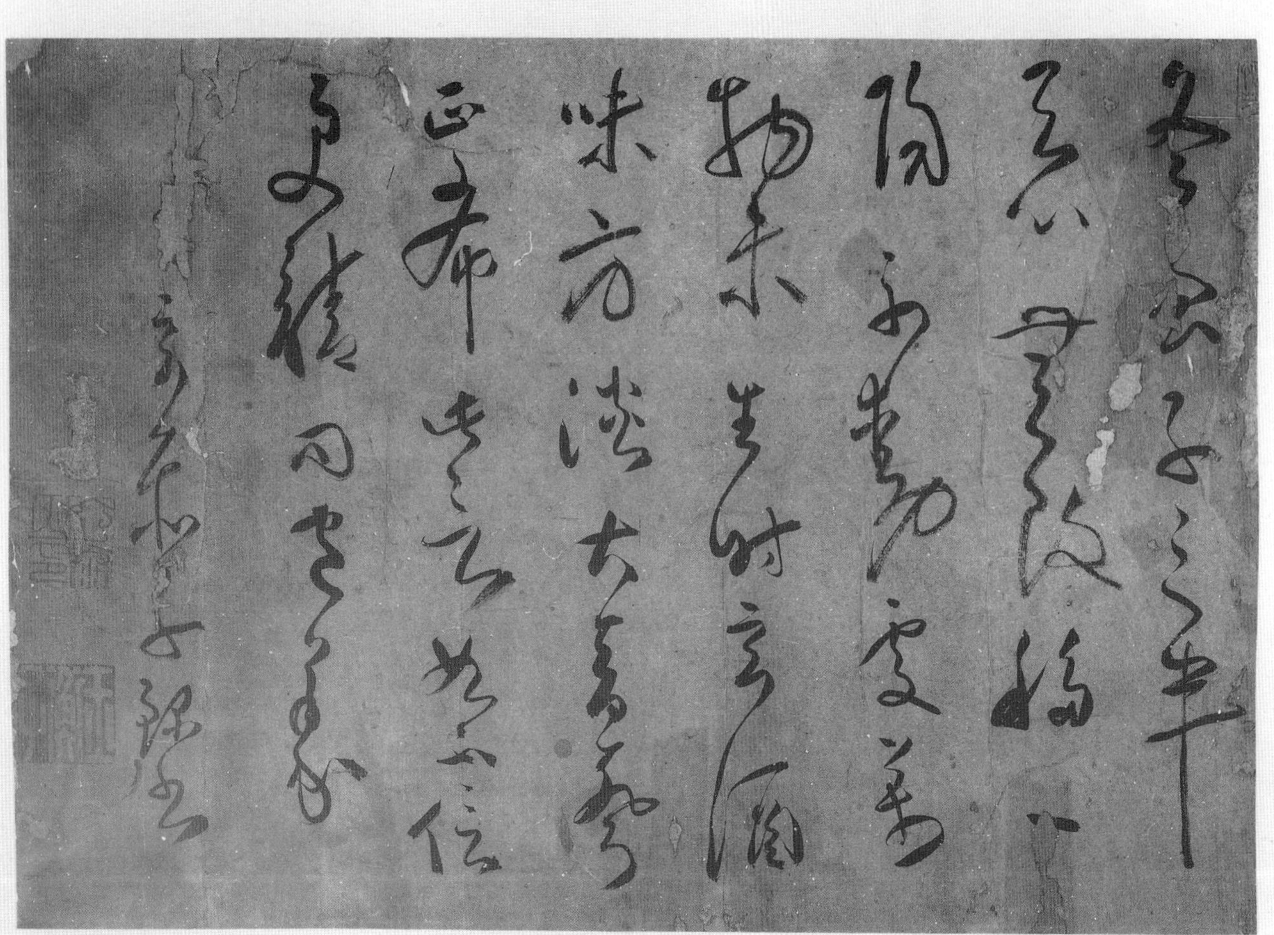

湯淺常山

[illegible]呈
湯淺常山書

桓桓關公萬人之敵。樊城捷曹瞞
不啻虢虢。霹靂既足奪奸雄之魄
安知有援賊之孫權。夫失赤帝之
符人耶。抑厭漢德天耶。於乎公之
不伸者其志而不泯者其威神忠
昭日月。義孚下民。後世祭公之願。
若及率土之濱。蓋莫寧之祐。公千
百載而光景恒新。

湯元禎

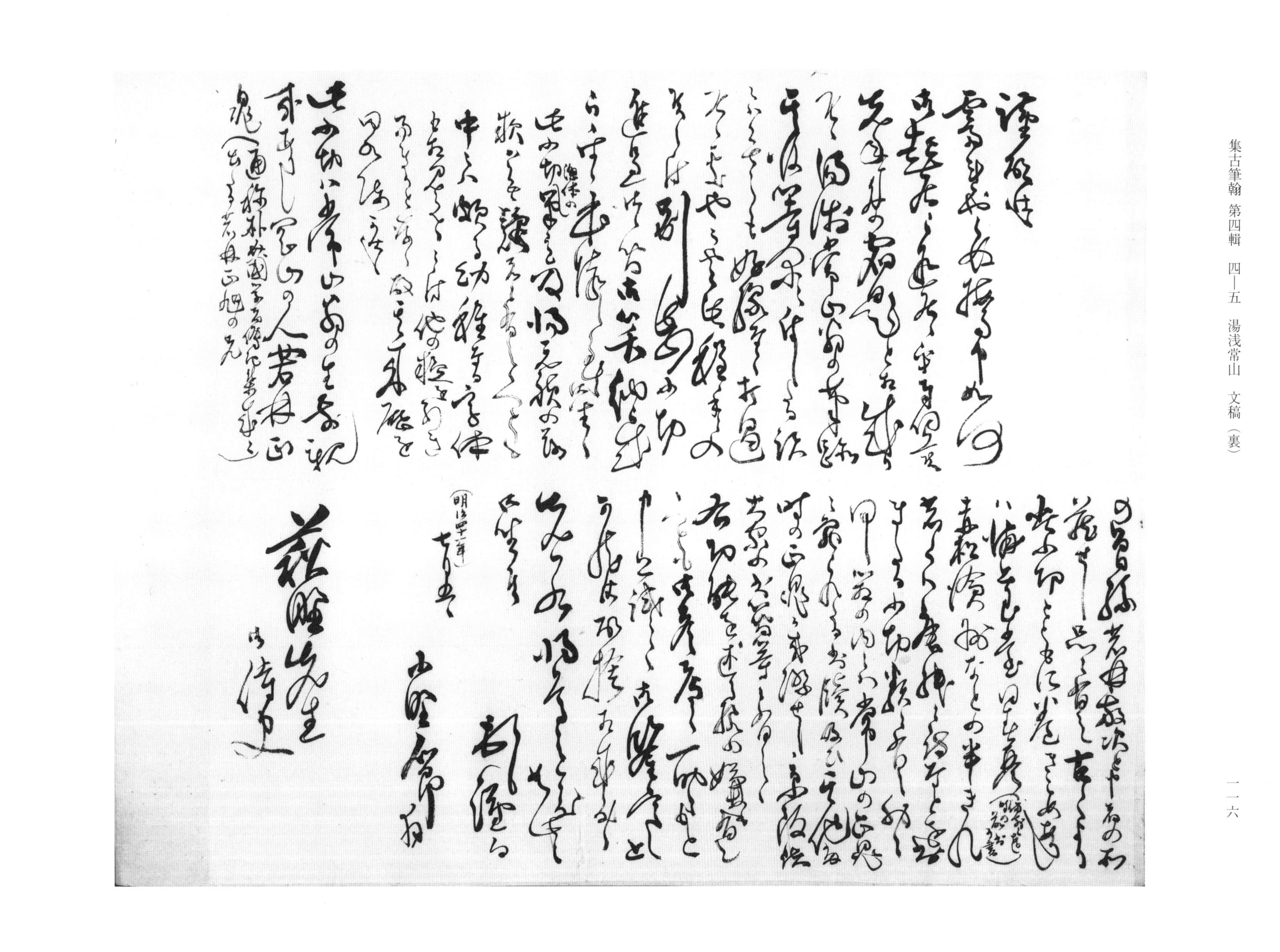

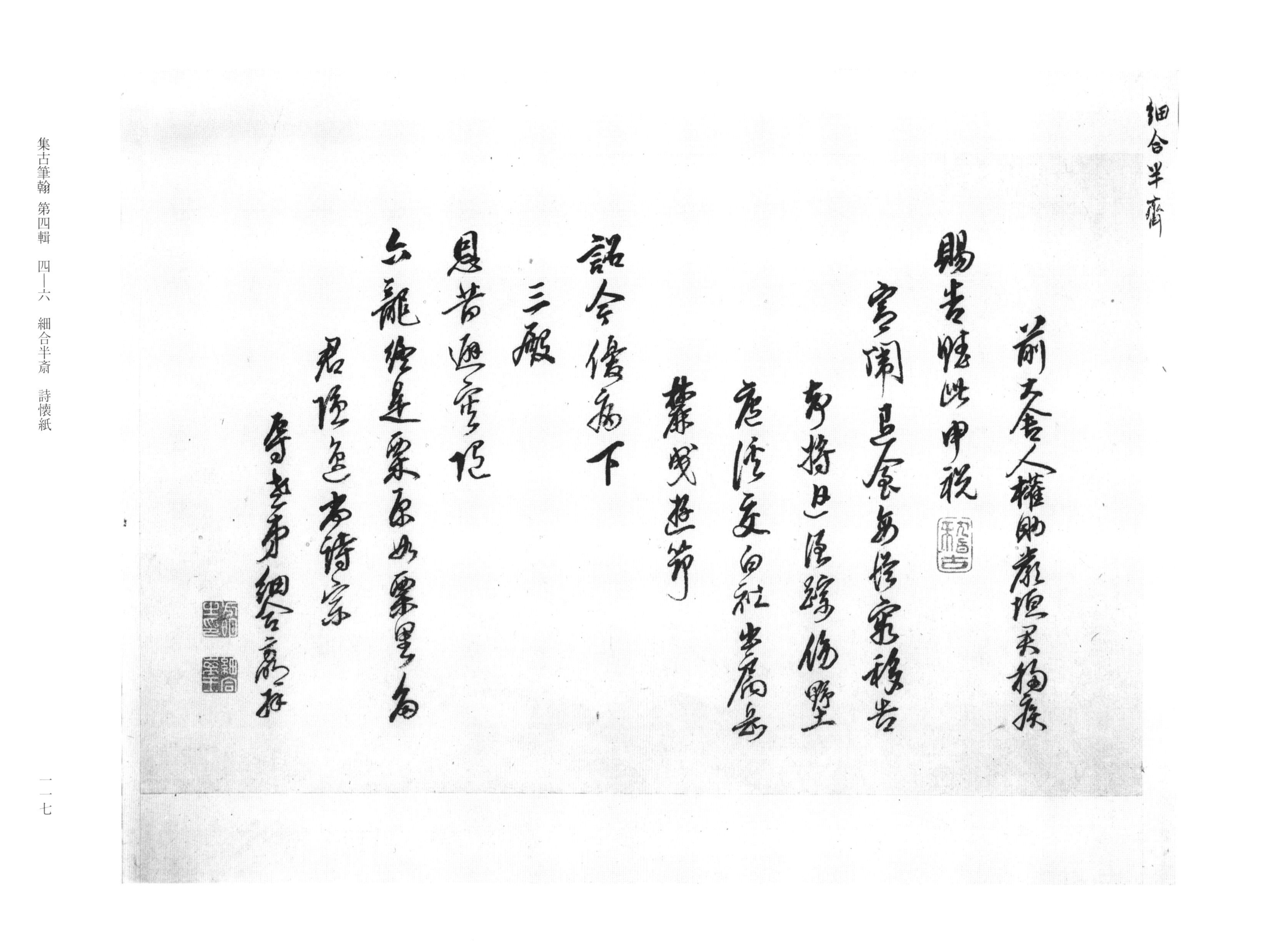

細合半齋

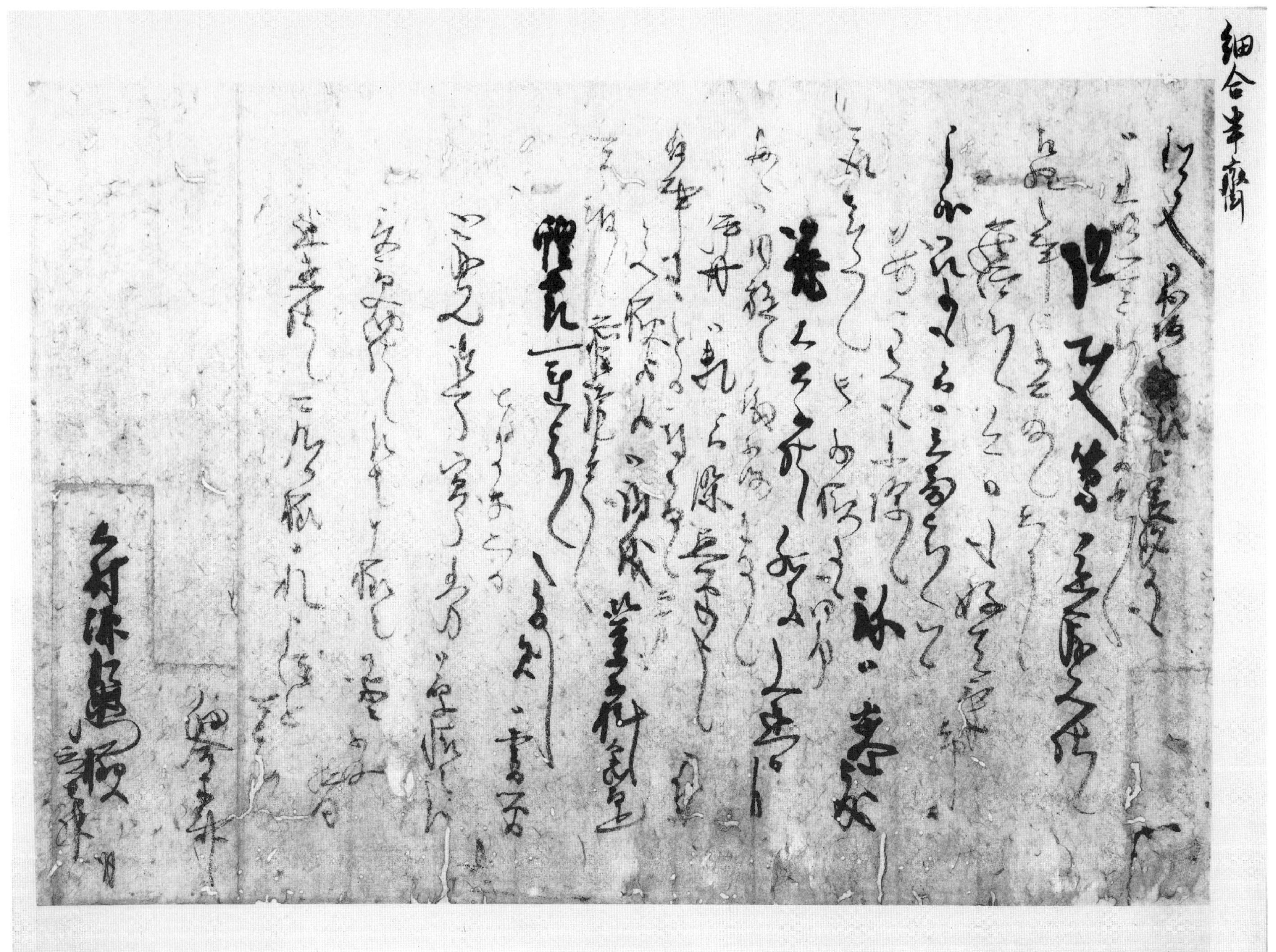
細合半齋

野公臺　彦根人

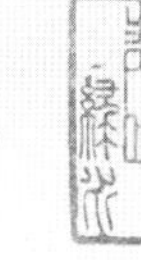

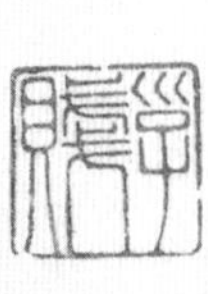

江村北海

北海ノ書概皆代筆ナルコト其手簡ニ見ユ此書ハ其自筆ナリ珍トスヘシ

醉後何妨雪意催仲冬赴宴鴨
川環寒煙十里瑠璃水落日層
樓虎珀盃欄鷺飛已樓雀倚
欄款側未花梅裏来久負柳前
與更喜登臨懐抱開
右仲冬
巖亮卿邀宴三樹樓
席上賦贈
北海江邨綬

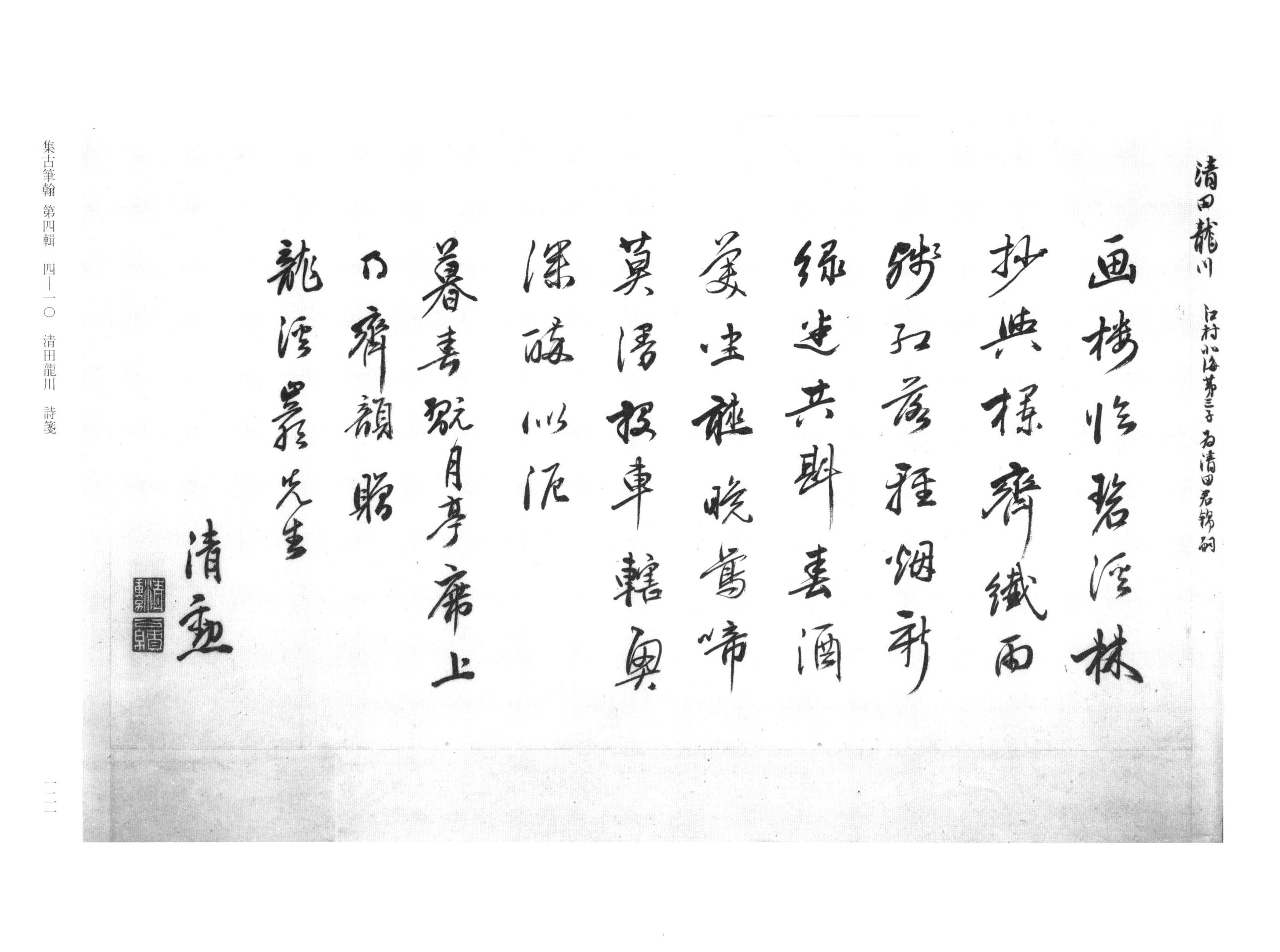

清田龍川

山村蘇门

南宮大湫

園林二月聽啼鸎方
是春風出谷聲郷
隔庭自遷喬地莫惜
嚶鳴報友生

寄賀
岩美亮口擢長門介

癸巳之秋日

南宮岳具稿

龍草廬

草廬龍公美拜

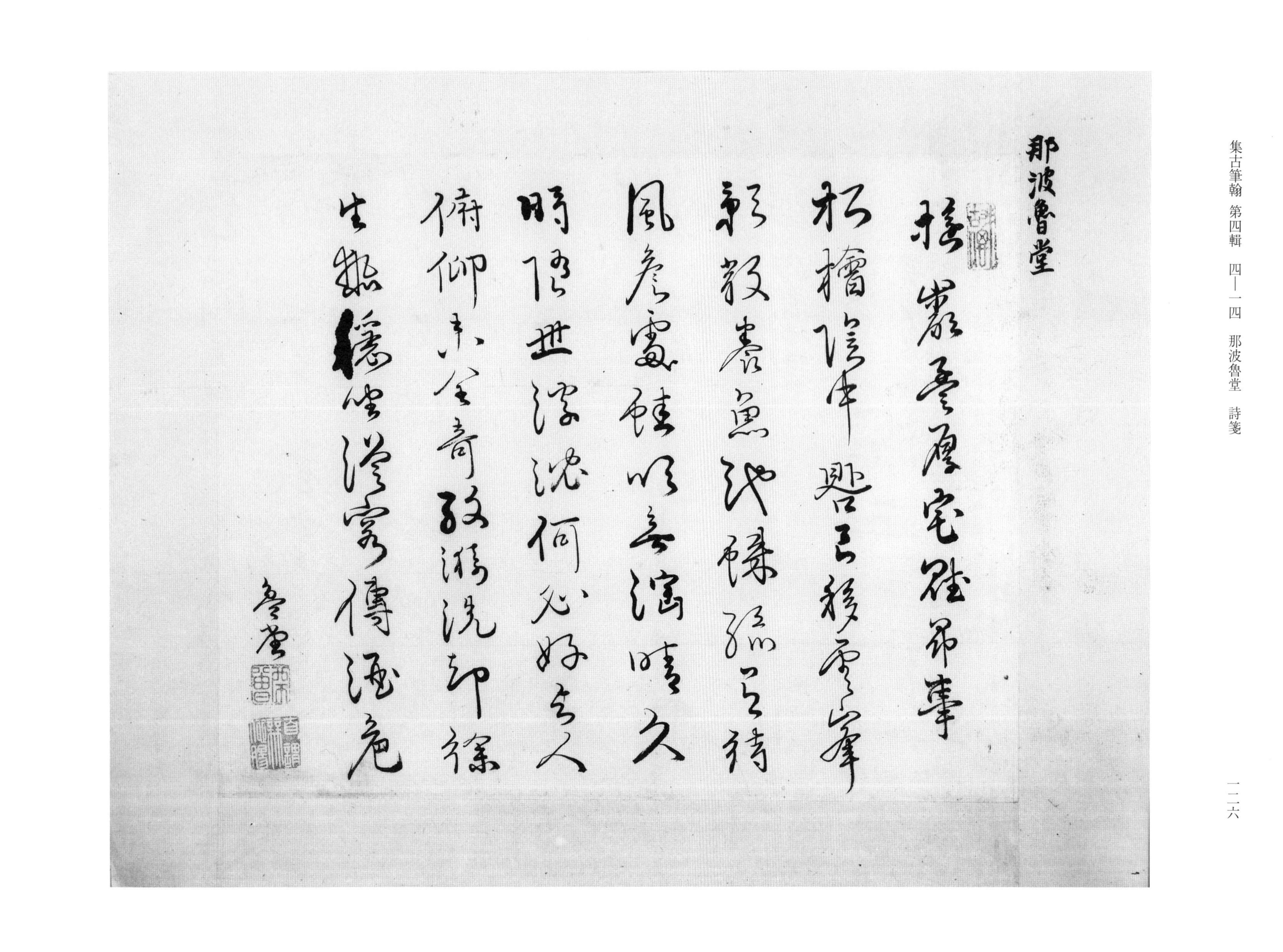

那波魯堂

永田観鵞

松蘿館詩社賦得
春信到梅花
寄傲窓前曙色開
閑看宿雪尚寒堆
不知春信傳何處
枯木林中一朶梅

東皐永忠原

井上金峨

金峨山人

山本北山

村瀬栲亭

赤松滄洲

筱崎三島

黄薇岡君玄齡〻與余相如而
獨有　萱堂今茲壽九十
起居如少壯因馳書以報
華誕開筵之舉余既賀其
七十八十壽而又有嘉告不堪
款羨乃招二三社友同賦以奉
祝

五十而慕有高堂七八旬時星
賀章鴈字相尋幾冷燠鶴齡又
疊十星霜瑤臺共驗蟠桃色仙
窟同輝寶婺光揮筆介　君
稱壽頌滿天霞彩老萊裳

筱應道拜

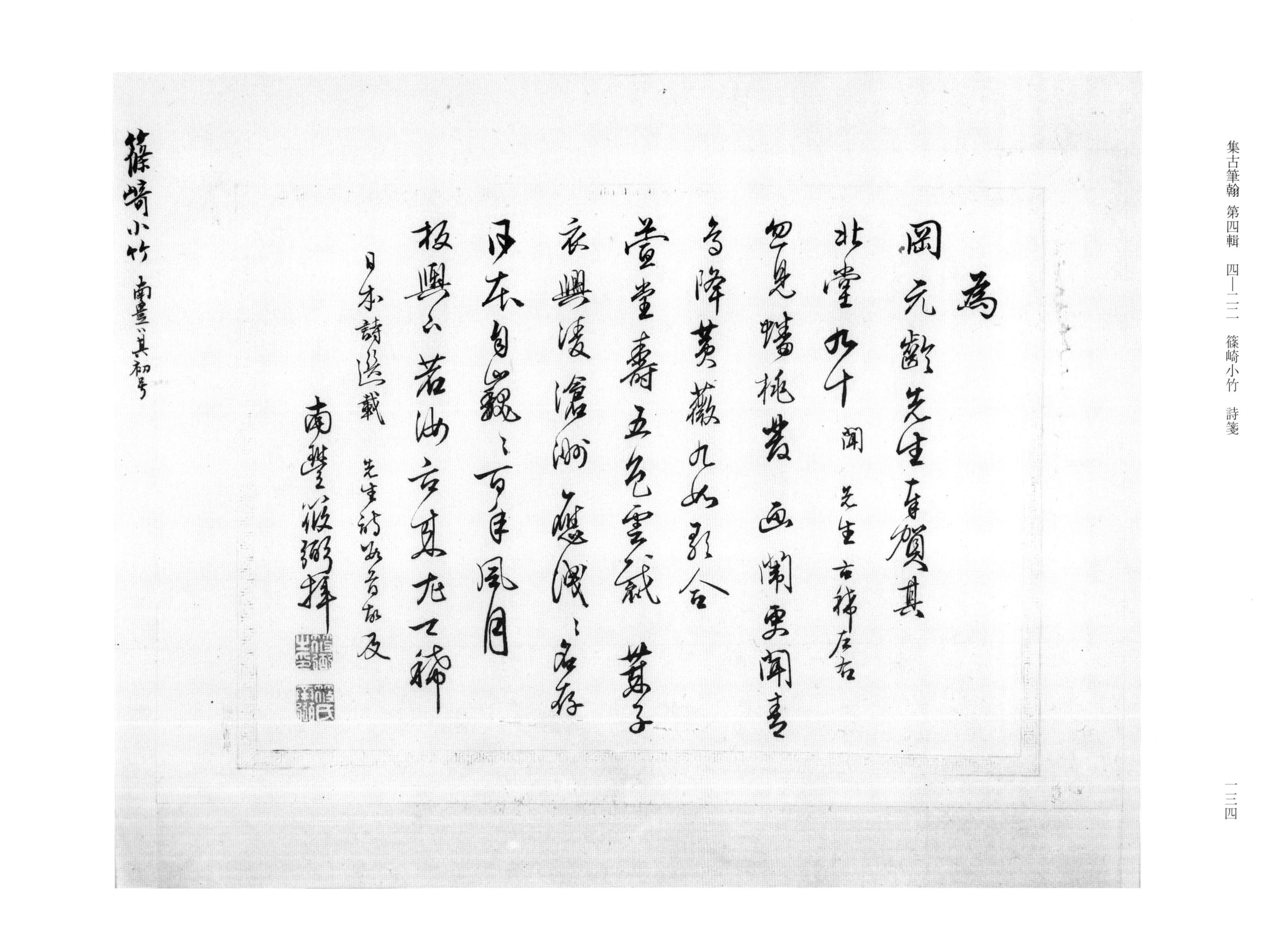

篠崎小竹　南豊ハ其初号

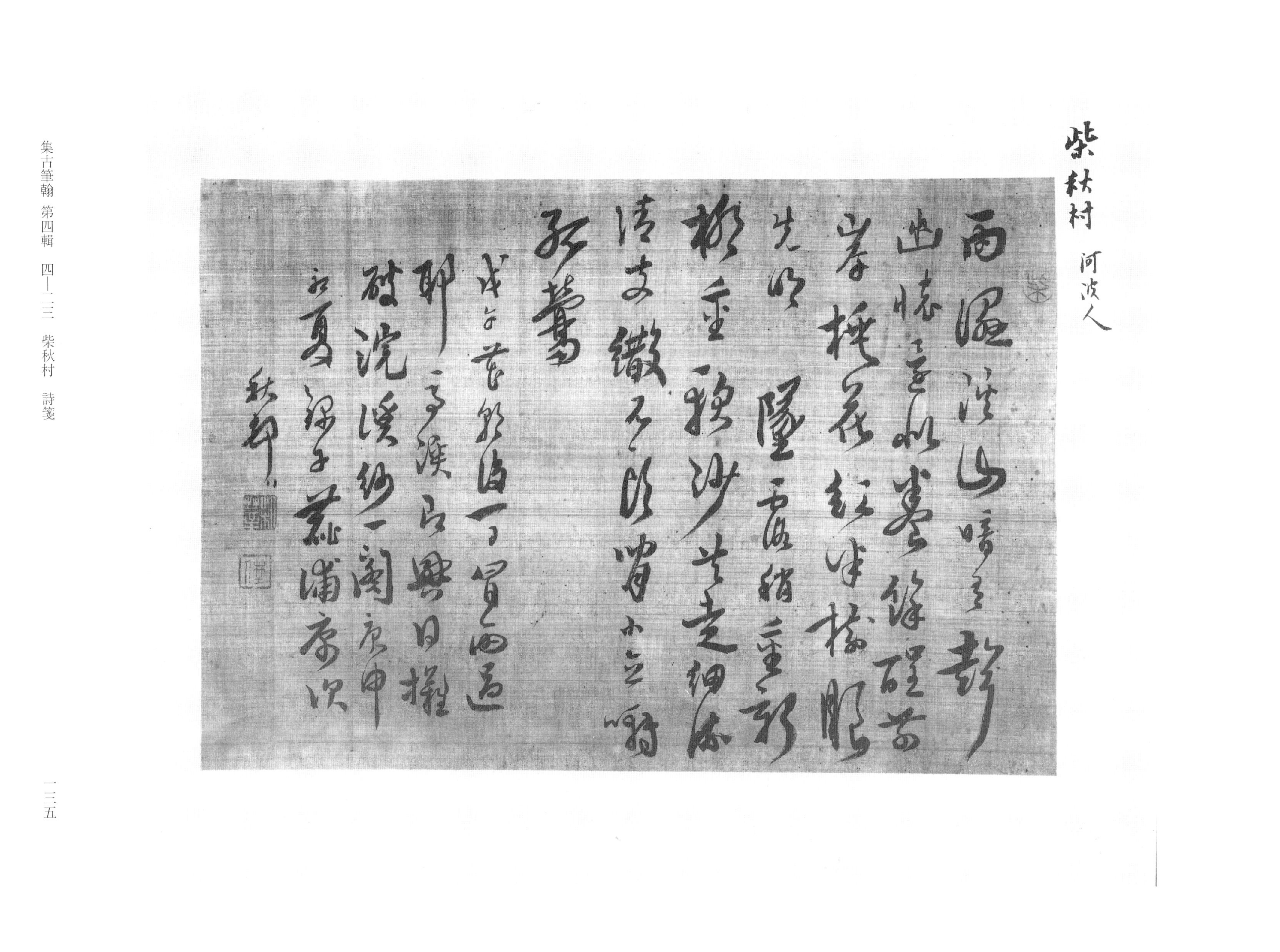

柴秋村

阿波人

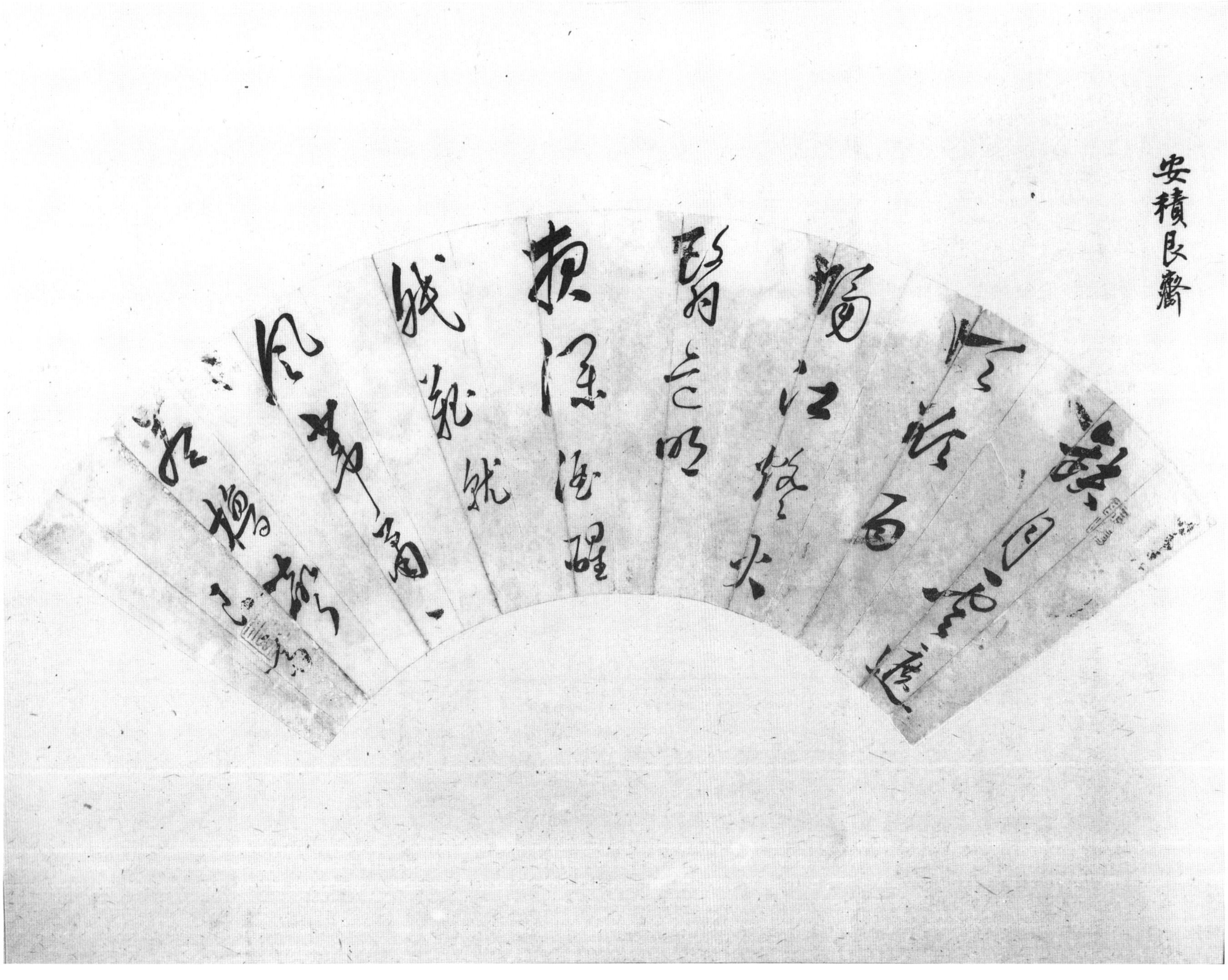

安積艮齋

關松牕

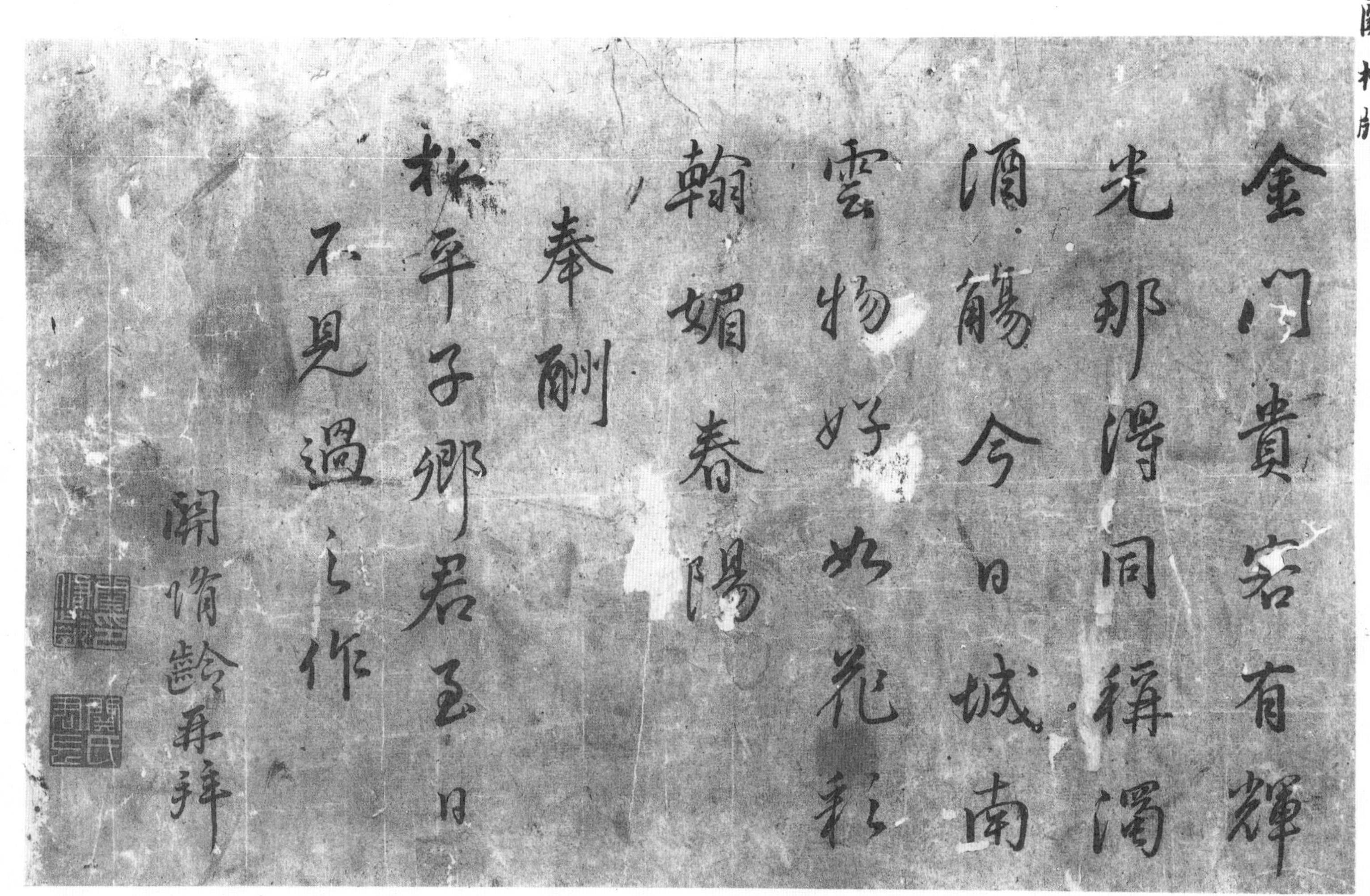

林韑　述齋男

奉賀
大君殿下養有栖川王女
為公姫
遠移蘭蕙種慈愛養幽
芳窈窕温其質㛹妍穠
矣粧瑞逢金桂發歡溢
玉盃香期得秉龍節重
来獻賀章

式部少輔臣林韑再拜上

古賀侗菴

古賀侗菴

野村篁園

詠櫻花

異種出扶桑半姿冠衆芳霞烘添醉暈
雨洗助啼粧遠訝雲埋薱低憐雪壓墻
朦朧裝夜景爛熳襯朝陽烏阜松間路
鷗津柳外莊露濃愁態重風暖睡情長
逸韵供描畫佳名入賦章花中無可以一
任喚為王

篁園温拋堞

金橋賞花

長橋路入白櫻叢兩袖携香步細風薄
暮芳陰人去盡一痕微月影朦朧

篁園温録舊製

谷文晁稿本

夫物苟無不以古為法也、繪畫之來尚矣、上古
象制肇畧、畫書同體、未分、至有虞作繪、
其法寖備矣、降洎漢魏六朝、晉隋迄往之而
出焉、或繪存形、或繪示雅、非畫無以觀乎
形、非書無以傳乎言、宣物存形、以資教化、
宋洪惠伯好隸古之學、廣搜索天下古碑、
所輯曰釋、曰續、曰圖、總百有餘篇、而天下
古碑畧無遺脫、若碑圖所載、漢魏露人
謹康嘉木連理木及武梁祠堂畫、記其跡
簡而正、以晉隋所造也、畫法之傳、備於漢
魏、盛於六朝、變於唐、蓋唐呉道玄絕
藝冠于古今、極巧竭妙、而古法漸變矣、
爾來世學者專傚功緻、而往々極巧竭
精、而其（古法漸廢）踪竟早矣、嗚呼、氣如古之無已、
將以鼎升道玄之堂、窺顧陸之室、是余所
以刻斯書也、

葛西因是

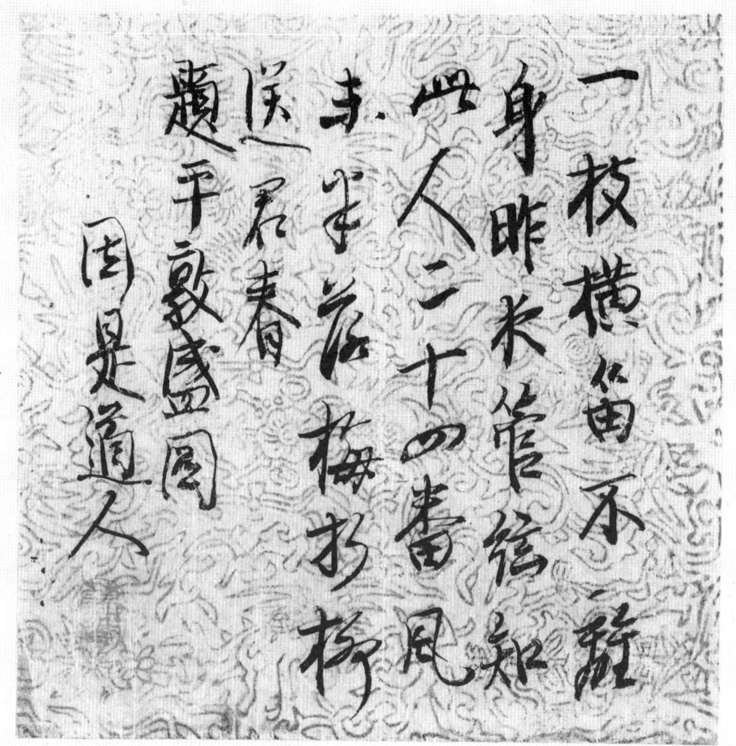

月形順　筑前人

良縁自幸識荊州絶勝
人間萬戸侯洞海倉山尋
盡趣葦汀蓼渚逐吟遊扶
開笑局忘工拙酒限三盃輟
獻酬記否釋松津口晩西
風洒淚送歸舟
寄廣旭莊再

月形順

秋月韋軒 傑作

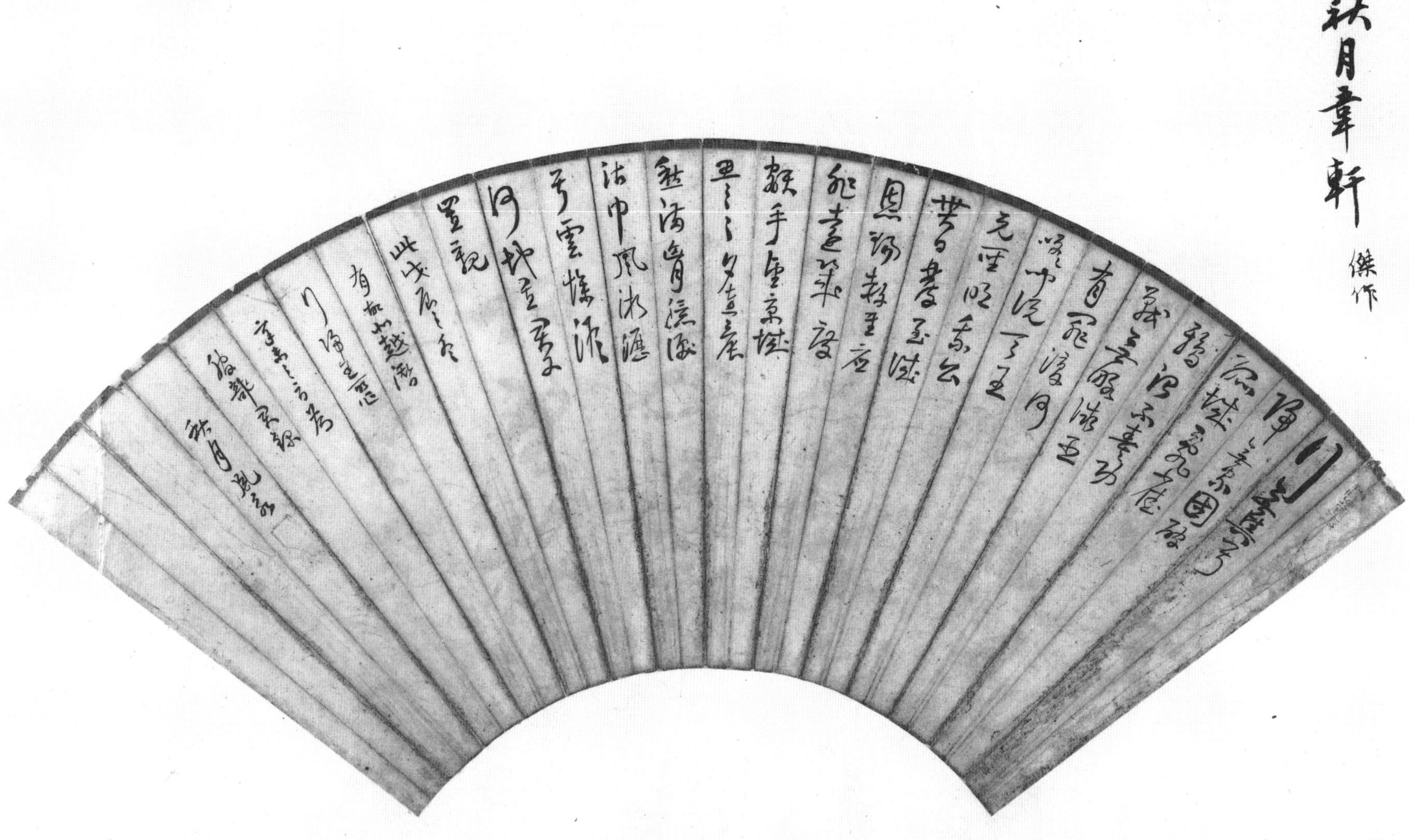

集古筆翰 第四輯 四—二三一 秋月韋軒 扇面詩

集古筆翰　第四輯　四—三四　川田甕江　詩箋

岡松甕谷

副島種臣

近衛篤麿

藤森弘菴

賦得天晴有鶴聲
奉賀
雲晴上人七十初度
忽見晴光動曉天
一聲々遠帯祥烟
胎禽本是千年物
爲脱塵縁更幾千
藤森雅和南

東條琴臺

清晝醲々一箋醅香粧
馥態倚蒼苔曹騰堪
任詩採動繾綣難防
睡味催紅藥欄款晨
露濕黄梅纖破晩風開
休言魂斷長春園猶引
幽人韻士來
詠花夢
琴臺居士

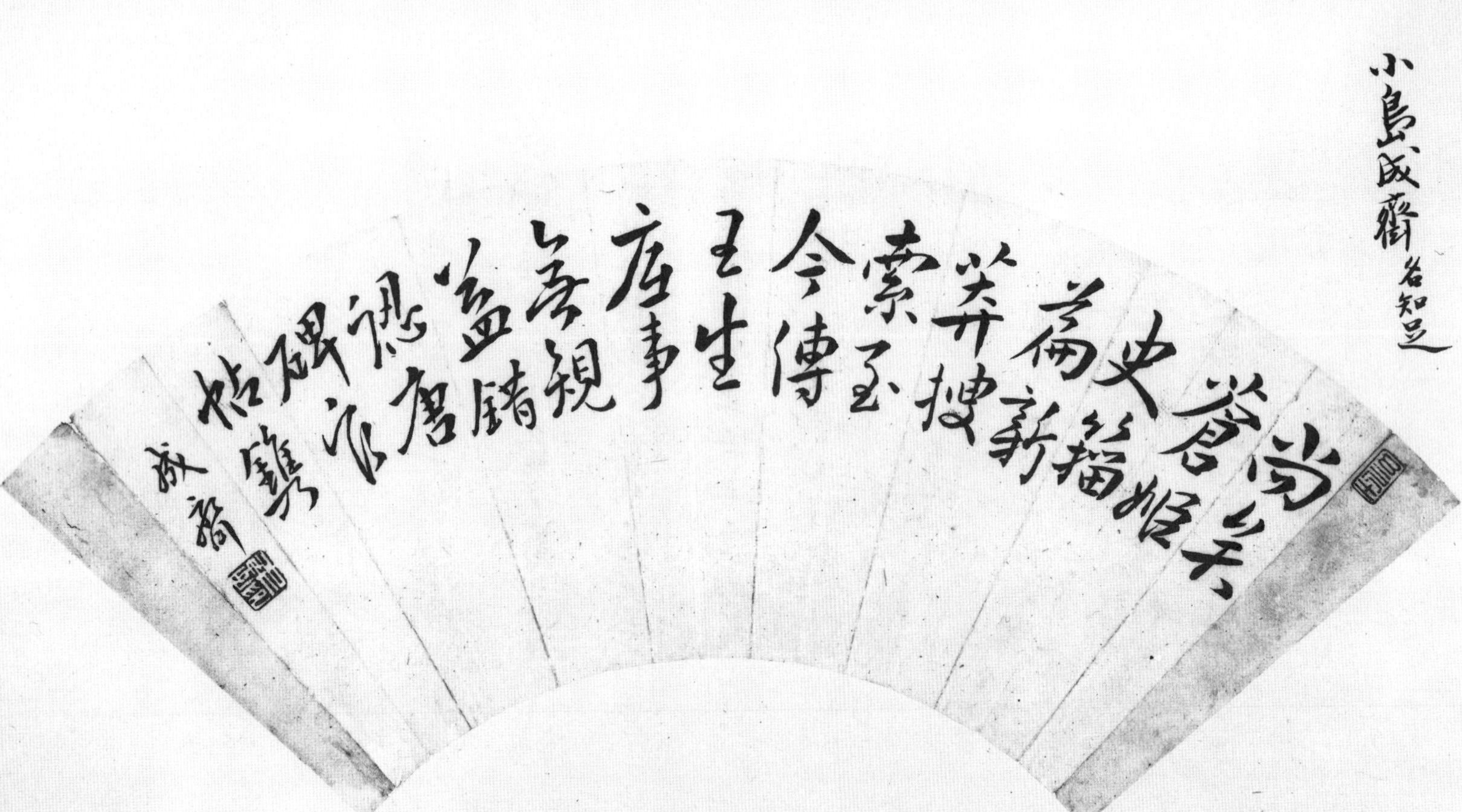

西周

客座私祝

但願温恭直諒之友來此講學論道
示以孝友謙和之行德業相勸過失
相規以教訓我子弟使毋陷於非僻
不願狂懆惰慢之徒來此博奕飲酒
長傲飾非導以驕奢淫蕩之事
誘以貪財黷貨之謀冥頑無恥扇
惑鼓動以益我子弟之不肖嗚呼
由前之説是謂良士由後之説是謂凶
人我子弟苟遠良士而近凶人是謂逆
子戒之戒之嘉靖丁亥八月將有兩廣
之行書此以戒我子弟并以告夫士友之
辱臨於斯者請一覽教之

陽明山人書

西周臨

小原鐵心

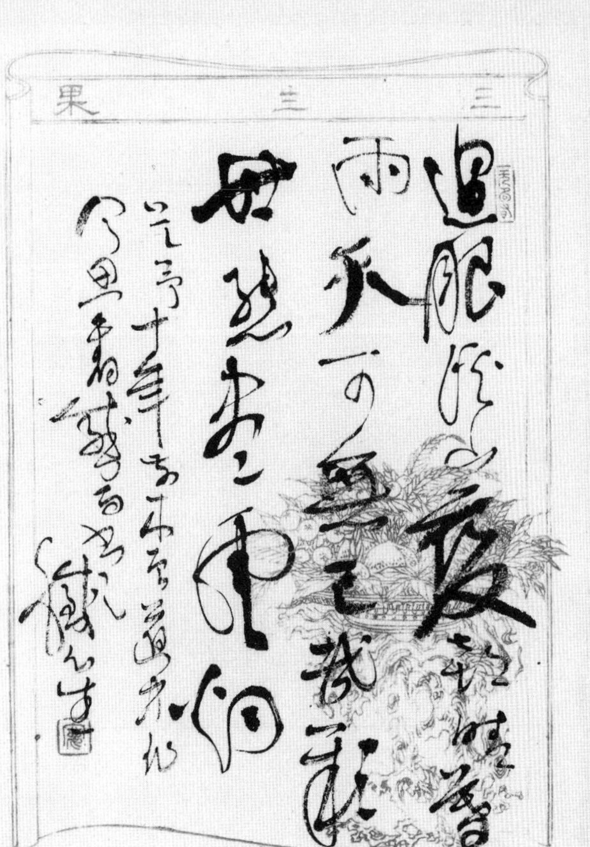

福地櫻痴

圓山溟北　名葆字子光

歳功有穀祀田家致福豈不是陽貨
豚一箇壮丹姿々累々羨与共拙何
姚魏姿吾性素飯袋膓中闕餚
刃飲仙彼人是穀伯非我誰如何
一老境輔車失相依穀箸無歎
慨已矣嗟力衰唯有此姿在
甘脆慰老顋今日母望福張係
饞脆皮自笑果然状何常得邊筍
肥懐遊無子日莊土侍董帷麹坊饒
餘旅門雨過涎出毛當時湿自信
此船何之然他日大任降我自此件
古人借作筆於蜀以云年月移依
然青措大々任我在我唖然香謝
我彼既不一時今日有此福人否
該祝意照　昔

一笑

合該野老葆

仁井田好古

近藤守重

書翰宛名石井ハ
名ハ夏海佐渡相川
ノ人文藝ヲ雕篆
島界ノ交友ナリ

第十三巻末

正故發聖
人之文也

周易注疏巻第一其月二十一日陸子遹遵三山東窓傳標

上杉右京亮藤原憲忠寄進

端平二年正月十日鏡陽嗣隱陸子遹遵
先君手標以朱點傳之時大雪始晴謹記

右足利本宋版周易巻末三行陸子遹宋
人乃放翁第六子其月爲端平元年十二
月先君指放翁也三山在山陰縣鏡湖中
放翁中年卜居地東窓翁詩題中數見
所謂東偏得山多者是也上杉憲忠爲安
房守憲實子寶德元年襲父職爲管領此
本舊係陸氏藏書憲忠獲以置于足利學
校者不唯宋雕工整摸印清朗二賢筆跡
現存于此古香馥鬱墨痕如新雖是數字
眞吉光片羽矣因摹刻以傳好事家余
別有宋本攷弐三巻須俟他日校刊行之
文化十五年正月　近藤守重識

河三亥書

中院従四位左中将通維　通枝男実久我通兄次子　宝暦八年坐竹内式部事蟄居入道号見山　安永七年六月勅免

一此度易学伝伝授厚奉存候尤三旨血脈
差失不仕候儀第一ニ守可申候
一信実篤志之輩見立不申異雑之学徒及利
害私曲ヲ以伝説仕間敷候
一神盟等ヲ以秘授之様ニ仕可受候
一伝門下之士ニ再伝之儀伝指図次第ニ可仕候
一何様之儀ニ不由伝門下ニ得出入不仕候者他人ニ
易学再伝仕間敷候
太平生之志同事ニ侍坐候得共務而大切之経書ニ
侍坐候故如此侍坐候以上

天明四年甲辰十一月十一日　見山

成齋先生

西依周行字成齋

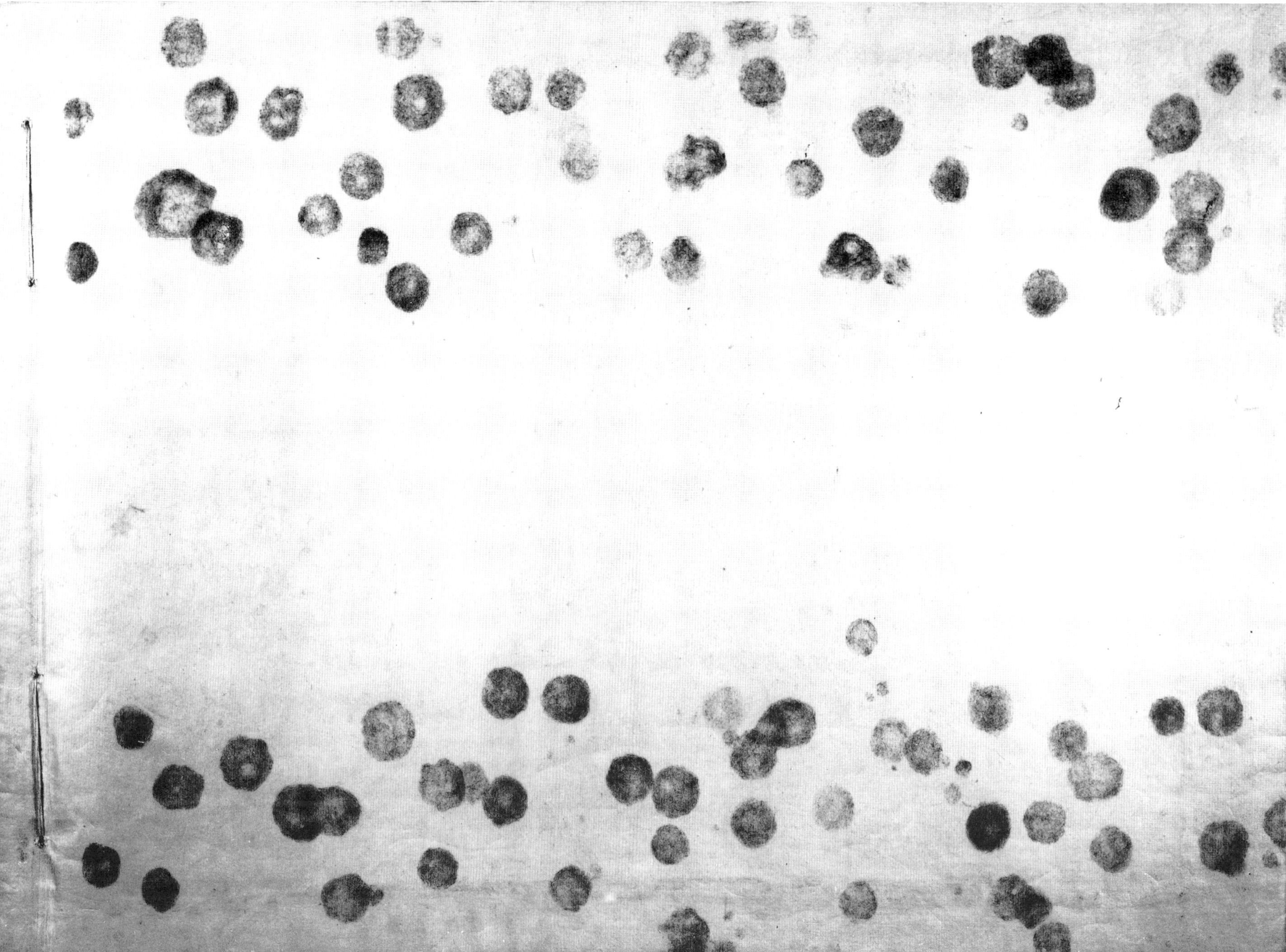

集古筆翰　第五輯　表紙

目次

近衛家熙公　心経
深草元政
跡部良顕
尾形乾山
山科道安
佐藤信淵
加藤千蔭　万葉集略解跋
瀧澤馬琴
伊勢貞丈
又、
近藤守重
河村秀根
瀧本坊昭乗
松尾芭蕉
池西言水
岡西惟中
度會園女
建部涼袋
山本以南　良寛父
僧良寛　弟由之
早川直昌
法蔵坊信海
慈雲飲光
雲門忍鎧
蜩屋貞柳
白隠禅師

佛佐吉
太田蜀山　俳文
六樹園雅望　狂歌
巻菱湖　俳句　萩原秋巖跋
伏原宣條
南摩羽峯
澤田東江
加茂保孝　書博士
渡邊素平
蒹葭堂　蘭文
泊如運敞
黒瀧潮音
九條尚實公　應龍
南門僧正遊行丗二世
梁川星巖
吉田松陰　文稿
日柳燕石　詩稿
菊池澹如
大鳥圭介
奥平謙輔
樺島石梁
寺門靜軒
紫野碧海
水竹居典
倉成龍渚
清人朱緑池

計　五十通
五十二人

近衛家熙公 草書心經一巻

摩訶般若波羅蜜多心経
観自在菩薩行深般若波羅蜜多時照
見五蘊皆空度一切苦厄舎利子色不
異空空不異色色即是空空即是色受
想行識亦復如是舎利子是諸法空相
不生不滅不垢不浄不増不減是故空
中無色無受想行識無眼耳鼻舌身意
無色声香味触法無眼界乃至無意識界
無無明亦無無明尽乃至無老死亦
無老死尽無苦集滅道無智亦無得以
無所得故菩提薩埵依般若波羅蜜多
故心無罣礙無罣礙故無有恐怖遠離
一切顛倒夢想究竟涅槃三世諸仏依
般若波羅蜜多故得阿耨多羅三藐三
菩提故知般若波羅蜜多是大神咒是
大明咒是無上咒是無等等咒能除一
切苦真実不虚故説般若波羅蜜多咒
即説咒曰
掲諦掲諦波羅掲諦波羅僧掲諦菩提
薩婆訶

享保四年二月廿一日

深草　元政

跡部良顕　類聚国史写本跋

享保七年壬寅正月有
台命求官庫國史之闕巻同氏
良敬之官司金田周防守正明令之
於良敬故予家蔵之書五巻呈之
正明又令遣之於林信充焉信充高
量之而返之又正明令二月十九日
朝良敬持之往國老水野和泉守
忠之之宅而献之也右五巻寫留
之以為家蔵云

享保七年壬寅二月日

老海翁
源良顕

山科道安 槐記著者 呈滋野井公澄卿詩

謹奉押
五松隠君和歌之
末字
神僧霊社知何處
仰望駒瀧立少時
穿石飛流千万落
落如砕玉乱如絲
芝巖拜

奉
山科道安

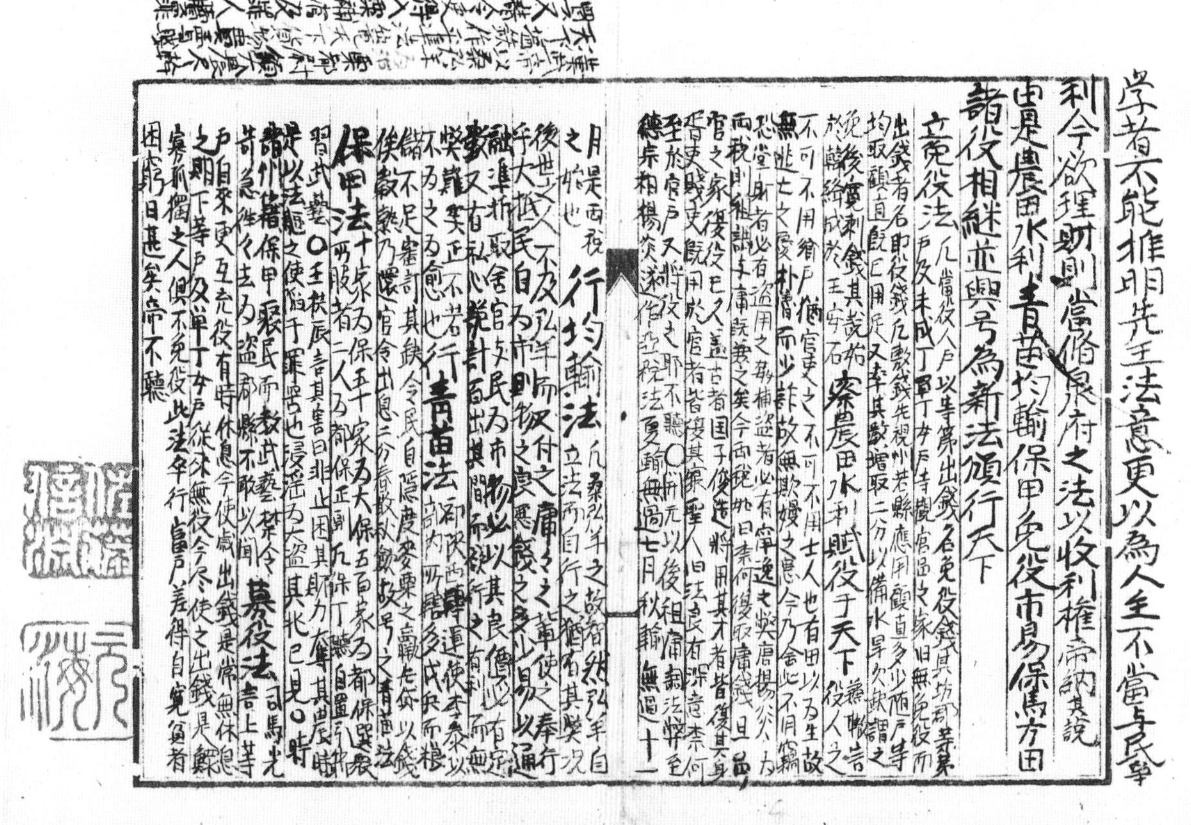

学者不能推明先王法意更以為人主不當与民爭
利今欲理財則當修泉府之法以收利權帝納其說
由是農田水利青苗均輸保甲免役市易保馬方田
諸役相継並興号為新法頒行天下

加藤千蔭

此萬葉集略解はすべて三十巻
寛政三年二月十日より筆を起
して同八年八月十七日に稿
をはりてさらにあまたゝひ考へ
正して同十二年正月十日にをは
りぬこのうち書きぬ

橘

瀧澤馬琴

覚

一 金壱両也

戌 十二月十六日

瀧澤解

丁子屋
平兵衛殿

伊勢貞丈

先ハ活套ノ字如何ト云事ヲ尋ネラレ

万宝全書ニ活套数ありけるを

これ并ニ入り候てもち編ヲ載ニ示ス

このしおんて

文字从大ニ　注ニ長也トアレハ　長大ノ意ニ用ル字ニテアルヘシ

活ハ活發ノ義

岡嶋援之が唐話纂要ニ

休要客套（ヒウヤウケタウ）　キヤクシンニスルナ

右ノ如クあれば套ノ字モ大ノ意ニテ客ヲアヒシラフ如ク大（タイ）サウニスルナト云義とみゆ

万宝全書ニ風月機関ト云書ヲ編ミ入タリ　女郎買ト女郎ノ意味ヲ記ス

右書ノ中ニ曰

計走者（女郎ト女郎屋ノ亭主トタクミテ女郎ガニゲルヽ）欺其柔弱（客ノタハケヲシキヲ見コミテダマス也）設其圏套（客ヲハメルタクミヲシツラヘル其レカ大ニシテ罠テ其中ヘ客ヲ入ヲク如し）假説有情（カリニ女郎ガ客ニホレタヤウスヲ云キカセルナリ）與之同竄（客ト女郎ガツレタチテニゲテユクナリ）

寝食未安（ニゲテカラ下ダロクニ子モセズメシモロクニクワヌ間ニ）鵠擬倶至（ヤリテオヤカタガツレダチテキテ）口説到官（子ダリテ奉行所ヘウツタヘ出ルナリ）得財遂止（金ヲ出テアツカヘハ女郎屋ガカンニンスルナリ）是也（是ヲ計走ト云フ　金ヲトルベキハカリコトニテニゲ走ルヲ云）

右套ノ字モ大ノ字ノ意アリ　圏ハカコミナリ　カコヒヲ大ニシタル如クノ意ナルヘシ

集古筆翰 第五輯　五―九　伊勢貞丈『今川壁書』・『腰越状』識語／五―一〇　近藤守重『嘉慶上諭』題辞

河村秀根　尾張学者

日本惣国風土記第七十九　尾張河村復太郎秀根蔵

武佐志風土記

多磨郡　或王

浦三　国六ヶ所　河二　流川三　池五　澤九

祠十一ヶ所　寺六ヶ寺　墳四基　堤三ヶ所

東限草窪国　西限金川　南限平田浦　北限西国

貢松竹梅桃薇蕨鴻鴈鯖鰌魚及狐兎狸鹿之

革膽鞍靴之類

武佐志風土記

松花堂昭乗

池西言水　佐渡遊歴中之筆

岡西惟中

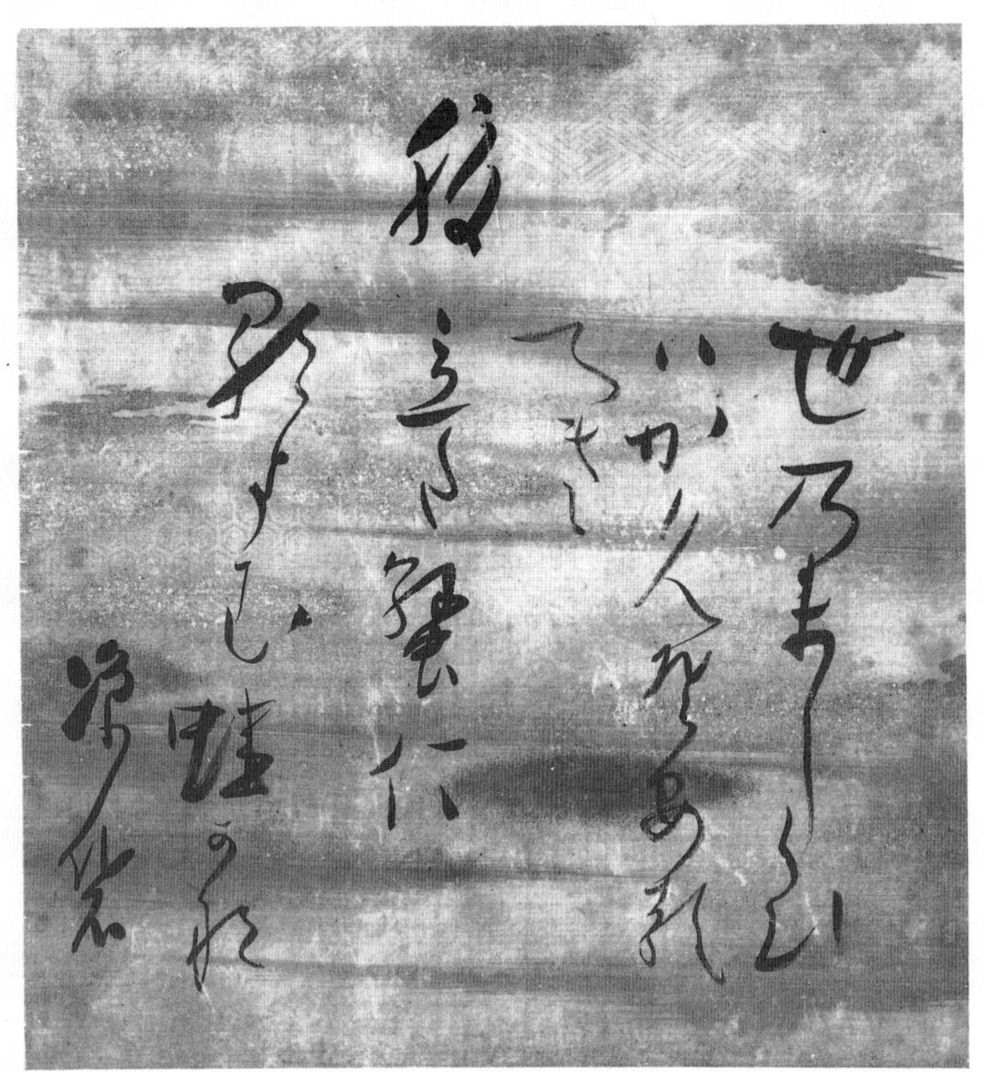

建部涼袋　綾足ノ号

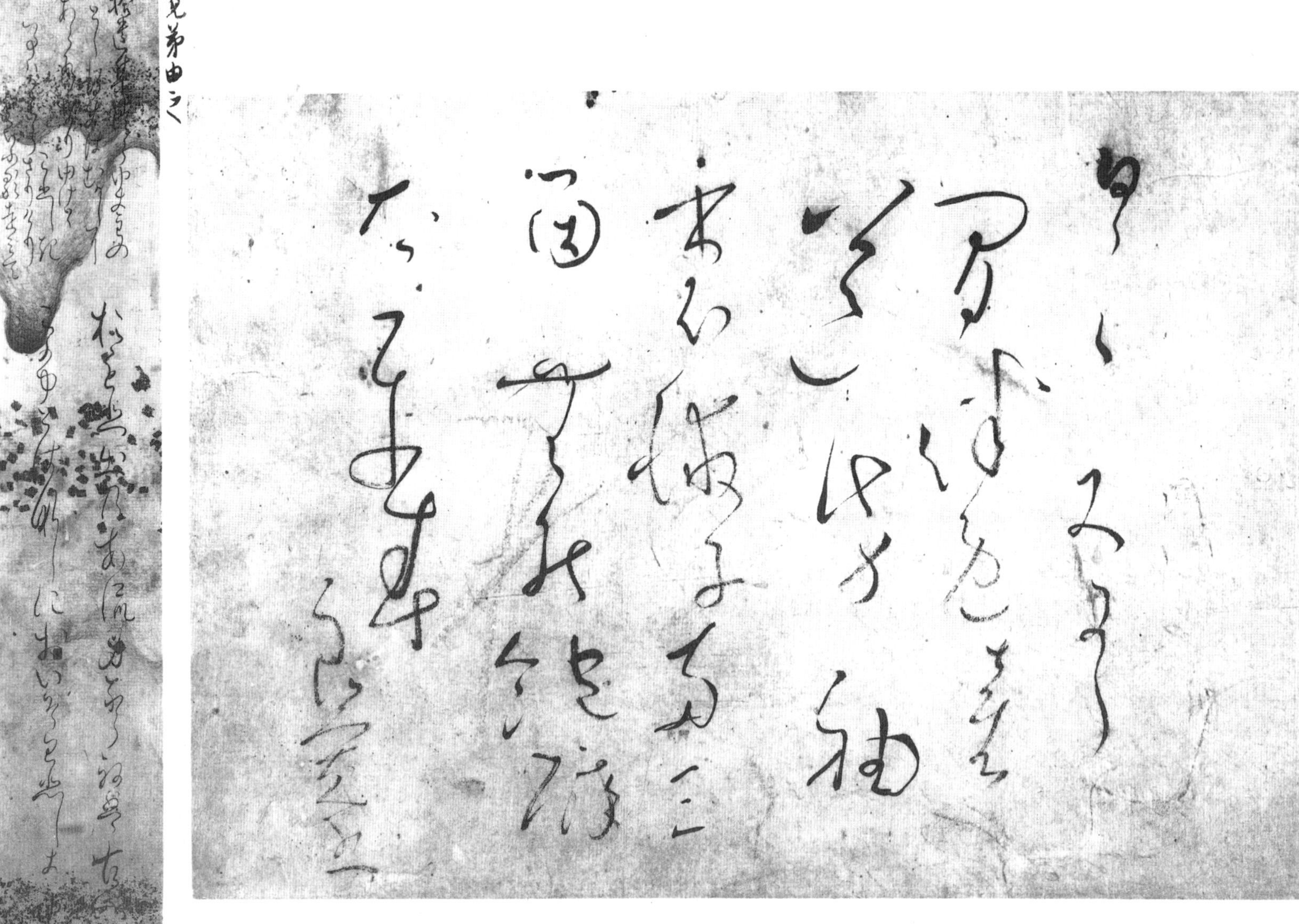
良寛弟由之
越後僧 良寛

集古筆翰 第五輯 五―二〇 早川直温 和歌懐紙

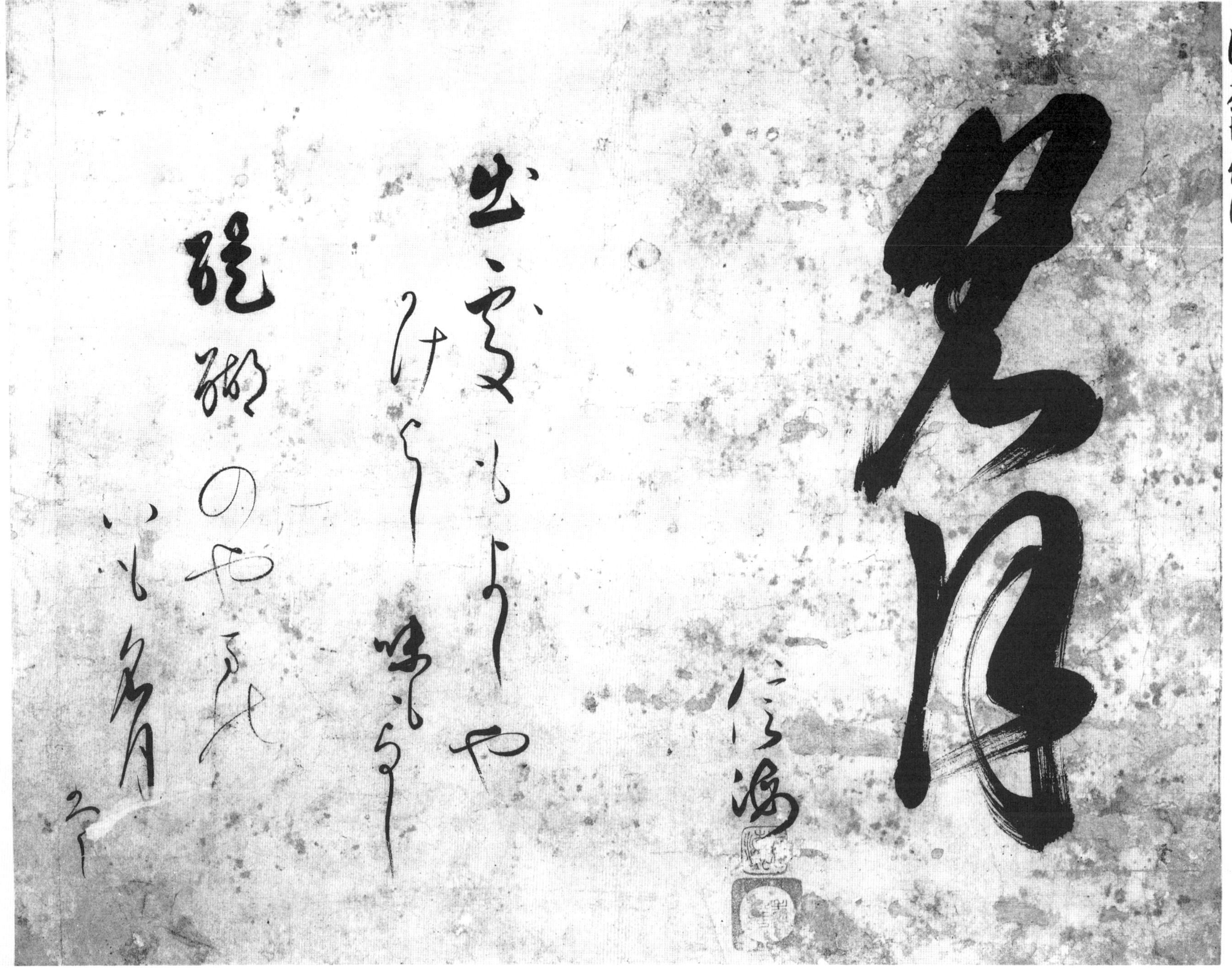

慈雲飲光　梵學大家

大燈國師云汝等諸人
来此山中為道聚頭勿
為衣食有肩莫不着有口
莫不喫只須二六時中向
無理會處崖来崖去
光陰如箭慎勿雜用心

小苾芻飲光書

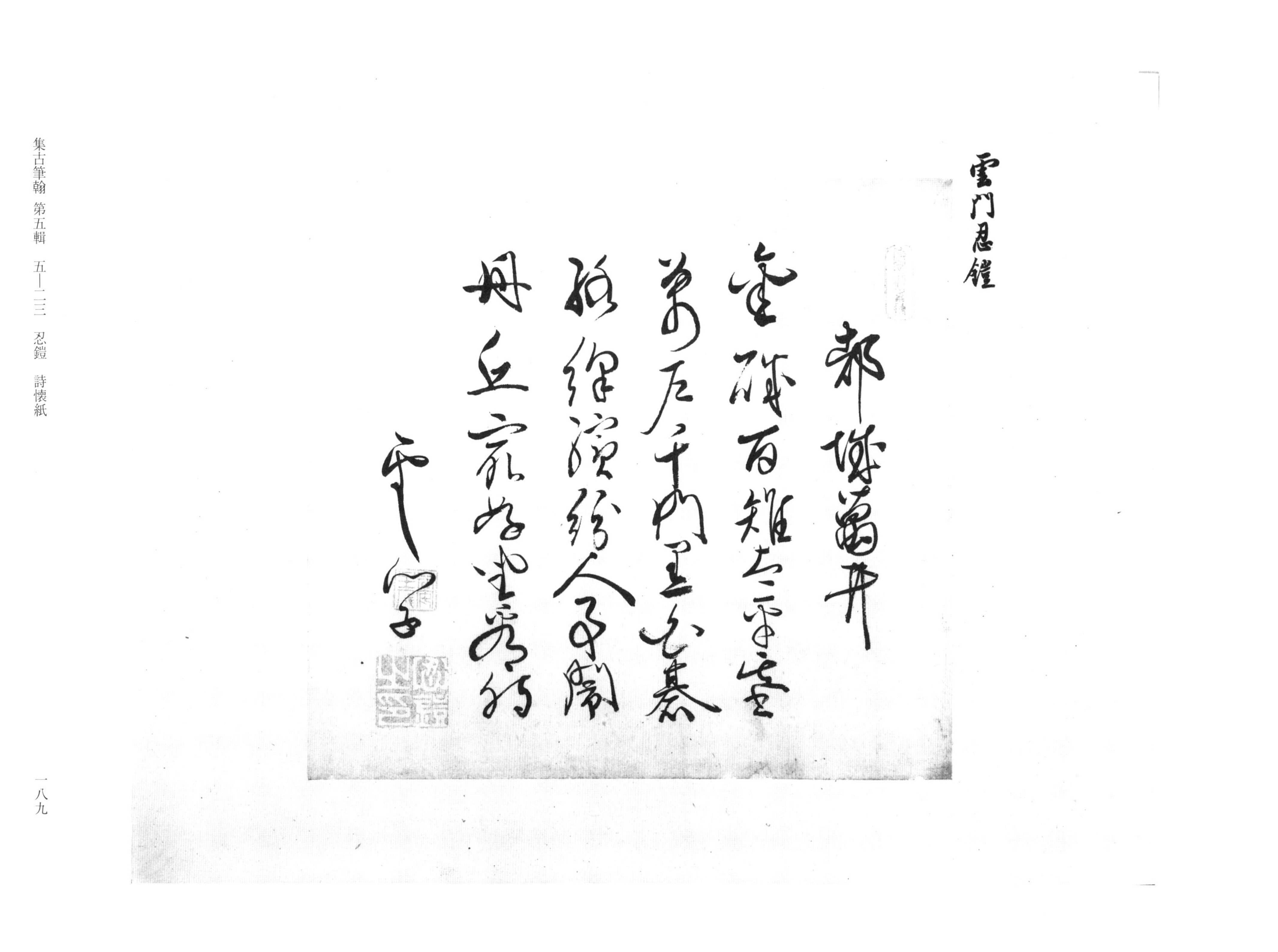

雲門忍鎧

油烟齋　貞柳

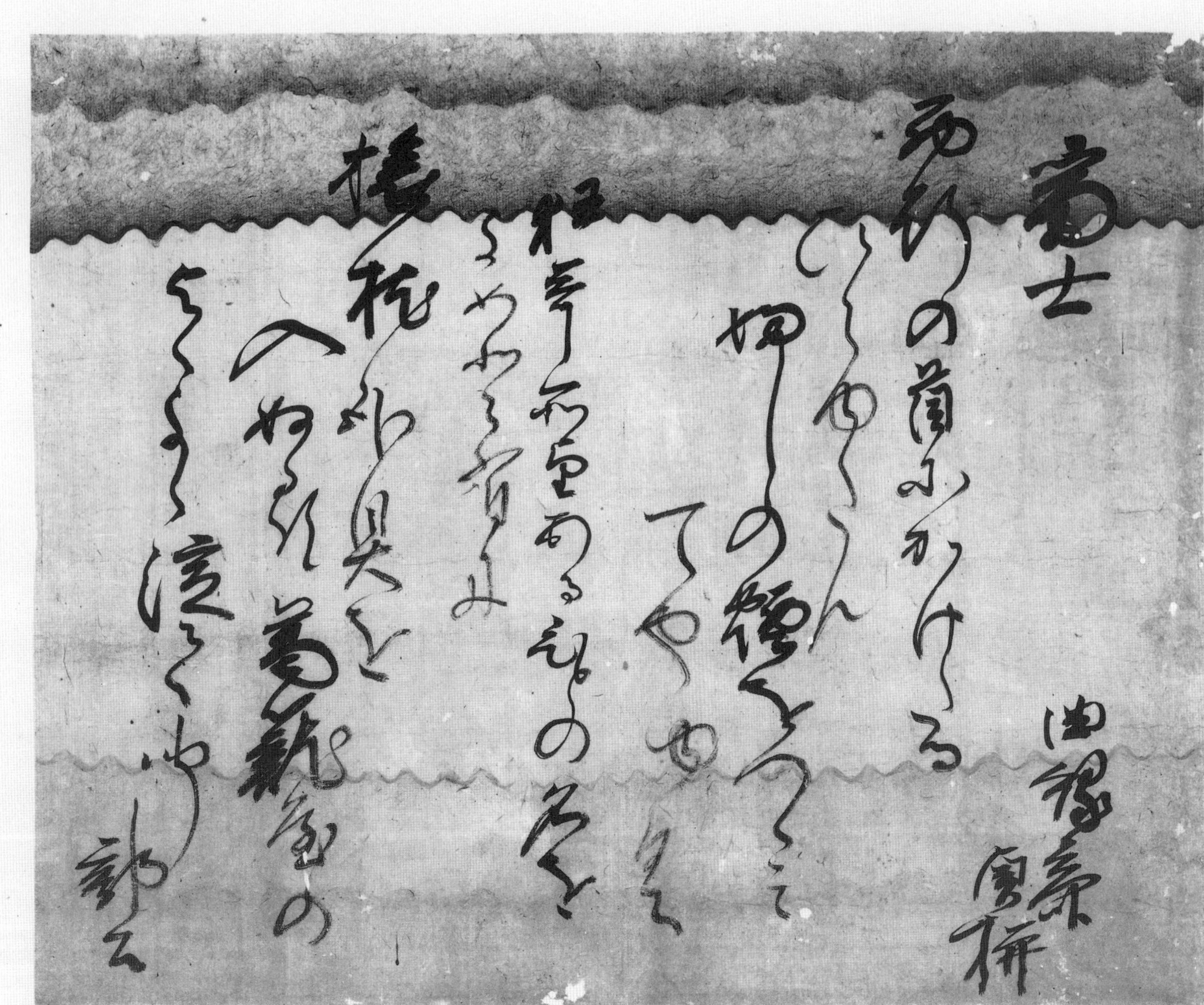

五—二五 白隠慧鶴 大黒留守模様図自賛和歌

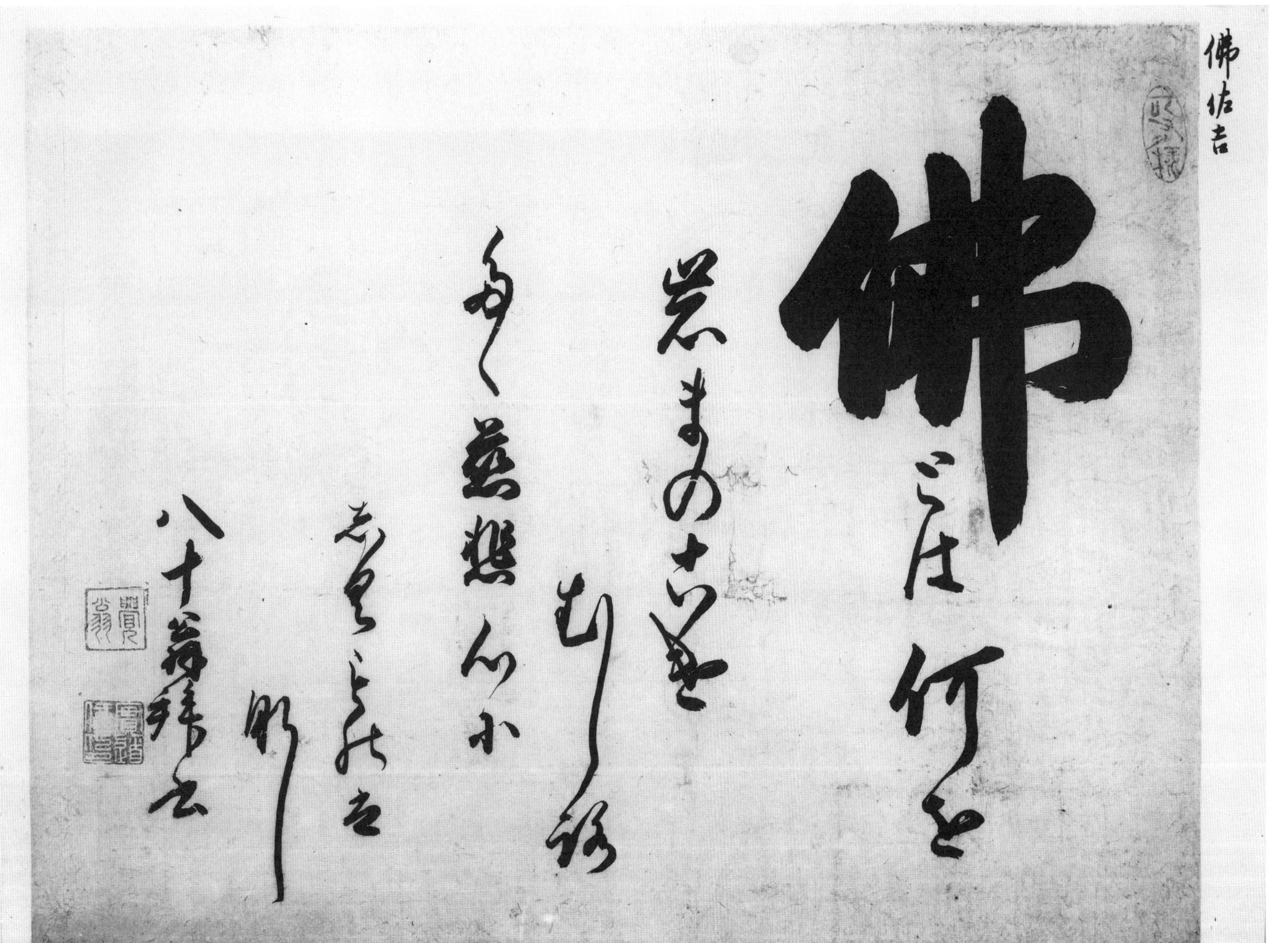
佛佐吉

太田草

石川雅望

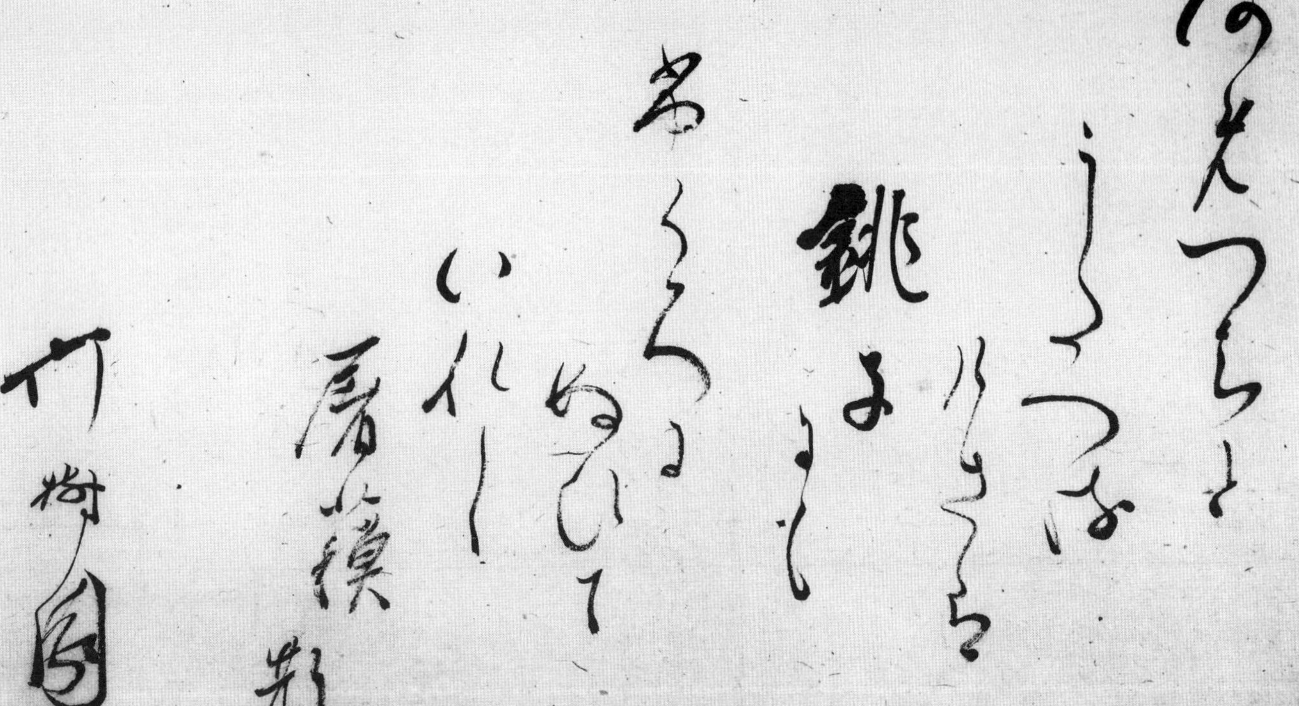

巻菱湖
俳句

常見君一日齎此巻徴跋於余〻展而視之乃
君嘗遊菱湖之門日聚談後把盞之間案頭弄書
紙乃雖作戯而集字清淵愛重之以装潢為軸
軸珍蔵之亦奇物也而追思最時殆二十年矣而巻
中與唱和者今〻皆遊地下矣惟存者獨君爾
嗚乎當時四海昇平天静地和今也衆字擾亂
萬民難畏懐是舊不覚慨然弥書數言以置
之慶應戊辰四月 坐秋鶴堂雲濤石題於原舉

清原宣條卿 伏原氏

奉謝清給事賜花

花萼香高苑裏來

紅示照

可憐新色々深翰

相映筆

丁酉夏五

佩葉清宣條

南摩羽峯　慶應未年作

喋血京師伎一
時匹長鋏歸
未帰來建春
門内春風暖光
彌
君王萬壽杯

乙丑新年在外地懐之國
事慨〃不能其窗吾也杯
南心庵　羽峯小史

澤田東江

岡本保考

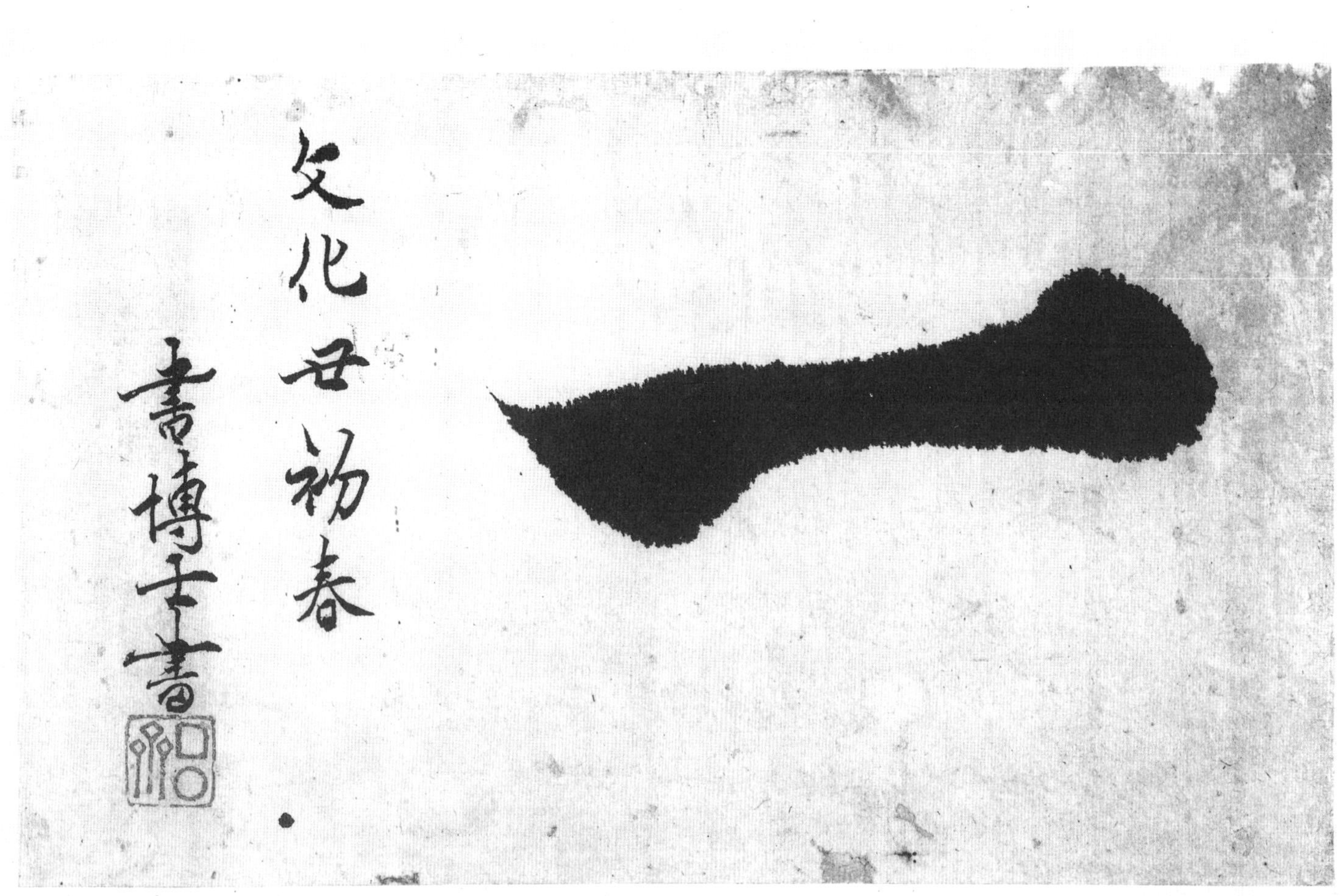

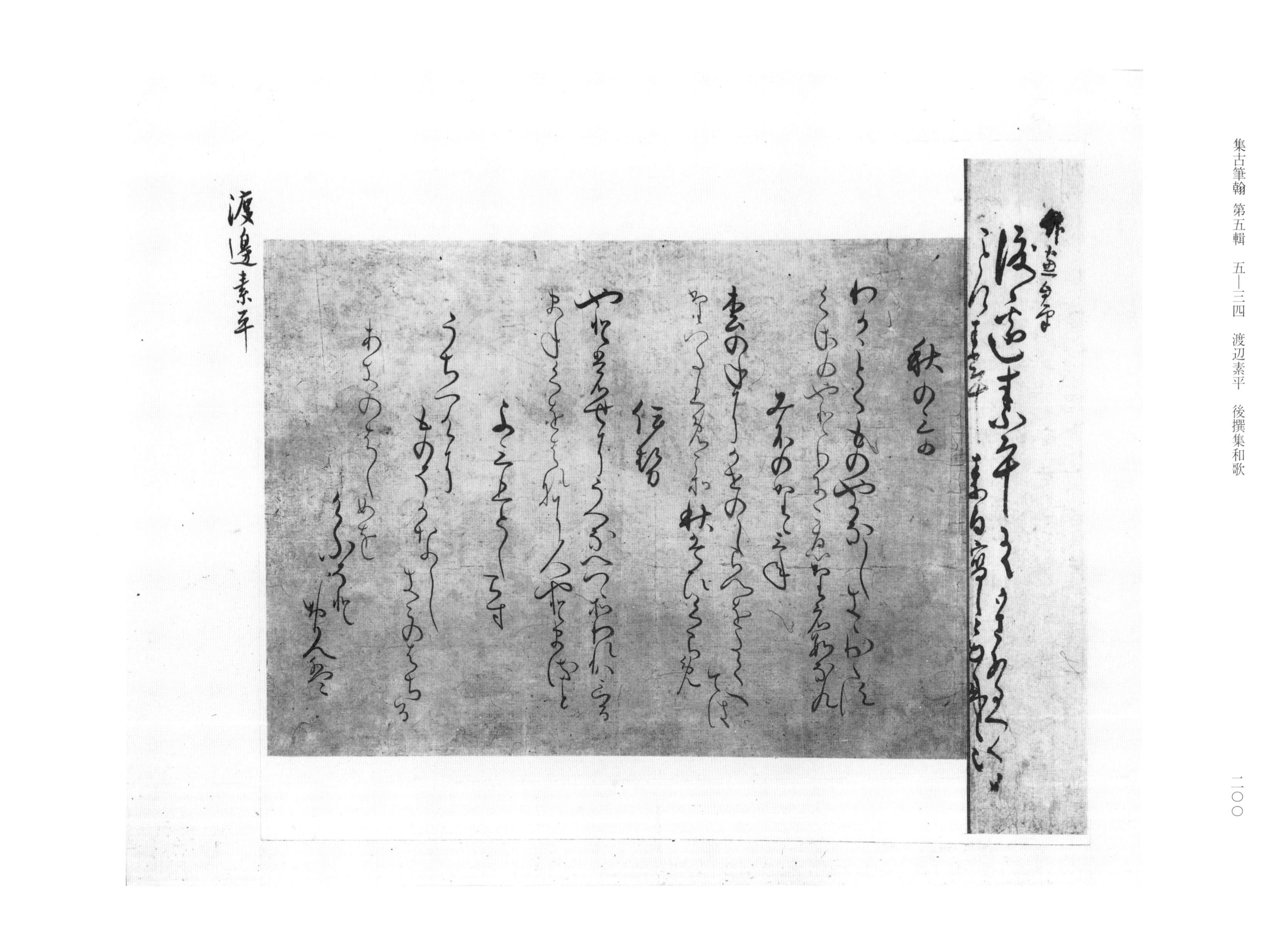

渡邊素平

木村蒹葭堂蘭文

Kimoera Kitsjemon.
is regt naam en
ander genaamt
Tsoboeija Kitsiemon
nog ander genaamt
Kenkado
een liefhebber van
hollandsche manieren

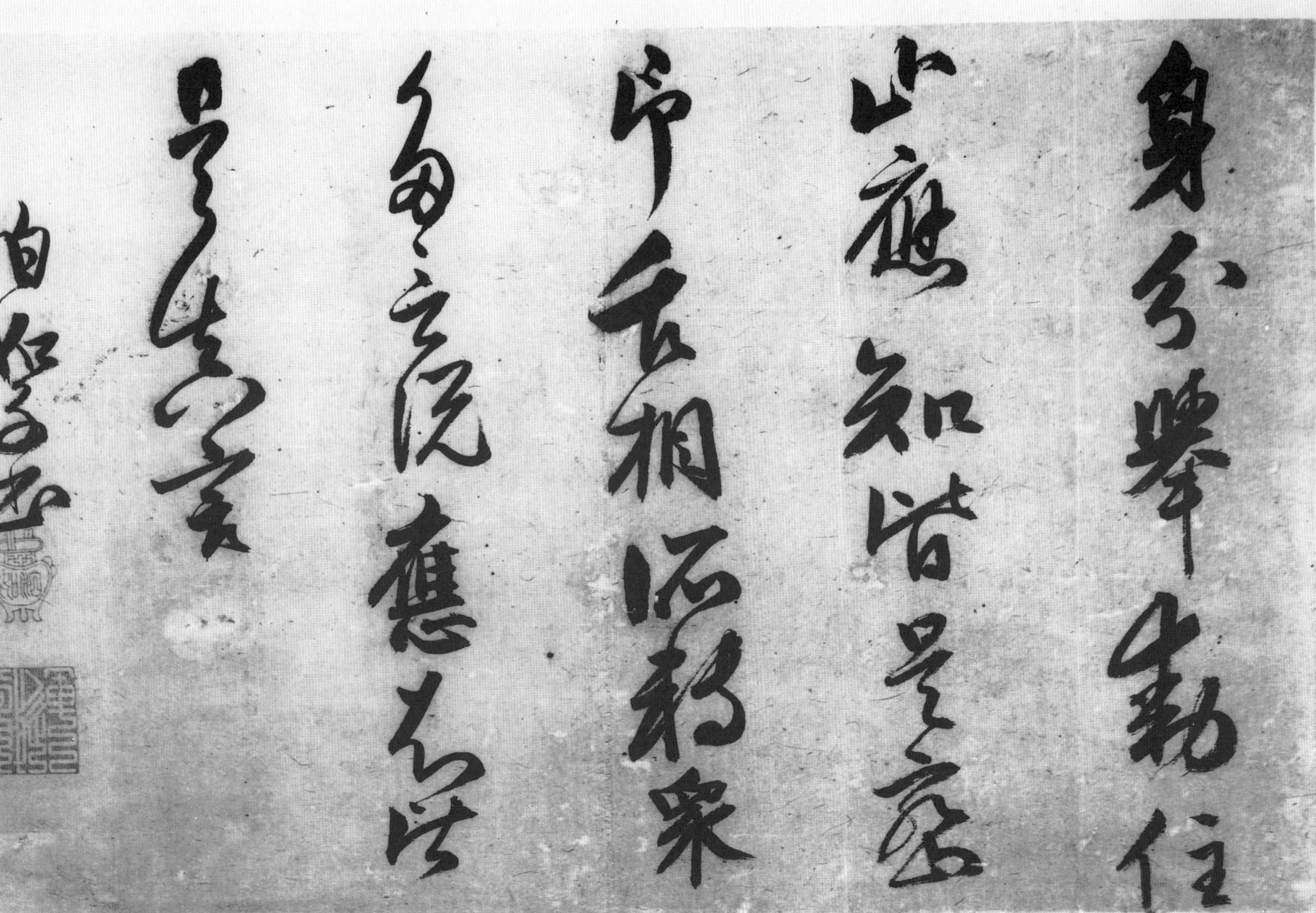
智積院運敞

黒瀧潮音

上堂乃云鶴嶠堂上大
居士設齋為〻衆請
挙揚宗乗且宗乗如
何挙揚去也挙乾峰示
衆云挙一不得
挙二放過一著落在
第二雲門出衆云昨
日有人從天台来却往
径山去師云典座明日
不得普請便下座山
僧拈云乾峰雲門賓

僧拈云乾峰雲門賓
主相見恰如兩〻鏡相
對全彰儀形有人問
山僧二〻尊宿意如何
答云相識〻還同不去
識得拈杖復作座
元禄癸酉年孟春
初五日
黒瀧潮音老僧六
十六歳手書

集古筆翰　第五輯　五—三八　九条尚実　詩

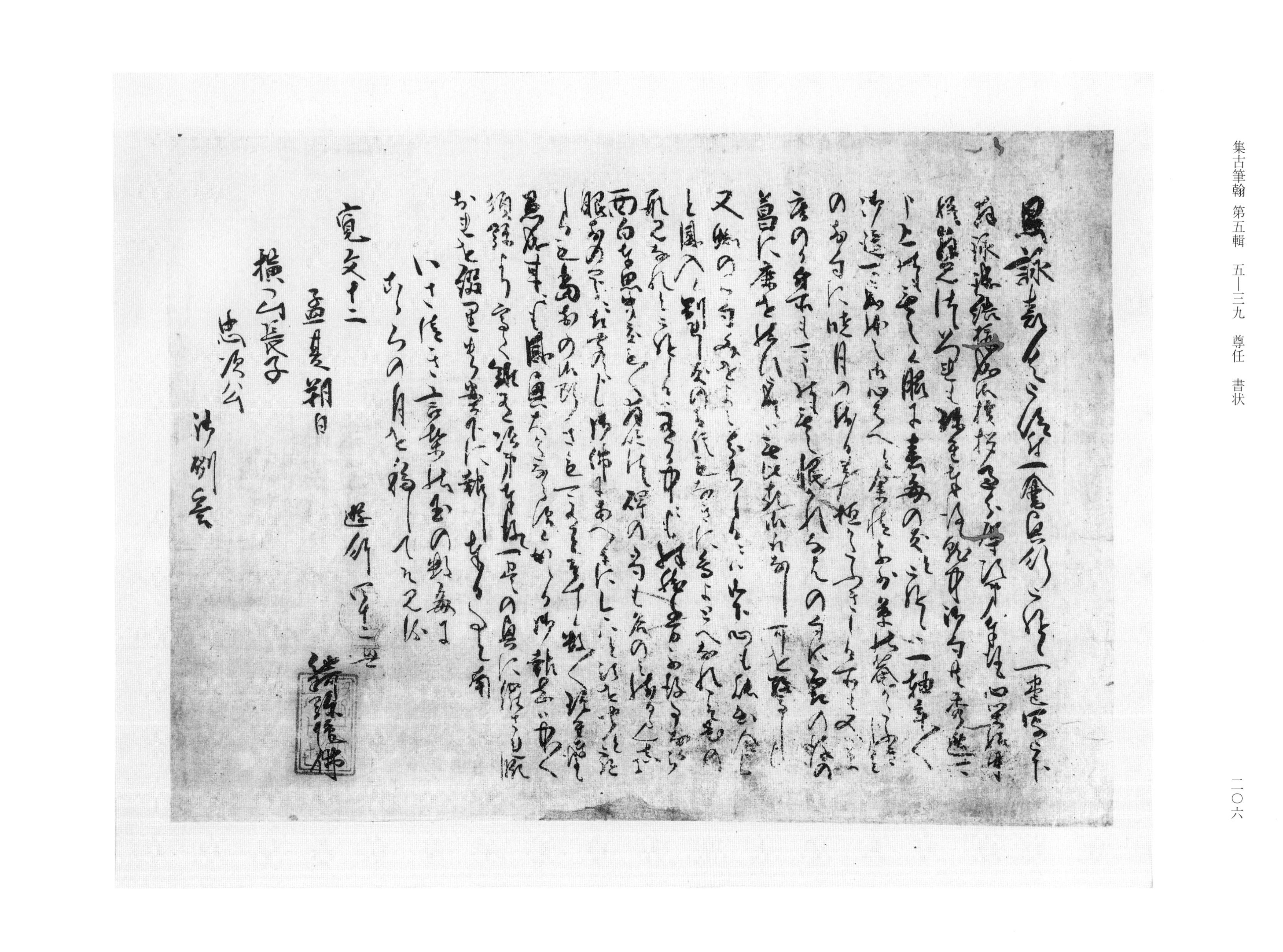

梁川星巌

満簷霜月夜沈々嘉樹香来
促小斟一咲麻姑誇鳥爪擘開
醂醐面醵幾丸金　香霧霏々噀手
濃麹神憑汝更惺鬆江陵富庶錯
無分亦推人間百戸封　紅螺心已
碧如油玉甲天搓香欲流滑韓
清甘真勅敵烏程箬領洞庭秋
望見研妍皮呼傲嘉満心蠱
蠹奈渠何休嗔敗絮不堪食
世上搄饜人更多　剪盡寒燈
夜欲分柑香酒気結氤氳黄羅
恩賜吾無福也有金苞到細君
誦徹蠻臣頌一章酔魂恍惚洞
湘他年得地栽三百便合安亭
署柑香

擘柑夜酌得六絶句

星巌梁緯草

吉田松陰 文稿

贈音三郎　八月十八日

無逸為吾説爾向學之状、吾問之、則故禎介遺孤也、
禎介吾無半面、然吾幼聞其好書、從人借讀、乃藏碎
玉話常山紀談、玉石雜誌等數部、今猶不忘于懷、昨
無逸拉爾至、容止温詳、一見心與、爾年已十七、未有
所成立、可以南、可以北、可以黄、可以黒、在今日、勿
使他人発悲泣于絲岐也、爾家君父本有遺書在、退
発家藏読之、乃父之聲音容貌、儼然尚存也、維桑與
梓、必恭敬止、無念爾祖、聿修厥徳、八月十八日
文成附諸音三、音三云、家考六周忌日、正在明日、今夕

蒙以贈、以私有愓然、余曰、天数也、雖然至誠之感、
有或然者耶、音三学長沼氏兵法、業記正為先老（於父銘　山田氏）
忌日、而有讎、亦云、從九之日、曾瀉　世子諸文試
本三事不期相會、亦皆奇矣、誠使吾不為偶然者、
是在其人、併書贈音三、

或有非偶然

日柳燕石

夏日田園雜詠
薔薇花點濕黃昏梅雨晴時插稼
秧瓜午村婦無事態鶴様高尻
待夕陽
水晶花白短籬東耕四稜老牛帰入
宮村婦待夫初饗飯啼兒孝在
晚烟中
打麥場乾临斷梅扇車軋〻搧
黄埃圍裏相救無閑手椎髻村姑扛
归来
洗脚宴閑聊慰労老嬢含笑進郎
醪馬鮫鬆豆乾蘿蔔鬆梳盛来
凸字高
二番耘節日方長随例午時休一場
鑽燧吹烟相笑語檻陰半畝細颸
涼
一路新泥牛跡鑣分秧时節雨連朝
蓑衣滲瀝誰家叟隊曲篝銭
修敗橋
打麦洗權乘爛晴節逢半夏
休耕一盤湯餅拋銀線鼓腹便〻肆
太平

伏乞
高斧
吴石柳章九拝

菊池澹如

梅下撫琴時幽香動
細韻悦然高士夢冷
香美人肌月弄蕭
疎烟籠的皪姿賞
心聊自適何必待
鍾期　梅間弾琴
壬子暮春　澹如中

大鳥圭介

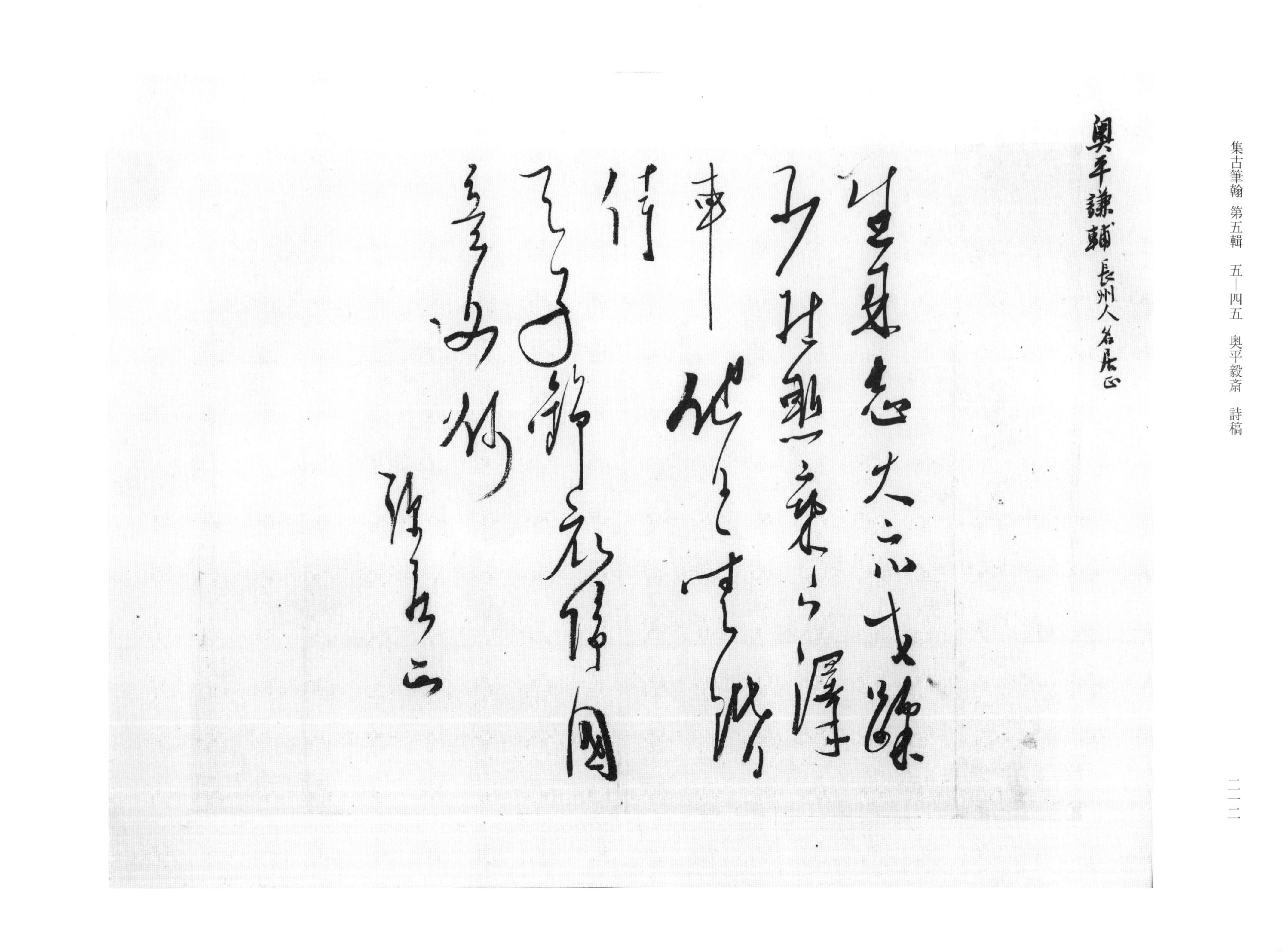

奥平謙輔　長州人　名居正

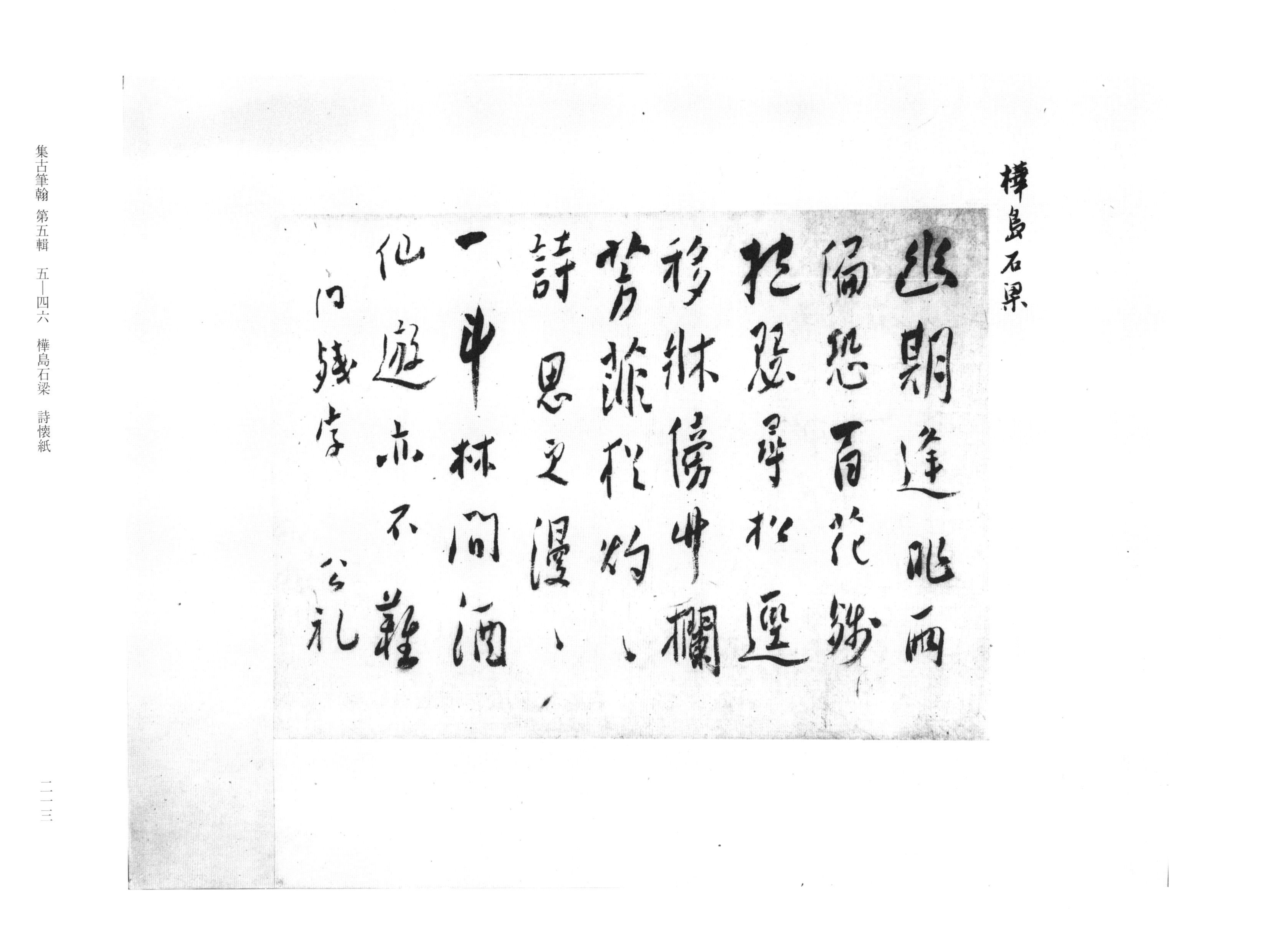

樺島石梁

寺門静軒

柴碧海 栗山子

倉成龍渚

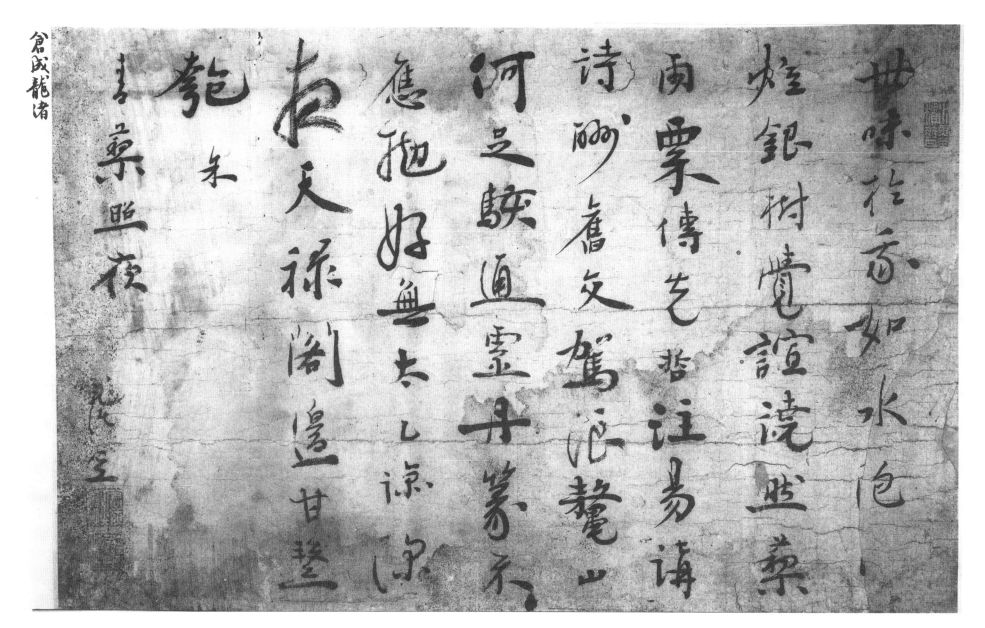

朱緑池

武元登々庵
朱氏ノ說ニヨリテ
始テ詩法ヲ發
明シテ古詩韻
範ヲ作リ古
詩韻法始テ
本邦ニ明ナリ
此韻範ニハ
此賦ヲ附記セリ
今朱氏自筆
ヲ存スル此点ニ
於テ最珍トス
ヘシ故ニ此ニ收ム
清國一學生
ノ墨痕トシテ
見ルヘカラス

宮城野萩壽衛山松二筆賦 以題為韻
綠池氏遨遊海外寓於崎陽館宮越國問禁入境採風觀
方物之誌窮捜産語之叢有二客自稱中書令詣予請評曰
在昔蒙恬中山屯營獵取毛穎封造管城遺我後裔遠適東
瀛一枝萩氏一倚松卿性貌翰墨職掌文衛片言乞録藝苑
馳名予曰嗟綠沈漆竹久擅風流赤管霜毫傳精雅惟尖
頭之勇健行若游龍豈禿髪之衰残材堪倚馬騰蛟起鳳隨
指使於即墨之郷芳桂清風應逭染於浣花之野鼠鬚妙品
未足比其清華麟角名珍莫能方其瀟灑維時客其萩姓者
歌曰宮城之野兮草名萩有美一人兮氣横秋比芳蘭於湘
浦兮德音堪賞譬香芷於浣水兮芬味莫投弱不勝衣兮隨
風颻去淡以明志兮於世何尤詞壇揮臂兮歌舞墨陣連芳
兮氣求問予懐兮渺渺舍文士兮誰可與遊又其松姓者和
曰維壽衛之喬松兮挺奇姿之森茂張翠蓋以參天兮列青
巒於遠岫柯偃蹇如龍蟠兮幹鬱結若鱗皴夭孤危以風條
兮不改歳寒甘潞蕭以蓧其兮獨登仁壽風華掩暎傍君子
之居兮楮墨生芳擧止軒昂入幽人之室兮圖書並秀予聽
畢情為之移神為之契知托體之清奇想為物之鋒鋭或入
夢而生花或凌雲而折桂或幻五色於毫端或画蠻蝌於眉
際或麟史獲狩以絶書或終軍從戎以投袂或龍文賣爵力
健獨扛或璽紙銀鈎脱落得勢或文無加點裁成丹詔於殿
廷或手不停揮立就羽書於武衛既含毫而欲渺不隨離飾
為低昂惟秉質之精良豈假清幽於磯砌故其為體也機圓
而潤神静而閑取瀟遠之芳規品似蒹葭秋水採孤高之雅
擦意同淇澳春斑揮灑自如唯守正乃能不曲飛揚盡致斯質
直方可轉圜落紙有聲髣髴秋風鳴綠野臨文不俗依稀
夜月照松間喜學士之吐揚常伴燃藜於午夜憐寒窓之刻
苦相資攻錯於他山且其為用也揣揣呻吟欲歌欲泣濡毫
抒寫或横或縱似驚蛇之入草焉似枯藤之絆松焉似懸巌
而勒馬焉似墜石於高峰焉力大如椽漫道輕同弱草鋒芒
比刃誰云鈍若孤樅倘載酒於東皐錯認伊人故址脱巡行
於泰岱却疑處士遺封矧夫遠隔中華分區異地極日本之
邊鄙接扶桑之壤次秋期野望花霙霙而垂條冬嶺霜侵樹
蒼蒼而叠翠海國共傳為奇觀文房用資為利器是其脱穎
也雖殊而其書空也不二我

朝
聖天子德化覃敷聲教殊溢珍奇厥貢諸殊方品玩聿獻於
帝室修文偃武寶貴嚢籌造士作人雅重不律故青鏤有異數之
稠彩毫有三品之秩珊瑚作網或僭栗屋齋名玳瑁為衣詎
別竹林異質則萩枝之吐穎而芳華松管之凝毫而秀逸當
入南國以揚鑣爰賦東方之名筆
丑年五月十日雨窓悶坐偶憶業躅所貯松萩名筆兩
種為　貴國操觚家所雅好也予亦喜其清幽有致爰
賦一篇以補右軍筆經之　云爾
清國中炯波散人朱華綠池賦草

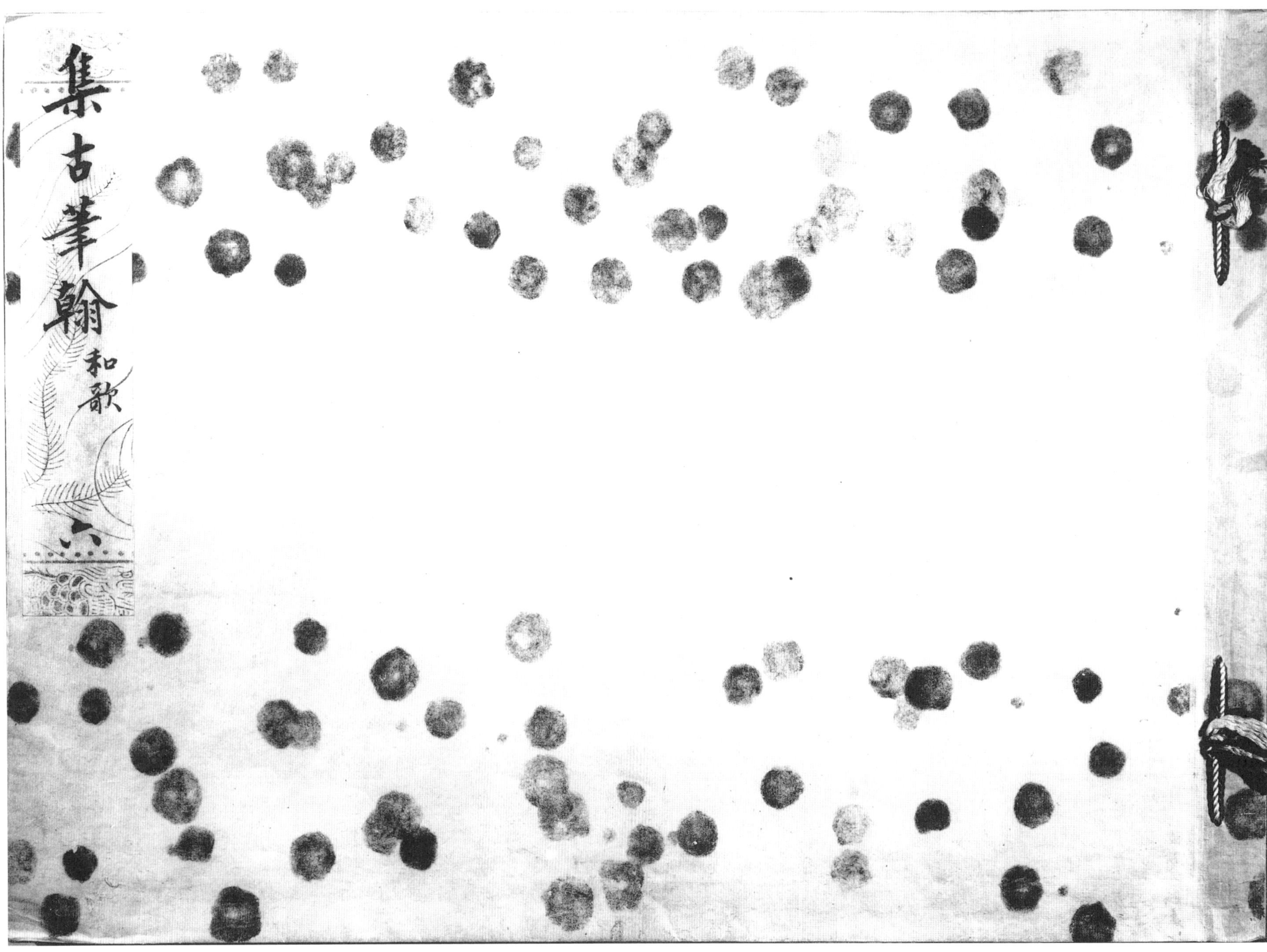
集古筆翰
和歌
六

目次

飛鳥井雅庸
同 雅章
同 雅宣
中院通村
同 通茂
又 通躬
同 通枝
同 烏丸光廣
同 資慶
同 光雄
同 光榮
同 光胤
松井幸隆
中原職忠
望月長好
山本春正
平間長雅
有賀長伯
徳大寺公信
小倉實起
正親町公通
又 画賛
武者小路實蔭
冷泉為村
日野資枝
又
芝山持豊
滋野井公澄
同 公麗
又
近衛家熙
成島信遍
西洞院時名
三條實萬
千種有功
同 有任、有文
久我建通
僧澄月
伴蒿蹊
僧慈延
小澤蘆庵
橋本經亮 居忠
皆川淇園、慈延唱和
有賀長收
同 長因
香川景柄 黄中
山本清渓
小野高潔
凡五十通
四十七家

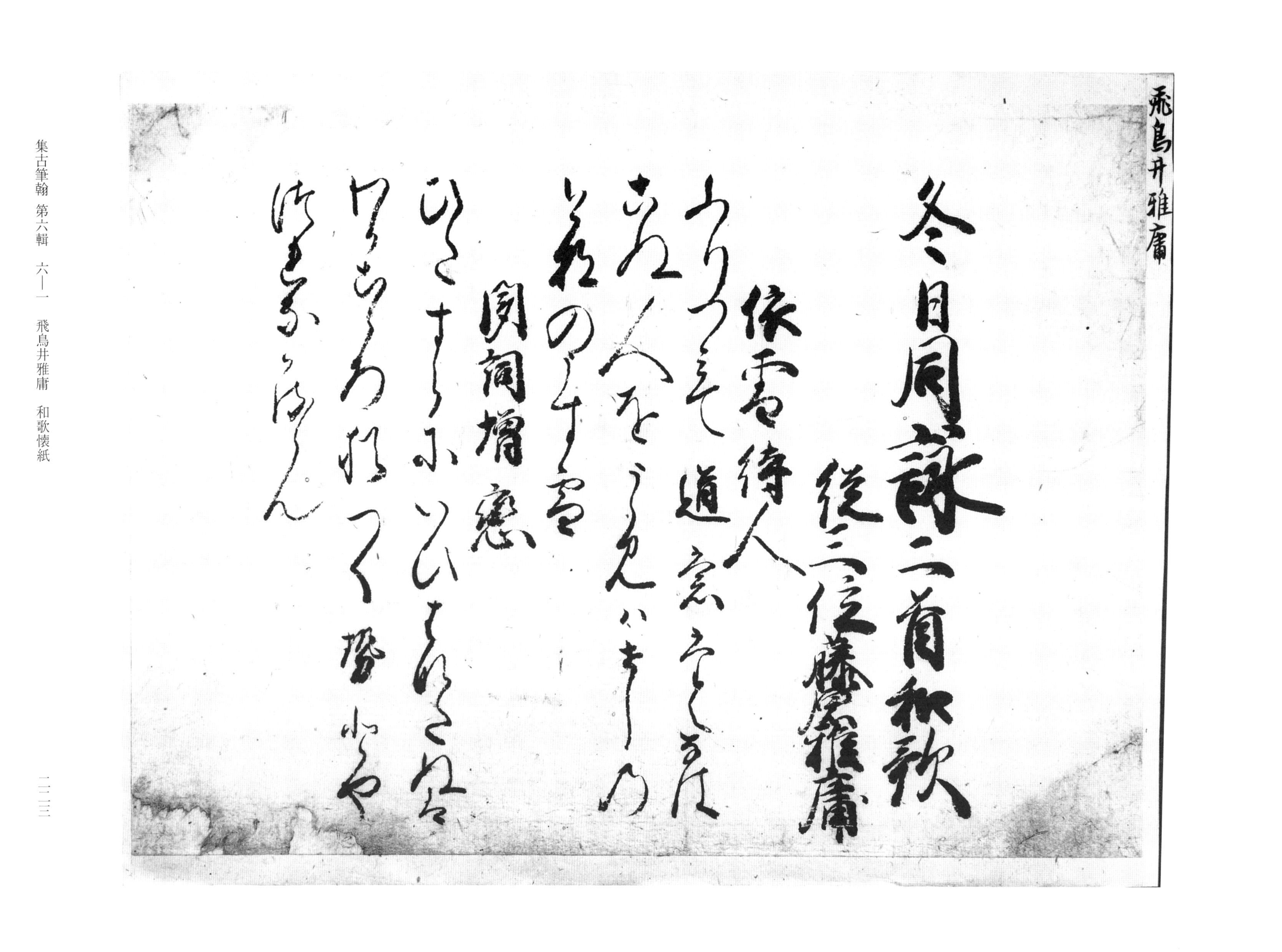

飛鳥井雅庸

冬日同詠二首和歌

従三位藤原雅庸

依雪待人

冬日同詠三首和歌　正二位藤原雅章

寒園月

雪中望

被厭恋

飛鳥井雅章卿　延宝七年卒六十九

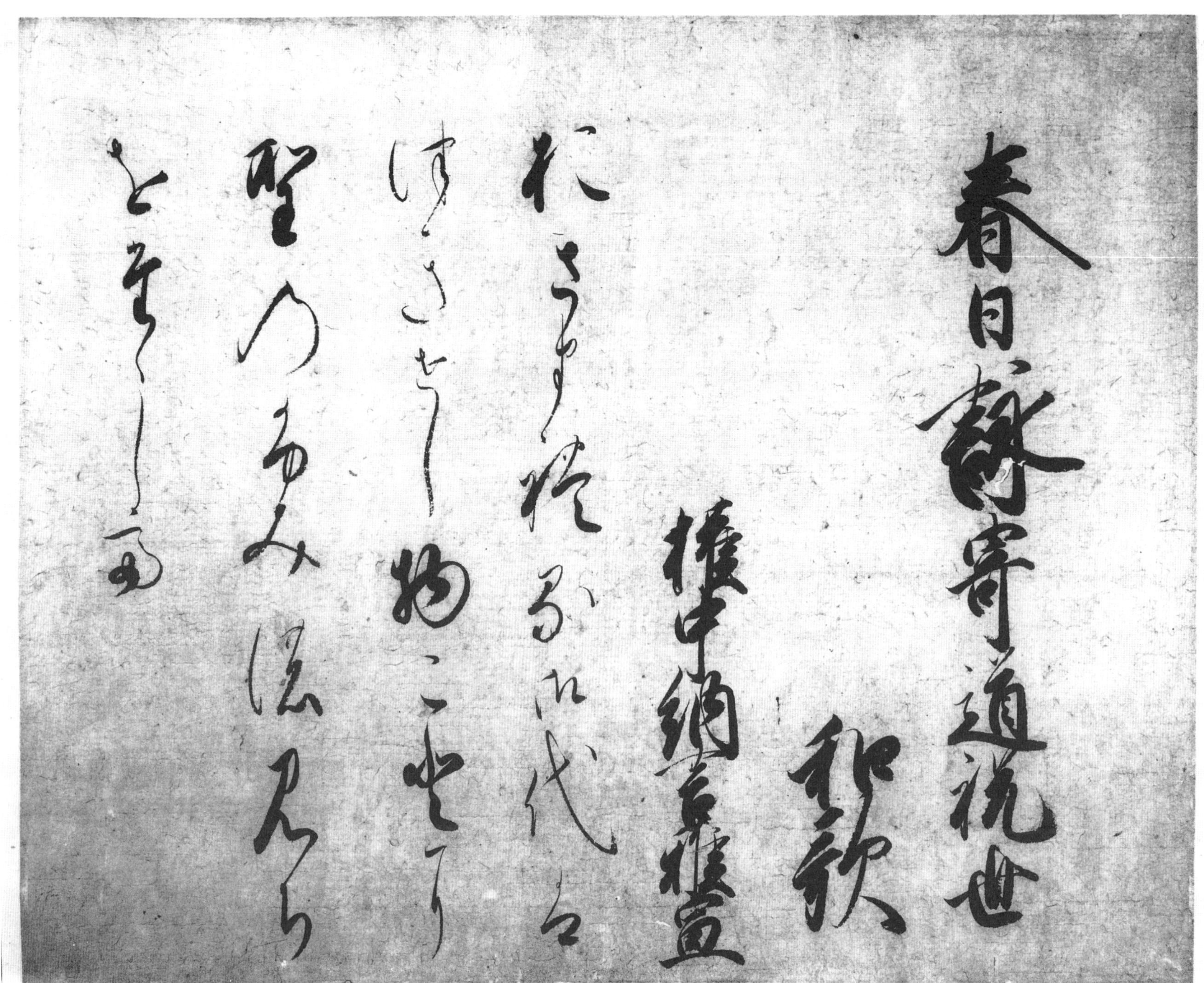

集古筆翰　第六輯　六―四　中院通村　和歌懐紙

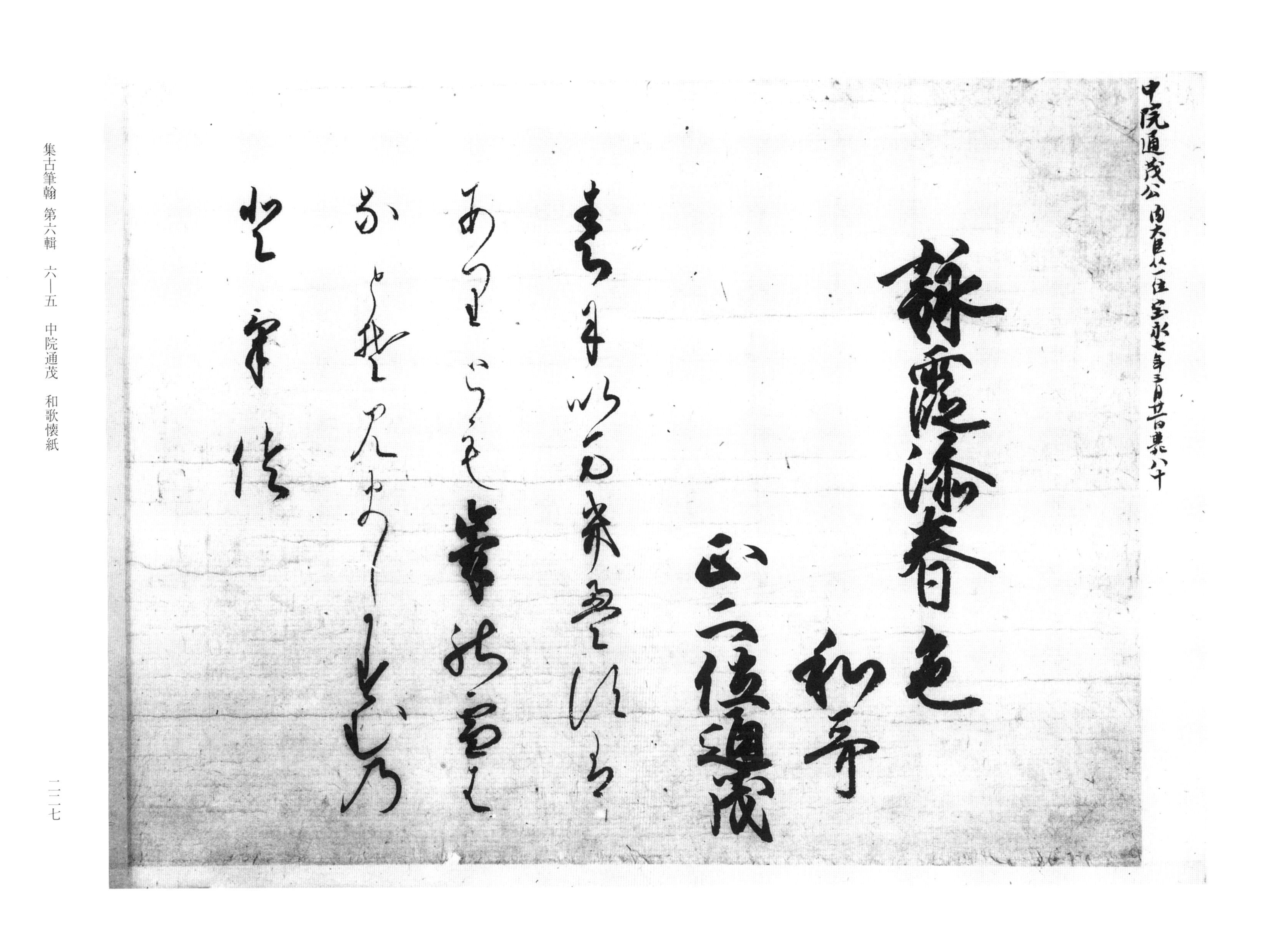

中院通茂公 内大臣従一位 宝永七年三月廿一日薨八十

詠霞添春色和歌

正二位通茂

夏日同詠三首和歌
正二位源通茂

遠夕立
みな月のてる日のかけも
[illegible]
夕[illegible]の雲

聞夏蝉
[illegible]
[illegible]
[illegible]

葦間鶴
あし乃葉[illegible]
白妙[illegible]
[illegible]

中院通躬卿　元文四年薨七十二　通茂公子

通躬

集古筆翰　第六輯　六—七　中院通躬　和歌懐紙

重陽同詠菊花久芳
和歌
権中納言源通枝

中院通枝卿　通躬卿子
宝暦三五十九薨年卌二

烏丸光廣卿　寛永十五年薨　年六十

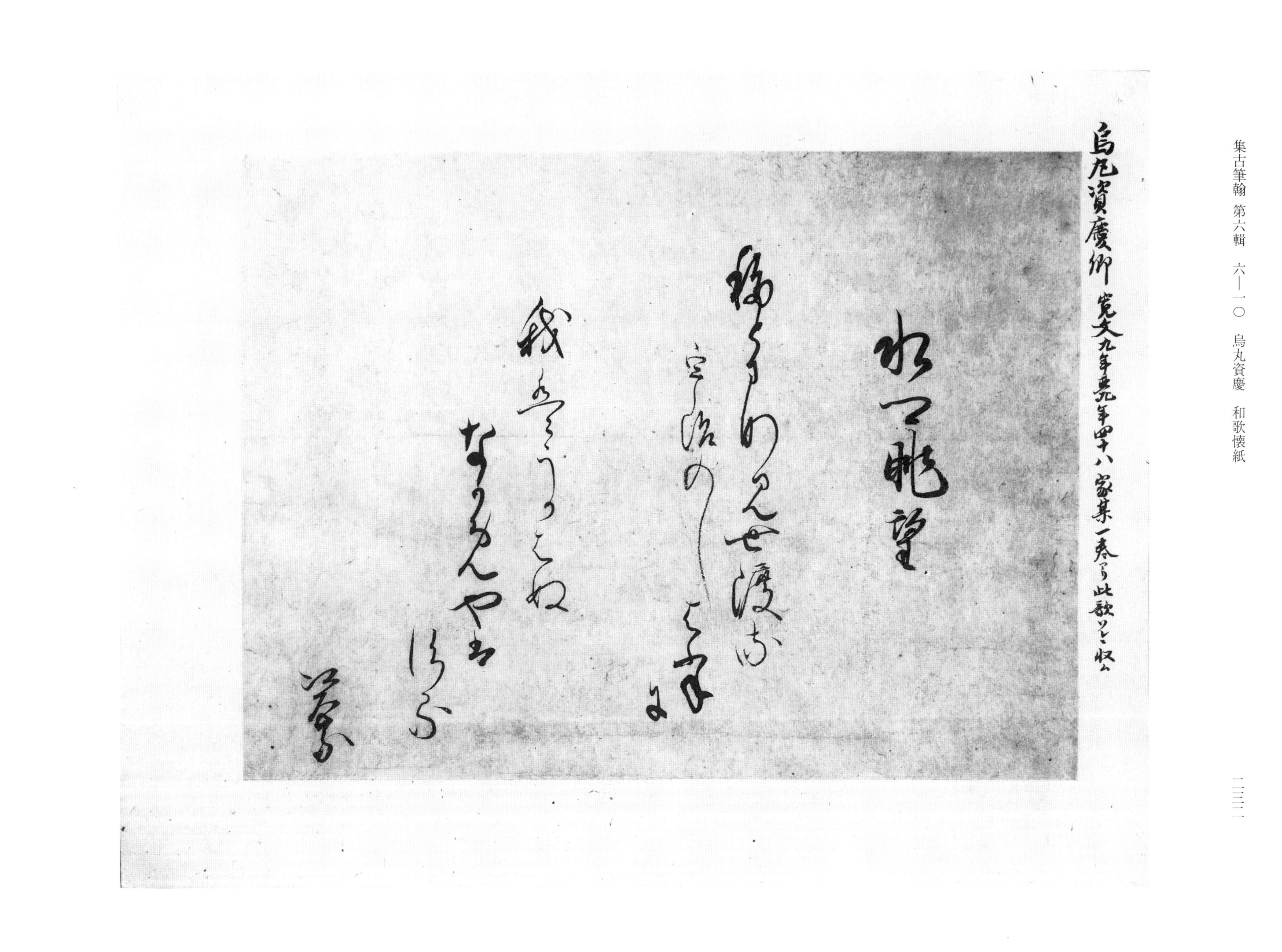

烏丸資慶卿　寛文九年薨年四十八　家集一巻アリ此歌ソレニ収ム

烏丸光雄卿　資慶卿子

重陽同詠菊花久馥

和歌

権大納言藤原光雄

すはおく一夜霜より
まかきへちよをへれ君
かゝのはしめをも
良幾久

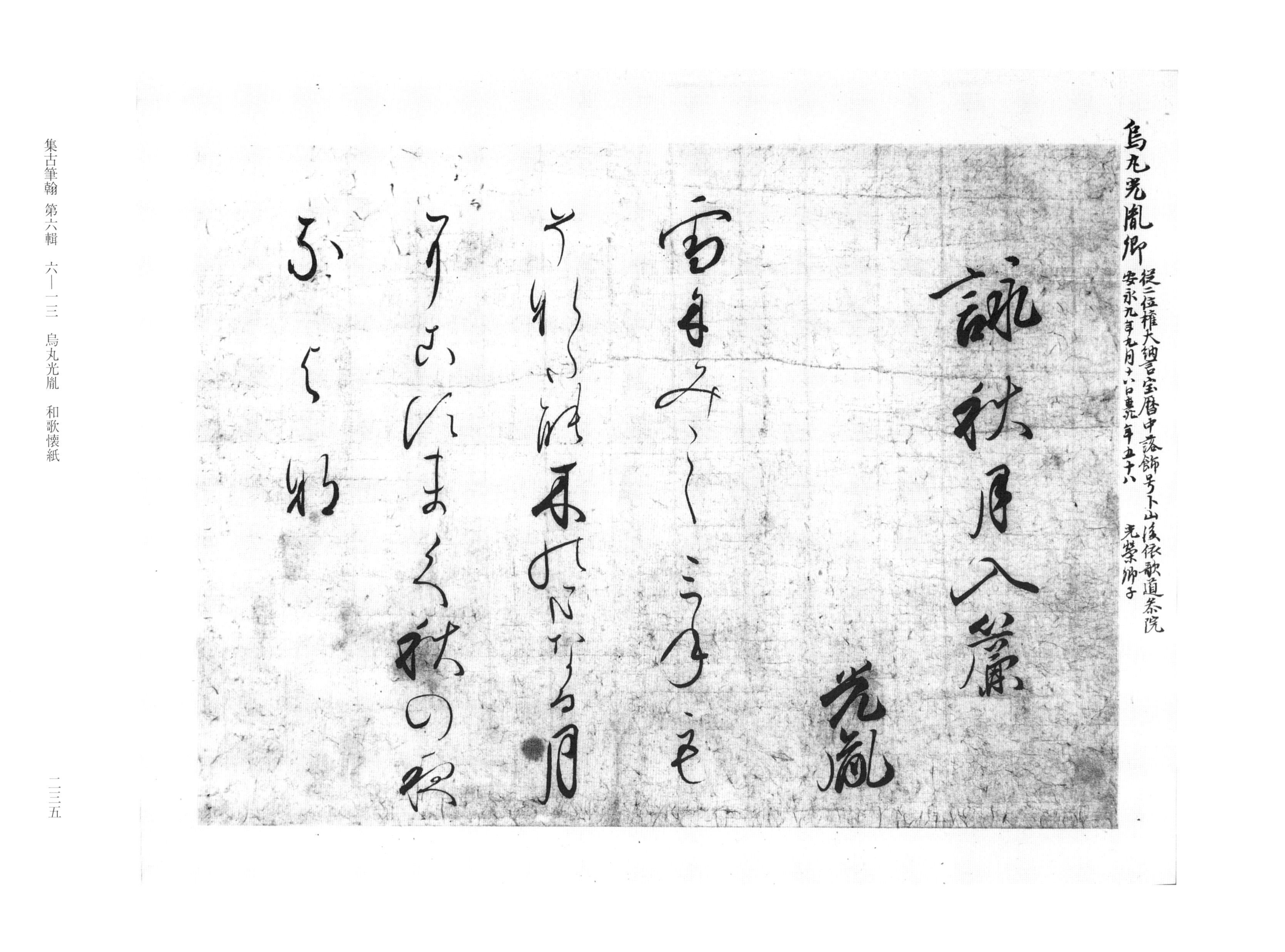

烏丸光胤卿　従二位権大納言宝暦中落飾号卜山後依歌道叅院
安永九年九月十六日薨　年五十八　光榮卿子

詠秋月入簾　光胤

松井幸隆　中院通茂公門人

詠多春採若菜和歌

幸隆

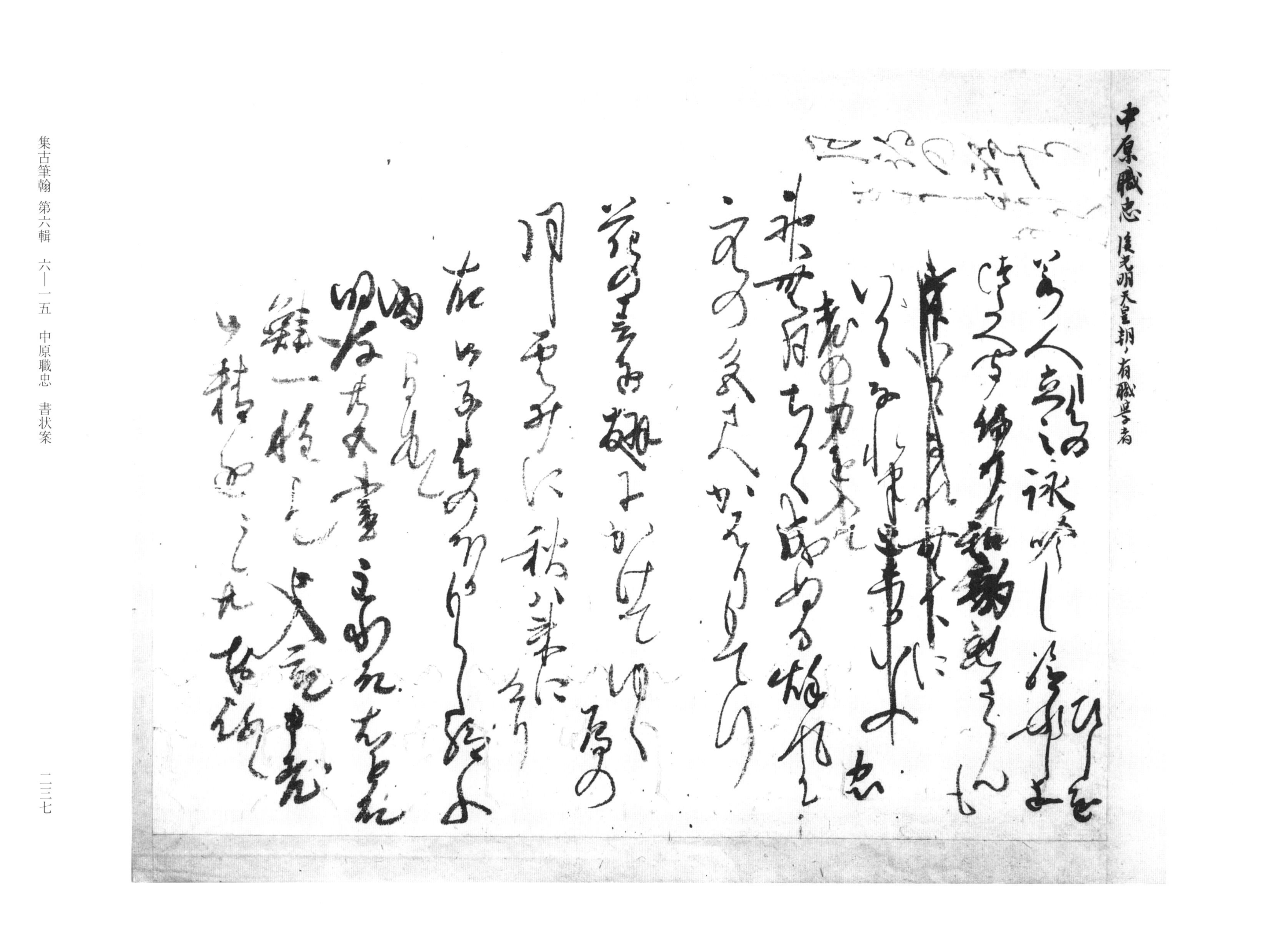

中原職忠　後光明天皇朝ノ有職學者

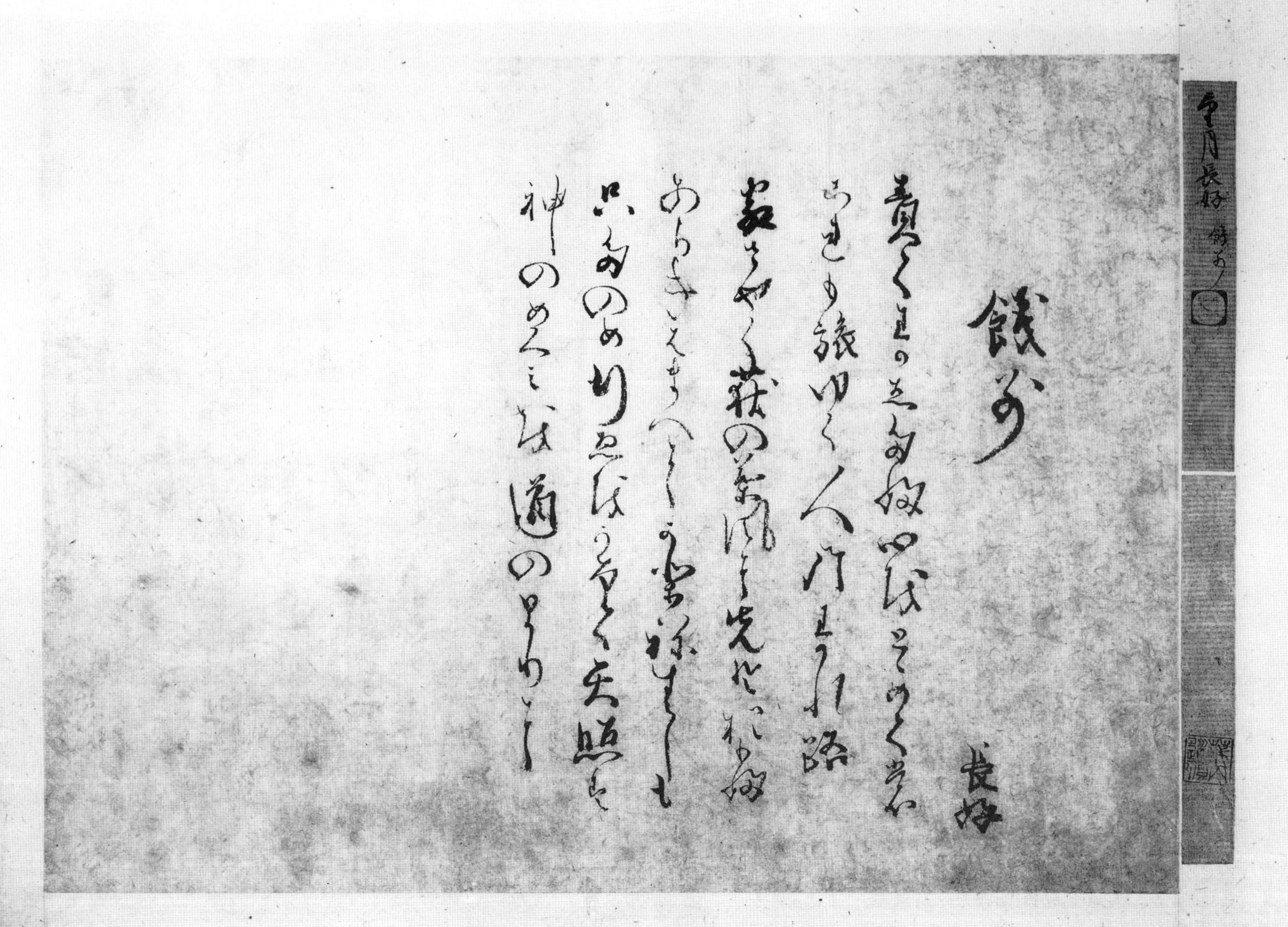

詠三首和歌　法橋舟木

旅泊重夜

海邊眺望

寄夢懐旧

蒔絵師春正三首懐紙

平間長雅

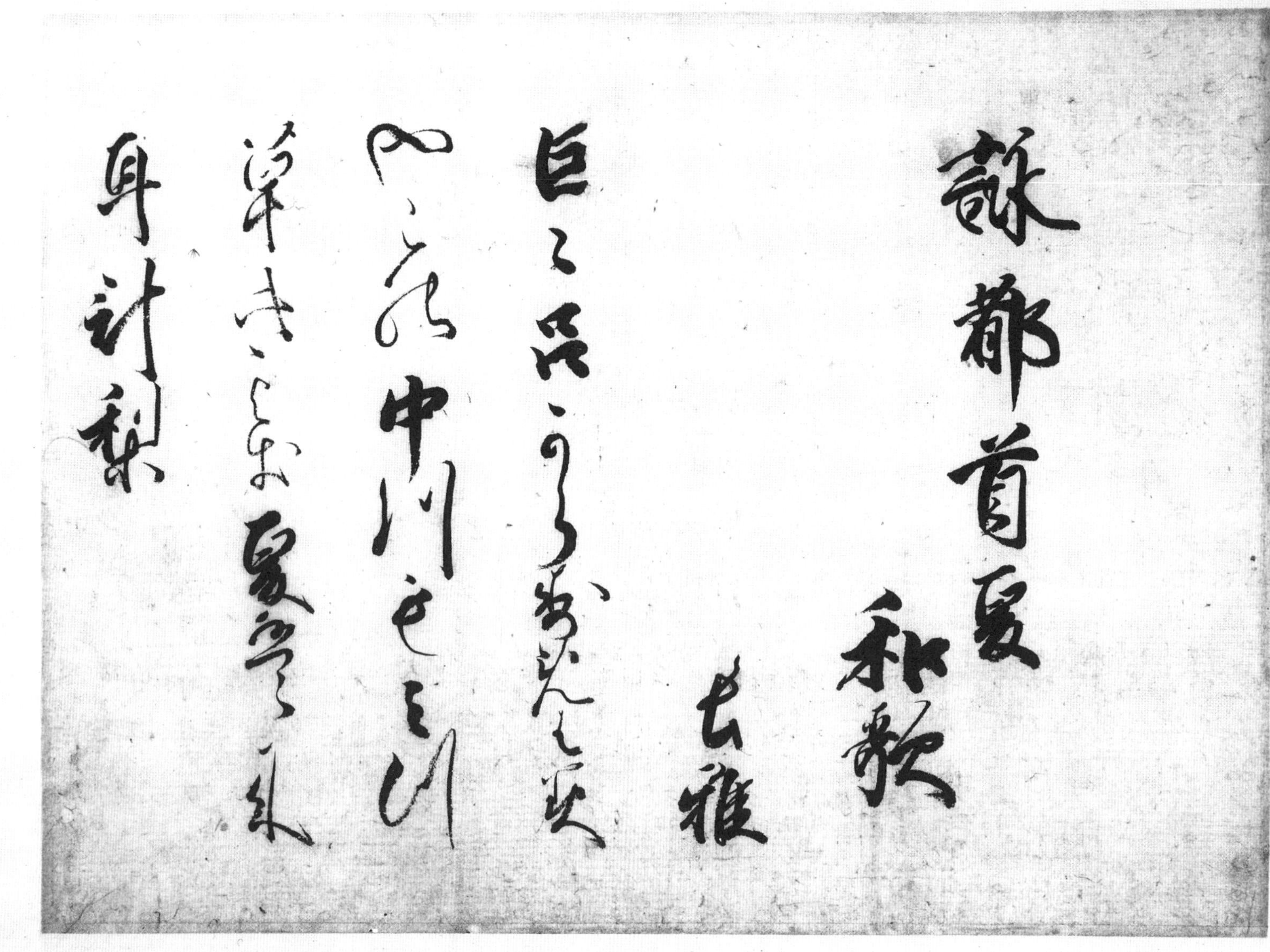

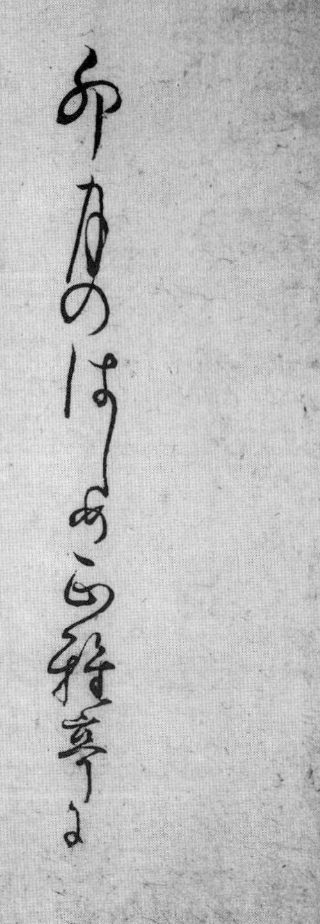
長伯
有賀長伯

徳大寺右大臣公信公　貞享元七廿一薨七十九　後光明天皇諫臣

慶安

公信

慶安号之事考之慶之字被用度佳蹤
雖有数多然中元慶延慶御代始之号而
為吉例之由先達議定及度々欲殊慶長
之時天下一統朝廷之繁栄萬民服化而四
海安平也礼記云行慶施恵下及兆民慶
賜遂行毋有不當注慶謂休其善也尚
書謂五福之一徳曰康寧々々之訓共以安
也然則五福之慶相通於慶安之号者乎
最珎重之元号也可被用候

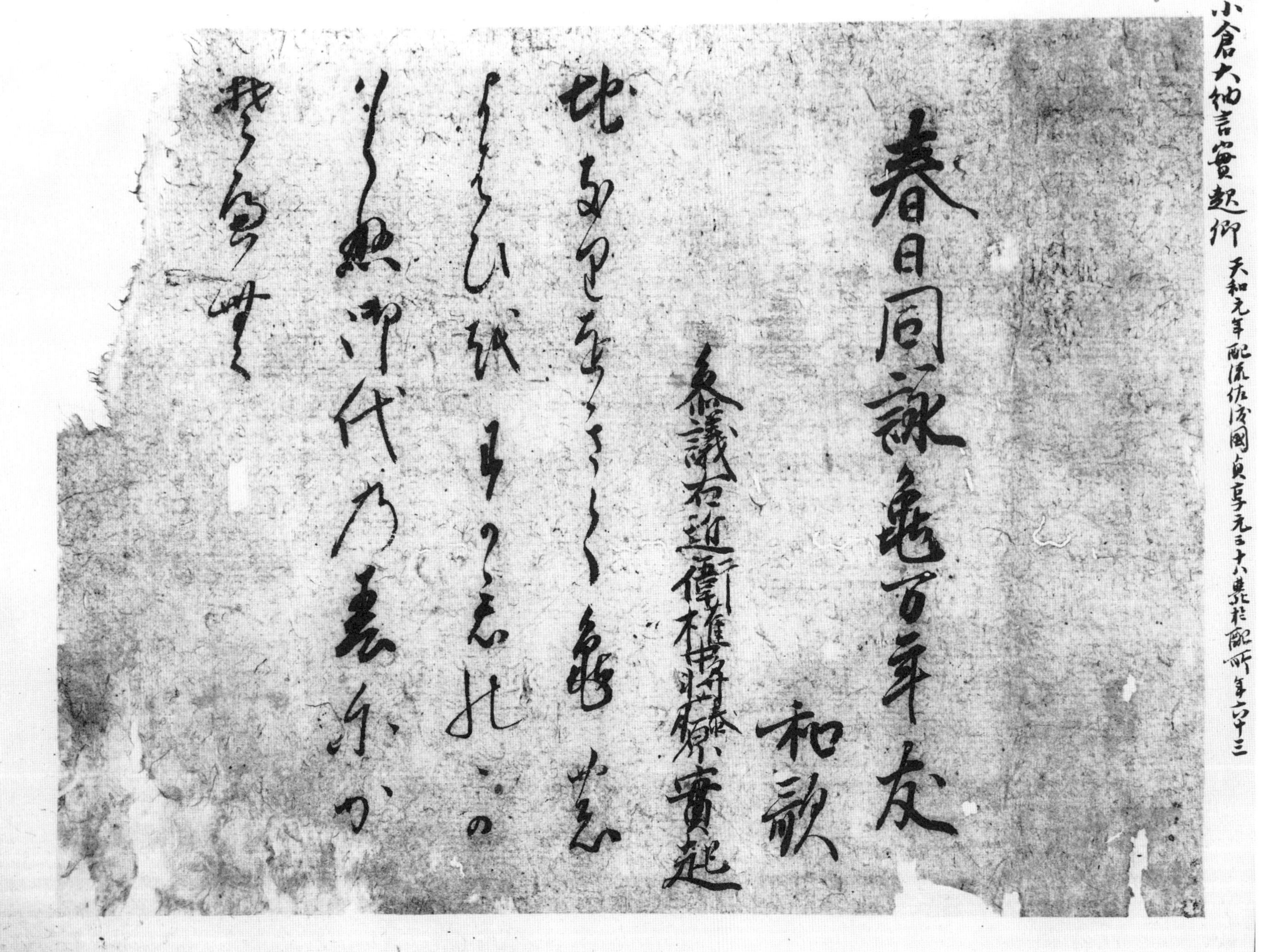
小倉大納言實起卿　天和元年配流佐渡國貞享元年十六薨於配所年六十三

春日同詠亀百年友
和歌
参議右近衛権中将藤原實起

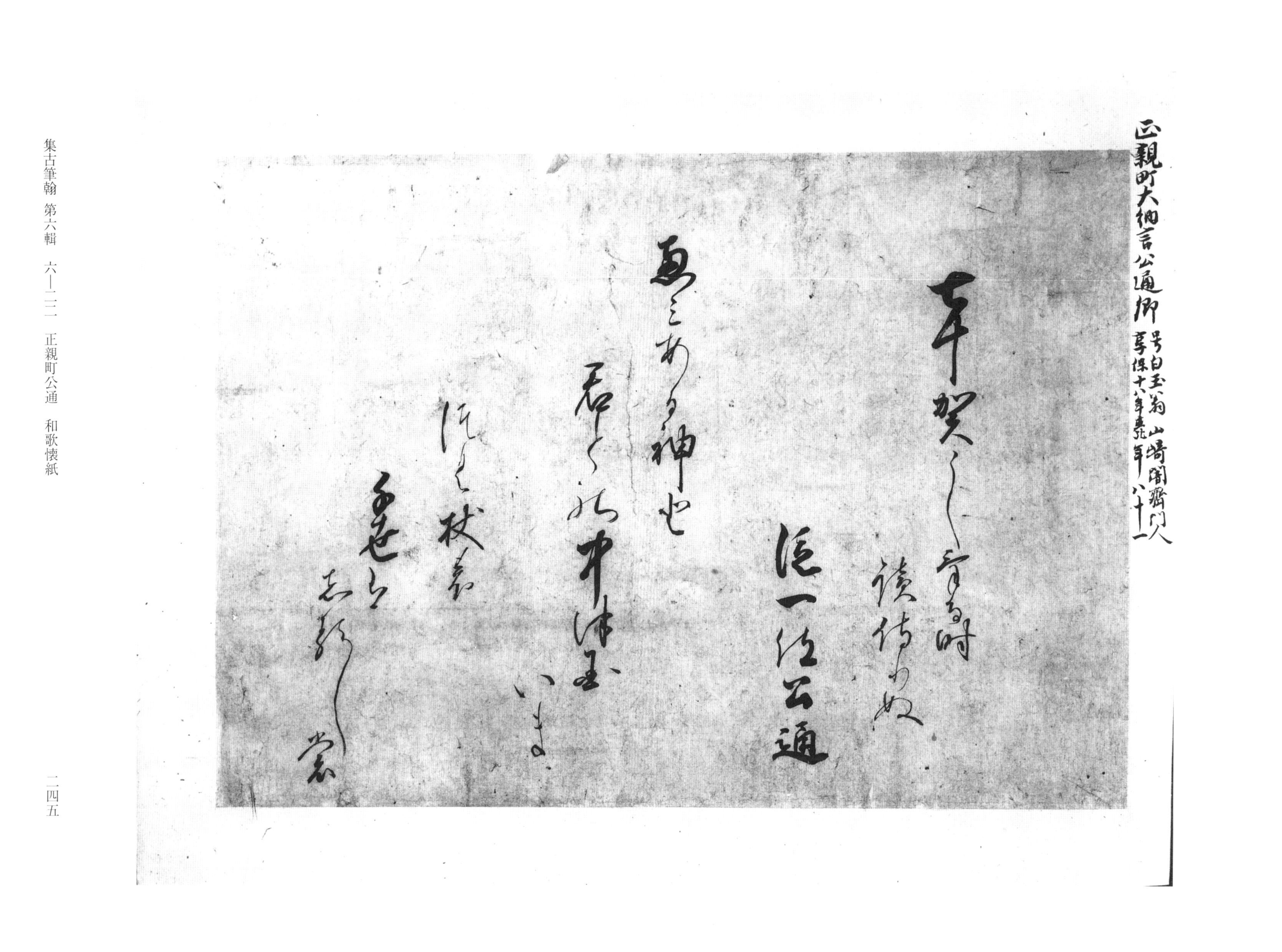

正親町大納言公通卿 号白玉翁 山崎闇斎門人 享保十八年薨 年八十一

年賀しける時
読侍和歌
従一位公通

六―一二三　正親町公通　自画賛

冬日同詠三首和歌

正二位藤原實陰

冬暁月

野径雪

恨久恋

武者小路實陰公　従一位准大臣　元文三九廿薨年七十八

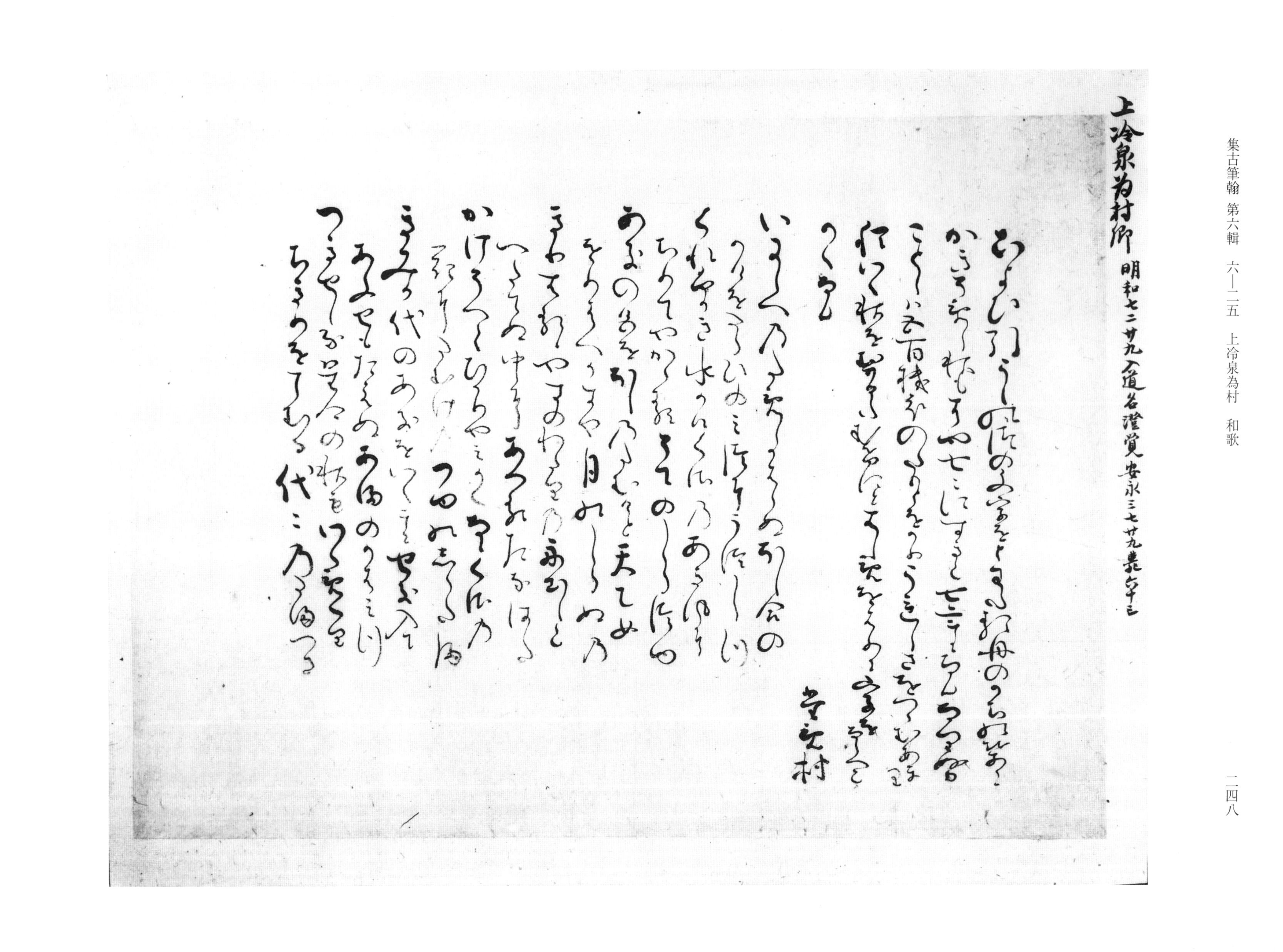

上冷泉為村卿　明和七二廿九入道名澄覚　安永三七廿九薨六十三

日野資枝卿 實光榮卿末子 権大納言従一位 享和元十一薨 年六十五

郭公

従一位資枝

日野資枝卿

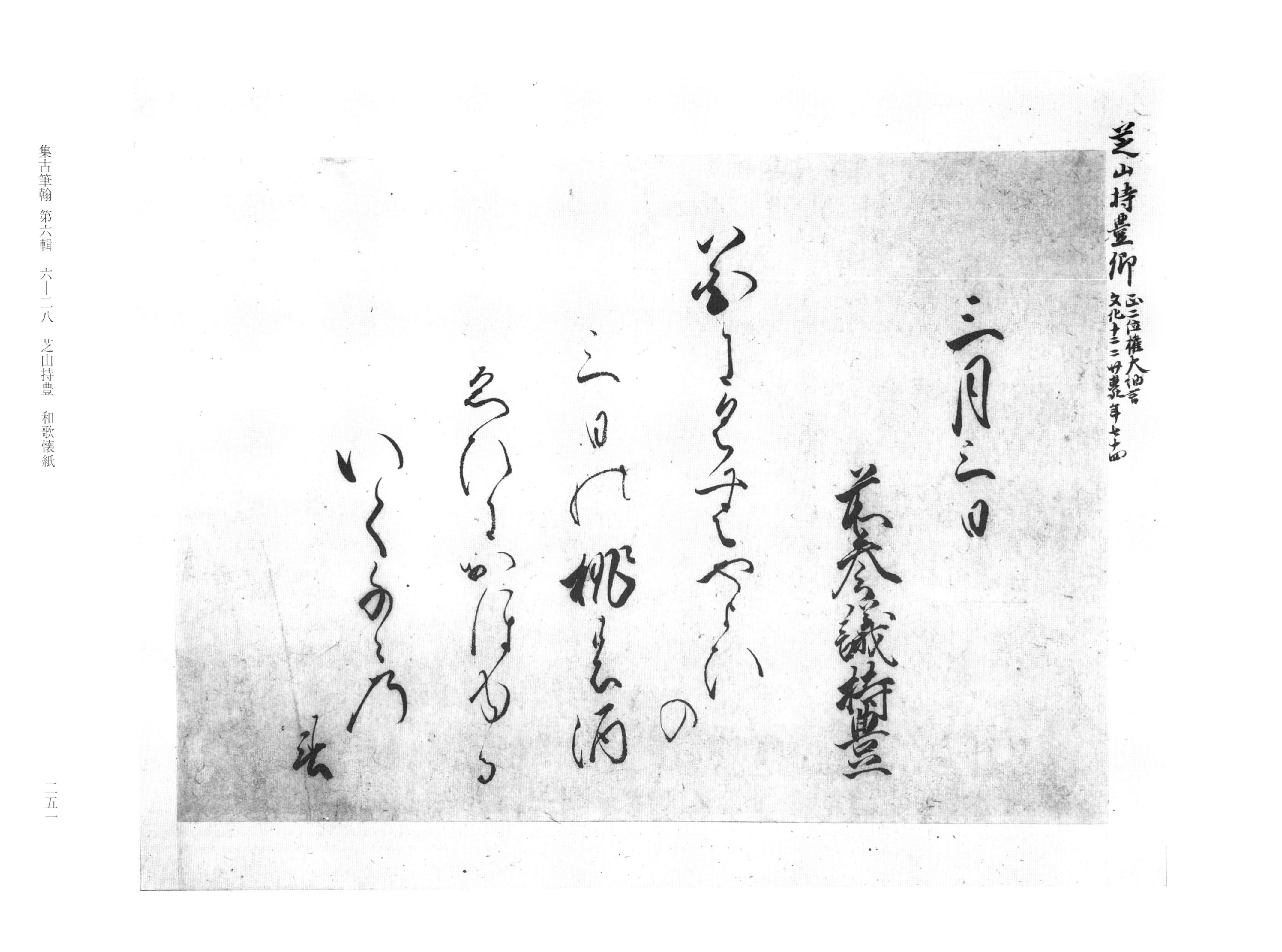

芝山持豊卿 正二位権大納言 文化十二二廿薨 年七十四

三月三日

参議持豊

滋野井公麗卿　天明元九七薨年四十九　公澄卿孫

夫天寧禅寺者鴨河西畔之蘭若當家代々之
墓所也於此霊場開法莚修功徳以院主龍唸
大和尚為導師其旨趣者弟子公麗當明年安永
九載齢四十八歳也相者曰可慎病難深恐此言唯
不好殺生然而無害之悪多積毋飼之恨質不
或加害被快之所自致紙臭之愁飛沉伏走之
群胎卵濕化之類或傾一旦之命或樂千歳之生
寔雖長短不同大小各異愛生悪死彼此
同一者也仍為滅罪植善奉供養梵字金
剛寿命陀羅尼経五千巻且放飛禽五十翼
游魚五十隻加之修水陸大会以此功徳延寿齢
除病患攘障災遂身意悉永仕朝廷福禄
長保子孫栄久乃至法界平等利益敬白

安永八年九月十四日弟子正二位藤原朝臣公麗敬白

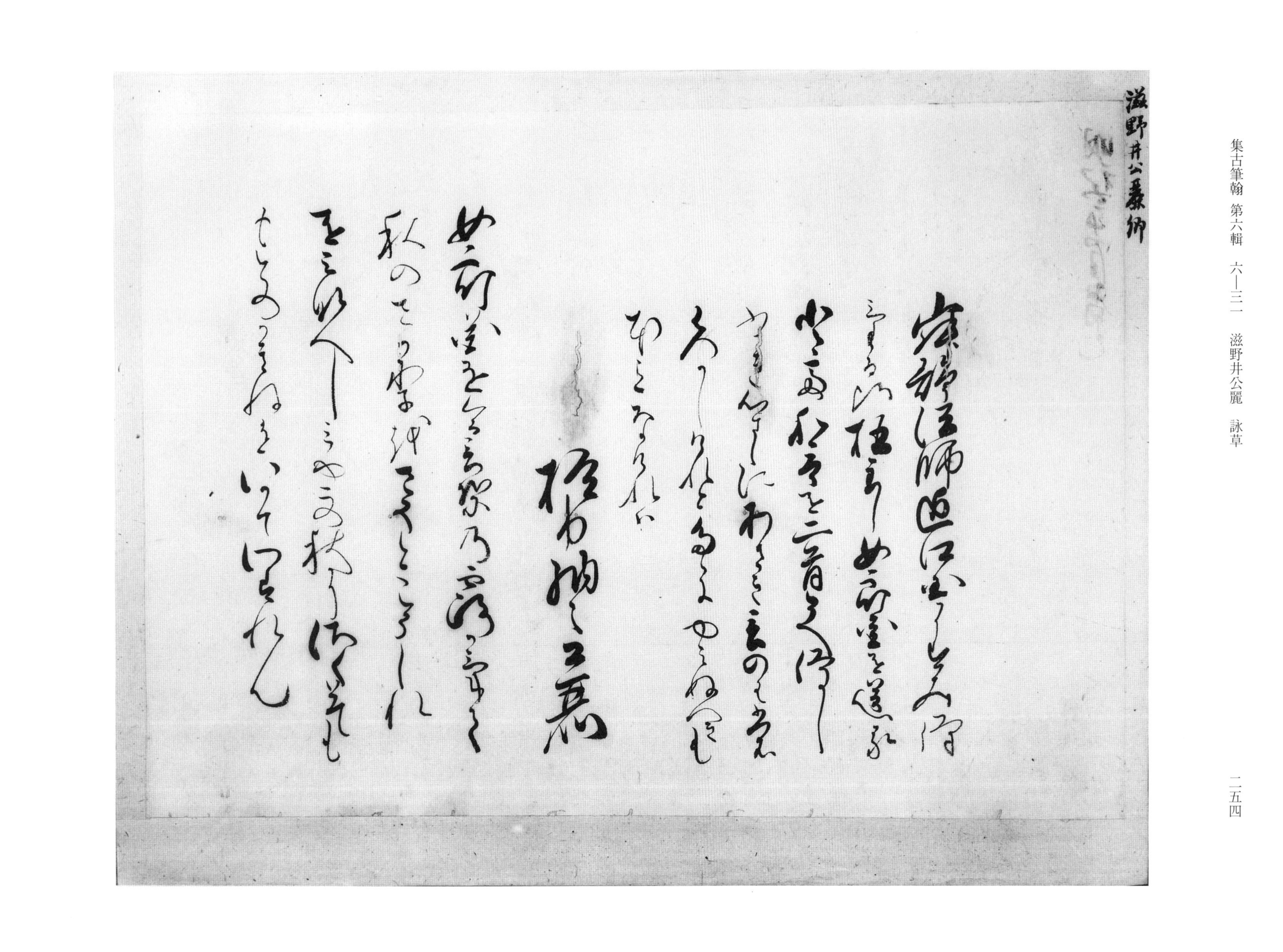

滋野井公麗卿

近衛家熙公 豫楽院殿

冬日詠山路雪

和歌

内大臣藤原家熙

[illegible]

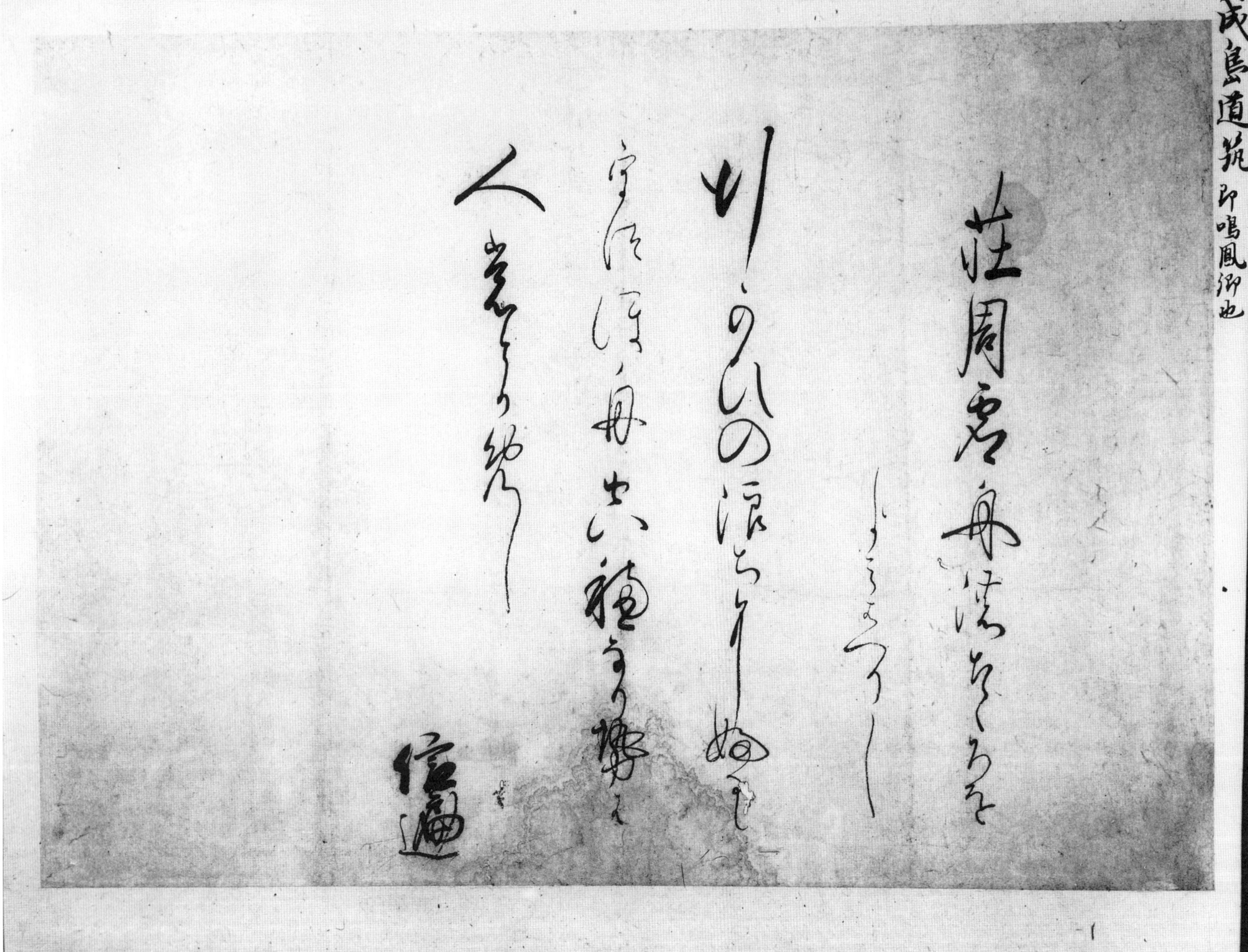

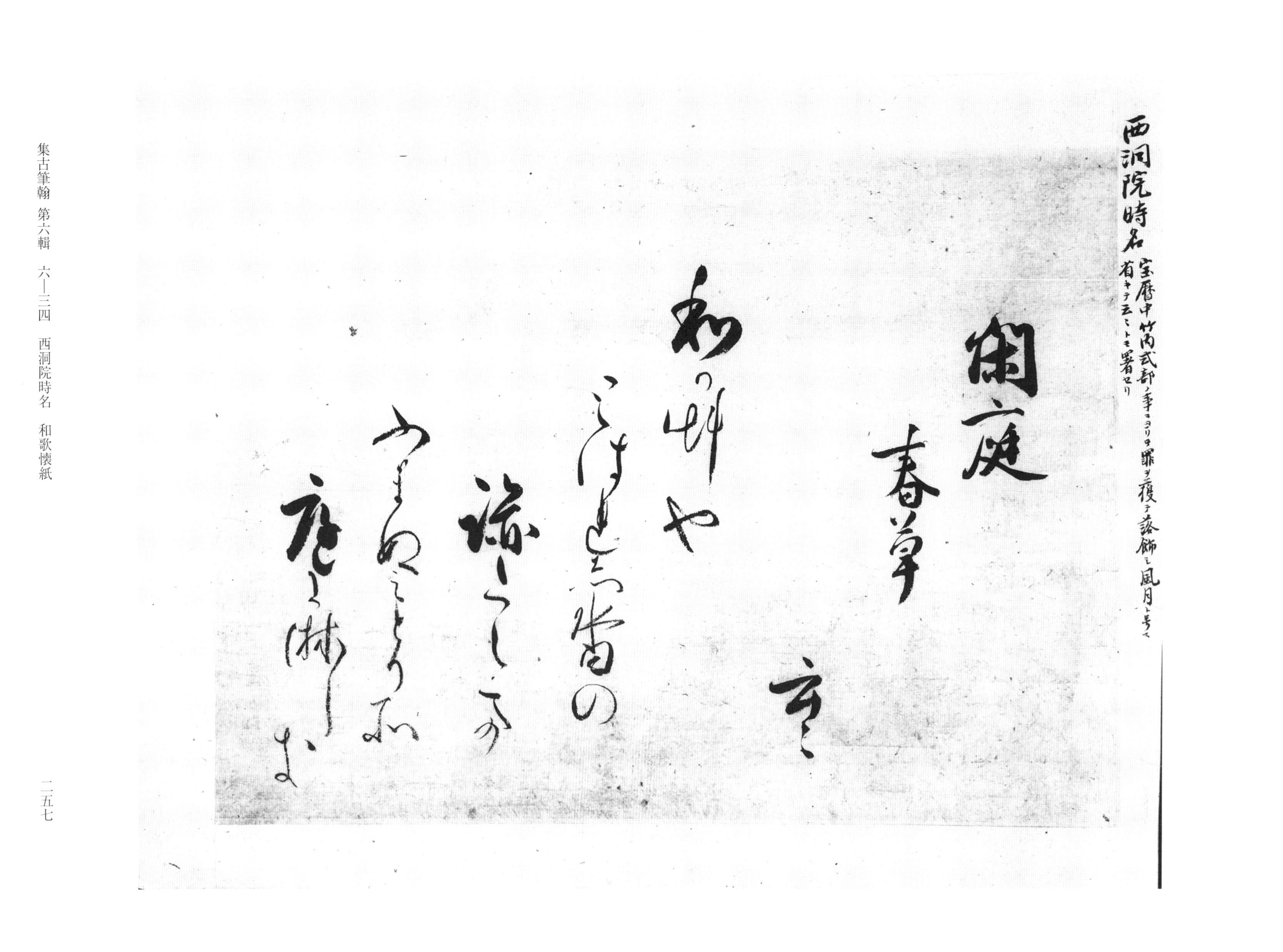

西洞院時名　宝暦中竹内式部ノ事ニヨリテ罪ヲ獲テ落飾シ風月ト号ス
省キテ云ミトモ署セリ

閑庭春草

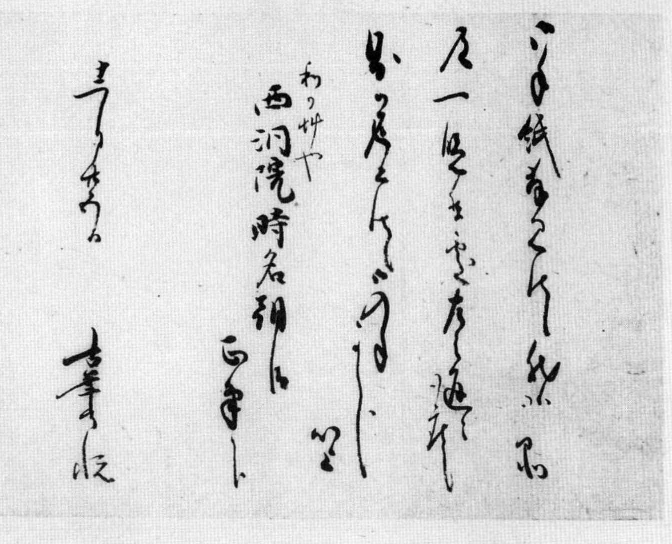

三條實萬公

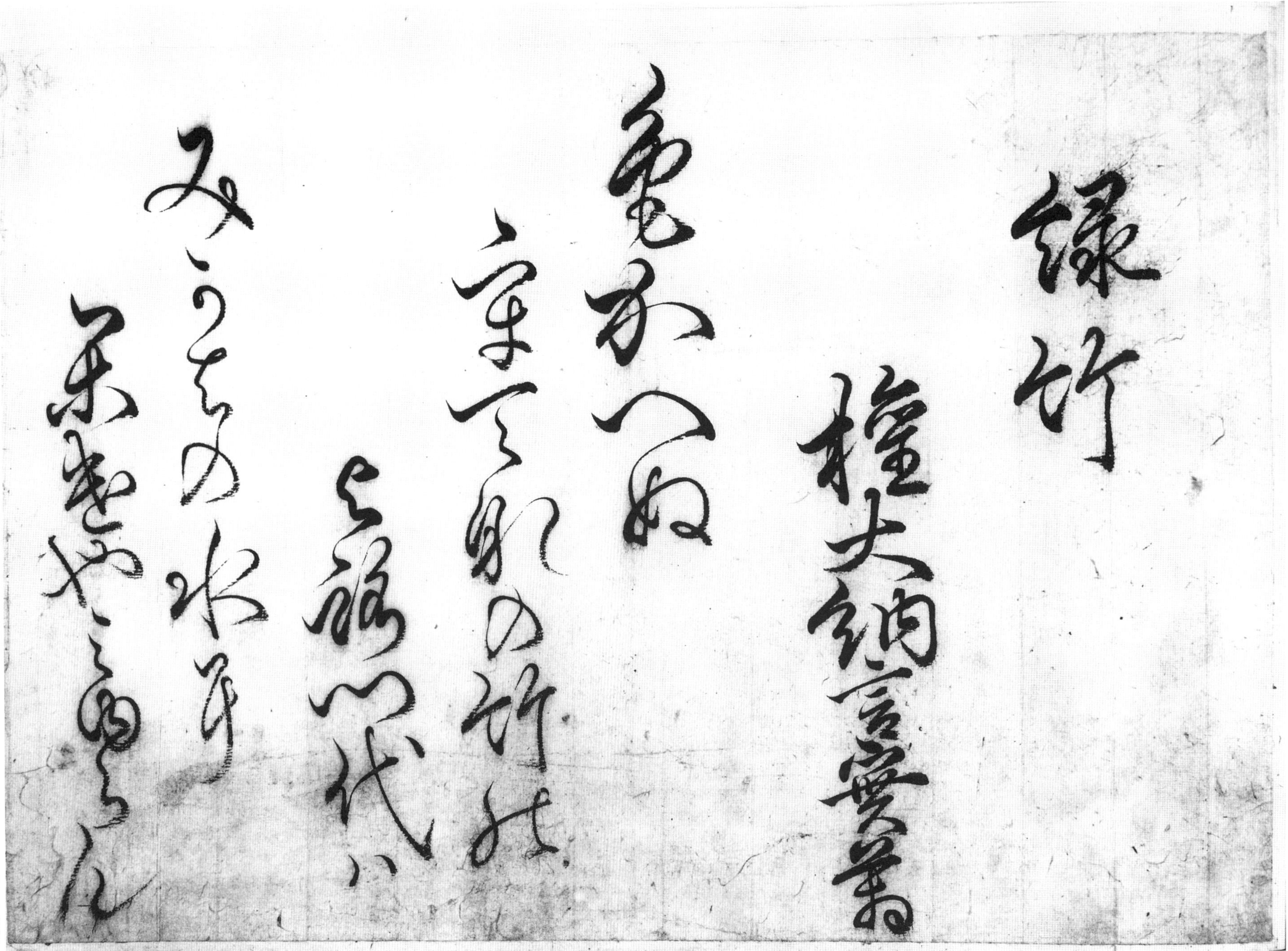

集古筆翰　第六輯　六―三六　千種有功　自画賛

千種有文有任父子両卿　有功卿ノ子孫

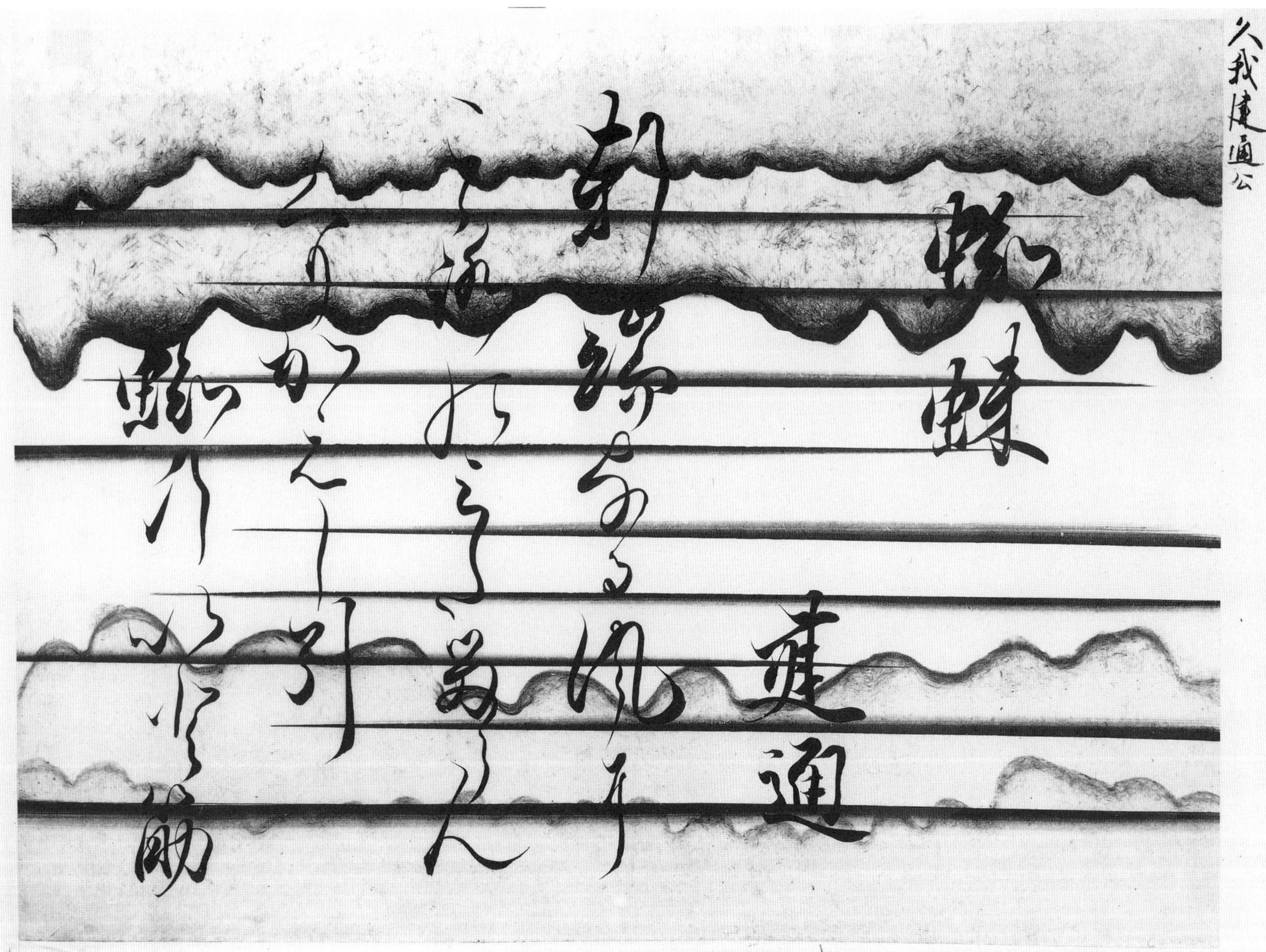
久我建通公

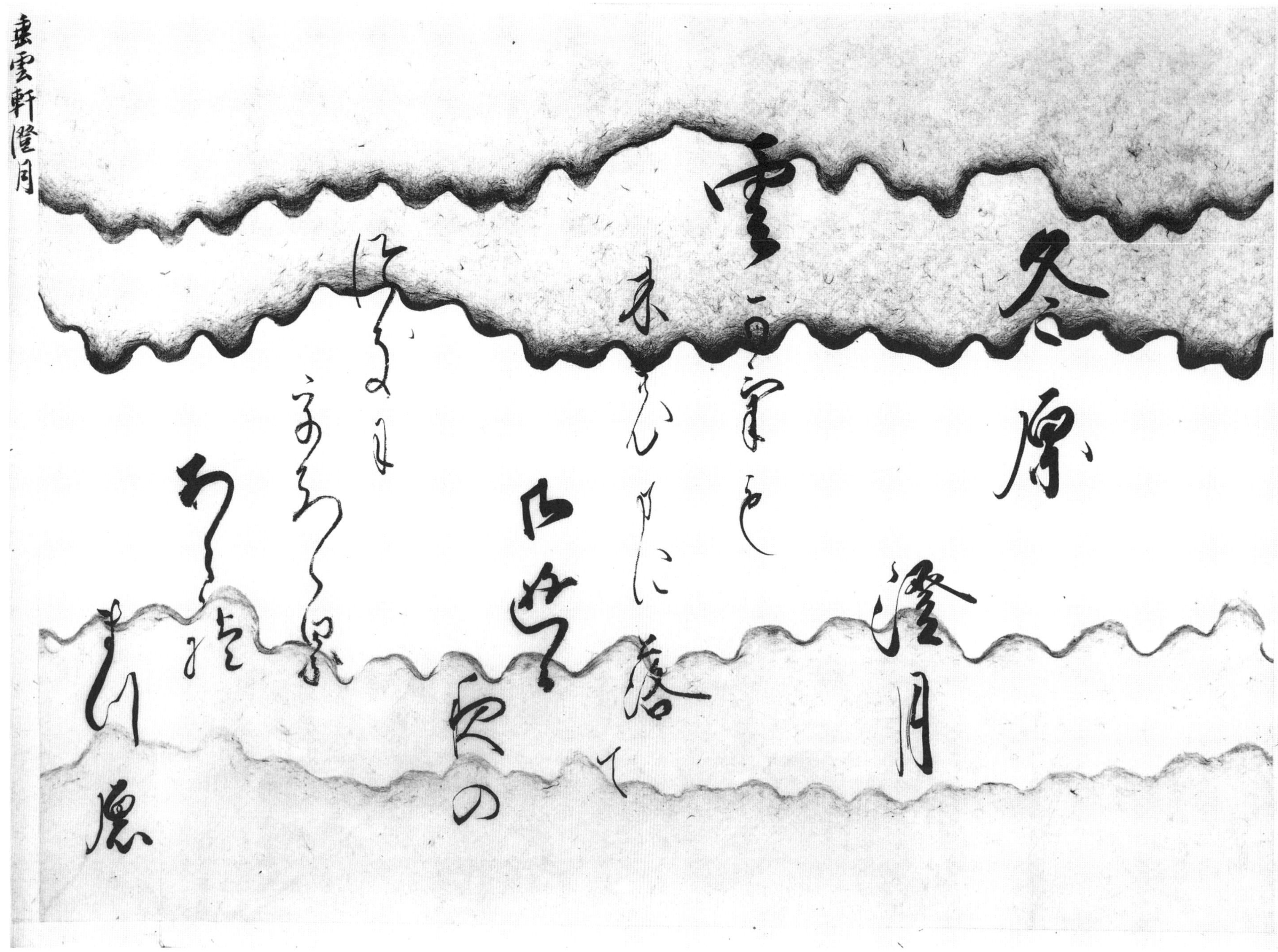
垂雲軒澄月
冬原　澄月

伴蒿蹊

詠深山炭竈和歌
慈延

[illegible]
[illegible]
[illegible]
[illegible]

吐屑菴慈延

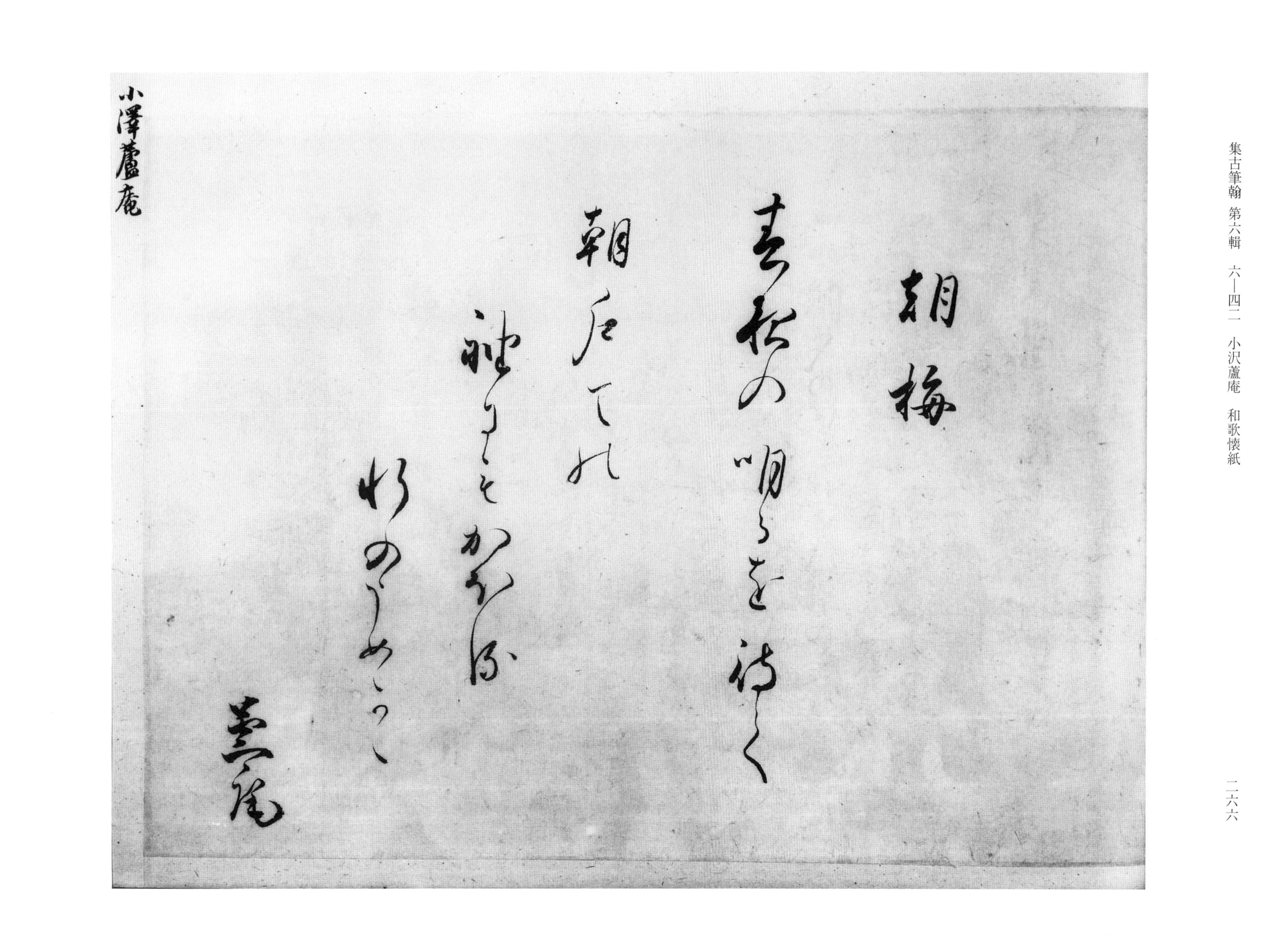

小澤蘆庵

朝梅

蘆庵

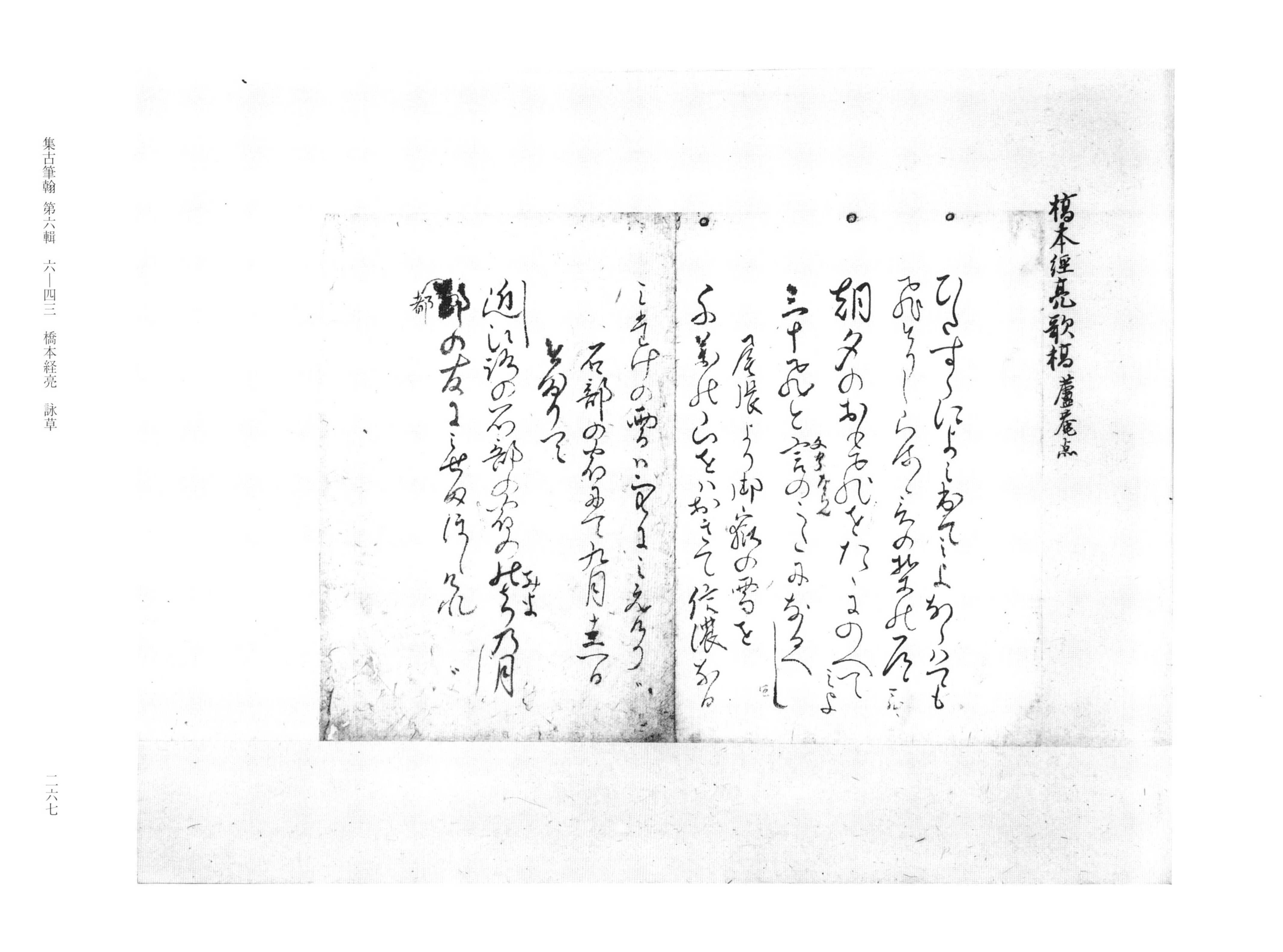

橋本經亮歌稿　蘆庵点

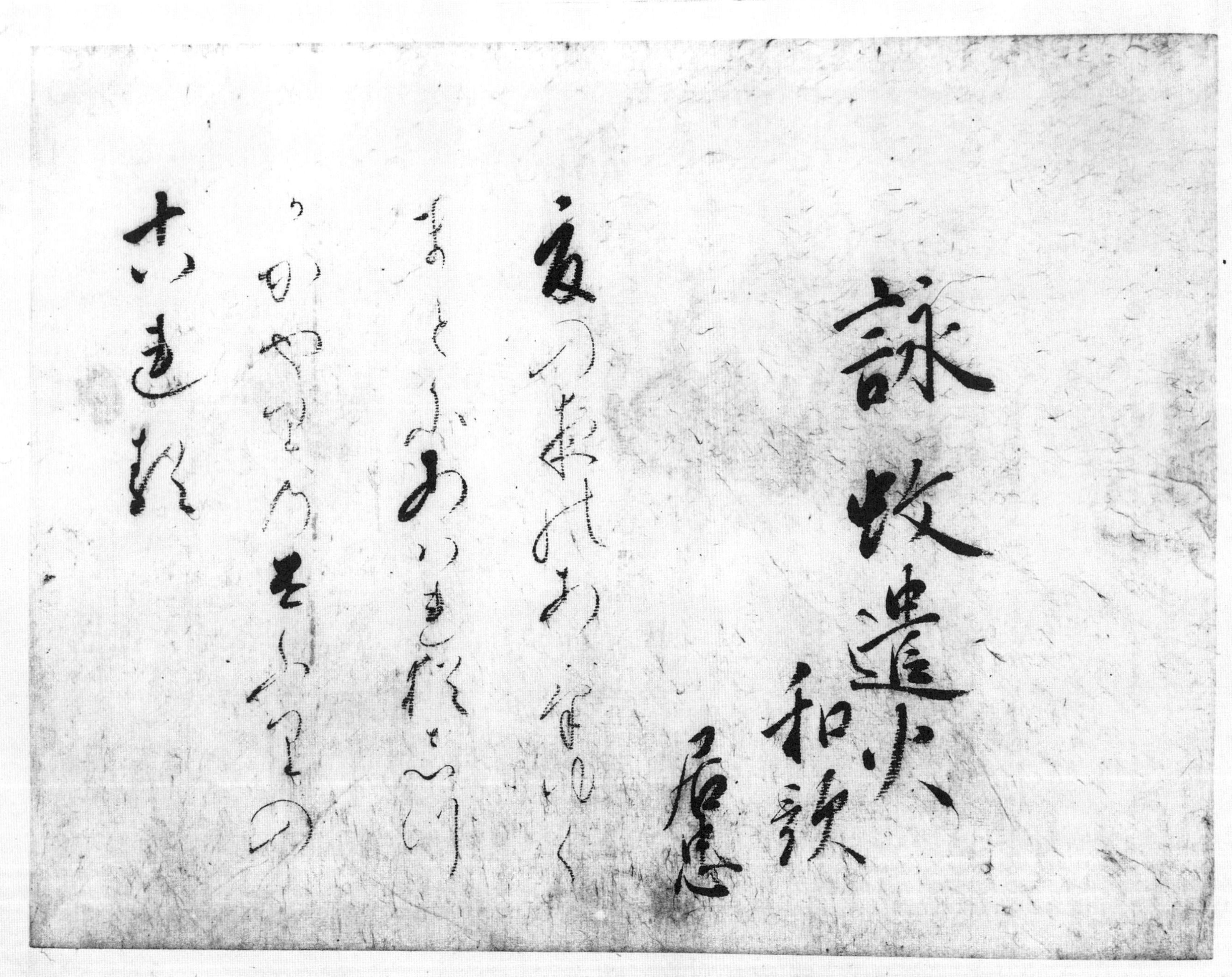

慈延唱　皆川淇園和　門人跋

有賀長収

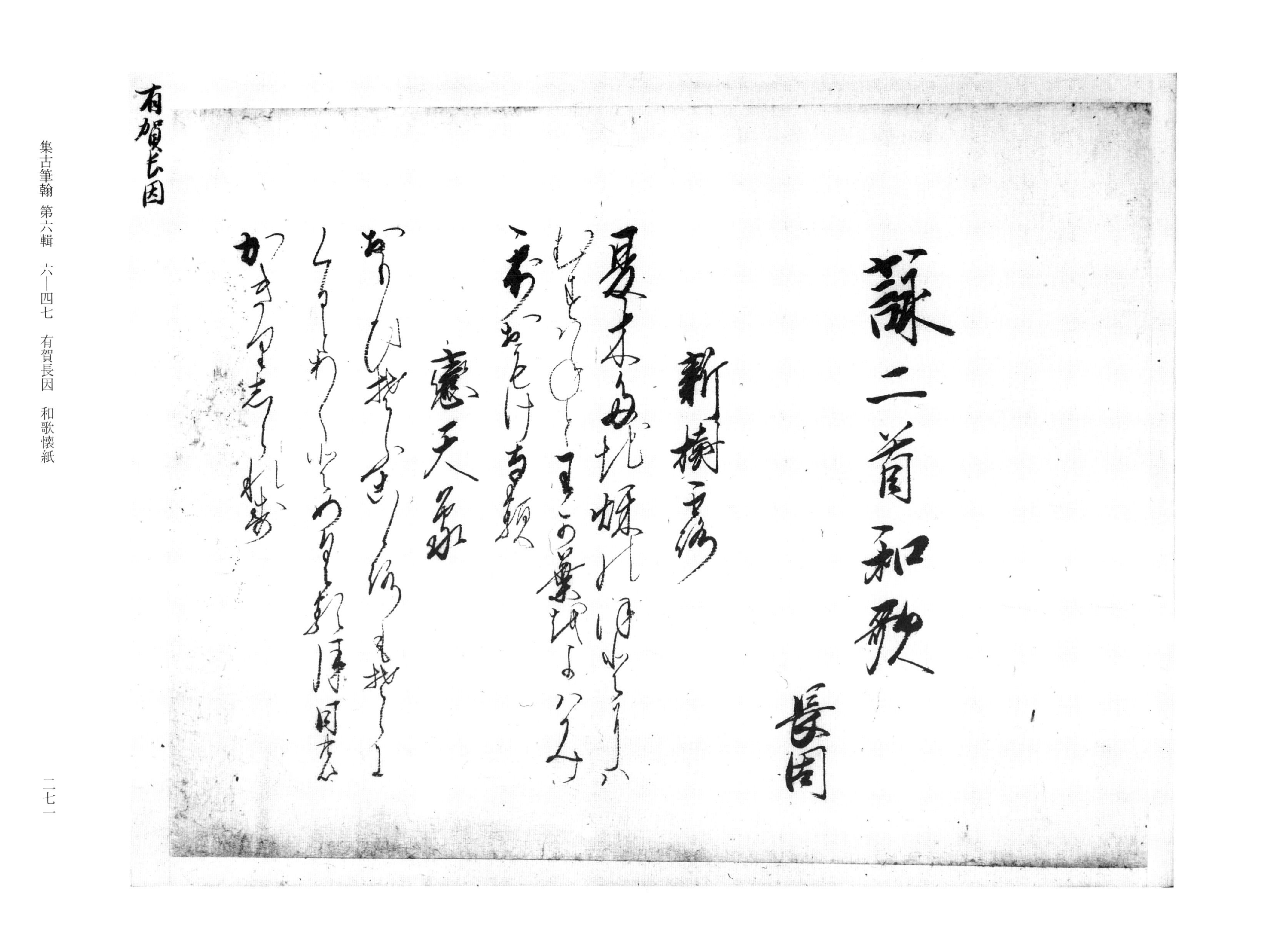

有賀長因

詠二首和歌

長因

新樹露

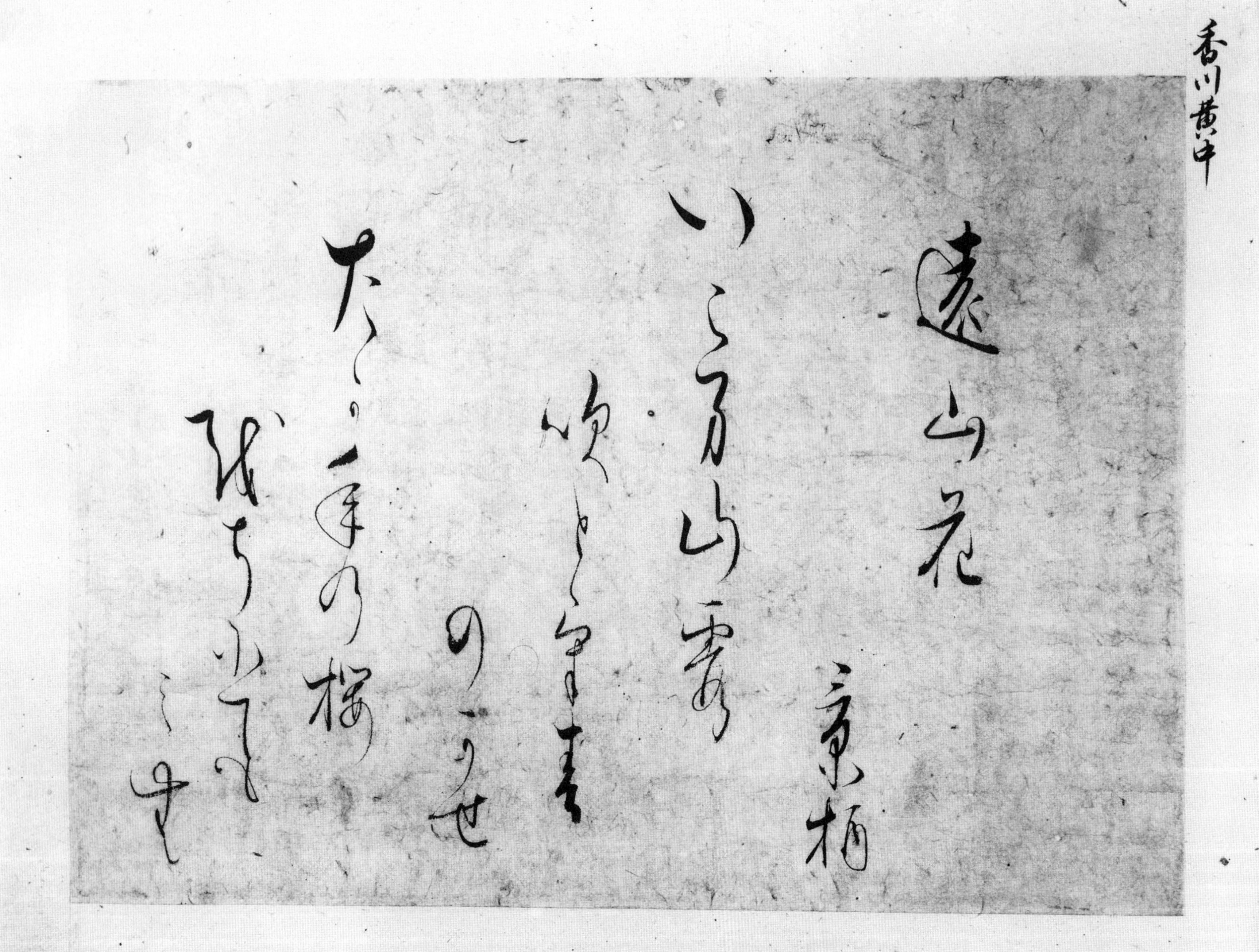
香川黄中
遠山花
景柄

六―五〇　小野高潔　和歌懐紙

詠三首和歌

平高潔

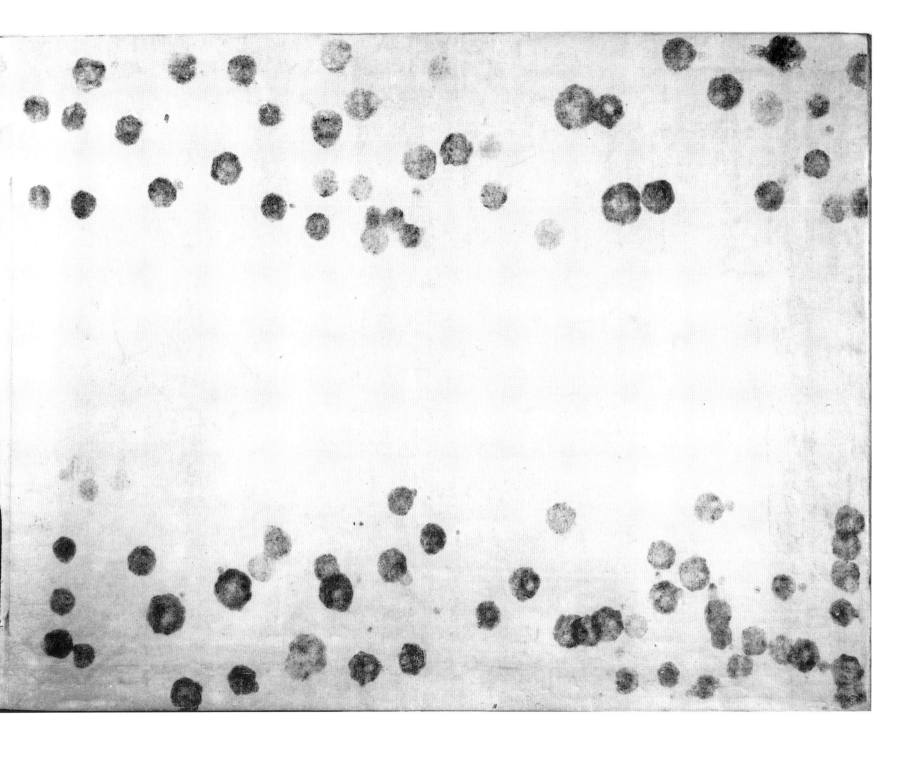

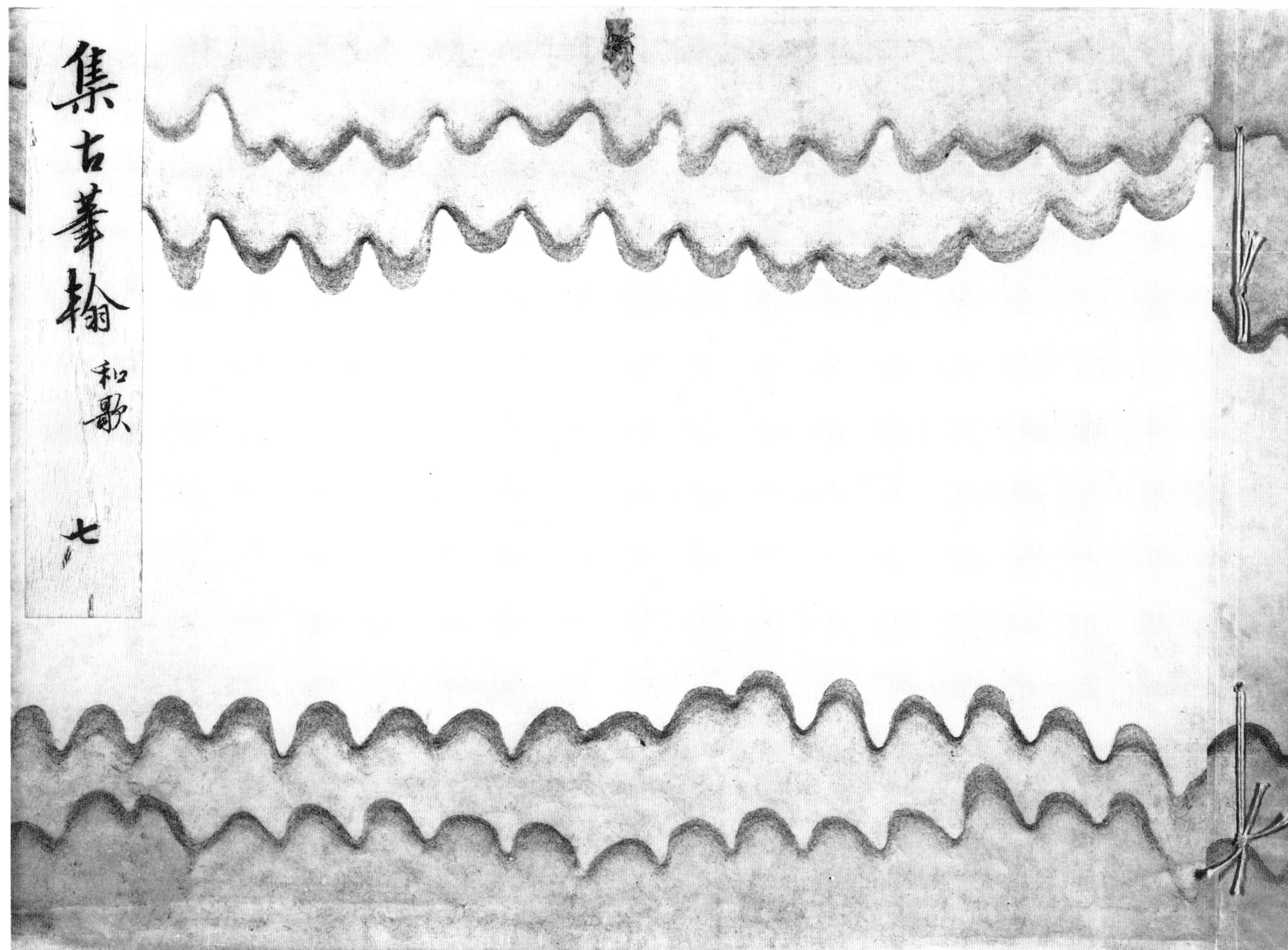
集古筆翰
和歌
七

目次

加藤千蔭
村田春海
栗田土満
内山真龍
荒木田久老
清原雄風
本居大平
同　内遠
同　豊穎
伴　信友
足代弘訓
鬼島廣蔭
熊谷直好
木下幸文
渡　忠秋
高田與清
岸本由豆流
岩下貞融
中島廣足
木原楯臣
香川景樹
清水濱臣
橘　守部
太田垣蓮月
井上文雄
海野遊翁
高崎正風
小杉榲邨
權田直助
谷森善臣
凡三十通

加藤千蔭

春日同詠武蔵野

若菜和歌

橘　千蔭

[illegible]

村田春海

杜夏祓

春海

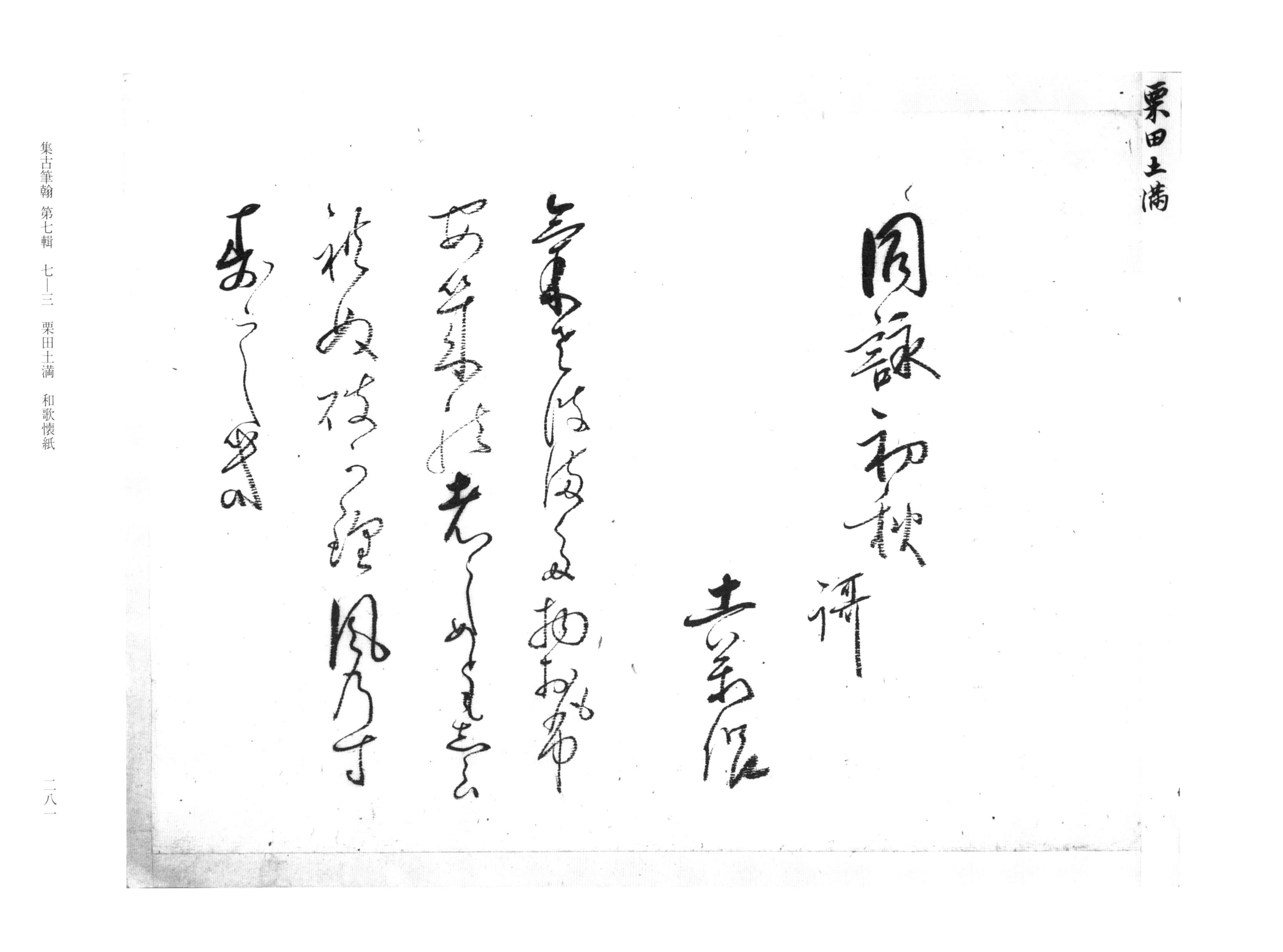

栗田土満

同詠初秋謌

土満

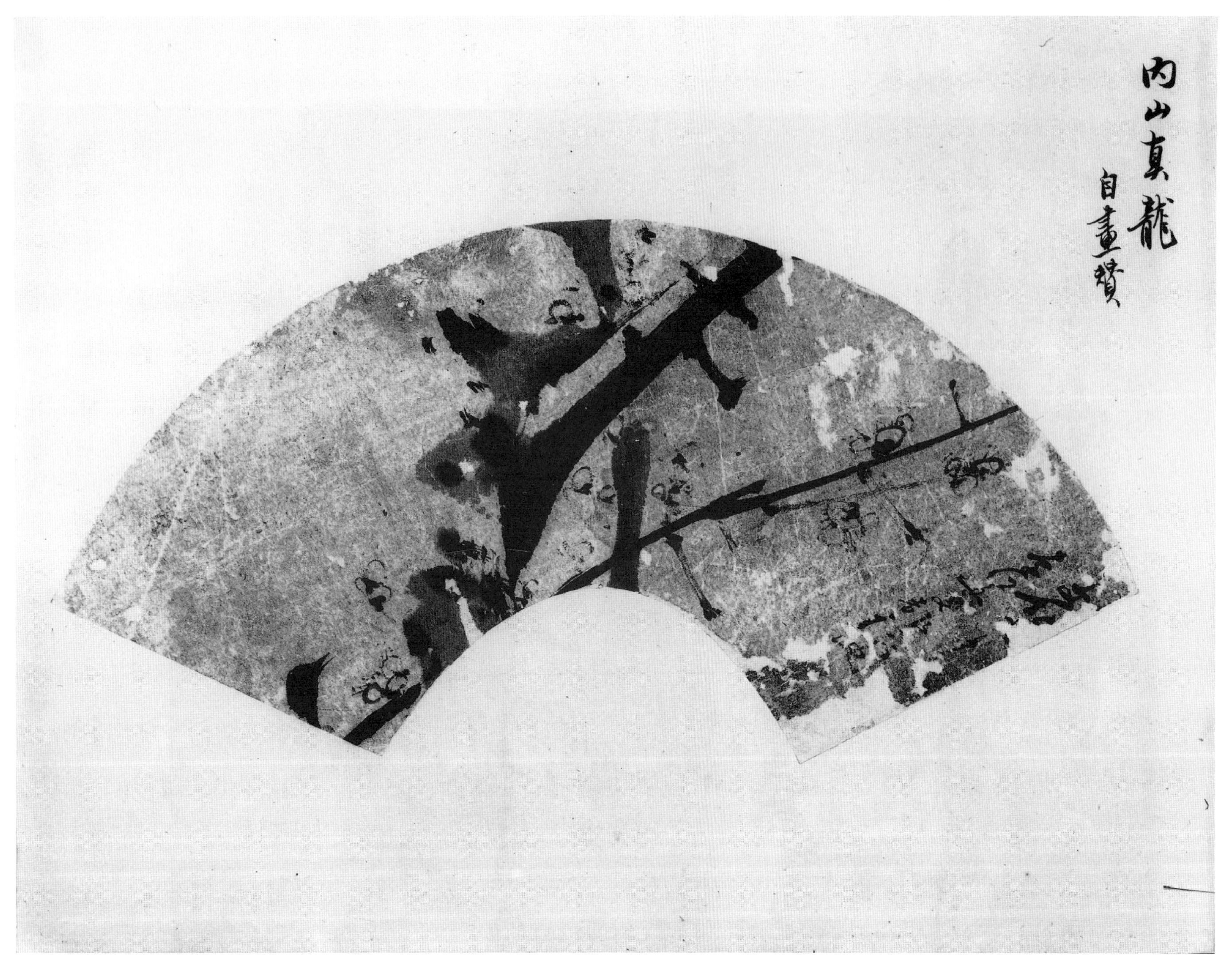
内山真龍
自畫賛

清原雄風

清原雄風

雄風

本居大平

初秋風　大平

本居大平

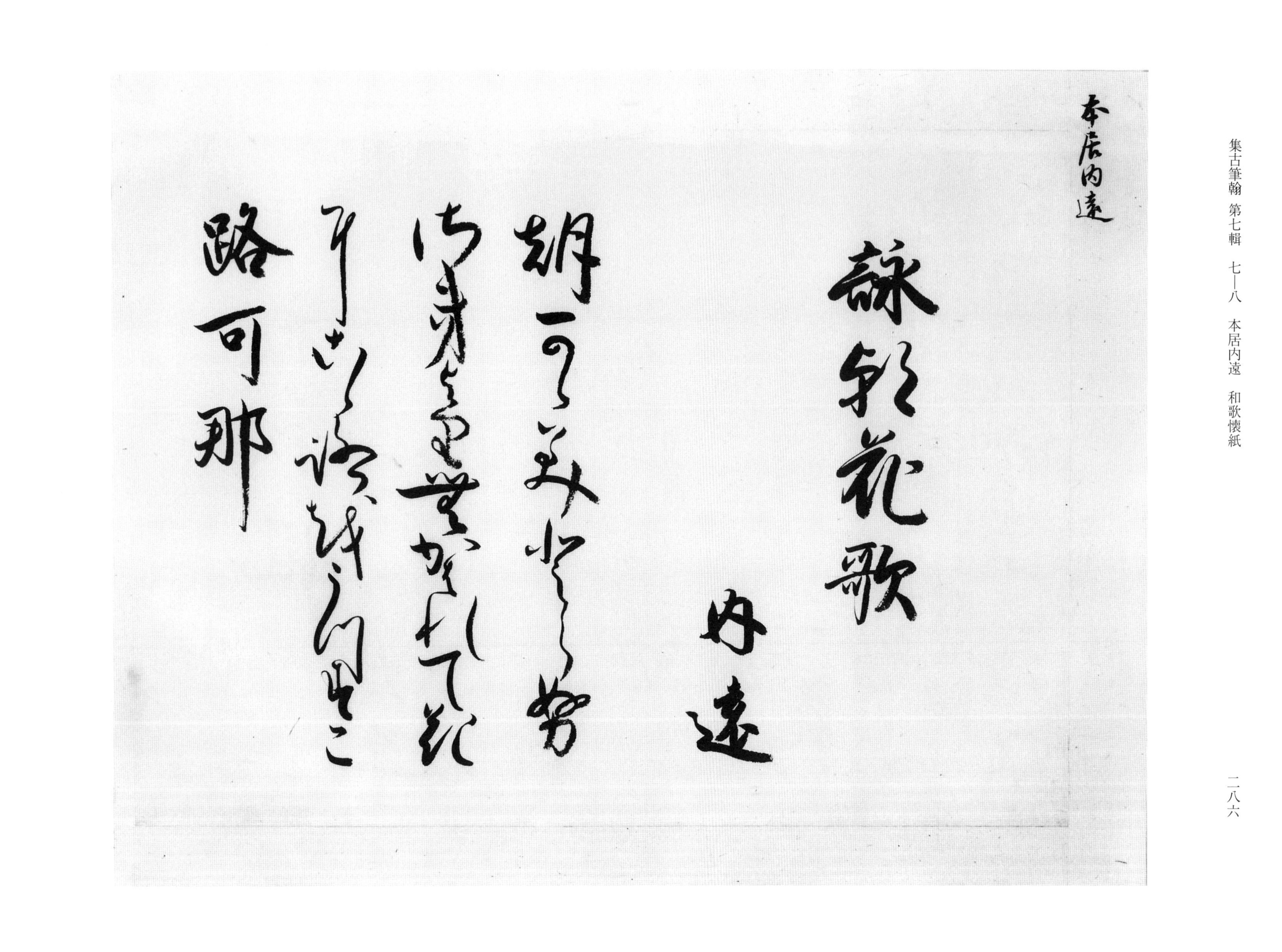

本居内遠

詠花歌　内遠

本居豊穎

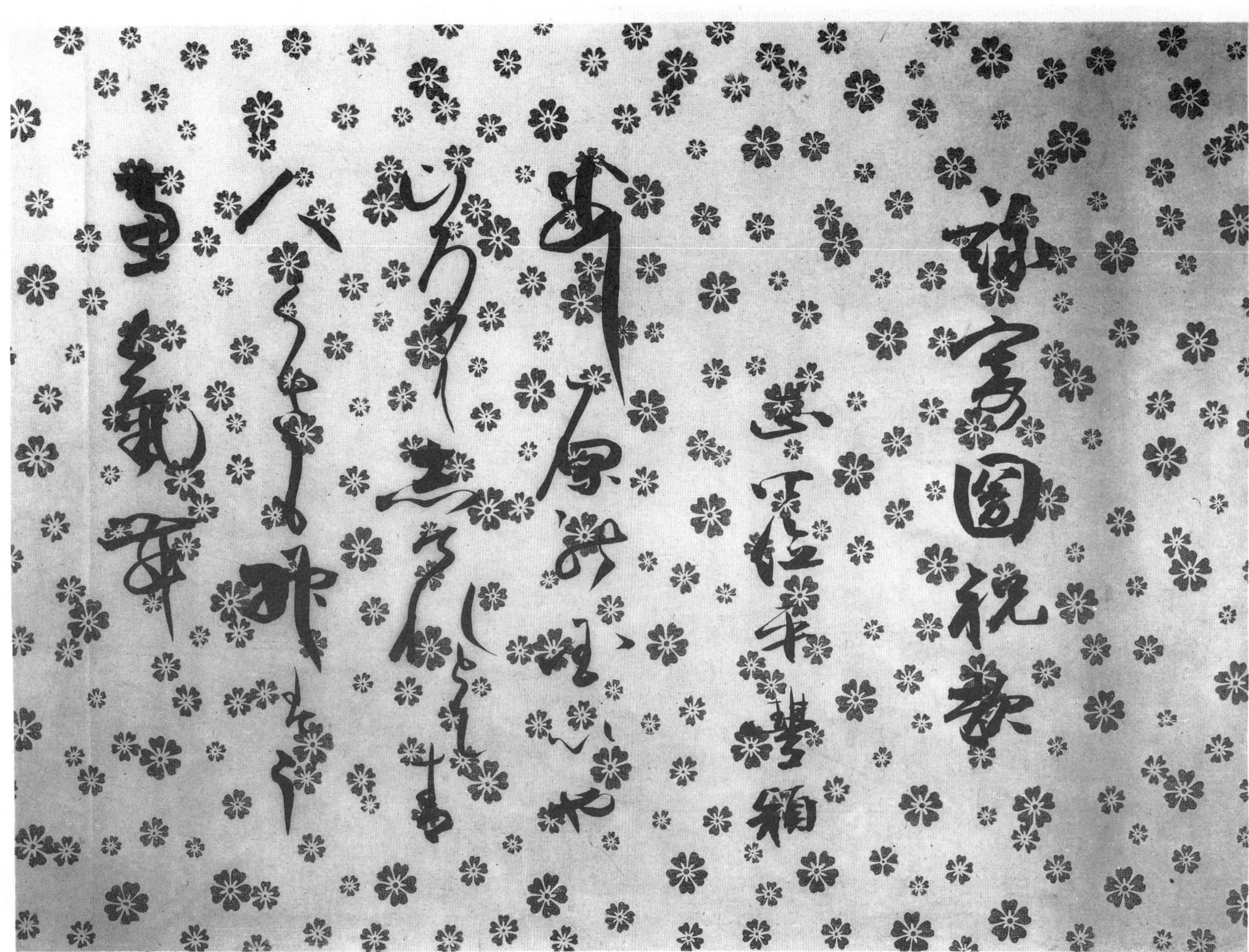

伴信友

足代弘訓

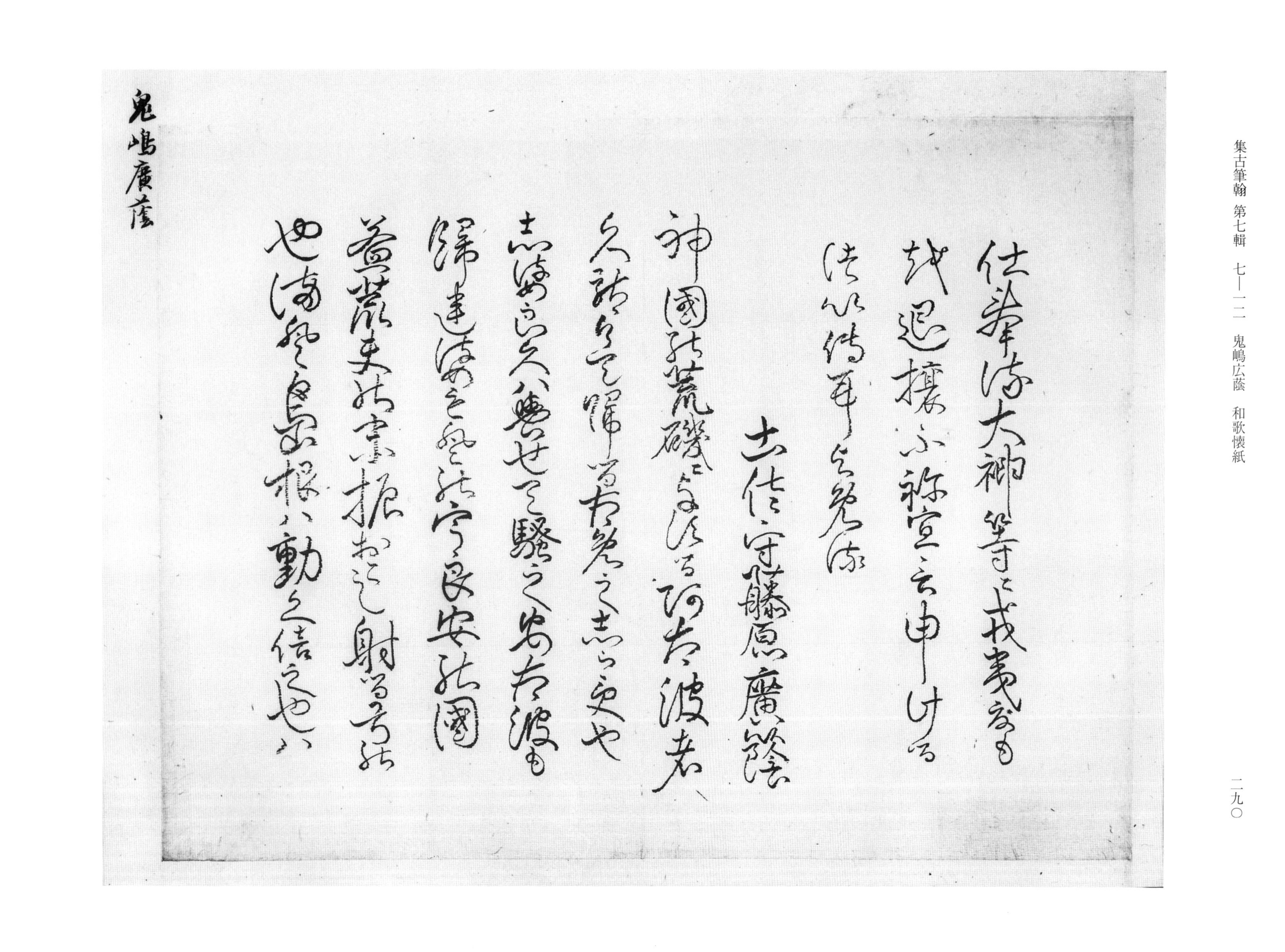

鬼嶋廣蔭

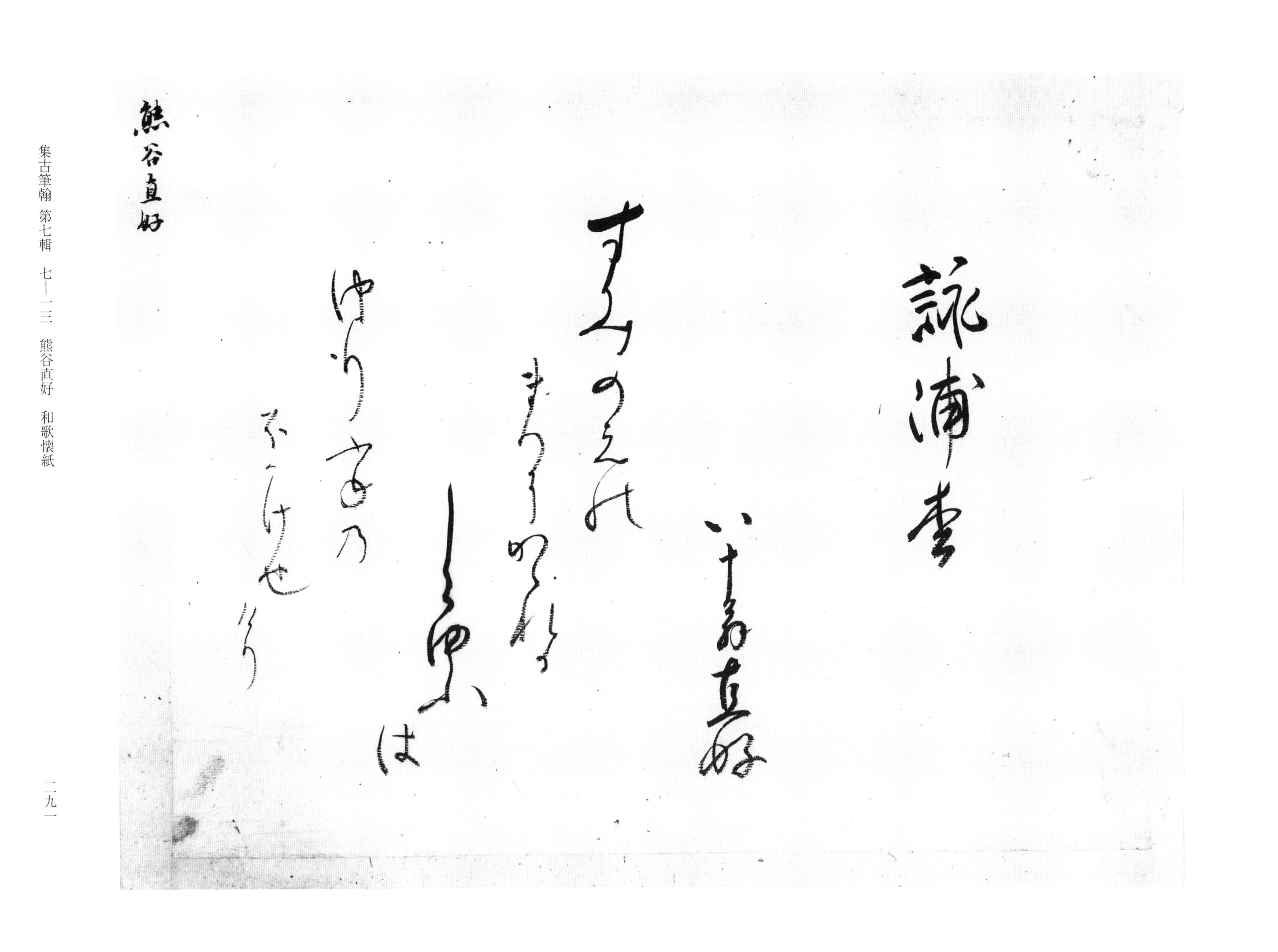

熊谷直好

詠浦雪

渡忠秋

秋日詠一首應制

和歌

平忠秋

[illegible]

[illegible]

[illegible]

[illegible]

七―一六 高田与清 和歌懐紙

詠元服祝儀歌 與清

髙田與清

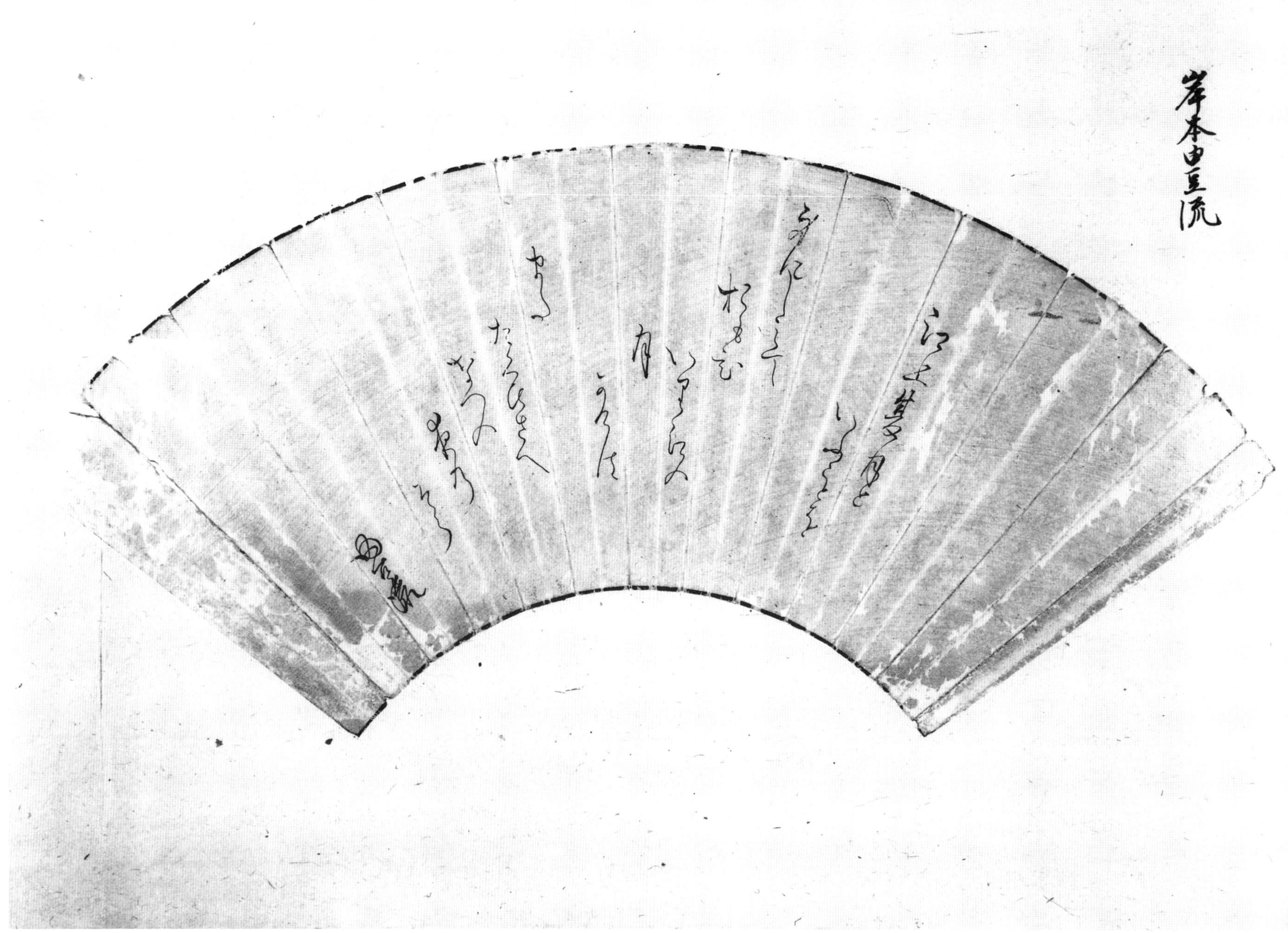
岸本由豆流

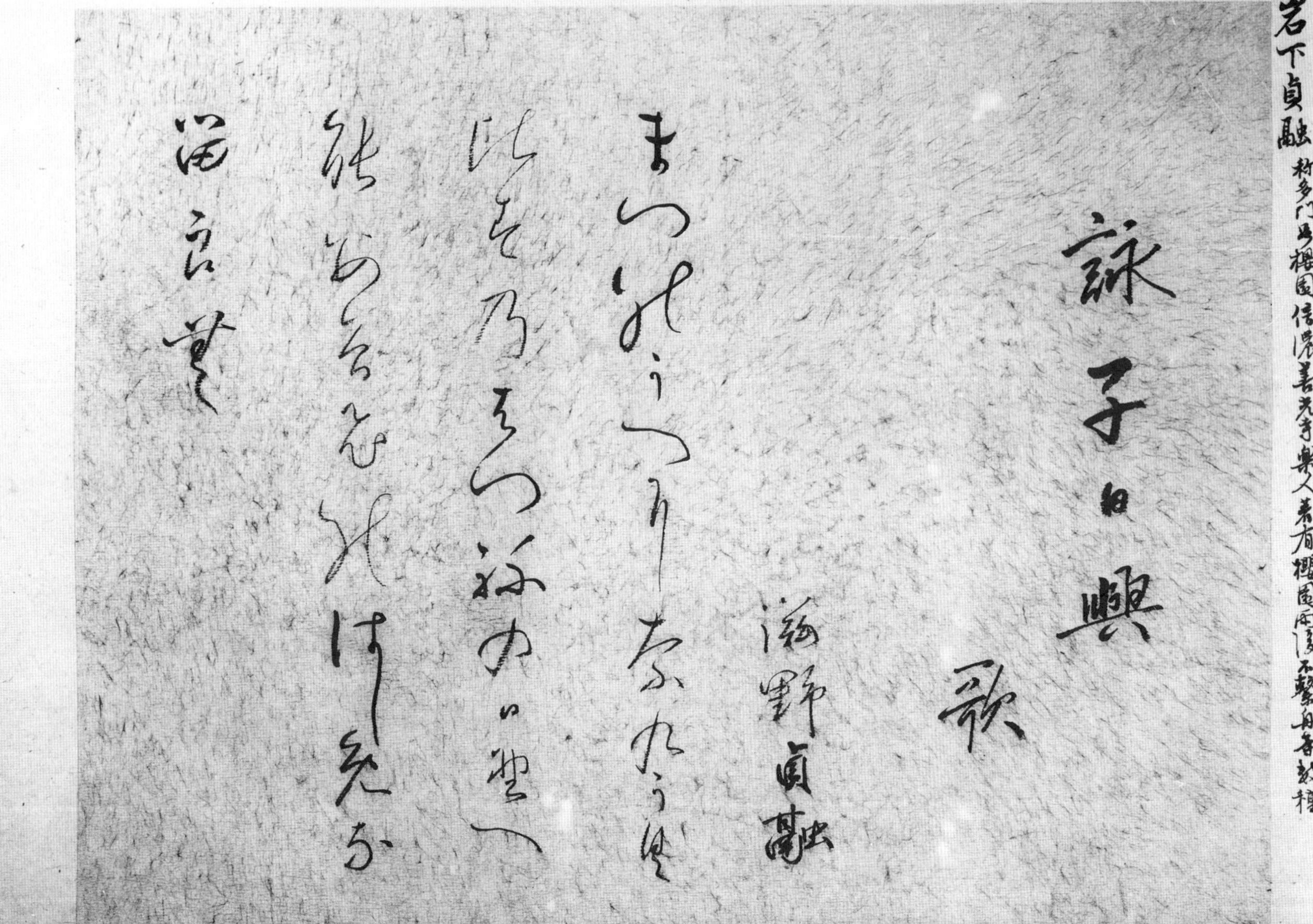

中島廣足

廣足

江上霞

木原楯臣

秋日詠社頭祝言　和歌

楯臣

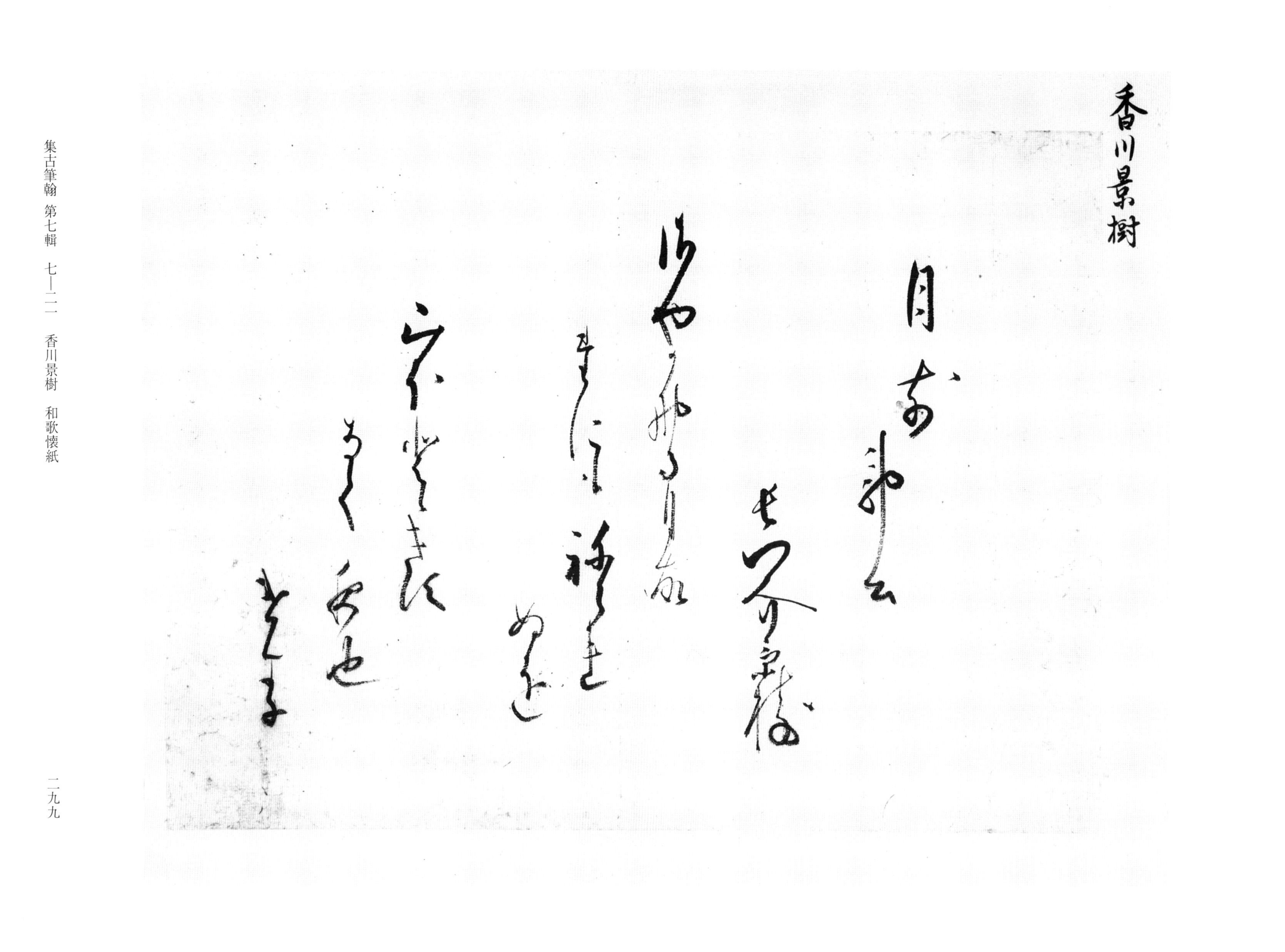

香川景樹

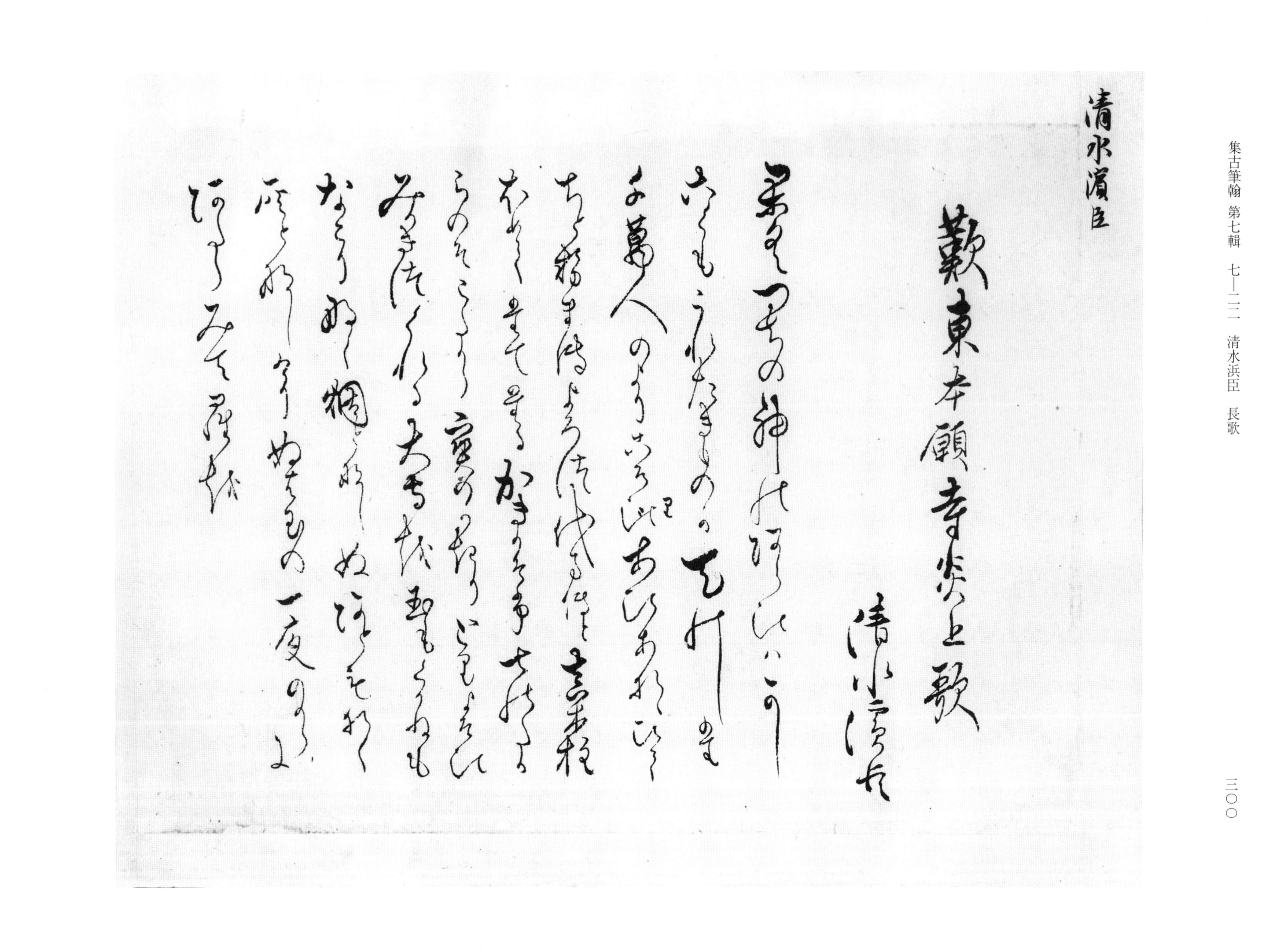

清水濱臣

歎東本願寺炎上歌

清水濱臣

橘守部

集古筆翰　第七輯　七―二三　橘守部　和歌

大田垣蓮月尼

井上文雄

海野幸典

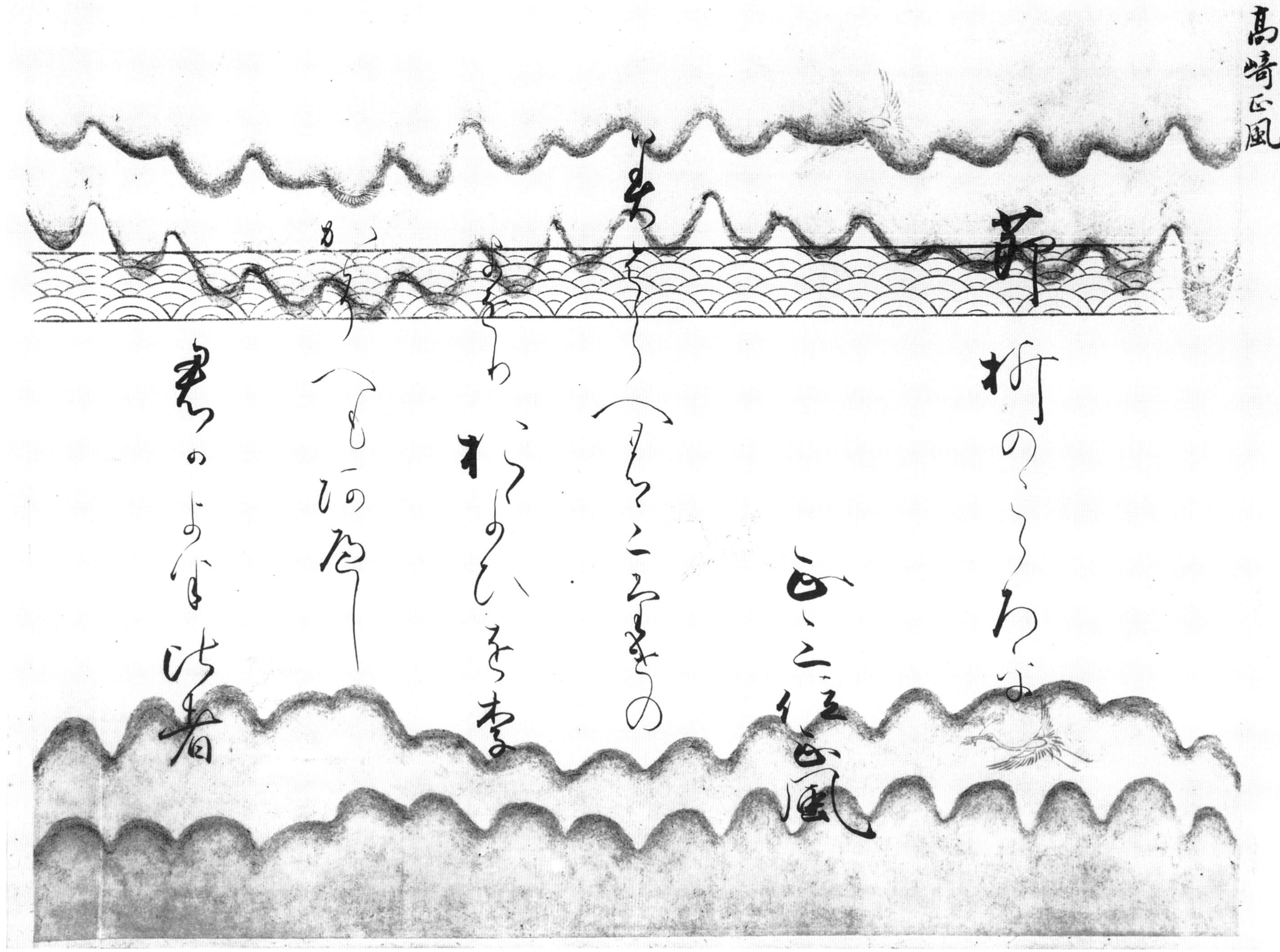
高崎正風

小杉榲邨

集古筆翰　第七輯　七—二八　小杉榲邨　長歌

権田直助

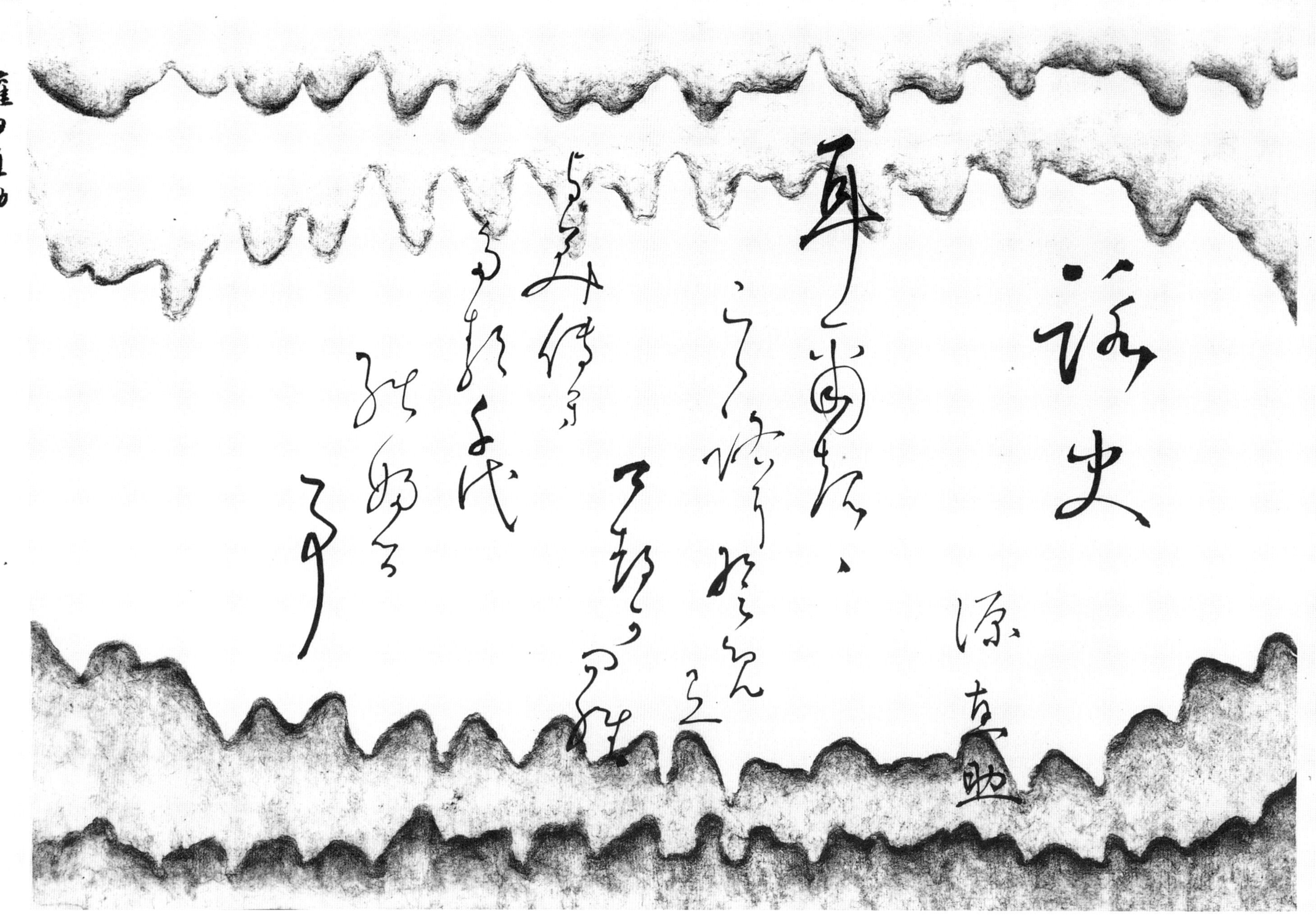

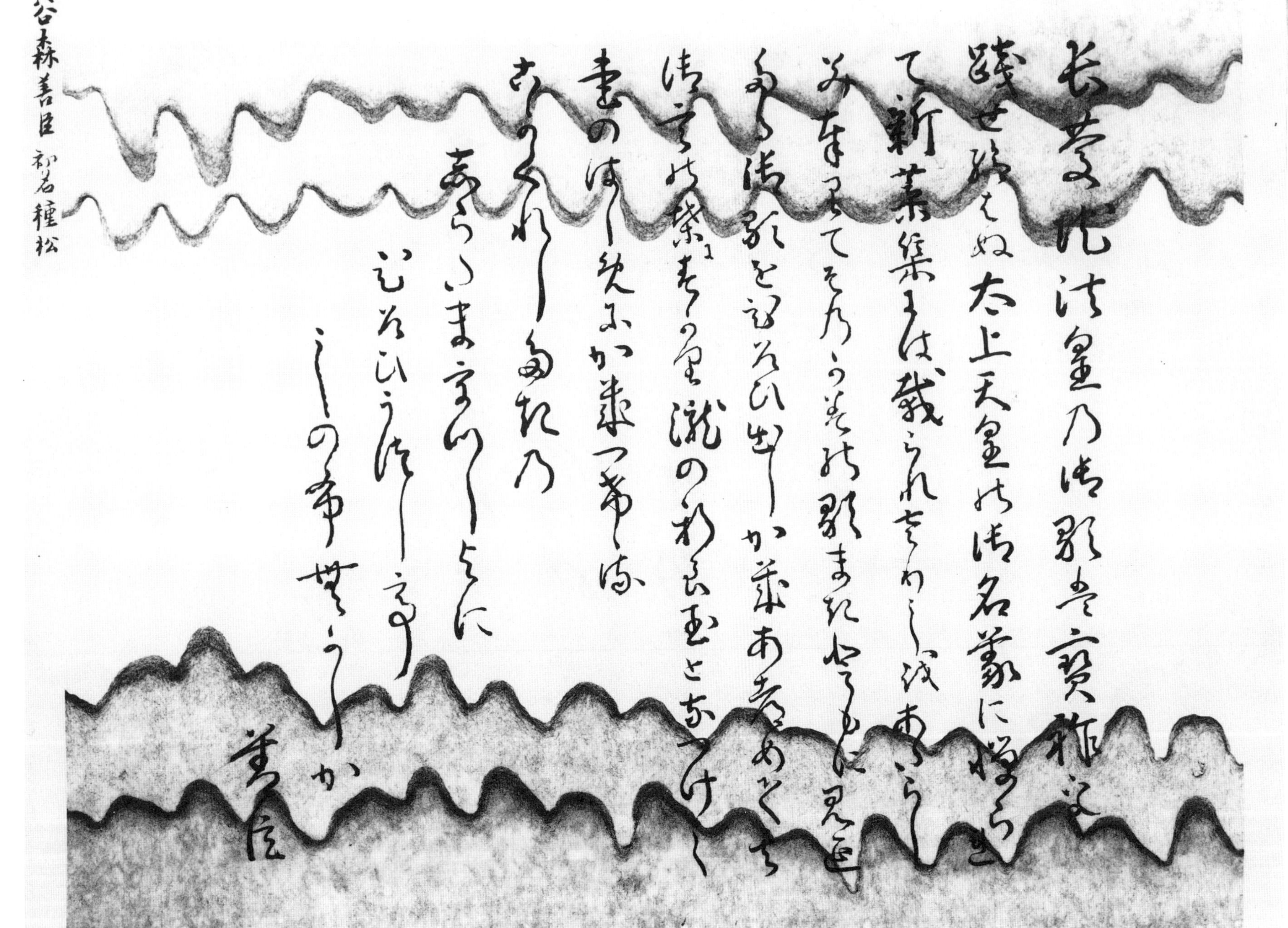

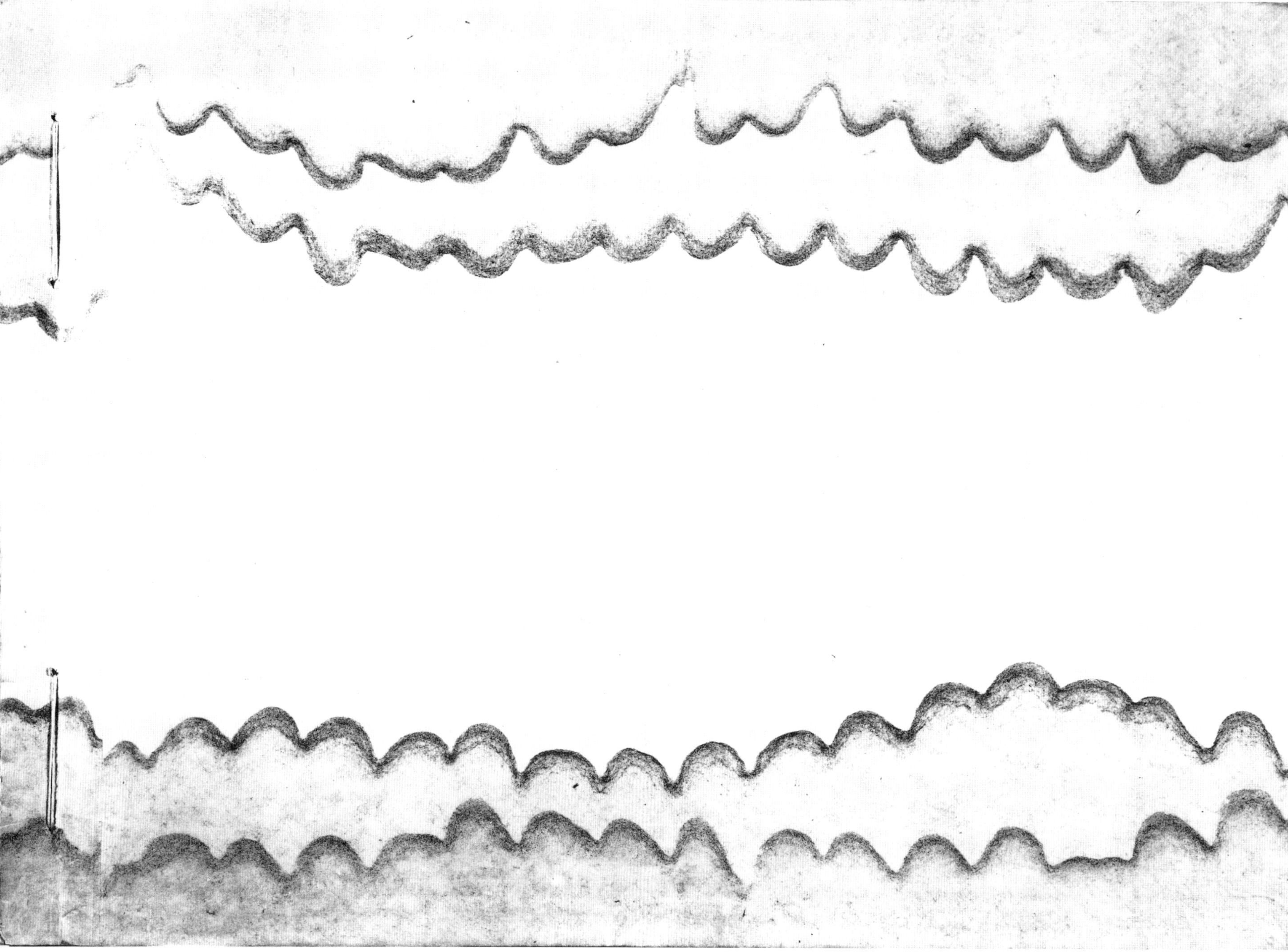

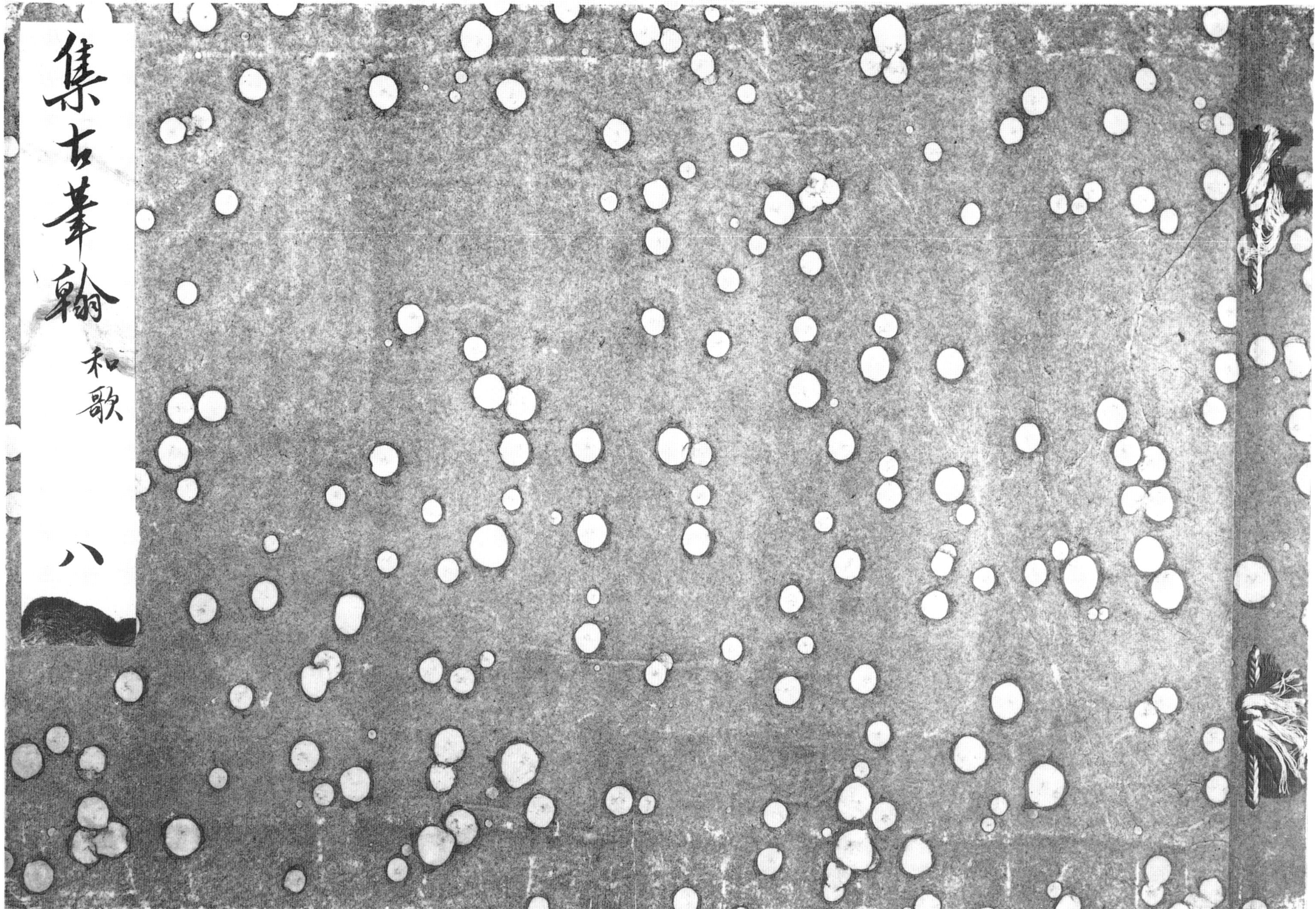
集古筆翰
和歌
八

目次

黒川春村
同 真頼
賀茂季鷹
齋藤彦麿
伊達千廣
山田常典
横山由清
又
鈴木重嶺
又
大澤清臣
佐々木弘綱
木村定良
又 詩
豊田長敦
堀秀成
帝亜清直
前田夏蔭
田中頼庸
小中村清矩
近藤芳樹
野之口隆正
又 詩

凡二十人
廿三通

黒川春村

寄國祝

日本のやまとくにを
むすひしを
照すとひかりも
常世なるらし

春村

黒川真頼

新年同詠庭竹　歌

文學博士藤原真頼

年ことにもたなく
竹のまさりてとし波
いはれしといふしる
農京支

賀茂季鷹

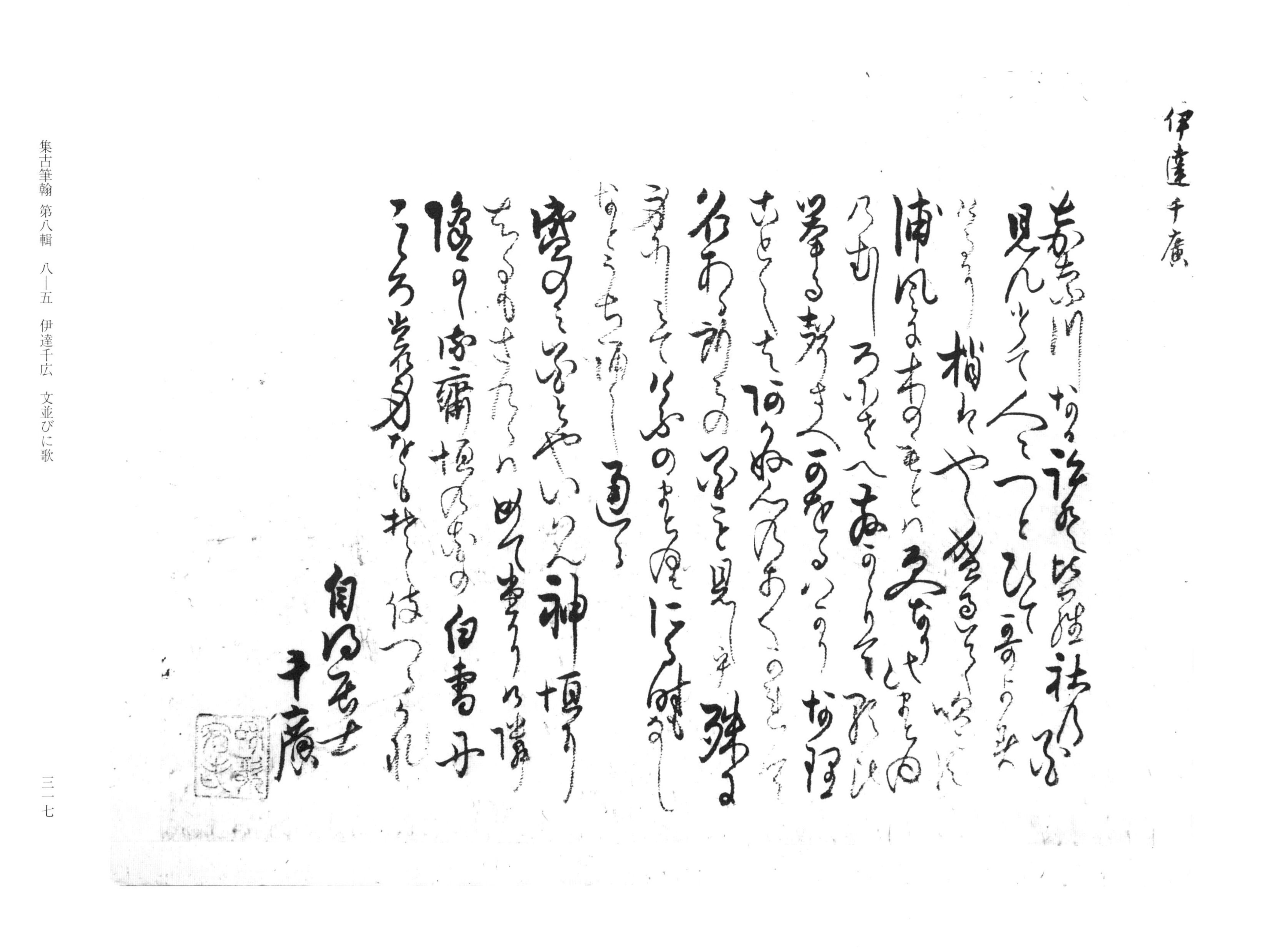

山田常典

春日詠春山和謌

源常典

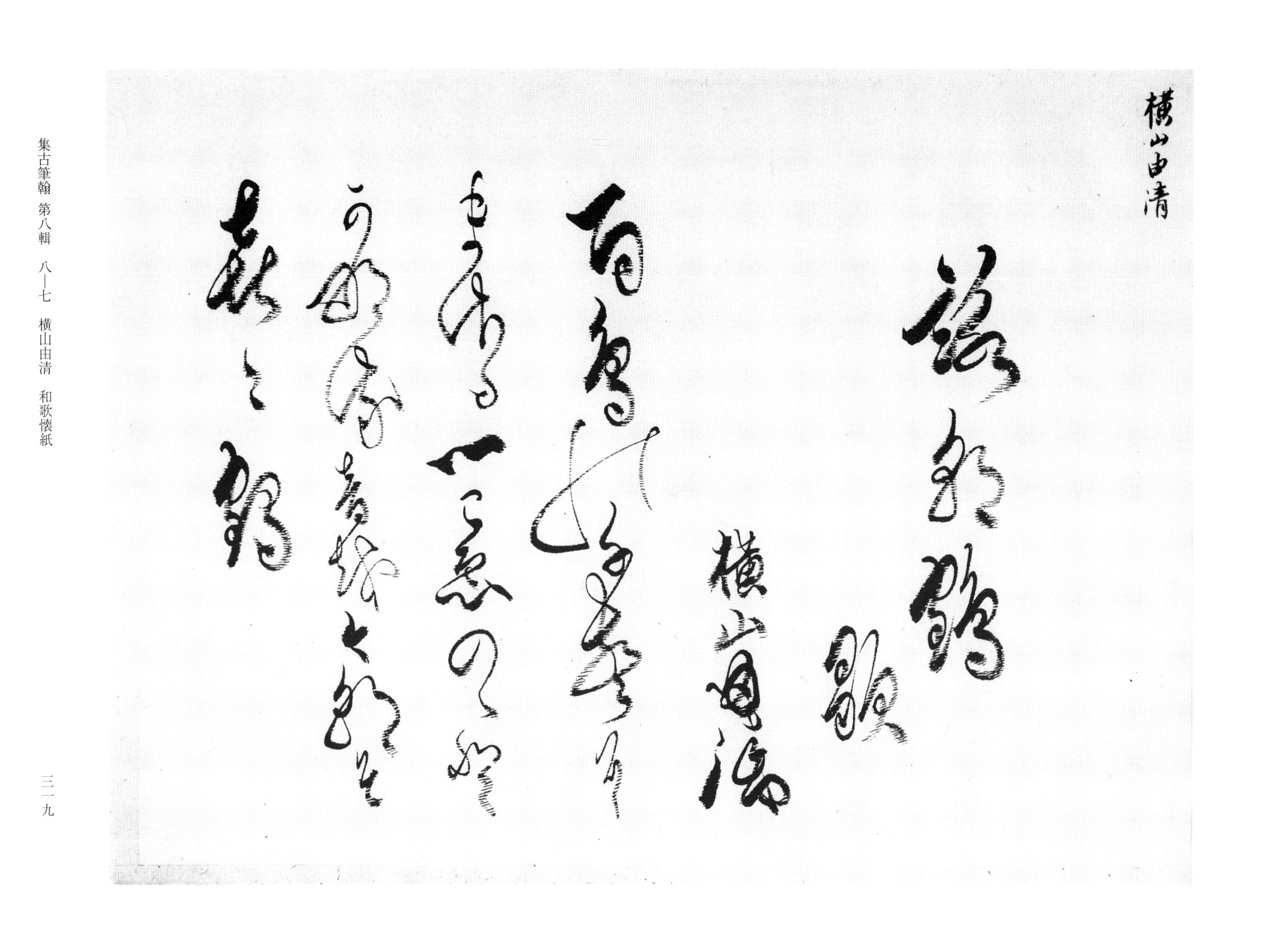

横山由清

横山由清

待夜

由清

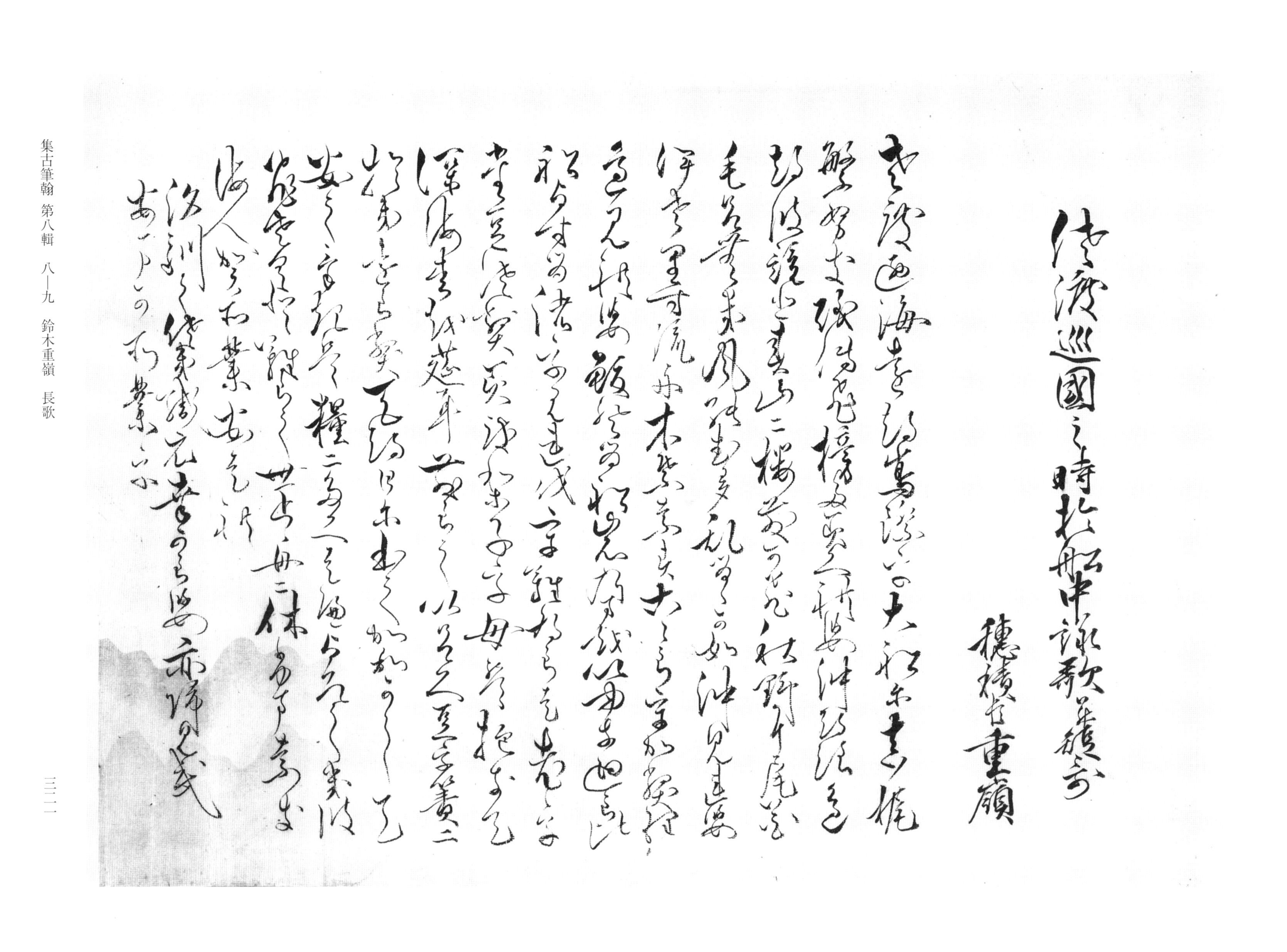

佐渡巡國之時於船中詠歌并短歌

穂積重嶺

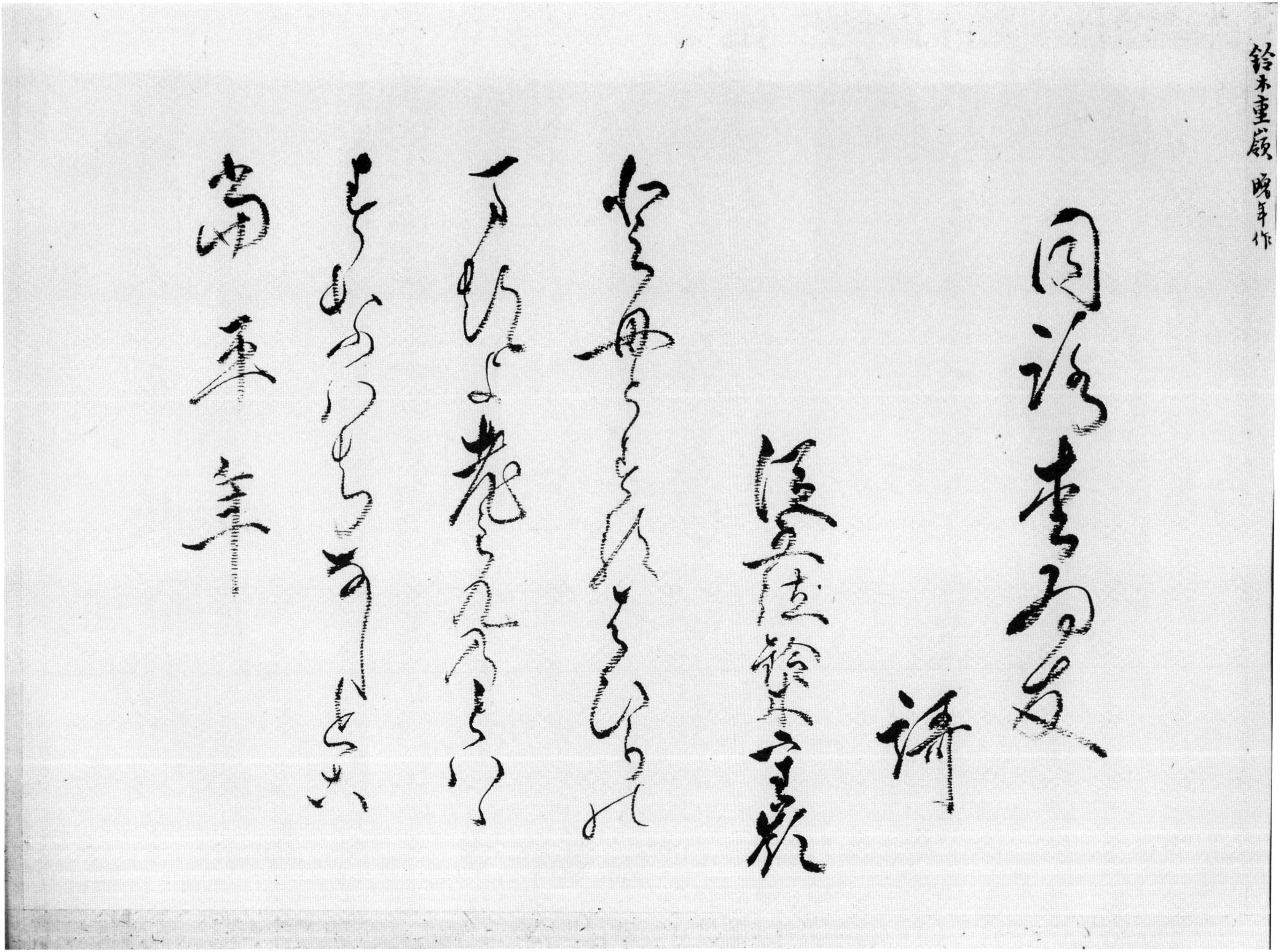

大澤清臣

新年同詠松為友歌

大澤清臣

松いく千よも経て
うゑしそのかみ乃
祢乃ひのこゝろを
しのふかな

佐々木弘綱

詠新年松
謌
源弘綱

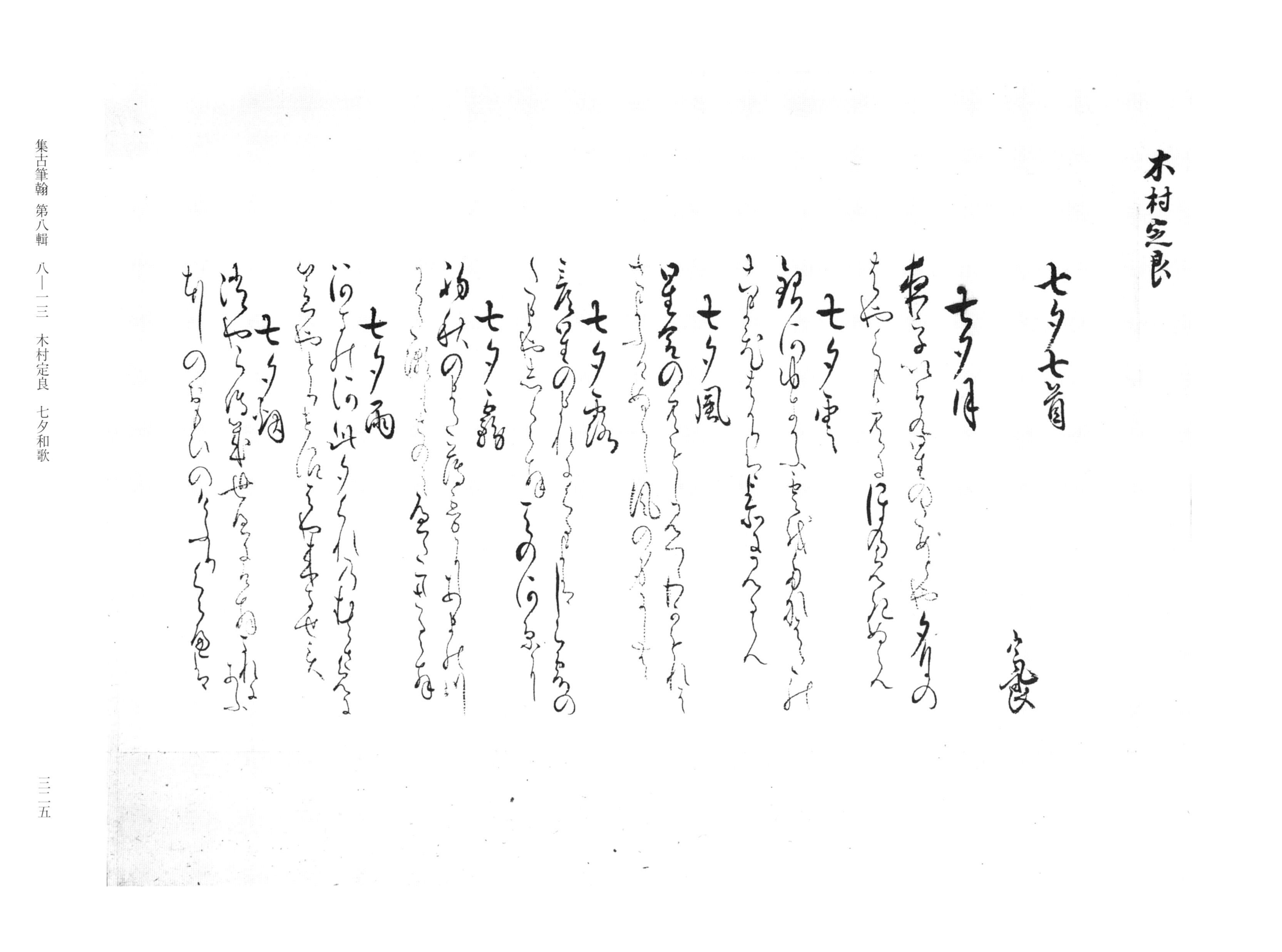

木村定良

七夕七首

定良

七夕月

七夕雲

七夕風

七夕露

七夕霧

七夕雨

七夕橋

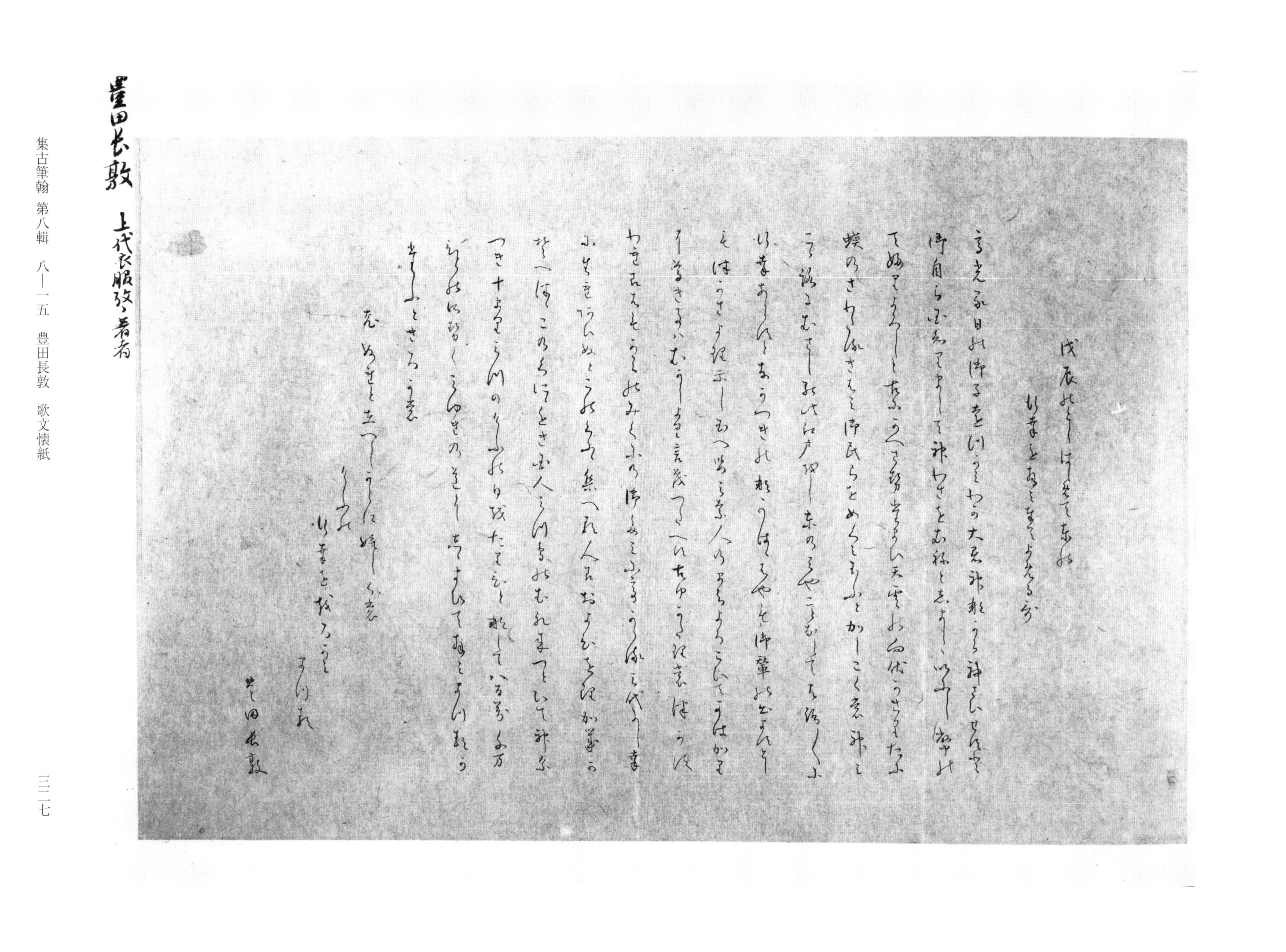

豊田長敦　上代衣服攷ノ著者

堀秀成

贈左近衛中将

橘卿

御巫内人清直

[illegible]

御巫清直

前田夏蔭

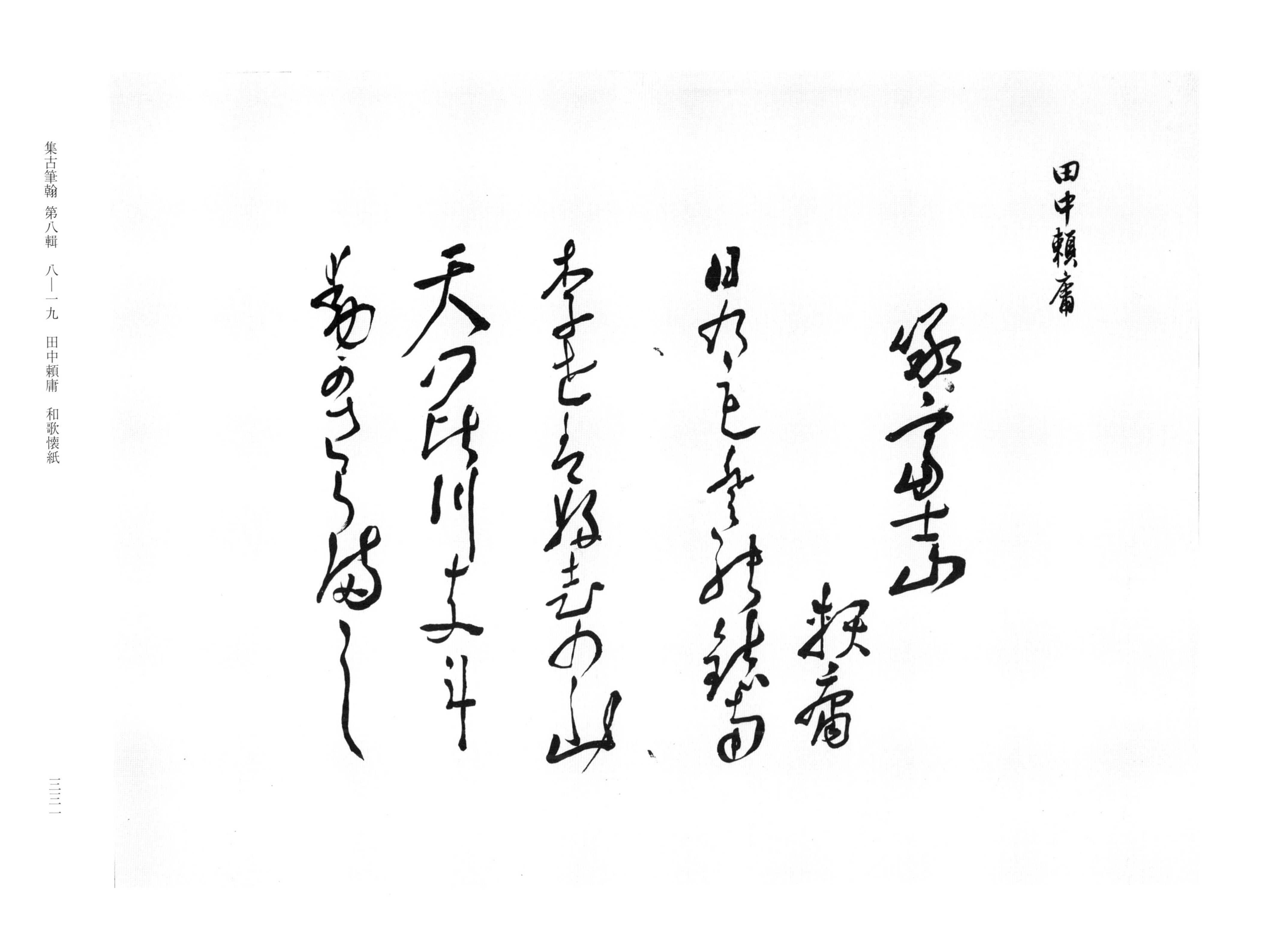

田中頼庸

詠富士山　頼庸

近藤芳樹

野之口隆正

野之口隆正

是亦非詩人之詩

前林家有否墜菓
足急飢流水至中
晝暖巖前亦奇
山容隨歩變雲態
逐人移將待樵去
澗細蹊分數岐

右山行

隆正草

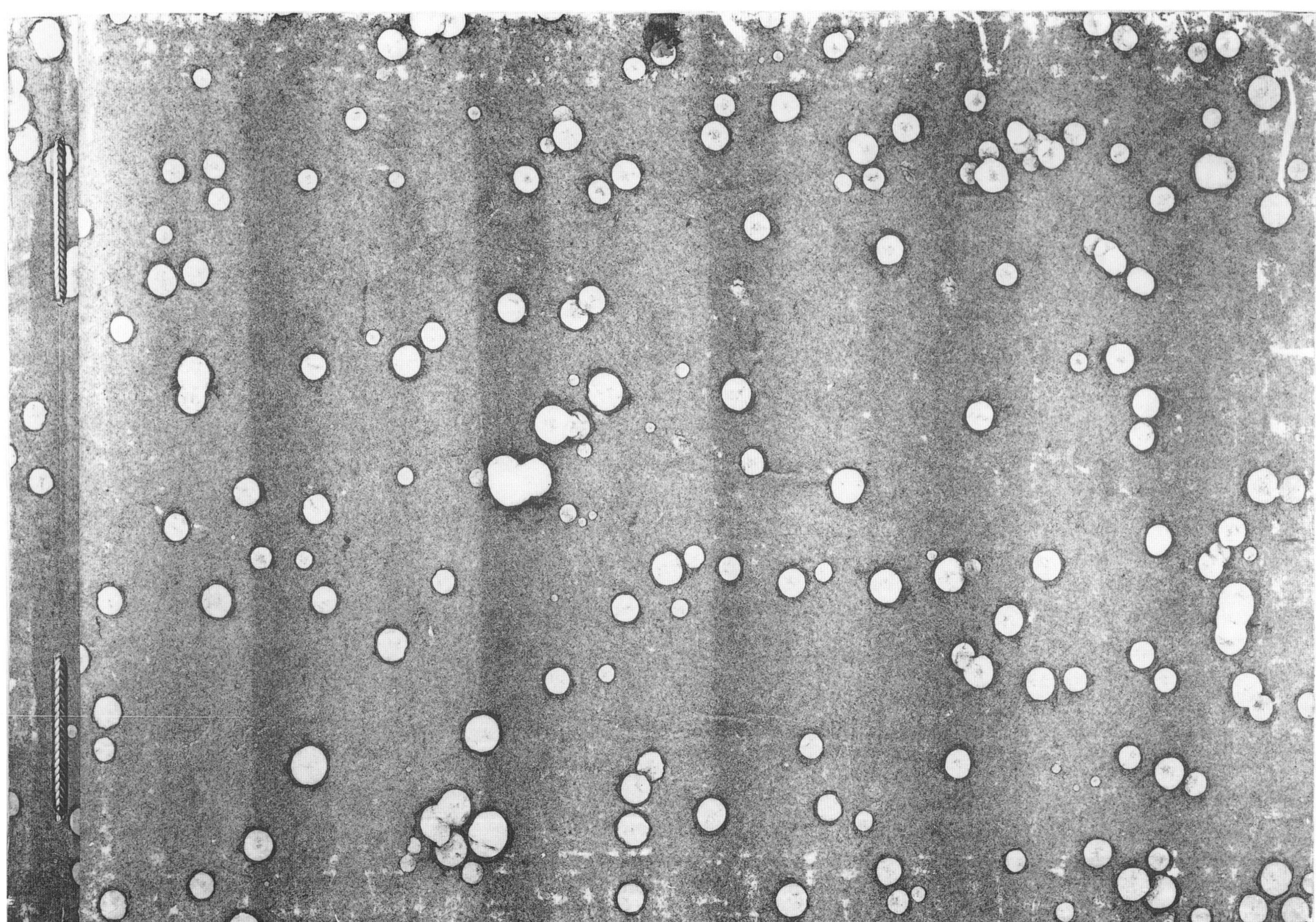

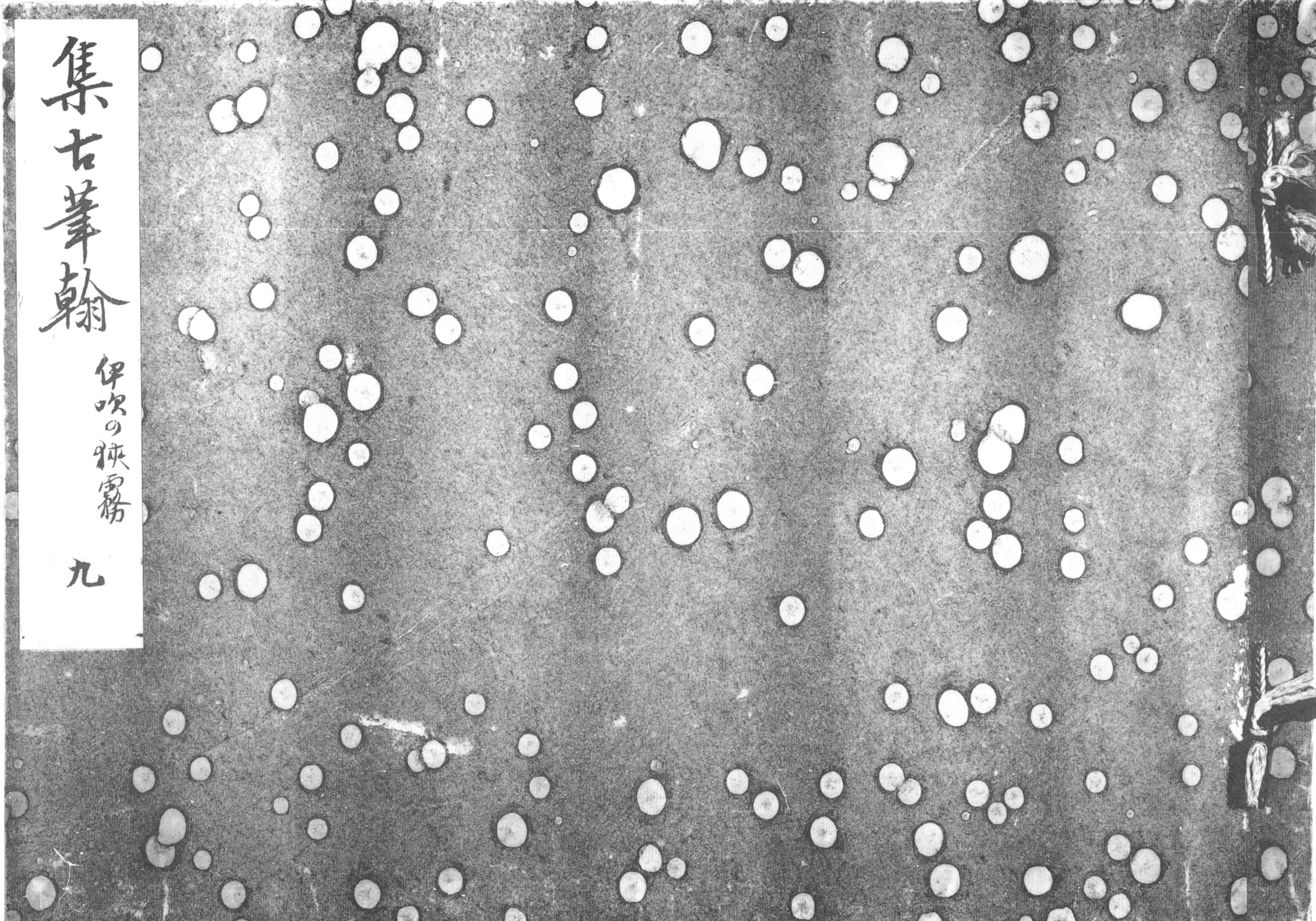

集古筆翰　第九輯　表紙

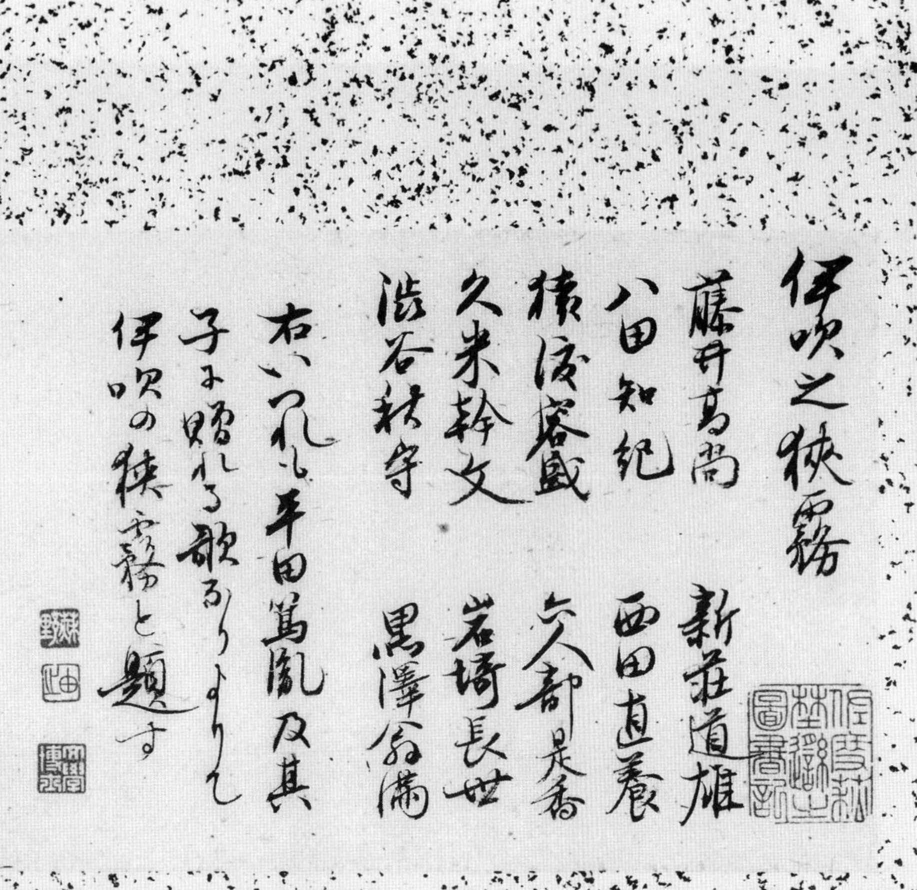

伊吹之狭霧
藤井高尚　新庄道雄
八田知紀　西田直養
猿渡容盛　六人部是香
久米幹文　岩埼長世
渋谷耕守　黒澤翁満
右ハ凡て平田篤胤及其
子ニ贈れる歌なりけり
伊吹の狭霧と題す

集古筆翰　第九輯　九—一　藤井高尚　歌文懐紙

毛能ゝ麻奈布比登波加羅布義保登計布義
伊豆禮能布義ゝ乎興義豆志吉計舞
加羅布義登保登計能布義能古等和利尓
麻与比乎流加毛志古能毛能志理
毛能志理波佐波尓阿礼等毛知波夜久流
加微代能古登乎志留比登奈可
知波夜夫流加微代乃布美乎麻津婆良尓
登波阿加志多流須ゝ能屋乃宇之
須ゝ能屋乃宇之乃美古等乎麻津婆良尓
津波而登加須流安都多祢乃宇之
波志祢夜斯波義我登波古等波久等波波
須ゝ能屋宇之尓安比見流胡等之

右六首述拙懐而贈之云

文化八年十一月二十五日

三階屋仁右衛門道雄

平田大人

謹空

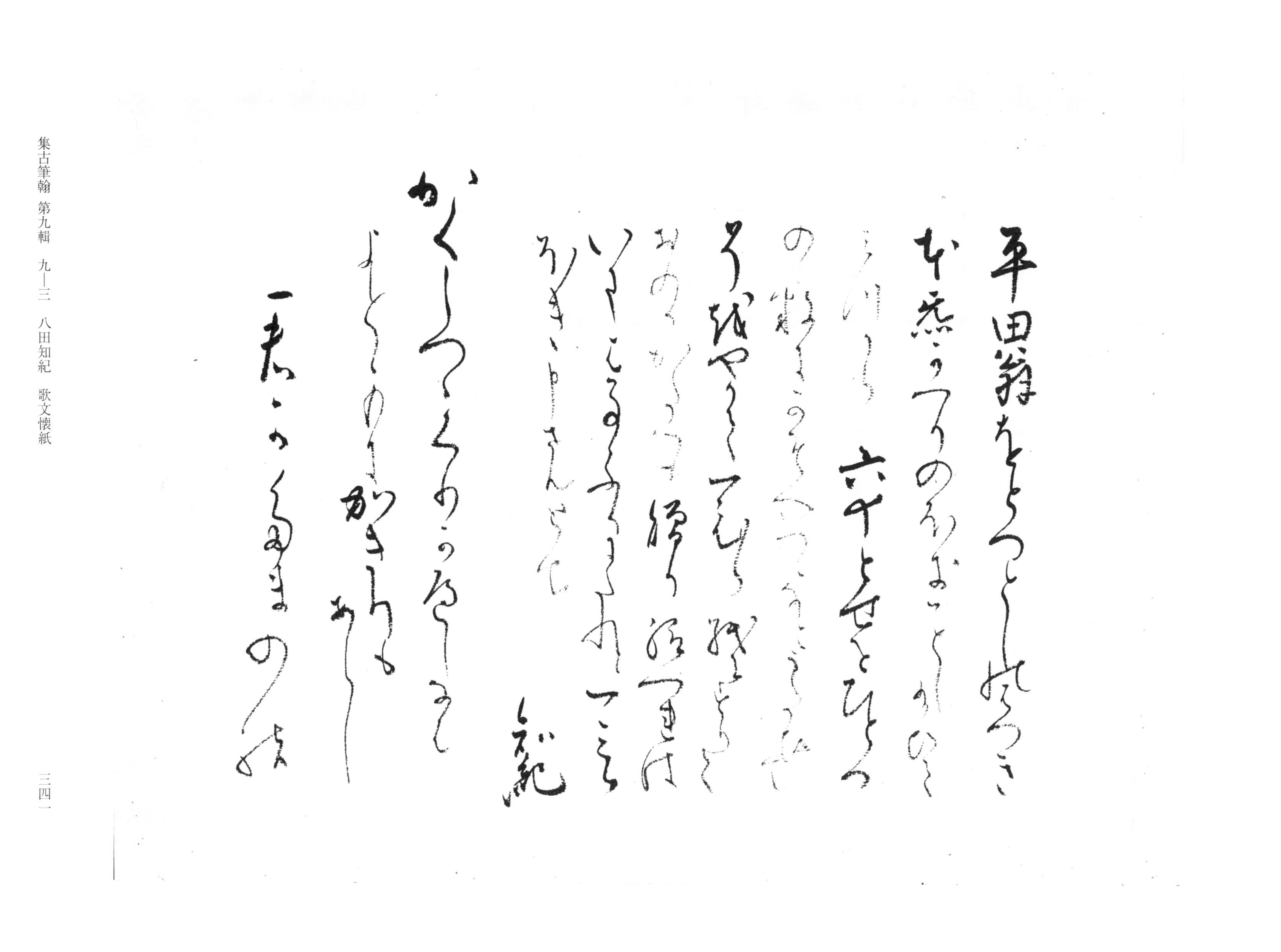

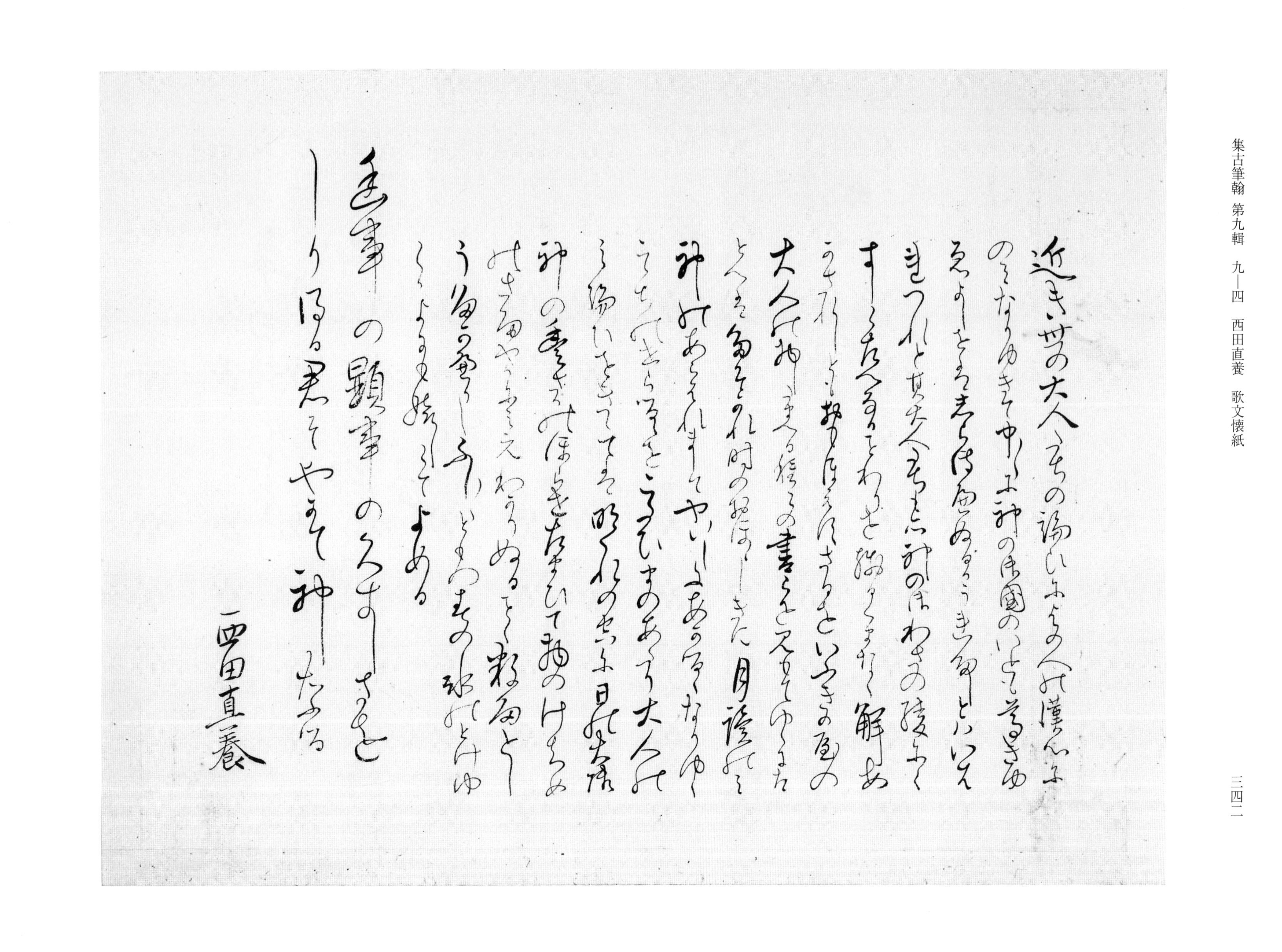

集古筆翰　第九輯　九―八　岩崎長世　長歌および反歌懐紙

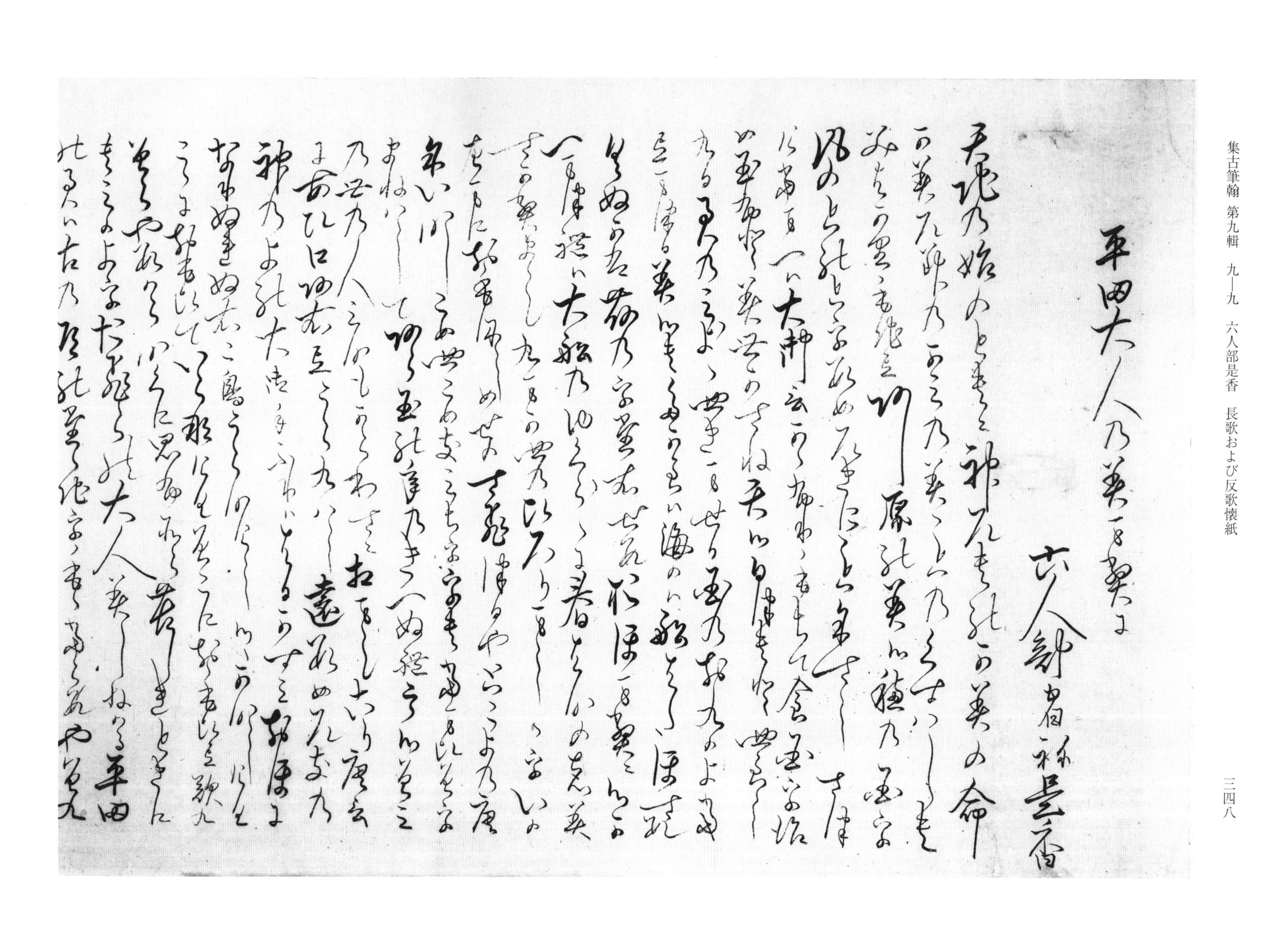

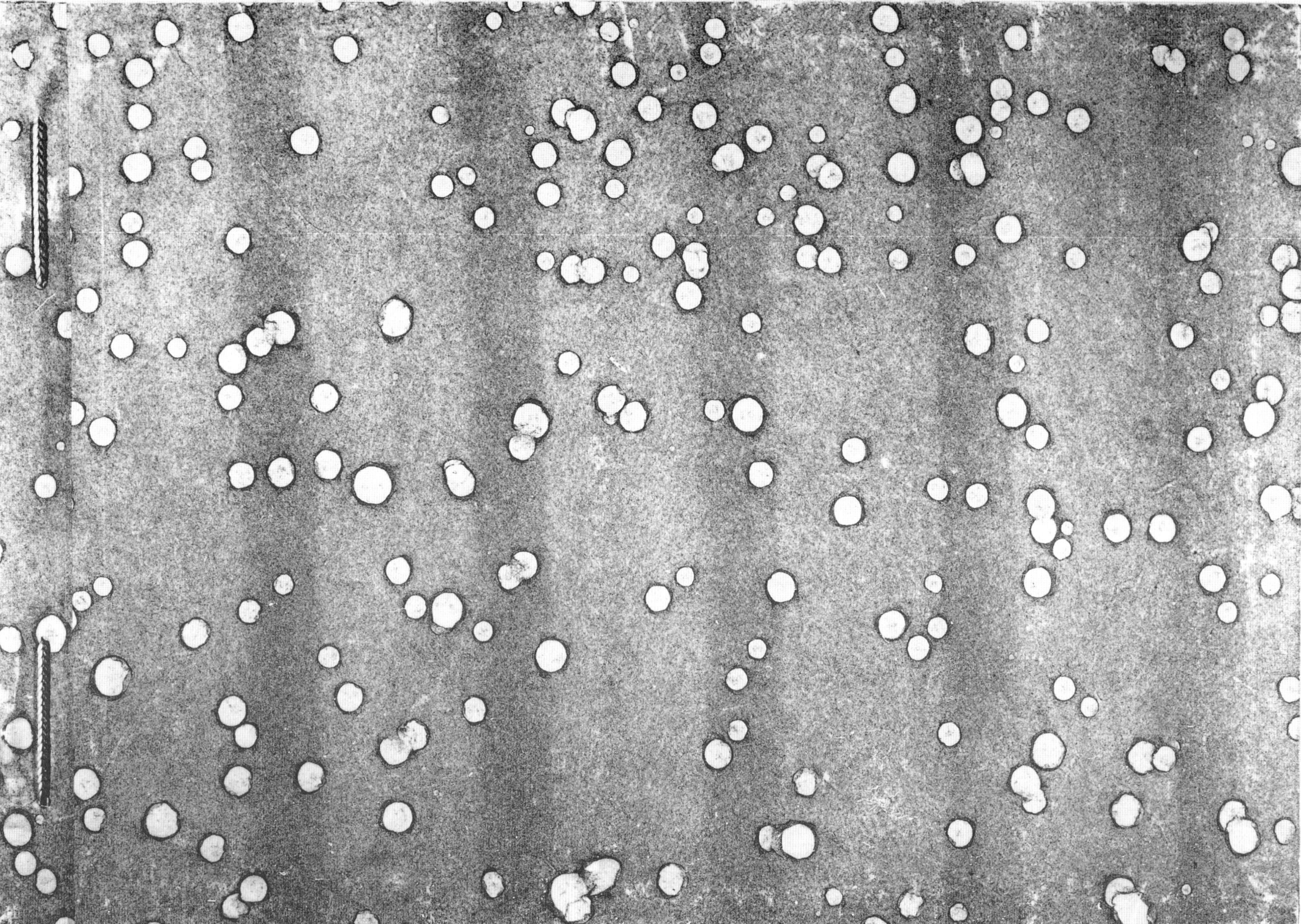

集古筆翰
十止

目次

松平定信
堀田正敦
柳澤吉保
円珠菴契沖
北村季吟
同　正立
同　季文
似雲法師
湧蓮法師
裏松固禅
賀茂真淵
加藤枝直
本居宣長
平田篤胤
冨士谷御杖
田中葵園
賀茂真淵　前田夏蔭跋
齋藤拙堂　歌
中井甃庵　〃
上田秋成
山田方谷　詩
同　歌
僧　豪潮

屋代弘賢　以下四通天爵堂旧物ニ新井白石ニ贈レルモノナリ
大地昌言
山脇元悦
伴　玄通
伊藤由言
江村北海
僧　六如
菅　茶山
宮崎筠圃
巻　菱湖
貫名海屋
岡本黄石
大沼枕山
小野湖山
凡三十四人　卅四通
赤塚芸庵
三好宗甫
松平文太郎
計三十九人　卅七通

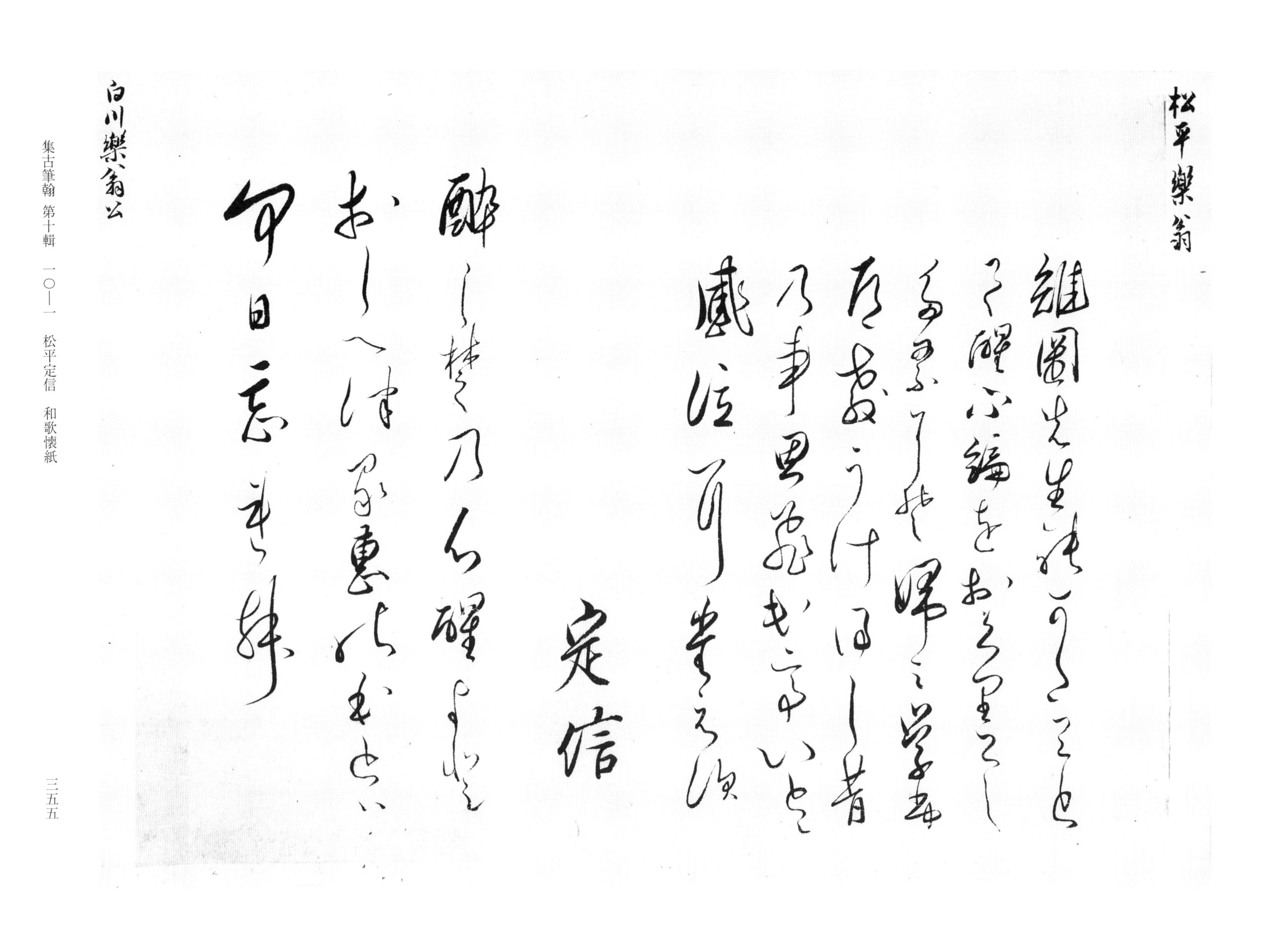

松平樂翁

定信

白川樂翁公

堀田摂津守正敦

柳澤吉保

昊樹院殿月光寿心大姉
追悼和歌
四位少将吉保

四十にもまさりたらましてよ
世のさかへきこしめし人乃
なからをとふ世よ
他是阿誰の話に相應
ちりしせけるしをして
たそとゆふしいれしこまのよしを
あはし人のおもへる月そ
まさやけき

契沖　萬葉代匠記巻二断簡

たゞの中には弟[illegible]
先草壁太子の御年[illegible]天武元年[illegible]
たゞ大津皇子は天智[illegible]壬申の年[illegible]
[illegible]天武天皇[illegible]皇子[illegible]
[illegible]唯有幼小孺子耳[illegible]皇子攘臂按劒
奏言近江群臣雖多何敢逆天皇之靈哉天皇雖獨躬臣高市
頼神祇之靈請天皇之命引率諸將而征討豈有距乎[illegible]
[illegible]嫡子[illegible]七歳以上[illegible]
天武紀云八年己卯五月庚辰朔甲申幸于吉野宮乙酉天皇詔皇后及
草壁皇子尊大津皇子高市皇子河島皇子忍壁皇子芝基皇子曰
朕今日與汝等倶盟于庭而千歳之後欲無事奈之何皇子等共對曰
理実灼然云々　又[illegible]皇子の[illegible]天武
紀を[illegible]正月[illegible]爵位の[illegible]皇子
[illegible]位を授[illegible]草壁皇子尊[illegible]淨廣壹を[illegible]
大津皇子[illegible]淨大貳高市皇子[illegible]淨廣貳の位を授給[illegible]
[illegible]階毎階[illegible]大廣[illegible]
[illegible]大津皇子[illegible]皇女の御腹[illegible]位階も一等[illegible]
[illegible]紀の文皆[illegible]皇子[illegible]腹[illegible]
[illegible]懐風藻[illegible]大津皇子[illegible]
[illegible]二十[illegible]
[illegible]皇子[illegible]草壁[illegible]
[illegible]後皇子尊[illegible]懐風藻[illegible]
[illegible]皇子尊を
[illegible]紀[illegible]

万二　六十一

北村季吟

北村正立 季吟次子

詠梅始開 和歌

正立

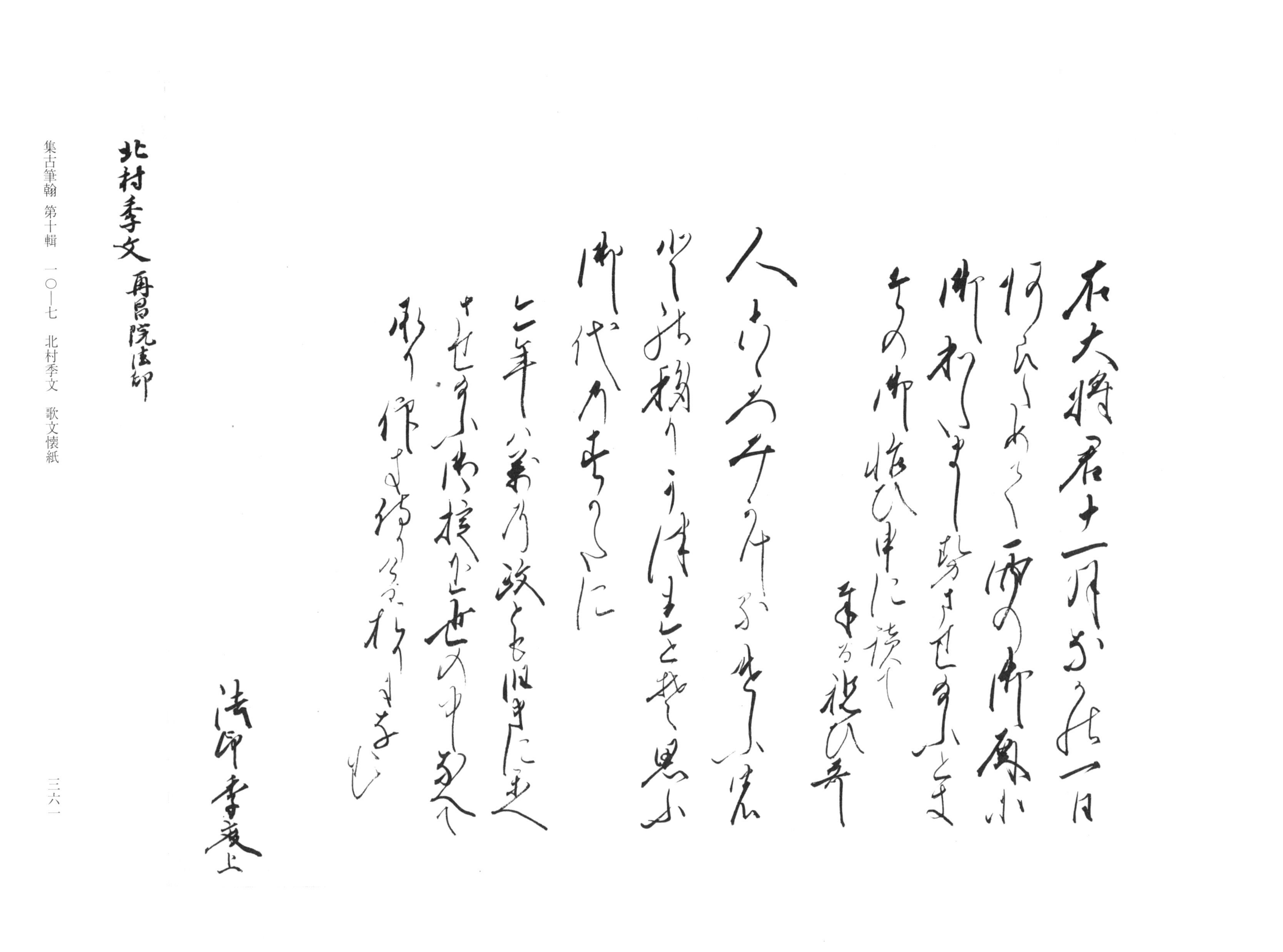

北村季文　再昌院法印

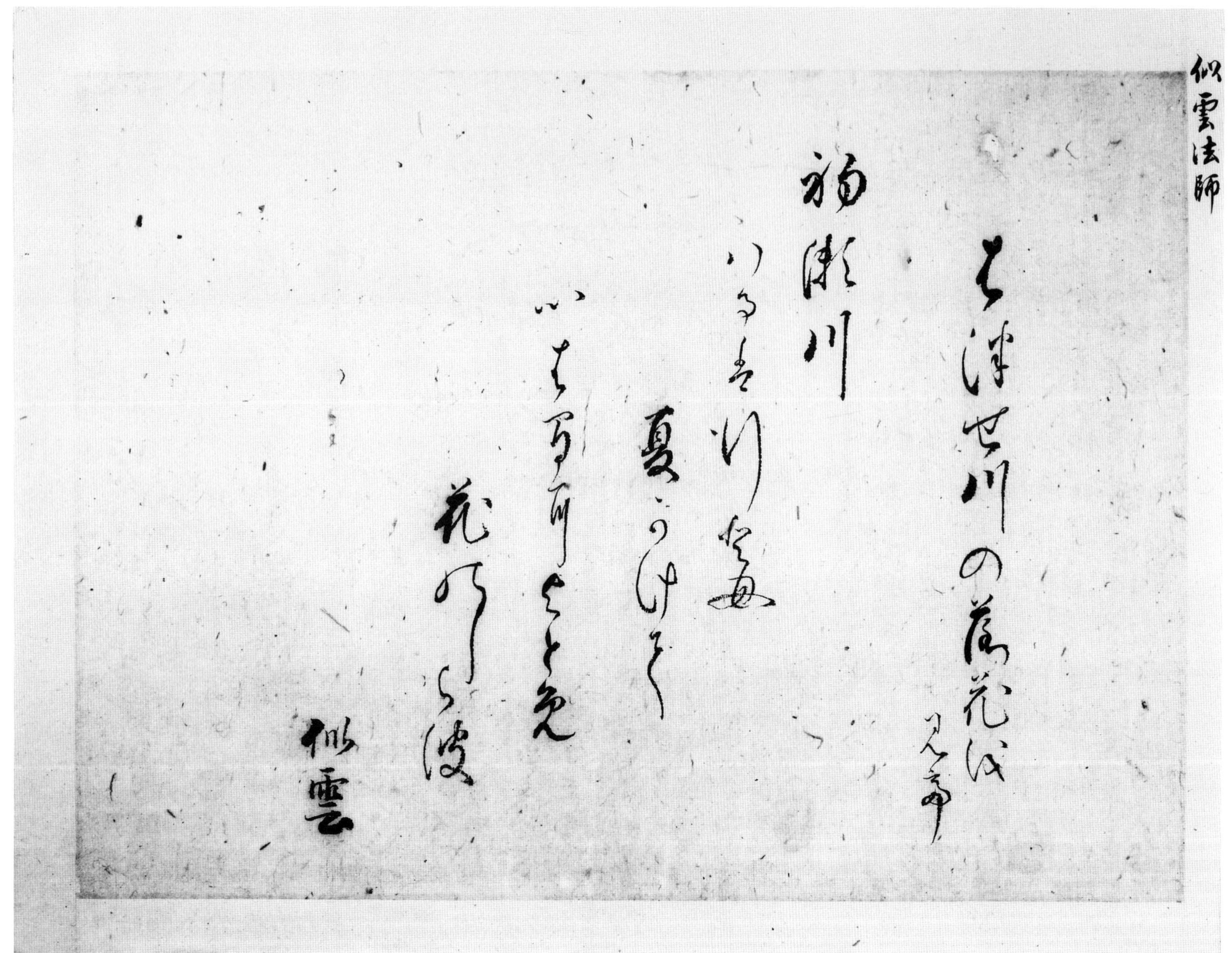
似雲法師

一〇一—九　涌蓮　月に雁画自賛和歌

僧涌蓮

裏松光世入道固禅

烏丸光栄卿末子嗣裏松家宝暦中蒙譴落飾年廿五
著有大内裏図考證

固禅

賀茂真淵

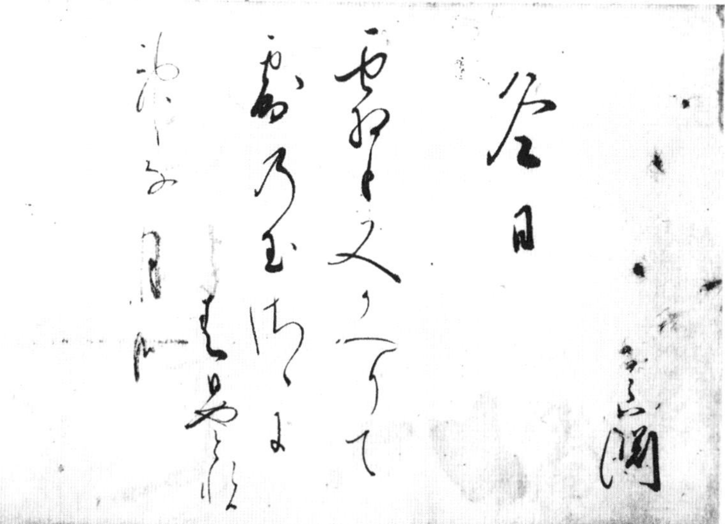

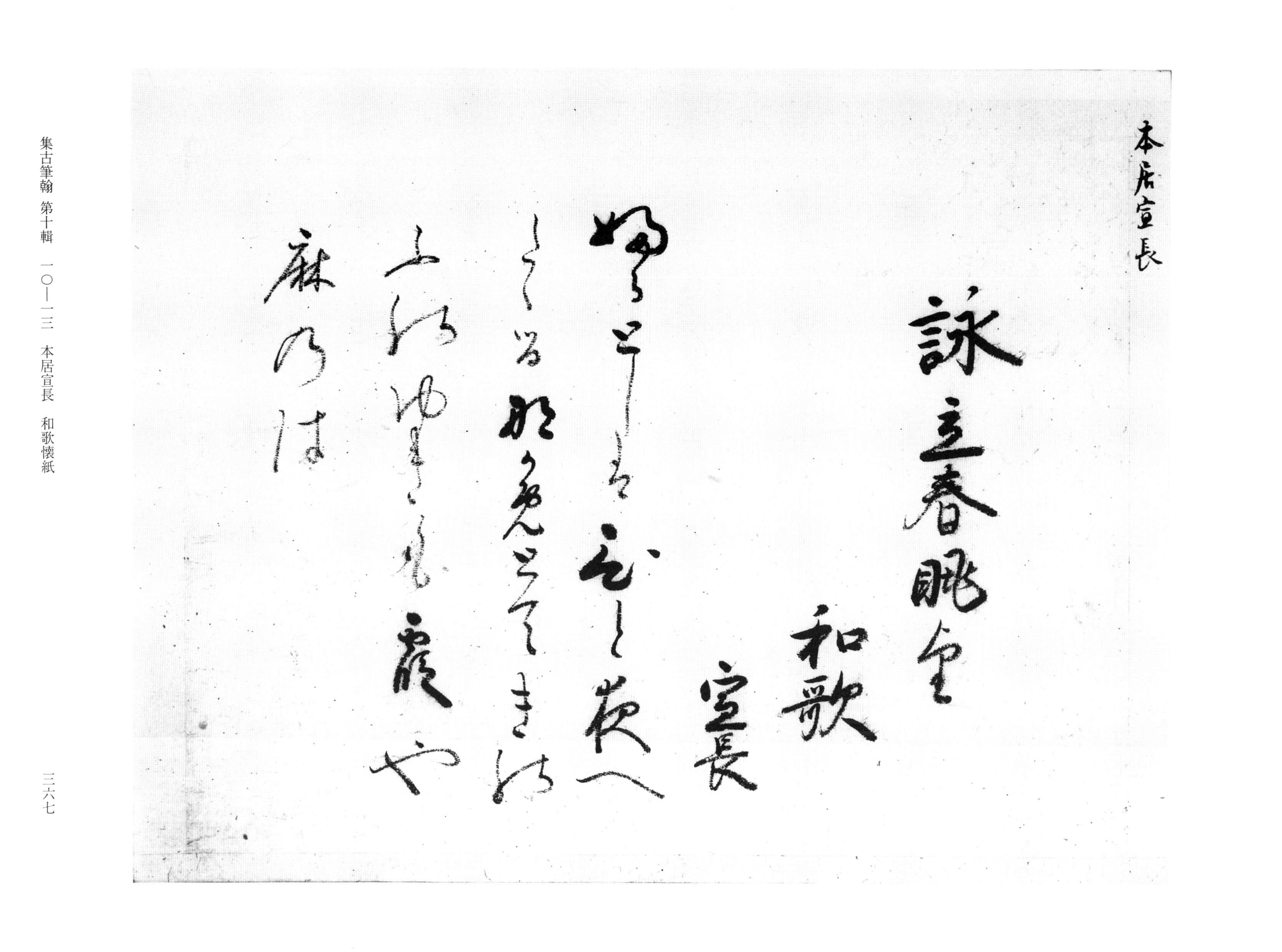

本居宣長

詠立春眺望和歌

宣長

[illegible]

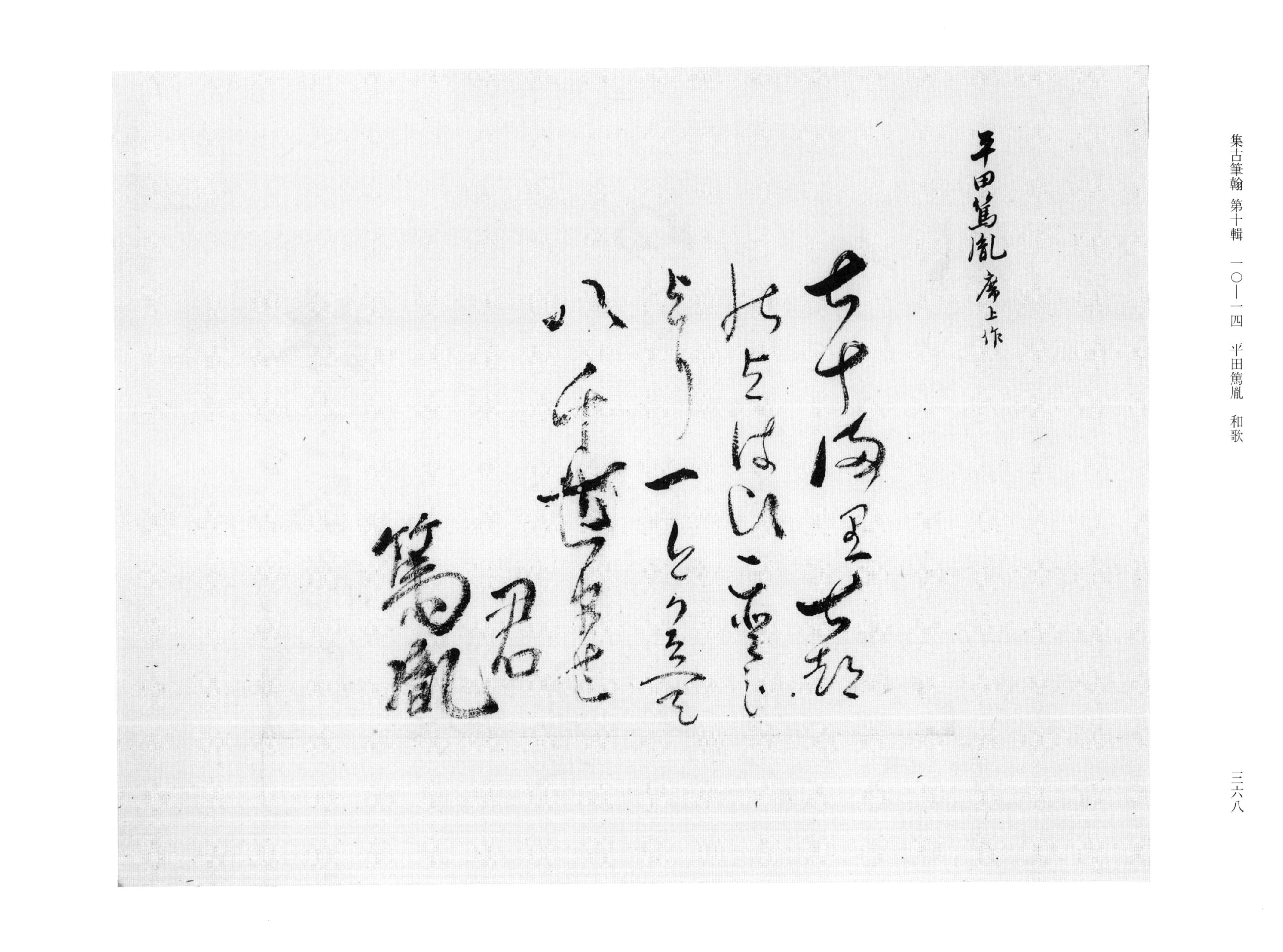

平田篤胤　席上作

篤胤

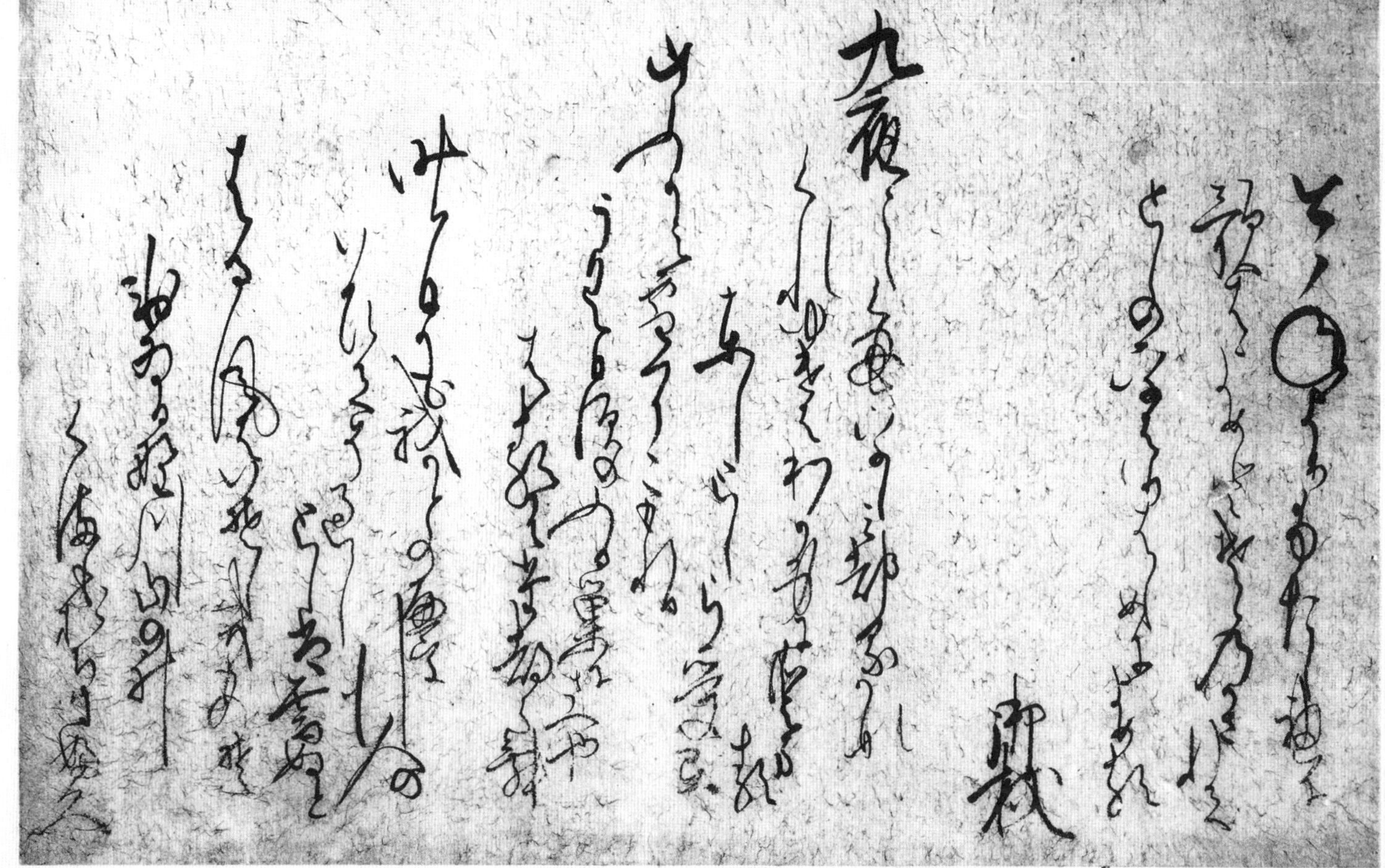

賀茂真淵

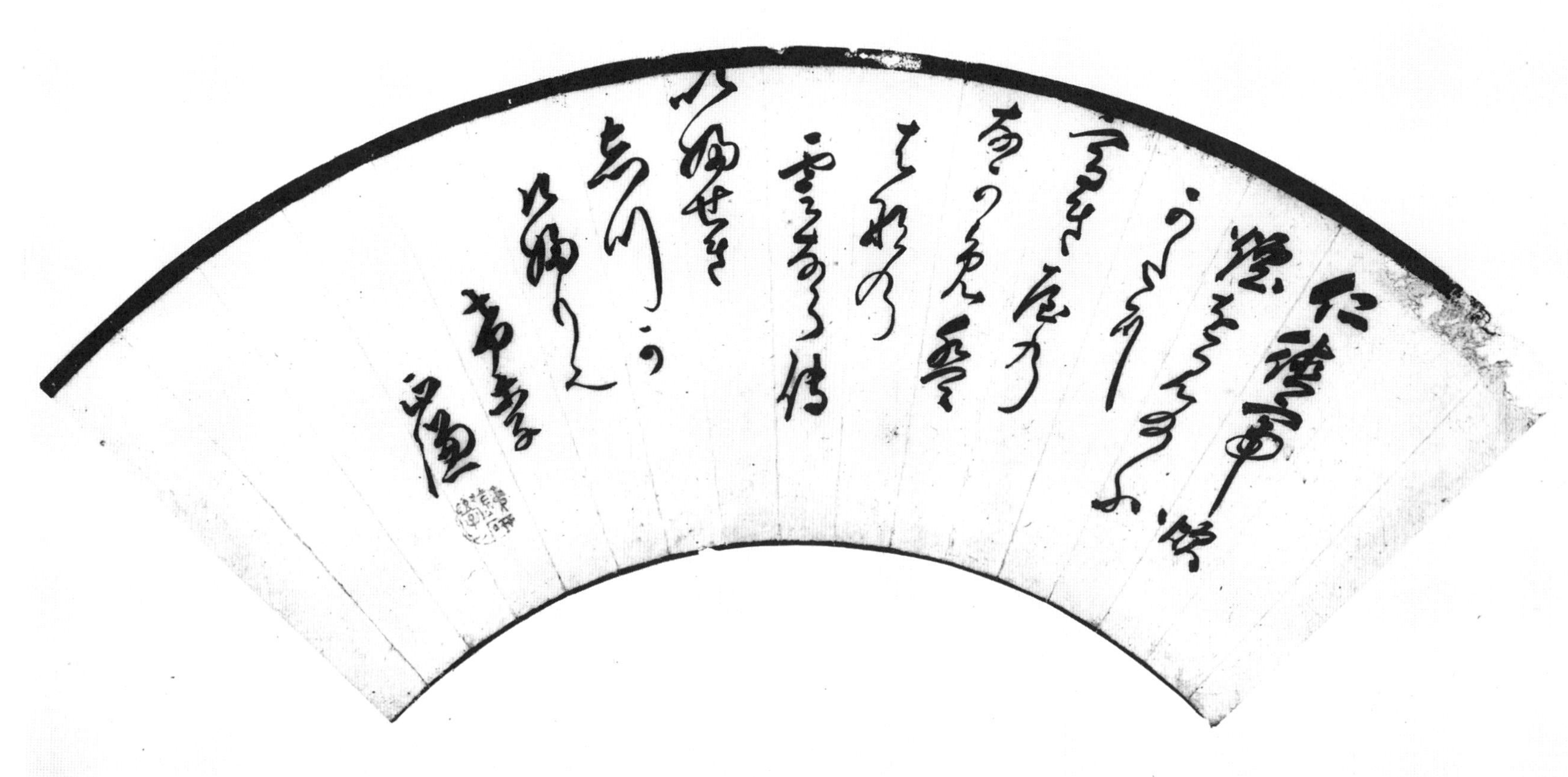

一〇—一八　斎藤拙堂　扇面和歌

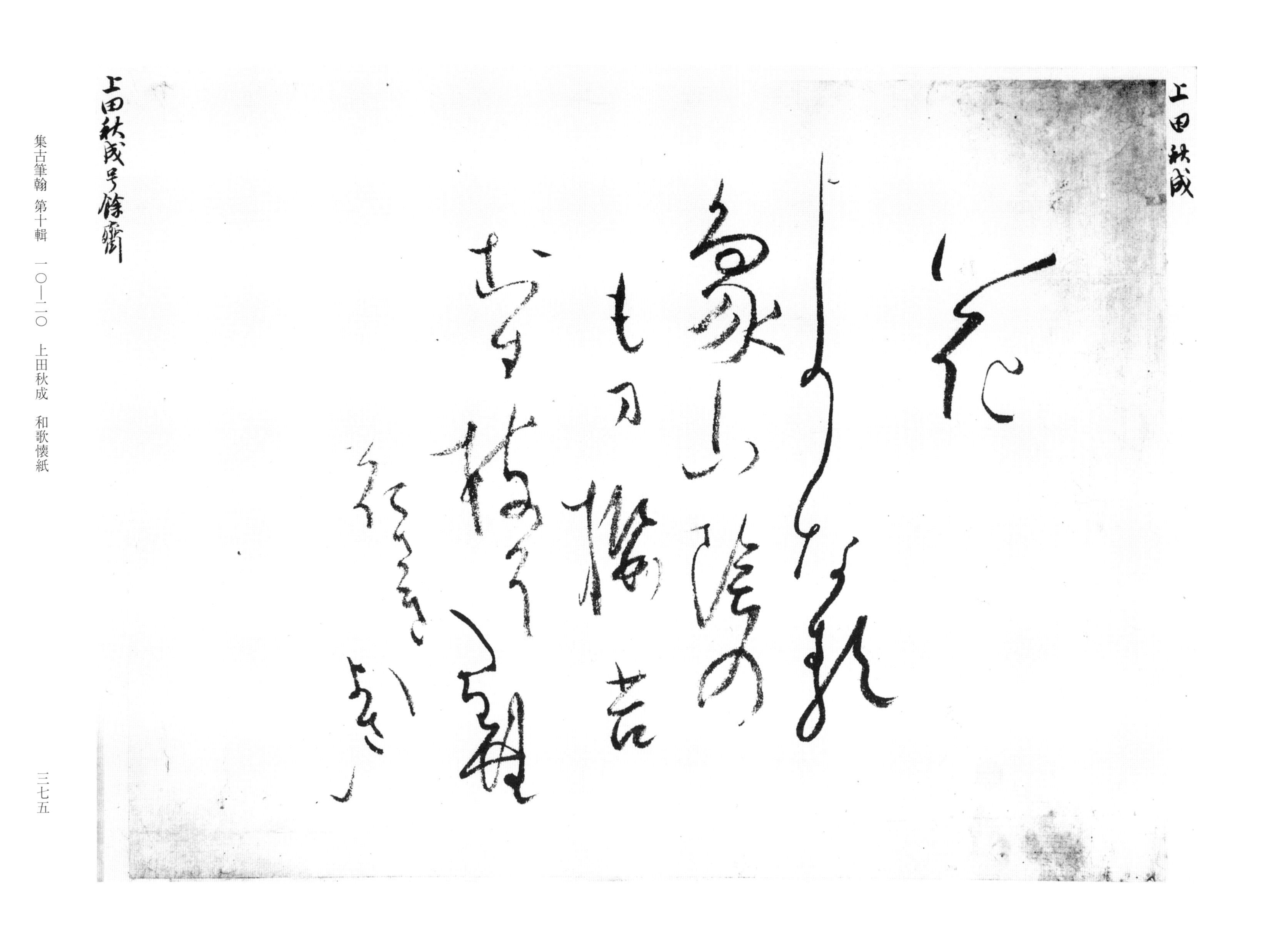

上田秋成

上田秋成号餘斎

山田方谷

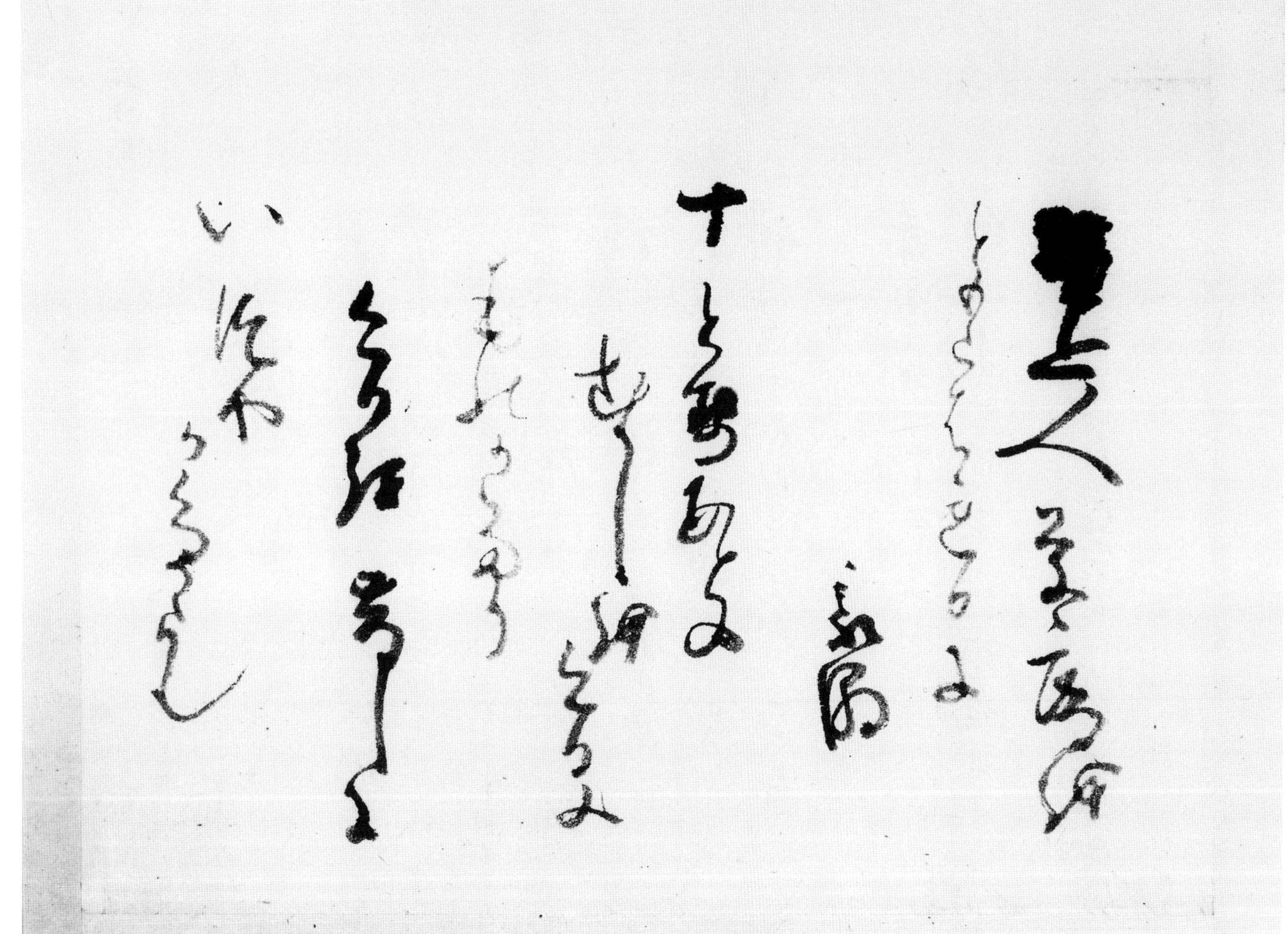

是日也天朗
氣清惠風和
暢仰觀宇宙
之大俯察品
類之盛
源弘賢臨

大地昌言

壽言ゝ年十四トナリ

奉賀

白石先生五十壽
武昌柳色映春臺座
上迎賓清興催日暖
金桃臨徑發風微青
鳥近筵來樽前長對
千秋嶺花下頻傾萬
壽盃獨歩詩名人不
及高歌一曲見豪才

大地昌言拜

山脇元悦　壽白石六十詩　コレヲ壽言ニ収メタリ

白石先生
門前楊柳蔟鳴
珂六十知
君鬢未皤桂醑
蘭樽開壽宴滿
堂齊唱九如歌
滄洲山敬美拜

伴玄通

コレモ寿言ニ収メタリ

恭賀

筑州源太守六十華誕詩

鰲島春浮碧海環芳辰
清宴得相攀群仙天上
青雲下阿母池頭白鶴
還久仰聲名懸北斗共期
壽齒對南山君今六十猶強健不用
樽前酒借
顔

伴秀貞拜稿

伊藤由言

奉賀

白石先生五十壽

前半闕佚今據刊本白石先生
天爵堂壽言補書十四行

其一

花撲壽觴和氣均
飛來飛去送香頻
碧桃須醉三千歲
玉樹傳芳五十春
魯叟當時知命早
衛臣此日覺非新
高蹤已躡雲霄路
獨步青油幕下賓

其二

白雁傳書東海天
遙知才子賀高年
春生脩竹凌芳酒
風送飛花入綺筵

其二

白雁傳書東海天
遙知才子賀高年
春生脩竹凌芳酒
風送飛花入綺筵
交比金蘭能耐久
性如薑桂老逾賢
君今早得崑山玉
從此幾開報九遷

其三

二月東風入遠林
壽筵開處落花深
百年詩卷留天地
千載雄名接古今
金殿談經春誦響
玉樓侍宴夜絃音
吾猶無翼北溟上
一望悠、萬里心

一望悠々萬里心
其四
壽酒幾斟金屈卮
春光掩映萬年枝
董生事主下帷久
楊震比君當路遲
鵷鷺時逢前席問
羔羊須有退朝詩
武關東望一千里
何日親看元紫芝

剡溪伊藤由言謹書

[illegible]

昔人有云真跡雖劣猶勝墨跡之佳者蓋以其用筆之意易見而成功之速也然真跡固難得且其為真迹者多是僞作不可信從若得墨本之佳者專心致志精求其法則其妙處亦未可謂難見顧用力何如耳岩氏所蔵趙文敏書紫芝歌所謂墨本之絶佳者而結字用筆體勢具存可謂違真不遠矣今再刻于其家傳之同好其摹勒精妙不爽豪髮亦學者之至寶也刻成求跋因贅數語寶暦癸未仲冬十有九日

海西宮奇

腷膊荒雞半
夜傳祖劉起
舞說先鞭孰
如兵馬搶攘日
太華青天白
日眠
陳希夷圖
菱湖老人

集古筆翰　第十輯　一〇一—三四　貫名海屋　詩

赤塚芸庵

三好宗甫

解説執筆者紹介（掲載順）

長谷川　強（はせがわ つよし）　国文学研究資料館名誉教授
岡崎久司（おかざき ひさし）　元早稲田大学客員教授
末柄　豊（すえがら ゆたか）　東京大学史料編纂所准教授
落合博志（おちあい ひろし）　国文学研究資料館教授
鈴木　淳（すずき じゅん）　国文学研究資料館名誉教授
小川剛生（おがわ たけお）　慶應義塾大学教授
堀川貴司（ほりかわ たかし）　慶應義塾大学附属研究所斯道文庫教授
宮崎修多（みやざき しゅうた）　成城大学教授
深沢眞二（ふかさわ しんじ）　和光大学教授
村木敬子（むらき けいこ）　大東急記念文庫学芸課長

大東急記念文庫 善本叢刊 中古中世篇 別巻四 集古筆翰〈影印篇〉

発行　平成三十年三月三十日

責任編集　長谷川　強　岡崎久司

編集協力　鈴木　淳　堀川貴司

発行　公益財団法人五島美術館 大東急記念文庫

撮影　株式会社古文書複製社

整版印刷　富士リプロ株式会社　モリモト印刷株式会社

製作発売　株式会社汲古書院　代表　三井久人
〒102-0072 東京都千代田区飯田橋二-五-四
電話〇三(三二六五)九七六四
FAX〇三(三二二二)一八四五

ISBN978-4-7629-3492-6 C3390　第28回配本

大東急記念文庫善本叢刊 中古中世篇 別巻四

集古筆翰

翻字・解説篇

汲古書院

目次〈翻字・解説篇〉

凡例……九

筆者名一覧（五十音順）……一一

『集古筆翰』総説……長谷川強　一

翻字・解説……七

第一輯（宸翰其他）

翻字・解説　影印

一―一　後柏原天皇　着到和歌懐紙断簡……九　五
一―二　後柏原天皇　着到和歌懐紙断簡……九　七
一―三　正親町天皇　詠草……一〇　九
一―四　後陽成天皇　書状……一一　一〇
一―五　後水尾天皇　和歌色紙……一一　一一
一―六　後西天皇　和歌懐紙……一二　一二
一―七　伏見宮邦高親王　和歌懐紙……一二　一三
一―八　青蓮院尊朝法親王　詠草……一二　一四
一―九　青蓮院尊純法親王　詠草……一三　一五
一―一〇　八条宮智仁親王　詠草……一三　一六
一―一一　妙法院尭恕親王　書状……一三　一七
一―一二　有栖川宮幸仁親王　書状……一四　一八
一―一三　閑院宮典仁親王　書状……一四　一九
一―一四　閑院宮美仁親王　詠草……一五　二〇

第二輯（鎌倉室町時代）

二―一　細川頼之　室町幕府管領奉書……一六　二五
二―二　赤松義則　書状……一六　二六
二―三　細川持賢　書状……一七　二七
二―四　飛鳥井雅康　書状……一七　二九
二―五　織田信長　朱印状……一八　三〇
二―六　豊臣秀吉　朱印状……一八　三一
二―七　鳥養宗慶　書状……一九　三二
二―八　正親町三条実継　書状……一九　三三
二―九　津田宗及　書状……一九　三四
二―一〇　和久半左衛門　書状……二〇　三六
二―一一　鳥養宗慶　書状……二〇　三七
二―一二　蜷川親元　書状……二一　三八
二―一三　聖守　聖教識語……二一　三九
二―一四　筆者不詳　書状……二一　四〇
二―一五　筆者不詳　書状……二二　四一
二―一六　二条康道　書状……二二　四二

第三輯

三—二九　板倉重矩　書状……四三　九五
三—三〇 三一　板倉重矩　書状……四三　九六
三—三二　小堀宗甫　和歌……四四　九八
三—三三　古田織部　書状……四四　九九
三—三四　筆者不詳　書状……四四　一〇〇
三—三五　筆者不詳　書状……四五　一〇一
三—三六　筆者不詳　書状……四五　一〇二
三—三七　筆者不詳　書状……四五　一〇三
三—三八　一渓宗什　書状……四五　一〇四
三—三九　筆者不詳　書状……四六　一〇五
三—四〇　筆者不詳　陸游七言詩……四六　一〇六

第四輯

四—一　伊藤東涯　詩稿……四七　一一一
四—二　伊藤東所　詩箋……四七　一一二
四—三　宇佐美灊水　「王注老子序」稿本……四七　一一三
四—四　深見玄岱　詩箋……四八　一一四
四—五　湯浅常山　文稿……四八　一一五
四—六　細合半斎　詩懐紙……四九　一一七
四—七　細合半斎　書状……四九　一一八
四—八　野村公台　詩箋……四九　一一九
四—九　江村北海　詩箋……五〇　一二〇
四—一〇　清田龍川　詩箋……五〇　一二一
四—一一　山村蘇門　詩箋……五〇　一二三

四—一二　南宮大湫　詩箋……五一　一二四
四—一三　龍草廬　詩箋……五一　一二五
四—一四　那波魯堂　詩箋……五一　一二六
四—一五　永田観鵞　詩箋……五二　一二七
四—一六　井上金峨　大字……五二　一二八
四—一七　山本北山　詩箋……五二　一二九
四—一八　村瀬栲亭　詩稿……五二　一三〇
四—一九　頼春水　詩箋……五三　一三一
四—二〇　赤松滄洲　詩箋……五三　一三二
四—二一　篠崎三島　詩箋……五三　一三三
四—二二　篠崎小竹　詩箋……五四　一三四
四—二三　柴秋村　詩箋……五四　一三五
四—二四　安積艮斎　扇面詩……五四　一三六
四—二五　関松窓　詩箋……五四　一三七
四—二六　林復斎　詩懐紙……五五　一三八
四—二七　古賀侗庵　大字……五五　一三九
四—二八　古賀侗庵　詩稿……五五　一四〇
四—二九　野村篁園　詩箋……五六　一四一
四—三〇　谷文晁　画論稿本……五六　一四二
四—三一　葛西因是　詩箋……五六　一四三
四—三二　月形順　詩箋……五七　一四四
四—三三　秋月韋軒　扇面詩……五七　一四五
四—三四　川田甕江　詩箋……五七　一四六
四—三五　岡松甕谷　詩箋……五八　一四七

第五輯

五—三二　沢田東江　詩懐紙……七五　一九八
五—三三　岡本保考　書……七六　一九九
五—三四　渡辺素平　後撰集和歌……七六　二〇〇
五—三五　木村蒹葭堂　蘭文……七六　二〇一
五—三六　泊如運敞　大日経要文……七七　二〇二
五—三七　潮音道海　上堂法語……七七　二〇三
五—三八　九条尚実　詩……七七　二〇五
五—三九　尊　任　書状……七八　二〇六
五—四〇　梁川星巌　詩……七八　二〇七
五—四一　吉田松陰　文稿零葉……七八　二〇八
五—四二　日柳燕石　詩稿……七九　二〇九
五—四三　菊池澹如　詩……七九　二一〇
五—四四　大鳥圭介　大字……七九　二一一
五—四五　奥平毅斎　詩稿……八〇　二一二
五—四六　樺島石梁　詩懐紙……八〇　二一三
五—四七　寺門静軒　詩懐紙……八〇　二一四
五—四八　柴野碧海　詩懐紙……八〇　二一五
五—四九　大沼竹渓　詩懐紙……八一　二一六
五—五〇　倉成龍渚　詩懐紙……八一　二一七
五—五一　朱　緑池　賦……八一　二一八

第六輯（和歌）

六—一　飛鳥井雅庸　和歌懐紙……八三　二二三
六—二　飛鳥井雅章　和歌懐紙……八三　二二四
六—三　飛鳥井雅宣　和歌懐紙……八三　二二五
六—四　中院通村　和歌懐紙……八四　二二六
六—五　中院通茂　和歌懐紙……八四　二二七
六—六　中院通茂　和歌懐紙……八四　二二八
六—七　中院通躬　和歌懐紙……八五　二二九
六—八　中院通枝　和歌懐紙……八五　二三〇
六—九　烏丸光広　書状……八五　二三一
六—一〇　烏丸資慶　和歌懐紙……八五　二三二
六—一一　烏丸光雄　和歌懐紙……八六　二三三
六—一二　烏丸光栄　詠草……八六　二三四
六—一三　烏丸光胤　和歌懐紙……八七　二三五
六—一四　松井幸隆　和歌懐紙……八七　二三六
六—一五　中原職忠　書状案……八七　二三七
六—一六　望月長孝　和歌懐紙……八七　二三八
六—一七　山本春正　和歌懐紙……八八　二三九
六—一八　平間長雅　和歌懐紙……八八　二四一
六—一九　有賀長伯　和歌懐紙……八八　二四二
六—二〇　徳大寺公信　年号案……八九　二四三
六—二一　小倉実起　和歌懐紙……八九　二四四
六—二二　正親町公通　和歌懐紙……八九　二四五
六—二三　正親町公通　自画賛……八九　二四六
六—二四　武者小路実陰　和歌懐紙……九〇　二四七
六—二五　上冷泉為村　和歌……九〇　二四八
六—二六　日野資枝　和歌懐紙……九〇　二四九

第七輯（和歌）

七—二三　橘　守部　和歌……一〇六　三〇一
七—二四　大田垣蓮月　和歌懐紙……一〇六　三〇二
七—二五　井上文雄　和歌懐紙……一〇七　三〇三
七—二六　海野幸典　和歌……一〇七　三〇四
七—二七　高崎正風　和歌懐紙……一〇七　三〇五
七—二八　小杉榲邨　長歌……一〇八　三〇六
七—二九　権田直助　和歌……一〇八　三〇七
七—三〇　谷森善臣　文並びに歌……一〇八　三〇八

第八輯（和歌）

八—一　黒川春村　和歌……一一〇　三一三
八—二　黒川真頼　和歌懐紙……一一〇　三一四
八—三　賀茂季鷹　和歌懐紙……一一〇　三一五
八—四　斎藤彦麿　和歌……一一一　三一六
八—五　伊達千広　文並びに歌……一一一　三一七
八—六　山田常典　和歌懐紙……一一一　三一八
八—七　横山由清　和歌懐紙……一一二　三一九
八—八　横山由清　文……一一二　三二〇
八—九　鈴木重嶺　長歌……一一二　三二一
八—一〇　鈴木重嶺　和歌懐紙……一一三　三二二
八—一一　大沢清臣　和歌懐紙……一一三　三二三
八—一二　佐々木弘綱　和歌懐紙……一一三　三二四
八—一三　木村定良　七夕和歌……一一四　三二五
八—一四　木村定良　詩懐紙……一一四　三二六
八—一五　豊田長敦　歌文懐紙……一一四　三二七
八—一六　堀　秀成　和歌懐紙……一一五　三二八
八—一七　御巫清直　和歌懐紙……一一五　三二九
八—一八　前田夏蔭　和歌懐紙……一一五　三三〇
八—一九　田中頼庸　和歌懐紙……一一六　三三一
八—二〇　小中村清矩　和歌懐紙……一一六　三三二
八—二一　近藤芳樹　平塚瓢斎著『赤城年鑑』序文……一一六　三三三
八—二二　野之口隆正　和歌懐紙……一一七　三三四
八—二三　野之口隆正　詩懐紙……一一七　三三五

第九輯（伊吹の狭霧）

九—一　藤井高尚　歌文懐紙……一一八　三三九
九—二　新庄道雄　和歌懐紙……一一八　三四〇
九—三　八田知紀　歌文懐紙……一一八　三四一
九—四　西田直養　歌文懐紙……一一九　三四二
九—五　猿渡容盛　長歌および反歌懐紙……一一九　三四三
九—六　渋谷秋守　長歌および反歌懐紙……一一九　三四四
九—七　久米幹文　和歌懐紙……一二〇　三四五
九—八　岩崎長世　長歌および反歌懐紙……一二〇　三四六
九—九　六人部是香　長歌および反歌懐紙……一二一　三四八
九—一〇　黒沢翁満　長歌および反歌懐紙……一二一　三五〇

第十輯

一〇—一　松平定信　和歌懐紙……一二三　三五五

凡　例〈翻字・解説篇〉

一、本冊は、萩野由之編輯の名家自筆資料集『集古筆翰』全十輯十帖の翻字・解説篇である。

二、編成は、すべて影印篇に従う。

三、各項目は、整理番号、見出し、翻字、解説から成る。翻字と解説の執筆者名はそれぞれの末尾に記した。

1 整理番号は、影印篇同様、原書の輯数と各輯における収載順の番号との組み合わせによる。

2 見出しは、筆者名に資料の内容や形態を示す名称を組み合わせて示した。筆者名は通行の名称を採用した。なお、調査により筆者が萩野の極めとは別人であると判明した場合は、その人名を採った。名称はジャンル、形態を勘案し、適宜「詩懐紙」「扇面詩」「詠草」「書状」などのように略記した。

3 各見出しの下に、大きさを縦、横の順に○○・○糎×○○・○糎のように示した。

四、翻字に当たっては、原本に忠実に翻字することを旨としたが、なお読解の便を図り、次のような方針に従った。

1 資料に適宜、読点を施した。

2 漢字は、原則として通行の字体を使用したが、必要に応じて異体、俗体などにも留意した。

3 和歌、和文、書状などの「ハ」「ミ」「ニ」等の表記は、原則としてそのままにした。

4 和歌懐紙における、末尾の万葉仮名表記は、そのままの表記を残した。

5 改行は原則として、散らし書きの和歌や詩懐紙類は原本のまま、その他は基本的に追い込みとし、改行の位置を」で示したが、その場合も題・本文・落款それぞれは改行した。

6 書状における追而書きは、すべて文頭に回した。

7 封やうわ書きなど、書状のもとの形状が分かるものは可能な限り注記した。

8 詩歌や文章の題の表記、書状の追而書きなどを、本文に対して二字下げとした。

9 平出は文字間を一マス空けた。

10 印や花押は（印）（花押）のように示し、印文の判読は解説で行った。

11 萩野由之による注記は、必要に応じて解説で触れることとした。

12 補入記号、見せ消ち、転倒符、墨滅、擦り消し等は原則として訂正後の本文を示し、必要に応じて該当部分を解説に注記したが、見せ消ちについては［　］や傍点・傍記等で適宜示した箇所もある。また本文の朱書は『　』、割書きは〈　〉で括った。本文とは別筆の部分は「　」で示した。

13 校訂者による注は原則として（　）で示し、翻字で示し切れなかった注や、本文の異同などは必要に応じて解説に掲げた。

14 虫損、欠損等で判読不能の文字や未読文字については、その範囲に応じて、適宜□［　　］で示し、推定した文字、校訂により改めるべきと判断した文字は〔　カ〕のように傍記した。

15 右のほかにも適宜符号で処理をした部分があるが、影印篇と対比して判断されたい。

五、解説に当たっては、当該資料の内容及び筆者等について、簡略な説明を加えた。

筆者名一覧（五十音順）〈翻字・解説篇〉

※筆者名は見出しによる

あ

赤塚芸庵……一三四
赤松滄洲……五三
赤松義則……一六
秋月韋軒……五七
安積艮斎……五四
足代弘訓……一〇二
飛鳥井雅章……八三
飛鳥井雅庸……八三
飛鳥井雅宣……八三
飛鳥井雅康……一七
跡部良顕……六四
荒木田久老……一〇〇
荒木田守晨……二八
荒木田守武……二八
有栖川宮幸仁親王……一四
有賀長因……九六
有賀長収……九六
有賀長伯……八八

い

池田光政……三三
池西言水……六九
石川雅望……七四
泉　仲愛……六二
伊勢貞丈……六六・六七
板倉勝重……四〇
板倉重矩……四一・四二・四三
板倉重昌……四一
板倉重宗……四一
一渓宗什……四五
伊藤幸野……一三一
伊藤東涯……四七
伊藤東所……四七
井上金峨……五二
井上文雄……一〇七
岩崎長世……一二〇
岩下貞融……一〇四

う

上田秋成……一二九
宇佐美灊水……四七
内山真龍……九九
裏松固禅……一二六
海野幸典……一〇七

え

悦渓宗悟……二四
江村北海……五〇・一三二

お

大炊御門経孝……二八
正親町公通……八九
正親町三条実継……一九
正親町天皇……一〇
大久保忠隣……三四
大沢清臣……一一三
大田垣蓮月……一〇六
大田南畝……七三
大地東川……一三一
大鳥圭介……七九
大沼竹渓……八一
大沼枕山……一三四
岡西惟中……七〇
岡松甕谷……五八
岡本黄石……一三三
岡本宣就……三七
岡本保孝……七六
奥平毅斎……八〇
小倉実起……八九
小沢蘆庵……九五
織田信長……一八
小野湖山……一三四
小野高潔……九七
小原鉄心……六〇

か

香川景樹……一〇五
香川景柄……九七
葛西因是……五六
勧修寺教秀……二五
片桐石州……三五
加藤枝直……一二六
加藤千蔭……六六・九九
樺島石梁……八〇
上冷泉為村……九〇
蒲生君平……六三
賀茂季鷹……一一〇
賀茂真淵……一二六・一二八
烏丸資慶……八五
烏丸光雄……八六
烏丸光胤……八七
烏丸光栄……八六
烏丸光広……八五
川田甕江……五七
河村秀根……六八
閑院宮典仁親王……一四
閑院宮美仁親王……一五
菅　茶山……一三三

き

菊池澹如……七九
鬼嶋広蔭……一〇二
岸本由豆流……一〇四
北村季吟……一二四
北村季文……一二五
北村正立……一二五

中院通勝 ……… 六八
中院通維 ……… 六三
中院通茂 ……… 八四
中院通秀 ……… 三五
中院通躬 ……… 八五
中院通村 ……… 八四
中原職忠 ……… 八七
那波魯堂 ……… 五一
成島信遍 ……… 九三
南化玄興 ……… 二四
南宮大湫 ……… 五一
南甫□純 ……… 二五
南摩羽峯 ……… 七五

に

仁井田好古 ……… 六一
西　周 ……… 五九
西田直養 ……… 一一九
西洞院時名 ……… 九三
二条康道 ……… 三三
西依成斎 ……… 六一
蜷川親元 ……… 二一
忍　鎧 ……… 七二

ぬ

貫名海屋 ……… 一三三

の

野之口隆正 ……… 一一七
野村篁園 ……… 五六
野村公台 ……… 四九

は

白隠慧鶴 ……… 七三
泊如運敞 ……… 七七
橋本経亮 ……… 九五
八条宮智仁親王 ……… 一三
八田知紀 ……… 一一八
早川直温 ……… 七一
林　復斎 ……… 五五
伴　玄通 ……… 一三一
伴　蒿蹊 ……… 九四
伴　信友 ……… 一〇一

ひ

日野資枝 ……… 九〇・九一
平田篤胤 ……… 一一七
平間長雅 ……… 八八

ふ

深草元政 ……… 六四
深見玄岱 ……… 四八
福島正則 ……… 三三
福地桜痴 ……… 六〇
藤井高尚 ……… 一一八
富士谷御杖 ……… 一一七
伏原宣条 ……… 七五
伏見宮邦高親王 ……… 一三
藤森弘庵 ……… 五八
古田織部 ……… 四四
文英清韓 ……… 三九

へ

別所重棟 ……… 三九

ほ

豊蔵坊信海 ……… 七三
細合半斎 ……… 四九
細川忠利 ……… 三四
細川持賢 ……… 一七
細川頼之 ……… 一六
堀田正敦 ……… 一三三
堀　秀成 ……… 一二五
本阿弥光悦（本阿弥市三郎） ……… 三七

ま

前田夏蔭 ……… 一二五・一二八
巻　菱湖 ……… 七四・一三三
松井幸隆 ……… 八七
松尾芭蕉 ……… 六九
松平定信 ……… 一一三
松平忠英 ……… 一二五
松平忠吉 ……… 三〇
松平信綱 ……… 三六
松永久秀 ……… 三九
万里小路惟房 ……… 三六
万里小路秀房 ……… 三六
円山溟北 ……… 六〇

み

御巫清直 ……… 一二五
皆川淇園 ……… 九六
宮崎筠圃 ……… 一三三
妙法院尭恕親王 ……… 一三
三好宗甫 ……… 一二四

む

武者小路実陰 ……… 九〇
六人部是香 ……… 一二一
村瀬栲亭 ……… 五二
村田春海 ……… 九九

も

望月長孝 ……… 八七
本居内遠 ……… 一〇一
本居大平 ……… 一〇〇
本居豊穎 ……… 一〇一
本居宣長 ……… 一二六

や

屋代弘賢 ……… 一三〇
梁川星巌 ……… 七八
柳沢吉保 ……… 一二三
山科道安 ……… 六五
山科言継 ……… 二六
山田常典 ……… 一二一
山田方谷 ……… 一二九・一三〇
山村蘇門 ……… 五〇
山本以南 ……… 七〇
山本春正 ……… 八八
山本清渓 ……… 九七
山本北山 ……… 五二
山本由之 ……… 七一
山脇滄洲 ……… 一三一

ゆ

湯浅常山 ……… 四八

よ

涌　蓮 ……… 一二五
横山由清 ……… 一二一
吉田松陰 ……… 七八

ら

り

わ

集古筆翰

『集古筆翰』総説

長谷川　強

編者萩野由之は万延元年（一八六〇）佐渡の相川の生れ。東京大学の古典講習科を出て、学習院を経て東京帝国大学教授として国文学・国史学を講じた。文学博士の学位を受けたのは明治三十四年、大正十三年（一九二四）没。本帖には「萩野」「由之」「文學博士」「佐度萩埜遜之圖書記」の印が捺されている。

第一輯は題簽に小書して「宸翰其他」とあり、後柏原天皇の二通と、以下親王・法親王など、懐紙・詠草・消息の類十四点、後柏原天皇の懐紙の次に寛文四年十一月の牛庵の極状があり、その次の後柏原天皇の時の着到懐紙には、詠者各人の官名・年齢などの編者の考証を付す。

第二輯は題簽小書「鎌倉室町時代」。細川頼之以下織田信長ほか、武将・公家・僧侶など三十五通。このうち「鎌倉時代文書旧題シテ慈鎮トアリ」「内弁作法文書旧題シテ太政大臣信長トアリ」と目録に注するものがあり、平時頼の上には罰点を小書し、原物詩箋には「旧題北条時頼トアリ非ナリ足利ノ末ノ人ナルベシ」と注する。

第三輯は家康ほか大名、昭乗・光悦、公家。疑問符を付ける者一名、未考六名。幽斎書翰を佐佐木信綱に割愛、その内容についての解。小堀宗甫に琴山の極札あり。古田織部には別人なるべしの注あり。末六名分筆者未詳。

第四輯は漢学者を主にして明治に及ぶ。湯浅常山は小野節の萩野先生宛名の明治四十一年七月五日付の「敬呈湯浅常山書」とする手紙を添え、その発見時の事情を述べる。江村北海の筆には自筆なる事を珍とする旨の注記がある。近藤守重の書翰宛名の石井主人は石井夏海という佐渡相川の人という注があり、以後の輯にも佐渡の人という注記を有するものがある。四十八通に加えられた二通には、泉仲愛を「蕃山了介弟」とし存疑とし、蒲生君平は疑問符を付け「要再査本集」とする。

第五輯は江戸期の公家・僧侶・国学者・小説作者・俳人・狂歌師・書家など五十一通五十一人。馬琴・芭蕉・言水・惟中・貞柳・

蜀山・雅望などがある。このうち佐藤信淵の草稿には明治三十七年二月二十八日の織田完之の萩野由之宛の信淵遺墨を送る旨の手紙を添える。芭蕉は源氏物語の和歌の抜粋で、古筆了悦がこの筆の零簡に奥書を加えたものがあるというやや自信のなさそうな注がある。言水は佐渡遊歴中の筆。早川直温は佐渡の人で平田門人という。蒹葭堂は蘭文。なお、書誌事項を参照。

六・七・八輯は題簽に「和歌」とあり、江戸期の公家・地下歌人。少しく明治に及ぶ。西洞院時名には古筆了悦の極があり、小野高潔には埋れたる国学者と注する。六輯五十通四十七家。七輯三十通。八輯十九人二十三通。

第九輯は題簽に「伊吹の狭霧」とあり、平田篤胤とその子に贈りし歌を集むとある。十通。

第十輯は松平定信以下歌人・国学者・漢学者・漢詩人など。三十八人四十通。

本帖に関連して注意すべきは、『紙魚の昔がたり』（反町茂雄編、訪書会、昭和九年十月発行）の左の記事である。今必要箇所のみを示す（七九頁）。

村口　……それから集古筆鑑と云ふものですが、各儒者歌人等の真蹟を貼り集めたものが二十八冊、幅物が八十幅程、二万円で萩野さんから引受けて、集古筆鑑二十八冊一揃と儒者物の幅は久原文庫が出来上つたら室へ掛け替へると云ふことになつてはひつてゐる。

井上　「先哲遺墨」と云ふ書名で出版しました、あれですね。

この「集古筆鑑二十八冊一揃」と本『集古筆翰』の関連であるが、本帖は十帖でその十帖目の題簽には「十止」とある。二十八冊中の十冊とはいえず、書名の一字違いとともに不審が残る。次に「先哲遺墨」は『先哲書影』、大正元年十一月二十五日、東京市神田区の西東書房発行、編纂者萩野由之という本のことであろう。その例言に、「余の志は、学行技芸最等儕に傑出せる人の遺墨を得んことを欲す」、「此に収むる所は百人を限りとす」とあることによって、その内容を察し得よう。後水尾天皇を巻頭に、それを数えずに百人の百六点の筆跡を写真によって収め、小伝また釈文（これを欠くものもある）を付したものである。このうち十三点は『集古筆翰』にあり、十八点は本文庫の『集古状』（二二―二一―一一四〇）や幅物として文庫に現存する。それ以外は現在追跡できない。

まず『先哲書影』は『集古筆翰』をそのまま移したものではない。そして『書影』によって大正元年当時の『筆翰』所収以外の萩野所蔵の一部を知ることができる。『紙魚の昔がたり』の記事を改めて読んでみると、集古筆鑑には括弧が付けられず、「先哲遺墨」は括弧がある。両者は区別されているのであって、「先哲遺墨」は一箇の独立した書物であり、集古筆鑑は一つの纏りとしての名称としてこの『昔がたり』では扱われているのではないか。本文庫発行の『かがみ』一号―三号（昭和三十四年三月・同年十月・三十五年一月刊）に鈴鹿三七の「久原文庫の思ひ出」が掲載されている。そこには村口書店から多くの書が持込まれたとあり、「萩野由之翁蒐集の筆蹟物の一括がある」とある。点数などは触れられていないが、『先哲書影』の発行などより後のことであろう。

萩野博士の同種の収集物としては、『萩野由之博士蒐集近世先賢書簡集』に収められた近世の書簡がある。これは萩野家より今大戦後佐渡出身の舟崎由之に譲られ、更に県立佐渡高等学校同窓会に寄贈され、舟崎文庫となっているものという。それらは「佐々十竹高山正之藤田東湖等十二家」「遊外白石茶山春風陶斎杏堂梅室七家」「先賢手簡甲集」「同乙集」「同丙集」「同丁集」「先賢手簡臨池家」「蘐園五家書簡」の巻子八巻、「先賢書翰希蹟」帖綴一帖、このうち甲乙丙丁巻は識語により明治四十三年の四月・八月に仕立てられたと知られる。前掲の本はこれらの写真に釈文と解説を加え、一九九四年（平成六年）に右同窓会により刀水書房から発行されたものである。この巻子本もその移転の時期から見ても、前述の村口発言にいう二十八冊に含まれるものではない。

この巻子本には、「十数年精力所聚也」「廿年精力所聚択、其可誦者収于此」などという識語がある。「先賢書翰希蹟」は帖綴の本で装訂を異にしており、収められたものも書状の他に、詩箋・詠草・画賛や稿本断簡などを含む。巻子本と重複する人物もあるが、書状二点のうちの一点を巻子本に収めたり、書状でないものをこの帖に収めたりしたのであろう。巻子本に収められていない書状もあるが、『先哲書影』に「此書味アリ」、また「書蹟希」「贋作多シ」「十中九贋作」などと説く規準から「希蹟」といえるものを収めたというのであろう。

本『集古筆翰』は、湯浅常山の書を送る手紙が明治四十一年七月付、佐藤信淵遺墨を送る手紙は明治三十七年二月付であり、右の巻子本に所収の書状と、収集時期が異なるものではないと思われ、時代を鎌倉・室町にひろげ、和歌詠草・詩箋・稿本断簡など所収基準・範囲を拡大して成ったものであろう。そして疑問のある資料にはその旨を注する。本帖は僅かに鎌倉時代を含んでいるが、主として室町・江戸時代の古人の筆跡集、既往の古筆手鑑の類とは時代・筆者をずらした手鑑といえるもので、ここに既存の手鑑と異なった本帖の特異な価値を見る事が出来る。

その筆者の選択には編者萩野博士の活躍の時代と、編者自身の歴史観・文学観が反映しているであろう。その収集には苦心と苦労があった事は、第四輯の湯浅常山の書や、第五輯の佐藤信淵の草稿に添えた、それぞれの書を萩野博士宛に送る旨の手紙によって察する事が出来る。第四輯の江村北海については概ね代筆であるのにこの書は自筆珍とすべしと入手時の喜びが残され、また佐渡の人、佐渡で作られたものという地縁による収集もある。

古筆については常に真贋の問題がある。極札については必ずしも信頼されておらず、伝承についてもそれを否定するものがある。そこに本帖が編者の鑑識を経たものである事が示されているのであるが、例えば第五輯の芭蕉筆源氏物語歌の抜粋は、同種のものに古筆了悦が奥書を加えたものありとやや躊躇の形跡らしい注記があり、『先哲書影』の「謝蕪村」の解説に、「余俳人ニ於テハ芭蕉ト蕪村トヲ取ル、然レドモ芭蕉ノ筆蹟未意ニ適スルモノヲ得ズ」とあり、『書影』の頃には否定の気持があったのであろう。これは深沢眞二に別人の筆とする考証があり（本帖深沢の解説参照）、第三輯の光悦も岡崎久司の今回の考証により否定されている。

人物の選定には本帖編集時の時代の反映があって、必ずしも今日に合致しないものがあり、また今日の古筆研究の水準から見て考証の妥当でないものもあると思われるのであるが、一にこのような編纂物の稀珍さ、筆跡の伝存の少ない人物の筆跡の収められている事、その収載数の多い事――本冊見出しの数字では合計三四三通、筆者は不詳を含め三一九人、そして右に述べたような最終の整理以前の姿が却って研究・考察の余地を残していると考えられる事などから、敢えて本叢刊の一冊に加えた。

筆者や内容に関して加えられた注、資料に添えられた極札の類、収集時に添えられていた送致者の手紙、他に譲られた資料についての解など本帖の理解に資する記入や添加物はすべて収載して遺漏なきを期した。

〔書誌事項〕

集古筆翰　平安末期～明治初期写　十帖　二一―一五三―一二八

編　者　萩野由之。

装　訂　大和綴。二箇所で綴じ、第六・八・九輯は紅白二本取りの撚糸を用いる。久原家の家紋入り藍色裂帙（「天」「地」「玄」「黄」の四帙）に収納。

表　紙　藍の雲紙（第一・二・七輯）、白地に藍の水玉文（第四・六輯）、金銀松葉文（第三・五・十輯）、藍色地に白の水玉文（第八・九輯）。各輯の大きさは、第一輯　三七・〇×五三・二センチ、第二輯　三六・九×五一・四センチ、第三輯　三七・〇×五一・五センチ、第四輯　三六・九×五一・四センチ、第五輯　三六・八×五一・〇センチ、第六輯　三七・〇×五一・四センチ、第七輯　三六・八×五一・三センチ、第八輯　三五・一×五一・五センチ、第九輯　三五・四×五一・四センチ、第十輯　三六・九×五一・二センチ。

外　題　各輯左肩に貼付される外題簽の文様と、墨書外題は左記の通り。

第一輯　紅色地に水玉文　「集古筆翰　宸翰其他　一」
第二輯　金銀松葉文　「集古筆翰　鎌倉室町時代　二」
第三輯　藍の雲紙文　「集古筆翰　三」
第四輯　藍色小葵文　「集古筆翰　四」
第五輯　藍と紫の雲紙　「集古筆翰　五」
第六輯　龍に水草文　「集古筆翰　和歌　六」
第七輯　金銀松葉文　「集古筆翰　和歌　七」
第八輯　藍と紫の雲紙　「集古筆翰　和歌　八」
第九輯　金銀松葉文　「集古筆翰　伊吹の狭霧　九」

第十輯　緑色霞引文　「集古筆翰　十　止」

紙　数

各輯巻頭に目次一枚を備える。目次以外の、各作品が貼られた台紙の紙数は左記の通り。

第一輯　十四枚、第二輯　三十五枚、第三輯　四十枚、第四輯　五十枚、第五輯　四十九枚、第六輯　五十枚、第七輯　三十枚、第八輯　二十三枚、第九輯　十枚、第十輯　三十七枚。なお、第五輯目次の四番目に「尾形乾山」とあるが、この一枚は綴じ込まれていない。また、第九輯の目次に照らすと、六枚目から九枚目までは錯簡となっている。

（岡崎久司）

翻字・解説

第一輯

一―一　後柏原天皇　着到和歌懐紙断簡

二六・一糎×三六・九糎
（裏）牛庵法橋随世　二六・〇糎×三六・七糎

水鳥　　　十一日

ねぬなわのくるしきまてに水鳥の」よとこを寒ミあかしかぬらし　（綾小路）俊量
枯のこる入江のあしのひま〳〵に」見ゆるあをはハかもそうかへる　（四辻）季経
池水のこほれる色のしろたへに」あを羽まかはぬかもの一つれ　（万里小路）賢房
\きゝわひぬ庭の池水ふかき夜に」うきねさためぬあしかものこゑ　（広橋守子）権典侍
うき草のかれてうかへる水のうへに」あを葉まかはぬ池のあしかも　（甘露寺）元長
おち滝津ハや瀬にうかふ水とりハ」あしもやすめぬ音をやなくらん　（三条西）実隆
\むれゐつゝつかゐはなれぬをし鳥は」をのかちきりもふかき池水　新典侍
\汀よりこほりもてゆくいけミつに」いやとをさかるあし鴨の声　勾当内侍
あはれなり行かたもなき庭の池に」さそふ水あらはとおしのなく声　愚詠

○裏打紙に書す。

ねぬなわの　　綾小路殿俊量卿
枯のこる　　四辻殿庶季経卿
池水の　　万里小路殿賢房卿
きゝわひぬ　　官女権典侍
うき草の　　甘露寺殿元長卿
おち滝津　　三条西殿実隆公
（擦リ消シノ上ニ書ス）「むれゐつゝ」　　官女新典侍
汀より　　官女勾当内侍
あはれなり　　後柏原院

依或人之懇求而染禿筆、以」証之而已、
寛文四年霜月下旬　　牛庵法橋随世（印）

戦国時代の天皇（在位一五〇〇～二六）。『本朝皇胤紹運録』では第百五代、『皇統譜』では第百四代とされる。後土御門天皇の子。諱は勝仁。父や子の後奈良天皇（知仁）と同様、室町幕府の衰頽による財政的な窮乏から譲位をなし得ず、在位したままで死を迎えた。大永六年四月七日崩、六十三歳（一四六四～一五二六）。

着到和歌懐紙の断簡。一首二行書で、いずれも詠者の自筆だと考えてよい。九首目の愚詠と記されてあるものが後柏原天皇の詠歌だとみなされる。通常の禁裏着到和歌懐紙（たとえば一―二）とは料紙を異にし（寸法が小さく、紙質も異なる）、女官が人数に加えられていることもあわせて、ごく内々の催しであったとみられる。御製に「愚詠」と記されてあることも異例である。あるいは、親王時代に催したものなのであろうか。後柏原・実隆の詠歌がともに家集に見られず、年代を示す関連史料を見出していない。詠進している人員から探れば、女性問題で蟄居していた万里小路賢房が再出仕を許された明応四年（一四九五）正月以降、権典侍（権大納言典侍）広橋守子が大納言典侍としてみえる文亀元年（一五〇一）十一月以前のものとなる。この間、後柏原は明応九年九月に践祚しており、新典侍は、践祚以前であれば勧修寺房子（明応六年七月以前は新典侍、八月以後は新大納言典侍）、以後であれば庭田源子となる。また勾当内侍は、文亀元年二月以前であれば四辻春子、以後であれば東坊城松子となる。合点は、この断簡による限りでは、女官の詠歌にのみかけられている。その意味を明らかにするには、ツレとなる断簡や関連史料を見出す必要があろう。裏打紙のうえに、寛文四年（一六六四）十一月下旬、二世畠山牛庵随世の手になる極書が残されており、これが切断のなされた時期の下限になる。瓢形極印あり。印文「牛庵」（朱）。

（末柄）

一―二　後柏原天皇　着到和歌懐紙断簡

三四・七糎×四九・二糎
（裏）萩野由之　二三・七糎×三二・四糎

秋ならぬこれもおもひかたつ鹿の」ともしのかけにまよふ心は　（飛鳥井）雅綱

わかつミものかれぬ鹿のむくひもや」いと、は山のともしさすかけ
五月やま木かくれやらぬこ、ろをも」ともしの鹿におもふかなしさ
あけやらぬともしの影もしめるらし」このしたふかき宮城の、露
あはれなりあふにしかへはとはかりの」ともしに鹿のよるの思ひは
ともしするは山しけ山しのひつ、」ねにたにたてぬ鹿や行覧
山ふかミともしの鹿もこの比は」まつ夜になれハ明やらぬ空
あけぬなりともしの影も白妙の」袖まきあけてかへるますらお
夕やみはともしのほくしほのかにも」いかにさつをのねらひすらしも
こ、ろなきさつおの袖もともしして」かりしく柴の露やかへらむ

秀房（万里小路）
康親（中山）
貞敦（伏見宮）
永宣（冷泉）
知仁（ノチ後奈良天皇）
公条（三条西）
為和（上冷泉）
為孝（下冷泉）

○裏面の貼紙

着到懐紙

照射和歌十首、各筆、歌略、交名如左、

雅綱　飛鳥井　年卅三、未上公卿、
秀房　万里小路　蔵人頭左中弁、七月任参議、年廿九、
康親　中山　従二位、権中納言、年卅七、
御　後柏原院天皇　寿五十八、
貞敦　伏見宮邦高親王御子、後柏原天皇猶子、御年卅四、
永宣　高倉ヵ　従二位、前権中納言、年五十八、
知仁　後奈良院天皇　時在儲位、御年廿六、
公条　三条西　従二位、権大納言、年卅五、
為和　上冷泉　正三位、参議、右衛門督、年卅七、
為孝　下冷泉　従二位、権中納言、年四十七、

按、永正十八年辛巳三月後柏原天皇即位、八月改元大永、是」歳九月為孝卿辞中納言下播州、則此懐紙之成方在大永元年」五月、因拠公卿補任注作者官号年歯、以」資参考、」

（印）（印）

禁裏着到和歌懐紙の断簡。一―一と同じように、一首二行書で、いずれも詠者の自筆だと考えてよい。四首目の署名のないものが後柏原天皇の詠歌である。伏見宮貞敦親王の詠歌に注目すると、宮内庁書陵部所蔵『貞敦親王御詠』（伏・一八〇）に、永正十六年（一五一九）三月三日（題「歳中立春」）から六月十四日（題「社頭祝言」）にかけて禁裏で催された着到百首における詠歌が収められており（一〇一～二〇〇、二三三～四一三。一〇一～二〇〇の自筆原本は、宮内庁書陵部所蔵『貞敦親王着到百首和歌』〈伏・五二七〉、二三三～四一三の自筆原本は、宮内庁書陵部所蔵『貞敦親王着到百首和歌草』〈伏・五二八〉）、「照射」題で四十九番目つまり四月二十二日に詠まれた歌がこの断簡にみえる歌と一致する（一四九、三三八）。したがって、この断簡は永正十六年四月二十二日のものということになる。この時の着到和歌懐紙の断簡としてはほかに、四月二十日に詠まれた「五月雨晴」題の十首分のものが京都国立博物館に所蔵されている（B甲八八九。『京都国立博物館蔵　宸翰―文字に込めた想い―』〈同館、二〇〇五年〉に三一番として掲載。以下、京博断簡）。京博断簡は冒頭に「五月雨晴」の題が記された一行を残すのに対し、この断簡は「照射」の題が記された一行を欠いているが、人数はまったく同じ十名である。かかる断簡は、探索を重ねるならば、さらに見出すことができるに違いない。また、後柏原の歌は、『柏玉集』に収められていないが、『御百首部類』所収の百首和歌のひとつ（「歳中立春」以下。『列聖全集』六、九七～一一二頁）に見えている。百首の歌題が『貞敦親王御詠』から知られるところと一致し、「五月雨晴」の詠歌も京博断簡に載せるものと同じであり、巻首には単に「御百首」と載せるだけだが、この時の着到百首に他ならないことが知られる。また、三条西公条の歌は、祐徳稲荷神社中川文庫所蔵『称名院家集』（六・二二・九〇五）に右肩に「御着一」［到］と注記して載せる（四二四）。なお、裏面に貼付される萩野由之の年代に関する考証（松屋製藍色の罫紙に書す）が誤った一番の原因は、年代を絞る際に、後柏原の践祚ではなく即位を起点に措定してしまったことにあろう。裏面の考証末尾に萩野由之の印章あり。印文「萩野」「由之」（いずれも朱）。

（末柄）

一―三　正親町天皇　詠草

二七・一糎×四四・七糎

極（上）一六・〇糎×一・九糎　（下）一一・一糎×一・九糎

（後筆）「弘治二正十九日、御会始哥草ニ点」　方仁

家々翫春

あひにあふ千（ち）さ（ち）と（ち）の春のことふきを」（後奈良天皇筆、下同ジ）（『や』『にハ』）先しりかほの鶯の声
もろ人のいく春そふることふきを」君か齢のかすにとらなむ
いくかへり年のをなかく諸人の」あひあふ千世の春をむかへつ
『けふハ八幡社をよく〳〵拝せられ候へく候、（卯の日にて候、やくじん神なから）」くわいしのかミ唯今やく
神の看経に」取乱し候間、こなたよりまいらせ候へく候、』
今日の哥人見参候、可然様」になをされてくたさるへく候、

戦国時代の天皇（在位一五五七〜八六）。『本朝皇胤紹運録』では第百七代、『皇統譜』では第百六代とされる。後奈良天皇の子。諱は方仁（みちひと）。文禄二年正月五日崩、七十七歳（一五一七〜九三）。

皇儲方仁親王の和歌詠草。弘治二年（一五五六）正月十九日、和歌御会始の当日、方仁が三首をつらねて、父の後奈良天皇に対して添削を求めたもの。後奈良は、右端の一首を選んで合点をかけ、添削を加えている。後奈良はあわせて、正月十九日は疫神（やくじん）詣（もうで）の日にあたるが、今日は同時に卯の日でもあるので、八幡神を拝することを忘れないようにと注意する。おりしも疫神払のための看経を行っており、懐紙の料紙を今すぐに用意して詠草を伝達した使者に持たせることができないので、あとでこちらから使者を立てて送るとも述べる。この時、父後奈良は六十一歳、子方仁は四十歳であった。虫損の形状および間隔から、縦方向に巻かれて保管されていたことが知られ、表面の汚損の状況も勘案すれば、掛幅装とされていた時期があったとみられる。右端には、五代目古筆了眠による元禄十二年（一六九九）四月の極札が相剝され、上下に並べて貼付されている。「（極札）正親町院 あひにあふ 御点加筆 後奈良院 けふハ八幡社を（印文「琴山」）（印）」「（モト極札裏面）御詠草三首一枚 己卯四（印文「了眠」）（印）」。
（末柄）

一一四　後陽成天皇　書状

三一・七糎×四八・三糎

急度令啓候、先度之願文」（尊朝法親王）青蓮院清書ニ（豪盛）正覚院正僧正之由」候而、其分被書付候、権僧
正にて候間、」今日中ニ被伝候而被改候様ニ可」然候、沙汰之限次第にて候、我等者」
はしめより覚候ハぬ故尋候つる」尚御油断有間敷候也、
臘廿又七蓂
「（切封ウワ書）（良恕親王）竹門［　］　雅輔」

安土桃山・江戸前期の天皇（在位一五八六〜一六一一）。『本朝皇胤紹運録』では第百八代、『皇統譜』では第百七代とされる。正親町天皇の皇子誠仁（さねひと）親王（陽光太上天皇）の子。諱ははじめ和仁、のち周仁（かたひと）。元和三年八月二十六日崩、四十七歳（一五七一〜一六一七）。

某年十二月二十七日付書状。竪折紙。差出の雅輔は、後陽成天皇が用いた変名。文中の正覚院僧正とは、織田信長による焼き討ちののち、延暦寺の再興に尽力した功績により、天正十三年（一五八五）六月十四日に権僧正に任ぜられた豪盛のことである。要件は、青蓮院尊朝法親王（伏見宮邦輔親王の子、正親町天皇の猶子）が清書した法会の願文に、豪盛を権僧正ではなく正僧正と誤記していることに気づいたため、書き直すように尊朝に伝達することを命じたもの。ありえないことだ（「沙汰之限次第にて候」）と述べ、自分はもともと知らないために尋ねているのだから、よく確認してもらわないと困ると不満をあらわにしている。充所は竹内門跡（略して竹門）こと曼殊院の門主良恕親王で、後陽成の実弟にあたる。気心が知れているだけに厳しい言葉になったのだろう。良恕にとって、尊朝は得度の戒師にして灌頂の大阿闍梨にあたる。良恕は、兄と師とのあいだをつないでいたわけである。帝国学士院編『宸翰英華』（紀元二千六百年奉祝会、一九四四年）に釈文を収め（図版は載せず）、ウワ書の竹門のあとの欠損部分を「まいる」とする。また、加えられた解説には、東京帝室博物館所蔵の曼殊院旧蔵宸翰巻物のうちの一通だと見えている。
（末柄）

一一五　後水尾天皇　和歌色紙

二〇・七糎×三三・五糎

鳴ぬへきタの
そらを子規
またれんとてや
つれなかる

覧

江戸前期の天皇（在位一六一一～二九）。『本朝皇胤紹運録』では第百九代、『皇統譜』では第百八代とされる。後陽成天皇の子。諱は政仁（ことひと）。延宝八年八月十九日崩、八十五歳（一五九六～一六八〇）。

和歌色紙。内大臣九条基家（一二〇三～八〇）の詠歌（『洞院摂政家百首』のうち）一首を書く。『新三十六人撰』によって揮毫したものか。料紙は三紙の貼り継ぎで、両端は香色の染紙で、中央は褪色が顕著ながら浅葱色の染紙のようである。紙面に紗の目が観察されるものの、斐紙ではなく、楮紙である。（末柄）

一一六　後西天皇　和歌懐紙　　二九・三糎×四四・六糎

詠寒松

和哥

まつ一木のこる
あらしのこゑも今雪
にうつめる夜半のし
つけさ

江戸前期の天皇（在位一六五四～六三）。『本朝皇胤紹運録』では第百十一代、『皇統譜』では第百十代とされる。後水尾天皇の子。諱は良仁（ながひと）。貞享二年二月二十四日崩、四十九歳（一六三七～八五）。

一首和歌懐紙。後西天皇の家集『水日集』冬部に見えるが、年月日の注記等は加えられておらず、製作の経緯は不明。虫損の形状および間隔から、縦方向に巻かれて保管されていたことが知られ、表面の汚損の状況も勘案すれば、掛幅装とされていた時期があったとみられる。（末柄）

一一七　伏見宮邦高親王　和歌懐紙　　三一・九糎×四三・二糎

春日詠三首和歌

式部卿邦高親王

見花恋友

みるまゝにかはらぬはなの
色も香もおなし昔の
ひとにこひしき

苔上落花

木すゑにはみとりをミせて
ちるはなのこけに跡なき
庭のはるかせ

隔海路恋

おもへともとをつしま人
なをさりのたよりも浪に
よるふねもなし

室町後期の皇族。伏見宮第五代当主。貞常親王の子。享禄五年三月十九日薨、七十七歳（一四五六～一五三二）。

三首和歌懐紙。永正十二年（一五一五）閏二月二十九日（当初二十四日に予定されていたが延引）の月次公宴懐紙の歌題に一致し（『再昌草』二八四四～二八四六）、この時の製作だとみられる。（末柄）

一一八　青蓮院尊朝法親王　詠草　　三一・七糎×四四・九糎

（端裏書）
「天正十二甲申年十二廿四」

尊朝

夏草滋

／春にみし野への道さへわかぬまて」ミたれてしける草の／露かな（の草むら）
分いりてみすはしらしな夏草の」しけミにましるやまとなてしこ

不逢恋

／しるらめやあはてのうらの浪まくら」かはくまもなき袖のうへとは
あふことは猶かたいとのむすほゝれ」うらみにたへぬうきおもひかな

安土桃山時代の皇族・僧。伏見宮邦輔親王の子、正親町天皇の猶子。永禄元年（一五五八）に入室し、同五年に得度、同六年に親王宣下をうけた。天正十三年（一五八五）から死没の直前まで天台座主をつとめ、織田信長の焼き討ち後の延暦寺の再興に尽くした。慶長二年二月十三日薨、四十六歳（一五五二〜九七）。
和歌詠草。端裏書によれば、天正十二年（一五八四）十二月二十四日の和歌会のおりのもののようだが、いかなる和歌会であるか関連史料を見出せない。また、点者も不明。尊朝本人の手許に残ったであろうから、青蓮院の旧蔵にかかるものだと考えられる。（末柄）

一一九　青蓮院尊純法親王　詠草

三五・二糎×四七・九糎

元和五正十九　公宴御会始八条殿（智仁親王）御合点

尊純

花有喜色

雲の上にかハらぬ春の千世の色を」はなのかゝみにうつしてそみる
これも又君かちとせのかさしとや」咲そふ木ゝの花の色香ハ
／君か代にあへるを時と咲匂ふ」花にち（×や）とせの色やみゆらん

江戸前期の皇族・僧。蜻庵尊悟（もと梶井門主応胤法親王）の子。伏見宮邦房親王の子として青蓮院尊朝法親王の許に入室。寛永十七年（一六四〇）五十歳にしてようやく親王宣下をうけた。承応二年五月二十六日薨、六十三歳（一五九一〜一六五三）。
和歌詠草。元和五年（一六一九）正月十九日の禁裏和歌御会始のための詠草。八条宮智仁親王に合点をうけた奥の一首を懐紙に清書して提出したと思われる。この一首の第四句の三文字目は、「や」の文字を擦消した上に「ち」の字を書いている。詠草は尊純の手許に残されたはずなので、青蓮院の旧蔵にかかるものであろう。（末柄）

一二〇　八条宮智仁親王　詠草

一八・三糎×四九・三糎

元和八年六月廿五日、於竹門」聖廟御法楽詠草

智仁

桜

世に有て人の心に
あかれぬは桜にまさる
物ハなからん

箏

きけはたゝこぬ秋かせの
声たてゝひく爪琴の
しらへすゝしき

安土桃山・江戸前期の皇族。八条宮（桂宮）初代。誠仁親王の第六皇子。豊臣秀吉の猶子となり、関白職を継ぐことになっていたが、秀吉に実子鶴松が生まれたため、親王家を創設し、八条宮と称せられた。寛永六年四月七日薨、五十一歳（一五七九〜一六二九）。
和歌詠草。現状は切紙であるが、もと折紙ならん。元和八年（一六二二）六月二十五日、曼殊院良恕法親王のもとでの聖廟法楽和歌会における詠歌二首。良恕は誠仁親王の第三皇子で、智仁の兄にあたる。明治十四年（一八八一）淑子内親王の死没によって断絶した桂宮の旧蔵にかかるものか。（末柄）

一二一　妙法院尭恕親王　書状

三〇・五糎×四一・二糎

（モト端裏捻封ウワ書）
「「妙法院宮尭恕法親王」　当番中　尭恕」
（異筆）

仰之趣謹承候了、来」十三四之比、可令伺公之旨」畏存候、十三日四日両日之内、」必

先日之物可令持参候、又」先日仰之通、青門(尊証親王)へも即日」申伝候、于今何公無之候哉と存
候、」今日も亦多分可令参会候間、」可申入候、此等之趣、宜披申」沙汰給候也、
十二月十日

江戸前期の皇族・僧。後水尾天皇の第十皇子。諱は完敏。妙法院尭然親王の許に入室し、慶安三年（一六五〇）親王宣下をうけたのちに得度した。三度にわたって天台座主をつとめる。元禄八年四月十六日薨、五十六歳（一六四〇〜九五）。
某年十二月十日付書状。端裏のウワ書部分を切断のうえ翻して右端に配置する。同月の十三日か十四日に祗候せよとの「仰せ」を承知し、両日のうちのいずれかに「先日の物」を持参するつもりだと述べる。先日の「仰せ」は、その日のうちに青蓮院尊証親王にも伝えたのに、いまだ祗候に及んでいないとは、といささか驚いた風情を示しつつ、今日もたぶん会うので、よく伝えるつもりだ、と結ぶ。尊証親王（一六五一〜九四）は、後水尾天皇の第十五皇子で、尭恕の俗弟にあたる。天台の門跡にして入道親王である彼らが祗候の命をうけ、「当番中」に充てて受命について披露を請う相手は、実父の後水尾上皇であろうか。
（未柄）

一一二　有栖川宮幸仁親王　書状

三〇・〇糎×四一・二糎

(端裏捻封ウワ書)「中院大納言殿(通茂)　幸仁」
追申、御心ニ向候時分ハ、必々」近内御出待入候、以上、
青陽之慶賀、不可有尽期候、」弥御無事候哉、昨夕亦」仙洞(後水尾上皇)へ御参之由承、珍重ニ存候、」
弥珍重之事のミ可承と祝入存候、」抑此氷魚おかしき物にて候へとも、」昨夜田上河にて
取申候由にて、只今」到来候間、令進入候、猶近々得」芳意心緩可申述候、謹言、
正月四日　幸仁

江戸前中期の皇族。有栖川宮三代当主。後西天皇の子。元禄十二年七月二十五日薨、四十四歳（一六五六〜九九）。
某年正月四日付書状。中院通茂に対して、新年の賀をのべ、仙洞への出仕を喜ぶとともに、氷魚（鮎の稚魚）を贈るというもの。同時に、近日中の来訪を求めている。氷魚については、つまらないものではあるが、前夜に田上川（瀬田川の支流大戸川）すなわち田上網代の故地で捕獲されたものがちょうど今届いたので、お贈りする、と述べている。中院家の旧蔵ならん。
（未柄）

一一三　閑院宮典仁親王　書状

三二・〇糎×四六・四糎

追而御承知可有事」候へは、不及御答候也、
弥御順快珍重存候、」云ニ付、最早御参　内」之御存立有之、其」御様子次第、猶供奉」
被成度御存寄茂有」之旨承及候、供奉之」義、昨日御免被　仰出」候上、余日無事候得
者、」御所労御快全ニ而御願」被成候様之義も、却而」御時宜悪候間、此度」供奉之義
者、訣而不相」成由、昨日摂政(九条尚実カ)被示候間、」堅其御志意御止有之」事与、於某茂存候、
此上」御止無之義者、御存違と」存候、仍密々如此候、謹言、
八月十七日　典仁(閑院宮)
右大臣殿(一条輝良カ)

江戸中期の皇族。閑院宮二代当主。直仁親王の子。安永八年（一七七九）後桃園天皇が嗣子なく没すると、典仁の第六皇子が即位した（光格天皇）。天皇は、典仁に太上天皇号を与えようとしたが、幕府はこれを許さなかった（尊号一件）。寛政六年八月十六日薨、六十二歳（一七三三〜九四）。明治十七年（一八八四）明治天皇は典仁に太上天皇号と慶光天皇の諡号を追贈している。
某年八月十七日付書状。もと折紙。現状は折り目で切断し、見返しの天地を翻し、上下に並べて貼付する。健康を回復した右大臣が、参内をはたすつもりで、ついては「供奉」をおこないたい、という希望を示したのに対して答えたもの。病気のこともあって、昨日「供奉」の免除が決定されたばかりで、治ったといって願い出るのもよくないという摂政の判断もあるので、「供奉」を願い出ることは取り止めるようにと説得している。典仁の在世中で摂政がいた時期は三度あるが、典仁が天皇に近い位置にあって、右大臣は典仁に周旋を期待していることから、光格天皇の即位後のものであろう。すると、安永九年から天明四年（一七八四）までの五年間に絞られ、摂政は九条尚実、右大臣は一条輝良となる。ただし、輝良の日記『輝良公記』に対応する記

事が見当たらず、詳細は不明である。（末柄）

一一一四　閑院宮美仁親王　詠草　三二・九糎×四六・六糎

（閑院宮）美仁上

鹿

みやまへやあハれいつまて
なかめまし男鹿鳴音も
秋ふかきころ
吹すさむ峯の秋風
ともすれハしかの音になる
明方（暁）のそら

（モト見返シ奥書）
「内当座
天明二年九月七日　鹿」

江戸中後期の皇族。閑院宮三代当主。典仁親王の子。光格天皇の兄。文政元年十月六日薨、六十一歳（一七五八～一八一八）。

和歌詠草。もと折紙。現状は折り目で切断し、見返しの天地を翻し、上下に並べて貼付する。天明二年（一七八二）九月七日、禁裏当座御会のための詠草。点者は不詳。（末柄）

第二輯

二一　細川頼之　室町幕府管領奉書

三〇・八糎×五〇・二糎

進士太郎（為行）左衛門入道自成申」越中国三田社事、藤中納言」忠光（柳原）卿就被申、雖入遵行目録、」帯御下文・御施行等、自成所」申子細也、所詮、忠光卿上表地」後日拝領之条無不審歟、」仍自成」可全当知行之旨、其沙汰了、早可」被存知之状、依仰執達如件、

永和元年五月六日　武蔵守（細川頼之）（花押）

（斯波義将）左衛門佐殿

南北朝時代の武将、室町幕府管領。頼春の子。管領として幼少の三代将軍足利義満を輔佐し、幕府権力の確立に貢献するとともに、細川氏興隆の基礎を築いた。康暦の政変（一三七九年）で失脚するが、のちに赦され、ふたたび幕政に参画する。明徳三年三月二日卒、六十四歳（一三二九～九二）。

永和元年（一三七五）五月六日付室町幕府管領奉書。竪の中折あり。越中守護斯波義将に対して、同国三田社（現富山県氷見市御田神社か）を進士為行（法名自成）に安堵した旨を伝えたもの。これをうけ、同年十二月二日、越中守護代斯波義種（義将の弟）が長田弾正蔵人・由宇又次郎の両名に充てて、三田社地頭職四分一を為行に交付することを命じており（広島大学所蔵猪熊信男旧蔵『進士文書』、『松雲公採集遺編類纂』百十五）、同月二十五日に現地で交付したことを示す某義実（長田弾正蔵人か由宇又次郎のいずれかであろう）の打渡状（大東急記念文庫所蔵『古文書』）も残されている。権中納言柳原忠光がどのような由緒を有していたのか定かではないが、幕府は三田社（地頭職）について、柳原家の手を離れたのち、為行が幕府から与えられたものだと認定している。この「拝領」を示す「御下文」は、為行に対して、加賀国比楽村（現石川県白山市平加町）の替え地として三田社を充行った貞治六年（一三六七）九月十五日付足利義詮袖判下文（『前田家所蔵文書』古券書）のことである。進士氏は幕府直勤御家人で、のち奉公方五番衆に属し、戦国時代まで将軍近臣としての活躍が知られる。本文書は、四十通弱からなる広島大学所蔵猪熊信男旧蔵『進士文書』をはじめとして各所に分散して伝わっている同氏の家伝文書のひとつとして位置づけられるわけである。

（末柄）

二二　赤松義則　書状

三二・一糎×五〇・四糎

歳末巻数一枝」賜候了、祈禱事、被」懸御意候条、恐悦候、恐々」謹言、

十二月廿七日　左近将監義則（赤松）（花押）

○紙背文書（二次利用面）

一、備中号御料所代官望事停止奉書　文明三正文

一、備中足守庄半済奉書案文（停止）　応仁元（守護付候了、正文ハ）

以上二通　十二月廿六日

一、以前安宗・尾尻被返付時奉書四通、此内ニ納之、

飯尾加賀守申沙汰、相判同名大和守、

御寄進二通之内、寺家一通、同守護一通、

守護方遵行・同内藤遵行・打渡等」新本両郡代折紙五通、

文明八年六月十九日納之、

新庄刑部郷尾尻分安宗名・宇津郷内平与□跡□」御寄進□

南北朝・室町前期の武将。則祐の子。父の没後、播磨・備前守護職を継承、さらに明徳の乱の軍功によって美作守護職を獲得、分国支配の拡充を進めた。また赤松氏で初めて侍所所司となり、同氏の幕閣内での地位を確立した。応永三十四年九月二十一日卒、七十歳（一三五八～一四二七）。

某年十二月二十七日付書状。裏紙を欠く。年末に届けられた祈禱巻数の請取状である。花押の墨色が明瞭に異なっており、花押以外は右筆の手になることがうかがわれる。裏面に書面のあることが見て取れるとおり、本来、紙背文書として残されたものであった。室町時代、大名の分国内の寺院や、分国内に所領を有する京畿の有力寺院は、年

に数度、大名に充てて祈禱の報告書である巻数を贈るのが通例であった。巻数を受取った大名は請取状を返しており、巻数自体はほとんど現存しないものの、請取状が多数伝わることにより、かかる遣り取りの頻繁であったことが知られる。義則の官途は、康暦元年（一三七九）閏四月までは左近将監（『大徳寺文書』）、同七月からは兵部少輔（『花営三代記』。『南禅寺文書』も参照）とみえるので、この文書は、父則祐の没した応安三年（一三七〇）から永和四年（一三七八）のあいだのものだと判断される。これだけでは充所が不明だが、二次利用面が手がかりになる。備中足守荘（現岡山市北区）にかかわる文書とともに、もう一箇所別の荘園にかかわる文書が書き上げられている。後者は、守護代内藤氏および新庄刑部郷という名辞から、丹波吉富荘（現京都府南丹市）に関するものだと知られる。寺領荘園に関する文書目録ということになるが、足守荘および吉富荘は、いずれも神護寺領荘園として著名である。すなわち、一三七〇年代の赤松義則の手になる巻数請取状の裏面が、文明八年（一四七六）以降に神護寺において文書目録の料紙として使われていたのである。この時点でもすでに百年以上前の文書ということになるが、わざわざ他寺の古反故を入手したとみるよりは、自寺に残されていた不要な文書を再利用したと考える方がよかろう。したがって、この書状の充所は神護寺であったと考えられる。なお、神護寺は赤松義則の分国である播磨に福井荘（現兵庫県姫路市）という寺領を有しており、巻数を贈るのに足る理由があった。（末柄）

二一三　細川持賢　書状

二六・九糎×四一・四糎
（裏）二八・三糎×四一・一糎

就土州之時儀早々」自身被打越候之由、大平」（元国）隠岐守註進到来候、殊」目出候、仍被成」御教書候、」弥抜群粉骨候者可然候、」委細赤沢新蔵人可申」候、恐々謹言、

（宝徳四年カ）六月廿九日　道賢（花押）（細川持賢）

大野宮内少輔殿（通繁）

○裏面の貼紙

細川持賢入道道賢正筆（就土州文状）

（モト封紙ウワ書カ）
「大野宮内少輔殿　道賢」

室町中期の武将。満元の子。法名道賢。嘉吉の変後、摂津中島を分郡とする。兄持元・持之をたすけ、持之の没後は甥の勝元を輔佐して、幕府内での細川氏の優位を保つことに尽くした。応仁二年十月七日卒。六十六歳（一四〇三～六八）。

某年六月二十九日付書状。裏紙を闕く。封紙からウワ書部分のみを切り取ったと思しきものを裏面に貼付する。充所の大野氏は、伊予国浮穴（うけな）郡の山間部久万山を本拠とし、国境をはさんで隣接する土佐の守護細川氏との所縁を槓杆として、伊予守護河野氏からの自立をはかる傾きを持つ国人であった。宝徳三年（一四五一）から康正二年（一四五六）にかけて、幕府は、土佐国長岡郡の有力国人津野之高を退治するため、近隣国人に動員をかけ、大野通繁には、いち早く宝徳三年十月に土佐守護代（あるいは大平元国か）と協力することを求めている。おそらくは翌年五月、通繁は自身土佐に出陣し、六月には合戦で負傷するに至る（『大洲旧記』）。この書状はその間に、出陣を褒賞する管領奉書を伝達したものだとみられる。持賢は、土佐守護でもあった甥勝元をたすけ、かかる書状を発給していたのである。（末柄）

二一四　飛鳥井雅康　書状

二六・七糎×四〇・五糎

雨中御床敷候、仍」（賢家）上原今日一足可張」行心中候処、空如此候間、」一続よミ度由申候、」雨中」無心なから、御出候へかしと、」内々可申由候、然者、八時」可思召立候、旁期」面」会候也、恐々謹言、

四月廿九日　宋世（飛鳥井雅康）

（モト端裏捻封ウワ書）
「江南院殿（龍霄、モト万里小路春房）　宋世」

室町中後期の貴族。雅世の子、兄雅親の養嗣子。正二位権中納言。文明十四年（一四八二）出家し、法名宋世。二楽軒（じらくけん）（ついで二楽院）と号した。永正六年十月二十六日薨、七十四歳（一四三六～一五〇九）。

某年四月二十九日付書状。端裏のウワ書部分を切断のうえ翻して左奥に配置する。上原賢家がその邸で蹴鞠をおこなうことを予定していたものの、雨天のためにかなわず、

かわりに続歌を張行することにしたので、八つ時に上原邸に来て欲しい旨を、女婿でもある江南院龍霄に伝えている。龍霄は、権大納言甘露寺親長の子で、はじめ甘露寺氏長といったが、十八歳のとき、同じ勧修寺流の中級貴族万里小路家を継ぎ、万里小路春房と改名した。ところが同家の家風に馴染めず、二十三歳の時に突如出家を遂げてしまう。はじめ楽邦庵寂誉、のちに江南院龍霄と称する。詩歌や蹴鞠、そして酒を愛する風流人であった。蹴鞠や続歌を催した上原賢家は、当該期の京畿における一番の実力者・細川政元の有力な被官のひとりで、長享年間（一四八七～八九）から明応四年（一四九五）にかけて、政治・軍事に顕著な活躍をみせていた。学芸にも関心を寄せ、明応元年（一四九二）九月には、将軍足利義尚の遺品であった紀貫之自筆の『土佐日記』を日野富子のもとから借り受けて、三条西実隆に書写を依頼している（『砂巌』六）。さらに翌月、宗祇とともに実隆の邸を訪れ、同書の読みについて講義をうけるとともに、近時入手した後光厳天皇筆の三十六歌仙色紙を披露した。実隆が絶賛すると、これを贈り、かわりに『伊勢物語』の書写を依頼している（『実隆公記』明応元年十月十五日、十一月二十一日条）。また、甘露寺親長邸の蹴鞠会にも参加し、雅康や龍霄とも同席する機会が少なくなかった。雅康は、賢家のために歌学を講じたこともあり（広島大学所蔵『歌道秘伝書』）、歌鞠の双方で賢家と昵近であった。貴族と在京の有力武家被官との交流の様相をよく伝える好史料である。

（末柄）

二—五　織田信長　朱印状

二八・七糎×四五・〇糎

先年徳政棄」破之旨、両度雖遣」朱印、于今難渋之由、」無是非次第也、所」詮、永地・借物、任」証文之旨、令催促」可令収納之状如件、

天正弐
十一月十一日　　信長（印）

賀茂
瑞川軒

戦国・安土桃山時代の大名。信秀の子。正二位右大臣。天正十年六月二日薨。四十九歳（一五三四～八二）。

天正二年（一五七四）十一月十一日付朱印状。折紙。元亀元年（一五七〇）九月、信長は将軍足利義昭とともに大軍を率い、摂津国野田・福島（大阪市）に立て籠もる三好三人衆を攻囲していたが、そのさなか、大坂本願寺が突如義昭・信長に対して攻撃をしかけてきた。いわゆる石山合戦の始まりである。そして、これに呼応した浅井長政・朝倉義景の軍が近江南部に攻め込み、大津さらには山科・醍醐に放火し、京都に迫った。信長は京都に取って返し、ついで近江に向かい、比叡山中に陣取った浅井・朝倉軍と三ヶ月近く対峙することになる。信長の敵対勢力が各地で同時多発的に動きだし、在京する軍勢が減少したこともあり、京都の治安は悪化し、十月初旬、京都西郊の西岡で土一揆が蜂起した。これを制圧できる状況になかったことから、幕府は徳政令を出すのやむなきに至った（『言継卿記』元亀元年十月四日条）。ただし信長は、同月中に自らの料所であった摂津国平野荘に徳政の免除（徳政令の適用除外）を認めたのをはじめ、翌月以降、大徳寺・賀茂六郷・醍醐寺などにも免除の朱印状を与えている。さらに同三年四月、賀茂郷内の銭主（債権者）らに対し、重ねて免除の朱印状を出した。この文書で「両度」朱印を遣わしたと述べる所以でもある。ここでは特に、土地の永代売買および動産質について、当初の契約どおりに債権を確保することを認めている。根強く徳政の適用を迫る者があり、信長が令した徳政免除が容易に実現されなかったことがうかがわれよう。瑞川軒は、詳細不明だが、西賀茂にあった寺庵であろうから、本文書はもともと上賀茂の社家に伝来したものだと考えられる。印文「天下布武」（朱）。

（末柄）

二—六　豊臣秀吉　朱印状

二三・三糎×五六・四糎

美濃国武芸郡」跡部村五百石之」事、令扶助」訖、全可領知候」也、

天正十九
二月二日　　（印）

小崎伝左衛門尉殿

戦国・安土桃山時代の武将。従一位関白太政大臣。初名木下藤吉郎。慶長三年八月十八日薨。六十二歳（一五三七～九八）。

天正十九年（一五九一）二月二日付朱印状。現状は切紙だが、本来は折紙であろう。小崎伝左衛門尉に美濃国跡部村（現岐阜県関市武芸川町跡部）を給与した領知朱印状ということになる。五百石は、慶長郷帳から知られる同村の村高と一致しており、一

村が充行われている。小崎伝左衛門尉については不明。印文不詳（朱）。　（末柄）

二一七　鳥養宗慶　書状

二四・一糎×五七・三糎

御方御下向、一定候哉、」委細示給候者、可為」本望候、各申合、御迎に」可参申候、聊客来之儀候て」取乱候之間、書中」如何申候哉、猶使者可」申入候之条、令省略候、」事々恐々謹言、

卯月廿六日　宗慶（花押）

御宿所

（切封ウワ書）
「橋本弥次郎殿　鳥養次郎左衛門入道
御宿所　宗慶」

（落合）

小松茂美著『日本書流全史』（講談社、昭和四十五年）などによれば、宗慶は、摂津国鳥養の人で、尊円の御家流より出て一家をなし、その書は鳥養流と称され、特に御家流が武家方に普及する上で大きな役割を担い、江戸幕府の公用書体としても重んじられた。門流には十市遠忠、三好長慶、織田信長、松永貞徳、その他が輩出。姓は鳥飼とも書き、隣松斎と号した。生没年は未詳。なお中神守節の『歌林一枝』巻一は和歌詠一首を載せる。
橋本弥次郎宛鳥養宗慶書状。宛名の橋本弥次郎は未詳であるが、内容は、宗慶の書の門人と思われる弥次郎の妻（御方）の予定について問い合わせ、下向の際は出迎える用意がある旨を伝えた書状であると推定される。書の師範としての自覚のなせるわざか、行草体ながら、丁寧でしっかりとした書きぶりである。（鈴木）

二一八　正親町三条実継　書状

二九・七糎×五二・〇糎

内大臣殿未着陣（大臣以後）敷公事」御奉行事候由、承候事の候し」やらむと存候、不分明候、さる」事にて御存知候哉、いかさまと」さ様事を」不しんに存候、」如何、何事御程候哉、彼御日数」無程至二七日候、近日添哀」涙候、御錫紵可為廿六日云々、」公豊卿被入素服人数候、昨日」御諷経定上卿素服公卿勤」仕先規候とて被相催候、而軽服」并一級已後未遂着陣候之間、」申子細候之処、猶被尋人々」候、面々所存如此候とて只今又内々」如此被仰下候、難義周章之間、（以下闕）

（モト端裏切封ウワ書）
「三条殿　実継」

公秀男。従一位内大臣。嘉慶二年六月二十四日薨、七十六歳（一三一三～八八）。
書状。第二紙を闕く。実継嫡子公豊が貞治三年（一三六四）七月七日に崩御した光厳法皇の御諷経定の上卿を命じられたが、従一位昇叙後最初の公事であるため、対応を前内大臣転法輪三条公忠（一三二四～八三）に尋ねたもの。公忠は実継にとり本家の人で、朝儀故実の教えを受けていた。北朝の朝儀の実態が知られる。なお、公忠はこうした質疑応答や先例調査を集成し、日記『後愚昧記』に附帯させた。現在三条西公条による抄出本が伝わり、そこではこの書状もほぼ全文が写し取られている。（小川）

二一九　津田宗及　書状

二九・四糎×四六・一糎
（裏）二五・二糎×八・四糎

当表之事、替義無之候、」毎日毎夜御普請」計にて候也、
従善浄坊（宮部継潤）惣飛」脚差上られ候、
一、わけ水さし
ぬりたる二つ
ぬらぬを一つ
一、わけすミとり
ふちたか一つ
まるきわけ物二つ
一、こしかいけ　一具
何も相調之、此者ニ」可給候、われら京之」やとのなんとより」あけ候竹かうしの」たなのうちニある」へく候、こしかいけ」なく候者、御かわせ候て」可給候、若なんと」あけ候事ならす候者、」下京之ぬしや休意ニ」御申かけ、右書付候」通相調候て、早々」下シ可給候、

一、来七八月比可令」帰陣候、其方在寺」有之候由尤ニ候、凡(津田宗凡)于今」陣へ不来候、定而
一両日」中たるへく候、
一、書院(春屋宗園カ)、其外太公・璠公」何にも以書状可申候へ共、」急便ニ候条、無其儀候、」恐々
謹言、

(天正十八年)五月十六　　　　　　宗及(津田)（花押）

「(切封ウワ書)
従早雲寺
くわんさう(すカ)□
玩蔵主
むらさき□□(てカ)□床右　　宗及」

○裏面の貼紙
津田宗及　小田原陣中よりの来書、
江月和尚実父ナリ、文中ニ宗凡ト」アルハ江月ノ舎兄也、

安土桃山時代の和泉堺の豪商・茶人。屋号天王寺屋。宗達の子。織田信長・豊臣秀吉に茶頭として仕えた。父宗達・子宗凡とともに茶会記を残す。嫡子宗凡も秀吉の茶頭となり、次子は大徳寺龍光院の禅僧江月宗玩。天正十九年（一五九一）四月二十日没、享年不明。

天正十八年（一五九〇）五月十六日付書状。折紙。現状は折り目で切断し、見返しの天地を翻し、上下に並べて貼付する。切封の封帯も現存する。宗及は豊臣秀吉の小田原攻めに同道し、同年四月五日に秀吉が本陣を置いた箱根湯本の早雲寺に滞在していた。宮部継潤がとりまとめて京都に差遣した飛脚に便乗し、大徳寺にあった子息江月宗玩に水差・炭取・匙筒(かいげ)を送付することを求めている。これらの品々は、宗及の京都における宿所の納戸のうち、竹格子の棚にあるはずだと述べる。匙筒はなければ購入すればよく、納戸から取り出せない場合、水差・炭取は下京の塗師休意に注文して誂えるようにと指示している。また、帰陣が七・八月頃になることを伝え、宗玩はそのまま大徳寺にとどまるのがよいとする。宗凡はまだ当地に来ていないが、数日中に来るだろうともいう。はたして、『天王寺屋会記』のうち天正十八年宗凡他会記によれば、同月二十九日に秀吉が小田原の陣中を見廻った際、宗及の手前で茶が点てられ、宗凡も同席したことが知られる。最後に、便乗した飛脚なので、手紙を認めるのに十分に時間的な余裕がなく、宗玩の身近な者たちに無音することになってしまったと結ぶ。追而書では、陣中とくに変化はなく、夜まで普請がなされるばかりだという様子を伝えている。上書の充所玩蔵主に付された傍訓や、その左傍に加えられた紫野以下の平仮名は、飛脚の便宜をはかったものであろう。（末柄）

二一〇　和久半左衛門　書状　　三一・八糎×四八・六糎

明日者岩崎へ可参と令契」約候、左候者明後迄者我等鬱之」気に候、ちとうたひ申度候、」如此申達候、とても自然御隙」入らせ候ハヽ、必々御無用にて候、」以上
如何様之義にてなかの日を」御くらし候哉、御留守之由にて」候まゝ、何そ御慰も候哉、
但御」用心之ためにて候哉、一人」為徒然有之故、ねふたく」了簡も無御座候、あはれ」
御訪あれかしにて候、かしく、

五　四　　（花押）
「(モト端裏捻封カウワ書)
和半左衛門
□　□」

江戸時代初期の近衛流書家。諱は俊英、是安と号す。半左衛門（尉）は通称。近衛信尹に学び、豊臣秀頼に右筆として仕え、大坂夏の陣の後は伊達政宗に仕えて多くの弟子を育てた。寛永十五年八月二十一日没、六十一歳（一五七八〜一六三八）。

某年五月四日付書状。宛名部分が切断されていて不明だが、親しい間柄の人物（夫が不在中の女性か）に対して訪問を乞う内容。端裏にあった差出人の署名「和半左衛門」のみ相剝ぎして末尾に継がれている。（堀川）

二一一　烏養宗慶　書状　　二六・四糎×四九・一糎

如仰、前刻閑談」為悦候、殊一種令」拝領候、祝着之至候、必」明日ハ早々待申候、」
又哥、意春張行候つる、」早々御帰、残多候、事々」面をこし候、かしく、

「(モト端裏カ切封ウワ書)
松庵
宗慶

松雲軒」御報　」

筆者については、二―一七を参照。
鳥養宗慶の松雲軒宛の書状。日付を欠く。全体に二―一七より書きぶりが丁寧であり、文言が鄭重なことからも、充所の松雲軒は身分のある人物と推測され、末柄豊によれば室町幕府奉行人諏訪忠通であろうという。宗慶を訪問したその日の内に明日の来訪を待つ旨の本書状が送られていることから、この時宗慶の近くに居たことが知られる。文中の「意春」は不明。宗慶の号「松庵」は、小松茂美『日本書流全史』下図版一五一五および『日本書蹟大鑑』第九巻図版一七一所載「三宅助□〔十カ〕郎宛書状」、『日本書流全史』下図版一五一六所載「伊勢村新十郎宛書状断簡」に見える。なお本書状は、『日本書流全史』下図版一五一二に収められている。（落合）

二―一二　蜷川親元　書状

二三・七糎×三〇・六糎

就車之事、先日令進上状候、」預御返事候て、申聞度候、」此儀之類、先職之時候し由」申候なる、於身者不覚悟候、若」多賀豊州など、御存知も候哉、」何さまにも御返事承候て、可」申聞候、恐々謹言、
十一月三日　親元（花押）

萩野の見出しに「蜷川親範」とあるが、署名と花押から蜷川親元の書状と判断される。蜷川親元は、室町幕府の政所執事伊勢氏の被官。文明五年（一四七三）以後政所代を務める。長享二年五月二十五日没、五十六歳（一四三三～八八）。
某年十一月三日付書状。充所は切り取られて不明。文中の「多賀豊州」は、室町幕府侍所所司代で豊後守の官途を持つ多賀高忠（一四二五～八六）を指す。（落合）

二―一三　聖守　聖教識語

二八・四糎×三八・四糎

義記第五□云、□言真金□〔仏カ〕荘厳者、○即金体上荘厳」具起、喩此地中証智体上教智現也、此中道品行徳従」教修起、故名阿含、○即証体上阿含行起、故名為現作、」証教者阿含

行徳、如環玔等荘厳具、○今此喩」言挙用顕体、如彼喩中挙荘厳具顕全調、所説」法中理、阿含為顕所得証智清浄名示証智、○广尼」宝光、○即珠体明説以為光放、阿含者、是前証体」所起教智、言光明者、是前宝珠所放光也、○光明」智処普照示□〔現カ〕顕其喩意、今此喩言挙体顕用、」如彼喩中理、挙珠体為明珠光普照之義、所説法」中理、挙証体為顕証光普照之義、証光即是阿」含智矣、等文
弘安二年十月廿四日、於東大寺新禅院」令校合了、
造東大寺大勧進聖守　春六十五（花押）

東大寺の学僧。中道房と号す。東大寺東南院の樹慶に三論を、醍醐寺報恩院の憲深に真言を学び、三論・真言を兼ね、また律学を修めた。東大寺真言院を再興し、また新禅院を創建して三論教学の拠点とした。いわゆる東大寺版として、『即身成仏義』『三論玄義』などの開版に関わる。建治三年、造東大寺大勧進職に補任され、弘安五年（一二八二）まで務めた。正応四年十一月二十七日寂、七十七歳（一二一五～九一）。
華厳経の注疏に一部類似の文が見えるが、出典未詳（萩野の見出しには「東大寺写経跋」とあるが、経典ではない）。聖守が書いたのは「弘安二年」以下の校合識語のみで、本文の筆者は不明。なお本断簡は書状の紙背に書かれており、また紙背に「大乗義章第九問答下弘安二年己卯十月十二日写之」の記入がある。これが表側の聖教の書写に関するものとすれば、聖教は『大乗義章第九問答』となる。あるいは東大寺の頼超撰という『義章問答』（『大乗義章』に関する論義書で、巻二～五が現存）の一部であろうか。（落合）

二―一四　筆者不詳　書状

二八・八糎×四二・三糎

富波庄〔近江国野洲郡〕事、何様候哉、」使等自去十一日罷付候、于今」不立候之間、庄民無術之由」頻歎申候、自山門下使」者依相禦候、進武士使」可被付之風聞候之間、如」法如覆地弥安堵候云々、」寺領一所永以令造立」候之条、興隆之者也、」（後闕）

年月日未詳、差出・充所ともに不明の書状。裏紙を闕く。墨映があるので、裏面を再利用するために打紙などの処理が施されたと思われる。裏面には無数の折伏が施され、

朽損の様子は相剝の痕跡と思しい。したがって、二次利用の痕跡は見出せないが、本来は紙背文書として伝存したものであろう。書風から推すに、鎌倉中後期の文書のようである。富波荘（とばのしょう）は、近江国野洲郡に所在する荘園で、南北朝前期には、石山寺の所領であることが確認され（『尊経閣古文書纂』）、鎌倉時代から同寺領であった可能性が高い。同荘現地に入った使者が、なかなか立ち去らないので、荘民が迷惑を訴えている。延暦寺から使者を下すのを防ぐため、武家から使者が派遣されるという風聞があるので、だとすれば、事態は改善され、寺領の実があがって造営も果たされることになろう、と述べる。延暦寺からの圧迫をうけ、武家（六波羅探題）に恃むところがうかがわれる。正応年間（一二八八〜九二）には、石山寺座主職をめぐって東大寺と延暦寺とのあいだで相論がおこなわれており、これと関連するものかも知れない。

（末柄）

二―一五　筆者不詳　書状

二九・七糎×三七・五糎

（前闕）比巴ハよくなりて候か、」拍子ハたれそ」いつこの御遊か」まさりて候し、」主人さうかやせられし、」いうさうハ」かはりて候けんな、」かねてき、おきて」物を見るは」□を見えて」□候な」（後闕）

（前闕）又内弁のさほういか、」候ひし、人もしなんする事」や候けん、内大臣のねりと」大納言のとはにてや候し、」右大臣のは又いか、候けん、」条々こまかにきとおほせ」られ候に、おほつかなくて、いつ」しか申候也、ちかむね」やをもしろく候ける、それ」もいみしく候云々、」□な□□□□」（後闕）

年月日未詳、差出・充所とも不明の消息。おそらくは裏紙であり、本紙を闕いている。さらに奥に欠損があり、本文が前後闕なのはもちろん、行間書も前後闕である。文中の「ちかむね」について、のちに中納言まで昇った平親宗（一一四四〜九九）以外の該当者が見あたらないので、同人が五位であった永暦元年（一一六〇）から安元元年（一一七五）のあいだに書かれたものであろう。さまざまなことを尋ねているが、節会における内弁の練（ねり）の作法や、御遊での拍子の出来など、上級貴族の関心にわたるもので、差出人の階層がうかがえる。

（末柄）

二―一六　二条康道　書状

三一・七糎×四六・三糎

書中旨心得申候、四条」貫首儀、不幸無」是非存候、将又東寺」長者儀、此中随心院へ」相談申候、明日　法皇へ」令　院参可申上由、先」刻以風早申入候間、其」分御心得候て可給候也、」謹言、

八月十日　（花押）

前大納言殿

花押によって二条康道の書状と判明する。昭実の嗣。実は九条忠栄（幸家）男。従一位摂政左大臣。号は後浄明珠院。寛文六年七月二十八日薨、六十歳（一六〇七〜六六）。折紙の書状。宛所の「前大納言殿」は未詳であるが後水尾院の院司。「法皇」とあるので年代は同院出家の慶安四年（一六五一）以降となる。文中の「随心院」は権僧正栄厳（康道の実弟）、「風早」は実種。「四条」は隆音を指すと考えられるが、「貫首儀」は具体的には未詳、蔵人頭の職を所望して不首尾であったなどの事情を言うか。

（小川）

二―一七　平時頼　詩懐紙

二八・〇糎×四二・九糎

夏日同賦佳客対泉石各
分一字詩 探得情字
散位平時頼

佳客云来成宴会、対
泉対石興相并、青
苔色遍儲盃処、素
瀬声閑投轄程、交
袖舒姑絃調思、披襟
孫楚枕欹情、一篇綴得
閑中友、莫咲此時接傑英

生没年不明。萩野由之は「足利ノ末ノ人ナルヘシ」とするが、鎌倉前中期、近衛家あるいは鷹司家に家司として仕えた下級官人であろうか。『猪熊関白記紙背詩懐紙』には平時宗・時兼といった作者名が見える。

平安中期以来行われた、七言律詩の句題詩と呼ばれる形式のもの。「佳客泉石に対す」（すばらしい客を迎えて、泉と石のある庭園で宴会を行う）という題を詠む。第一・二句では題字五字をそのまま詠み込み、第三・四句では別の字に言い換えて詠む。このとき、第三句では泉を、第四句では石をそれぞれ分けて詠む。第五・六句も同様だが、第五句は舒姑という女性が泉に化したという伝説を、第六句は晋の孫楚の「枕流漱石」の故事を踏まえる。第七・八句は優れた詩人ばかりの間に交じって一人拙い作品を作ったと謙遜する。全体にうっすらと反転文字が見えるのは、紙背を再利用する際の打紙加工において、他の紙の文字が映ったものか。中央から右半は、「帰京□事□頃勤仕／重　仰□尋□□／自□不切□之□者証文／□傍□□／□□然□□事」と読める。料紙は香色。（堀川）

二一一八　清原宣賢『春秋左伝注疏』断簡

二六・〇糎×三六・五糎

損益之数、清濁之差、無可以相準、況以黄鐘九寸、自乗為九九八十一、定之為宮数、」因宮而損益、以定商角徴羽之差、言其相校、如此数也、唯相準況耳、非言実」有此数可用之也、╲六律、正曰、周礼大師掌六律六呂、以合陰陽之声、陽声、黄鍾〔鐘〕」大簇、沽洗、蕤賓、夷則、無射、陰声、大呂、応鍾〔鐘〕、南呂、林鍾〔鐘〕、小呂、夾鍾〔鐘〕、╲月令以小」呂為仲呂、律歴志云、律有十二、陽六為律、陰六為呂、黄帝之所作也、黄帝使」伶倫自大夏之西、崑崙之陰、取竹之竅厚均者、断両節間、而吹之、以為黄」鐘之宮、制十二筩、以聴鳳皇之鳴、其雄鳴為六、雌鳴亦六、以比黄鐘之宮、」是為律本黄鐘、黄者、中之色也、鐘者、種也、天之中数五、五為声、々上ㇾ宮、五」声莫大焉、地之中数六、六為律、々有形有色、々上ㇾ黄、五色莫盛焉、故陽気」施種於黄泉、滋萌万物、為六気元也、以黄色名元気、律者、著宮声也、始於」子、在十一月、大呂、々、旅也、言陰大旅、助黄鐘、合気而牙物也、位於丑、在十二月、大」簇、々、奏也、言陽気大奏地而達物也、位於寅、在正月、夾鐘、言陰気夾助大」簇、宣四方之気、而出種物也、位於卯、在二月、沽洗、々、絜也、言陽気洗物、辛絜」之也、彼注云、萃、必也、位於辰、在三月、仲呂、言微陰始起、未成著、於其中旅助」沽洗、宣気斉物也、位於巳、在四月、蕤賓、蕤、継也、賓、道也、言陽気始道陰気、」使継養物也、位於午、在五月、林鐘、林、君也、言陰気受任、助蕤賓君、主種物使」長大茂盛也、位於未、在六月、夷則、々、法也、言陽気正法度、而使陰気夷、当」傷之位也、位於申、在七月、南呂、南、任也、言陰気旅助夷則、任成万物也、位於酉、」在八月、無射、々、厭也、言陽気究物、而使陰気畢剥落之、終而復始、無厭已也、位」於戌、在九月、応鐘、言陰気応無射、該蔵万物、而雑陽閡種也、彼注云、外閉」曰閡位於亥、在□〔十カ〕月、是解六律六呂之各義也、如志之言、初為律者、以竹為之、」吹其声也、其後則用銅為之、以候気、後漢書章帝時、零陵大学奚景」於陰冷道舜祠下、得白玉管、是古人以玉為管也、続漢書云、候気之法、為」土室三重、戸閉塗釁必周密、布緹縵於室中、以木為案、毎律各一内」庫外高、従其方位、加律其上、以葭莩灰実其端、案歴而候之、其月気至、」則灰飛而管通、蓋音声之道、与天地之気通、故取律以候気、月令正」月、律中大簇、鄭玄云、律者、候気之管、以竹為之、中猶応也、正月気至、則」大簇之律応、々謂吹灰也、是其旧説然也、其律呂用生、╲鄭注周礼大師」職云、黄鐘之初九下、生林鐘之初六、林鐘又上生大簇之九二、大簇又下生」南呂之六二、南呂又上生沽洗之九三、沽洗又下生応鐘之六三、応鐘又上、」生蕤賓之九四、蕤賓又上、生大呂之六四、大呂又下、生夷則之九五、夷則又」上、生夾鐘之六五、夾鐘又下、生無射之上九、無射又上、生中呂之上六、同位」者象夫妻、異位者、象子母、所謂律取妻、而呂生子也、子午以東為上」生、子午以西為下生、五下六上、乃一紘矣、鄭玄云、同位象夫妻者、黄鐘初」九、林鐘初六、及大簇九二、南呂六三之類、同在初二之位、故象夫妻、異位象」子母者、謂林鐘初六、生大簇九二、初之与二、其数不同、故為異位、象子母、」律生於呂、是為同位、故云、律取妻、呂生於律、則為異位、故云、呂生子、言五下」者、謂林鐘、夷則、南呂、無射、応鐘、皆是子午以東之管、下而生之、故云下」生六、上者、謂大呂、大簇、夾鐘、沽洗、仲呂、蕤賓、皆是子午以西之管、上

神道家吉田兼倶の三男で、清原宗賢の養子となり、明経道清原家を継ぐ。和漢の学に通じ、四書五経をはじめ家学の証本を作成するとともに、漢学・神道・日本古典文学などに及ぶ各種の注釈書を著す。晩年、朝倉氏に招かれて越前国一乗谷に移り、その地で没した。天文十九年七月十二日没、七十六歳（一四七五～一五五〇）。

『春秋左伝注疏』巻四十九の断簡。特徴的な書体から、清原宣賢の筆蹟と考えられる（帖初の目次は「船橋秀賢」、見出しは「清原秀賢　稿本零葉」とし、ともに「秀」を鉛筆で「宣」と傍記訂正）。『春秋左伝注疏』は『春秋左氏伝』の杜預の注に孔穎達が疏を加えたもので、『春秋左伝正義』とも言う。いわゆる十三経注疏の一つ。清原宣賢による『春秋左氏伝』の注釈である『左伝抄』は、『春秋左伝注疏』を基礎としていることが知られている。（落合）

二―一九　南化玄興　詩色紙

二〇・四糎×一八・八糎

士峯雪白聳青空、」寺接渺茫煙景濃、」三保松原風不動、」夜深月出海雲中、
虚白叟題（印）

安土桃山時代の臨済宗僧侶。虚白と号す。快川紹喜の弟子。後陽成天皇や豊臣秀吉らの尊崇を受ける。妙心寺五十八世。定慧円明国師。慶長九年五月二十日没、六十七歳（一五三八～一六〇四）。
詩の内容は、臨済宗妙心寺派の古刹で、東海道に面し、三保の松原近くにある清見寺からの眺望を詠んだものであろう。落款印は楼閣型で上層に「虚白」、下層に三日月を配する（朱）。料紙は香色で竹紙風、うっすら雲母引あり。やや傷みがある。（堀川）

二―二〇　悦渓宗悟　法語

二六・五糎×三七・二糎

撥草参玄只図見」性、即今上人性在」什麼処、既得見性」脱生死、眼光落地」時作麽生
脱、既脱」得生死知去処、四大」分離時向何処去、
為宗重首座悦渓書（印）

室町時代中期の臨済宗僧侶。大徳寺七十九世。仏照大鏡禅師。大永五年五月二十六日没、六十四歳（六十二歳説あり）（一四六二～一五二五）。
宋代に編纂され、日本でも鎌倉後期以降広く読まれた禅の公案集『無門関』の第四十七則「兜率三関」を記したもの。什麽―甚、既得見性―識得自性方、落地時―落時、既脱得―脱得、知―即知、何―甚という異同があり、原文は四字句に整えられているのが、ここではやや崩れている。宗重首座は弟子と思われるが、住持に出世してはいないようで、大徳寺歴代には見えず、伝不明。落款印は壺型「悦渓」（朱）。（堀川）

二―二一　仙嶽宗洞　狂詩

二六・〇糎×三六・一糎

述大若衆徳者十篇
歳其二十有余春、分別猶勝白髪人、誰識三千風□□、」互談世間欲安身、
犬吠林鳴心不閑、青燈幽照丈夫顔、葦床三尺余霜剣、」夜盗看之拱手還、
堪咲人間江海遊、逢君意足別何求、難風不起恩波上、」一夜載吾軽似舟、
君又思君欲結交、其情薄則向吾嘲、平生参徹碧□」句、有約柴門無不敲、
年少専遊無意粧、爪長髪乱不焼香、此郎常潔是何有、」欲披蛾眉窈窕望、
風之夕又雪之辰、去々来々情交親、臨別常言莫相送、」寒天残月不労人、
三盞対斟君与余、酔談未覚雪推廬、暁天被薄難成□、」紅袖欲重長有余、
春山雖遠為花登、腰有吹毛外護僧、岩路崎嶇脚難進、」来携我手作烏藤、
形其勇士意嬰児、彼穴自由風味滋、酔得大饒生□□、」蒿枝払着何言之、
腹上常加吾脚痕、縦横順逆任労煩、年来多病痛□□、」□古此人以手捫、
狂道人無底鑑子叨書之

室町時代末期の臨済宗僧侶。別号、無底鑑。大徳寺一一三世。文禄四年十月二日没、五十一歳（一五四五～九五）。
灰色料紙。傷みがあり、一部の字が判読できない。禅宗寺院では男色が広く行われ、それに関わる文学作品（漢詩文）も多く作られた。その流れが近世初期の仮名草子・評判記等の文学に連なっていることは、前田金五郎・宮崎修多らの研究で知られる。これもその類のもので、狂詩と呼んでよいだろう。通常嫌われる大若衆（成人後も若衆の姿でいる者）について、分別がある、盗賊よけになる、身だしなみがよい、山登りの杖代わりになる、あんまをしてくれる、などとほめたたえるという発想自体におかしみがある。第七首「廬」は第四句末より補入。（堀川）

二―二二　南甫□純　詩偈　　二八・〇糎×四五・四糎

（印）

逢春得月無辺景、」古錦嚢中収拾」還、行到京師再」参日、従頭拈出献」師看、

書如々軒

応安二歳」菊月下旬

東海純南甫叟（印）（印）

生没年・伝記不明。南北朝時代の臨済宗僧侶であろうか。『五山禅林宗派図』に見えないが、無夢一清の法嗣に無雑一純なる僧がおり、時代的にはこれと合う。地方へ修行の旅に出て、作者のもとでしばらく滞在した僧侶が、都へ帰るのを送る詩偈であろう。ここで得た春や秋の美しい風景（すなわち悟りの境地）をすべて持ち帰り、師匠に詩偈の形で提示せよ、との内容。応安二年（一三六九）九月の作。引首印は印文不明、落款印は「子」「無源」（いずれも朱）。　（堀川）

二―二三　勧修寺教秀　詩懐紙　　三〇・七糎×四七・〇糎

今茲春首、未直　承明下情、

不勝恐惶之至、爰拝覧春雪

御製、臣心無不在　魏闕之

下、謹依　勅奉賡　玉韻云、

権大納言藤原教秀

東風吹雪昨今深、処々

花開薈蔔林、玉唾飛

来添瑞気、万官朝罷

倚欄吟、

経興の男。従一位権大納言。薨去にあたり准大臣宣下。のち贈左大臣。武家伝奏として後花園・土御門両天皇と足利義政に仕えた。女藤子（豊楽門院）は後柏原天皇の典侍となり後奈良天皇を産む。明応五年七月十一日薨、七十一歳（一四二六～九六）。

詩懐紙。文明十六年（一四八四）正月、後土御門天皇の御製詩に和韻したもの。詳しくは二―二四参照。香色料紙。　（小川）

二―二四　中院通秀　詩懐紙　　三〇・二糎×四二・九糎

跪奉攀

春雪御製之尊韻、伏希

慈覧、

従一品源通秀拝

瑞雪今年一尺深、絮飛梅

発満春林、奎章何計

写斯景、唱和終成天下

吟、

通淳の男。初名通時。従一位内大臣。長享二年（一四八八）出家。歌人として知られ義尚の室町殿打聞の寄人となる。号は十輪院。明応三年六月二十二日薨、六十七歳（一四二八～九四）。

詩懐紙。通秀は権大納言を辞退して文明十三年（一四八一）に叙従一位、十七年に内大臣。果たしてその間、通秀の日記『十輪院内府記』の十六年正月十二日条に「参番、依始祇候、春雪御製被見下、即献御和韻了」とあり、この時の作となる。同二日条に「大雪、誠過尺也」とある通り、この春は大雪であった。詩でもこのことを賦している。　（小川）

二―二五　三条西公条　詩懐紙　　三四・三糎×五〇・四糎

七夕同賦星夕涼

如水詩、題中取韻、

参議右近衛権中将藤原公条

桐葉声々月転廊、女牛
今夕両情長、秋風未
起空堦水、先掬銀河
一滴涼、

実隆男。母は勧修寺教秀女。正二位右大臣。天文十三年（一五四四）二月出家、法名仍覚。父と同じく古典学者として名声があった。号は称名院。永禄六年十二月二日薨、七十七歳（一四八七～一五六三）。

詩懐紙。公条は永正四年（一五〇七）四月二十四日に参議右中将、八年十月五日に権中納言に昇進した。この間七年七月七日、後柏原天皇内裏の公宴懐紙にこの題が出されており（再昌）、この年の製作と確定する。（小川）

二―二六　万里小路惟房　和歌懐紙

三三・八糎×四六・八糎

七夕同詠織女

契久和歌

権中納言藤原惟房

乾坤のわかれし
みちにかけそめし秋
や神代のほし合
のそら

秀房男。正二位内大臣。号は崇恩院。元亀四年六月九日薨、六十一歳（一五一三～七三）。

和歌懐紙。「乾坤」は「あめつち」と訓むか。端作には「同」字があり、位署は姓も書くので、公宴御会の懐紙と分かる。惟房は天文十年（一五四一）三月二十八日権中納言、十九年十二月二十二日権大納言。この間十六年七夕にこの題が出されており（三光院詠）、この年の製作と見られる。（小川）

二―二七　万里小路秀房　和歌懐紙

三三・七糎×四七・〇糎

七夕同詠星河落雹

和歌

蔵人右中弁藤原秀房

あまの河こよひ
逢瀬による浪の音
かときけは軒の
松かせ

賢房男。正二位内大臣。号は能証院。永禄六年十一月十二日薨、七十二歳（一四九二～一五六三）。

和歌懐紙。やはり七夕公宴御会に提出されたもの。秀房は永正七年（一五一〇）十一月十三日蔵人右中弁、十五年八月五日左中弁。この間、八年の御会では、この「星河落雹」題が東坊城和長によって出題されており（再昌）、この年の製作と見られる。（小川）

二―二八　山科言継　和歌

二八・九糎×四六・六糎

江州老その森にて、[弘治二九十二]

かたみ山立より見るに我もはや老そのもりのかけはゝつかし

十一月十九日於大守御当座、題寒草霜、巻頭、

袖ふれて千世や経ぬへき今朝さらに山路の秋を霜のしら菊

同、沢路隼人佑ニ代テ、旅行、

文かきてつてやりぬへきたよりさへしらす過来しうつの山こえ

十二月十八日之雪に自住持之和哥之増答、（ママ）

玉塵□□□て積りし事、老たる人も此国にてはいまた見」及ひ侍らさるよし申あへりしに、新光明寺証蓮社両首を送られ」侍り、雪手再三披みるに、まことに金玉光

を磨し、吟味肝に銘す」よつていさゝか野詞を綴り、志の行ところを述と云事しかなり、

樵夫言継

雪はけさ四方の山なみふりにけりいつれを富士とわきてなかめん

積らぬとき□□聞しか故郷を見せてや雪のふりも来ぬらむ

行て見ぬわかためとてや庭の面にたかねの雪を送る山かせ

（行間補入）同廿九日、三条亜相亭会、炭竈雪、ふしの根をうつすとなしに煙のみ雪よりのほる峯のすみかま

同三正月十三日五郎殿御会始、退齢如松、

生さきのいつれたかけむ子日せし松の千とせに君か千とせは

同十四日一宮出羽守館にて当座、墻根若草、

花をまつ垣根に生る若草のはつかなるしもあかぬ色かな

同廿九日大守御会始、仙洞鶴多、

立よりて聞にも千世や山人の道はこゝらにまな鶴の声

同、当座、紅葉浅、

あすやいかに青かりし葉も昨日けふ時雨し程を梢にそ見る

同、隼人佑代、関路雲、

もる人も及はぬきはや清見かたゆるさぬ関を越るしら雲

同十四日、羽衣の松にて、

いつまての見るめもあかし浦波に釣するあまの羽衣の松

同二月廿五日五郎殿月次御会、帰雁越嶺、山中滝水、

一つらの峯行かりもふる郷に花の錦やきて帰るらむ

おくふかき雪も氷もとけぬらん滝のひゝきの山とよむまて

同、当座、春駒嘶、忍待恋、

いかにしてみしかき野への若草のいはゆる駒をつなきとむらむ

よそに先たくへてもしれ吹となき風にも絶すなき松の声

言綱男。正二位権大納言。各地に下向して禁裏と大名との交渉に功があった。天正七年三月二日、七十三歳（一五〇七～七九）。

言継は弘治二年（一五五六）九月、駿府に下向し、翌年三月まで滞在した。路次と駿府での詠十七首が記される。言継の日次家集には『拾翠愚草抄』、『言継卿集』などが残るが、本断簡はそれらの収録しない時期に位置する。駿河下向は『言継卿記』にも詳しい記事があり、この断簡に載る和歌はすべてそこに見え、詞書も日記の行文とほぼ一致する。後日日記から抄出したか。「大守」は今川義元、「五郎殿」は嫡子氏真。駿府歌壇の活発な活動を伝える。

（小川）

二―二九　等恵　和歌懐紙

三〇・一糎×四一・九糎

詠三首倭哥

沙弥等恵

松上雪

年をへてつゐにもみちぬ

まつなから葉かへすらしも

けさのしら雪

歳暮梅

三冬つき春とハかりに

梅のはな咲を見つゝや

としの行らん

社頭祝

のとかなる世にいやたかし

春日山ふりさけミれは

峯の松かせ

戦国時代の和泉堺の連歌師。『顕伝明名録』には「肖柏門弟、堺住、阿弥陀堂、天下ノ源氏読也、又歌道ノ達者也、号靖斎」と見える。天文年間（一五三二～五五）から天正年間（一五七三～九二）にかけて堺の連歌界における活動が知られる。生没年不詳。

三首和歌懐紙。等恵の和歌懐紙としては、ほかに、堺市の本受寺に二首懐紙が伝来し

たことが知られ（京都大学文学部所蔵『古文書纂』二六）、この懐紙も、本来は堺に伝わっていたものである可能性が高かろう。薄墨色染紙か。（末柄）

二—三〇　荒木田守晨・守武　和歌色紙

一六・九糎×三四・五糎

花やいつと
　いひしや千ゝの
　　ことの葉も
さかへ盛の
　　うれしかる覧
　　　（荒木田）守晨
うちこもりなけきし
　あとにいつみてか
花をもうつす
　　ことの葉の末
　　　（荒木田）守武

室町後期の神宮祠官。ともに守秀の子で、兄弟にあたる。守晨（もりあさ）は多数の神道書を書写したことで知られ、内宮一禰宜に昇進する。しかし、昇進直後の永正十三年十一月十六日に割腹自殺をはかり、翌日卒している。五十一歳（一四六六～一五一六）。守武は、連歌に長じ、山崎宗鑑とともに俳諧連歌の祖とも称される。天文十年（一五四一）に内宮一禰宜になっている。同十八年八月八日卒、七十七歳（一四七三～一五四九）。和歌色紙。料紙は斐紙。喰い裂きで貼り継いであり、一見一紙にもみえるが、一紙に一首ずつを記したほぼ同じ大きさの色紙形のようである。詠出の時期・経緯等は不詳。（末柄）

二—三一　中院通勝　書状

二七・二糎×四五・一糎

素然

時しらぬ雪の富士のねけふはまつ」霞にきえて春やたつらん
御詠草抑留仕候、八条宮昨夜」御方違に渡御候て、拝見仕候、」御製は今朝被下候、尚
伺候之時」可令言上之由、可預御取成候也、
　二日
「（ウワ書）垂髪御中」

通為の男。母は三条西公条の女。正三位権中納言。歌道では細川幽斎の薫陶を受け、『源氏物語』をはじめ古典研究で名高い。法名は素然、号は也足軒。慶長十五年三月二十五日薨、五十五歳（一五五六～一六一〇）。
某年正月二日の書状。八条宮は智仁親王。智仁親王が携えてきた詠草をたしかに預かったことを返答するもの。宛先は未詳であるが、宛所を「垂髪（稚児）」とする形式からも、門跡かと推定される。（小川）

二—三二　大炊御門経孝　和歌懐紙

三六・七糎×四五・八糎

詠社頭祝言和歌
　　　左大臣経孝
和哥の浦になをあと
とめつ玉津嶋よろつ
代ちきれしきしま
濃（のみち）美遅

経頼男。初名経敦。従一位左大臣。号は後光福寺。天和二年六月二十六日薨、七十歳（一六一三～八二）。
和歌懐紙。経孝は寛文十年（一六七〇）四月七日左大臣、翌年五月一日辞退。この間のものと考えられる。（小川）

二―三三　近衛前久　和歌懐紙

三三・八糎×四六・六糎

詠新緑勝花
和哥
准三宮龍山
しけりゆく木々の
わか葉のふかみとり春
さくはなのいろもを
よはし

稙家男。初名晴嗣、ついで前嗣。従一位関白太政大臣。関白在職中に京都を出奔し、越後・薩摩などを流浪した。女前子は後陽成天皇の中宮。天正六年（一五七八）正月二十六日准三后。十年六月二日出家、法名龍山。号は東求院。慶長十七年五月八日薨、七十七歳（一五三六～一六一二）。
和歌懐紙。慶長十五年四月二十五日、宮御方（政仁親王。のちの後水尾天皇）和歌御会始に「新緑勝花」が兼題で出された。前久も出詠している（『時慶卿記』・『慶長日件録』）。この時のものであろう。一首の内容も、外孫にして儲皇である政仁親王の将来を祝言するもので、この会にふさわしい。薄墨色料紙。（小川）

二―三四　近衛信尹　詠草

三二・四糎×四九・七糎

直透万重関
不住青霄裡
といふことを題して
（花押）
なにはつをこきはなれ
つゝすまのせき
つりのせきにも船は
とゝめす

前久の男。初名信基、ついで信輔。従一位関白左大臣。豊臣秀吉に忌避され薩摩に配流されるなど波瀾の生涯を送った。能書として著名であり、「寛永の三筆」の一人。号は三藐院。慶長十九年十一月二十五日薨、五十歳（一五六五～一六一四）。
和歌詠草。花押は信尹のもの。題は『臨済録』の句を出典とする。鯉が龍門を越えて天に上るが、天にも留まらないように、悟りに安住しないさまを言う。薄墨色料紙。（小川）

二―三五　松永久秀　書状

二四・二糎×三九・八糎

御状令拝見候、
一堺への儀、可被急候旨」加蔵へ書状進之候、
一大般若之儀、はや」もとり申由候、左様ニ」候者、其科人きと」被任社法、御成敗可」然之由、可被仰候、
一御切米衆事、笑止ニ」存候、いそき如何」申哉、恐々謹言、
十一月十一日　久秀（花押）
石主」御返報
（モト見返シ奥切封ウワ書）
「松弾
岩主　御返報　久秀」

世系未詳。従四位下弾正少弼。三好長慶に右筆として仕え、やがて主家を凌いで畿内で権勢を振るった。足利義輝を弑し東大寺大仏殿を焼くなどの悪業で知られた。天正五年十月十日卒（?～一五七七）。
折紙の書状。現状は折り目で切断し、見返しの天地を翻し、上下に並べて貼付する。「松弾」は松永弾正の略。久秀が弾正少弼となったのは永禄二年（一五五九）頃。宛所の「岩（石）主」は主税助岩成友通か。やはり三好長慶の家臣で、後には三好三人衆の一人として、久秀と激しく抗争するが、ここでは久秀が友通の支配地域の案件について処理を指示している。（小川）

第三輯

三―一　徳川家康　書状

一八・二糎×四五・七糎

被入御念、吾々煩」之儀、切々御尋、祝」着申候、一鷗薬を用」得少験候間、可御心」安候、将亦石花一桶」送給、喜悦之至候、」猶面談之節可」申承候、恐々謹言、

十一月廿一日　家康（徳川）（花押）

江戸幕府第一代将軍（在職一六〇三～〇五）。松平広忠の子。従一位太政大臣。死後、東照大権現として神格化される。元和二年四月十七日薨、七十五歳（一五四二～一六一六）。

某年十一月二十一日付書状。現状は切紙、もと折紙か。充所が切断されており、誰に送ったものかわからない。まず、病気見舞いの礼を陳べ、一鷗軒宗虎の調剤する薬を服用して効験を得たので、別事ない旨を伝える。あわせて、牡蠣一桶を贈られたことを謝し、委細は対面の折と結ぶ。病気見舞いとそれにともなう牡蠣の塩辛に対する礼状ということになろう。（末柄）

三―二　松平忠吉　請文

二九・三糎×四〇・六糎

一、弓ならひ候事、其方ニとハすして」たれ人ニも申敷事〔間脱〕

一、弓ならひ候くゆへ（ママ）ハ、少ふさた申敷事〔間脱〕

一、少成共日（懸）ニ候事候ハヽ、心をかす」なをさる（つをカ）へき事

右、日本之神〳〵にて」偽候ハヽ、此はんとかうむるへき」者也、仍件等（如件カ）、

三月六日　忠吉（松平）（花押）

伴喜左右衛門殿まいる

○右、裏面上段

細川幽斎（藤孝）書翰

江戸中納言殿（徳川秀忠）」御舎弟下野守殿（松平忠吉）」御上候而、弓可有」御稽古之由、被仰候間、」早々可上候、委細」与十郎方（細川孝之）江申遣候、」謹言、

二月十六日　玄旨（幽）判

伴喜左衛門殿

○裏面下段

上ノ如キ幽斎自筆書翰ト此忠吉ノ書ト二枚相並ヘテ」一幅トナセルモノナルガ、表装破損セシカハ、各離チテ此帖」ニ収メタルニ、幽斎ノ書ハ、友人佐々木信綱君ノ懇」望ニヨリテ割愛シタリ、

曽テ細川家ノ蔵幅ヲ観タル中ニ、伴喜左衛門ノ上」京シテ、野州ノ弓ノ師範トナレルトキノコトヲ記セル書翰」アルヲ見タリ、之ト関聯セルモノナリ、伴ハ即細川家」ノ家臣トミユ、

野州ノ書太拙、故ニ見トキ或ハ其真ニアラサルヲ疑」フ、然レトモ伴カ野州ヨリ賜ハリテ、我藩主ノ書ト共ニ」秘蔵セルヲ見ハ、或ハ其拙ナルモノ、却テ其真ナルヲ知ル」ヲ得ンカ、

江戸初期の武将。徳川家康の四男、秀忠の同母弟。二歳で東条松平家の家忠のあとを継ぐ。文禄元年（一五九二）元服すると、武蔵忍で十万石を領した。慶長五年（一六〇〇）関ヶ原の戦いでは岳父井伊直政とともに東海道を攻め上る軍勢の先鋒として戦功をあげ、尾張清洲で五十二万石を与えられた。同十二年三月五日卒、二十八歳（一五八〇～一六〇七）。

某年三月六日付請文。弓を習うにあたり、伴喜左衛門（道雪）に提出した入門の誓約書。弓の習得について、別人の指導を仰がないこと、怠らずに習得に励むこと、指導に厳に従うことの三箇条を誓っている。文言に誤脱が多く、文字も拙劣で（たとえば、充所の喜の文字は誤字と言わざるを得まい）、裏打紙に記された萩野由之の識語にいうとおり、見るからに真正なることに疑いを抱かせる。そのうえ、忠吉の花押の形状も、他に知られるもの（必ずしも一様な形状を示していないが、底面に右上がり気味の直線が存在することが共通する）とは異なっている。しかしながら萩野によると、

この文書は元来そこに写されてある細川藤孝（幽斎玄旨）書状とあわせて一幅に仕立てられており、藤孝書状の方は、東京帝国大学文科大学古典講習科の同期生であった佐佐木信綱の懇望をうけて譲渡したのだという。その後の詳しい経緯を知ることはできないが、現在、この藤孝書状も大東急記念文庫の所蔵に帰している（架蔵番号四一一四八一一七三一。本叢刊第十八・十九巻「古文書・名家筆蹟」収録予定）。そして藤孝書状には、特段の文言の誤脱や文字の拙劣は見あたらない。仮にこの忠吉の請文を偽作と考えるならば、その作成意図は、弓術家伴家の権威づけにほかなるまい。これが偽作ならば藤孝書状も偽作のはずで、両者の「出来」に相違のあり過ぎることが不審になる。さらに、弓術家が作成に関与しているのであれば、入門に際しての誓約書の文言がこれほど無様なものにはなり得まい。とすれば、萩野が言うように、この拙劣さは、かえって文書の真正なることを反映しているという考えに傾かざるを得ない。花押の形状の相違も、これは真に本人が書いたためということになるのだろうか。さらなる検討が望まれる。

（末柄）

三一三　徳川家綱　墨画

二七・四糎×三七・三糎

短冊（上）一六・四糎×二・七糎（下）一七・五糎×二・七糎

（裏）葵紋断片（上）一〇・五糎×一三・九糎（下）一〇・四糎×二〇・六糎

江戸幕府第四代将軍。三代家光の長子。幼名竹千代。生来病弱ながら、家光が慶安四年（一六五一）に死去すると、僅か十一歳で将軍位に就く。在位三十年間に及ぶ幕政は、叔父の保科正之が補佐主導し、遺臣酒井忠勝・松平信綱、さらに保科亡き後も大老酒井忠清らの合議で運営された。延宝八年五月八日没。四十歳（一六四一〜八〇）。

裏打ちされた脂（ヤニ）焼け甚だしい楮紙に、一見して幼筆とわかる雄鶏が墨線のみで描かれる。いかにもたどたどしい。二本の足とバランスを欠く巨大な尾羽で、辛うじて雄鶏と推測できる微笑ましい稚拙さ。後筆にかかる二枚の外題簽には、各々「征夷大将軍源家綱卿」「五歳之御年之御筆鶏之御絵」とある。たしかに家綱五歳時は、正保二年（一六四五）の酉年である。本戯画を家綱自筆とする確証はないが、これを当代の画壇のなかに置き直すと、二枚の外題簽にいささかの信憑性が生まれる。江戸前期画壇にこの人ありと謳われた幕府御用絵師が、狩野孝信の長男探幽だからである。探幽は

若干十歳で徳川家康に謁し、元和七年ころ京都から江戸に召し出されて、鍛冶橋門外に屋敷を受領した。家綱五歳時は四十代前半で、すでに家光に見込まれての名古屋城上洛殿ほか、寛永度造営御所等など数々の大障壁画を制作している。当然将軍家の御用指南などは欠かさず努めたにちがいない。また探幽は、多彩な画題のなかでも動物に生気を与えた名手として聞こえた。とりわけ、大正十四年五月の『前田侯爵家蔵品入札目録』に載る「探幽鶏　二幅対」の雄鶏が注目される。最晩年七十歳の作であるから直接のお手本たり得ないが、その形姿といい佇いといい、本戯画を彷彿とさせ一脈相通ずるところがある。また、仙台伊達家旧蔵にかかる伝家綱筆の鶏図一幅がある。これには、鶏冠も口嘴も目も背景までもが描かれていて、墨の濃淡など格段の進化が見られる。なお、紙背には緑青の三ツ葉葵紋が五箇不規則に捺される。炭化しているが、ほぼ「雄鶏図」と同時期の印と思われる。

（岡崎）

三一四　伊達政宗　書状

三〇・〇糎×四二・四糎

不及御報候、以上、

先日者御出之由、他行候て」不得賢意候、ちと参候而も」申度候へ共、一昨日より腹中」気候而、今日　御城へも不参」体ニ候、何様能候者、以面」旁相積義申承度候、」恐惶謹言、

卯月廿八日　　(伊達)政宗（花押）

（モト端裏捻封ウワ書）

「(石川康長)石玄様人々御中　　松陸奥守

政宗」

（落合）

安土桃山・江戸前期の武将。仙台藩の藩祖。出羽米沢城主伊達輝宗の子。蘆名氏を破って奥羽南部に覇を唱えるも、豊臣秀吉への服属後に会津を没収され、ついで大崎・葛西両氏の旧領に移される。関ヶ原の戦いののち徳川家康から加増をうけ、仙台城に移り、同藩六十二万石の基礎を築いた。諸芸に通じ、能書でも知られる。幼少時に右目を失明し、後世「独眼竜」と称される。寛永十三年五月二十四日没。七十歳（一五六七〜一六三六）。

慶長十八年（一六一三）四月二十八日付書状。自筆。充所は、信濃松本城主の石川玄

番頭康長で、江戸における大名同士の交際を示す。過日の来訪時には他出のため対面できなかったので、こちらから訪問すべきところだが、一昨日から腹をわずらい、今日は登城も叶わぬ有様である。回復すれば、お会いして積もる話をうかがいたい、と述べる。追而書では、ご返事には及ばない、と断りを入れる。『仙台市史』資料編十一・伊達政宗文書二（仙台市、二〇〇三年）は、小松茂美著『日本書流全史』下（講談社、一九七〇年）掲載の図版によって一七九五号として採録し、自署・花押の形状、さらに政宗が江戸に滞在していることにかけて、慶長十五年から同十八年ごろのものと推定する。同書に一四五五号として採録される『政宗君記録引証記』（『伊達政宗記録事蹟考記』）所載（慶長十八年）卯月二十八日付脇坂淡州（安元）充政宗書状案に「一両日腹中気にて、今日御城へも不罷出体候」とあるので、同十八年のものとみてよさそうだ。とすれば、康長の来訪は、同月二十五日、康長の縁戚で、政宗とも関係の深かった大久保長安が病没したことと関連していたのだろうか。

（末柄）

三一五　伊達政宗　書状

三四・二糎×五〇・八糎

此□□しほにて候へ共、」一段新敷候間□□候、以上、

今日者仕合能　御目見」仕候而、辱存候、晦日ニ者必」御出候而、能可有御見物候、」御年寄衆、又主計殿（井上正就）、信濃殿（永井尚政）、」備中殿（阿倍正次）、大蔵殿（青山幸成）なと申入」重而一興行仕度候、恐惶」謹言、

五月廿一日　政宗（伊達）（花押）

「（モト端裏結封ヵウワ書）　松陸奥守

内外記様（内藤正重）人々御中　政宗」

（落合）

筆者については三一四参照。

元和八年（一六二二）五月二十一日付書状。自筆。充所は、持弓頭をつとめる旗本の内藤外記正重。徳川秀忠に仕え、土井利勝に近しい正重は、政宗や細川忠利など有力大名ともつながりを持ち、彼らと利勝を中心とする幕閣とのあいだを取り次ぐ存在になっていた。そのため、正重に充てた政宗の書状は、『政宗君記録引証記』（『伊達政宗記録事蹟考記』）所載の写しを含めて七十通以上が知られることになる（『仙台市史』資料編・伊達政宗文書集、『市史せんだい』掲載の同補遺）。この書状ではまず、同日秀忠に謁見し得たことを喜び、そのうえで正重を同月晦日の観能に招いている。さらに、酒井忠利・同忠世・土井利勝らの「御年寄衆」や、それにつぐ井上正就以下をも招き、重ねて観能を催したい、との意を示す。追而書では、おそらくは魚鳥の類について、塩漬けながらも非常に新鮮なので進呈する、と述べる。元和八年八月に本多正純が改易されたのち、かわって年寄の地位に就いた井上正就・永井尚政の両人が年寄衆と区別されているので、同年以前のものであることがわかる。さらに、三千石から一万三千石に加増された青山幸成が、小姓組の番頭などに登用された元和五年が上限になる。この間で政宗が五月後半に江戸に滞在していたのは元和八年だけなので、同年のものとみてよかろう。

（末柄）

三一六　立花宗茂　書状

二八・六糎×四六・〇糎

尚々、余不致参上条、御礼延引候間、」先貴老迄申入候、何様以参上可申上候、以上、

頃者為御使入来、申承本望存候、殊従」大納言様（徳川頼宣）毎度名酒拝領、忝存候、則」貴老迄御礼申上度存候処、一昨日酒井」隠岐守（忠勝）下屋敷へ被為　成候而、可致御供由」罷出候へ共、相延、又昨日　御成御供ニ参、」夜ニ入罷帰候故、延引仕候、直ニ如申候、」御城ニも被為召候ハぬニ、罷出候事被成」御免体故、久々不致断共候、尾張様（徳川義直）御下」御使被下候へ共、未終不罷出仕合候而、可」有御察候、いか様参上仕可申上旨、連々」可然様頼入候、恐々謹言、

六月廿四日（寛永十六年）　（花押）（立花宗茂）

「（モト端裏捻封ウワ書ヵ）　立々斎」

安土桃山・江戸前期の武将。筑後柳川藩の藩祖。高橋鎮種（しげたね）（紹運（じょううん））の子。戸次鑑連（べっきあきつら）（道雪）の婿養子になり、筑前立花城を継承。九州でいちはやく豊臣秀吉に服属し、下筑後三郡を与えられる。関ヶ原の戦いで西軍に属して改易されたが、慶長十一年（一六〇六）徳川家康・秀忠に召し出されて陸奥棚倉に領知を与えられる。元和六年（一六二〇）加増をうけ、旧領柳川に十万九千六百四十七石余を領する。秀忠・家光

に相伴衆として仕えた。寛永十九年十一月二十五日卒、七十六歳(一五六七〜一六四二)。

寛永十六年(一六三九)六月二十四日付書状。左奥のウワ書は、本来は端裏に位置していたものを切断して移したと思われる。徳川家光は牛込にあった酒井忠勝の下屋敷に御成におよぶことが頻りであったが、『酒井家編年史料稿本』によると、六月二十三日の御成は寛永十六年に限られる。宗茂はすでに七十二歳で、前年に剃髪して立斎と号しており、江戸城には召されないけれども、御成には呼んでもらえる、と述べていることに符合する。「大納言様」と称される大名は、尾張藩主徳川義直・紀伊藩主同頼宣のいずれかであるが、義直は「尾張様」として後出するので、頼宣だと考えられる。すると充所になる「貴老」は、紀伊藩の重臣であろう。すなわち、先日「貴老」が使者として来邸したうえで、頼宣から酒を贈られたことに謝意を示している。すぐに「貴老」まで礼をのべようと思っていたが、一昨日、家光が忠勝の下屋敷に御成をするというので相伴に出かけたところ延引になり、昨日おこなわれた御成に相伴して帰邸が夜になったため、遅くなってしまったと弁解する。義直からの使者についてもまだ礼参に及んでいないことを付言し、忖度を求めている。礼参の遅延を詫びた書状ということになる。ウワ書の「立々斎」は立花立斎の意。　(末柄)

三一七　福島正則　書状

一五・八糎×四八・三糎

以上、

去九日之書状、披見候、」三五郎事、村茂介殿(村越直吉)」以御取成、　内府様(徳川家康)」罷出候処ニ、一段

仕合」よく、殊御脇差拝」領仕之由、満足之至候、」市左衛門事も、致出仕」之由、是

又可然候、将又」三五郎事、いかにも」おとなしく、又ハ手習」謡共心かけ候やうニ、

内々」可申候、謹言、

九月十一日　大夫　正則(福島)(花押)

衣笠市左衛門殿

松田吉助殿

(落合)

安土桃山時代の武将。幼時より羽柴秀吉に仕え、賤ヶ岳の戦いでいわゆる七本槍のうち随一の殊勲をあげる。以後も軍功を重ね、伊予今治十一万三千石余の大名となる。文禄の役後に加増されて尾張清洲二十四万石、関ヶ原の戦いでは東軍に属し、安芸・備後両国を与えられる。元和五年(一六一九)広島城の無断修築を咎められ、信濃川中島四万五千石にうつされて、同国高井野に蟄居した。寛永元年七月十三日没、六十四歳(一五六一〜一六二四)。

某年九月十一日付書状。現状は切紙だが、本来は折紙で、墨付のない見返しを切除したと考えられる。書札から判断するに、充所の両名は福島家の家臣であろう。両名が前々日に送った書状を披閲し、正則の近親者と思しき三五郎が「内府様」に対面し、脇差を拝領したとの首尾を知って喜び、同じく市左衛門も出仕したとの報告に、これも結構と述べる。また、三五郎に対して、落ち着いて手習や謡などの習練に励むよう伝えて欲しいと結ぶ。村越直吉は徳川家康の近臣なので、「内府様」は家康のことであるが、同人は慶長八年(一六〇三)二月、征夷大将軍就任と同時に右大臣に転任しており、同七年以前ということになる。関ヶ原の戦いのあととみて、同六年か七年のいずれかである。『寛政重修諸家譜』によるかぎり、早世した正則の長男正友、次男で実は甥の正之の両人はともに幼名八助、慶長四年生まれの三男忠勝は幼名市松なので、正則の子息は三五郎に該当しない。明治二十一年(一八八八)内閣臨時修史局編修長重野安繹が採訪した『野田文書』(和歌山市野田大次郎所蔵)に収められていたことの知られる一通だが、この文書群は収集によりなったもので、本来の伝来先は不明である。　(末柄)

三一八　池田光政　書状

二九・九糎×四二・四糎

一筆啓上仕候、伯州(池田綱清)」今日ハ　御参宮にて可有」御座ニ、天気能行度存候、」然者、い

つぞや申候まき物の゙ゑ、」明日東之丸へ持参仕度候間、」今日より御かし可被下候、」恐

惶謹言、

十四日　(花押)(池田光政)

(モト端裏捻封ウワ書)

「　松新太郎

松□□様(相模)(池田光仲)□　光政」

江戸前期の大名。利隆の子。元和二年（一六一六）八歳で播磨姫路五十二万石を継ぐが、翌年幼少を理由に因幡・伯耆三十二万五千石に減封されて鳥取に移る。寛永九年（一六三二）叔父の備前岡山藩主池田忠雄の没後、嗣子光仲が三歳の幼少であるため、幕命によって光政と光仲との間で国替がなされ、岡山三十一万五千二百石を領するに至り、実質的な藩祖になった。熊沢蕃山の登用や、最古の藩校とされる花畠教場の設置、郷学閑谷学校の創設など、仁政の理念にもとづく藩政をすすめ、名君と称された。『池田光政日記』を残す。寛文十二年（一六七二）六月十一日致仕。天和二年五月二十二日卒、七十四歳（一六〇九～八二）。

某年某月十四日付書状。端裏のウワ書部分を切断のうえ翻して左奥に、逆に左奥の余白部分を切断して翻したものを右端に配置している。充所は光政の従兄弟光仲で、文中に見える伯州（伯耆守）は光仲の嗣子綱清のことである。綱清が元服のうえ叙任したのは、寛文元年十二月二十六日のことなので、それ以後のものになる。まずは、この日綱清が参宮に出かけることから、天候に恵まれるように祈念する。そのうえで要件に入り、過日に申し述べた絵巻物を明日東の丸に持参したいので、今日中に貸してくれるように頼んでいる。絵巻物の貸与を求める手紙ということになる。二人が同一の土地にあるうえ、光仲の許に絵巻物が架蔵されていることからみても、江戸在府中の交際を示すものであろう。参宮は、闕字を加えてあることと、日帰りのように見受けられることから、上野の東照宮への参詣か。「東之丸」は誰をさすものか不明。鳥取池田家の旧蔵であろう。

（末柄）

三一九　細川忠利　書状

二八・七糎×四六・〇糎

○端裏捻封ウワ書読めず。

猶々是之仰不承」めいわく仕候、以上、

けさハ御書忝存候」十二日ハ又登城可」仕かなと、申、心いそ」かしく御さ候間」十三日朝より御出被成」御はなし候ハヽ可忝候」我らも登城仕、其より」さるカヽより御報」延引仕候、恐々謹言、

十一日　利（花押）(細川忠利)

江戸前期の大名。肥後熊本初代藩主。忠興の三男。母は明智光秀の娘。慶長五年（一六〇〇）正月、十五歳で人質として江戸に送られ、同年八月、徳川秀忠の一字を与えられて忠利と称する。同九年、兄をさしおいて嫡子に定められ、元和六年（一六二〇）、家督を相続して豊前小倉三十九万九千石を領し、寛永九年（一六三二）、加藤忠広（清正の子）が改易されたのちに肥後熊本五十四万石に加増移封された。同十八年三月十七日卒、五十五歳（一五八六～一六四一）。

某年某月十一日付自筆書状。端裏に捻封ウワ書があるが、擦れているうえ、裏打も施されているために判読できない。したがって、充所は不詳。右脇の貼紙に「細川忠興三斎自筆」とあって細川忠興の自筆だとみなされているが、署判はその嗣子忠利のものである（例として『大日本近世史料　細川家史料』十三、二八一頁）。忠興・忠利父子の筆蹟はよく似ているうえ、忠利のこの署判は親しい者に対して用いたもののようで、広く知られている署判とは異なる（渡部清『影印日本の書流』柏書房、一九八二年）。そのためか、あやまって忠興の自筆と伝えられている書状が少なくない。

内容は、今朝の手紙を謝し、明日は登城の可能性があって落ち着かないので、明後日の朝からお越しいただいて対話できると幸甚だと述べて、あわせて返事の遅延を詫びたものである。江戸にあって、親しい者とのあいだで来訪の日時を調整した手紙ということになろう。

（末柄）

三二〇　大久保忠隣　書状

一七・八糎×五三・四糎

尚々其元可為取」紛処、さら御取候て」下給候、別而祝着せしめ候、

乍幸便令啓候」今度於三条皿御」覧候て下シ給候」見事ニ候而、別而」喜悦之至候、何ニても」珍敷道具出候ハヽ」御下候て可給候、其」以来無音之至候」猶期得音之時候」恐々謹言、

十一月廿三日　大相模守(大久保)　忠隣（花押）

道恵(近藤)
藤元(藤重)

安土桃山・江戸前期の武将。相模小田原藩の藩祖。忠世の子。年少時から徳川家康に仕えて戦功を重ね、文禄三年（一五九四）父の遺領をあわせて相模小田原に六万五千石を領した。その後、本多正信とともに秀忠付の年寄として幕政にあたったが、慶長十九年（一六一四）突如改易をうけた。本多正信・正純父子との対立に起因するものだとみられる。身柄は井伊直孝に預けられ、元和二年（一六一六）には出家して道白と号した。寛永五年六月二十七日卒、七十六歳（一五五三～一六二八）。

某年十一月二十三日付書状。現状は切紙だが、本来は折紙であろう。年代の上限は、忠隣が相模守になった慶長五年、下限は改易の前年同十八年になる。充所の近藤道恵・藤重藤元はいずれも当代有数の名工とされる塗師で、藤元は、大坂夏の陣後に家康の命で城跡から茶入付藻茄子を探し出し、修補を加えたことで知られる。この書状は、京都三条で見出した皿を忠隣に送ったことに対する礼状で、今後も何か珍しい道具の出物があれば送るようにと依頼している。

（末柄）

三一二　後藤光次　書状

二九・五糎×四八・四糎

猶々奉頼候〳〵、以上、

此中不得貴意候、然者、旧冬」恩借仕候公方家家譜之」残り恩借仕度候、義昭（足利）迄」御借

被成候、頭を必々御かし候て可」被下候、奉頼候、年明痰気」又少再発、眩暈も気さし、」

迷惑申候、恐惶謹言、

正月九日　光次（後藤）（花押）

（モト端裏捻封ウワ書）

「道春（林信勝）法印様　人々御中　後庄三郎

光次」

○下半部紙背（二次利用面）

馮道　」劉煦　」三朴　」宋斉丘　」陶穀　」趙普　」李昉　」宋白　」穆修　」柳

開　」孫復　」石介　」胡瑗　」王禹偁　」尹洙　」孫奭　」邢昺　陸佃

○上半部紙背（二次利用面）

顧祝　」皮日休　」陸亀蒙　」劉晏　」李泌　」李復　」司空図　」鄭氏女孝経

江戸前期の幕府金座の主宰者。出自は諸説あるが、遠江橋本氏か。豊臣秀吉の下で天正大判を鋳造した彫金家後藤徳乗の門人で、文禄二年（一五九三）後藤家の名代として江戸に下り、徳川家康の金銀御用をつとめた。その際、後藤家の養子になって光次と名乗る。慶長五年（一六〇〇）以降、小判・一分半の鋳造発行にあたり、金座（はじめ小判座）を統括し、銀座の創設にも主導的な役割を果たした。家康の側近として活躍し、幕府の財政・外交政策に関与した。寛永二年七月二十四日没、五十五歳（一五七一～一六二五）。

某年正月九日付書状。端裏のウワ書部分を切断のうえ翻して左奥に配置する。そのために追而書は現状では裏面にまわっている。裏面は折紙に用いられ、唐宋代の文人の名が列記されている。荻野由之が「後藤庄三郎光次金座、駿府政事録著者、与林道春書裏ニ道春ノ手書アリ、中村仏菴旧蔵」と記しているように、林羅山の手になるものであろう。つまり、この書状は紙背文書として残されたものである。この間の無沙汰を詫びたうえで、先に借用した「公方家家譜」について残りを貸してくれるように依頼し、足利義昭までの分は拝借済みなので、初めの方を頼むと述べる。『武家昇晋年譜』のごときものであろう。最後は、年初来体調不良で困っている旨で結び、追而書では借用について念を押している。端の足し紙に捺された印文「征夷府司筵書都精之印」および「中村入道仏庵」の朱印は、いずれも江戸中後期の書家中村仏庵（一七五一～一八三四）の蔵印である。

（末柄）

三一三　片桐石州　書状

二八・〇糎×四八・七糎

尚々」御目見も無之候、たゝいま」罷帰事候、

今朝貴札忝存候、みちにて」御使ニ逢申候故、御報延引」仕候、茶入一覧仕候、かたハ」

ふるく候、さりながらやうす」おもハしからす候、代も高直ニ」存候、さのみおもしろ

き」ものにても無之候間、御□（取カ）候事」御無用候、あしきニてハ」無之候へとも、たゝい

ま」返進申候、恐惶謹言、

十月一　（花押）

（モト端裏カ捻封ウワ書）

「片石見

大宗斎様貴報　」

江戸時代前期の武将。大和国小泉藩主。茶道石州流の開祖。名は貞昌。号、宗関、浮瓢軒。茶を桑山宗仙に学び、四代将軍家綱の茶道宗匠を勤め、茶器の鑑定を行った。延宝元年十一月二十日没。六十九歳（一六〇五～七三）。

某年十月一日付書状。宛名は大宗斎。茶入を鑑定した結果、代金も高く大したものではない、と知らせたもの。石州自筆と思われる。香色料紙。（村木）

三―一一三　小出秀政　書状

三一・五糎×五〇・二糎

追而舜賢へ」御諚之旨申」付候、彼本未」申出候間、急」可申由申御事候」以上、

御書令頂戴候、」仍従和州被成」御帰寺之由、不存」候て、不申上候、就其」伊勢物語

并」氷入持被下候、」昨日文台・硯」自烏大請取申候、」被懸御尊慮」被仰下候御儀、無」

冥加御事候、」如御諚法印も（前田玄以）」定而名護屋へ」可致参着候、鎮西表」大方異国降参仕」

由風聞御座候間、」吉左右次第可申」上之由、御披露所仰候、」恐々謹言、

小出侍従

（文禄二年）正月廿七日　　秀政（花押）

（烏居小路経孝）大蔵卿殿

安土桃山時代の武将。尾張中村の生まれ。室は豊臣秀吉の生母大政所の妹。秀吉に仕えて、諱の一字を与えられる。天正十三年（一五八五）和泉岸和田で三万石を領す。関ヶ原の戦いでは西軍に属したようだが、戦後に所領を安堵される。慶長九年三月二十二日卒、六十五歳（一五四〇～一六〇四）。

文禄二年（一五九三）正月二十七日付書状。もと折紙。現状は折り目で切断し、見返しの天地を翻し、上下に並べて貼付する。充所の大蔵卿は、青蓮院門跡の庁務烏居小路経孝で、門主尊朝法親王に対する披露状である。書状および『伊勢物語』・氷入を贈られ、さらに前日に文台と硯を受け取った旨を述べ、手配に尽力した厚意を謝している。大和多武峯は青蓮院の支配下にあったが、天正十六年（一五八八）豊臣秀吉はこれを弟秀長の居城郡山の城下に遷させた。同十八年に帰還が許されて多武峯は故地に戻ったが、以後も尊朝が大和郡山に下向する機会は多かった。文禄二年正月にも二十日に下向し、二十六日に上洛をはたしている（『華頂要略』門主伝）。大和から「御帰寺」されたことを知らずにご挨拶しませんでした、と二十七日付で述べているこの書状の状況に符合する。あたかも前年四月に開戦した文禄の役の最中である。肥前名護屋にそろそろ到着するだろうと話題になった法印は前田玄以で、文禄二年正月七日に名護屋に向けて京都を発っている（『時慶卿記』）。やはりこの書状は文禄二年のものと見てよいだろう。なお、追而書にみえる舜賢については未詳。青蓮院の旧蔵にかかるものであろう。（末柄）

三―一一四　松平信綱　書状

三一・三糎×四五・八糎

以上

一筆申入候、然者、昨日替鶴」取申候わなさしニ、御金可被下旨」被　仰出之由、員数

何程にて御座候哉、」相渡し今日古河へ帰シ可申候間、」御報可承候、恐惶謹言、

九月八日　　信綱（花押）

（捻封ウワ書）「　松平伊豆守

（稙綱）朽木民部様御中　　信綱」

江戸前期の大名。武蔵川越藩主。大河内久綱の子。叔父松平正綱の養子になる。慶長九年（一六〇四）徳川家光が誕生するや小姓に任じ、以来家光に仕え、度重なる加増を得て、寛永四年（一六二七）大名に列した。老中並・六人衆（のちの若年寄）をつとめ、島原の乱では鎮圧の指揮をとる。その後、老中として幕政を領導し、幕藩制の確立に貢献した。数度の加増・転封を経て、最終的には武蔵川越で七万五千石を領する。「知恵伊豆」と称され、才気煥発で知られた。寛文二年三月十六日卒、六十七歳（一五九六～一六六二）。

某年九月八日付書状。前文は「一筆申入候」だけで、直截に要件に入る。前日に替わりの鶴を捕獲した「わなさし」に対し金銭を給与せよ、という将軍家光の命令があったが、人数はいかほどか。今日渡してそのまま古河に帰らせるので、御返事下されたし、ということになるだろう。「わなさし」とは、八代将軍吉宗が鷹狩りを復活させた際（生類憐れみの令を発した五代将軍綱吉によって一旦廃止された）に設けた綱差（つなさし）

と同様の職務をはたすものであったと考えられる。綱差とは、将軍の鷹狩りの際に獲物になる鳥をあらかじめ捕獲飼養しておく役目であった。「綱罠」で鶴を生け捕りにすることから、吉宗が綱差と命名したとされており、ここでの綱と罠とは同義だとみられるのである。ただし、鶴を捕獲したあと古河に帰るということなので、この「わなさし」は捕獲のみを職務としていたようである。家光が頻りに出かけた鷹狩りの舞台裏をうかがわせる書状だといえよう。

（末柄）

三一一五　松花堂昭乗　書状

三三・五糎×五一・〇糎

神そ明日も」難去事候而」六条迄参候、」罷帰次第伺公可申候、」よく〳〵御取成たのミ可申候、

二月十六日（花押）

昨日取紛早々のてい」無念ニ存候、」幸清様へ御見廻之事、神そ」此間も心ニ懸候へとも、いかにも」無隙難去子細ともにてうち過」申候、今晩も難去隙入申候、」明日ハ六条迄可罷上候、明後」帰寺候間、明後晩わたり伺公」可仕候、帰寺候ハヽ、貴様迄御左右可」申上候間、御案内を御たのミ可申候、」正寿院も御同道可被成候、若」今晩はやく隙あき候ハヽ、今」晩にも御見舞可申上候、其も」先貴様へ御左右可申候、」神そ〳〵難去事ともにて、此間も」無沙汰無御腹立之様ニ被仰達」可候、恐々、

江戸時代初期の真言宗僧侶。俗称は中沼。隠棲後は猩々、空識と称す。石清水八幡宮で滝本坊実乗につき阿闍梨の灌頂を受け、師の没後は滝本坊住職となる。近衛家とゆかりが深く、また小堀遠州、沢庵、徳川義直等と交流。書画を得意として軽妙な禅機画を数多く残し、書は寛永の三筆と讃えられる。茶人としても有名。寛永十六年九月十八日没。五十六歳（一五八四～一六三九）。

宛名未詳某年二月十六日付書状。忙しさのため、逢うことのできない無沙汰を詫び、隙が出来次第、正寿院と伺候することを告げた内容。文中の「幸清様」は石清水八幡宮社家の善法寺幸清。「正寿院」は八幡宮社家志水家の菩提寺である正法寺の塔頭。両人とも松花堂茶会記に名が見える。松花堂の自筆かどうかは存疑。

（村木）

三一一六　岡本宣就　書状

三四・三糎×五一・四糎

猶々色紙之御事」被仰下、何とも迷惑」仕候得共、無所辞、先任貴意」はぢをかきつけ進覧之候、」為恐々々、心事期面拝之時候、以上、

昨日者鷹之絵早々」被染　御筆被下、忝次第」可申上様無之候、誠近比者、」御門跡様（青蓮院尊純）御在洛被為成、」尊隙有御座間敷候処、如」此之儀、難尽筆紙候、御次而之」刻、可然様ニ被仰上可」被下候、猶下国已前致伺候」可申上候、恐惶謹言、

九月十七日　宣（宣就）（花押）

「（モト端裏捻封ウワ書）

真継右京（康利）様人々御中　岡本半介

□（宣カ）」

江戸前期の武士。上野の生まれ。甲斐武田氏の滅亡で主家を失ったが、天正十八年（一五九〇）箕輪城に入った井伊直政に出仕し、慶長五年（一六〇〇）関ヶ原の戦いののち、直政の近江彦根への転封に従う。兵法諸流を学び、同六年には上泉秀胤（信綱の養子）から軍配術の印可を受けている。大坂冬の陣・夏の陣で軍功をあげ、のち彦根藩の家老職もつとめた。書を能くし、和歌・茶道・絵画にも秀でた。明暦三年三月十一日卒、八十三歳（一五七五～一六五七）。

某年九月十七日付書状。端裏のウワ書部分を切り離して翻しのち、余白を切除して左奥に配置する。充所真継康利は蔵人所御蔵をつとめる地下官人であったが、青蓮院門跡の青侍を兼帯しており、文中の「御門跡様」は青蓮院尊純ということになる。多忙中にもかかわらず、尊純が依頼した鷹の絵を早速に描いてくれたことに感謝し、在京中に挨拶にうかがうつもりだとのべる。追而書では、逆に揮毫を頼まれた色紙を送り、恥を「かきつけ」るようなものだと謙遜し、詳しくは対面の折りと結ぶ。青蓮院の旧蔵にかかるものであろう。

（末柄）

三一一七　本阿弥光悦（本阿弥市三郎）　書状

三五・五糎×五一・九糎

其已後は」久以書状も」不申通御無」沙汰背本意候、」御無事御座」被成候哉、当地」

御親父様何も」御無事に御座候」間可御心安候、」就中内々」御申越候たんさく」出来仕候□、」□□□申候」別而見苦敷」御意ニ入申」間敷と存候、」何時にても」安御用に御座候、」尚与風罷下」万々可得御意候、」恐惶謹言、

本阿弥市三郎

南呂八日友（花押）

杉斎之介様
〔御報カ〕
□□

端書「南呂八日友（花押）」の右下脇書として、同筆小字で「本阿弥市三郎」とある。本阿弥宗家光室の次男は光的といい、この家系に市三郎を称する人物が二名実在する。両者ともに経歴未詳ながら、上野の下谷広小路に居住して刀剣の目利き、研ぎ、拭いを業とし、本阿弥家を継承した。生没年不明。

筆翰を集積して編んだ萩野由之は、脇書「市三郎」を「二郎三郎」と読み、外題の下に「初名二郎三郎」と付記する。たしかに光悦の幼名は「次郎三郎」だが、「市」を「二郎」と読むのは苦しい。何よりも文中ならいざ知らず、堂々たる大人の書状の署名に幼名を並記するなどことの外である。むしろ萩野は、書風を光悦と判じたのではあるまいか。しかし光悦が大量に遺した書状が集成されている現在、この筆蹟を光悦とする研究者は皆無であろう。『本阿弥家系草稿』（本法寺蔵）、『増補江戸惣鹿子名所大全』（元禄三年刊）、『国花万葉記』（元禄十年刊）、その他本阿弥長識、福永酔剣ら明治以降に著された編著などを参照すると、光悦の孫光甫に相当するのが宗家では光的である。そして光的の孫の光是が通称を市三郎、光是の孫もまた市三郎と称したとある。光悦・光徳から数えて四代・六代下る。ただ、六代下った「市三郎」の孫光融が嘉永元年（一八四八）に家督を相続するから、本書状の書風からして下りすぎである。すると、同じ市三郎でも光的の孫、光是が本書状を認めた主と推測されよう。ちなみに、二代前の光的とほぼ同時代を生きたであろう光悦の孫光甫は、天和二年（一六八二）に没している。いずれにせよ本書状は江戸中期、元禄をしばらく下ったころとするのが妥当であろうか。

（岡崎）

三―一八　近衛信尋　書状

三五・二糎×五三・四糎

貴札令拝見候、唯今者難去」儀ニ令他行候之間、晩程於」御成候者、可忝候、何様自是御」左右可申入候、大織冠縁起之」事、所希御座候、此よし申給候へ、かしく、

十一月廿三日　　信尋
（モト端裏捻封ウワ書）
「青門様ニテ
　御小姓衆　　信尋」

信尹の嗣。実は後陽成天皇の皇子。母は近衛前久女前子。従一位関白左大臣。正保二年（一六四五）三月十一日、出家。法名応山。号は本源自性院。慶安二年十月十一日薨、五十一歳（一五九九〜一六四九）。

書状。宛所の「青門」は青蓮院門跡尊純法親王（一五九一〜一六五三）か。来訪時の不在を侘び、再訪を願い、『大織冠縁起』について「所希御座候」とする。具体的内容は不明であるが、尊純は能書として知られるので、詞書執筆を依頼するなどしたか。

（小川）

三―一九　土御門泰重　書状

三一・四糎×五三・八糎

（モト端裏捻封ウワ書）
「道寿貴翁座右　泰重　土御門左衛門佐」

尚々遠路之処、種々」芳情不少、過分千万存候、

先頃者芳許殊更」御念入候、見事候白鳥一」折、旁御懇志之至、難申」尽存候、心静先程ハ」御物語共承候而是不斜」祝着存候、早々御礼可申入候」処、沈酔候故、延引如此候、」何様再会申候而余事」可得貴意候、恐々謹言、

八月三日　　泰重

久脩の子。従二位左兵衛督。本姓安倍、天文道・陰陽道の家業を継承した。寛文元年八月十九日薨、七十六歳（一五八六〜一六六一）。

相手の来訪を謝する書状。泰重は寛永三年（一六二六）十一月十九日左衛門佐、同二十一年十二月十二日左兵衛督に任じられるのでその間のもの。宛所の「道寿」は未詳、

あるいは山内一豊の侍医で寛永年間には洛中でも活躍した名医の長沢道寿（？～一六三七）のことか。（小川）

三―二〇　文英清韓　書状

三二・三糎×二九・三糎

為八朔之祝詞、青州従事双瓶」赤飯壱籠贈被下候、毎々御懇意」不知所謝候、賞玩無極候、易抄上候」昨日内々約申候間、猶期貴面候、恐惶」謹言、

八朔　　　清韓（花押）

（モト端裏ヵ捻封ウワ書）
「宗察老様人々御中　　　清韓」

安土桃山・江戸初期の臨済宗僧侶。東福寺二二七世。慶長十九年（一六一四）豊臣秀頼の依頼で方広寺鐘銘を撰し、その文面がきっかけになって大坂冬の陣が起こった（方広寺鐘銘事件）ことで知られる。しかしその後も宮中で漢籍の講義を行うなど、公家方には信頼が厚かった。元和七年三月二十五日没、五十四歳（一五六八～一六二一）。

香色料紙、某年八月一日付書状。宛名は医者であろうか。中世には八月一日に盛大に贈答を行う習慣があった（八朔の祝い）。これもその例で、酒（「青州従事」は『世説新語』に見える故事にちなみ、酒の異称）と赤飯を贈られた礼を述べる。『易抄』は『周易』の注釈書で、誰かから借りるかもらうかして次回会ったときに渡す約束をしている。あるいは古活字版であろうか。（堀川）

三―二一　別所重棟　書状

二三・六糎×三八・六糎

先日御返札具拝見」忝候、其表早速被」任御存分、於我等」満足迄候、軈而御帰」陣奉待計候、」先度於阿閇浦下」警固罷通候を、」拙者若共懸向、壱」艘切取、小早川（隆景）内古田」三郎左衛門・有田三郎と」申者を始討取候、」大慶不過之候、将又」神吉面之儀も」きと落居たるへき」様ニ其聞候、」上様（織田信長）来十日可有御上洛之」由、昨宵従京都」罷下候者申候、諸」卒之覚先以珍重候、」其表之様子承」度、難波左近丞進之候、」猶追々可得意候、」恐惶謹言、

（天正六年）七月八日　　別孫右 重棟（花押）

筑州（羽柴秀吉）参人々御中

萩野由之の手になる目次には「加藤孫左衛門」とあるが、これは署名右傍の「別孫右」を「加孫左」と判読したことによるもので、正しくは、戦国・安土桃山時代の武将別所重棟。『寛政重修諸家譜』は重宗とする。播磨東部に勢力を有した別所就治の子で、兄安治の死後に甥長治（一五五八～八〇）を輔佐した。長治が織田信長に背くと、一族を離れて信長に従い、ついで羽柴秀吉に用いられた。天正十三年（一五八五）但馬八木（兵庫県養父市）に一万五千石を領し、子息吉治に家督を譲ったのちは、和泉堺に隠棲した。天正十九年六月六日卒、六十三歳（一五二九～九一）。

天正六年（一五七八）七月八日付書状。もと折紙。現状は折り目で切断し、見返しの天地を翻し、上下に並べて貼付する。折目をはさんで上下とも料紙の端（下半部は現状では奥）に二つずつ綴穴痕が認められ、折紙横帳の簿冊の紙背文書として残されていた可能性がある。同年二月、別所長治は毛利輝元に呼応し、織田信長に背いて三木城（兵庫県三木市）に籠城するに至った。重棟は信長に従って阿閇（あえ）要害（兵庫県加古川市）を守り、四月二日に毛利氏の軍勢および紀伊雑賀の者たちの攻撃をうけると、小寺孝高（よしたか）（のちの黒田孝高）の支援を得てこれを撃退している（『黒田文書』）。同月、毛利輝元は本隊を進め、尼子勝久や山中幸盛の籠もる上月城（兵庫県佐用町）の攻囲を開始した。羽柴秀吉は、三木城の攻囲と並行して上月城への支援を試みるが、三木城の攻囲を優先せざるを得ず、後退を余儀なくされた。そのため、七月五日、勝久以下の尼子一族が自刃して上月城は落城する。すなわち、この書状は上月城落城の三日後のものである。先日の秀吉からの書状を披見し、秀吉の展開する方面で戦果があがり、間もなく三木城の攻囲に復帰する旨を読み取ったというのだから、秀吉は上月城の戦況について、自軍に有利な虚偽の告知を行っていたと判断される。一方、重棟自身は、要害のある阿閇浦の際を航行していた毛利方の軍船（警固船）に攻撃をしかけ、小早川隆景の被官以下を打ち取ったと報告している。あわせて、信長の派遣した援軍が攻囲している神吉城（兵庫県加古川市、別所長治の一族が守る）が近日中に落城する可能性が高く、七月十日には信長が安土から上洛するとの情報もあり、士気の昂揚につながる、と喜んでいる。神吉城については、秀吉も加わって同月二十日に陥落さ

せることになるが、十月に摂津有岡城の荒木村重が本願寺と結んで信長に離反するに至る。以後、播磨の情勢は膠着状況が続き、別所長治が自害して三木城が陥落するのは、同八年正月を待たねばならない。自軍の士気の低下を避けるため、少なからず情報操作の行われていたことが窺われるが、重棟もその点は承知のようで、実状を知りたいので、難波左近丞なる使者を派遣すると結んでいる。秀吉宛ての書状が伝存しているのは珍しく、伝来が気にかかる。

（末柄）

三―一二　藤堂高虎　書状

三七・〇糎×五三・四糎

昨日以使者御見舞申」上候処、御懇懃之御書」還而迷惑仕候、何様御逗」留中致伺公御見廻可」申上候、恐惶謹言、

五月十一日　　　（藤堂高虎）（花押）

「（モト端裏捻封ウワ書）

進上　（尊純）青蓮院御門跡様　　藤堂和泉守

高虎」

安土桃山・江戸前期の武将。伊勢津藩の藩祖。浅井長政・織田信澄・羽柴秀長に仕え、秀長の子秀俊が没したのち、請われて豊臣秀吉の直臣になる。秀吉の死後は徳川家康に接近し、関ヶ原の戦い・大坂の陣で軍功をあげ、伊勢・伊賀など三十二万石の外様大名となった。城普請の名手としても知られる。寛永七年十月五日卒、七十五歳（一五五六〜一六三〇）。

某年五月十一日付書状。端裏の捻封ウワ書をおよそ八糎の幅で相剥して末尾に貼り継いでおり、いささか横長になっている。前日に見舞いのために使者を送ったところ、返礼として懇切な書状をうけとったことに恐縮の意を示し、「御逗留中」に参上してお見舞いを申し上げたいと結ぶ。病気見舞いへの返礼に対する返礼ということになる。充所の青蓮院門主尊純（のち尊純法親王）は、この時、京都を離れて高虎と同じ場所に滞在していたわけである。尊純は、徳川家康の年忌法要（命日は四月十七日）に導師をつとめるため、元和八年（一六二二）、寛永二年（一六二五）、同五年の三度にわたって江戸に下っており、そのいずれかの際のものであろう。青蓮院の旧蔵ならん。

（末柄）

三―一三　板倉勝重　書状

三四・八糎×五〇・九糎

老眼故乍慮外」印判を以申上候、」可被成御免候、以上、

従（青蓮院尊純）青門様尊」書被成下拝受、」松茸・柿拝」領仕候、誠以御」懇志之儀共」不浅、過分至極」奉存候、随而御」知行所之事、」最前率度」御直申上候へ共、」其後御次而も」無御座候、惣別」此度者、左様之」儀不被　仰出候、」猶重而様子」以拝顔可申上候、」此由宜預御披露候、」恐々謹言、

板倉伊賀守

（慶長九年）壬八月十七日　　勝重（黒印）

〔居脱〕（大谷泰重カ）鳥小路治部卿殿

安土桃山・江戸前期の武将。好重の子。禅僧であったが、父や弟が戦死したため、天正九年（一五八一）還俗して家をつぎ、徳川家康につかえる。駿府町奉行・江戸町奉行を経て、慶長六年（一六〇一）京都奉行となり、やがて京都所司代に就任する。武蔵・三河・近江・山城に一万七千四百七十石を領した。元和五年（一六一九）七十六歳の時、ようやく長男の重宗に京都所司代の職を譲った。寛永元年四月二十九日卒、八十歳（一五四五〜一六二四）。

慶長九年（一六〇四）閏八月十七日付書状。板倉勝重の京都所司代在任中に閏八月があるのは、同年だけである。青蓮院門主尊純から書状ならびに松茸・柿を贈られたことを謝するとともに、知行所についての訴訟に進展のないことを告げ、詳しくは面談の折りにと結ぶ。老眼のため、失礼とは承知しながらも、花押ではなく印判を用いたことを詫びているが、このとき勝重はすでに六十歳であった。充所の坊官は、公名の治部卿からすると、青蓮院門跡庁務の鳥居小路経孝（公名大蔵卿）ではなく、その子で中絶していた大谷家を再興した泰重（のちに庁務になる）であろう。青蓮院の旧蔵ならん。

（末柄）

三―二四　板倉重宗　書状

三五・五糎×五四・一糎

猶々不存儀ニ御座候」得共、一段と出来」仕候、委細者、治部卿」可被申上候、以
上、
従　御門跡（青蓮院尊純法親王）尊」書頂戴仕候、」殊　東照大権現様」縁起早々被遊」被下、誠以無冥」加
仕合、過分至極」奉存候、此等之趣」可然様御披露」頼入候、恐々謹言、

板倉周防守
重宗（花押）

七月五日
大谷治部卿（泰重）御房

江戸前期の大名。京都所司代。勝重の子。元和五年（一六一九）、父勝重から引き継いで以来、三十五年の長きにわたって京都所司代をつとめる。明暦二年十二月一日卒、七十一歳（一五八六～一六五六）。
某年七月五日付書状。折紙。青蓮院門主尊純法親王（寛永十七年に親王宣下をうける）に依頼していた『東照大権現縁起』の書写がなったことに対する礼状。同縁起には、真名縁起・仮名縁起の両種が存在し、成立の過程の詳細については検討の余地があるものの、寛永十六年（一六三九）閏十一月、尊純がその編集に携わった功労により、青蓮院門跡に寺領五百石の加増がなされたことが知られている（『寛永日記』、『華頂要略門主伝』二十五）。重宗は、みずからの手許にもこの縁起を備えるため、能筆でもあった尊純に依頼したのであろう。充所は、青蓮院門跡庁務の任にあった大谷泰重。青蓮院の旧蔵であろう。

（末柄）

三―二五　板倉重昌　書状

三五・三糎×五三・〇糎

以上
従三条様（三条西実条カ）尊書、殊高宮五端」被掛御意、誠以過分至極奉存候、」此等之趣御次而を以可
然様ニ」可預御披露候、恐々謹言、
卯月廿日
重昌（花押）

集古筆翰　第三輯

（捻封ウワ書）
「木村越前守（勝盛カ）殿
板倉内膳正
重昌」

江戸前期の大名。三河深溝（ふこうず）藩主。勝重の三男、重宗の弟。慶長八年（一六〇三）晩年の徳川家康に出仕し、大坂の陣で活躍する。寛永元年（一六二四）勝重の遺領の分給を得て大名となる。島原の乱に上使として下向、原城への総攻撃を指揮し、銃弾にあたって戦死を遂げた。寛永十五年正月一日卒、五十一歳（一五八八～一六三八）。
某年四月二十日付書状。三条様（三条西実条か）から手紙とともに高宮布（近江犬上郡高宮近辺で産する麻布）五端を贈られたことに謝意を述べた礼状。充所は、実条の青侍木村勝盛だと考えられる。三条西家の旧蔵であろうか。

（末柄）

三―二六・二七　板倉重矩　書状

（二六）三三・六糎×五〇・三糎
（二七）三三・六糎×四六・二糎

尚々はや〳〵」御床しく候事、」申つくしかたく候、」必々廿日時分、其内ニも」用
さゑすみ申候者、」御出たまハり候へく候、」青山殿幷組頭衆」貴老御まちかね候事、」
てのかへもなく候、」山城殿も、」早々被参候様ニ」申遣候へとて、」やかましきほ
と御申候、」また色々用共御申」出し候処ニ、」念入候て、早々」御こしまん」そく
のよし御申候、」とかく〳〵」頓而まち入申候、」くわしく猪兵可申候、
猪兵（仲嶋）へ帰候間、一書申入候、」弥無事ニ用等御」仕廻候哉、十七八日ニハ」ひまあき被
申へく候由、」被申越候間、桃庵ニ」かまひめされすとも、」廿日比ニハ必々御出」可有
候、貴老（宗庵）近日」被参候ハん間、同道」可被成とて、青山殿（宗俊）」御待被成候、来月者」はや
あつくなり候て、」すみよしへ参候」事、いかゝに候間、是非共」〳〵廿日時分御出」
可有候、青山殿」ことのほかふかき」おほしめし」にて、貴老御待候、」廿日ニ御出尤
ニ候、」次右衛門父子も昨□〔日〕」参、又今日中ニ」桃庵被参、徒然」にも有間敷候」と満
足ニ存候、はや〳〵」一年も御□にかゝり」候ハぬやうに候て、一入」〳〵御なつかし
く存候、」とうあん御入候ニ」かまひもなき事候、」何と而桃庵と而も御かわ」り候ハん
と御申候てや、」京ニ貴老と桃庵」一人宛御入候ハ（ゝ）ぬ（ね）ハ、」京之仕置成不申候」や、おか
しく存候〳〵、」廿日時分とかく」〳〵御出待入存候」〳〵、青山殿」御待かね候事、」

貴老思召のほかにて」可有候、山城殿（土岐頼行カ）も」徒然ニ候間、貴老」早々被参候やうニ、我等」方より申遣候へとて、」節々御申越候、廿日」内ニも其元の用さへ」すみ候者、御出可有候、」爰元とぎ多く、」其上貴老頓而」御越候やうにと存候而、」猪兵へ返々申候」間、必々廿日前ニも」御出待候、近日す」みよし同道仕度候、」来月者あつく候ハヽ、」いか、ニ候、貴老□」□□」□有間敷候、」□□（江戸カ）よりも去ル五日」之飛脚昨日」参着、我等母親・」女共・子共迄も」無事候間、可御心安申候、」片上儀兵へ参候よしニ候間、」定而御逢御時も□」□候ハんと存候、」くわしく猪兵ニ」伝言申入候間、」早々恐惶謹言、

う月十五日

重矩（板倉）（花押）

主

江戸前期の大名。三河深溝藩主、同国中島藩主、下野烏山藩主。重昌の子。寛永十六年（一六三九）に家督を継承し、寛文五年（一六六五）老中となる。同八年、京都所司代に転じるが、同十年に再度老中となった。同十三年五月二十九日卒、五十七歳（一六一七〜七三）。

某年四月十五日付書状。継紙四紙の書状を剥離して二紙ずつ上下に配置したものと思われる。充所を闕くが、萩野由之が一枚目の台紙に「板倉主水正（佑）重矩文書二枚ノ上（名宛宗菴老トアリシカ欠ケタルナルヘシ）」と記すように、三―二九の充所「宗庵老」が充所として書かれていたと考えてよかろう。三―三〇を参看すればわかりやすいが、重矩は大坂にあり、宗庵は京都にいた。この書状は、仲嶋猪兵衛の帰京にあわせて送ったもので、眼目は宗庵に対して、早く大坂に遊びに来るよう求めることにある。宗庵が十七・十八日ごろに用事があって忙しい旨を述べたのに対し、二十日頃には是非とも来て欲しい、宗庵が来ることを青山宗俊をはじめとして大坂在勤の大名・旗本たちも楽しみにしていると急かす。宗庵は、桃庵も大坂に下るので、桃庵が帰京してからの方がよいのではとも述べたらしく、重矩は、宗庵と桃庵の両方が京都に揃わなければ「京之仕置」が立ち行かないわけでもあるまいと軽口で返している。また、宗庵は住吉社参詣の希望を伝えていたため、五月になると暑さが酷くなるので、早い方がよいとたたみかける。さらに、用事が済んだなら、二十日といわず、それ以前に来て欲しいともいう。なかなか熱烈な招待状である。

（末柄）

三―二八　板倉重矩　書状

三三・五糎×四九・〇糎

かへす〳〵ゑんろの」ところ、さう〳〵ふミ」たまわり、かす〳〵」まんそくニそんし候、」なになりとも、やう」のこと候ハヽ、御申」たまわり候へく候、」かさねてくわしく」申候へく候、めてたくかしく、

ふミ給りひけん」まんそく申候、御申」たまわり候ことく、」すわうおこりわ（板倉重宗）」つらい候所ニ、さう」そくおち、まんそく」すいりう候へく候、」そこもとミな〳〵」そくオのよし、」これ又まんそくニ」そんし候、文ことく、」せんとハいひやうへ」まいり、ひさ〳〵」居候て、しやうちやくニ」そんし候、こゝもと」われらミな〳〵」そくオニ候まゝ、御」こゝろやすく候へく候、」なをかさね可申入候、」めてたくかしく、

六月廿一日

仲嶋いひやうへとの 御袋御報

板くらもんとの佑（重矩）

筆者については三―二六参照。

某年六月二十一日付仮名消息。折紙の書状を折り目で切断して見返しの天地を翻したもののようだが、あるいは継紙の書状を剥離したものか。仲嶋猪兵衛の母親からの消息への返事。猪兵衛は、三―二六・三〇にもみえるが、京都にあって大坂の板倉重矩の許に下ることの多かった者で、重矩の伯父にして京都所司代であった板倉重宗とも所縁があったようだ。まずは手紙の礼をのべ、重宗が瘧を煩ったがすぐに治癒したこと、猪兵衛に近しい者たちがみな息災であることを喜ぶ。また、先日猪兵衛が大坂に滞在したことに礼をのべる。最後に、重矩の周囲もみな息災であることを伝える。追而書では、手紙の礼を繰り返すとともに、何か役に立つようなことがあれば申しつけて下さいと付け加える。お互いの無事を確認する、折々の挨拶の手紙のひとつということになろう。

（末柄）

くり給、好物」おとしもつけす」賞味不斜候、」色々心入共ニ候、」猪兵衛(中嶋)無事ニ」と
き申候、可御心安候、」我等弥無事候、」江戸よりも去ル」二日之便候、弥」母親・女
共・子」共無事之由」申来候、是又」可御心安候、
一、此防州(板倉重宗)へ之」状用申遣シ候、」早々御届可給候、」御床布事、」中々筆紙」にも難申
尽候、」なにたる因果」そとおもわれ候、」昨日市左衛門」上着候、珍敷」爰許の物か
たり」御聞候而ちそう」めされ候体、見ル」やうに候、必々ち」そう無用ニ而候、」
心安候間、節々」人のはせ候ハんニ、」隔心ニめされ候はゝ、」かわりハ貴老ニ」人罷
候事仕」間敷候、昨日者、」土岐殿(頼行)へ阿(阿部正次)」備州・稲(稲垣重綱)摂州・」久貝(正俊)被参候、備州」何も
貴老事」のミ御申候、」きとく成人と」て、殊外けつかうニ」御申候、我等も」満足
ニ存候、」頓而〳〵御出」待入候、将又」柳生但州(宗矩)」去月廿六日死去、」今月三日伊豆(松平信綱)
殿」親父大河内金吾(久綱)」被果候、其外恐ル」事聞不申候、」断ニ而候間、早々」申入候、
恐惶謹言、

卯月八日(正保三年)　　主（花押）

筆者については三―二六参照。

正保三年（一六四六）四月八日付書状。継紙四紙の書状を剥離して二紙ずつ上下に配置したものと思われる。末尾に見える柳生宗矩および大河内久綱の死没年月日から、正保三年のものであることがわかる。充所は、三―二六・二九と同じく宗庵だと考えられる。前日、土岐頼行の許で、阿部正次・稲垣重綱・久貝正俊に参会したとあるが、この時、阿部は大坂城代、稲垣は大坂定番、久貝は大坂東町奉行に在職していたから、重矩は大坂に在ったと判断される。重矩は、こののち承応二年（一六五三）から同三年、万治二年（一六五九）から同三年にかけて二度大坂加番（任期一年）に在職したことが知られ、万治三年から寛文五年（一六六五）には定番になっている。正保二年から同三年にかけての加番（原則として四名）は松平忠憲しか知られていないので、重矩は土岐頼行（この前後三度にわたって加番在職が知られる）とともに加番の任にあった可能性が高い。そして、京都所司代の任にあった伯父板倉重宗への書状の伝達を依頼しており、相手の宗庵は京都にいたことがわかる。京都から見事な筍を贈ってくれたことを謝し、是非とも来訪するように求めているわけである。阿部たちも宗庵をほめていたので、自分もうれしかったとも述べる。

（末柄）

三―二九　板倉重矩　書状

三〇・三糎×四三・七糎

土岐(頼行)殿御満□□(足ヵ)」かり我等承申候、」遣し候へと御申候、
我等一段無事候間、」可御心安候、灸共」はうじめいわく」いたし候へとも、」後ニよく
候ハんと」存候へば、たの」もしく候、くり返〳〵」貴老御気色」少敷も本ふく」ニ而
目出度存候、」弥すきと本ふく」の左右待申候〳〵、」爰元の儀、また」左衛門佐殿御登
の」ころ□□」候ハんと□」気色□」つかゐ候ハんかとあんし申
候、」必々なり次第ニ」養生専一ニ尤ニ」存候、我等方へも」必々自筆ニ而も」返事無用
ニ而候、」病中ニ自筆ニ而」文御越候ハゝ、うらミ」可申候、左様ニ御心」得候へく候、
我等文」人ニ御よませ御聞」候へく候、わざと」早々申のこし候、」恐惶謹言、

五月十五日　　重矩(主)

宗庵老　御返事

筆者については三―二六参照。

某年五月十五日付書状。折紙の書状を折り目で切断して見返しの天地を翻したもののようだが、あるいは継紙の書状を剥離したものか。充所に「宗庵老」とあるが、三―二六・三〇もこれと同一人に充てたものと思しい。宗庵からの書状に対する返事であり、まずは自らに変事ないことを伝え、あえて述べれば灸治を行って閉口しているが、後日のことを思えば悪くはないと述べる。宗庵は先の書状で自らの病気について報じたようで、重矩は、快方に向かっていることを喜ぶとともに、病中は養生が第一だから、書状を自分で認めるのは無用であり、この手紙も誰かに読ませて耳で聞いて欲しいと記している。病気見舞いの手紙といってよいだろう。

（末柄）

三―三〇・三一　板倉重矩　書状

（三〇）三一・九糎×五〇・九糎
（三一）三三・六糎×五〇・四糎

尚々」物語まんそく候、」頓而〳〵御出待入候、
色々之扱」当地ニ而はいまた」是ほとの大キ成」ハ見不申候、見事」之大笋一折、」お

三一三二　小堀宗甫　和歌

三〇・五糎×四三・六糎

宗甫
雲の色にわかれもゆくかあふさかの
関路のはなの明ほのゝそら
あけほのや河瀬の浪の高瀬ふね
くたすか人のそてのあき霧
春きてもたれかハとハむ花さかぬ
まきのを山のあけほのゝそら

江戸時代前期の武将。茶人。名は政一、作助。孤篷庵、転合庵と号す。大有宗甫は道号。「綺麗さび」と呼ばれる、新しい美意識による茶道のみならず、定家様を継承した独特の書風、作庭など、多分野に亘り才能を発揮。正保四年二月六日没。六十九歳（一五七九〜一六四七）。

香色に染めた楮紙に「あけほの」を詠んだ和歌三首を記したもの。右は『新古今和歌集』巻第五・秋下の高倉天皇、中は『兼好法師集』、左は『新後撰集』巻一・春上の雅経の詠歌。遠州自筆。（村木）

三一三三　古田織部　書状

二八・一糎×四一・二糎

尚々板周防守殿中入度候、此段も口上ニ申遣候、

内々申入候讃岐殿へいつ比御出ニ候哉、」近々御暇も可被下様取沙汰も候間」少御いそき候て日限被仰合候て可給候、」又々肥前守此屋敷参可申候間貴殿」於御隙者明晩ニても明後日ニテモ」御出候様ニと肥前守内々申候、委細」口上ニ申含候、恐々謹言

五月十日　（署名、花押）

（モト端裏封ウワ書）
「小遠州様人々御中　（署名）」

筆者不詳。

大本十冊本を「集古筆翰」と命名して編んだ荻野由之は、本書状に「古田織部」と外題しながら、下部に小字で「旧題如此。されど別人なるべし」と記す。「五月十日」付で宛名は「小堀遠州様」であるが、署名と花押が織部のものではなく、筆蹟も雄勁さに欠け決定的に異なる。ただ署名と花押が一体化し、署名の導入部が点々の連続である特徴は、古田織部にも小堀遠州にもまた細川三斎にも相似する。茶の湯を介しての師弟関係にある人物の可能性が推測される。なお日付の「五月十日」の下限は、遠州の没年が正保四年（一六四七）二月だから、三年である。（岡崎）

三一三四　筆者不詳　書状

三三・一糎×五〇・二糎

すなはち」しん上」申候、」よきやうに」御ひろう候て」たまへり候へく候、」めでたくかしく、

月のわ寺と申て、」我等」門ていの寺候、」その」てらにて、新はんに」おこし候」釈書、進上申□（たきヵ）」よし」我等まて申候」あひた、」かやうの物上候ても、」くるしからぬ」よし」申候、」かしく、

（捻封ウワ書）
「勾当内侍とのへ　□□（性ヵ）」

（落合）

「月のわ寺」は、東福寺のこと。所在地の地名月輪によってそう呼ばれる。大意を記せば、「月輪寺という私の門弟の寺で新たに出版した『元亨釈書』を（天皇に）献上したいと申して来ましたので、献上してもよいだろうと返事しました。ここに献上申し上げます。よろしくご披露ください」というもの。同書は延文五年（一三六〇）、著者虎関師錬の弟子で後醍醐天皇の子である龍泉令淬（?〜一三六四）の努力により大蔵経入蔵が勅許され、貞治三年（一三六四）から永和三年（一三七七）にかけて刊行、その版木が焼失したため、至徳二年（一三八五）から明徳二年（一三九一）にかけて再版された。初版は無比単況、再版は性海霊見という。共に虎関の弟子が刊行の中心で、版木は東福寺内の虎関の塔頭海蔵院に置かれたので、師である虎関の書状ということになるが、刊行時既に世を去っている。あるいは現在知られていない虎関在世中の刊行があったのかもしれないが、差出人の名が難読であることもあり、不審とせざるを得ない。（堀川）

二一三五　筆者不詳　書状

三一・三糎×四四・七糎

猶々、新晴と申」舞まい御入候、よく達者ニ候由申候、」爰元へ前かたより出入申
候、」徒然之折節御聞候ハヽ、何時」にても可□〔令ヵ〕進候、枕にて御舞せ御聞候ハヽ、」
慰ニ可成候、乍去、其元心静なる」御透有間布と存事候、如何、」短紙早々可略候、
今日者、陰雨洪濛」難昏候、其元御気色、」一入如何与無心元候、此」紅実一枝丼一折」
一種、任到来進上候、」今日之濛雨、所労」如何与」承度、如此候、般諸期」後日候、
不宣、

九十二日
（モト端裏ウワ書）
「上玄善房　□□〔康善ヵ〕」

（落合）

病床にある相手（僧侶か）への見舞状。慰みに、最近こちらに出入りしている舞々を差し向けようか、と提案している。その舞々の名は「新晴」と読める。市古貞次『中世文学年表　小説・軍記・幸若舞』（東京大学出版会、一九九八年）によれば、文明九年（一四七七）閏正月十二日および二十日に、もと遊女で今は尼の舞々が宮中に出入りしていて、その名が『お湯殿の上の日記』では「しんぜい」「しんぜん」、『実隆公記』では「真禅」と記されている。この「新晴」がこれに相当する可能性もあろう。

（堀川）

二一三六　筆者不詳　書状

三三・三糎×四八・四糎

久御贅拝見不申候、仍」いつそや　さく花の雲にかさなる」軒は哉といふ発句の一巡、
よく」とりてをかせられ候よし候、御覧せ」られ候て可被下候、ちと三日辺ニ」其御お
もてをかり申、一会」可仕候、かしく、

廿九
（モト端裏結封ヵウワ書）
「□〔与ヵ〕一様　三木」

「□〔与ヵ〕一様」宛の書状。香色料紙を用いる。二十九日付であるが、年月は不明。見出しに「近衛三藐院流」とあるように、三藐院近衛信尹の創始した近衛流の書体で、差出人の「三」の下が「木」と読めるとすれば、「三木」は一字名「杉」に基づく近衛信尹の別名であり、信尹の書状と推定できる。なお信尹が「三木」と署名した例が、『日本書蹟大鑑』第十三巻図版四六所載「松新入宛書状」に見られる。

（落合）

二一三七　筆者不詳　書状

二七・一糎×四二・〇糎

以上、
一筆申入候、」昨夕より」御番候て、□〔達ヵ〕之」事候、今日者、」上様御手に」ひるかいを被
成」候間、何方へも」被成間敷由」候て、御供衆も」悉被帰候、為御」心得申入候、恐々」
謹言、

□□〔任右ヵ〕衛門」□□（花押）

七　九日
いしち三様
竹与右さま
滝彦一さま」人々中

（落合）

宛名、差出人とも未詳。折紙。天地を横半折して上下に分かち、上部のみを使用する。本書状は、主君「上様」の意を承けて従者が出したもので、いわゆる「奉書」という文書様式を踏まえたものであろう。宛名もその事削いだ書振りから、差出人と同格の不特定の某家の従者と考えられる。文中の「ひるかい」は蛭飼で、蛭に血を吸わせる療治のこと。書風を勘案して、近世初期前後のものか。

（鈴木）

二一三八　一渓宗什　書状

三四・五糎×五一・二糎

早罷下、又得意度」様ニ被存候、何事も」申謝、
此度者、久々ニ而緩々遂」面話、殊□〔種ヵ〕々御馳走、」御礼難申謝候、祥山」仁兵も、相心
得御礼頼由」被申候、帰程船中、御噂」耳申出候、来五月競」馬か、六月当山虫払か、」
是非ニ々々各々仰合、御」上京可為本望候、早々」御礼可申入処、取紛事」有之、及延

引候、尚期」後音、恐惶不宣、
三月廿四日　芳春院　宗什（花押）
末吉宗久老」几右

（落合）

江戸前期の禅僧。山城国出身、大徳寺の玉舟宗璠の法を嗣ぎ、寛文七年（一六六七）二一一世住持となる。また、大徳寺芳春院三世。貞享元年六月十六日没、六十七歳（一六一八～八四）。
宛名は摂津平野大坂の豪商東末吉家の人で、連歌・俳諧などの文芸にも足跡を残した末吉宗久（寸計とも号す。一六一二～九四）。文中の祥山は祥山宗瑞（大徳寺二一四世、一六一九～九三）か。仁兵は不明。京より平野へ下向して歓待を受けたことに礼を述べ、今度はそちらが上京を、と誘う内容である。

（堀川）

三―三九　筆者不詳　書状

三一・八糎×四八・九糎

以上、
ミそ　二たる、」たしかに」うけ取申候、」あきたる」一つくたし申候、」御うけ取」候へく候、」かしく、」又、しやうゆふも、たまりも、」ミそも、あとより」御のほせ候へく候、」かしく、
むつ（印）
ひらの」大郎ひやうへ殿」まいる

折紙の書状。現状は折り目で切断し、見返しの天地を翻し、上下に並べて貼付する。「ひらの大郎ひやうへ殿」宛の「むつ」の書状であるが、両者とも何人かを明らかにしない。「むつ」は「陸奥」で、屋号であろうか。なお「むつ」の署名に重ねて捺された黒印は模様印で、文字はないらしい。文面から察して、「ひらの大郎ひやうへ」は味噌や醤油を扱う問屋で、「むつ」はそれを売り捌く商人であろうか。

（落合）

三―四〇　筆者不詳　陸游七言詩

三〇・三糎×五二・三糎

梅花樹下黄」茆丘、古人尚」能愛花不、月」淡烟深横牧」笛、死生常事」不須愁、（印）（印）

印文が難読で、筆者不明。
南宋の詩人陸游（一一二五～一二一〇）の詩集『剣南詩稿』巻一に載る、「看梅絶句」五首の第二首。第三句の五字目は多く「聴」、または「听」に作るが、ここでは「横」と書かれている。印「□□□人」「（印文不詳）」（ともに朱）。薄墨色料紙を用いる。

（落合）

第四輯

四―一　伊藤東涯　詩稿

二七・六糎×五五・二糎

　歳晩　芸庵老丈宅」同賦詩
至後光陰未覚遅、」間中文字好相随、北」山晴雪照吟鬢、南」舎疎梅落酒巵、鄴」架抽
来翻閣帖、呉」牋展処抄宮詞、」人間栄替咄嗟頃、」閲尽還裁歳晩」詩
正徳壬辰之冬長胤拝書

伊藤東涯（一六七〇～一七三六）は江戸中期京都の儒者。伊藤仁斎の長男にして幼名亀丸、名長胤、称源蔵、号東涯。父の古義学をよく継承発展させた半面、またその客観性は仁斎と違った思向をもつ。

この詩稿は、仁斎門で儒医の原芸庵（享保元年〈一七一六〉没、七十四歳）宅の正徳二（一七一二）歳末宴での詠。後聯において「鄴架金題」を「鄴架抽来」に、「呉牋彩筆」を「呉牋展処」に自ら改む。訂正後の本文で『紹述先生文集』（宝暦十一年〈一七六一〉刊）巻二十五所収。（宮崎）

四―二　伊藤東所　詩箋

二九・四糎×四八・五糎

（印）
　奉賀
　奥田蘭汀老丈」七袠寿
先子門生今幾」人、言論徳業有」君新、侍聞頃日」開華宴、短箋題」詩非色親、
　壬辰歳
　　伊藤善韶
　　（印）（印）

伊藤東所（一七三〇～一八〇四）は江戸中期の京都の儒者。名善韶、字忠蔵、東所と号す。伊藤東涯の三男ながら、古義堂三代目を継ぎ、父の広範な学問を伝播することに務む。

この詩稿は安永元年（一七七二）、古義学の祖述者として知られる奥田三角（東涯門で津藩儒。別号蘭汀。天明三年〈一七八三〉没、八十一歳）の古稀に奉呈したもの。関防印の論語の字句がきいている。関防印「不知老之将至」、印「善韶之印」「忠蔵」（いずれも朱）。（宮崎）

四―三　宇佐美灊水　「王注老子序」稿本

三五・四糎×三七・四糎

王注老子序
夫治国之人有以煩擾下者、尽忠之」臣有被讒損身者、如此類世之有」常有、而君子傷焉、
老子蓋有為而作也、有」慨於此也、太史公曰、」老子所貴道、虚無因応変化於」無為、
自有老子之言、荘列韓呂」淮南諸書、祖而述之、蓋公厳君王之」徒、学而脩之、漢文曹」
参汲黯之類、用之治民、後世従其流者、不可勝」数矣、易簡而得功多也、」余謂老子出
於易者也、易道陰陽消長而、」及出処進退語黙、有陰道有陽道、老子唯主陰道而貴」謙
虚、敷衍退一歩」之術而已、得虚無一味、而八十一章無往而」不虚無焉、猶楚辞数十篇
不出於怨」矣、夫主張一偏者、必有所遺矣、荀」卿曰、老子有見於詘、無見於信、」主
張一偏之弊不可勝計、読老子者」其不可不知也、」且読老子者、詳知先聖王之制、礼楽
度数以」治天下、而后其意之所有可知也、
父子有親、君臣有義、夫婦有別、長幼有序、朋友有信、」自余礼数、皆是聖人所造、非
自然之道也、捨是而恬澹無為、夫」如禽何又豈得為恬澹無為乎、却是争奪益甚、故所謂
無為者、在聖」人制作中、而行之以簡耳、故其言礼」楽度数之詳見于他書者、可以視耳、
其絶聖絶学者、」甚言無為之一味、過枉矯直之言也、聖人兼智」仁勇、老子智者也、以
智廃仁勇欲勝而上之、」豈其可得乎、亦一偏耳、唯其在衰世、懲後学」拘腐之説道也、
戻人臣義忠之遇害也、惨而知退、而」守黙之愈而已、後之称老者者、皆不知先王」礼楽
之教、何足与談老子乎、余欲詳論老」子而不未暇焉、只道其概略耳、王輔嗣之注老子也、
在標宗会、而不在」章句、猶如九方皐之求馬也、郭象注荘」子、張湛注列子、皆祖王注、

魏晋一注体也」老子正文、諸書所引有無之者、則囿多脱文、」而文字異同不可勝数、焦
竑翼」注有考異、王注旧本附孫鑛古今本攷正、」今共標於層、冠攷正考異、」二考外尚有
異同、諸書随見」随記、及王注誤脱有改正者、共別冠考一字而標于層、」陸徳明釈文便
于読」老子、而又挙異同、唯患多誤脱多(ママ)耳、」今不可改補、加圏以分附王注末、蓋刻誤」
国読者不可勝数、今悉改正以便蒙」士、校以歳月、異同改定尚有得者、」衰年病廃、以
俟後之君子云

明和己丑之春　南総宇恵序

宇佐美灊水（一七一〇～七六）は江戸中期の儒者。名恵、字子迪、称恵助、灊水と号す。荻生徂徠晩年の弟子で、師の遺著校訂伝播に務め、のち松江藩儒。多分に素行が問題視される徂徠学派だが、その精励篤行ぶりは藩中に影響を与えた。
灊水は、古学派系統が尊んだ『老子』王弼註のうち陸徳明の音義を付したものに、焦竑や孫鑛の本文研究を併採して校訂したものを『老子道徳真経』二巻として明和七年（一七七〇）に刊行している。これはその序文の稿本で、版本とはかなり異同あり。ここでは「明和己丑（六年）之春」の年記あるも、刊本序文では同年の十月となっていて、其間の削正甚だしきがわかる。斧正の過程は省き、訂正後の本文のみ翻字した。
（宮崎）

四―四　深見玄岱　詩箋

二四・三糎×三四・八糎

（印）
冬君子之半」天心無改移、一」陽不動処、万」物未生時、玄酒」味方淡、大音声」正希、
此言如不信、」更請問意義
玄泰子録書
（印）（印）

深見玄岱（一六四九～一七二二）は江戸前期長崎の漢学者・唐通事。名玄岱、字子新、通称新右衛門、天漪と号す。長崎の唐通事の家に生まれ本姓高氏、その祖は福建省影郡に出る。僧独立、木下順庵などに学び、新井白石の推薦で幕儒となる。唐様の書家としても知られる。
関防印「（不明）」、印「玄泰之印」「王衡子」（いずれも朱）。香色料紙。　（宮崎）

四―五　湯浅常山　文稿

一八・二糎×一九・九糎
（裏）（上）一八・一糎×四一・八糎（下）一八・一糎×四二・九糎

桓桓関公万人之敵。樊城捷書鬭」不啻虢虢。霹靂既足奪奸雄之魄。」安知有援賊之孫権。
夫失赤帝之」符人耶。抑厭漢徳天耶。於乎公之」不伸者其志而不泯者其威神。忠」昭日
月。義孚下民。後世祭公之願。」若及率土之浜。蓋真宰之祐。公千」百載而光景恒新。
湯元禎

（小野節筆）「敬呈　（製汁袋上書）湯浅常山書」

（小野節・添状）
謹啓仕候
霽れやらぬ梅雨下、如何」御起居被遊候乎、奉伺上候、」先年来の宿題と相成り」候湯
浅常山翁の筆跡、」其後等閑ニ付したる訳」ニハ無之も好縁なく打過」候処、やうやく
此程手ニ入」候ニ付、別紙小切」進呈仕候間、御笑納被成」下候は丶本懐之至に御坐候、
　此小切、総体の筆意及湯元禎の落」款とも疑者も有之候へとも、」中ニハ頗る幼稚な
　る字体」も相見え候に付、他の疑を引き」易きかと存候故、其来歴を」略陳可仕候
此小切ハ常山翁の生前親」交ありし岡山の人若林正」晁（通称朴介国学者伝記集成ニ／
出たる若林正旭の兄）」の曽孫若林敬次と申者の所」蔵せし品ニ有之候、古くより」此
小切とともに巻きこめありし」ハ、浦上玉堂同春琴（備前ニありし／時の若書の書）」
赤松滄洲なとの半きれ、」若くハ唐紙に詩なとを書」きたる小切類ニ有之、外に」同し
箱の内ニハ、常山の正晁」に宛られたる書牘及ひ其他当」時の正晁か交際せし京阪諸」
大家の書簡等ニ有之候、」右功能を述る様の嫌も有之」候へとも、御参考之一助にもと」
中上試ミニ御鑒定之上」可然御取捨相成度候、」先は右得尊意度、如此に」御坐候、
頓首謹白

（萩野傍記）「明治四十一年」
七月五日　　小野節拝

萩野先生
　御侍史

湯浅常山（一七〇八〜八一）は江戸中期の儒者。名元禎、字之祥、称新兵衛、常山と号す。備前岡山藩士。徂徠の高弟服部南郭の門人で、交友も広い。武辺咄集の『常山紀談』では古文辞派らしい史筆を和文で縦横に発揮し、『文会雑記』（写本）では徂徠学派の面々の横顔を活写するなど、和漢の典籍に通じたその著述ぶりは柔軟で面白い。この文は『常山文集』には見られないが、歌人の小野節が、常山と親交あった岡山の若林正晁の子孫の蔵にかかるものを萩野由之に呈したことが、節の添状（明治四十一年〈一九〇八〉）にある。熨斗紙とともに送られてきたことからして（ただし、熨斗・水引ともに朱筆にて手書）、そのまま萩野博士に進呈されたものであろう。小野節は備中浅口の人、冷泉為紀や井上通泰らに学んだ旧派の歌人（大正六年〈一九一七〉没、五十五歳）。（宮崎）

四―六　細合半斎　詩懐紙

二八・八糎×四六・五糎

前大舎人権助巌垣君移疾
賜告、賦此申祝、（印）
宮闈退食毎従窮、移告」却将返隠踪、傷墅」盧渓交白社、出扃岳」麓曳遊筇、」詔今優病下」三殿、」恩昔避災随」六龍、終是栗原如栗里、多」君隠逸尚詩宗、
　辱老弟細合方明拝
　（印）（印）

細合半斎（一七二七〜一八〇三）は江戸中期の漢詩人・書家。名離・方明、字麗王、号半斎・学半斎・斗南など。京都生まれなるも若きより大坂で徂徠学の関西移入の立役者、菅甘谷に学び、のち片山北海の混沌社に交わる。詩や古学のみならず清の考証学にもいち早く応じている。かたや松花堂の筆道にも通じ、いわゆる滝本流の法帖も多く出刊。和漢の典籍故実に秀でたその存在は混沌社友の重鎮であった。
詩稿は、博士清原家の儒官（大舎人権助）だった巌垣龍渓（文化五年〈一八〇八〉没、

六十八歳）の、病をもって退官が許された際の祝賀の詠。関防印「稽古」、印「方明之印」「細合麗王」（いずれも朱）。薄茶色唐紙。（宮崎）

四―七　細合半斎　書状

三一・六糎×四六・六糎

猶又御出坂之節は挨拶にも」御来臨可被下候、□中〱」左程之事にも可給候、尚々」之外祭も候而御立寄被下候は丶」可得貴意候、キ外様にも何方」さまへ御周旋之儀不浅奉存候、」何事にも□期御面候万々」可申謝候、恐惶謹言、
　七月廿二日
御使簡進覧仕候、」旧月今日も好天気却而、」蔵主へも未陪候、弥御安全被成」御座大慶仕候、然は先達而より」伊丹御頼に而染愚筆申候、□□」先便□□御謝儀御菓子料金二百疋」鰹節一匣被下候、今日則御書簡も」御覧迫々寛々千万御厚情之至」忝受納仕候、然者申様候□□不及□□」迷惑仕候、可有様御礼よほと可被下候、
「（モト端裏ウワ書）
　　　細合半斎
上村源左衛門様　　明
　　参貴報　　　」

細合半斎については前掲四―六参照。
滝本流の筆道に長じた半斎は染筆の依頼も多かったらしく、本簡はその謝儀に対する礼状。和様の筆法は四―六よりもこちらの方によく出ている。上村源左衛門未詳。末尾の三行は端裏を切って貼付したもの。奉書紙。（宮崎）

四―八　野村公台　詩箋

二九・三糎×四九・五糎

（印）
美人貽我翠琅玕、惆悵」無由報玉盤、久使松蘿」遥入夢、難将杯酒暫交」歓、帝城旭日青雲遠、」容舎春風白髪寒、慚」愧不知張禄貴、相逢枉作」布衣看、
　寄
巌垣君亮卿

彦藩大支老東皐野公台拝

（印）（印）

野村公台（一七一七〜八四）は江戸中期の儒者。名公台、字子賤、称信左衛門、東皐・嚢園などと号す。代々彦根藩家老庵原家の陪臣（百石）。彦根で古義堂出身の沢村琴所に学び、自在な詩文家として活躍。国元だけでなく江戸でも交友が広い。

この巌垣龍渓に奉呈した七律は『嚢園集　後編』（寛政九年〈一七九七〉刊）に「寄巌垣亮卿」として所収。末尾に「松蘿巌垣館名」と註あり。関防印「青山緑水」、印「野公台印」「子賤」（いずれも朱）。（宮崎）

四—九　江村北海　詩箋

二九・〇糎×三三・三糎

（印）

酔後何妨雪意催、仲冬赴宴鴨」川隈、寒煙十里瑠璃水、落日層」楼琥珀盃、排闥驚飛已棲雀、倚」欄欲側未花梅、衰来久負樽前」興、更喜登臨懐抱開、

右仲冬

巌亮卿邀宴三樹楼」席上賦贈

北海江邨綬

（印）（印）

江村北海（一七一三〜八八）は江戸中期の漢詩人。名綬、字君錫、称伝左衛門、北海と号す。越前福井藩儒伊藤家の次男として生まれ、江村家を継ぐ。長男錦里（伊藤家）、三男儋叟（清田家）も各々知られる。明石の梁田蛻巌に文才を認められ、江村家入籍の後は宮津藩京都留守居役として、京都に起こした詩社賜杖堂を中心に関西・江戸を往来し、諸家と交友しつつ詩名を上げた。京都安永・天明期文学の総帥である。

この詩箋は某年冬十一月、鴨川の三樹楼において、巌垣龍渓主催の宴に迎えられたときのもの。『北海先生詩鈔』の各編に未収。なお萩野由之は「北海ノ書概皆代筆ナルコト其手簡ニ見ユ此書ハ其自筆ナリ珍トスヘシ」と、台紙の筆者名の下に注記している。関防印「□集芳李」、印「江邨綬印」「君錫」（いずれも朱）。香色絹本。（宮崎）

四—一〇　清田龍川　詩箋

二七・五糎×五六・五糎

画楼臨碧渓、林」杪与欄斉、織雨」残紅落、軽烟新」緑迷、共斟春酒」美、坐聴晩鶯啼、」莫漫投車轄、興」深酔似泥、

暮春甑月亭席上」得斉韻贈

龍渓巌先生

清勲

（印）（印）

清田龍川（一七四六〜一八〇八）は、江村北海の三男として生まれ、叔父にあたる福井藩儒清田儋叟の養嗣子となった儒者。萩野は台紙に「江村北海第三子為清田君錫嗣」と記入している。名勲、字公績、称大太郎、龍川と号す。

この五律は某年三月、京都巌垣龍渓の甑月亭での宴におけるもので、『龍川詩鈔』（寛政元年〈一七八九〉刊）にない。印「清勲」「公績」（ともに朱）。（宮崎）

四—一一　山村蘇門　詩箋

二九・一糎×八六・四糎

（印）

岐岨由来乏桑田、競種蕎麦祈」豊年、借問何地最称美、東有奈川」西末川、末川奈川山嶽秀、古木蒙」籠紫翠連、父老雑沓持斧去、伐」木丁々幽響伝、回頭峯巒已濯々、」纔留荒榛蔭清泉、一朝逐風縦」朱火、不可似邇勢薫天、鳥巣兎」窟何処在、更使灰塵満高巖、薫」風只有汗堪拭、踏雲挫種落日前、」耕耘不用懇擁使、挫罷如棄任自」然、炎雲漸収玉露下、紅茎七大枝」葉全、半立驚見白花開、万葩流」露君皚々、珠簾即捲香炉雪、美」人僅逢羅浮梅、秋光未半実先」熟、累々如雲紫為堆、父老穫之皆」歓呼、賽龍山神来贈吾、々方望人」神飛揚、遂附駅使寄上都、君不聞」陸凱寄梅思范曄、吾情直同」君知乎

右蕎麦歌寄

龍渓巌舎人

木曽　山村良由拝題

（印）（印）

山村蘇門（一七四二～一八二三）は江戸中期の木曽福島代官・漢詩人。名良由、字君裕、称甚兵衛、号蘇門、書楼を清音楼という。従五位下朝散大夫、伊勢守。木曽福島の代官山村家に生まれ、若きより大内熊耳や南宮大湫に学ぶ。天明元年（一七八一）家督を継ぎ九代目木曽代官。同八年隠居。以後山村老公として江戸と木曽を往来して文事に明け暮れる。木曽の儒者石作駒石や秋元玉芝など国元のブレーンも多く、江戸にては旗本文人滝川南谷らはもとより、佐賀、久留米、秋月など西国外様藩の文人らと広い交流をもった。木曽では出版の工房も持っていたことも近年指摘される。

巌垣龍渓に謹呈されたこの「蕎麦歌」は、彼の版行された多くの詩文集類に見られない。関防印「詩書以養志礼楽以修身」、印「良由之印」「蘇門」（いずれも朱）。（宮崎）

四一一二　南宮大湫　詩箋

二八・九糎×四六・〇糎

（印）

園林二月聴啼鶯、方」是春風出谷声、邱」隅応自遷為地、莫惜」嚶鳴報友生、

寄賀

岩君亮卿擢長門介

癸巳之秋日

南宮岳具稿

（印）（印）

南宮大湫（一七二八～七八）は江戸中期の儒者。名岳、字喬卿、称弥六、号大湫。美濃今尾の人で、本姓井上氏。中西淡淵の門人。代々尾張藩老竹腰家の陪臣だが、仕官を嫌って桑名で儒を講ず。のち細井平洲の勧めで江戸で私塾を開き声名を上げ、各藩の賓師となるなどした。

この七絶は巌垣龍渓が安永二年（一七七三）、長門介に叙任した際の賀詩。関防印「山静及太古」、印「南宮嶽印」「喬卿」（いずれも朱）。（宮崎）

四一一三　龍草廬　詩箋

二七・八糎×四五・三糎

（印）

乞酒于巌孟厚、々々贈以」梅花春一壺、奉賦而謝、

故人乞酒未罷䣼、貧乏」応同陶令家、忽値白衣」将一飲、皇城五月醅」梅華

草廬龍公美拝

（印）（印）

龍草廬（一七一四～九二）は江戸中期の漢詩人。京都伏見の人。名公美、字君玉・子明、称彦二郎・衛門、号草廬。詩歌ともに秀で、詩風は盛唐を宗とする。商家の出なるも、彦根藩儒に迎えられ教授、門人六百人に上ったという。致仕して東山に棲み、文雅三昧に生涯を終えた。笹の葉体といわれる書風も名高く、その集『龍草廬先生集』の七編にまで及ぶのは、徂徠学派の文集多しといえども草廬だけであろう。

「梅花春」なる酒を贈られた巌垣龍渓へ返礼として呈したこの詩は、その膨大な詩集に未収録。関防印「読書撃剣」、印「後崇光天皇勅賜龍姓于吾曩祖」「公美」（いずれも朱）。（宮崎）

四一一四　那波魯堂　詩箋

二九・一糎×三七・一糎

（印）

遊巌孟厚宅賦即事

松檜陰中暑已移、雲峯」影散養魚池、蛛糸有待」風簷処、蛙吹無淫晴久」時、随世浮沈何必好、与人」俯仰未全奇、紋漪洗却徐」生熱、穏坐溢客伝酒巵

魯堂（印）（印）

那波魯堂（一七二七～八九）は江戸中期の儒者。播磨国姫路の人。名師曾、字孝卿、称主膳、魯堂と号す。京都の岡白駒に古文辞を学ぶ。のち朱子学に転じ、徳島藩儒に擢でらる。その『学問源流』は近世儒学変遷史として貴重な著述。

この詩箋は巌垣龍渓宅を訪うた際の詠。年期未詳。関防印「我古僊」、印「師曾」「自謂無他腸」（いずれも朱）。（宮崎）

四―一五　永田観鵞　詩箋

二七・九糎×四五・五糎

（印）

松蘿館詩社賦得」春信到梅花

寄傲窓前曙色開、」閑看宿雪尚成堆、不」知春信伝何処、枯木」林中一朶梅、

東皐永忠原

（印）（印）

永田観鵞（一七三八～九二）は江戸中期の儒者・書家。京都の人。名忠原、字俊平、観鵞・東皐等と号す。はじめ服部蘇門、のち江村北海に学ぶ。温厚謙虚で人を誹謗せず、すこぶる長者の風格あり、門人千を数える。

この詩箋は恐らく巌垣龍渓松蘿館の詩会において「春信到梅花」の句題が宛てられたときの詠。年期未詳。関防印「観鵞堂」、印「源忠原印」「儁平」（いずれも朱）。

（宮崎）

四―一六　井上金峨　大字

三一・四糎×四六・〇糎

清」音

金峩山人

井上金峨（一七三二～八四）は江戸中期の儒者。名立元、字純卿、称文平、金峨・考槃翁と号す。笠間藩医の子として生まれ、父や川口熊峯らに学びのち井上蘭台に師事する。父没後は藩籍を離れて江戸神田で私塾を開講。各藩の賓師や寛永寺門跡の教授も行った。一時医学校躋寿館の学頭になったこともある。江戸中期特有の風であった諸学派の相対化、折衷を推進した一人。

（宮崎）

四―一七　山本北山　詩箋

二七・二糎×二八・三糎

春風漸酔突然」出、逢着梅花立」夕陽、莫道光陰」駒隙過、不知歳」月入閑長、

山本信有

（印）（印）

山本北山（一七五二～一八一二）は江戸中後期の儒者。名信有、字天禧、称喜六、北山と号す。古文辞派の詩文を痛烈に批判し、その後の清新詩流行への道をつけたことは特筆される。儒においては孝経を重視し、経学では古註・新註ともに批判的立場をとる折衷学の一人であった。

この詩は、わずかに点在する北山の詩文集類（写本）に見られない珍しいもの。印「信有之印」「北山」（ともに朱）。香色料紙。

（宮崎）

四―一八　村瀬栲亭　詩稿

二七・五糎×三六・一糎

癸亥初度戯題三首

此生何苦趁無涯、迹似散僧未着袈、逢客先」問邱壑勝、挈孫時擷野塘花、樵山任是無筋」力、喫菜未須補歯牙、老懶不関身後事」倦来喚枕覚来茶

天公付我満腔痴、一片虚舟任所之、心上忘」機眠乃美、淡中有味老初知、雲山欲買」嫌其冗、草径無媒覚更奇、了悟昨非」私自咲、較他伯玉十年遅

野鳥欣々草莽中、縦飢那悔出樊籠、息」心纔占空閑地、屈指已為六十翁、枕石席」松新活計、犓茶淡飯旧家風、山樗能」寿緣無用、毀性胡為羨梓桐

栲亭之熈

村瀬栲亭（一七四四～一八一九）は江戸後期の京都の古註学者。京医の子として生まれ、名は之熈、字君績、通称掃部・嘉右衛門、栲亭と号す。医を堀元昌に、儒を武田梅龍に受け、梅龍の後を襲って妙法院門跡の侍講となる。その後秋田藩に迎えらるも寛政三年（一七九一）に退隠。儒はもとより、詩文書画に長ず。

この詩稿の七律三首は、享和三癸亥歳（一八〇三）の年頭にあたっての思いを自嘲気味に述べたもの。『栲亭三稿』（文政九年〈一八二六〉刊）巻二に所収、小異あり。（宮崎）

四―一九　頼春水　詩箋

二七・一糎×三一・五糎

宿
岡君元齡宅賦似
自別浪華過幾春、」屋梁明月影相親、今」宵把臂歓何甚、共是」天涯夢裡人、
頼惟寛

頼春水（一七四六～一八一六）は江戸中期の儒者。名惟寛・惟完、字千秋、通称弥太郎、春水・霞崖・拙巣などと号す。安芸国竹原の紺屋の子として生まれ、幼より平賀晋民らに儒・書を学んだ。若くして大坂に遊学、片山北海の主催する混沌社に交わり、当時流行の古文辞学風に親しんだが、のち朱子学に覚醒する。天明元年（一七八一）広島藩儒に抜擢されてからは世子とともに江戸と国元とを往復し、藩中の文教に携わり、幕府の昌平黌で講じることもあった。尾藤二洲や古賀精里とも親しく、寛政改革の影の指導者とも目される。
岡鶴汀（字元齡、文化八年〈一八一一〉没、七十六歳）は倉敷の里正で、江村北海門の漢詩人。弟延年とともに老母に孝養を尽したことで知られる。春水は参勤の度に何度か倉敷に宿泊しているが、この詩の年期は不明。唐紙に朱と黄で草花があしらわれ、「蘭竹書屋」と刷込まれたこの繊細な絵柄の詩箋は、舶来のものか。（宮崎）

四―二〇　赤松滄洲　詩箋

二八・〇糎×三六・三糎

（印）
次韻奉答
岡元齡新年夢余見贈
孤鴻春候外、伝信下」城陰、清夢連佳気、新」篇至老心、且思違嚢」久、還感看知深、猶為」存余息、旧盟式可尋、
赤松鴻拝草
（印）（印）

赤松滄洲（一七二一～一八〇一）は江戸中期の儒者。名鴻、字国鸞、通称大川良平、滄洲と号す。播磨の人。赤穂藩医の養子となり、京都で医を香川修庵、儒を宇野明霞に学ぶ。延享四年（一七四七）、赤穂藩儒となり、のち同藩家老。寛政異学の禁を難じたことは名高い。
この五律詩箋は、倉敷の岡鶴汀新年詠への奉答詩。年期不明。関防印「（不明）」、印「赤松鴻印」「字国鸞」（いずれも朱）。（宮崎）

四―二一　篠崎三島　詩箋

二九・六糎×四四・八糎

（印）
黄薇岡君玄齡、々与余相如而」独有　萱堂、今茲寿九十」起居如少壮、因馳書以報」華誕開莚之挙、余既賀其」七十八十寿、而又有嘉告、不堪」歆羨、乃招二三社友、同賦以奉」祝
五十而慕有高堂、七八旬時呈」賀章、鴈字相尋幾冷燠、鶴齡又」畳十星霜、瑤台共験蟠桃色、仙」窟同輝宝婺光、揮筆介　君」称寿頌、満天霞彩老萊裳、
筱応道拝（印）（印）

篠崎三島（一七三七～一八一三）は江戸中期の儒者。名応道、字安道、称長兵衛、三島と号す。大坂の富商の子として財を受け継ぎ、書物万巻を購入。人となり闊達。しかして撫恤の心深く売書にて人の急を救うこと多く、資産を落とす。混沌社の一員として詩書に堪能だったが、中年に宋学に目覚め、学ぶ者も多かった。
この詩箋は倉敷の岡鶴汀の母九十の賀宴に送りたるもの。関防印「三楽」、印「応道」「安道」（いずれも朱）。匡郭を雷文つなぎであしらい、「梅花書屋」と刷込まれた中華風の用紙（朱刷）は篠崎家自製のものと思われる。（宮崎）

四―二一二　篠崎小竹　詩箋

二九・五糎×四四・七糎

為
岡元齢先生奉賀其」北堂九十 聞 先生古稀左右
忽見蟠桃発　画闌、更聞青」鳥降黄薇、九如歌合」萱堂寿、五色雲裁　萊子」衣、与凌
滄洲応洩々、名存」日本自巍々、百年風月」板輿下、若汝古来尤可稀、
日本詩選載　先生詩数首故及
南豊筱弼拝（印）（印）

篠崎小竹（一七八一～一八五一）は江戸後期の儒者・漢詩人。名弼、字承弼、称長左衛門、小竹散人・南豊・畏堂などと号す。大坂の医師の子として生まれるも学に秀で、篠崎三島の養子となる。江戸にて古賀精里の門に参じ、朱子学を奉じるようになった。詩書を善くし、交友門人も多く、刊本の序跋の多さがそれを物語る。

この詩箋は三島と同じく、岡鶴汀の母堂九十の賀に際して贈ったもの。前項の三島詩の題詞にある「二三の社友」の一人がこの小竹だったと思われる。岡の古希とも重なったというから、文化二年（一八〇五）の詠ということになろうか。『小竹斎詩鈔』（安政七年刊）未収。小竹の付記にいうごとく、鶴汀の詩は江村北海『日本詩選』に数首採択されているが、北海曰く「当に山陽第一なるべし」と。印「筱弼之印」「筱氏承弼」（ともに朱）。用箋は四―二一一と同じもの。　（宮崎）

四―二一三　柴秋村　詩箋

二六・八糎×三九・六糎

（印）
雨湿渓山暗有声、」幽懐遠似巻余酲、前」岸桃花紅半樹、眼」先明、墜露稍重新」柳重、
軟沙共走細流」清、支徹石頭間小立、囀」孤鶯
戊午花朝後一日、冒雨過」耶馬渓、即興同攤」破浣渓紗一闋、庚申」初夏録于荻浦
康次
秋邨（印）（印）

柴秋村（一八三〇～七一）は幕末明治期の儒者。名幸、字緑野、称六郎、秋村と号す。阿波徳島の人。若きより新居水竹、羽倉簡堂、広瀬旭荘に学び才を称せられる。数年、日田咸宜園に滞留して広瀬青村・林外と刺激し合ったこともある。のち徳島儒員として淡路洲本に勤務していたが、師水竹を首謀とする不平脱藩士族の乱とその断罪を目撃し、衝撃の余りに病没した。洋学にも通じていた開明的儒者であったが、この詩箋のごとく、即興で作った塡詞も堂に入ったもので、その鋭才ぶりがしのばれる。

安政五年（一八五八）戊午、耶馬渓における本作は日田滞在時の詠か。その旧作を万延元年（一八六〇）四月、荻浦康次なる人物に書き贈ったもの。「攤破浣渓紗」は塡詞題で、七言三句に三字一句、これを二回繰り返して一闋とするのが類型である。関防印「柴」、印「柴幸」「埜人」（いずれも朱）。香色絹本。　（宮崎）

四―二一四　安積艮斎　扇面詩

一四・五糎×四六・八糎

（印）
欠月雲遮」天欲雨、」隔江灯火」翳還明、」夜深酒醒」眠難就、」風葦蕭々」尽櫓声、
艮斎（印）

安積艮斎（一七九一～一八六一）は幕府の昌平坂学問所儒官。名は信または重信、字は思順あるいは子明、通称は祐助、艮斎と号し書楼を見山楼という。陸奥安積郡の郡山八幡宮の神職の三男として生まれ、江戸に出て佐藤一斎に学ぶ。林家の門人にもなり、二本松藩儒を経て、嘉永三年（一八五〇）、幕府の学問所付儒者となる。辺幅を飾らぬ人柄ながら贍麗なる漢文の名手として名を得た。

この扇面は七絶。関防印「思順」、印「(不明)」（ともに朱）。雲母引き料紙。　（宮崎）

四―二一五　関松窓　詩箋

二六・〇糎×四一・七糎

金門貴客有輝」光、那得同称濁」酒觴、今日城南」雲物好、如花彩」翰媚春陽、
奉酬

松平子卿君至日」不見過之作
関脩齢再拝
（印）（印）

関松窓（一七二七〜一八〇一）は江戸中期の儒者。名脩齢、字君長、称永二郎、松窓と号す。川越の人。昌平黌の井上蘭台に学んで折衷学を究める。前橋・川越の藩儒を務め、林家の学頭になった。
詩箋は松平子卿なる、旗本の子弟かと思われる貴顕にあてた詠。年期未詳。印「関脩齢印」「関氏君長」（ともに朱）。香色料紙。
（宮崎）

四―二六　林復斎　詩懐紙

三六・八糎×五二・〇糎

奉賀
大君殿下養有栖川王女」為公姫
遠移蘭蕙種、慈愛養幽」芳、窈窕温其質、婉妍穠」矣粧、瑞逢金桂発、歓溢」玉盃香、
期得乗龍節、重」来献賀章
式部少輔臣林韑再拝上

林復斎（一八〇一〜五九）は幕末の儒者。名は韑、字は弸中、幼名韑之助、通称右近・式部少輔、号は復斎・梧南・藕潢。第八代大学頭林述斎の六男として江戸に生まれ、父のほか佐藤一斎、松崎慊堂に学び、嘉永六年（一八五三）第十一代大学頭就任。ペリー来航時の日本全権を務め、本丸留守居となったのちは西国の沿岸巡視に奔走するなど、父に似て文事と実務ともに長じた。
この五律は有栖川幟仁親王の第一女幟子女王が、弘化三年（一八四六）、十二代将軍徳川家慶の養女となった際の賀詩。こうした典礼儀式の際の詠詩奉呈も林家の職掌の一である。大奉書紙。
（宮崎）

四―二七　古賀侗庵　大字

二四・七糎×三一・八糎

（印）
如」雲
侗菴書（印）（印）

古賀侗庵（一七八八〜一八四七）は近世後期の昌平坂学問所教授。名煜、字季曄、称小太郎、侗庵・蠖屈居・古心堂・羅月軒・黙釣道人などと号す。本姓劉氏。古賀精里の三男。文化十四年（一八一七）、幕府儒者。文事の才筆とともに、その博大な知識と政治外交への洞察は海防論、洋式軍備の導入など、江戸後期朱子学における理性主義の極まった姿を呈している。詩風は清雅な宋詩風。
関防印「古心堂」、印「劉氏季曄」「蠖屈子」（いずれも朱）。薄い朱色で子持枠に桜花を描いたこの用紙は、舶載の印刷詩箋かと見まがうが、実は枠も含めてすべて筆彩。中央に折れ線が入っているところから袋綴稿本冒頭の題字として書かれたものか。
（宮崎）

四―二八　古賀侗庵　詩稿

二四・三糎×五三・八糎

冬暁分韻
開窓霜似雪、凛慄粟生」膚、残月先光耀、前山半有」無、些氷凝小硯、宿火耿寒」炉、照鏡驚嗟久、何時白上」鬚
冬日茶
幽居冬至早、羣卉尽彫」枯、留得数枝艶、何愁三径」蕪、紅楓相伴老、粉蝶果」来無、猶供唫詩料、休漫」充夕晡、
蘿月軒主人

古賀侗庵については前項参照。
林家の詩会における詠作か。「冬暁」の三句目「無光耀」を「先光耀」に、五句目

「軽氷」を「此氷」に、「冬日茶」詩の三句目「纔駐」を「留得」に、四句目「如愁」を「何愁」に各々自ら改めている。（宮崎）

四―二九　野村篁園　詩箋

二四・六糎×三一・六糎

詠桜花（印）

異種出扶桑、半姿冠衆芳、霞烘添酔暈、」雨洗助啼粧、遠訝雲埋樹、低憐雪壓墻、」朦朧装夜景、爛熳襯朝陽、鳥阜松間路、」鷗津柳外荘、露濃愁態重、風暖睡情長、」逸韵供描画、佳名入賦章、花中無可以、一」仕喚為王、

篁園温抛墚（印）（印）

金橋賞花

長橋路入白桜叢、両袖携香歩細風、薄」暮芳陰入去尽、一痕微月影朦朧

篁園温録旧製（印）（印）

野村篁園（一七七五～一八四三）は江戸後期の儒者。名直温、字君玉、称兵蔵、篁園・静宜軒と号す。大坂番手の家に生まれた幕臣。古賀精里門の秀才で、寛政十二年（一八〇〇）の学問吟味に及第。昌平黌の教授から幕府の御儒者にまで上った。清雅な詩風をもつ官学派詩人の代表。塡詞の名手でもあった。

関防印「静宜」、印「臣温之印」「君玉」「温」「玉」（いずれも朱）。茶色印刷罫紙を継いだもの。（宮崎）

四―三〇　谷文晁　画論稿本

二三・四糎×三四・四糎

夫物苟無不以古為法也、絵画之来尚矣、上古」象制率畧、画書体未分、至有虞作絵、」其法寖備矣、降迨漢魏六朝、哲匠往々而」出焉、或絵孝経、或絵尓雅、非画無以観其」形、非書無以伝其言、宣物存形、以資教化、」宋洪恵伯好隷古之学、広捜索天下古碑、」所輯曰釈曰続曰図、総百有餘篇、而天下」古碑畧無遺脱、若碑図所載、承露人」龍鹿嘉木連理木及武梁祠堂画記、其跡」簡而正必（△或書顧陸之輩者亦不可知）哲匠所造也、其画法之伝、備於漢」魏、盛於六朝、変於唐、蓋唐呉道玄絶」芸冠于古今、極巧竭妙、而古法漸廃矣」爾来世学者専倣〔巧〕功緻、而往々極巧竭」精、而古法漸廃其跡愈昇〔卑〕矣、嗚呼余好古之無已、」将以升道言之堂、窺顧陸之室、是余所」以刻斯書也、

江戸後期の画家。通称文五郎。号は文朝、写山楼、画学斎など。父麓谷が田安家の家臣であり詩人でもあったため、早くから文事に関心を抱いて育った。すでに十歳のころから、木挽町狩野派三代周信の門人加藤文麗に画の手ほどきを受けたほか、渡辺玄対からは南北折衷体、南蘋派などの山水画を学んだ。その後も浙派、洋風画、円山派、明清派などを貪欲に渉猟吸収して、遂に文晁独自の画風を樹立した。代表作には、写生を重視した「木村蒹葭堂像」「公余探勝図巻」「日本名山図会」などがあり、それらは渡辺崋山などにも継承された。また老中松平定信の命を受けて、各所に伝来する古書画什器を模写して刊行した図録集『集古十種』（全八十五冊）を完成するなど目醒しく、当代の画壇に君臨した。天保十一年十二月十四日没。七十八歳（一七六三～一八四〇）。

中国古代においては、まだ画と書が分ち難かったことから画史を説きおこし、それは宋代の洪恵伯が、天下の古碑を博捜して編んだ百篇にも及ぶ碑図の遺書が証する。そして画法は、漢代・北魏から始って六朝で盛んとなり、唐の呉道玄が出て一変した。その後は、愈々画も巧・妙・緻に精を加え、画を学ぶ者ことごとくそれに倣うようになったという文意。これは狩野安信の画論『画道要訣』以来、日本画壇ほとんどが共有する概念で、文晁独自の発明ではない。また、文晁には『本朝画纂』『画学大全』『歴代名公画譜』といった画論もあるが、いずれにも本稿は見当らない。見せ消ちや加筆訂正が多数見られることから、自筆逸文稿の断片か、書き反古の類であろう。（岡崎）

四―三一　葛西因是　詩箋

一九・八糎×一九・八糎

一枝横笛不離」身、昨夜管絃知」此人、二十四番風」未半、落梅折柳」送君春、

題平敦盛図

因是道人（印）

葛西因是（一七六四～一八二三）は江戸後期の儒者・漢詩人。名質、字休文、称健蔵、因是道人と号す。大坂に生まれ、江戸に長ず。平沢旭山や林家に学び、儒として立ってからは、その才によって大名家などから優遇された。老荘思想に独自の解釈を施し、孔孟の学と調和させようとした朱子学者。当時流行の宋詩風のみならず、唐詩にも理解を示した。

一ノ谷の合戦で熊谷直実に討たれる横笛の美少年平敦盛を描いた画題詩。印「葛質」（朱）。枇杷色唐草紋蠟箋。　（宮崎）

四―三二　月形順　詩箋　二九・二糎×三二・四糎

（印）

良縁自幸識荊州、絶勝」人間万戸侯、洞海倉山尋」画趣、蘆汀蓼渚逐吟遊、棋」開幾局忘工拙、酒限三盃斅」献酬、記否釋松津口晩、西」風洒涙送帰舟、

寄広旭荘翁

月形順

（印）（印）

月形順は、未詳。福岡藩朱子学派の儒家月形家の一人と思われるが、順なる諱をもった人物を見出せない。版本『山園雑興』で名高い月形鷦窠（一七五七～一八四二）は「潤」なる名をもっていたとする記録もあるが（『日本教育史資料』）、たいていは「質」を名乗る。鷦窠は字君璞でこれも合わない。これを呈した広瀬旭荘を翁と称していることから、旭荘に近い年齢もしくは年下の人物か。鷦窠は旭荘に長ずること五十。旭荘と年齢の近い鷦窠の末男健助も詩書をよくしたが、字季強または季修で、季裕と呼ばれていた形跡を見ない。後考に俟つ。

関防印「梅堂」、印「月形順印」「字曰季裕」（いずれも朱）。　（宮崎）

四―三三　秋月韋軒　扇面詩　一七・七糎×四八・三糎

（印）

行無興兮」帰無家、国破」孤城乱雀」鴉、治不奏功」戦無略、微臣」有罪復何」嗟、聞説天王」元聖明、我公」貫日発至誠、」恩賜赦書応」非遠、幾度」額手望京城、」思之々々夕達晨、」愁満胸臆涙」沾巾、風淅瀝」兮雲惨澹、」何地置君又」置親、

此戊辰之冬、」有故北越潜」行、帰還所作、」辛未之夏、為」服部君録

秋月胤永（印）

秋月韋軒（一八二四～一九〇〇）は幕末明治期の儒者。名胤永、字子錫、称悌次郎、韋軒と号す。会津藩士丸山胤道の子。藩主松平容保の信を得て、幕末会津の浮沈を陰ながら支えた一人。維新後は旧制五高で漢学の教授を務め、多くの同輩・学生らから尊崇された。

この詠は服部なる人物のために明治四年（一八七一）に揮毫した扇面だが、内容は戊辰戦後、越後に潜伏して会津に帰ってきた際、荒廃した郷土を前に感懐を述べた、彼の詩中最も名高いもの。『韋軒遺稿』（大正二年〈一九一三〉刊）巻一所収、「故有りて北越に潜行し、帰途に得し所」（原漢文）と題す。関防印「（不明）」、印「（不明）」（ともに朱）。　（宮崎）

四―三四　川田甕江　詩箋　三二・一糎×三六・四糎

（印）

大使昨従殊域」回、春風恰見国」光開、閑官亦有」関公事、馳火輪」車訪野梅、

杉田」探梅」五首之一

甕江客漁（印）（印）

川田甕江（一八三〇～九六）は、幕末明治期の儒者・政治家。名剛、字毅卿、称剛介、甕江と号す。備中阿賀崎の人。江戸で古賀茶渓・大橋訥庵・藤森弘庵らに師事。山田方谷の斡旋で備前松山藩主板倉勝静に出仕し、その佐幕から勤皇への藩論転換を果たした。維新後は政府に出仕し、修史局が設置されてからは一等編修として活躍。明治天皇の信頼も厚かった。重野成斎との確執あって史館を出て、宮内庁四等出仕、東京大学教授、貴族院議員、東宮侍講などを歴任した。

文章家として知られるが、ここは官暇に杉田の梅園を訪うた際の七絶連作の一。関防印「天真」、印「剛字毅卿」「甕江」（いずれも朱）。薄桃色銀散らし料紙。　（宮崎）

四―三五　岡松甕谷　詩箋

三〇・九糎×三七・〇糎

（印）

欲問高風不易求、澹」粧素服杳成愁、寒渓」月落鶴迷雪、古戍煙」横人臥楼、曽趁遐蹤」
渉秦隴、也牽幽夢入」羅浮、尋思定得近猶」未、擬伴緑衣林下游、
　楳花十六首之一
　　甕谷（印）（印）

岡松甕谷（一八二〇～九五）は幕末明治期の儒者。名辰、字君盈、称辰吾、甕谷と号す。豊後の人。帆足万里に業を受け、熊本藩に仕え、のち昌平黌教授。維新後は東京大学教授を務む。万里の影響を受け洋学に精通したが、明治となり皆西欧に心酔するを厭い、西学を口にしなくなったという。
関防印「聊復爾」、印「岡松辰印」「岡松君盈」（いずれも朱）。浅葱色唐紙。　（宮崎）

四―三六　副島種臣　書状

二三・九糎×四二・二糎

謝」　芝山学校諸君、過」刻忝過深蒙恵」愛、幸甚々々、諸生数人」相送沙門、今公堂安」
意々々、謝呈一楮今回、」明日有暇、請校長見来」臨、呵々
　　　種臣頓首
　　　　九月三日

副島種臣（一八二八～一九〇五）は明治期の政治家・文人。名種臣、称二郎、蒼海・一々学人などと号す。佐賀藩校教授枝吉忠左衛門の子。大木喬任や江藤新平らと藩内に尊皇運動を起こすも藩主に退けられ、長崎で米人フルベッキに師事して英米憲法を学ぶ。維新後は明治政府の制度事務局判事、外務卿などを歴任して政体の充実や日清・日露の外交に携わるも、征韓論に賛同して下野、民選議院設立建白書にも署名する。明治九～十一年（一八七四～七六）清国漫遊。同十七年（一八八四）伯爵。以後第二次松方内閣の内務大臣などを務めた。その書も、楊守敬来朝以後六朝風に変遷した明治書家の中でも異彩を放ち、詩文に長じた悠々たる文人政治家としても知られる。この漢牘の「芝山学校」は未詳だが、芝増上寺の学寮あたりをいうか。その学校諸君の来訪を受けた謝辞。年次不明。　（宮崎）

四―三七　近衛篤麿　詩箋

二四・二糎×三一・一糎

独坐炉辺百慮」煎、難堪感慨涙」泣然、嗚呼今歳今宵」尽、吾不復遇二九年
　録明治庚辰除夜之旧作
　　　霞山（印）

近衛篤麿（一八六三～一九〇四）は明治期の政治家。霞山と号す。公家近衛忠房の子。家督相続後、独墺に留学し政治法制を学ぶ。貴族院議員をしつつ、「東洋は東洋人の東洋なり」というアジア主義を提唱し、新たな中国朝鮮との関係を模索した。東亜同文書院の創立者。長男に首相となった文麿がいる。
詩稿の「明治庚辰」は十三年（一八八〇）、十八歳直前の感慨をこめた七絶を、後年記したものである。印「篤麿」（朱）。　（宮崎）

四―三八　藤森弘庵　詩箋

二九・八糎×四七・五糎

　　（印）
　賦得天晴有鶴声」奉賀
　雲晴上人七十初度
忽見晴光動暁天、」一声々遠帯祥」烟、胎禽本是千年」物、為脱塵縁更」幾千、
　　藤森大雅和南
　　（印）（印）

藤森弘庵（一七九九～一八六二）は江戸後期の儒者。名大雅、字淳風、称恭助、弘庵・

天山・不如学斎などと号す。もと播磨小野藩士。事あって致仕し、古賀侗庵・穀堂、長野豊山らに師事する。土浦藩の賓師として文教を刷新。弘化四年（一八四七）から江戸で家塾を開き、漢学生らはもとより、その実学の風を慕って多くの諸侯臣たちも教えを受けた。水戸の徳川斉昭に時務を献策し、その攘夷論が幕府の嫌疑を受け、一時下総行徳に放逐された。文章家としても優れ、門下に川田甕江・依田学海など逸材を輩出している。

この七絶は『春雨楼詩鈔』（嘉永七年〈一八五四〉秋刊）巻六所収。雲晴上人（未詳）七十の賀詩として「天晴有鶴声」を題として詠じたもの。版本では第二句「帯」が「惹」、末句「脱塵縁」が「絶諸縁」と改まっている。関防印「十畝之間桑者」、印「大雅之印」「弘斉居士」（いずれも朱）。（宮崎）

四―三九　東条琴台　詩箋

二〇・九糎×二六・四糎

（印）

清昼醲々一箋醅、香粧」馥態倚蒼苔、夢騰堪」任詩機動、繾綣難防」睡味催、紅薬欄欹晨」露湿、黄梅緘破晩風開、」休言魂断長寿国、猶引」幽人韻士来、　詠花夢

琴台居士（印）（印）

東条琴台（一七九五～一八七八）は幕末明治期の儒者。名耕・信耕、字子臧、琴台・無得斎・掃葉山房などと号す。江戸の町医者東条黙斎の三男。大田錦城・山本北山らに師事。美濃岩村藩士平尾家へ入籍したが妻子を残して出奔、林家に入門する。大規模な書画会などを主催する傍ら、海防論も展開し、『先哲叢談後編』『同続編』など広範な活動・交友を生かした有用の著作も残す。維新後は宣教少博士。関防印「谷海」、印「東条耕印」「字子臧」（いずれも朱）。白絹本。（宮崎）

四―四〇　小島成斎　扇面詩

一四・三糎×四三・〇糎

（印）

尚矣」蒼姫」史籀」篇、新」莽捜」索至」今伝、」王生」底事」無規」益、錯」認唐」碑官」帖鐫、

成斎（印）

小島成斎（一七九六～一八六二）は幕末期の儒者・書家。名知足、字子節、称五一、成斎・不惑道人・心画斎・風翁などと号す。備後福山藩士。市河寛斎・市河米庵・松崎慊堂・狩谷棭斎らに儒書を学び、『説文解字』学習を端緒に金石文・古法帖などの研究に入る。

この扇面の七絶もそうした文字考証学に対する感懐を述べたもの。年期未詳。関防印「風水土」、印「知足印」（ともに朱）。雲母摺料紙。（宮崎）

四―四一　西周　王陽明文

一八・三糎×四三・八糎

（印）

客座私祝

但願温恭直諒之友、来此講学論道、」示以孝友謙和之行、徳業相勧、過失」相規、以教訓我子弟、使毋陥於非僻、」不願狂燥惰慢之徒、来此博奕飲酒、」長傲飾非、導以驕奢淫蕩之事、」誘以貪財黷貨之謀、冥頑無恥、扇」惑鼓動、以益我子弟之不肖、嗚呼、」由前之説、是謂良士、由後之説、是謂凶」人、我子弟苟遠良士而近凶人、是謂逆」子、戒之戒之、嘉靖丁亥八月、将有両広」之行、書此以戒我子弟、幷以告夫士友之」辱臨於斯者、請一覧教之、

陽明山人書

西周臨（印）

西周（一八二九～九七）は明治期の思想家。石見津和野藩医の子。朱子学、徂徠学、蘭学、英語英学を杉田成卿、中浜万次郎らに師事、幕府留学生としてオランダのライデン大学に学び、法学・経済学などよりもミルやコントの実証主義哲学に影響を受ける。開成所教授。維新後は陸軍省や文部省に出仕しつつ、西欧啓蒙思想の教育の拠点たる明六社の設立に参画。諸学の総合体としての「哲学」の樹立を模索した。多くの哲学用語の翻訳や軍事政策にも携わっている。

この揮毫は、王陽明が地方の反乱の鎮圧のために出征する直前、子弟への戒めとして書き置いた文章「客座私祝」（嘉靖六年〈一五二七〉作、『王文成公全書』巻二十四所収）を書いたもので、私塾のどこかに掲げてあったものか。関防印「怡顔」、印「事貫明」（ともに朱）。　（宮崎）

四一四二　小原鉄心　詩箋　　二三・八糎×一七・一糎

（印）
過眼深山変、朝晴暮」雨天、可無已哉歎、」世態尽雲烟、
是予十年前木曽道中作」今思旧感而書之
鉄心生（印）

小原鉄心（一八一七〜七二）は幕末明治期の志士・漢詩人。名忠寛、字栗卿、称仁兵衛、鉄心・是水・酔逸などと号す。美濃大垣藩の重臣。斎藤拙堂門。幕府寄りであった大垣藩論をよく新政府に帰順させた。明治政府参与、大垣藩大参事などを歴任す。文学に通じ、酒と梅花を好んだ文人政治家。

この詩は「木曽道中雑感」と題して『鉄心遺稿』（明治六年刊）巻三に収録。『遺稿』中の位置から安政五年の作と類推できるが、その十年後とすれば、揮毫は明治初〜二年頃ということになる。「三生果」の銘の入った青墨色刷の詩箋は清の輸入品を用いたか。関防印「无可有」、印「寛」（ともに朱）。　（宮崎）

四一四三　福地桜痴　扇面詩　　一四・二糎×四三・五糎

春来痩」春光、昨夜」梅間偏、」玉笛簡梅」辺、一枝」春可憐、
桜痴居士
（印）（印）

福地桜痴（一八四一〜一九〇六）は明治期の言論人。称源一郎、桜痴・吾曹などと号す。長崎医師の子として生まれ蘭学を学び、江戸で英語を修めて幕府に通弁として抱えらる。慶応元年（一八六五）の遣欧使節の一員として渡欧。維新後『江湖新聞』の佐幕的論説で逮捕されたが、『東京日日新聞』の主筆となって以後は体制寄りの論陣を張りつつも、時に政府批判を行うなど、丸山作楽らと同じ漸進主義者らしい活躍をした。九代目団十郎らと演劇改良にも携わったことがある。

この扇面は年次未詳、晩年の作か。印「吾曹老生」「源一郎」（ともに朱）。雲母引き料紙。　（宮崎）

四一四四　円山溟北　詩箋　　二二・七糎×三七・三糎

（印）
歳功有報祀、田家致福釐、不是陽貨」豚、一筐牡丹釜、果々貴与紫、妝得」姚魏姿、吾性素飯袋、腸中鬨鳴」耒、飲仙彼人是、穀伯非我誰、如何」入老境、輔車失相依、執箸毎歎」慨、已矣膂力衰、唯有此釜在、」甘脆慰老頤、今日毋望福、張得」饑腹皮、自笑果然状、何啻辺笥」肥、憶昔遊学日、住土侍董帷、麴坊鍼」釜門、禹過涎古垂、当時漫自信、」此窮何之然、他日大任降、知自此中」来、俯仰幾裘葛、不覚年月移、依」然老措大、々任安在哉、唖然吾謝」我、彼此各一時、今日有此福、合」鼓祝尭熙、
一粲
合鼓野老葆（印）（印）

円山溟北（一八一八〜九二）は幕末明治期の儒者。名葆、字子光、称三平、溟北・与古為徒斎・宛在水中央漁者などと号す。佐渡の人。本姓小池氏。儒者丸山学古の養子となり、後に円山に改む。養父と亀田綾瀬に学び佐渡の儒員となり、維新後も続けて佐渡の学校に教授。傍ら度津神社宮司をも務めた。

この歌行は『溟北文稿』（明治二十二年〈一八八九〉刊）に「牡丹志釜行」と題して収録。ただし第二十六句が刊本では「此窮何足悲」となっている。合鼓野老はこの詩に合わせた当座の戯号か。晩年、自己をいささか戯画化して詠じたものであろう。なお、末尾の「昔」小書は、第二十一句「憶遊学日」中、「憶」字の下の記号に従って補入した。関防印「囂々」、印「円山葆印」「子光父」（いずれも朱）。　（宮崎）

四一四五　西依成斎　詩箋

三〇・二糎×三四・五糎

（印）

春日同楼大夫泛舟飲
徐々泛海静春潮、杯酒」対斟散鬱陶、江上」風烟皆勝事、不知何」処駐蘭橈、
九十翁西周行拝
（印）（印）

西依成斎（一七〇二～九七）は江戸中期の儒者。名周行、字子成、称儀兵衛、成斎と号す。肥後の人。京都の若林強斎に程朱学を学び、師没後はその望楠書院を継承した。多くの巨頭が没した後、山崎闇斎学派の代表的存在となった。
九十歳であれば寛政三年（一七九一）の詠ということになる。関防印「雪中松柏□青」、印「成斎」「西依周行」（いずれも朱）。（宮崎）

四一四六　仁井田好古　詩箋

二九・二糎×六一・六糎

（印）

衡岳菊池先生遺稿」刻成、賢孫敬所兄恵」一帙、賦此讃称併謝
先生事業在遺編、展」巻瓊瑤触眼鮮、公退」愛村延被褐、老来謝俗」託清絃、詩成家学
伝三」世、論擯時流俟百年、
恩遇如　君難得比、猶看」余慶子孫賢、
仁井田好古拝具
（印）（印）（印）

仁井田好古（一七七〇～一八四八）は江戸後期の儒者。名好古、字伯信、称恒吉・摸一郎、南陽・松隠と号す。紀州の人。伊藤家の古義学を慕いつつ広範に学び、藩校学習館の授読となる。儒家としての才能のみならず、経世家として手腕を発揮して藩の用人まで勤める。かたわら妙筆・弾琴の風流人でもあった。

この七律は、文化二年（一八〇五）に没した紀州藩儒菊池衡岳の遺著『思玄亭遺稿』が刊行され、その孫の敬所によって好古に恵贈された際の謝詩。遺稿刊行の文政五年（一八二二）の詠ということになる。関防印「天有楽兮」、印「好古之印」「伯信氏」「好古風流今在此」（いずれも朱）。（宮崎）

四一四七　近藤守重　書状他（宋版摸刻ならびに解題刷物）

（書状）一五・一糎×三〇・二糎
（宋版摸刻・解題刷物）二七・五糎×三九・三糎

（宋版摸刻・解題刷物）

正故再発聖」人之文也、
上杉右京亮藤原憲忠寄進（花押影）
周易注疏巻第一　其月二十一日、陸子遹三山東窓伝標、
第十三巻末
端平二年正月十日、鏡陽嗣隠陸子遹、遵」先君手標、以朱点伝之、時大雪始晴、
謹記、

右足利本宋版周易巻末三行、陸子遹宋」人、乃放翁第六子、其月為端平元年十二」月、先君指放翁也、三山在山陰県鏡湖中、」放翁中年卜居地、東窓翁詩題中数見、」所謂東偏得山多者是也、上杉憲忠、為安」房守憲実子、宝徳元年襲父職為管領、此」本旧係陸氏蔵書、憲忠獲以置于足利学」校者、不唯宋雕工整撫印清朗、二賢筆跡」現存于此、古香馣薆、墨痕如新、雖是数字、」真吉光片羽矣、因摹刻以伝好事家、余」別有宋本版式三巻、須竢他日校刊行之、
文化十五年正月　近藤守重識（印影）（印影）
河三亥書（印影）

（書状）

別後契濶□□□□入候、」毎々御噂候こと候、此一紙」近来呈手刻候間、呈筆□」□候、近来閑散時々可及」御書進候、先比高越刕」様被」為□候、毎々御噂申出候へき」風与

宝□〔乗カ〕院幸便候而、懐」想之余呈寸楮候、不乙、

暮春二十五

石井主人　　近藤

近藤守重（一七七一〜一八二九）は江戸後期の儒者。字勝重・藤厚、称重蔵、正斎・芙蓉道人・昇天真人などと号す。幕臣。井上金峨・山本北山に業を受けたのち家督相続して、先手与力・長崎奉行手付・支配勘定を経て択捉島に赴き、国境問題・北方警備に従事。のち書物奉行。詳細な北方・外国記録類の外、数多くの考証的著作があり、近世における清朝考証学の影響下にあった代表的人物である。

ここに掲げられた摸刻は、足利学校所蔵の『周易注疏』末尾の識語部分で、南宋の文人陸放翁の六男にあたる陸子遹の識語書入れ箇所と、それを入手して足利学校に寄進した際の上杉憲忠書入れ箇所である。それを守重が漢文で解説し市河米庵が揮毫した解題を付して一枚刷りに仕立てたもの。守重によれば「其月」とは端平元年（一二三四）十二月、朱点はもと放翁の手標になるものという。添状の宛名「石井主人」については、萩野の極めにある「書翰宛名石井ハ名ハ夏海佐渡相川ノ人文芸アリ滝沢馬琴ノ交友ナリ」なる記述に従う。石井夏海（一七八三―一八四八）は佐渡の絵師で、紀南嶺、谷文晁、司馬江漢に学び絵画の外、天文測量術等もよくし、文政年間に地方付絵図師に任ぜられる。また北川真顔門にて狂歌の判者を許され、江戸の馬琴や三馬など戯作者との交友も広い（萩野由之『佐渡人物志』佐渡郡教育会、昭和二年刊）。印影「藤原」「守重之印」「弐亥」。

（落合）

（宮崎）

四―四八　中院通維　誓状

三二・一糎×四六・一糎

一此度易学御伝授辱奉存候、尤正旨血脉」差失不仕候儀、第一ニ守可申候、

一信実篤志之躰、見立不申、異雑之学徒及利」害私曲ヲ以伝説仕間敷候、

一神盟等ヲ以秘授之様ニ仕間敷候、

一御門下之士江再伝之儀御指図次第ニ可仕候、

一何様之儀ニ不由御門下江得出入不仕候者他人ニ」易学再伝仕間敷候、

右平生之志、同事ニ御座候得共、別而大切之経書ニ」御座候故、如此御座候、以上、

天明四年甲辰十一月十一日　　見山

成斎先生

通枝の嗣。実は久我通兄の男。四位左少将。宝暦八年（一七五八）の竹内式部一件、所謂宝暦事件に連坐して解官蟄居、同十年出家。法名見山。安永七年（一七七八）勅免。文政六年十二月十三日卒、八十六歳（一七三八〜一八二三）。

易の伝授に際して師範に提出する誓状。「成斎」は当時著名な朱子学者西依周行（一七〇二〜九七）の号、崎門の一派若林強斎の家塾京都望楠軒書院第三代の講主であった。なお、易は五十歳未満の者は学ばないという俗説があったが、通維はこの年四十七歳であった。

（小川）

四―四九　泉仲愛　歌序稿本

一六・八糎×三二・二糎

真金ふく吉備の中津国帯江の」妙忍蘭若の上人より、今亀のあされ」歌よみてこせとの給ひしを、稲舟の」いなみもやらて、漫に筆をものして」小序をしるしけり蓬来を脊におふ亀、浦しまを貝闕」にいさなひ、堯帝を洛にあひ、毛宝」か軍をたすけて玄武とし、はれて」祭りの高きにのほれは、かけす崩れ」す、亀の尾山の亀井の、水の清きな」かれは汲ともつきぬ、君か世を」いさゝかこゝにほくとなむ

泉仲愛

泉仲愛（一六二三〜一七〇二）は江戸前期の学者。通称八右衛門、泉窩と号す。本姓熊沢氏。熊沢蕃山の実弟。初め平戸松平氏に仕えるも致仕。その間岩田治左衛門の養子となる。兄にしたがって中江藤樹に入門し、さらに兄と同じく岡山池田光政に召しだされ、知行五百石を賜る。寛文六年（一六六六）には近習、また初代の学校御用に任ぜられるなど、光政の信頼は厚かった。

歌を依頼したのは倉敷の古刹妙忍寺の住職。ただし小序のみで歌を欠く。しかし萩野は、「存疑　紙本墨色は当時の物なり但仲愛の真蹟対照すへきもののなきを奈何せん」と台紙に書入れており、この手蹟が自筆か否か、他の例が見られぬことから注意が必要である。緑色折枝文摺料紙。

（宮崎）

四一五〇　蒲生君平　文稿

二六・三糎×三〇・八糎

厲之人夜半生子、遽取火而視之、汲々然唯恐其」似己也、百年之木、破為犧尊、青黄而
文之、所断在」溝中、比犧尊於溝中之断、則美悪有間矣、」其於失性一也、跖与曾史行
義有間矣、然其失」性均也、且夫失性有五、一曰五色乱目使目不明、二曰」五声乱耳使
耳不聡、三曰五臭薫鼻困惾中」顙、四曰五味濁口使口不厲爽、五曰趣舎滑心使」性飛揚、
此五者皆生之害也、而楊墨乃始離跂、自」以為得、非吾所謂得也、夫得者困可以為得乎、」
則鳩鴞之在於籠也、亦可以為得矣、皮弁鷸」冠搢笏紳修、以約其外、内支盈於柴柵、外」
重纆繳晥、々然在纆繳之中、而自以」為得、是罪人交臂歴指而虎豹在於」嚢檻、亦可以
為得矣　　　　　　拙修

蒲生君平（一七六八〜一八一三）は江戸後期の学者で、天皇陵研究と尊皇論で名高い。ただし、この文稿は『修静庵遺稿』『同拾遺』になく、かつ君平自筆のものか否か、俄に断じがたい。右肩上がりの筆跡は一見類似するが、点画において異なる。拙修なる号を使った記録も見出せず、萩野は極めの下に「？　要再査本集」と書込んでおり、ここでもその驥尾に付して存疑稿のままとしておく。薄茶色料紙。　　　　（宮崎）

第五輯

五―一　近衛家熙　般若心経

一四・二糎×四〇・六糎

摩訶般若波羅蜜多心経
観自在菩薩行深般若波羅蜜多時照」見五蘊皆空度一切苦厄舎利子色不」異空々不異色々即是空々即是色受」想行識亦復如是舎利子是諸法空相」不生不滅不垢不浄不増不減是故空」中無色無受想行識無眼耳鼻舌身意」無色声香味触法無眼界乃至無意識」界無々明亦無々明尽乃至無老死亦」無老死尽無苦集滅道無智亦無得以」無所得故菩提薩埵依般若波羅蜜多」故心無罣礙々々故無有恐怖遠離」一切顛倒夢想究竟涅槃三世諸仏依」般若波羅蜜多故得阿耨多羅三藐三」菩提故知般若波羅蜜多是大神咒是」大明咒是無上咒是無等々咒能除一」切苦真実不虚故説般若波羅蜜多咒」即説咒曰」掲諦々々波羅掲諦波羅僧掲諦菩提」薩婆訶

貞享四年二月廿一日　　内大臣家熙謹書」(印)

基熙男。従一位摂政太政大臣、享保十年（一七二五）准三后宣下、同年出家。有職故実に明るく書画に優れる。号は予楽院。元文元年十月三日薨、七十歳（一六六七～一七三六）。

草体小字で書写された『般若心経』。基熙・家熙父子が愛顧を受けた後西院（貞享二年二月二十二日崩、四十九歳）の三回忌にあたり書写したものか。印文「家熙之印」（朱）。

（小川）

五―二　深草元政　法華五文字論

二六・六糎×四二・二糎

理即妙法也、譬を以言之、虚空の一切処ニ」遍して障碍なきか如し、如此堅固なる故ニ」これを切るニ自在也、自在ニ切るか故ニ本体」不動、妙法もまた如此、高祖大士曰妙法五字ハ」即有也、即空也、即亦有亦空也、即非有非空也と」又曰妙法ハ非文非義、又曰妙法蓮花経の五字文」字也と云々、妙法蓮花経の五字の文字の不可」思議なる事以言不可宣、五字の文字ヲ」離レテ衆生もなく仏もなく行もなく証もなし」微妙高大也、故ニ智恵の至る処ニあらす、但」不思議の信心のミ能此法ニ通する也、信心」をこして南無妙法蓮花経と隙なく唱」玉フへし、上来の法人一席の談話ニ」かへる南無妙法蓮華経、

三月四日の夜ニて認之　艸山

江戸前期日蓮宗の僧。和歌・漢詩人。姓は石井（石居）、元政は実名。号は妙子、元政、草山、不可思議など。京都に生まれる。姉のやすは二代彦根藩主直孝の側室で、三代直澄の生母。十三歳で彦根藩に出仕、生来の病弱もあって二十六歳で出家。隠棲してからは日本の古典学、法華経を主とする天台学、傍ら和歌・漢詩文の創作に励む。京洛では早くから文人として聞こえ、父母への篤い孝養などエピソードにこと欠かないが、交友関係もまた、和歌の師松永貞徳、北村季吟、亡命明人陳元贇、熊沢蕃山ら多岐にわたる。主著は『草山集』『草山和歌集』『元元唱和集』『身延の道記』『扶桑隠逸伝』ほか生時から多数出版刊行された。伏見深草瑞光寺には、今もそれら厖大な稿本が遺る。寛文八年二月十八日没。四十六歳（一六二三～六八）。

「妙法蓮花経」という五文字の奥儀は、言説で極めることはできない。ただ信仰心によってのみ、不思議の扉を開くことができるほどの意。この十四行は、これで完結しているようでもあり、また文末の断片でもあるか、とも思わせ決し難い。ただ、伏見深草瑞光寺に遺る厖大な自筆稿本類を通覧した感触からすると、纏った勉学稿本のはぐれとも、主要著作の一片とも思われない。「艸山」の号を用いた重い奥書からして、何者かに依頼され、その人物に与えた妙法蓮華経五文字論といえよう。速筆で自在な筆蹟の特徴から、晩年四十代の筆にかかると思われる。

（岡崎）

五―三　跡部良顕　『類聚国史』写本跋

二八・三糎×三五・一糎

享保七年壬寅正月、有」台命一、求ニム官庫国史之闕巻一ヲ、同氏」良敬之官司金田周防守正明、令二ス之一ヲ」於良敬一、故ニ予ヵ家蔵之書五巻呈レス之ヲ、」正明又令ス、遣ニセト之ヲ於林信充ニ焉、信充商」ニ量シテ之ヲ而

返レス之ヲ、又正明令ス、二月十九日」朝、良敬持シテレ之ヲ往二国老水野和泉守」忠之之宅一
而献レス之也、右五巻写シ二留メ一」之ヲ、以為二家蔵一ト云、
　享保七年壬寅二月日　光海翁　源良顕（印）

垂加神道家。号、光海（てるみ）など。幕府の旗本であったが、眼疾のため享保四年に致仕。佐藤直方らに朱子学を学び、後に渋川春海・正親町公通から山崎闇斎の創始した垂加神道の伝授を受ける。神儒一致の旨を奉じ、闇斎学と垂加神道の普及に努めた。『垂加翁神説』ほか多数の著作がある。享保十四年正月二十七日没、七十二歳（一六五八〜一七二九）。
文中の「同氏良敬」は良顕の息。享保七年（一七二二）正月に将軍吉宗の命により官庫（幕府の紅葉山文庫）の『類聚国史』の欠巻を補うことになり、小普請組支配の金田正明から配下の良敬を通して良顕に指示があったので、良顕は家蔵本の内五巻を提出し、林信充がそれを調査した。重ねて正明の指示によりそれを献上することになったため、右の五巻を書写して家蔵とする、といったことが述べられている。これに対応する記事が享保七年二月の『幕府書物方日記』にあり、「伊勢風土記　山城風土記」「武佐志風土記」「鷹河風土記」「民部省図帳風土記」「類聚国史」各一冊を挙げ、「右、金田周防守支配跡部主殿父　跡部海翁献上」と記されている。なおこの記事により、献上した五巻の巻次が「四十五　五十二　八十六　九十二　百三十七」であったことが知られる（この時の書物献上の件は『寛政重修諸家譜』の跡部良顕の項にも書かれている）。宝珠型印「光海」（朱）。（落合）

五―四　山科道安　詩懐紙

二〇・八糎×四二・二糎

　謹奉押」五松隠君和歌之」末字
神僧霊社知何処、」仰望駒瀧立少時、」穿石飛流千万落、」落如砕玉乱如糸
　芝巌拝
（端裏切継）
「奉　　山科道安」

江戸時代中期の医師。芝巌と号す。近衛家熙の侍医として、その言行を『槐記』にまとめた。延享三年没、七十歳（一六七七〜一七四六）。
霊元上皇の側近で、有職故実に詳しかった公家の滋野井公澄（一六七一〜一七五六、五松はその号）の和歌に対して、その末尾の文字を韻字に用いて詠んだ七言絶句。
「駒瀧」は南禅寺塔頭の駒ヶ瀧最勝院であろうか。虫損がある。（堀川）

五―五　佐藤信淵　著作稿本零葉

二二・六糎×三二・四糎
（裏）一八・七糎×二二・四糎

学者不能推明先王法意、更以為人主不当与民争」利、今欲理財、則当脩泉府之法、以収利権、帝納其説、」由是農田水利青苗均輸保甲免役市易保馬方田」諸役相継並興、号為新法頒行天下、
立免役法〈凡当役人戸、以等第出銭、名免役銭、其坊郭等第」戸及未成丁単丁女戸寺観官品之家旧無免役而」出銭者名聚役銭、凡敷銭先視州若県、応用顧直多少随戸等」均取顧直、既已用足、又率其数増取二分、以備水旱欠缺、謂之」免後寛剰銭、其説始」於韓絳成於王安石〉察農田水利、賦役于天下〈蘇轍言」役人之」不可不用貧戸、猶官吏之不可不用士人也、有田以為生、故」無逃亡之憂、朴魯而少詐、故無欺熳之患、今乃舎此不用、窃」恐堂財者必有盗用之姦、捕盗者必有寧逸之弊、唐揚炎為」両税則租調与庸既兼之矣、今両税如旧柰何、復取庸銭且品」官之家復役已久、蓋古者国子俊造将用其才者、皆復其身」胥吏賤吏、既用於官者、皆復其家、聖人旧法良有深意、柰何」至於官戸、又将役之耶、不聴、〇開元以後租庸調法弊、至」徳宗相揚炎遂作亜税法、夏輸無過七月秋輸無過十一」月、是両税」之始也〉行均輸法〈凡桑弘羊之故智、然弘羊自」立法而自行之、猶有其弊、況」後世之人不及弘羊而又付之、庸々之輩使之奉行」乎、大抵民自為市、則物之良悪、銭之多少、易以通」融準折取舎、官与民為市物、必以其良価、必有定」数、又有私心詭計百出其間、而欲行之有利而無」弊難矣、正不若」不為之為愈也〉行青苗法〈初陝西転運使李参以」部内所轄多戍兵而粮」儲不足、審訂其缺、令民自隠度麦粟之贏、先貸以銭」俟穀熟、乃還官令出息二分、春散秋斂、故号之青苗法、」〉保甲法〈十家為保、五十家為大保、五百家為都保、選衆」所服者二人為都保正副、凡保丁聴自置弓箭」習武芸、〇王拱辰言其害曰、非止困其財力、奪其農時、」是以法駆之使陥于罪苦也、浸淫為大盗、其兆已見、〇時」諸州籍、保甲聚民而教武芸、禁令」苛急、往々去為盗、郡県不

敢以聞」〉募役法〈司馬光」言上等」戸自来、更互充役、有時休息、今使歳出銭、是常
無休息」之期、下等戸及単丁女戸従来無役、今尽使之出銭、是鰥」寡孤独之人倶不免役、
此法卒行、富戸差得自寛、貧者」困窮日甚矣、帝不聴」〉
（欄上）漢武帝以桑弘羊為治粟都尉領大農、尽斡」天下塩鉄作平準法、籠天下貨物貴売
賤」買、又請令吏得入粟補官及罪人贖罪」民不益賦而天下用饒、
（左欄外）（印）（印）

江戸時代後期の思想家。字は元海。農学・国学・経済学など幅広く著作活動を行う。嘉永三年正月六日没、八十二歳（一七六九～一八五〇）。

浅葱色刷半丁十行の罫紙（半紙）に記す。宋の王安石が行った新法を中心に、中国の税制や農政に関してまとめた漢文のメモで、和文の著作『権貨法』（『経済秘録』の一部、『佐藤信淵家学全集』中巻所収）と内容が重なる。左欄外の落款印は「佐藤信淵」「元海」（ともに朱）。裏に次のような書状を添付する。「拝啓昨日者参上御款懇奉感謝候、佐藤信淵先生遺墨壱葉検出致候間、先生之印章ヲ捺シ入貴覧候、晩年之筆録と相考候、御保存被下候得者幸甚、明治三十七年二月廿八日　織田完之（印「完之」）萩野由之様」。これによると捺印したのは差出人の織田完之（一八四二～一九二三、内務省官僚で農政の専門家。佐藤信淵の著作を発掘刊行した）ということになる。

（堀川）

五―六　加藤千蔭　『万葉集略解』奥書

二七・五糎×一五・八糎

此万葉集略解すへて三十巻」寛政三年二月十日より筆を起」こして、同八年八月十七日
に稿」成れり、さてあまたゝひ考へ」正して、同十二年正月十日まで（泥）に」みつから書畢
ぬ

橘（花押）

書者は江戸後期の歌人、また書家。姓は橘、俗称又左衛門、前名は佐芳、芳宜園、逸楽窩などと号した。江戸町奉行与力。賀茂真淵に古学を学び、和歌、書をもって一家をなした。文化五年没、七十四歳（一七三五～一八〇八）。

掲出の資料は、その著『万葉集略解』第三十冊の奥書で、板本と同様の匡郭を有する紙に書いた板下書き。内容は、寛政八年（一七九六）に同書の稿が成ったこと、のち考正を加え、寛政十二年までに自ら浄書したことをいう。仮名書きは、字母に近いものを使用している。花押は「千蔭」の二字の組み合わせ。

（鈴木）

五―七　曲亭馬琴　原稿料受領書

二四・〇糎×三一・三糎

覚
一金五両也
右者絵本天神記、我等作、古人、北尾重政画ニて」全五冊五帖拾張余之写本、貴殿方
江差渡也」右代金前書之通、慥ニ受取申候、為念仍如件
戌十一月廿六日　　滝沢篁民（印）
丁子屋」平兵衛殿

本姓は源、姓は滝沢、名は興邦・解、俗称は左七郎・左吉・篁民など、号は曲亭馬琴・著作堂主人・蓑笠漁隠・玄同など。戯作者。嘉永元年十一月六日歿。享年八十二（一七六七～一八四八）。

原稿料受領書。「五両」「受取」の字の上と、署名の下に、「滝沢」印（墨）を捺す。「覚」の右の裏面に、「馬琴翁」の字が見える。

（深沢）

五―八　伊勢貞丈　書付

一七・二糎×三三・六糎

先日ハ活套ノ御書付被下、忝奉存候、」万宝全書、活套数所ニ見候間、」札付候而入御覧
候、其大綱ヲ発シ示ス」事と相見候、
活ハ活発ノ義、」文字从レ大ニ、注ニ長也トアレハ、長大ノ意ニ用ル字ニテアルヘシ、
岡嶋援之ガ唐話纂要ニ、
　休要客套〈キヤクシンニ」スルナ〉
右ノ如ク相見候、此套ノ字モ大ノ意ニテ、客ヲアヒ」シラフ如ク大サウニスルナト云義
と被存候、

万宝全書ニ、風月機関ト云書ヲ編ミ入タリ、〈女郎買ト女」郎ノ意味ヲ記ス〉

右書ノ中ニ曰、

計走トハ者〈女郎ト女郎屋ノ」亭主トタクミニテ、」女郎ガニゲル也〉、欺テ其柔弱ヲ〈客ノタハケラシキヲ、」見コミテダマス也〉、設テ其圏套ヲ〈客ヲハメルタクミヲコシ」ラヘル也、其シカタ、タトヘハカコヒヲ」〔四字補入〕大ニシテ置テ、其中ヘ」客ヲ入ヲク如シ〉、仮ニ説テ有情ヲ〈カリニ女郎ガ客」ニ、ホレタヤウスヲ／云キカセルナリ〉、与レ之同ク竄カクル〈客ト女郎ガ、ツレ」タヂテニゲテ」ユクナリ〉、」寝食未ルレ安セ〈ニゲテカラ」マダロクニネモセズ、」メシモロクニクフカ」クハヌ間ニ〉、鴇撅倶ニ至リ〈ヤリテトクツワガツレ」ダチテキテ〉、口説到レ官ニ〈ネダリテ奉行所ヘ」ウツタヘ出ルナリ〉、得レ財ヲ遂ニ止ル〈金ヲ出テアツカヘハ、」女郎屋ガカンニンスル」ナリ〉、是也〈是ヲ計走ト云フ、」金ヲトルベキハカリ」コトニテニゲ走ルヲ云〉、

右套ノ字モ、大ノ字ノ意アリ、圏ハカコミナリ、カコヒヲ大ニ」シタル如クノ意ナルヘシ、

（落合）

伊勢貞丈は、本姓平、通称平蔵、安斎と号した。幕臣。江戸中期の武家故実家、考証家。天明四年五月没、六十八歳（一七一七〜八四）。博覧強記をもって知られ、『安斎随筆』『貞丈雑記』その他、多くの著述を成した。

貞丈が不明の宛先に書き送った、「活套」の語義についての考説。すなわち、明代艾南英の日用類書『万宝全書』に見える「活套」の語について、まず「活」が長大の意であることを指摘、ついで「套」は、岡嶋援之（冠山）の享保三年刊『唐話纂要』六巻の「休要客套 キヤクシンニスルナ」によって、やはり「大ノ意」であることを確認できるとする。また、『万宝全書』（『中国日用類書集成』第十四巻所収『妙錦万宝全書』3、汲古書院、平成十六年）巻三十四に編入された「風月機関」で、女郎買いの意味を述べたくだりの細注に見える「設其圏套」の語句の意味が、「タトヘハカコヒヲ大ニシテ置テ其中ヘ客ヲ入ヲク如シ」であるとし、「套ノ字モ大ノ字ノ意アリ、圏ハカコミナリ」と「套」の字義を追認する。ちなみに『唐話纂要』には、「圏套 オトシアナ」とあり、貞丈の説とは合致せず、疑問が残る。

（鈴木）

五―九　伊勢貞丈　『今川壁書』・『腰越状』識語

二四・八糎×一七・〇糎

右今川壁書幷腰越状一冊、安永五年丙申」五月十一日、これを求得たり、腰越状は、常に」ありふれたる本に同し、今川壁書にハ、応永」十九年の年号あり、ちかき比の印板の本にハ、」皆永亨〔享〕元年と書たる本のミ多ありて、応」永十九年と書たる本ハ絶てなし、たま／＼」此応永の年号ある本を得たり、珍重すへき」もの也、

伊勢平蔵貞丈録（印）

筆者については五―八参照。

伊勢貞丈が入手した『今川壁書（今川状）』と『腰越状』の合写本に記した識語を切り取ったもの。貞丈が言うように、『今川状』の版本には末尾に「永享元年九月十六日」「永享元年九月日」あるいは単に「永享元年」とあるものが多い。貞丈の『今川壁書解』に、「応永十九年二月日　　沙弥了俊」の年紀と署名を掲げ、「右の年月幷名は古写本に載たり　一本には二月日の三字なし又名もなし（中略）一本に永亨（ママ）元年九月十六日とありて応永以下の年月も名もなし此永亨（ママ）以下の年月は後の人此壁書を書写たる時の年月成へし」とある（今川了俊は応永二十七年没）。右の識語は「応永十九年」の年号のみを挙げて了俊の署名に触れていないので、「一本には二月日の三字なし又名もなし」とある方の写本に付されていたものであろうか。なお『今川壁書解』の末尾には「安永五年丙申三月廿八日　伊勢平蔵貞丈書」とあって、応永十九年（一四一二）の年紀を持つ写本を安永五年（一七七六）五月十一日に入手したという識語の記述と齟齬するが、成立後に見出した写本に拠って応永十九年二月の了俊の署名を載せるとともに関係する部分を書き改め、成立の年時はそのままとしたものと推測する。印「銀郷」（朱）。

（落合）

五―一〇　近藤守重　『嘉慶上論』題辞

二四・五糎×一七・五糎

寛政乙卯秋、予在任長崎、其冬、唐舶齎来嘉慶上□〔諭カ〕」一冊、予遂求得之、越明年丙辰夏、郵致同好浪華蒹葭堂、」堂主人不堪欣賞、忽命梓翻刻刊行、五十部而止、分一本遠」致

于予、々閲之、字様格眼、毫与本書無差、即使唐客見之、」皆伝現恐歎、為題一言於紙尾、蒹葭堂又求訳司和解、」仍令平井生訳之、又以致之浪華大雅堂上云、宜也、寛政丙辰」年秋八月十八日也、正斎守重題、

筆者については四―四七参照。

近藤守重が長崎奉行手附出役在職中の寛政乙卯（七年〈一七九五〉）秋、清の船がもたらした『嘉慶上諭』を手に入れ、翌年夏に浪華の木村蒹葭堂に送ったところ、蒹葭堂は大いに喜んで五十部限定の精巧な翻刻本を作り、守重に一本を送って来た。蒹葭堂はまた和語による注釈を求めたので平井生に訳させた、といったことが書かれており、寛政八年八月十八日の守重の署名がある。本来は蒹葭堂が守重に送った翻刻本に付されていたものであろう。蒹葭堂が翻刻刊行したとあるからいわゆる蒹葭堂版の一種であるが、伝本が知られていないらしく、多治比郁夫「蒹葭堂版」（『杏雨』第一号、平成十年四月）には著録されていない。なお平井生に訳させたという『嘉慶上諭』の和解は、いくつかの写本が伝わっており、その内筑波大学所蔵本は「正斎蔵」の印記のある近藤守重旧蔵本で、「嘉慶上諭和解」の打ち付け書き外題があり、表紙に「表題近藤守重筆」と記されているという。また巻末に平井市助の名があり、平井生は平井市助であることが知られる。因みに本資料は『日本書蹟大鑑』第二十四巻図版五に「銭録草稿断簡」として収載され、近藤守重著『銭録』の草稿本の断簡と伝えるものと解説されているが、本資料は『銭録』とは無関係である。

（落合）

五―一一　河村秀根　『武佐志風土記』巻首・奥書

（右）二七・一糎×一七・〇糎
（左）二七・一糎×二九・〇糎
（裏）一八・一糎×三・六糎

日本惣風土記第七十九（印）
武佐志或□［武カ］蔵
多磨郡　或玉
浦三、岡六个所、河二流、川三派、池五、沢九、宮」祠十一个所、寺六宇、墳四基、堤三个所、
東限草窪岡、西限金川、南限卒田浦、北限西岡、」貢松竹梅桃薇蕨、鴻鴈諸禽、魚及狐兎狸鹿之、」革膽鞍靴之類、
右風土記、以舟橋秀賢家本写之畢、
明暦第二丙申被聴之書写之畢、右堂家」之別書也、　中原職忠
右風土記武蔵部、以於野村宗竹真本与中」原職忠入道翠庵翁家本校合之畢、
万治元年戊戌七月中旬
交野内匠頭在判
武州下谷岡田正利蔵
右風土記、石崎了次以□［家カ］本写之畢、
元文五年庚申葉月三日
加用木工実敬
延享元六月八日写之、
河村秀根

（落合）

河村秀根、通称復太郎、号葎庵は、一族と共に尾張徳川家に仕えた古学者で、『書紀集解』をはじめ国史の考証的研究をもって、その名は広く轟いた。寛政四年没、七十歳（一七二三～九二）。

秀根所蔵の『日本惣風土記』第七十九「武佐志、或武蔵多磨郡」について、その巻首と奥書を転記したもの。奥書には、まず中原職忠が明暦二年（一六五六）に船橋秀賢本を以て書写し、それを「堂家之別書」（「当家の制書」ヵ）としたとある。その後、野村宗竹、交野内匠頭、岡田正利、石崎了次、加用木工実敬らの書写、校合などを経た本を、秀根が写したとある。職忠は、別姓平田、通称出納、萃庵と号し、秀賢に和学を学んだ地下官人で、書物の校合、考勘に努め、『日本惣国風土記』の奥書の多くにその名が見える。万治三年没、八十一歳（一五八〇～一六六〇）。印「尾張河村復太郎秀根蔵」（黒）。

（鈴木）

五―一二　松花堂昭乗　大字

二八・八糎×四三・六糎

蔵六
惺々翁（印）

筆者については三―一五参照。

「蔵六」は、四肢と頭、尾の六肢を具える亀の異名。「雑阿含経」巻第四十三に、飢えた野干（狐）に襲われた亀が、甲羅に六肢を引き入れ身を守るように、比丘も眼、耳、鼻、舌、身、意の六根を慎み清浄に保てば、仏道修行を妨げる天魔から身を守ることができる、と説く。松花堂自筆であるかは存疑。落款印は「昭乗」（朱）。（村木）

五―一三　松尾芭蕉　源氏物語和歌抄出懐紙　　二〇・〇糎×五〇・三糎

中」おく山の松はにつもるゆきとたに」きえにし人をおもはましかは
大」ゆきふかきやまのかけはし君ならて」又ふみかよふあとを見ぬかな
薫」つらゝとちこまふみしたく山河を」しるへしかてらまつやわたらん
薫」たちよらんかけとたのみし椎か本」むなしき床になりにけるかな
大」君かおるみねのわらひとみましかは」しられやせましはるのしるしも
中」雪ふかきみきはのこせり誰ために」つみかはやさんおやなしにして
匂」つてにみしやとの桜をこの春は」霞へたてす折てかさゝむ
中」いつくとかたつねておらんすみ染に」かすみこめたるやとのさくらを
中」あか月のしもうちはらひなく千とり」ものおもふ人のこゝろをやしる
薫」かきくもり日かけも見えぬおく山に」こゝろをくらすころにもあるかな
薫」くれなひにおつるなみたもかひなきは」かたみのいろをそめぬ成けり
薫」をくれしとそら行月をしたふ哉」終にすむへきこのよならねは
薫」恋わひてしぬるくすりの床しきに」ゆきの山にやあとをけなまし
中」来しかたをおもひ出るもはかなきを」行末かけてなにたのむらん
匂」行末をみしかき物とおもひなは」めのまへにたにそむかさらなん
あさり　早」きみにとてあまたの春をつみしかは」つねをわすれぬはつわらひなり

姓は松尾、名は忠右衛門、通称は甚七郎、号は宗房・桃青・芭蕉庵など。俳諧師。元禄七年十月十二日歿。享年五十一（一六四四～九四）。

『源氏物語』の「椎本」「総角」「早蕨」巻の和歌を抄出した懐紙。台紙に「芭蕉翁／

源氏物語歌の抜萃／昔古筆了悦其書ノ跋ヲ見タル事アリトイフ故ニ了悦ハ此筆ノ零簡ニ奥書ヲ加ヘタルモノ往々存ス」と書き込まれている。しかし、芭蕉の筆ではない。

詳細は、深沢眞二「伝芭蕉筆『源氏物語』和歌抄出懐紙について」（『かがみ』第三十八号、大東急記念文庫、平成二十年三月）参照。（深沢）

五―一四　池西言水　俳諧発句懐紙　　二七・三糎×四〇・二糎

金山にて
安岡氏もよふせる
紫藤軒（印）

秋や木玉
たかねにかへす
山烏

古志の長はま
長半磨(はま)や
よそのあくひも
秋のゆめ

湖にまかりけるに
草〳〵茂き中にも
なかめありて
風のおり〳〵
蒲や槌うつ
水衣

姓は池西、名は則好、通称は八郎兵衛、号は言水・紫藤軒など。俳諧師。享保七年九月二十四日歿。享年七十三（一六五〇～一七二二）。

俳諧発句懐紙。署名下に「言水」印（朱）。台紙に「池西言水／佐渡遊歴中之筆」とある。言水が佐渡に行ったのは天和四年（一六八四）。（深沢）

五―一五　岡西惟中　俳諧句文懐紙

二七・九糎×四三・三糎

西の国にすみ給ふ西河氏のなにかし、一生の」一楽は一座の一句に残し、一流子と名の
る、」あ、水なかれて渾々こんとひえたる一作」風わたつて凛々りんとかまへたる一躰
あり、」ひろくおほきな口からは、かの松江の鱸」のなますあたらしう料理して、あま
た、ひ」舌うちするは花の下の半日のお客人、」あそひたはふれまての事

あたらしい作や松江のつりすゝき

戊午の秋九月日

連花城下一時軒書之

（印）

姓は松永のち岡西、名は勝・旦、号は玄旦・惟中・一時軒など。俳諧師。正徳元年十月二十六日歿。享年七十三（一六三九～一七一一）。

俳諧句文懐紙。「戊午」は延宝六年（一六七八）、ときに惟中四十歳で、大坂に移住して間もない頃。署名の左に「惟中」の印（朱）。（深沢）

五―一六　度会園女　歌文懐紙

二二・〇糎×四一・四糎

時雨之月の初つかた、つゐての空に」たつねまかれりしかは、過し長月八日」のこの御
別れのかなしさ、不断の御事」おろかならすきこえさせ給ひし」ものを、露しらぬ世や
はかなしときえ」かへりなけかせ給ふ、ことはりにこそ、」ひとつこゝろに目おしすり
ぬ、かくて」御とこの花かめに菊のいろ〳〵とり」いれさせ給ふ中に、めつらしき品と
も」いつの秋よりすくれて匂ふをさへ、」たいしんゐん兄のおはしまさねは、ひとりの
み」なかむる事よとおほせらるゝもあはれに」おほえ侍る、花札とりて見れは、から衣」
哥枕やうなりけり、旅路のもてくさならん、」今一色はかけはしとあり、さりやこそ、
此」君なれといとむねつ」ふれて

誰にかは来て見よとてや」さき匂ふまかきの菊の」花のにしきを　　園女

姓は秦・二本棡、のち、嫁して斯波・岩井、本姓は度会。名は園女、髪を下ろしてのちは智鏡。俳諧師。一有（渭川）の妻。享保十一年四月二十日歿。享年六十三（一六六四～一七二六）。

歌文懐紙。「たいしんゐん」なる人物の歿後に、その家人らしき人に宛てて贈ったもの。台紙には「度会園女、女流俳家之第一人、これは和歌なるか、珍らしき也」とあるが、晩年には和歌をよくした。わずかに虫損有り。（深沢）

五―一七　建部綾足　俳諧発句懐紙

二八・三糎×二六・三糎

世のましらひ
はかくそある
へき
腹立た蟹に
歌よむ蛙かな
涼袋

姓は喜多村、のちに建部を自称、名は金吾、俳号は涼袋・都因など、庵号は吸露庵、片歌唱導以後は綾足・綾太理・綾太を称した。俳諧師・国学者・読本作者・画家。安永三年三月十八日歿。享年五十六（一七一九～七四）。

俳諧発句懐紙。絹布に雷文や亀甲の模様を押し、金泥の雲霞が引かれている。（深沢）

五―一八　山本以南　句文懐紙

三〇・七糎×四一・七糎

越後出雲崎以南九拝

松堂老仙は世にゆかしき人の」数なりけるか、月雪花ほとゝき」すのおりにふれたるよ
すかには、」文の因ミの年ひさしきも、近くて」遠きものは船の道なりとよ、」我か住む
浦のむかひなる金」北山のあたりとは聞つれとも、つ」ゐにおもてをあハせすして、こ
とし」霜月廿日はかりにゐふを去り」給ふそ長き恨ミなる、常は其島」山を見ることに
先此君をこそおもひ」けめ、今はあけ暮のなかめさへ心」をいたましむるはしとなりけ

れハ、

星ひとつなかれて寒し海のうへ

江戸時代中期の俳人。名、泰雄。もと荒木氏。越後出雲崎の名主山本家の養子となる。俳諧を暁台に学び、国学にも通じた。良寛の父としても知られる。寛政七年七月二十五日没、六十歳（一七三六～九五）。

松堂老仙を悼む句文。松堂は佐渡相川永弘寺（現・永宮寺）住持で『佐渡相川志』を著した浄土真宗の僧侶松堂であろう。「ゑふ」は閻浮（えんぶ）、現世のこと。（堀川）

五―一九　良寛・山本由之　漢詩七言絶句・和歌

（良寛）二六・三糎×三七・四糎
（由之）三五・四糎×五・八糎

（良寛漢詩）

日々日々又日々」間伴児童」送此身、袖」裏毬子両三」箇、無能飽酔」太平春

良寛書

（くる日もくる日も、のどかに子供らと遊び暮らす。袖のなかに手毬を二、三個しのばせ、何の役にも立たず、ただ太平の春に飽食して酔っているばかりだ。―稿者訳）

（由之和歌短冊）

拾遺集つらゆき主の」としつきはむかしに」あらすなりゆけと」こひしき」事ハかわらさりけり」といふ歌をミて

おもひ出のある身ならねは古人を」こふとはなしにおいそわひしき　由之

江戸後期曹洞宗の禅僧。和歌・漢詩人。越後出雲崎町の名主橘屋山本家の長男。幼名栄蔵、字は曲、出家して良寛と称し大愚と号した。幼少期に六年間古学派の儒学を学び、長じて名主見習いをするが馴染めず、二十二歳のころ近くの光照寺に巡錫した備中倉敷円通寺の国仙について得度、そのまま随従して円通寺に入る。十年余の修行の後、印可を受けながら偶々国仙の死に出会。間もなく円通寺を去り諸国を遍歴する。

一説には四国土佐で『荘子』を読んで明け暮れしていたとか、京都桂川で入水死した父の以南（北越蕉風俳諧中興の祖と謳われた）の足跡を辿って弔っていたといわれる。寛政八年（一七九六）に帰国。以降は郷里で乞食僧の生活を送るが、外連味のない透き通った独特の書が賞され、また漢詩や和歌が江戸まで聞こえて熱心な愛好者を生んだ。また良寛の病を案じて訪れた柏崎洞雲寺の若い貞心尼との間に、多くの贈答歌が行き交った。著作は漢詩『草堂集』和歌『布留散東』などがあり、近代に入って二本の『良寛全集』が編まれている。阿部家・解良家に存する遺墨は国の重要文化財。天保二年正月六日没、七十四または五歳（？～一八三一）。また、和歌短冊が添えられるが、山本由之は良寛の異母弟である。

六曲一双の屏風であれ、懐紙や半折紙であれ、良寛は太筆を用いない。いつも傍にあっただろう書簡に用いるほどの細筆で書く。禅林の墨跡とも、当代の書家たちともまったく異なる。どこにも大向うを意識する風がなく、計算づくのわざとらしさも認められない。評価や賞賛や自負の埒外にいたのだと思われる。一片の本漢詩にも、そうした孤高と独自は貫かれていて、名筆に親しんできた目を戸惑わせる。詩意に籠る一種の自虐も「本当にそういうしかありません」と逆転の効果も衒いもない。中国の詩型七絶を借りながらどこにも下敷はなく、最早和歌と同様の日本人による日本の詩といえるだろう。（岡崎）

五―二〇　早川直温　和歌懐紙

三四・五糎×四六・八糎

六十まり一の齢にたり給へるを
ことほき申とて

直温

わけ来つる六十の後の一坂を
遥けき千代の山口にせよ
ともに千代経て神ならはまし
なと聞へ給ふけるに
そのかみの七代五代にならひ筒
やすらに千々の齢歴なまし

江戸時代後期の国学者。為四郎と称す。佐渡奉行所の地役人で、平田篤胤門。天保十年六月十五日没、享年未詳（？～一八三九）。
平田篤胤の六十一（本卦還り）の祝いの和歌一首。二首目の詞書は、篤胤の答歌「言霊の助くるままに祝ひてよともに千代経て神習はまし」を踏まえてのもの。　（堀川）

五―二一　豊蔵坊信海　狂歌懐紙

三六・八糎×四七・八糎

名月

信海（印）（印）

出処もよしや

かけよし味もよし

醍醐のやまの

いも名月は

江戸時代前期の狂歌作者。名、孝雄。石清水八幡宮豊蔵坊の社僧で、公家・武家に幅広い交友を持った。貞享五年九月十三日没、六十三歳（一六二六～一六八八）。
醍醐寺の十五夜の名月を詠む。仲秋の名月は別名芋名月というが、里芋ならぬ「やまのいも」を詠み込み、ありがたい醍醐の山から出た月は、月影（月光）もきれいだし、醍醐味の名の通り美味なる山芋も賞味できる、と洒落る。「ところ」「かけ」も山芋の縁語。落款印は「信海」「孝雄」（ともに朱）。　（堀川）

五―二二　慈雲飲光　大灯国師遺誡

二八・四糎×四一・三糎

大灯国師云、汝等諸人、」来此山中、為道聚首、勿」為衣食、有肩莫不著、有口」莫不喫、只須二六時中向」無理会処、崖来崖去、」光陰如箭、慎勿雑用心、

小苾芻飲光敬書

（印）（印）

真言宗の学僧。法諱は飲光、道号は慈雲。十三歳で出家、真言密教の諸流を相承するとともに、儒学・禅など幅広く学問を修める。戒律を重視し、釈尊在世時の戒律としての正法律を提唱、葛城山の高貴寺を正法律の本山とした。また梵語研究を行い、『梵学津梁』一〇〇〇巻を著す。晩年、雲伝神道を唱える。書家としても独自の書風を示す。文化元年十二月二十二日寂、八十七歳（一七一八～一八〇四）。
大徳寺の開山、大灯国師宗峰妙超の遺誡の最初の部分。宗派は異なるが、仏教者一般に通ずる戒めとして染筆したのであろう。印「迦摂波」「慈雲」（ともに朱）。　（落合）

五―二三　忍鎧　詩懐紙

二七・二糎×三〇・二糎

（印）

都城万井

金城百雉太平基、」万戸千門黒白碁、」絡繹繽紛人事鬧、」丹丘最好坐看時、

雲門子（印）（印）

江戸時代中期の天台宗僧侶。字、恵南。空華子、空華庵などと号す。京において香道の普及に貢献。伴蒿蹊『続近世畸人伝』巻五に取り上げられる。宝暦二年十二月十七日没、八十三歳（一六七〇～一七五二）。同時代に同名異人の天台僧（一六七五～一七四七）がいるが、大東急記念文庫蔵『集外歌仙』が享保五年の書写奥書のある「空華庵忍鎧」筆本で、本作品と同筆と認められるので、こちらの忍鎧と認定した。
広大で繁華な都を郊外から眺めている様子を詠む。引首印は「文字顕総持」、落款印は「容安主人」「忍鎧之印」（いずれも朱）。　（堀川）

五―二四　鯛屋貞柳　狂歌懐紙

三三・〇糎×四〇・六糎

富士　　由縁斎

貞柳

西行の首にかけたる

ひらゆたん

ふしの煙をつゝみ
てやゆく
狂哥所望あるひとの名を
よめと有に
旅枕臥具を
入ぬる葛籠屋の
よゝよゝ淀て聞
郭公

姓は榎並のち永田、号は良因・言因・貞柳・油烟斎・由縁斎、通称は鯛屋山城。俳諧作者、また、狂歌師。大坂御堂前の菓子屋。享保十九年八月十五日歿。享年八十一（一六五四〜一七三四）。
狂歌懐紙。上部に青、下部に紫（ただし褪色）の打曇りの入った料紙を使用。（深沢）

五―二五　白隠慧鶴　大黒留守模様図自賛和歌

三四・五糎×五四・四糎

（印）
君に忠
親に
孝有る
人し
あらは
ミの
笠もやろ
槌も
袋も
（印）（印）（印）

江戸時代中期の臨済宗僧侶。仮名法語や禅籍の注釈書など多数の著作、また禅画や書の作品でも知られる。明和五年十二月十一日没、八十四歳（一六八五〜一七六八）。
全体を薄墨で、小槌のみ濃い墨で描く。隠れ簑、隠れ笠、打出の小槌、大きな袋はいずれも大黒天の持ち物で、持ち主の大黒を描かないため「留守模様」と称される。同じ構図、和歌の作品が世田谷の龍雲寺に蔵される（花園大学国際禅学研究所ホームページ「白隠学」のうち「龍雲寺コレクション　白隠の禅画と墨蹟」参照）。引首印は「顧鑑咦」、落款印は上から「白隠」（壺型）「慧鶴」（方）「白隠」（壺型、別形）（いずれも朱）。（堀川）

五―二六　永田佐吉　和歌懐紙

三五・六糎×四六・一糎

（印）
仏とは何を
岩まのこけ
むしろ
たゝ慈悲心に
しくものは
なし
八十翁拝書
（印）（印）

江戸時代中期の商人、篤志家。法名、実道。覚翁と号す。美濃竹ヶ鼻出身、綿問屋を営むかたわら、慈善事業や寺社への寄進などを行い、仏佐吉と呼ばれた。伴蒿蹊『続近世畸人伝』巻一にも取り上げられている。寛政元年十月十日没、八十九歳（一七〇一〜八九）。
仏を詠んだ和歌。「何を言はん」から「岩間の苔筵」へと続き、「しくものはなし」（勝るものはない）に、筵の縁語「敷く」が掛かっている。引首印は「可有様」、落款印は「覚翁」「実道信印」（いずれも朱）。（堀川）

五―二七　大田南畝　文化十年春興

三〇・四糎×四三・四糎

蜀山人

行川のちよきはたえすしてしかも」もとの廓にあらす、なかれによとむ」歌右衛門はかつきえかつはしりて、向町の」暫もと、まる事なし、つら〳〵六十年来」流行にをくれたる流行を見よ、かしわ戸か」角力のつみものつもれは人の老となる、」月重山に入ぬれは扇をあけてからん湯、」又ふりかへり見かへり柳、あら玉の甍」ならへし松の内も、若水はやき車」丹波か一炬の煙に焦土となんぬ、」あまのかり宅藻にすむ虫、いつそ」守宮の黒焼お婆あなんとの」ふり上り奇々妙々、」看殺旦兼末、今時両玉人、十年」小天地、打破一微塵

江戸時代中後期の詩人・狂歌作者・戯作者。名、覃。蜀山人は後半生に用いた号。幕臣の家に生まれ、漢詩文に才能を発揮、狂詩・狂歌・黄表紙においても江戸戯作をリードした。文政六年四月六日没、七十五歳（一七四九～一八二三）。

文章は、『大田南畝全集』別巻に石塚豊芥子『街談文々集要』巻十一からの引用として載る「文化十年、「春興」」とほぼ同文だが、全集は冒頭に「お出にも及ばぬことを老楽の春は来にけり〳〵　蜀山人当六十歳」末尾に「右同人述」とあり、本文にも小異がある。『方丈記』冒頭をもじって、中村歌右衛門の七役や市川三升の暫の大当たり、浅草の車善七（車丹波の子孫という説あり）が出火元であった吉原の火災と仮宅営業、大関柏戸宗五郎の引退など、前年の巷の話題を盛り込んでいる。末尾の詩は文化九年（一八一二）、十一月下旬に歌舞伎役者の四代目瀬川路考が死去、翌十二月に四代目沢村宗十郎が死去したのを追悼したもので、『南畝集』十八に「悼二優」として収める。南畝自身、この年の歳暮詩では吉原の火災とともにこれに触れており、本作品では狂歌の代わりとして記したものであろう。（堀川）

五―二八　石川雅望　狂歌懐紙

三一・三糎×四四・〇糎

あめつちと
うたへる
　けさは
銚子にも
ふくろに

ぬひて
いれし
屠蘇散
六樹園

作者は、江戸後期の狂歌師また小説家。通称、五郎兵衛。号は五老、蛾術斎、六樹園など。狂歌名は宿屋飯盛で、五側（ごがわ）を率いた。津村正恭に和学を学び、古典に詳しく、『雅言集覧』の著書がある。旅館業を営む。文政十三年没、七十八歳（一七五三～一八三〇）。

狂歌は、懐紙に散らし書きしたもの。年始に誦する言祝ぎ歌の詞「あめつちをふくろにぬひて」（『蜻蛉日記』中）に基き、女子が上下を縫い合わせて作る正月の縁起物「あめつちの袋」を屠蘇散の入った袋に言い繋げて、元旦に屠蘇酒を飲むことを詠んだ。本狂歌は、粕谷宏紀著『石川雅望研究』（角川書店、昭和六十年）によれば、文政六年、の、字園持人主催の春興帖に所載。（鈴木）

五―二九　巻菱湖　発句懐紙

（発句）二一・〇糎×二六・三糎
（題跋）二九・四糎×二三・七糎

翁をまつらる、日に
雁か音は
それか
　あらぬか
神しくれ

常見君一日齎此巻、徴跋於余、々展而視之、乃」君嘗遊菱翁之門、日笑談把盞之間、案頭有書」紙、乃雖片紙隻字、請得愛重之、以装潢為袖」軸、珍蔵之、亦奇物也、而追思曩時、殆三十年矣、而巻」中与唱和者、今亦皆遊地下矣、惟存者独君耳、」嗚乎当時、四海昇平、天静地和、今也、寰宇擾乱、」万民驚畏、撫巻憶旧、不覚慨然、為書数言以還」之、慶応戊辰四月坐松筠堂雲濤石下題萩原翬

（印）（印）

江戸時代後期の詩人・書家。名、大任。越後出身、亀田鵬斎に学び、幕末の三筆に数えられる。天保十四年四月七日没、六十七歳（一七七七〜一八四三）。
菱湖は詩人としても知られるが、俳諧も嗜んだ。「翁」は師の亀田鵬斎だとすると、命日は三月九日なので季節が合わない。附属の題跋は幕末明治の書家、菱湖の弟子の萩原秋巌（一八〇三〜七七）によるもの。落款印「遼（原の古字）翚」「介安」（ともに朱）。ただし、内容からすると菱湖の断簡零墨を集めた巻子本に対して記されたものであり、この発句がそのなかの一枚だったのか、それとも全く別だったかは判然としない。「常見君」は、菱湖著『十体源流』（弘化二年〈一八四五〉刊）の斎藤拙堂序文の隷書版下を書いている常見直邦であろうか。末行「下」は補入。（堀川）

五―三〇　伏原宣条　詩懐紙

二九・七糎×五一・四糎

（印）

奉謝清給事賜花

花草香高苑、寄来」紅白明、」可憐新色々、染翰」相映争、

丁酉夏五」佩蘭清宣条

（印）（印）（印）

江戸時代中期の公卿、学者。佩蘭と号す。朝廷に仕えて経書を講じる明経道の博士家である清原家（江戸時代に嫡流は船橋、庶流は伏原と称した）の人。寛政三年九月十七日没、七十二歳（一七二〇〜九一）。
花を贈られたことへの謝詩。「丁酉」は安永六年（一七七七）、「清給事」は清原少納言（給事中は少納言の唐名）である。該当するのは船橋則賢か、もしくは子息の伏原宣光であろう。引首印は「天師明経儒」、落款印は「清原」「宣条之章」「涼風時至明月自来」（いずれも朱）。（堀川）

五―三一　南摩羽峯　詩懐紙

一八・一糎×三〇・二糎

（印）

喋血京師彼一」時、征長貔虎」未来帰、建春」門内春風暖、先」勧　君王万寿杯

乙丑新年在蝦地憶上国」事賦之、不知其当否也、杯」当作巵　羽峰小史（印）（印）

幕末明治の漢学者。名、綱紀。字、士張。会津藩士として官軍と戦い、維新後は政府に出仕、東京大学教授などを務めた。明治四十二年四月十三日没、八十七歳（一八二三〜一九〇九）。
乙丑は慶応元年（一八六五）、蝦夷地代官として北方警備に当たっていた時期である。西国では第一次長州征討が大詰めを迎えていて、第二句はそれに言及する。「杯当作巵」とは、第四句末「杯」は韻が異なるので「巵」に改めるべきだとの意。また、第二句末「来帰」は、転倒符にて「帰来」を改めたもので、これも押韻の関係である。引首印「青松白石」、落款印「南摩綱紀」「山高水長」（いずれも朱）。（堀川）

五―三二　沢田東江　詩懐紙

三二・四糎×五〇・八糎

（印）

隔岸春雲」邀翰墨、」傍巌垂柳」報芳菲、

東江処士

（印）（印）

江戸中期の書家。名、鱗。唐様の書家として、また初期の洒落本作者としても知られる。寛政八年六月十五日没、六十五歳（一七三二〜九六）。
『唐詩品彙』などに収める唐の詩人高適の七言律詩「同陳留崔司戸早春宴蓬池」の第三・四句を揮毫したもの。引首印「来禽」（号の「来禽堂」から）、落款印「源鱗之印」「東江処士」（いずれも朱）。（堀川）

五—三三　岡本保考　書

二三・四糎×三八・八糎

一
文化丑初春
　書博士書（印）

書者は、江戸後期の京都の書家。本姓、賀茂県主。通称は甲斐守ほか。号は方円斎で、□○斎とも書いた。上賀茂の神職で、一条家の諸大夫を兼務し、治部権大輔に任じた。大師流の書を花山院常雅に学び、また賀茂流の書をもって知られた。文化十四年没、六十九歳（一七四九～一八一七）。

「書博士」は、江戸初期、上賀茂社の神職、藤木家に朝廷から与えられた称号。本資料は、一文字相伝の書で、文化二年、入門の許状代わりに書き与えたものか。妙法院宮真仁も相伝を天明七年（一七八七）六月六日に受けたことが『真仁法親王日記』（『妙法院史料』第七巻、吉川弘文館、昭和五十六年）に見える。落款の印は「□○斎」（朱）。

（鈴木）

五—三四　渡辺素平　後撰集和歌

（和歌）二三・四糎×三二・七糎
（識語）三〇・三糎×五・四糎

　秋の哥
わかことくものやかなしきゝり〳〵す
くさのやとりにこゑたえすなく
　　みふのたゝミね
松のねにかせのしらへをたくへては
たつたひめこそ秋はひくらめ
　　伊勢
やともせにうへなへつゝそわれハミる
まねくをはなに人やとまると
よミひとしらす
うちつけに
　ものそかなし
　　　きこのはちる
あきのはしめを
　　けふそと
　　　おもへは

（落合）

渡辺素平は、名正信また素元と称し、竹廬と号した。水野家の臣として京都に住し、書を素白に学んで、とくに仮名に秀でた。素平の「素」の一字は、師の素白から賜ったものであろう。『古今墨跡鑑定便覧』などによれば、素白は通称内膳、烏丸光広、同資慶に仕え、その書は上代様の中興と称されるほどの能筆であった。なお慶應義塾大学斯道文庫のセンチュリー文化財団寄託品の「渡辺素平筆古今和歌集巻第十」の奥書に「貞享五年戊辰仲秋日　渡辺素平　行年七十二歳素絢斎」とあり、その生年が元和三年と知られる（一戸渉報）。

素平筆の『後撰和歌集』中の歌切で、もとは巻子装か。認められた和歌は、秋上の三首と秋中の一首で、歌番号は258、265、289、218（『新編国歌大観』）。仮名の「ひ」は「悲」を字母とした特異な書体である。識語に「竹廬自筆／渡辺素平にて御さあるへく候、／ことに素平、素白写しニ出来候也」とある。「素白写し」は、書家荒木素白の筆勢に倣うの意。香色料紙。

（鈴木）

五—三五　木村蒹葭堂　蘭文

一八・六糎×二六・一糎

Kimoera（木村吉右衛門） Kitstjemon」 is（イスハ 助字） legt（有ノコト） naan（実名ノコト） en」 ander genaamt」 Toeboeijja（坪井屋吉右衛門）
Kitstiemon」 nog（又 ノク） andere（有 外 アンテル） genaemt Kenkado（ケンカトウ） Kenkado」 is（□ イス） een lief（好） hebber（モトムル） van」
hollandsehe maniern

江戸時代後期の豪商。好事家。博物学者。大坂北堀江の酒造家に生まれる。名は孔恭、字は世粛。通称吉右衛門、のち多吉郎。巽斎・遜斎・蒹葭堂と号す。本草学を津島桂庵、小野蘭山に、詩文を片山北海に学び、混沌社に関わる。そのほか画を大岡春卜、山水を池大雅に習うなど、博識多才の人。特に、三万点に及ぶとされる典籍や書画、博物標本類の蒐集品が同時代の多くの文化人を惹きつけた。地誌、博物学に関する著書多数。享和二年正月二十五日没。六十七歳（一七三六〜一八〇二）。

蘭語で綴った手習い。蒹葭堂の自筆と思われ、行間に見られる語句の意味や発音、品詞名の書きこみも同筆か。スペルには所々に誤りが見られると思われる。（訳文）木村吉右衛門は本名で、別名を坪井屋吉右衛門、さらに別名を蒹葭堂といい、オランダの様式が好きです。

（村木）

五—三六　泊如運敞　大日経要文

三〇・二糎×四八・九糎

身分挙動住」止、応知皆是密」印、舌相所転衆」多言説、応知皆」是真言、

泊如子書（印）（印）

真言宗智山派の学僧。法諱は運敞、道号は泊如。十六歳で出家し、智積院の日誉らに学んだほか、多くの師から顕密の学問を伝える。寛文元年、智積院第七世能化となり、将軍徳川家綱や後水尾院の帰依を受け、堂舎を整備し、教学を振興した。智山派随一の学匠として知られ、注釈書『性霊集抄』『三教指帰註刪補』、詩文集『瑞林集』などの著作がある。元禄六年九月十日寂。八十歳（一六一四〜九三）。

『大日経』密印品の文句。体を動かしたり止めたりするすべての所作は密教の印であり、口にするすべての言葉は真言である、との意。空海の『秘密漫荼羅十住心論』にも引かれている。印「泊如」（壺型）「運敞」（ともに朱）。

（落合）

五—三七　潮音道海　上堂法語

二九・五糎×一〇四・三糎

（印）

上堂乃云、鍋嶋金粟大」居士設斎、為［大カ］衆請」挙揚宗乗、且宗乗如」何挙揚去也、挙、乾峰禅」師示衆云、挙一不得」挙二、放過一着落在」第二、雲門出衆云、昨」日有人、従天台来、却往」径山去、師云、典座明日」不得普請、便下座、山」僧拈云、乾峰雲門、賓」主相見、恰如両鏡相」対無影像、若有人問」山僧、二尊宿意如何、」答云、相識還同不相」識、卓拄杖便下座、」元禄癸酉年孟春」初五日

黒滝潮音老僧六」十六翁手書

（印）（印）

（落合）

江戸前期の禅僧。肥前小城出身。寛文元年（一六六一）黄檗山万福寺に入り、黄檗僧となる。徳川綱吉やその生母桂昌院の尊崇を受け、刊行に関わった『先代旧事本紀大成経』が偽書として出版禁止、版木焼却という厳しい処分を受けた時も大きな処罰はなく、晩年は上野国南牧谷（現在の群馬県甘楽郡南牧村）に開いた黒滝山不動寺を本拠地に、全国各地で布教活動を続けた。元禄八年八月二十四日没。六十八歳（一六二八〜一六九五）。

「鍋嶋金粟大居士」とは肥前小城藩（佐賀藩支藩）の第三代藩主鍋島元武（一六六二〜一七一三）のこと。若い頃より潮音に師事し、金粟元明という禅僧名を持つ。元禄六年（一六九三）正月、おそらくは不動寺における上堂説法のため、元武が喜捨を行い、そのお礼として説法の内容を揮毫、元武に贈ったものか。「挙」以下が『禅林類聚』巻六に見える問答の引用、「山僧拈云」以下が潮音による解釈で、『碧巌録』や『禅林集句』に見える語句を用いている。引首印「臨済正宗」、落款印「道海之印」「潮音」（いずれも朱）。

（堀川）

五—三八　九条尚実　詩

三六・八糎×六〇・三糎

（印）

賀御園意斎八十

棲居近蓬萊、五雲照杏花、」奕世済生術、天下称一家、」遠情王烈杖、徴神陸」羽茶、恵蘭衆孫子、欣然歌」南山、寿酒多於水、酔坐琴」鶴間、楽只春風裏、何門」塵事寰、

滕応龍（印）（印）

輔実の三男。従一位関白左大臣准三后。当初随心院に入室するも（法名尭厳）、甥稙

基夭折により寛保三年（一七四三）五月還俗、家門を継ぐ。号は遍昭金剛寺。天明七年九月二十二日薨、七十一歳（一七一七～八七）。

御薗意斎なる人物の八十歳を賀した詩。御薗氏は洛中で活動した医家で、代々意斎を称した。尚実の生存中に八十歳に達したのは常倫（一六六七～一七五一）である。その八十歳は延享三年（一七四六）となる。法橋に叙され霊元院の侍医となった。この詩にも意斎が仙洞に近仕した名医であることが賦される。なお台紙の書入に尚実は「応龍」と号したとある。引首印「寧為蘭摧玉折不作粛敷艾栄」、落款印「若虚」「夜光之玉必不出于孟津之河」（いずれも朱）。香色絹本。（小川）

五—三九　尊任　書状

三一・一糎×四三・八糎

愚詠表具被仰付、一会興行被遊候一巻写被下」拝詠、誠結構成御挨拶、過分辱次第奉存候、心閑始中」終拝見仕候、いつれも珍重奉存候、就中御句共秀逸、可」申上様も無之候、脇に春毎の友と被遊候ハ、一軸年〳〵」御鏡可被成体之御心はへと余情不少、草の菴かたふきしかと」の前句に、暁月の残る芦垣、かたふき申候所も、又ハ草」庵の御付所も可申様も無之、恨かれなはの句に、霜の後の」葛に鹿を結ひ被成候ハ、無比類御取なし、耳を驚し申候、」又蜘の御句、文をよミ分ち申候ニハ、御下心も能出合申候」と感入候、別れし友の音信もなきに、鳥よとへなれこそ花の」形見なれ、と被遊申候ハ、有か中ニも殊勝千万、不存事なから」面白奉思、幾度も〳〵拝吟仕候、碑の御句も、名のミ残るらん、真に」眼前のやうニ相聞え申候、御仏にあへるに今ハと法を聞、と被遊」中候も、当前の御断さも可有とそんし候、数〳〵珍重奉存候、」愚成耳ニも感興大かたならす候、かゝる御報志ハ中〳〵」須弥より高く難有次第奉存候、一巻の興に催され、腕」おれを綴り、貴案下に報し奉る事と南、

いさ清き言葉の玉の数毎に」こゝろの月を移してそ見る

寛文十二孟夏朔日　遊行四十二世他阿弥陀仏（印）（印）

横山長子」忠次公」御酬答

江戸時代前期の時宗僧侶。遊行上人他阿四十二世。南門僧正と称す。和歌・俳諧をよくした。元禄四年九月十五日没、六十七歳（一六二五～九一）。

寛文十二年（一六七二）四月一日付、加賀藩家老横山忠次宛書状。雲母引、布目の上等な料紙を用いる。内容は、忠次が尊任から詠草を贈られ、それを表具した記念に俳諧（連句）を催し、その一巻を尊任に送ったことへの礼状。忠次の句の付け様を称賛している。落款印は「遊行」（壺型）「遊行六七世」（ともに朱）。（堀川）

五—四〇　梁川星巌　詩

二九・五糎×五九・一糎

満奩霜月夜沈々、嘉樹香来」促小斟、一咲麻姑誇鳥爪、擘開」醾釃幾丸金、
香霧霏々噀手」濃、麹神憑汝更惺鬆、江陵富庶雖」無分、亦抵人間百戸封、
紅螺心凸」碧如油、玉甲尖搓香欲流、滑辣」清甘真勍敵、烏程兼領洞庭秋、」
望見妍皮呼做嘉、満心虫」蠹奈渠何、休嗔敗絮不堪食、」世上揎饜人更多、
剪尽寒灯」夜欲分、柑香酒気結氤氳、黄羅」恩賜吾無福、也有金苞到細君、」
誦徹累臣頌一章、酔魂恍惚落湖」湘、他年得地栽三百、便合安亭」署楚香、
擘柑夜酌得六絶句」　星巌梁緯草

江戸時代後期の詩人、志士。美濃出身、江戸で活躍し、晩年は京で尊王攘夷運動にも関与する。安政五年九月二日没、七十歳（一七八九～一八五八）。

冬の夜、ミカンを肴に酒を酌む様子を詠んだ七言絶句六首。『星巌集』丁集巻四に第四・五首を除く四首を収める。異同は、促―動、憑―藉、富庶―千樹、誦徹―朗誦、便―也。天保八年（一八三七）冬、江戸での作。朱の句点、朱・墨の訂正（第四首「研」をミセケチして「妍」に訂正、第六首「落」補入）がある。（堀川）

五—四一　吉田松陰　文稿零葉

二二・七糎×三三・九糎

贈音三郎　八月十八日

無逸為吾説爾向学之状、吾問之則故禎介遺孤也、」禎介吾無半面、然吾幼聞其好書、従人借読其所蔵砕」玉話常山紀談玉石雑誌等数部、今猶不忘于懐、昨」無逸拉爾至、容止温詳、一見心与、爾年已十七、未有」所成立、可以南、可以北、可以黄、可以黒、正在今日、勿」使他人発悲泣于糸岐也、爾夙喪父、幸有遺書在、退」発家蔵読之、乃父之声

音容貌、儼然尚存也、維桑与」梓、必恭敬止、無念爾祖、聿修其徳、八月十八日
文成附諸音三、音三云、家考六周忌日、正在明日、今乃」蒙此贈、心私有愓然、余曰、
天数也、雖然至誠之感、」或有非偶然者耶、昔吾学長沼兵法於父執山田氏、業訖、正
属先考」忌日、而有隣亦云、念九之日、曽得　世子詁文訳」本于野嶽、三事不期相肖、
亦皆奇矣、誠使此奇不為偶然者、」是在其人、併書贈音三、

江戸時代末期の志士。長州藩士。松下村塾を開いて幕末明治の人材を輩出した。安政の大獄によって安政六年十月二十七日処刑、三十歳（一八三〇〜五九）。
代赭色刷十行二十字マス目入り罫紙（半紙）に記す。松下村塾に入門した少年音三郎に与えた文章の草稿。墨の句点、墨の訂正追加あり（翻字三行目「其」、七行目「在」、八行目「於父執山田氏」、九行目「于野嶽」補入、八行目「有或然」ミセケチ「或有非偶然」に訂正、「長沼氏」の「氏」ミセケチ）。安政四年（一八五七）八月十八日作。『丁巳幽室文稿』（『吉田松陰全集』第三巻所収）に収める。その本文は本草稿の訂正後の形と一致し、わずかに野嶽―野山の異同があるのみ。（堀川）

五―四二　日柳燕石　詩稿

二〇・二糎×四三・七糎

夏日田園雑咏

薔薇花点湿簑香、梅雨晴時挿緑」秧、瓜年村婦無羞態、鶴様高尻」聳夕陽、
水晶花白短籬東、耕罷老牛帰入」宮、村婦待夫初爨飯、啼児声在」晩煙中、
打麦場乾恰断梅、扇車軋々煽」黄埃、闔家相救無閑手、椎髻村姑扛」臼来、
洗脚宴開聊慰労、老嬢含笑進郫」醪、馬鮫蚕豆乾蘿蔔、粲椀盛来」凸字高、
二番耘節日方長、随例午時休一場、」鑽燧吹煙相笑語、榿陰半畝細颸」涼、
一路新泥牛跡饒、分秧時節雨連朝、」簑衣滲漉誰家叟、隣曲募銭」修敗橋、
打麦洗撞乗爛晴、節逢半夏暫」休耕、一盤湯餅挑銀線、鼓腹便々□」太平
伏乞　高斧　　燕石柳章九拜

幕末・明治初期の詩人、志士。名、正章。讃岐金比羅宮門前の博徒で、尊王攘夷運動に関わった。慶応四年八月二十五日没、五十二歳（一八一七〜六八）。

薄紅色刷九行罫紙（小ぶりの半紙）に「夏日田園雑咏」と題する七言絶句七首を記し、批評を請うたもの。田植え前後の農村風景が活写されている。嘉永六年（一八五三）序刊『柳東軒畧稿』に「夏日田園雑興六首」という作品があり、本作の第三・四・五首がそれぞれ第二・五・四首とほぼ一致し、第二首が第七首と類似する。同書には後藤松陰・三井雪航・尾池松湾・篠崎小竹らの批評が頭注として刻されており、本作のような原稿段階から、多くの専門詩人の添削を経て刊行へ到ったのであろう。（堀川）

五―四三　菊池澹如　詩

二二・一糎×二四・一糎

梅下撫琹時、幽香動」細颸、恍然高士夢、冷」却美人肌、月弄蕭」疎、煙籠的礫姿、賞」
心聊自適、何必待」鍾期、　梅間弾琴
壬子暮春　澹如中

江戸時代末期の豪商。名、教中。江戸の豪商大橋淡雅の子、宇都宮で新田開発に携わる。その後義兄大橋訥庵の影響で攘夷運動に奔走。文久二年八月八日没、三十五歳（一八二八〜六二）。
嘉永五年（一八五二）三月の作。『澹如詩稿』巻一に「梅間弾琴為琴僧古岳」の題で収められ、幽―浮、動―趁、恍然―冷侵、冷却―清沁、月弄蕭疎―繊月蕭疎影、煙籠―淡煙、聊―多、という異同がある。（堀川）

五―四四　大鳥圭介　大字

二五・五糎×四四・八糎

（印）
天籟
如楓
（印）（印）

幕末・明治の政治家。如楓と号す。播磨国出身、幕臣となって西洋化に貢献。明治二年、箱館にて降伏、収監されたが、のち許されて新政府に仕え、教育・外交などで活

躍した。明治四十四年六月十五日没、七十九歳（一八三三〜一九一一）。扁額などのための揮毫であろうか。「天籟」は『荘子』に見える語で、自然の風の音、の意。引首印「迂遠」、落款印「鵬圭印」「九万陳人」（いずれも朱）。（堀川）

五―四五　奥平毅斎　詩稿

三〇・三糎×四一・一糎

生来志大亦才疎、」少壮慙乗下沢」車、他日雲階」侍　天子、錦衣帰国」意何如
源居正

幕末・明治初期の漢学者。名、謙輔。字、居正。長州藩士。萩の乱の首謀者のひとりとして、明治九年十二月三日斬首、三十六歳（一八四一〜七六）。
いわゆる故郷に錦を飾るという志を述べた七言絶句。「下沢車」は『後漢書』馬援伝に見える語で、泥田に入るための荷車。安穏な田舎暮らしの象徴として出てくる。末尾「何如」は「如何」と記した後、転倒符を付して訂正している。押韻の関係であろう。（堀川）

五―四六　樺島石梁　詩懐紙

二三・八糎×三三・二糎

幽期逢昨雨、」偏恐百花残、」抱瑟尋松逕、」移牀傍竹欄、」芳菲猶灼々、」詩思更漫々、」一斗林間酒、」仙遊亦不難、
得残字　公礼

江戸中期の儒学者・詩人。名、公礼。久留米藩儒。江戸で細井平洲に学ぶ。文政十年十一月三十日没、七十四歳（一七五四〜一八二七）。
五言律詩。「残字を得たり」とは、詩会の席上、「残」の韻字を引き当てた、の意で、この字を押韻に用いて即席の詩を作ったもの。『樺島石梁遺文』に見えない。（堀川）

五―四七　寺門静軒　詩懐紙

二七・八糎×三四・八糎

（印）
我正帰時　師正行、」東都千里望　皇京、」嵐山花散風吹雪、」鴨」水宵涼榻代航、」愁思」未催新雁字、酔談応游」旧詩盟、夢魂唯是追」金錫、五十飛奔三駅程、
奉呈　静軒居士（印）
蓮堂尊師西游

江戸後期の詩人。名、良。水戸藩士の子、江戸で育ち、寛永寺で学んだこともあった。私塾を経営する傍ら、世相諷刺の色濃い漢文戯作『江戸繁昌記』などを著す。慶応四年三月二十四日没、七十三歳（一七九六〜一八六八）。
蓮堂は伝不明。大沼枕山の『枕山詩鈔』二編・下の「送蓮堂上人次其留別韻」の蓮堂と同一人物だとすると、比叡山の僧侶か。引首印「静軒」、落款印「平康贅民」（ともに朱）。竹簡を模した罫線が墨刷された料紙を用いる。（堀川）

五―四八　柴野碧海　詩懐紙

二三・一糎×四七・三糎

（印）
佳招不赴臥」江干、辜負山」堂紅碧闌、忽」値頒禽佳恵」至、好教衰」疾領余歓
碧海学人」漫筆（印）

江戸後期の儒学者・詩人。名、允升。柴野栗山の養子、徳島藩儒。天保六年七月十六日没、六十三歳（一七七三〜一八三五）。
碧海の詩文集『枕上集』巻三に「懐新堂集有疾不赴翌送小禽至係以詩次韻寄謝」（懐新堂集、疾有りて赴かず、翌小禽を送り至り、係くるに詩を以てす、次韻して寄謝す）という前書とともに収める。文政二年（一八一九）の作。何かの詩会に病欠したら、主宰者からか、小鳥が送られて詩が添えてあったのに対して次韻して謝意を述べたもので、第二句「紅碧」が「春色」、第四句「衰」が「羸」になっている。引首印「拙

存」、落款印「☷☰」（易の升卦）（ともに朱）。　（堀川）

五—四九　大沼竹渓　詩懐紙

二四・八糎×三二・六糎

（印）
一帯長流別醸春、」落花踊水白鱗々、」奇観只在金橋上、」纔到城中即作塵、
水竹居主人典
（印）（印）

江戸後期の詩人。名、典。幕臣。大沼枕山の父。文政十年十二月二十四日没、六十四歳（一七六四～一八二七）。萩野由之は見出しに「広瀬竹渓」とするが、誤りである。川面を流れる桜の花びらを詠む。「金橋」は小金井橋か。『竹渓先生遺稿』に見えない。引首印「墨荘」、落款印「竹渓」「源典」（いずれも朱）。　（堀川）

五—五〇　倉成龍渚　詩懐紙

三六・八糎×五八・四糎

（印）
世味於我如水泡、□」灯銀樹覚諠澆、然藜」雨栗伝先哲、注易講」詩酬旧交、駕浪鼇山」何足駭、通霊丹篆不」応抛、好無太乙臨深」夜、天禄閣辺甘繫」匏　朱
青藜照夜　龍渚　巠（印）（印）

江戸中期の詩人。名、巠。字、善卿。藤田敬所・伊藤東涯に学ぶ。中津藩儒。文化九年没、六十五歳（一七四八～一八一二）。

題の「青藜照夜」は、漢の学者劉向が夜中に読書していると、突如現れた老人が青いアカザの杖に息を吹きかけ、先端を燃やして明かりとした、という故事。料紙右下部分を欠き、一行目第六・七字「水泡」の右半は後人の補筆、また第八字はわずかに残画があるものの不明。ただし八行目第二字「朱」は七言律詩の形式からすると衍字でありかつ小さく記されているので、本文中のどこかを訂正した字と見られ、現状そのような訂正箇所が見当たらないので、この第八字（第二句第一字）に当たるか。内容的には「朱灯銀樹」となり不自然ではない。なお、市立米沢図書館蔵『龍渚先生遺稿』巻八に収められ、我—吾、澆—譊、篆—薬、辺—中の異同（異体字と見なせるものは除く）があるほか、第二句第一字は「金」とする。引首印「水墨稽習」、落款印「倉成巠善卿」「龍渚」（いずれも朱）。　（堀川）

五—五一　朱緑池　賦

二五・〇糎×六〇・五糎

（印）
宮城野萩寿衛山松二筆賦　以題為韻
緑池氏遨遊海外、寓於崎陽館宮、越国問禁、入境採風、博観」方物之誌、窮捜産語之叢、有二客自称中書令、詣予請評曰、」在昔蒙恬、中山乇営、猟取毛穎、封造管城、遺我後裔、遠適東」瀛、一投萩氏、一倚松卿、性耽翰墨、職掌文衡、片言乞録、芸苑」馳名、予曰嗟、緑沈漆竹、久擅風流、赤管霜毫、夙伝精雅、惟尖」頭之勇健、行若游龍、豈禿髪之衰残、材堪倚馬、騰蛟起鳳、随」指使於即墨之郷、芳桂清風、応渲染於浣花之野、鼠鬚妙品、」未足比其清華、麟角名珍、莫能方其瀟灑、維時、客其萩姓者」歌曰、宮城之野兮草名萩、有美一人兮気横秋、比芳蘭於湘」浦兮、徳音堪賞、譬香芷於沅水兮、芬味莫投、弱不勝衣兮、随」風颺去、淡以明志兮、於世何尤、詞壇掉臂兮歌舞、墨陣連芳」兮気求、問予懐兮渺渺、舍文士兮誰可与遊、又其松姓者和」曰、維寿衛之喬松兮、挺奇姿之森茂、張翠蓋以参天兮、列青」氈於遠岫、柯偃蹇如龍盤兮、幹欝結若鱗皺、矢孤危以風摻」兮、不改歳寒、甘澹薄以葆真兮、独登仁寿、風華掩暎、傍君子」之居兮、楮墨生芳、挙止軒昂、入幽人之室兮、図書並秀、予聴」畢情為之移、神為之契、知托体之清奇、想為物之鋒鋭、或入」夢而生花、或凌雲而折桂、或幻五色於毫端、或画双蛾於眉」際、或麟史獲狩以絶書、或終軍従戎以投袂、或龍文宝鼎、力」健独扛、或璽紙銀鉤、腕落得勢、或文無加点、裁成丹詔於殿」廷、或手不停揮、立就羽書於武衛、既含毫而欲渺、不随雕飾」為低昂、惟秉質之精良、豈仮清幽於礓砌、故其為体也、機円」而潤、神静而間、取澹遠之芳規、品似蒹葭秋水、採孤高之雅」摻、意同淇澳春斑、揮灑自如、唯守正乃能不曲、飛揚尽致、斯質」直方可転圜、落紙有声、髣髴秋風鳴緑野、臨文不俗、依稀」夜月照松間、喜学士之吐揚、常伴燃藜於午夜、憐寒窓之刻」苦、相資攻錯於他山、且其為用也、払楮呻吟、欲歌欲泣、濡毫」抒写、或横或縦、似驚蛇之入草焉、似枯藤之絆松

焉、似懸巌」而勒馬焉、似墜石於高峰焉、力大如椽、漫道軽同弱草、鋒芒」比刃、誰云鈍若孤樅、倘載酒於東皐、錯認伊人故址、脱巡行」於泰岱、却疑処士遺封、矧夫遠隔中華、分区異地、極日本之」辺郵、接扶桑之壌次、秋期野望、花累累而垂条、冬嶺霜侵、樹」蒼蒼而畳翠、海国共侈為奇観、文房用資為利器、是其脱穎」也雖殊、而其書空也不二、我」朝」聖天子徳化覃敷、声教洋溢、珍奇厥貢諸殊方、品玩聿献於」帝室、修文偃武、宝貴橐簪、造士作人、雅重不律、故青鏤有異数之」頒、彩毫有三品之秩、珊瑚作網、或偕栗屋斉名、玳瑇為衣、詎」別竹牀異質、則萩枝之吐穎而芳華、松管之凝毫而秀逸、当」入南国以揚鑣、爰賦東方之名筆、

（印）丑年五月十日雨窓悶坐、偶憶案頭所貯松萩名筆両」種為　貴国操觚家所雅好也、予亦喜其清幽有致、爰」賦一篇以補右軍筆経之□云爾

清閩中煙波散人朱華緑池賦草

（印）（印）

江戸時代中期の来舶清人。四度来日したという。武元登々庵は彼の説に基づいて『古詩韻範』を著した。名、華。生没年未詳。

「宮城野萩」「寿衛山（末山）松」と名付けられた二本の和筆を擬人化し、賦に詠んだもの。賦本文には同筆墨句点あり。武元登々庵はかつてこの作品を長崎で松浦東渓より得て『古詩韻範』に付録として収めた。そこでは後書に「辛丑」とあり、天明元年（一七八一）五月の作と知られる。本文の異同は、中書令―中書君、風颺去―風颺玄、以風掺―以風操、画双蛾―画双娥、澹遠之芳規―澹遠之丰神、採孤高―採孤芳、意同―格同、故址―旧址、辺郵―辺陲、或偕―毎偕、詎別―誰別、丑年五月―辛丑仲夏、貴国―貴地、有致―不俗、爰賦―漫賦、之□云（二字の間、料紙欠損）―之闕云。引首印「家在閩海之浜」「望美人兮」（末尾年記冒頭）、落款印「朱華之印」「緑池」（いずれも朱）。

（堀川）

第六輯

六―一　飛鳥井雅庸　和歌懐紙

三四・二糎×四七・四糎

冬日同詠二首和歌
　　従三位藤原雅庸
　依雪待人
ふりつみて道もたえなは
こぬ人をうらみはせしの
今朝のうす雪
　聞詞増恋
ひたすらにいひはなたぬは
わかこゝろ猶つくせとや
つれなかるらん

雅敦男。初名雅継・雅枝。従二位権大納言。元和元年十二月二十二日薨、四十七歳（一五六九～一六一五）。
二首和歌懐紙。雅庸と改名した慶長六年（一六〇一）三月五日以後、八年正月十一日参議に任じられる以前の、公宴御会のものと見られる。（小川）

六―二　飛鳥井雅章　和歌懐紙

三五・二糎×五四・六糎

冬日同詠三首和歌
　　正二位藤原雅章
　寒閨月
さむさをもおもほえすこそ
ねやふかくさし入月［の］に
戸さしわすれて
　雪中望
かけ茂きまかきの竹の
をれふして雪にはれたる
遠のひとむら
　被厭恋
さゝかにのいとはれてしも
さりともとおもひかけたる
われそはかなき

雅庸の四男。兄雅宣の嗣となった。初名雅昭。従一位権大納言。武家伝奏。延宝七年十月十二日薨、六十九歳（一六一一～七九）。
三首和歌懐紙。承応四年（一六五五）正月二十五日権大納言を辞退して以降、公宴御会のものと見られる。（小川）

六―三　飛鳥井雅宣　和歌懐紙

三六・七糎×四五・八糎

春日詠寄道祝世
　　　和歌
　　権中納言雅宣
おさまれる御代は
つきせし物ことに
聖のふみのみち
をたゝして

雅庸の二男。従一位権大納言。武家伝奏。はじめ再興した難波家を嗣ぎ宗勝と名乗る。慶長十三年（一六〇八）猪熊事件により伊豆国に配流。同十七年勅免、実家に復籍す。名を雅胤、ついで雅宣と改める。慶安四年三月二十一日薨、六十六歳（一五八六～一六五一）。
一首和歌懐紙。雅宣は寛永七年（一六三〇）正月十一日権中納言、同十六年閏十一月十三日権大納言。この間十一年三月二十八日、摂政一条兼遐（後の昭良）家の歌会始にこの題が見える（『時慶詠草』・『黄葉集』）。あるいはこの時か。香色料紙。（小川）

六—四　中院通村　和歌懐紙

三二・一糎×四五・〇糎

春日詠二首和歌

侍従通村

漸待花

ひとゝきもおしまんはるの
日かすさへはなのためとて
いそくころかな

名所浦

なには江やのとかにかすむ
はるかせにかれはのあしも
したねとけゆく

通勝男。初名通貫。正二位内大臣。武家伝奏。号は後十輪院。承応二年二月二十九日薨、六十六歳（一五八八～一六五三）。
二首和歌懐紙。慶長五年（一六〇〇）十二月二十七日、十三歳で侍従に任じられ、十四年正月十一日左少将に任じられる間のものと思われる。青年期の筆蹟となる。

（小川）

六—五　中院通茂　和歌懐紙

三五・八糎×四七・五糎

詠霞添春色

和哥

正二位通茂

春にいまきえすは
ありとも峯の雪は
なとそ見ましかすむの
登気佐（とけさ）

通純男。従一位内大臣。武家伝奏。号は渓雲院。宝永七年三月二十一日薨、八十歳（一六三一～一七一〇）。
和歌懐紙。延宝二年（一六七四）十二月二十六日正二位に叙されて以後、元禄十七年（一七〇四）二月二十三日内大臣に任じられるまでの期間のものと見られる。（小川）

六—六　中院通茂　和歌懐紙

三七・〇糎×五二・〇糎

夏日同詠三首和歌

正二位源通茂

遠夕立

みな月のてる日のそらに
かきくらすそなたの峯や
夕たちの雲

晩夏蟬

陰しけき木すゑのせみの
こゑにのみ夏を残して
秋かせそふく

葦間鶴

あしの葉にましりてたつも
白妙の色はへたてぬ
つるの毛衣

筆者については六—五参照。
三首和歌懐紙。六—五と同じ期間のものであるが、こちらは公宴御会の作と見られる。

（小川）

六―七　中院通躬　和歌懐紙

三一・四糎×四五・九糎

通躬
述懐非一
老ゆくを
なけきそ
そふる
なすわさの
人に、ぬ身
を
はつる
のみ
かは

通茂男。従一位右大臣。号は歓喜光院。元文四年十二月三日薨、七十二歳（一六六八〜一七三九）。
散らし書きの懐紙。（小川）

六―八　中院通枝　和歌懐紙

三六・四糎×四九・七糎

重陽同詠菊花久芳
和歌
権中納言源通枝
にほへ猶きみか千
とせの秋かけてやま
路をうつすその、し
良喜久(らきく)

通躬の嗣。実は久世通夏の男。正三位。宝暦三年五月十九日薨、三十二歳（一七二二〜五三）。
通躬は延享二年（一七四五）正月二十一日任権中納言。寛延元年（一七四八）五月二十四日兼左衛門督検非違使別当。この間、延享三年九月九日、内裏にて重陽和歌御会があり、題が「菊花久芳」であるので（『通兄公記』）、この時のものと確認できる。（小川）

六―九　烏丸光広　書状

二九・五糎×三八・七糎

御写物御手伝義、被仰付候間、」迎初夜前ニ可越候、此通」御所へ参り、中御門ニ逢候て、」可申置候、右之通之間、参」内之事、遅可有之候也、

十六日
（モト端裏結封ウワ書）
「主馬との　（花押）」

光宣の男。正二位権大納言。号は法雲院。寛永十五年七月十三日薨、六十歳（一五七九〜一六三八）。
筆写の助力を依頼し来臨を願う書状。宛所は貼布「烏丸光広卿より狩野尚信遣□」によれば狩野尚信（一六〇七〜五〇）である。狩野派の絵師で、通称は主馬、自適斎と号した。（小川）

六―一〇　烏丸資慶　和歌懐紙

二八・四糎×三九・一糎

水郷眺望
いとまなみ世渡る
宇治のしはふね
に
我はうかはぬ
なかめやは

する
資慶

光賢男。光広孫。正二位権大納言。寛文九年十一月二十八日薨、四十八歳（一六二二～六九）。
散らし書きの和歌懐紙。台紙に「家集一巻アリ此歌ソレニ収ム」とあるように、資慶の『秀葉和歌集』の雑部に見える。詞書には「院御月次に水郷眺望」とある。後西院仙洞の月次歌会の詠か。（小川）

六―一一　烏丸光雄　和歌懐紙

三五・六糎×四七・五糎

重陽同詠菊花久馥
和歌
権大納言藤原光雄
うつろはて霜にも
にほへちよふへき君
かかさしの秋のし
良幾久（らきく）

資慶男。従二位権大納言。元禄三年十月十七日薨、四十四歳（一六四七～九〇）。
和歌懐紙。光雄は天和元年（一六八一）十一月二十一日権大納言、元禄元年十二月二十六日辞退。この間天和三年九月九日の霊元天皇内裏御会の題が「菊花久馥」であるので（『資茂卿集』）、この時のものである。（小川）

六―一二　烏丸光栄　詠草

三四・六糎×四九・四糎

「享保五年十月」
光栄上
愛宕社御法楽
照射
つま恋の秋まつ
鹿の
おもひをもしらてや
賤か
ともしさすらむ
枝茂き木のまなる
らし
たえ〳〵に峯のともし
の
もゆるひかりは
赤山社御法楽
寄世祝君
治れる世の声なれや
わか君かた丶しき風を
あふくことの葉
千年もと君をそ
あふく
敷島の道のみち
ある
御代につかへて

宣定の男。正二位内大臣。霊元院・中院通躬・武者小路実陰に歌道を学ぶ。号は不昧真院。延享五年三月十四日薨、六十歳（一六八九～一七四八）。裏松光世、日野資枝の実父。
折紙の詠草。『院中番衆所日記』によれば、霊元院仙洞で享保五年（一七二〇）六月十五日、愛宕社・赤山社（修学院の北にある神社）の法楽のために、各三十首の和歌が披講され、それよりほぼ毎月法楽和歌を召されている。そのための歌稿である。家集の『栄葉集』（古典文庫652・655）には、「つま恋の」の歌が夏部・九四五に「享保五十六院赤山社御法楽」として、「治れる」の歌が祝部・三〇七〇に「院愛宕社御法楽に」として見える。合点は誰のものか不明であるが、あるいは霊元院か。（小川）

六―一三　烏丸光胤　和歌懐紙

三〇・九糎×四三・一糎

詠秋月入簾
光胤
雪にみしみねも
そなたの木のまなる月
にこすまく秋の夜
なよな

光栄の嗣。実は中御門宣誠の子。初名は清胤。従二位権大納言。宝暦事件に連坐して解官永蟄居。宝暦十年（一七六〇）出家、法名卜山。安永九年九月十八日薨、六十歳（一七二一～八〇）。

和歌懐紙。（小川）

六―一四　松井幸隆　和歌懐紙

三一・四糎×四〇・九糎

詠多春採若菜
和歌
幸隆
ちきるそよ野沢の
わかなもろ友につむ
ゆき千代の春の
行すゑ

本姓源。もと山田氏。遠江国に生まる。京都町奉行与力。通称善右衛門・帯刀。号は六窓軒。地下二条派歌人で、中院通茂門。享保二年（一七一七）十月以後に没す（一六四三～?）。

和歌懐紙。この作は『幸隆類題和歌集』（明和七年刊）には見えない。（小川）

六―一五　中原職忠　書状案

三一・四糎×四四・五糎

月待のねふり」さましにかくなん
若人［立之（たちの）］詠吟し給［ふしを（ひしを）］」つたへ聞侍りて、和韻せさらんも」［無下いか、なれ無下に］」いか、なれは、［としかいふ」老の力を入て］」忠
神無月ちかく成ぬる秋風に」空の色さへかはりもて行
花の春を翅にかけてゆく雁の」同し雲井に秋は来にけり
右御友たちのほか、もらし給ふ」間敷候、」明明後廿五昼、主水殿、右進殿、」鮭一種ニて申入度、貴老」御精進ニ候共奉待候、

職清嗣。実は平田職久男。本姓中原。正四位上大蔵大輔。蔵人所出納を家職とする地下官人。故実家として知られた。万治三年六月十六日卒、八十一歳（一五八〇～一六六〇）。

某年九月二十三日、入来を待つ旨を告げる書状の草案。二首の和歌を添える。宛所は不明。（小川）

六―一六　望月長孝　和歌懐紙

三〇・一糎×四二・〇糎

餞別
長好
責てわかしたふ心をと、めても
これも旅ゆく人のわかれ路
霜さやく荻の葉風に先そおもふ
あらきはまへにかりねすらしも
只たのめ行ゑをかけて天照す
神のめくみを道のひかりに

姓は望月、信濃源氏。名は重公・兼友・長好・長孝、号は広沢隠士・狭々野屋翁など、法号は道空。京都室町の絹商人で、四十歳で広沢池畔に隠居した。歌人・歌学者。延宝九年三月十五日歿。享年六十三（一六一九～八一）。和歌懐紙。「望月長好　餞別」と記した「茂内道順」の印（墨）のある極札有り。

（深沢）

六一七　山本春正　和歌懐紙

三一・三糎×四四・八糎
（裏）二四・七糎×三三・七糎

詠三首和歌
法橋舟木
旅泊重夜
雨かせもやますいく夜の
かちまくら波よりいつる
月をたに見て
海辺眺望
ふちしろのみさかきゆけは
わかの浦や吹あけの浜も
麓にそみる
寄夢懐旧
老らくの見し世の夢を
かそふれはをのかさま〳〵
なきそかなしき

本姓は源、姓は山本、名は春正・春宵・春昌、通称は二郎三郎など、号は舟木・舟木軒。歌人・歌学者・蒔絵師。貞徳門人、のちに長嘯子門人。天和二年九月八日歿。享年七十三（一六一〇～八二）。和歌懐紙。「舟木春正　旅泊重夜 雨かせも（朱印「汲水」）」「三首懐紙　壬辰春（朱印「好斎」）」と記した極札有り。壬辰は慶安五年（一六五二）、春正四十三歳。台紙裏面に「蒔絵師春正三首懐紙」と記された包み紙有り。

（深沢）

六一八　平間長雅　和歌懐紙

三〇・三糎×四一・四糎

詠都首夏
和歌
長雅
巨々呂からすめはみ
やこの中川もみつ
草きよき夏は来
耳計梨

姓は平間、名は良淳・長雅、号は風観窓・風観斎・恥山軒、法号は精剛院六喩居士。元夢。歌人・歌学者。宝永七年七月二十九日歿。享年七十五（一六三六～一七一〇）。和歌懐紙。

（深沢）

六一九　有賀長伯　和歌懐紙

三三・四糎×四五・八糎

卯月のはしめ正雅亭に
まかりて夏祝といふことを
長伯
いやつきに道もさかへて
しける木のみとりに習へ
人の言の葉

姓は有賀、名は長伯、号は無曲軒・以敬斎・貴和・六喩。歌人・歌学者。元文二年六月二日歿。享年七十七（一六六一～一七三七）。和歌懐紙。正雅は京都住の角谷次郎右衛門。長伯のほか望月長孝からも伝授を受けた。日下幸男『近世古今伝授史の研究　地下篇』（新典社、一九九八年）参照。神作研一報

による。（深沢）

六―二〇　徳大寺公信　年号案

三一・九糎×四六・三糎

慶安　　　　　　　　　　　　　　　公信

慶安号之事、考之、慶之字被用度、佳蹤」雖有数多、就中元慶・延慶御代始之号而」為吉例之由、先達議定及度々歟、殊慶長」之時、天下一統、朝廷之繁栄、万民服化而四」海安平也、礼記云、行慶施恵、下及兆民、慶」賜遂行、毋有不当、注、慶謂休其善也、尚」書、謂五福之一徳、曰康寧、々々之訓、共以安」也、然則五福之慶、相通於慶安之号者乎、」最珍重之元号也、可被用候、

実久男。母は織田信長の女月明院。従一位左大臣。貞享元年七月二十一日薨、七十九歳（一六〇六～八四）。

改元定に際して、勘申された年号の案について意見を奉答したもの。公信の生存中、「慶安」号が勘申されたのは正保度と慶安度の二度である（森本角蔵『日本年号大観』目黒書店、昭和八年）。文中では代始の年号に「慶」の字を用いることが吉例であると強く主張している。よって後光明天皇の代始改元である寛永二十一年（一六四四）十二月十六日の改元定の文書と推定される。（小川）

六―二一　小倉実起　和歌懐紙

三三・五糎×四四・一糎

春日同詠亀万年友
和歌
参議右近衛権中将藤原実起

ちきりをきて亀の
よはひをわか君のか
はらぬ御代の春にか
楚遍無（そへむ）

実為の嗣。実は藪嗣良の三男。初名季雅。正二位権大納言。延宝九年（一六八一）、女中納言典侍の生んだ霊元天皇一宮（済深法親王）の出家に反対したため、佐渡に配流された。謫所にて貞享元年三月十八日薨、六十三歳（一六二二～八四）。

和歌懐紙。実起は明暦二年（一六五六）十二月二十六日参議、万治元年（一六五八）閏十二月二十二日辞退。そこで明暦三年正月十九日の後西天皇の和歌御会始があり、歌題が「亀万年友」で一致するため（『宣順卿記』・『忠利宿禰記』）、この時の懐紙と判明する。（小川）

六―二二　正親町公通　和歌懐紙

二九・八糎×四二・八糎

七十賀しける時
読侍りぬ
従一位公通

恵みある神と
君との中津国
いま
つく杖の
千世は
しるしも

実豊の男。従一位権大納言。武家伝奏。山崎闇斎の門下で垂加神道を信奉した。号は守初斎・白玉翁・風水軒。享保十八年七月十二日薨、八十一歳（一六五三～一七三三）。

散らし書きの和歌懐紙。公通七十歳は享保七年（一七二二）。（小川）

六―二三　正親町公通　自画賛

三一・五糎×四五・九糎

姫瓜は
人のちきるを
はつかしと
白玉翁

はかくれ
けりな
露の丸顔
自画
狂吟（落款印）

筆者については六―一二参照。
自ら瓜を描いた絵と和歌賛。公通は晩年、狂歌と画に没頭した。その作品は台紙書入にもある通り、『雅莚酔狂集』四巻にまとめられている。落款印は朱。（小川）

六―一二四　武者小路実陰　和歌懐紙

三六・八糎×五〇・五糎

冬日同詠三首和歌
正二位藤原実陰
冬暁月
しもこほりたへてやは見む
かたしきのねさめの袖に
有明の月
野径雪
ふみ分てくまはや積る
雪の日も野中の清水
みちし絶ねは
恨久恋
うしとてもさすかそむかて
としふるはおもふかゆへの
うらみをやしる

公種の嗣。実は西郊実信の男。正二位権大納言、薨去に際して従一位准大臣宣下。霊元院歌壇を代表する堂上歌人。号は超嶽院。元文三年九月三十日薨、七十八歳（一六六一～一七三八）。
三首和歌懐紙。実陰は享保九年（一七二四）二月十一日権大納言、同三月七日辞退、閏四月二日叙正二位、よってそれ以後のものとなる。恐らくは霊元院仙洞での御会での懐紙と推測される。三首とも家集『芳雲集』に見える（『新編国歌大観』第九巻の番号で2840、3009、3755）。香色料紙。（小川）

六―一二五　上冷泉為村　和歌

三一・六糎×四五・三糎

こよひ引うしのつの文字をとわたる舟のかちの葉に、」かきそめし秋もはや七々にすきて七年になんなりぬ、」ことしは五百機衣のたもとをかり、うれしさをつゝむあまり、」猶いく秋を契るたむけにと、はしめをはりに字をならへて」かくなん、」
ため村
いにしへのためしかはらぬほし合の」かけをたらひのみつにうつしつ
くれふかき水かけくさのあき風に」ちりてやかゝるそてのしらつゆ
あきの色をほしのたむけと天乙女」をりはへかすや月のしらぬの
きりはるゝやすのわたりの舟出して」へたてぬ中にあへるたなはた
かけそへてひかりやみかくなゝくさの」花にたむけのつゆのしらたま
きみか代のあきをいく年せき入て」あふせもたえぬあまのかはみつ
つきせしな星合の秋もいくめくり」ちきりをこむる代々のたまつさ

為久男。正二位権大納言。明和七年（一七七〇）二月出家。多数の門弟を育成し、冷泉家中興の歌人と仰がれた。安永三年七月二十九日、六十三歳（一七一二～七四）。
七夕の梶葉書の七首和歌。詞書を伴う。沓冠となっていて、つなげると「いくあきかきつつゆのたまつさ」となる。（小川）

六―一二六　日野資枝　和歌懐紙

三一・〇糎×四一・五糎

郭公
めつらしき
こゝろこと葉も
一こゑに

そへてまちきく
ほとゝきす
かな
従一位資枝

資時の嗣。実は烏丸光栄の子。従一位権大納言。享和元年十月十日薨、六十五歳（一七三七～一八〇一）。
散らし書きの和歌懐紙。資枝の従一位昇叙は寛政五年（一七九三）六月十一日。
（小川）

六一二七　日野資枝　詠草

三三・八糎×五〇・七糎

資枝」寛政十一年四月二十三日は」桜町院尊儀の五十回聖忌にいたりぬ、」おはしませし御代は資枝詠歌御点を」たまはり、又歌書筆談於」御前をしへたまはりけれは、」雲かくれ給てのちは本所の」素服をたまはりて、寺の」参詣せしも夢と成ぬ、資枝」御いつくしみの末なれは、」蛍雪のひかりに学窓に」むかふへきを怠りかちにて、」歌道分のはる事ふかゝらす、」まことに千海之王あかりしかし」当朝はいつくしみふかくてこそ、」勅伝ありしも全」此院の御余恩やとおもへは、」報恩のため法華二十八品和歌」凝出へきも、力たらねは漸」六字の名号をかしらにすへて、」いさゝか志をのふるといふことしかり、
なきかけとあふくもはかな三十あまり」ひとせ過てくもかくれしを
むかしありし人はおほくもなからへす」御代につかへしかすそすくなき
あさからす臣をめくみの末はいまに」芝の袖にのこるかしこさ
みな人の在し御代のみおもひ出て」あけくれしのふ君かおもかけ
たとしへもあらぬ恵はいはけなき」ことのはにそふ君かみつくき
ふりし世としのふはかなつらなれる」枝にかけぬる露の恵も
つかへつるむかしをそ思ふみし洞の」みまりをひろみしめしおましに

筆者については六一一六参照。
集古筆翰　第六輯

折紙の詠草。寛政十一年（一七九九）は、桜町上皇（一七二〇～五〇）の五十回忌に相当するのによって、南無阿弥陀仏の名号和歌を詠んだ、その歌稿と見られる。長文の詞書があり、歌人として名を得たのは院の恩顧によるとの謝意と懐旧が語られる。
（小川）

六一二八　芝山持豊　和歌懐紙

三〇・三糎×四三・五糎

三月三日
前参議持豊
花にくむやよひの
三日の桃の酒
ゑひにおほゆる
いく千々の
春

重豊の男。正二位権大納言。文化十二年二月二十一日薨、七十四歳（一七四二～一八一五）。
和歌懐紙。天明五年（一七八五）八月十二日参議を辞退してより、寛政十一年（一七九九）三月十六日権中納言に任じられるまでの間のものである。
（小川）

六一二九　滋野井公澄　和歌懐紙

三三・六糎×四六・七糎

真山居士予昇進を
賀して、佳作一章を
をくる、感悦にたへす
して其韻を和す、
亜槐藤公澄
うれしくも恵ある
よのときにあひて

家にやまつの
　はなも開けむ

実光の嗣。実は高倉永敦の男。初名は兼成。正二位権大納言。有職故実に通じて令名があった。号は五松軒、享保十六年（一七三一）出家、法名は良覚。宝暦六年七月二十五日薨、八十六歳（一六七一〜一七五六）。和歌懐紙。公澄が権大納言に昇進したのは享保五年（一七二〇）六月二日である。真山居士とは、台紙にある通り、儒学者松下見櫟（一六六七〜一七四六）の号である。公澄の学問の師であったと見られる。（小川）

六―三〇　滋野井公麗　願文

三三・一糎×四五・二糎

夫天寧禅寺者、鴨河西畔之蘭若、当家代々之」墓所也、於此霊場、開法莚修功徳、以院主龍唫」大和尚、為導師、其旨趣者、弟子公麗、当明年安永」九載、齢四十八歳也、相者曰、可慎病難、深恐此言、性」不好殺生、然而点書之悪、多積丹写之恨、質不」存加害、披帙之所、自致紙魚之愁、飛沈伏走之」群、胎卵湿化之類、或傾一旦之命、或楽千歳之生、」寔雖長短不同、大小各異、愛生悪死、彼此」同一者也、仍為滅罪植善、奉供養摺字金」剛寿命陀羅尼経五十巻、且放飛禽五十翼、」游魚五十隻、加之修水陸大令、以此功徳、延寿齢」除病患攘障災、愚身無恙、永仕朝廷、福禄」長保、子孫栄久、乃至法界平等利益、敬白、

安永八年九月廿四日　弟子正二位藤原朝臣公麗敬白、

実全の男。公澄の孫。正二位権大納言。祖父の跡を継いで当代の有職故実の大家と目され、歌道絵画にも長じた。号は五松亭。天明元年九月七日薨、四十九歳（一七三三〜八一）。

願文。相人から明年四十八歳の年は病難あるべしと警告されたため、滋野井家歴代の墓所がある天寧寺（現京都市北区）にてさまざまな延命息災の法会を修したとある。皮肉なことに、この予言は翌々年に的中する。青蓮院門跡を訪ねた公麗は、出されたキノコの毒に当たり、帰路絶命したのである（『実種公記』）。（小川）

六―三一　滋野井公麗　詠草

三三・二糎×四五・七糎

寂静法師、近江国にすみ侍ける比、植置し女郎花を送るとて和哥を二首そへ侍し、
ふかき心さしにあさき言のはも
はつかしけれとた丶にやみぬへきも
本意なけれは

権中納言公麗

女郎花をくる言葉の露かけて
秋のさかりをさそとこそしれ
をみなへしみやこの秋にさくとても
もとのかきねをいかてわすれん

筆者については六―三〇参照。
和歌詠草。公麗は宝暦十三年（一七六三）二月十一日任権中納言、明和三年（一七六六）十二月十九日兼大宰権帥、五年八月二日任権大納言。その間のものと見られる。寂静は伝未詳。（小川）

六―三二　近衛家熙　和歌懐紙

三六・九糎×五三・五糎

冬日同詠山皆雪
　和歌
　　内大臣藤原家熙
よもすからさへし
嵐やさそふらん雪
まのこらぬよそのや
まのは

筆者については五―一参照。

和歌懐紙。家熙は貞享三年（一六八六）三月二十六日任内大臣、五年二月一日辞退。三年か四年冬の公宴和歌御会のものと考えられる。（小川）

六―二三三　成島信遍　和歌懐紙

三二・五糎×四五・七糎

荘周虚舟のこゝろを
　よみはへりし
行かひの浪ちにふるゝ
うつほ舟空穂なりせは
人もとかめし
　　　信遍

姓は初め平井、宝永二年（一七〇五）幕府の表坊主の成島氏の養子となる。修姓は島・鳴。名は信遍（のぶゆき）・鳳卿、通称は巳之助・忠八郎、号は錦江・道筑・芙蓉道人、字は帰徳・子陽。歌人・漢学者・幕臣。宝暦十年九月十九日歿。享年七十二（一六八九～一七六〇）。

和歌懐紙。台紙に「成島道筑　即鳴鳳卿也」と記す。（深沢）

六―二三四　西洞院時名　和歌懐紙

三〇・六糎×四二・四糎
（裏）一三・七糎×一九・一糎

閑庭
　春草
　　　云々
わか艸や
とはれし沓の
　跡たえて
ふまぬみとりそ
　庭に淋しき

範篤の男。正四位上少納言。宝暦事件に連坐し解官、永蟄居。宝暦十年（一七六〇）出家。安永七年（一七七八）赦免。号は風月、云々。寛政十年七月二日卒、六十九歳（一七三〇～九八）。

和歌懐紙。裏に「御手紙拝見仕候、然ハ御品／及一覧候処、左之通ニ御座候、／則御返上仕候、御入手可被下候、以上、／わか艸や、／西洞院時名朝臣正筆ニ候、／十二月廿五日　古筆了悦」の鑑定が附属する。（小川）

六―二三五　三条実万　和歌懐紙

三五・一糎×五一・二糎

緑竹
　権大納言実万
色かへぬ
うてなの竹の
　よろつ代は
みかはの水に
かけやみゆらん

公修男。従一位内大臣。安政六年十月六日薨、五十八歳（一八〇二～五九）。

和歌懐紙。実万の権大納言在任は文政七年（一八二四）六月四日から安政四年（一八五七）二月八日にわたる。典型的な三条流の書風で記されている。（小川）

六―二三六　千種有功　自画賛

三三・五糎×四七・七糎

　　　有功画も（印）
ふしのねは三くにゝ
わたるあしかなへ

うこかぬみよの
　たからなり毚

有季男。正三位左中将。地下歌人と積極的に交流し革新的な歌風で知られた。号千々廼舎・鶯蛙園。嘉永七年十一月九日薨、五十九歳（一七九六～一八五四）。富士山の水墨画と歌賛。左から右へと書かれている。歌は家集『千々廼屋集』（安政二年刊）の雑部に「不二」と題して見える。印文「半月舎」（朱）。（小川）

六―三七　千種有文・有任　画賛

三五・五糎×四九・一糎

有任（印）（印）

みほの浦の
　緑の松の
　　木のまより
みるもはへある
　ふしのしら雪
　　有文

有文は有功の嗣子。実は今城定成男。従三位左少将。明治二年十一月三日卒、五十五歳（一八一五～六九）。有任は有文男。宮内府に出仕。明治二十五年九月二日没、五十七歳（一八三六～九二）。富士山と三保松原の水墨画と和歌賛。印文は「有」「任」（ともに朱）。（小川）

六―三八　久我建通　和歌懐紙

三五・八糎×四八・五糎

蜘蛛
　建通
軒端なる風に
こゝろのみたるらん
くりかえし引
　蜘のいと筋

通明の嗣。実は一条忠良男。従一位内大臣。明治三十六年九月二十八日薨、八十九歳（一八一五～一九〇三）。和歌懐紙。天が藍、地が紫の打曇り、銀砂子の横線を引く。（小川）

六―三九　澄月　和歌懐紙

三五・六糎×四九・七糎

冬原
　澄月
雲かけも
木のまに落て
　さゆる
　　夜の
つきに
　うちゝる
　あられ
　　まつ原

姓は西山、号は澄月・融阿・垂雲軒・酔雲軒・酔夢庵、法諱は智脱。浄土宗僧・歌人。平安和歌四天王の一人。寛政十年五月二日歿。享年八十五（一七一四～九八）。和歌懐紙。上部に青、下部に紫の打曇りの入った料紙を使用。台紙に「垂雲軒澄月」と記す。（深沢）

六―四〇　伴蒿蹊　和文・和歌懐紙

三〇・八糎×四一・九糎

玉の甍金の扉はさらにもいはす、萱か軒端松の」はしらもあらたにいとなみ作れるはいとも心ちよきもの」そかし、こゝに山本氏のをきな、くすしの道の」いさをとしをへて、世の思ひはかりもなへてならぬからに、」いつしか富を得てもとの住家なからに又ひとつの室」をかまへて事成ぬるとかや、されは神山ぬしなん、みつ」からいはひことせんをあまりに親しきあはひにし」あれはめつらしけなし、おのれに代りて一言をのへよと」需めらる、翁はもと相識人にしあらねはいふへき」言をしらねと、此室ことに潔よしときくも、」ひとの疾を救ひてさはやかしむるおもむきに」等しとやいはん、今はた一陽来復の月にむか」ひたれは復陽室ともや名つくへからんとおもふ」まに〳〵即口すさふ

草も木も芽くみ初てふ時こそあれ」またきに春を見する新室

洛南老樵」閑田廬蒿蹊」著

姓は伴、名は資芳、通称は彦重郎・庄右衛門、号は蒿蹊・閑田子・閑田廬・閑田翁・操山。歌人・国学者。平安和歌四天王の一人。文化三年七月二十五日歿。享年七十四（一七三三～一八〇六）。
和文・和歌懐紙。医師の「山本氏のをきな」の新室への祝辞を「神山ぬし」より求められて書かれた文章と和歌一首。新室を「復陽室」と名付けている。 （深沢）

六―四一　慈延　和歌懐紙

三一・二糎×四〇・〇糎

詠深山炭竈

和歌

桑門慈延

はこひつくたよりは
いかに里までも道
なきやまのおくの
炭かま

俗姓は塚田、字は大愚、号は吐屑庵・度雪庵、法諱は慈延。天台僧・歌人。平安和歌四天王の一人。文化二年七月八日歿。享年五十八（一七四八～一八〇五）。
和歌懐紙。台紙に「吐屑菴慈延」と記す。 （深沢）

六―四二　小沢蘆庵　和歌懐紙

三三・八糎×四七・一糎

朝梅

春夜の明るを待て
朝戸ての
袖にもかほる
軒のうめか丶

蘆庵

本姓は平、姓は小沢、名は玄仲・玄冲、通称は帯刀・大学、号は蘆庵・観荷堂・図南亭・孤鴎・七十童・八九童。一時、本庄七郎と称した。歌人。平安和歌四天王の一人。享和元年七月十一日歿。享年七十九（一七二三～一八〇一）。
和歌懐紙。蘆庵家集『六帖詠草』『六帖詠草拾遺』に収録せず。 （深沢）

六―四三　橋本経亮　詠草

二四・〇糎×三三・八糎

。ひたすらによみ出てみよならはても」ひとりしらる丶言の葉の道」可然候
。朝夕のおもひをた丶にのへてみよ」三十ひと言（文字ならん）のうたになるへし」宜
尾張より御嶽の雪を
。千万の山をはおきて信濃なる」みたけの雪は空にみえけり　〃
石部の宿にて九月十三日（みよ）」とまりて
近江路の石部の宿ののちの月」（都）鄙の友にみせまほしけれ　〃

本姓は橘、姓は橋本、名は経亮（つねすけ）、号は橘窓・梅窓・香圃・香果堂・慕香園。神職・有職家・歌人・国学者。文化二年六月二十日歿。享年四十七（一七五九～一八〇五）。
和歌詠草。半折されていた痕跡がある。台紙に「橋本経亮歌稿 蘆庵点」と記す。経亮が、和歌の師である小沢蘆庵（六―四二）に点を受けたもの。「可然候」と「宜」と二箇所の「〃」は朱筆で、評語。また、四首めの「みよ」の見せ消ち点も朱筆。墨

による別案の併記および修正は経亮によるものか。朱筆は蘆庵か。（深沢）

六―四四　居忠　和歌懐紙

三四・三糎×四五・九糎

詠蚊遣火
和歌
居忠
夏の夜のあけゆく
まとにあはれ猶しつ
かかやりのけふりの
古連類(これる)

本冊目次には「居忠」とのみ記す。人物未詳。和歌懐紙。（深沢）

六―四五　皆川淇園・慈延　和歌懐紙

（淇園）二七・九糎×一八・六糎
（慈延）二七・九糎×一五・一糎

世をすてし君か身にしも」此寺の春の花をは捨ぬなりけり
かへし
慈延
捨かたく世をこそ思へめつらしき」人にもあへる花のもとには
吾師淇園の詠歌は」珍しさに秘蔵しを」けるか、松屋の主風」雅にこゝろある人故ニ」
贈り侍る
頤

姓は皆川、名は愿、字は伯恭、通称は文蔵、号は淇園・筠斎・笻斎・有斐斎・呑海子。漢学者。書・画も能くした。文化四年五月十六日歿。享年七十四（一七三四～一八〇七）。「かへし」の慈延については六―四一を見よ。跋文の筆者「頤」は淇園門人の田中履堂で、姓は初め青山、のちに田中、名は頤、字は大壮、通称は大蔵、号は履堂。漢学者。文政十三年三月八日歿。享年四十六（一七八五～一八三〇）。

和歌懐紙。本来別紙の跋を付している。台紙に「慈延唱　皆川淇園和　門人跋　淇園の歌を珍とす」と記す。（深沢）

六―四六　有賀長収　和歌懐紙

三四・九糎×四八・五糎

長収
秋懐旧
○ありし世をとへは袖こす
年なみのいその中道
あきかせそ吹
見し影もなき世をとへは
秋の袖をきそふる露に
有明の月

姓は有賀(あるが)、名は初め長因、のち長収、号は生志斎・居貞斎。歌人。六―四七の有賀長因の養子。文政元年五月七日歿。享年六十九（一七五〇～一八一八）。和歌懐紙。横長に半折した懐紙の半面に歌を書き、もう半面は白紙のまま。（深沢）

六―四七　有賀長因　和歌懐紙

三四・一糎×四五・五糎

詠二首和歌
長因
新樹露
夏木たち秋のほとには
むすはねとわか葉をよはみ
露おもけなる
恋天象
おもひそふこゝろもそらに
くるとあくとめくる月日の

かきりしられす

姓は有賀（あるが）、名は泰通。号は長川・長因・敬義斎。歌人。六一一九の有賀長伯の子。安永七年閏七月五日歿。享年六十七（一七一二～七八）。

和歌懐紙。（深沢）

六一四八　香川景柄　和歌懐紙

三〇・八糎×四二・六糎

遠山花

景柄

いこま山霞
吹とけ春
のかせ
たかねの桜
をちにてもみむ

本姓は平、姓は初め松田、のち香川、名は景柄（かげもと）、号は黄中・香中・梅月堂（四世）。歌人。文政四年十月三日（一説に九月二十八日）歿。享年七十七（一七四五～一八二一）。

和歌懐紙。（深沢）

六一四九　山本清渓　和歌色紙

三〇・九糎×二三・一糎

正臣

池のほとりに藤のはなの
さきたるところ
いけ水もこむらさきにそ匂ふなる
はひさすふちの花咲しより

作者は、江戸後期の歌人。雅姓、藤原。通称、近江守。名は正臣、清渓は号。大炊御門家の臣。漢学を岩垣竜渓に学ぶ。江戸に下り、清水浜臣らと交わり、書また和歌をもって聞こえた。文政六年没、七十歳（一七五四～一八二三）。

和歌は、色紙に認めたもの。「はひさす」は、紫色に染めるために椿の灰を加えることをいう語で、ここは淡い紫色の「ふち（藤）の花」の序詞のように用いた。「紫は灰指すものそ椿市の八十の衢に逢へる児や誰」（『万葉集』巻十二・作者未詳歌）。（鈴木）

六一五〇　小野高潔　和歌懐紙

三一・六糎×四一・〇糎

詠三首和歌

平高潔

海辺帰鴈
すみよしの名にもとまらて
いくつらかはるのうみへを
かへる雁かね
暮山春雨
うくひすのこゑはかりして
ふりくらす雨にゆふへの
山そかすめる
社頭夜風
かみかきのさか木よりふく
小夜かせにきねかとのゐの
袖にほふらし

本姓は平、姓は小野、名は高成・高潔（たかきよ）、通称は幾之助・斎宮、号は探頤堂・反古亭・玄々亭・有隣軒・三近舎・竹叢・佚泰子・牛隠・東山・五樹亭。幕府小普請方。歌人・国学者・本草家。小野高尚の子。文政十二年十月九日歿。享年八十三（一七四七～一八二九）。

和歌懐紙。台紙に「小野高潔　埋レタル国学者有益ナル著書多ケレトモ散佚シテ人ノ伝フルモノナシ」と記す。

（深沢）

第七輯

七―一　加藤千蔭　和歌懐紙

三三・三糎×四五・八糎

春日同詠武蔵野

若菜和歌

橘千蔭

はつわかなつみつゝ
君をいはふなるとも
のをひろきむさし野
廼波良（のはら）

筆者については五―六参照。

題詞「春日同詠」は、年初の改まった歌会席での懐紙の書式で、署名、三行三字の和歌とも謹直な書体で認め、歌の最後に折り返した三文字を万葉仮名で書くのも、書法に則ったもの。和歌の「君」は、「武蔵野」との取り合わせから、将軍をさしていよう。「とものを」は家臣たち。参考「靫かくる伴雄広き大伴に国栄えんと月は照るらむ」（『万葉集』巻七・作者未詳歌）。料紙は檀紙。（鈴木）

七―二　村田春海　詠草

三一・二糎×四二・七糎

春海

杜夏祓

たちかへる袂すゝしも夏はゝや
いくたのもりにはらへしつれは

作者は、江戸後期の歌人。雅姓平、通称平四郎、字は士観。号は琴後翁、織錦舎。家業は干鰯問屋のち廃業。賀茂真淵に和学を学ぶ。和歌、和文をよくし、歌文集『琴後集』を遺した。文化八年没、六十六歳（一七四六〜一八一一）。

和歌は、一首詠草で、陰暦の六月晦日の行事、夏越の祓えを詠んだもの。「たちかへる」は「裁ち」の意で「袂」、また「立ち返る」の意で「夏」にかかり、「いくたのもり」は摂津国の歌枕。生田神社に「（夏は）行く」の意を掛けた。（鈴木）

七―三　栗田土満　和歌懐紙

三三・四糎×四五・九糎

同詠初秋

謌

土万侶

けさはまた物おもふ
あきのはしめともしら
れぬはかり風のす
寿之幾（ずしき）

作者は、江戸中後期の歌人、古学者。通称求馬。号は岡の屋。遠江城飼郡の人。賀茂真淵また本居宣長に古学を学んだ。家集は『岡屋歌集』で、『神代紀葦牙』は広く行われた。文化八年没、七十五歳（一七三七〜一八一一）。

和歌は、初秋に風の立ち初めたことを詠んだもので、「物おもふあきの」は「きえかえり物思ふ秋の衣こそ涙の河の紅葉なりけれ」（『後撰集』秋中・清原深養父）の先例がある。「安幾（あき）」は、『安幾破起帖』を思わせる文字遣い。『岡屋歌集』に「立秋」の題で収録される。料紙は檀紙。（鈴木）

七―四　内山真龍　扇面画

一五・一糎×四四・〇糎

文化□〔七年カ〕
遠江真多都□〔詠カ〕画

作者は、江戸中後期の古学者、歌人。通称、弥兵衛。名は龍麿とも。奉国史翁と号。遠江豊田郡の人で、賀茂真淵に古学を学ぶ。『出雲風土記解』などの研究で成果を遺したが、『日本書紀』訓読不要説を唱え、師と対立するなどした。絵を嗜み、その草画は独特の味わいがあり、真淵の肖像画その他が伝存する。文政四年没、八十二歳（一七四〇～一八二一）。

絵は扇面に梅花の草筆画であるが、枝を墨の濃淡で巧みに描き分けている。落款は、かすれて判読困難な箇所がある。（鈴木）

七―五　荒木田久老　和歌懐紙

三一・一糎×四五・七糎

月下梅といふ心を
あらき田神主久老
影をまかへて
こゝろあてに
それかとそ
見る
うめ
おほろ
月夜に
のはな

作者は、江戸後期の古学者、歌人。もと橋村氏、通称、主殿、斎など。名は正恭。号は五十槻園。伊勢外宮、内宮の神職。賀茂真淵に就いて古学を修め、おもに京坂の地において、その普及に努めて『万葉考槻之落葉』を著した。文化元年没、五十九歳（一七四六～一八〇四）。

和歌は懐紙に散らし書きしたもの。一首の読み方は「こゝろあてにそれかとそ見るうめのはなおほろ月夜に影をまかへて」。第一、二句は、『源氏物語』で夕顔が相手を光源氏と当て推量して詠んだ「心あてにそれかとぞ見る白露の光そへたる夕顔の花」から取ったもので、朧月夜のために、梅の花を当て推量にしか見分けられないことを詠んだ。『槻落葉歌集』巻一に「京にありけるほと橘経亮と東山の梅見にものしてよめる」と題して収録する。（鈴木）

七―六　清原雄風　詠草

三三・一糎×四六・五糎

月の前に
むかしをしのふ
過してし昔の秋もかへらなん
つきにしのはぬ人しなけれは
雄風

作者は、江戸後期の歌人。前姓、小沢。通称、玄達。崑岡などと号。豊後の人で、もと岡藩黌由学館医家で、江戸に出て、橘千蔭らと親交を深め、古典の講釈などで口を糊した。文化七年没、六十八歳（一七四三～一八一〇）。

「なん」は誂えの意で、下の句は、月に昔を偲ばない人はいないのだからの意。在原業平の「月やあらぬ春や昔の春ならぬわが身ひとつはもとの身にして」（『古今集』恋五、『伊勢物語』四段）の「昔の春」を「昔の秋」にとりなした。料紙は檀紙。（鈴木）

七―七　本居大平　和歌懐紙

三四・一糎×四七・七糎

初秋風
大平
ふく風も
けさより
秋の初
尾
花
穂にいて、袖に
かよふ

すゝしさ

作者は、もと稲掛氏、通称三四右衛門。前名、茂穂。藤垣内と号した。伊勢松坂の人。本居宣長の跡を継ぎ、紀伊和歌山徳川家に仕えた。古学に努め、和歌に長じた。天保四年没、七十八歳（一七五六～一八三三）。

和歌は、懐紙に散らし書きされたもの。「秋の初尾花」は、秋のはじめの意を、秋になってはじめて穂の出た薄の意に重ねた。『稲葉集』秋歌に収録。料紙は檀紙。

（鈴木）

七―八　本居内遠　和歌懐紙

三一・四糎×四三・五糎

詠朝花歌

内遠

朝かゝみとらぬ
さきよりむかはれて花
にこゝろをうつすこ
路(ろ)可(か)那(な)

作者は、名古屋の人。本姓、浜田。通称、弥四郎。名は高国など。秋津の名で狂歌を嗜んだ。榛園と号。紀州徳川家に仕えた。植松有信、鈴木朗などに学び、のち大平の養子となって、家学として古学を修める。安政二年没、六十四歳（一七九二～一八五五）。

和歌は、朝鏡に向かう前に、花に眼が奪われてしまう時節だという趣旨。「かゝみ」と「うつす」は縁語。

（鈴木）

七―九　本居豊穎　和歌懐紙

三五・六糎×四八・八糎

詠寄圀祝歌

正四位平豊穎

集古筆翰　第七輯

あし原の国いや
ひろにしけれとて青
人くさも神はう
恵(ゑ)気(け)舞(む)

作者は、幕末、近代の国学者。通称、平造。名は八十穂。秋屋と号。内遠の子として和歌山藩国学所教授となる。明治維新後は、神田神社祠官、東京大学文学部古典講習科講師などを勤めたのち、東宮侍講に任じた。大正二年没、八十歳（一八三四～一九一三）。

和歌の「あし原の国」「青人くさ」などの語句は、『古事記』上巻に「汝、吾を助けしが如く、葦原中国に有らゆるうつしき青人草の、苦き瀬に落ちて患ひ、惚(くるし)む時に、助くべし」とあるのに拠る。また、「青人草」を文字通り草として「う（植）ゑけむ」と続けた。朱の桜花文を散らした橙色料紙を用いる。『秋屋集』二編下の雑に収録。

（鈴木）

七―一〇　伴信友　長歌

二四・四糎×三三・九糎

生日足日歌

信友

山はさけ、海はあすとも、久かたの、天あるきはみ、あらかねの、」土あるかきり、天にます、ひるめの神の、すめみまの、現身(アキ)つ」御神のたむだきて、知ろしをす、天の下、国は多けと、鳥」がなく、吾妻の国の、大江戸の、遠のみかどに、事とりて、」守りいませる、大君［の(に)］、国のかためと、こち〴〵の、国の君たち、」［こと〳〵(大君)］に、仕へまつらし、其か君に、仕へまつらふ、やつこらま、いや」やつこらま、次々にごみまつろひ、ことしあらは、からにえ」みしに、立むかひ、おらびたけびて、おのがじゝ、君の御盾(タテ)」と、額(ヒタヒ)には、矢はたつとも、かへりみじ、と仕へまつり、民くさは、」おのか［まち〳〵］名にしおふ、瑞穂(ミツホ)の国の、みつほをし、千かひ八」そかひ、作りいでゝ、みつきまつり、［あた人は(もろ〳〵)］、(ママ)の道のあき人、お」のも〳〵、なり(業)のまに〳〵、わたらひて、仕へまつり、まさ［き(キ)］づら、いや」遠長に、さかえゆく、あきつ御神の知し召す、神の御国、大君の、守ります国、うら」やすく、もなく、事な［く(き)］、［あそふこの］け

ふのこの、生日の足日、あすも又」生日の足日とことはに、いくひのたるひ、忘れて思へや

君がよにかくてしあれはとことはにけふを生日の足日とそおもふ

作者は、江戸後末期の古学者。別姓、立入。通称、州五郎。名は惟徳。号は特（ことひ）。若狭小浜の人。小浜藩士。本居宣長に私淑して、古学を修めた。とくに神祇史の考証に努め、『神名帳考証』などの著述を成した。弘化三年没、七十四歳（一七七三～一八四六）。

長歌の題「生日足日」は、祝詞に見え、神事の日を祝いいう詞。「現身つ御神」は天皇を敬っていう語で、「大江戸の、遠のみかど」は江戸の将軍家をさしていった。すなわち天皇の委任により、将軍が天下を平和に治めていることを謳歌したもの。小書きで訂正が多いのは、下書きであるせいであろうが、信友の書の特徴ともいえる。『伴信友家集』長歌に収録。　（鈴木）

七—一一　足代弘訓　和歌懐紙

三一・五糎×四四・九糎

いつよりもあ
やしき秋の朝
しめりよの間の
ほとに雨やこほ
れし　弘訓

作者は、江戸後期の和学者。姓、度会。通称、権大夫。寛居と号した。伊勢外宮の権禰宜。荒木田久老、本居春庭、同大平らに師事し、古学を学び、傍ら和歌をよくして家集『海士の囀』を遺した。天保の飢饉には救恤に尽くした。安政三年没、七十三歳（一七八四～一八五六）。

掲出したのは、懐紙に和歌を任意に認めたもので、散らし書きの一種。「あやしき」はふつうではない状態についていう。また「朝しめり」は、朝の露、霜、小雨などによって、物がしっとりと潤っていること。佐々木弘綱編『足代弘訓翁家集』（「海士の囀」）秋部に「露」の題で収録される。料紙は檀紙。　（鈴木）

七—一二　鬼嶋広蔭　和歌懐紙

三三・六糎×四五・四糎

仕奉る大神等に戎夷ども
を退攘ふ禰宜言申ける
ついでによめる
　　　　土佐守藤原広蔭
神国の荒磯によする阿太波者
久駄けて帰る太免之しらずや
志婆良久はよせて騒之安太波も
帰ればもとの宇良安の国
益荒夫の末振おこし射る弓の
也満登嶋根は動久倍之也は

作者は、江戸後末期の古学者、神道家。雅姓、藤原。別姓、富樫。土佐守を称す。号は言幸之舎など。紀伊和歌山の人。本居大平、足代弘訓らに学ぶ。維新後は、伊勢の多度神社祠官となる。明治六年没、八十一歳（一七九三～一八七三）。

掲出した資料は、懐紙に和歌三首を認めたもの。作者が仕える神社（桑名の多度神社か）に外夷退治の願い事をして詠んだ歌。「戎夷」は、嘉永六年（一八五三）のペリー来航をいったものであろう。第一首の「帰る太免之（例）」は、蒙古来襲（元寇）をさすものと推定される。当時、『丹鶴叢書』に『蒙古襲来絵詞』が覆刻されてより、そのことが引き合いに出されることが多くなった。和歌は、万葉仮名を多く使用して、硬質な印象を与える。料紙は檀紙。　（鈴木）

七—一三　熊谷直好　和歌懐紙

三三・一糎×四五・六糎

詠浦松
　　八十翁直好

すみのえの
まつにかゝれる
しらゆふは
沖行ふねの
ほかけ也けり

作者は、江戸後末期の歌人。通称、助左衛門。長春亭、桃屋などと号。周防岩国の人。森脇惟良、香川景樹に和歌を学んで、その門流で重きを成した。岩国藩士のち脱藩。家集『浦の汐貝』を遺した。文久二年没、八十一歳（一七八二～一八六二）。

和歌の「しらゆふ」は浜木綿のことであるが、そう見えたのは、沖行く舟の帆掛けであったという趣意。『浦の汐貝』雑歌に収録。料紙は檀紙。（鈴木）

七—一四　木下幸文　詠草

三四・九糎×四七・二糎

「三月五日東塢亭当座」　　上

幸文

しらぬ人
みしま江の入江に生る
しらすけのしらぬ人にも
ねはなかれつゝ
╲またしらぬ人をも夢に
見つるかな恋ははかなき
ものにさりける
山居
╲やまふかく入はしつれと
まつかせのさわくこゝろは
かひなかりけり

作者は、江戸後期の歌人。通称、民蔵。名は義質。亮々舎などと号。備中浅口郡の人。澄月、香川景樹に就いて和歌を学ぶ。文政四年没、四十三歳（一七七九～一八二一）。

詠草は、懐紙に和歌三首を認めたもので、署名に「上」とあるのは師に奉り、添削を請うの意。景樹の東塢亭で催された歌会の当座題を詠み、提出したところ、二首目、三首目に合点が付けられたのである。題の「しらぬ人」は恋、「山居」は雑の題である。懐紙は、通常、天地を二つ折り、右綴じして見るように認められるが、本資料は、表装する際に上下に截断され、下半分の天地を逆にして貼り合わせた。（鈴木）

七—一五　渡忠秋　和歌懐紙

三二・五糎×四四・三糎

秋日詠関屋月
和歌
平忠秋
あふさかのすきのこ
のまの月みれはもり
し関やのこゝちこ
曽須連（そすれ）

作者は、幕末、近代の歌人。雅姓、平。通称、太郎左衛門。楊園と号。近江高島郡の人。中江千別、香川景樹に師事し、維新後は宮内省歌道御用掛となった。家集は『桂蔭』。明治十四年没、七十一歳（一八一一～八一）。

和歌は、正式な懐紙の書法に則ったもの。趣意は、逢坂（近江国の歌枕）で杉の木の間から漏れる月影は、関守の番小屋のくずれた屋根から漏れて来る月影のようだというものである。（鈴木）

七—一六　高田与清　和歌懐紙

三一・六糎×四二・四糎

詠元服祝
倭歌
与清

かくしつゝ八千代
の春ににほふへき
烏帽子桜の色香
成けり

作者は、江戸後期の和学者、歌人。別姓、小山田。通称、将曹、外記など。松屋、擁書楼と号。村田春海に就いて和学を修め、和歌、和文をよくした。また、水戸修史館に出仕して考証学に努め、和漢の書籍を渉猟し、『松屋筆記』ほか多くの著述を成した。弘化四年没、六十五歳（一七八三～一八四七）。

和歌の「烏帽子桜」は、元服した男子が烏帽子を被り始めることを桜に喩えていった語で、謡曲の『烏帽子折』に見える。貴顕の子弟の元服に際して奉った歌であろう。料紙は檀紙。

（鈴木）

七―一七　岸本由豆流　扇面和歌

一六・八糎×四八・六糎

江上夏月と
いふことを
身にしみて
おもひ
いり江の
月
かけは
また
たくひさへ
なつの
夜の
そら
由豆流

作者は、江戸後期の和学者、歌人。通称、大隅。別姓、朝田。桙園（やまぶきぞの）と号。家業は、御用弓弦師。清原雄風、村田春海に師事し、和学を修め、和歌をよくし、『土佐日記考証』はじめ古典の考証的注釈に業績を遺した。弘化三年没、五十八歳（一七八九～一八四六）。

和歌の「いり江」は思い入る、「なつの」は類なきの意を掛けた。書は、流麗な千蔭流であり、その門下に、千蔭流随一の遣い手といわれた加藤千浪が出た。金色地雲母刷料紙。

（鈴木）

七―一八　岩下貞融　和歌懐紙

三〇・九糎×四〇・五糎

詠子日興
歌
滋野貞融
まつのうへになくうく
ひすのはつねの日野へ
のあそひのはしめな
留良無（るらむ）

作者は、幕末の歌人、和学者。別姓滋野。通称、多門。桜園と号した。信濃国善光寺の楽人。清水浜臣に学び、『不繋舟』などの著書を遺した。萩野由之の識語に「称多門号桜園信濃善光寺楽人著有桜園雨後不繋舟等数種」とある。慶応三年没、六十七歳（一八〇一～六七）。

題の「子日興」は、初子の日に、宮廷などで野外で小松引きや若菜摘み、饗宴を行うことで、和歌は、それに鶯の「初音」を掛けて詠んだ。料紙は木皮交ぜ漉き檀紙。

（鈴木）

七―一九　中島広足　詠草

三二・二糎×四四・〇糎

広足

江上霞

朝しほの入江の浪の
のとかにも立みちにける
春霞かな

［いつことも］（そこ［をたにも］、［しかも］、『はかと』）［わかぬ］（なには）はり江の
みをつくし春は霞の
立かはりつゝ

小車の船のけふりも
立そひていとゝ深江の
春霞かな

もろこしの船も入江の
ゆはひかにかすみわたれる
［玉］（春）のうらなみ

作者は、幕末期の和学者、歌人。通称、太郎。名は春臣。号は橿園。肥後の長瀬真幸、和歌山の本居大平、また江戸の越智千古らに古学を学んで語学に長じ、和歌をよくした。肥後熊本、肥前長崎で活躍し、多くの著述を遺す。熊本藩士。文久四年没、七十三歳（一七九二～一八六四）。

詠草は四首で、二首に添削が見え、うち一首の添削は二重に施されている。三首目の「小車の船」は汽船のこと。懐紙の表装については、七―一四を参照のこと。（鈴木）

七―一二〇　木原楯臣　和歌懐紙　　三六・二糎×四七・三糎

秋日詠社頭祝言
和歌
楯臣
祝そむるこのかみ
かきや万世にうこ

かぬ国のしつめな
留（る）良（ら）牟（む）

作者は、幕末の歌人、考証学者。通称、盾太。号は藤園。肥後熊本の人で、熊本藩士。長瀬真幸、林有通に学んで、和歌をよくし、有職故実に長じた。著書は『古兵器図解』など。慶応四年没、六十四歳（一八〇五～六八）。

和歌の「かみかき（神垣）」は、神域転じて神社そのものをいう語。また「しつめ（鎮め）」は、国を治め鎮めることで、鎮護の意味である。懐紙の書法は、正式なそれを襲用している。（鈴木）

七―一二一　香川景樹　和歌懐紙　　三一・六糎×四三・四糎

月前郭公
長門介景樹
さやかなる月故
たにもねられ
ぬを
山ほとゝきす
なく夜也
けり

作者は、江戸後期の歌人。奥村氏。通称、長門介。号は桂園、東塢亭など。因幡国鳥取の人。香川景柄の養子となり梅月堂を継ぐ。小沢蘆庵の影響を受けつつ、歌人として一家を成した。『古今集』を規範とし、実景、実情を重んじて、「しらべ」の説を主張。家集は『桂園一枝』、著書は『古今和歌集正義』ほか多数。天保十四年没、七十六歳（一七六八～一八四三）。

和歌は、自由に書き成した懐紙。「月故たにも」という続け方に、景樹らしさを覚える。『桂園一枝』夏に収録。（鈴木）

七—一二　清水浜臣　長歌

三一・一糎×四三・九糎

歎東本願寺炎上歌

清水浜臣

かくつちの　神のあらひは　かし」こくも　うれたきものか　天のした」　千万人の
よりこそ［ひ］（り）　あひあな、ひて」　ちとせまで　よろつ代までと　真木柱」　ほめてた
てたる　かきかそふ　七のたか」らの　そこたから　宝のかきり　とりよそひ」　みか
きつくれる　大寺を　玉もくかねも」　なこりなく　烟となしぬ　あともなく」　灰とな
しけり　ぬは玉の　一夜のからに」　あたらみてらを

作者は、江戸後期の和学者、歌文家。雅姓、藤原。通称、玄長。号は、泊洦舎、月斎。村田春海に師事し、とくに和文に秀で、物語研究に足跡を遺した。『泊洦文集』『県門遺稿』などの編著がある。文政七年没、四十九歳（一七七六〜一八二四）。
長歌の「七のたから」は、仏語の七宝を訓読した語で、すなわち東本願寺の寺宝が灰燼に帰したことを表現した。長歌は、浜臣がその復興を主張したところで、自らの実践例の一つが本資料ということになる。浅草東本願寺の火災は、斎藤月岑の『武行年表』によれば、文化三年（一八〇六）三月四日のこと。

（鈴木）

七—一三　橘守部　和歌

三一・三糎×五〇・五糎

長月の十日あまり、
海のほとりにて月を
見けるに、その夜の
月のかけあやしき
まてさやけくおほえ
ければ　　守部
たちはなのあはきの
はらの波間より
あれし神世の
月のかけ
かも

作者は、江戸後末期の歌人、古学者。本姓、飯田。通称、元輔。池庵、椎本などと号した。独学で古学を修め、宣長らとは異なる独自の説を展開した。著書は『稜威道別』『稜威言別』ほか多数。嘉永二年没、六十九歳（一七八一〜一八四九）。
和歌の「たちはなのあはきのはら」は、『日本書紀』神代巻で、伊弉諾尊、伊弉冉尊が禊して三貴神の天照大神、素戔嗚尊、月読尊が誕生する場として描かれる。「月」は、すなわち「月読尊」を思い描いたもの。『橘守部家集』秋歌に、第二句「小門のあはきが」で収録。料紙は檀紙。

（鈴木）

七—一四　大田垣蓮月　和歌懐紙

三一・一糎×四五・五糎

かたちこそ
まかりて
見ゆれ
やまかつか
心利鎌は
ときす
まし
てん
蓮月
七十五才

作者は、江戸後末期の歌人。名は誠（のぶ）。京都の人。夫、子供と死別した後、尼となる。和歌および書は千種有功、上田秋成に学んだが、そのほっそりとしながらも力強い書は人気が高く、手製の陶器に自詠を書いて人々に与えた。家集は『海人の苅藻』。明治八年没、八十五歳（一七九一〜一八七五）。

和歌の「心利鎌」は、『延喜式』の祝詞などに所出の語で、心の中の研ぎ澄まされた鎌の意である。署名が小さいのは、女性を意識しての書法。（鈴木）

七―二五　井上文雄　和歌懐紙

三一・二糎×四五・一糎

詠禁中梜

和詞

文雄

うくひすの声せぬ
のみそ九重のうめ
のさかりのあかぬ
成気(け)留(る)

作者は、江戸末期の歌人。通称、元真。調鶴、柯堂などと号した。江戸の人。田安家侍医。岸本由豆流、一柳千古らに学んで、和歌に長じた。典雅さと飄逸さを兼ね備えた詠風は、その書とともに広く行われ、江戸末期の歌壇の隆盛に寄与した。家集は『調鶴集』。明治四年没、七十二歳（一八〇〇～七一）。

和歌は、鶯の声がしないばかりに、内裏の梅の盛りに興じることができないの意である。料紙は檀紙。（鈴木）

七―二六　海野幸典　和歌

三三・一糎×四七・五糎

ひと日小畑ぬし静幽斎のあるしを
とひたまひし折しも、おのれかへりけるよし
聞たまひておくりたまへるから歌、例の
しらすよみによめる物から、和歌絶妙
世間知なといとも身におはぬ事
にしあれは、御かへり聞ゆへくも
侍らねと

遊翁

こよろきのいそき行とやおもひけむ
よるしら波のしらす有しを
今日はあすはとえさらぬ
こと丶もにておくれ
侍つる罪
さりところ
なく南

作者は、江戸末期の歌人。通称、源兵衛。別名、遊翁。前場黙軒に和歌を学び、幕末期歌壇の一角を占め、歌集『柳園家集』を遺した。松江藩士のち幕臣となる。嘉永元年没、六十歳（一七八九～一八四八）。

和歌の詞書には、静幽斎が別れに際して詠み贈った詩に、幸典のことを、「和歌絶妙世間知」と表現したことに対し、戸惑いつつ返歌を詠んだ由が記されている。意味が取りにくいので、読解の便に備えていま試みに読点を付した。「しらすよみ」は、実状をわきまえずに詠むことで、ここは、静幽斎の漢詩の大仰な詠みぶりをいった。静幽斎は、磐城平藩の漢学者鍋田三善のことであろうか。「小畑」は未詳。和歌は、私が年寄であることも知らずに、急いで帰って行ったと思われたことでしょうの意であろうか。「こよろき」は「いそ（磯）」に係る枕詞で、「いそ」は急ぎの意を掛けた。また「しらすよみ」に因んで、「しら」「しらす」の語を裁ち入れて詠んだもの。歌の左の数行の詞は、年のせいで避けられない仕事のために漢詩に対する和歌の返礼が遅れたことへのお詫び。灰さしの料紙。（鈴木）

七―二七　高崎正風　和歌懐紙

三五・四糎×四七・八糎

節折のこ丶ろを

正三位正風

みはらへのみたけの
よをりおよひをり

かそへもあへし
君かよはひは

作者は、江戸末期、近代の歌人。通称、左京。蕣の舎などと号。薩摩鹿児島の人。桂門の八田知紀に歌を学んで頭角を現し、維新後は御歌所所長として宮廷歌壇を率いた。遺稿は『たづがね集』など。明治四十五年没、七十七歳（一八三六～一九一二）。題の「節折（よをり）」は、毎歳、六月と十二月の晦日に、天皇の体を測り、竹枝の節の間を折って、祓えを行うこと。和歌の料紙は、雲紙に金で帯状の青海波文と松喰鶴文を摺り加えたもの。（鈴木）

七―二八　小杉榲邨　長歌

三一・五糎×四五・三糎

筆とりて　しのふの岡　かき」なかす　墨田の塘　きのふけふ」　さきてにほふ花　岡
こしの　あらし」ふきなは　川風の　雨さそひなは」　いかさまに　ちりかみたれむ」
忍の岡　すみたのつゝみ　あらし」にも　あめにもあてし　きのふ」けふ　さきの盛に」
さきてにほふ華
榲邨

作者は、通称、五郎。名は真瓶。杉園と号した。阿波徳島の人。池辺真榛、本居豊穎に学ぶ。徳島藩陪臣。維新後、内務省御用掛となり、『古事類苑』『好古類纂』などの編集、発行に携わった。明治四十三年没、七十七歳（一八三四～一九一〇）。長歌は、上野と隅田川堤の桜を謳歌したものであるが、七五調を基本とし、繰り返しの語句が多く、歌謡的性格を帯びる。書は、明治期特有の読みにくさがある。料紙に金砂子を撒く。（鈴木）

七―二九　権田直助　和歌

三六・八糎×五二・八糎

詠史
源直助

耳にきゝ
こゝろにとめて
口つから
よみ伝へ
たる千代
のふる
事

作者は、幕末、近代の国学者、神道家。雅姓、源。通称、玄常。名越廼舎と号。武蔵国入間郡の人。安積艮斎に儒学を、平田篤胤に国学を学ぶ。王政復古活動に奔走し、維新後は大山阿夫利神社祠官となり、神道界に身を捧げた。『神道大意』『古医道沿革考』その他の著述がある。明治二十年没、七十九歳（一八〇九～八七）。和歌は、天武天皇の命により帝紀、旧辞を誦習して太安万侶に伝え、『古事記』成立に貢献した稗田阿礼の功績を称えたものである。料紙は藍の雲紙。（鈴木）

七―三〇　谷森善臣　文並びに歌

三六・一糎×四六・七糎

長慶院法皇の御歌は宝祚を」践せ給はぬ太上天皇の御名義に憚られ」て新葉集には載られさりしを、あたらし」み奉りて、そのかみの歌まきともに見え」たる御歌をひろひ出しかきあつめて、其」御言の葉にすかり滝のしら玉となつけし」書のはしめにかきつけ、る

こかくれしたきの
しらたまうつしよに
ひろひうつして
しのふむかしか
善臣

作者は、幕末、近代の古学者。初名、種松。通称、大和介。伴信友に学び、三条西家臣のち諸陵助となり、天皇陵の考証に尽力した。著書は『山陵考』など。明治四十四

年没、九十五歳（一八一七〜一九一一）。

文によれば、和歌は、後村上天皇の第一皇子の長慶院が、南朝側の天皇としての在位が曖昧にされてきたことを遺憾として、和歌資料を元に、御製を拾い集めて『滝のしら玉』（東京青山堂書房、明治三十六年）と名付けた書の始めに書き付けたもの。ただし、実際には、長慶院の歌が準勅撰集の『新葉集』に「御製」として五十二首ほど収載されている。「滝のしら玉」の語は、長慶院が開催した『南朝五百番歌合』に所引の歌に見え、吉野の滝を象徴する語である。料紙は藍の雲紙。

（鈴木）

第八輯

八―一　黒川春村　和歌

二〇・七糎×二八・〇糎

寄国祝
日本のやまとの
くには
ひむかしを
照すひかりも
常世ならまし
春村

作者は、江戸後末期の和学者、狂歌作者。通称、次郎左衛門。号、薄斎。江戸の人で、はじめ三世浅草庵を継いで、狂歌の世界で活動したが、のち考証学に力を尽くし、一家を成した。また蔵書家としても知られる。編著は『扶桑名画伝』（補訂）など。慶応二年没、六十八歳（一七九九～一八六六）。
和歌の「日本（ひのもと）のやまと」は日本国の古代的な表現で、「ひむかし」は大和から見て東方に位置する江戸もしくは東京をさしていよう。考証家らしく、繊細な文字である。料紙は檀紙。
（鈴木）

八―二　黒川真頼　和歌懐紙

三五・〇糎×五一・三糎

新年同詠庭竹
歌
文学博士藤原真頼
年ことにはのく
れ竹かすそへとこれ
はわろしといふゝし
農奈支（のなき）

作者は、幕末、近代の和学者。雅姓藤原、本姓金子。通称、嘉吉。荻斎と号。上野桐生の人。黒川春村の養子となって家を継いだ。維新後、東京帝国大学教授となる。美術、風俗史に通じ、『考古画譜』などの編著を遺した。蔵書家としても著名。明治三十九年没、七十八歳（一八二九～一九〇六）。
本資料の題の「庭竹」は、朝廷の籬の竹をいったものであろう。「かすそへと」は数は増えたけれどの意で、下句は、悪いことを諫言するときがないことをいった。「ふし」は竹の節に、時の意を掛け、「これ」は、「くれ竹」と同趣の音の繰り返しによる音響を意識したもの。料紙は檀紙。
（鈴木）

八―三　賀茂季鷹　和歌懐紙

三二・四糎×四三・九糎

重陽菊帯露
倭謌
賀茂季鷹
あたなりとたれかは
見まし千世の契り
むすひとめたる菊の
上農露（うへのつゆ）

作者は、江戸後期の歌人。上賀茂の社家の出身で、本姓山本。阿波守、右膳などと称した。雲錦亭と号。有栖川家の諸大夫を勤める。のち江戸に下り、荷田御風について和学を学び、加藤（橘）千蔭、村田春海らと交わり、江戸の歌文界に彩りを添えた。天保十二年没、八十八歳（一七五四～一八四一）。
和歌は、九月九日の重陽の節会に詠まれたものと思われ、千世もと願う菊の花に置かれた露を、誰がいたずらなものとみることがあろうかの意味である。料紙は檀紙。

（鈴木）

八―四　斎藤彦麿　和歌

三一・一糎×四〇・三糎

元日に

去年の冬春立しより十日あまり
みかとをかみのけふにはなりぬ
やまひなくなからへはこそ初春に
みにくき翁人もほむなれ
なからへて又もことしのはつ春に
やまひなき身をほめらるゝかな
病ひなき身も薬児に若えつゝ
なほいく春かよはひのふらん
薬児に若えんための酒なから
のまて八そちをふる翁かな

八十翁　洛陽花

作者は、江戸後期の和学者。歌人。本姓、荻野。通称、彦六郎。初名智明。号は葦仮廬、洛陽花老人など。本居宣長に私淑し、賀茂季鷹、また伊勢貞丈に学び、随筆『片廂』などを遺す。石見浜田藩に仕えた。嘉永七年没、八十七歳（一七六八～一八五四）。和歌は、八十歳の春を迎えて詠んだ五首で、第一首目の「みかとをかみ」は、朝拝。第四、五首目の「薬児に若え」の「薬児」は、宮中で、元旦に供御の屠蘇を試しなめする未婚の少女をいい、「若え」は、若やぐことで、ここは薬児に肖って若やぐことをいった。

（鈴木）

八―五　伊達千広　文並びに歌

三一・二糎×四三・八糎

嘉奈川なる許登比羅社の花」見んとて、人々つとひて哥よみ」けるに、梢はや、盛過て、吹こす」浦風に木のもとは更なり、此まとゐ」のむしろにさへ散かゝりて、歌ひ」挙る声さへかをるはかりなり、」ことしはあかぬ心のあくかれて、」名ある所々の花も見しを、殊に」身にしみて、けふのまとゐにゝる時もなし」など、うち誦し通る、

盛のみ花とやいはん神垣に
ちるもさくらはめてたかりけり
降かゝる斎垣の花の白雪に
こゝろも身をもそゝきつるかな

自得居士

千広

（印）

作者は、江戸末期、近代の歌人。本姓、宇佐美。数馬と称し、名は宗広とも。号は自得翁など。紀伊藩士。陸奥宗光の父。本居大平に師事し、和歌をよくした。著書に『大勢三転考』などがある。明治十年没、七十六歳（一八〇二～七七）。

本資料は、詞書のような文章と和歌二首から成る。「けふのまとゐにゝる時もなし」は、『伊勢物語』二十九段の歌「花にあかぬ歎きはいつもせしかども今日のこよひににるときはなし」に拠った。落款の印文は、「和歌宿老」（朱）。「許登比羅社」は、神奈川台町にあった飯綱大権現の末社金刀比羅大権現のことで、現在は本社に合祀して大綱金刀比羅神社と称する。料紙は木皮交ぜ漉き檀紙。

（鈴木）

八―六　山田常典　和歌懐紙

三〇・三糎×四三・九糎

春日詠春山

和謌

源常典

かすみたち木のめ
はるやま入ましり
ふまゝくなりぬこのめ
波留山（はるやま）

作者は、江戸末期の和学者、歌人。雅姓、源。本姓、平井。通称、常介。名は晋。蕗園、藍江などと号した。村田春門、海野幸典などについて和歌を学ぶ。伊予吉田藩士、また紀伊新宮藩主水野忠央に仕え、『丹鶴叢書』の編纂に携わった。文久三年没、五十七歳（一八〇七〜六三）。

和歌の「木のめはるやま」は木の芽が大きく膨らみ開く、春の山の意で、「ふまゝくなりぬ」は、踏み入りたくなったの意。「このめはるやま」の句を反復させ、一首に音律的効果を与えている。

（鈴木）

八―七　横山由清　和歌懐紙

三三・一糎×四四・〇糎

詠朝鶴

歌

横山由清

百鳥の千声に
まさる一こゑの、と
かなる音を今朝そ
喜々鶴（ききつる）

作者は、江戸末期、近代の和学者、歌人。本姓、塚越。通称、保三。号は月舎。江戸の人で、横山桂子の養子。本間游清、伊能穎則らに和歌を学び、昌平学校史料編集に任じた。明治十二年没、五十四歳（一八二六〜七九）。

和歌は、衆鳥の百声に勝る鶴の一声を称えたもの。治世への祝意を込めたものであろう。「百」「千」「一」と数字を詠み込んだ。『月舎集』雑歌に第四句を「長閑けき声を」として収録。料紙は檀紙。

（鈴木）

八―八　横山由清　文

三四・七糎×四六・四糎

待花といへることを題にて

さしかはしのもとの紅梅なこりなく散はて、、」いとさう〳〵しき夕暮のほと、中宮の御まへ」より御つかひあり、待る、花のたよりいと」嬉しう御消息おしひらくま、に、いとよく染」たりけむ名残しるき紅葉のひとはふた葉」さら〳〵とこほれ出たる、例のいとましき」御すさひならむかしとねたきものからいと」をかし、こと事はなくて

こきいれし秋のもみちをさほ姫の花まつ」袖にかさねてもみよ、いかに御かへりこと聞ゆ」へきにかといと、心やましう、庭の木すゑ」のみつとうちまもられて　　由清

筆者については八―七参照。

文章は、花の便りを待っているところに、中宮から、去年の紅葉を扱き入れた手紙を受け取った折りのもの。「いとましき」は、挑戦的なの意味で、中宮の一癖ある風流の在り方をいった。なお、「こきいれし」の中宮の歌を受け取った由清は、返歌に及ぶべきか否か、ためらっている。中宮は、昭憲皇太后（一条美子）か。料紙は檀紙。

（鈴木）

八―九　鈴木重嶺　長歌

三五・〇糎×四八・六糎

佐渡巡国之時於船中詠歌并短歌

穂積臣重嶺

佐渡廼海　遠つ島際を　大船に　真梶
繁ぬき　磯伝ひ　榜たみくれば　沖つ浪　辺
つ浪競ひ　春山に　桜散かひ　秋野に　尾花
もろむき　風のむた　乱る、か如　沖見れば
いさりする舟　木葉なす　こ、らうかへり
辺見れば　鰒とる船　岩のまを　いゆき廻らひ
船よする　渚を見れば　うなゐらは　老を
たづさへ　みどり子を　母は抱きて
深海松を　莚に散らし　いろくづを　簀に
おきをらへ　天つ日に　ほしかわかして
あしけきは　糧にたくはへ　よろしきは
ひさくとならし　世上　舟に休ふ　まなき

海人か　所業あはれ
汐馴てさき織衣幸からば亦帰見む
あまか所業を

作者は、江戸末期、近代の国学者。雅姓、穂積。通称、兵庫頭。号は翠園、知足斎など。村山素行、伊庭秀賢について和歌、和学を学ぶ。幕臣で、佐渡奉行に任じ、のち相川県知事となった。明治三十一年没、八十五歳（一八一四〜九八）。

長歌は、上代語による表現を取り用い仕立てたもので、「世上」の読みは、「世の中の」か。短歌の「さき（裂）織衣」は、海女の粗末な衣類を言い、「汐馴衣」を意識しながら「汐馴て」と受けた。「幸（さき）からば」は、『万葉集』の「幸くあらば」を縮約した表現であろう。料紙は布目地に雲母引き、薄橙色雲紙。（鈴木）

八―一〇　鈴木重嶺　和歌懐紙

三一・八糎×四六・四糎

同詠松為友
　　　謌
　従五位鈴木重嶺
ともとするはひりの
まつよ老らくのとは、
すなはちなしとこ
当平年（たへね）

筆者については八―九参照。

「はひりの松」は、這入の松の意で、入り口に生えている松のこと。その松に向かって、もし老いが尋ねて来たら、いないと答えてくれといったもの。「こたへね（こ当平年）」の「ね」は、相手の行動を促す意の助詞。参考「老いらくの来むと知りせば門さしてなしとこたへて逢はざらましを」（『古今集』雑上、読み人知らず）。料紙は檀紙。（鈴木）

八―一一　大沢清臣　和歌懐紙

三三・〇糎×四五・九糎

新年同詠松為友
　　　歌
　大沢清臣
おいてみむともとそ
うゑしそのかみの
　ねの日のこまつ
　としふりに
　　けり

作者は、通称、采女。大和添下郡の出身で、京都で壬生家雑掌を勤めたのち、東京に出て宮内庁御陵掛となる。伴林光平、谷森善臣に就いて和歌また古学を修めた。著書は『山陵考』など。明治二十五年没、六十歳（一八三三〜九二）。

題が同じであることから、八―一〇と同時期に詠まれた歌であろうか。上句は、年老いてからつきあう友にしようと植えた松であったの意である。（鈴木）

八―一二　佐々木弘綱　和歌懐紙

三一・九糎×四四・〇糎

詠新年松
　　　謌
　源弘綱
しかすかにとしたつ
けさのしるしとて軒
端の松を雪そし
都流々（つるる）

作者は、幕末、近代の歌人。伊勢石薬師の出身で、東京に出た。雅姓、源。通称、習之輔。号は竹柏園。足代弘訓、井上文雄、その他に和学、和歌を学ぶ。東京帝国大学古典科講師。佐佐木信綱の父。明治二十四年没、六十四歳（一八二八〜九一）。
初句の「しかすがに」は、さすがに（寒さも和らいで）の意味合いで、雪が松の枝から滑り落ちるの意の結句「雪そしつ（垂）る、」にかかってゆく。　（鈴木）

八一一三　木村定良　七夕和歌　　二三・二糎×四四・八糎

七夕七首

定良

七夕月
夜をいそく星のためとや夕月の
はやくも空にほのめきぬらん
七夕雲
銀河ゆきかふ雲をたなはたの
こよひはかりはよそに見るらん
七夕風
星合の空をし見つゝわかをれは
さよふけぬらし風の身にしむ
七夕露
彦星のまれにくるよはしら露の
たまやしくらむ天の河原に
七夕霧
初秋のまた薄霧にあまの川
わた瀬もさのみへたてさるらむ
七夕雨
あまの河此夕くれのむらさめに
笠やとりせるはや来ませ君
七夕烟
消やらて幾世へにけむまれにあふ
ほしのおもひのけふりはらへは

作者は、江戸後期の歌人で、漢詩も嗜んだ。通称、駿蔵。字、駿卿。橿園と号。江戸の人。加藤（橘）千蔭に和歌及び書を習う。幕府御先手与力。弘化三年没、六十六歳（一七八一〜一八四六）。
七夕に七首を詠むのは、当時の定式。いずれの歌も、七夕の夜の妖艶な雰囲気を漂わせながら、器用に詠みこなしている。最後の歌の「ほしのおもひ」の「ひ」は「火」の意を掛け、織女、牽牛の思いが燃えさかることをいった。書は、いわゆる千蔭流。料紙は檀紙。　（鈴木）

八一一四　木村定良　詩懐紙　　三一・七糎×四五・二糎

夏日遊新宿駅即事
竹激蘆汀一帯流、相携来飲酒家楼、巻簾炎日天将午、渡口松声已占秋、
橿園翁

筆者については八一一三参照。
夏の日、水辺の酒楼に遊んだときの即興詠。竹や蘆の間を流れる川べりの部屋に席を占め、暑い盛り、簾を巻き上げて外を見ると、渡し船の乗り場にある松林からはすでに秋のような涼しげな松風の音が聞こえてきた、というもの。作者名を記す札に「其詩ハ始テ見ル」とあるように、さすがの萩野由之も歌人定良の詩作は珍しかったと見える。天地に代赭色の縁取りある料紙を用いる。　（堀川）

八一一五　豊田長敦　歌文懐紙　　三〇・三糎×四六・七糎

戊辰のとしはしめて東の」行幸を拝み奉てよめる哥
高光る日の御子遠つかみわか大君、神なから神さひせすと」御自ら国知りまして、神わざをむねとしまし、いにしへの」てふりよろしと古にかへさせたまひ、天雲の向伏かぎりたに」罠のさわたるきはみ、御民らをめぐみ玉ふとかしこくも神み」こゝろにおもほし

の此江戸をし東のみやことなして、はろ〳〵に」行幸あらすとなかつきのなかは、はやも御輦の出ますとし」もつかさより示し玉へは、みな人のまちよろこひて、かはかり」に尊き事はむかしより言もつたへす、古ゆかたりもつかす、」われらはもかみのみくにの御たみにて、か、るみ代にし幸」に生れあひぬとこのくに、集へる人らおよひをりかきか」そへつ、、このくに、近き国人みつ鳥のむれ来つとひて、神な」つき十まりみつのけふの日を、たりひとなして八百万千万」ひとの所せくみゆきの道にし、まひて、拝みまつるか」たふときろかも

老ぬれと在へしからに嬉しくも」けふの」行幸ををろかみ」まつる

豊田長敦

本姓は平、姓は豊田、名は長敦、号は檍舎・神服翁。国学者、歌人。明治九年一月三日歿、享年七十四（一八〇三～七六）。

歌文懐紙。青紙を使用。台紙に「豊田長敦 上代衣服攷ノ著者」と記す。『上代衣服考』は明治五年版本が知られている。題の「戊辰」は明治元年。同年十月十三日の、明治天皇江戸城入城を祝う内容。（深沢）

八―一六　堀秀成　和歌懐紙

三三・一糎×四五・一糎

明治の十とせの九月の
十日はかり、南山事
略かきはてける時

秀成

よしの山さくらの
おち葉かきつめて
見れは涙のかすそ
まされる

姓は堀、名は重国、通称は卯之吉・造次・慥爾・茂足・秀成・内記・八左衛門、号は琴舎・足穂家。国学者。もと古河藩士、のちに神宮禰宜・神宮教院教授。明治二十年十月三日歿。享年六十九（一八一九～八七）。

和歌懐紙。緑地に桜花や結び文の文様の押されている料紙を使用。（深沢）

八―一七　御巫清直　和歌懐紙

二三・〇糎×三〇・〇糎

贈左近衛中将
橘卿

御巫内人清直

露はかりにこり
ましらぬ河水の
井手のなかれそ
鏡なり
ける

姓ははじめ杉原、のち御巫（みかんなぎ）、石部とも。名は清直、号は棒園、通称は権之亮・志津摩・穂積臣・尚書。伊勢外宮の神職、歌人。明治二十七年七月四日歿。享年八十三（一八一二～九四）。

和歌懐紙。（深沢）

八―一八　前田夏蔭　和歌懐紙

二七・一糎×三二・〇糎

詠書　　夏蔭

とりみれは
のちのか、みと
なるはかり
世々のすかたそ
ふみにうつ
れる

本姓は菅原、姓は前田、名は垂穂・夏蔭(なつかげ)、通称は健助、号は鶯園。幕臣・国学者・歌学者。元治元年八月二十六日歿。享年七十二（一七九三～一八六四）。
和歌懐紙。縦に半折されていた痕がある。（深沢）

八—一九　田中頼庸　和歌懐紙

二四・七糎×三五・四糎

詠富士山
頼庸
日のもとの鎮な
りせはふしの山
天つひつきと
動かさらまし

本姓は源、姓は田中、名は頼庸(よりつね)、号は雲岫。もと薩摩藩士、国学者、神官。明治三十年四月十日歿。享年六十二（一八三六～九七）。
和歌懐紙。（深沢）

八—二〇　小中村清矩　和歌懐紙

二七・六糎×三九・九糎

清矩
尋梅
たつねはや霞のおくも
さくらより香にはかくれぬ
うめの山さと
咲にけん梅見くるまの
あとゝめて酒うるかとに
道もたつねん

本姓は紀、姓は初め原田、のち小中村、名は清矩(きよのり)、通称は金四郎・金右衛門、将曹と

も称した。号は陽春廬・東洲。国学者、のちには東京帝国大学教授・貴族院議員となった。明治二十八年十月九日歿。享年七十五（一八二一～九五）。
和歌懐紙。もとは折紙。（深沢）

八—二一　近藤芳樹　平塚瓢斎著『赤城年鑑』序文

三三・八糎×四六・五糎

平塚瓢斎所著赤城年鑑序

山はいつれも山なれと、布自(ふじ)の嶺といへはしら雲のたなひく空にあまそり高く聳たるか」さしあふかれて、むら山は山ならすこそおほゆれ、水はいつれも水なれと、阿波のつときけはあら汐の」うつまくおとのかしこきにうちおとろかれて、こと水は水ならすこそおほゆれ、彼赤穂のたけをらか」君の仇むくいたりけむは、やつこたる者のつとむへき道をつくせるにて、めつらしくいひたつへきふし」にはあらぬものから、天草の露由井の雪消てのとけき君か代のさかゆく春となりにし後、人」の心たゝ色につき花にそみ、いつゝの常の則をもたかへ弓矢とるわさをもわすれはてなんとせし」時にあたりて、かゝる事のありにしからに、大かたの人みな目をあらひてほめあさみたりけんもことわりなるい」さほしさなりけり、されはこそ君の恨をはるけやつこの真心をつくして武士の鏡となれるを、これより後」のやつこたらん人君につかふる道にうつしまねはん事はさる物にてかしこけれと、おほやけの天のした治」たまふかたにかけても、色につくすかたを古へにかへしてゆるへるを張り、花にそむ心をむかしにかへして衰ふるを」おこし給ふ補にもならさらめやは、故はやくよりこの報讐のゆゑよしをあけつらひて、明らけき御代のひかりを」かゝけそへたる博士ともいとさはなれと、あるはさくしりたる理をむねとたて、事のあとをはなほさりにうつて、あ」るはあまりにたゝへすくしてまことのつたへをは誤れるたくひのみおほかるを、平塚瓢斎翁のあらはさ」れたるこの赤城年鑑はしも、あるか中に抜出てはしめ終いとつはらにかきとほされたりけるかな、さるは」その世にしるせるふみをあたり今ものこれるあとをたつねて、おほやけのつとめのいそかしきほとにもこれを」かうかへ、月花の遊ひのおもしろき隙にもこれを改めつゝ、たけ芝のうみもせてひるよるつとめ物したま」ひしかは、終にかくしたゝかなるふみになり、とゝのへるを、山しなのこはたやすからぬわさなりと誰かは」めでさらん、あはれこのふみ見るにつけても」

人はいつれも人なれとこのたけをらにくらふれはこと人はひとならすこそおほゆれ
安政の三とせといふとしの葉月幸田翁かもとむるま丶にこれをかく
寄居子庵のあるし宜寸（印）

姓は初め田中のち近藤、名は源次・裕・秀年・真蔭・稔彦・宜寸（よしき）、字は芳樹・子潜、号は寄居（ごうな）子庵・風月史生・古木・緑陰・丹霞・方本、通称は晋一郎・真一郎・新一郎。国学者・歌人。もと長州藩士、のちに宮内庁に出仕した。明治十三年二月二十九日歿。享年八十（一八〇一～八〇）。
安政三年（一八五六）、平塚瓢斎著『赤城年鑑』の序文。平塚瓢斎は平塚茂喬（しげたか）、京都東町奉行組与力で、俳諧・狂詩・狂歌に名を得た人物。明治八年二月十三日歿、享年八十二（一七九四～一八七五）。印「風月史生」（朱）。（深沢）

八―一二二　野之口隆正　和歌懐紙

三三・〇糎×四三・九糎

故事

隆正

かれはてし
伏木のねさし
又もえて
鎌倉山の
はるにあひけり

姓は初め今井・山本・野之口、のちに大国、名は初め秀文・秀清、のちに隆正、字は子蝶、通称は薫太郎・薫一郎など、号は葵園・真瓊園・如意山人・佐紀乃舎など。津和野藩士、国学者・歌人。明治四年八月十七日歿。享年八十（一七九二～一八七一）。
檀紙の和歌懐紙。（深沢）

八―一二三　野之口隆正　詩懐紙

二七・八糎×三九・三糎

前林家有否、墜葉」足忘飢、流水望中」尽、巉巌意外奇、」山容随歩変、雲影」逐人移、将待樵夫」問、細蹊分数岐
右山行　隆正草

筆者については八―一二二参照。
詩懐紙。一行めと二行めの間で紙を接いでおり、また、全体が半折されていた痕がある。虫損有り。台紙に「野之口隆正 是亦非詩人之詩」と記す。「山行」と題する五言律詩。（深沢）

第九輯

『集古筆翰』第九輯は「伊吹之狭霧」の別名を持つ。その由来は、本冊の冒頭に「伊吹之狭霧／藤井高尚 新荘道雄 八田知紀 西田直養 猿渡容盛 六人部是香 久米幹文 岩崎長世 渋谷秋守 黒沢翁満／右いつれも平田篤胤及其子に贈れる歌なり、よりて伊吹の狭霧と題す」（萩野由之の蔵書印を捺す）と示されている。平田篤胤は国学者、文化元年（一八〇四）に国学塾を開き、「伊吹乃屋」の号を用いた。天保十四年閏九月十一日歿。享年六十八（一七七六～一八四三）。「其子」は篤胤の養子の平田鋏胤か。明治十三年十月二十五日歿。八十二歳（一七九九～一八八〇）。

九―一　藤井高尚　歌文懐紙

三三・三糎×四三・九糎

わか神の宮人のとも、うたへあら」そふ事ありけるをりに、おのれも其」事によりて江戸にまゐりて、百日あ」まり平田主の家にやとりてかへらん」とするにかくなむ

長門守従五位下大中臣藤井宿祢高尚

君しのふ心はやとの松風を」いそ笛の音に聞そなすへき

よもきふをあさふとなさむ」かへりなば」君かこゝろの種をうゑつゝ

本姓は大中臣、姓は藤井、名は高尚、通称は忠之丞・小膳・長門守、号は松の屋・松の舎・松斎・竹庵・鶏頭樹園。吉備津神社宮司、国学者、歌人。本居宣長の門人。天保十一年八月十五日歿。享年七十七（一七六四～一八四〇）。

歌文懐紙。百日余滞在した江戸の平田家を辞するに際してのもの。なお、「長門守」は寛政十一年（一七九九）に叙位されて以降の号。（深沢）

九―二　新庄道雄　和歌懐紙

三二・一糎×四三・八糎

毛能麻奈布比登波加羅布美保登計布美」伊豆礼能布美乎與美弖志吉計舞

（ものまなふひとはからふみほとけふみ」いづれのふみをよみてしきけむ）

加羅布美登保登計能布美能古等和利尓」麻与比乎流加毛志古能毛能志理

（からふみとほとけのふみのことわりに」まよひをるかもしこのものしり）

毛能志理波佐波尓阿礼等毛知波夜夫流」加微代能古登乎志留比登曽奈岐

（ものしりはさはにあれともちはやふる」かみよのことをしるひとそなき）

知波夜夫流加微代乃布美乎麻津婆良尓」登岐阿加志多流須々能屋乃宇之

（ちはやふるかみよのふみをまつばらに」ときあかしたるすゝのやのうし）

須々能屋乃宇之乃美古等乎麻津婆良尓」津岐而登加須流安都多袮乃宇之

（すゝのやのうしのみことをまつばらに」つきてとかするあつたねのうし）

波志祁夜斯岐美我登岐古等岐久等岐波」須々能屋宇之尓安比見流胡等之

（はしけやしきみがときことききくときは」すゝのやうしにあひみることし）

右六首述拙懐而贈之云

文化八年十一月二十五日」三階屋仁右衛門道雄

平田大人」謹空

本姓は藤原、姓は新庄、名は道雄・敬恭、通称は幸次郎・平蔵・仁右衛門など、号は柏園・松華主人・三階松屋・清藁科河、屋号は三階屋。国学者、歌人。駿河府中の豪商。天保六年十二月十九日歿。享年六十（一七七六～一八三五）。

和歌懐紙。道雄が篤胤に入門した文化八年（一八一一）の十一月二十五日に、所懐を六首の和歌にして篤胤に贈ったもの。和歌は真仮名で書かれている。（深沢）

九―三　八田知紀　歌文懐紙

三一・五糎×四三・五糎

平田翁、をとつとしのはつき」本炁かへりのほきことし給ひて、」みつから六十とせをひとつ」の数にかそへつゝなとうたひて、」そをやかて一ひら紙にすりて」おのかかたへも贈り給へれは、」いまは事ふりにたれと一言」ほき申さんとて」　知紀

かくしつゝくりかへしなは」よとゝもにかきりもあらし」君かたまの緒

姓は八田、名は知紀、通称は喜左衛門、号は桃岡。薩摩藩士、歌人。明治六年九月二

日歿。享年七十五（一七九九〜一八七三）。
歌文懐紙。平田篤胤の本卦還りを祝っての和歌。篤胤の数え年六十一は天保七年（一八三六）。この懐紙の成立はその翌々年の天保九年（一八三八）となる。なお「炁」字は「気」の異体字で、当て字であろう。料紙は檀紙。（深沢）

九—四　西田直養　歌文懐紙

三二・〇糎×四三・九糎

近き世の大人たちの論ひに、よの人の漢心に」のみなりゆきて、中〱に神の御国のいとも尊きゆ」ゑよしをはしらでへぬるかうれたしとはいは」れつれと、其大人たちも亦神の御わさの綾にく」すしくたへなることわりを残るくまなく解あ」かされしともおもほえす、さるをいふきの屋の」大人の物したまへる種々の書らを見もてゆくに、た」とへはたそかれ時のおほゝしきに月読のみ」神のあらはれまして、空たにあかるくなりゆく」こゝちのせらるゝを、こたひまのあたり大人の」み論ひをきゝては、明くれの空に日の大御」神の豊さかのほらせたまひて、物のけちめ」のさたやかにみえわかりぬることく、数多とし」うたかへりしふし〱ともの春の氷のとけゆ」くか、よにも嬉しくてよめる

幽事の顕事のくすしさを」しり得る君そやかて神なる」　西田直養

姓は初め高橋のちに西田、名は直養（なおかい）、字は浩然、通称は庄三郎、号は筱舎。国学者、歌人、小倉藩士。元治二年三月十八日歿。享年七十三（一七九三〜一八六五）。
歌文懐紙。平田篤胤の著作を称えている。（深沢）

九—五　猿渡容盛　長歌および反歌懐紙

三五・四糎×五二・〇糎

伊吹の舎の平田の翁の御許をはしめてとふらひ」まゐらせける時よめる哥并反歌

藤原猿渡容盛

天伝ふひら田の大人は、天雲をふみとよもして、なる神の音にきこえし、」鈴屋の大人の命の、御教を受つきまして、大王の遠のみかとゝ、天の下よ」りてつかふる、むさしのや江戸の大城の、辺なる湯島の里に、敷栲の家」居さためて、現身の世のもろ人の、

いはまくもあなにたふとき、皇神の」御稜威わすれて、かしこまでおのかむき〱、ことさへく唐に仏に、村肝のこゝろ」ましこり、さかしらに言挙しつゝ、神漏岐の大御心と、伝はりし神の大御」代の、ふることをよとめる川の、水の面にうかひて生る、萍の根もなきことゝ、な」ほさりにとりても見すて、おふけなくいひくたすらん、まかことを直し給ふと、」そこはくのふみらあらはし、菅の根のねもころ〱に、解あかしさとし給へは、」百八十の弟子皆は、文机の右に左に、あさもよしきより集ひて、岩くやすかし」こみ居つゝ、とき言をあふきてきくと、かせの音の遠音にきゝて、呉服部」あやにうれしみ、うむかしみをちなき我身、やさしけともたもえあらで、玉鉾の」みちの長手を、はろ〱にしたひまゐきて、分まよふまなびの道の、くま〱のお」ほゝしかりし、をち〱を打出の浜の、うちいてゝとふかまに〱、此大人の家の名に」おふ、しなか戸のいふきのかせの、雲霧をはらふかことく、まさやかにさとし」給ふを、きくかうれしさ

反歌

とき言のいふきのかせにくもはれてみちのおくかを」けふ見つるかな

姓は猿渡（さわたり）、名は容盛（読みは「ひろもり」、また「かたもり」とも）、通称は豊後、号は無住。歌人、武蔵国大国魂神社の神職。明治十七年八月八日歿。享年七十四（一八一一〜一八八四）。
長歌および反歌懐紙。猿渡容盛が初めて平田篤胤のもとを訪ねた折に贈ったもの。（深沢）

九—六　渋谷秋守　長歌および反歌懐紙

三三・五糎×四三・九糎

平田大人ことし六十あまり一年のよはひ」かさね給ふをいはひ給ふと聞て

大神秋守

天地のわかれし時ゆ、玉ちはふ神の御代〱、皇神の」御子の御代〱、古事の伝の記は、かにかくにありとはいへと、其」記をよむとはいへと、梓弓春の夜わたる、月影の霞るかこと、」秋の田の霧立かこと、おほゝしくはるけき御世を、今の世に」しることかたき、わさなるを蜑の釣する、わたのそこふかき心も、」大海の広き学も、新玉の年

の緒長く、朝よひにいそしみまして、」神国の神のをしへの、うるはしき言の意を、つはらかにわきため」まして、雲霧を伊夫伎の屋の、大人はもよ秋のなかはの、」望の夜にい照わたらす、月のことあかき心に、遠近の人」にもさとし、をしへむと御記こと〱、隈もおちすよみ」ときしめし、いや広にをしへ給へる、此大人のよはひのほとは、」百つたふ六十あまり、一年を言寿ますと、風の音の遠音に」聞て、おのれらもあさき学の、やさしきもかしこきことも、わ」すらえていほきまつらむ、寿言の雲ゐはるけき、田鶴か」音のいや遠長く、万代もさきくいまして、うつそみの世の人」ことに、玉鉾の学の道を、いやす、めす、め給ひて、いや」広にさとし給ひて、年のはにみちひきまさね、」万代までも

反哥

かきりなくさきはえませと世の人も君かよはひを」いほかさらめや

姓は渋谷または大神、名は秋守、号は主計・荻の籬。国学者、歌人。佐渡国小木の医者。安永年中（一七七二〜八一）歿、享年未詳。

長歌および反歌懐紙。平田篤胤の本卦還りを祝う。篤胤の数え年六十一は天保七年（一八三六）。料紙は檀紙。

（深沢）

九―七　久米幹文　和歌懐紙

三二・一糎×四〇・三糎

けふのうれしさに

よみ侍る

久米幹文

君によりたまの真

はしら築かため動

かむと思ふ我なら

南久耳（なくに）

姓は初め石河のちに久米、名は幹文（もとぶみ）、字は公斐、通称は幸三郎・孝三郎、号は水屋・桑園。国学者、歌人、漢詩人、水戸藩士。明治二十七年十一月十日歿。享年六十七（一八二八〜九四）。

和歌懐紙。

（深沢）

九―八　岩崎長世　長歌および反歌懐紙

三二・九糎×七〇・六糎

故翁の御霊の御前に寄書懐旧と」いへることを人々と、もによみて奉れる

岩崎長世

浮渚平（うきじまり）の宇斯（うし）わか平田の翁こそは、若菘の若く」坐しゆ、老らくの来むかふまでも、春野の花うちた」をり、紐の緒のとけてあそはす、秋山にもみち葉挿」し、長閑には酒もきこさす、御をしさへ常に忘らし、」枕さかまきてはいねす、あかねさす昼はしめらに、」ぬはたまのよるはすからに、文机につらつゑつかし、夏麻」ひくうなかふしかけ、硯すりふみてとらして、物部の八十の」心を、天地に思ひたらはし、諸越のあまきの書の、ふみと」いふ書のこと〱、皇吾神の御典に、味酒をかむかへ」あはせ、十寸鏡みしあきらめて、言挙せぬ国にはあれとも、」百重浪千重波しきに、ことあけして作れる書の、部を」いへは百ともあまり、巻をいへは千巻あまり、もしほ草」かきつめまして、神ならへ人ならふなと、皇神の道の」大道に、世の人をおもふけませれ、しかれこそ皇御国の、」畏きや大御稜威も、たふときや大御光も、いよ、世の」人もしるへく、たつ奴自（にじ）のあらはれわたれ、翁をこそ」神とまをさめ、聖ともた、へまつらめ、しかはあれとかな」しき物か、うつそみの世の人なれは、行水のすきにし」のちは、御かほをしをかむよしなく、御こゑをしきかむ」すへなみ、書せりし御ふみのみ見て、朝夕に御たまのふゆ」を、よろこひもた、へもしつ、、あり衣のありふるまにま、」往影の月もへゆけは、かきろひの日も重なりて、十とせ」あまり、七年来経ぬ、いつといふことはなけれと、世のなみに」しぬひはしてむ、かくり世に出ましけむは、秋のこの」けふそ其日と、草まくらたひのいほりを、かき払ひ」小柴さしたて、水くきの御あと、りいて、た、にその」御霊とませて、おふな〱いはひへすゑて、御まつりを」仕へまつれは、いれひものおやし心に、神習ふともうち」つとひ、歌しぬひことしぬひして、またさらににひものことも、ねなき鶴鴨（つるかも）しつ手巻いやしけれとも御かなとに参入しを吾を」幸ひたまはねさき御たまくし御霊ともいつくへきをちか御令（ヒ）の」ふみの百とも

百部のふみたによみもあへなくにえらひかゝし、」御いたつき阿波礼(あはれ)

本姓は藤原、姓は岩崎、名は長世(ながよ)、通称は太郎・右衛門、号は笛の舎・あそびのや。松井直太郎とも称した。国学者、歌人。明治十二年三月二十九日歿。享年七十三（一八〇七～七九）。

長歌および反歌三首懐紙。平田篤胤追悼。平田篤胤は天保十四年（一八四三）歿であるから、長歌に歿後「十とせあまり七年来経ぬ」とあることからすれば、この懐紙は万延元年（一八六〇）の成立。虫損有り。料紙は檀紙。（深沢）

九―九　六人部是香　長歌および反歌懐紙

三五・四糎×九八・九糎

平田大人のみまくに」　　六人部宿祢是香

天地の始のときに、神ろきのかみの命、」かみろみのかみのみことの、くすはしき」み
はかりもちて、あし原のみつ穂の国を、」風のとのとをすめろきに、ことよさしきつ」
けたまへは、大御言かゝふりもちて、食国を治」め玉ふと、み世かさね天つ日つきと、
しらし」くる君のみよ／＼、しきませる国のおくかよ、た」てまつるみつきたからは、
海かは船はたはさす、」くぬかはそのをたえせす、おはまくにつか」へまつれは、大船
のゆくら／＼に、春はなのゑみ」さかへまし、くまかしのひろかまし、を、いか」さま
におもほしめせか、さひつるやとこよの唐」よ、いなしこめしこめきみちを、をさたま
ひそを」まねはして、あら玉の年のきへぬれ、うつそみ」の世の人みなも、からわさに
相ましこり、唐言」にあひ口あえて、うらくはし遠すめろきの、」神のよの大御手ふり
は、はるかすみおほになりぬれ、ぬえこ鳥うらなけしつゝ、かなしけく」こゝにおもひ
て、いらなけくそこにおもひて、歎く」そらやすからなくに、思ふそら苦しきときに、」
きみかよをたひらの大人、みしねかる平田」の君は、古の道のたゝちを、もゝたらすや
そく」まおちす、見しとはしみしあきらめて、わしの」山こゝしき道も、ふみなつむい
はねさくゝみ、」ことさへくからふみ川の、とこなめもあらひ」きよめて、山菅のねも
ころ／＼に、解さとし教た」まひぬ、こゝをしもあやにうれしみ、こゝをし」もあなに
たふとみ、玉鉾の道ゆきかよひ、あかね」さすひるはしみらに、ぬは玉のよるはすから
に、かむ語」きゝのよろしも、ますらをやむなしかるへき、」つるきたちとぎし心を、

梓弓ゆはらふりおこし、」をちなしと人こそみらめ、つたなしと人こそ」きかめ、よし
ゑやしつたなけれとも、よしゑやし」をちなけれとも、かしこしや大人の命を、つき」
たつるふなとの神と、けふよりはおもひたのみ」て、まなはしら学の道を、朝夕につか
へまつら」は、幸魂奇魂の、神守りまもりまさめと、」立はしりよろこひまひて、敷し
まの日本」国は、ことあけせぬ国としかれとも、ことあけそ」あかするこそは

玉幸ふ神の恵のなかりせは君かまさめに豈あはめやも
古の道のくま／＼みしあかすきみにむつ魂あふかうれしさ
いさ子ともいたくなゝけれいにしへを」みしあきらめし君なけなくに

姓は六人部(むとべ)、名は惟篤、通称は縫殿・宿禰・美濃守、号は是香(よしか)・葵舎・葵渓・篶舎・一翁。国学者、歌学者、神職。文久三年十一月二十八日歿。享年五十八（一八〇六～六三）。

長歌および反歌三首懐紙。平田篤胤追悼。香色の料紙。（深沢）

九―一〇　黒沢翁満　長歌および反歌懐紙

四二・八糎×五二・三糎

ひらた大人のみちの栄をほく」　　平翁満

うつしき人にはませと、たまちはふ君は神かも、」すめ神の道の八十くま、しめゆひて
ましこり」ませる、世のまかの神をことむき、さひつるやから」をきませる、から神の
心をやはし、あきつ神の遠つ」みおやの、日の神の国の八十国、くまもおちす照」ませ
る如、天の下のみちの本末、まそかゝみあき」らめまして、大江戸の遠のみかとに、そ
の道の」うしはきませく、いにしへのみつのから国、さつま」かたうるまのしまと、やゝ
／＼にまつろひきつゝ、」すゑつひに我あきつ神に、年のはにみつき」たてまたし、こ
とさへく国のはてしも、遠々に」しるみち／＼の、もとつみちとあふきたふとみ、いひ」
つたへ学ひ伝へんとき、かたまけぬいまの」をつゝは

大なむちすくな」御神のひき」ましゝ国みちひかす」きみはかみかも

姓は黒沢、名は重礼、通称は太郎市・九蔵・八左衛門、号は翁満(おきなまろ)・葎居。国学者、歌人、桑名藩士、のちには武州忍藩士。安政六年四月二十九日歿。享年六十五（一七

長　九五〜一八五九）。

集古筆翰　第九輯

歌および反歌懐紙。平田篤胤へ贈ったもの。香色絹目料紙。

（深沢）

第十輯

一〇―一　松平定信　和歌懐紙

三四・三糎×四七・八糎

雉岡先生のかたみと
て醒心編をおくりこし
たるにそ、ふみ学ふ
道、教うけ得し昔
の事思ひ出ていと、
感泣にたえす
定信
酔しその心醒よと
おしへつる恵のほとは
何日忘れむ

江戸時代中後期の政治家、歌人。御三卿田安宗武の子として生まれ、白河藩主松平定邦の養子となる。田沼意次の失脚に伴い老中に就任、寛政の改革を行う。和漢の学問に通じ、著作も多い。文政十二年五月十三日没、七十二歳（一七五八～一八二九）。田安藩儒黒沢雉岡（一七一三～九六）の遺著を贈られて、かつて藩主の子として教えを受けたことを回顧して詠んだ追悼歌。（堀川）

一〇―二　堀田正敦　和歌懐紙

三六・一糎×四九・五糎

おまし所近きゆふかほの杉戸
より、れいのひと〳〵の、中啓
たつさへつゝまうのほらる、
さまをみて
紀正敦
ゑみの眉ひらく
あふきのつまと
より
まつをとつる、春の
初風

江戸時代中後期の政治家、本草学者。近江堅田藩・下野佐野藩主。若年寄として長年幕政に参画、寛政の改革を支える。また、本草学に通じ、学者大名としても知られた。天保三年六月十六日没、七十五歳（一七五八～一八三二）。藍の内曇り料紙。正月の三河万歳を詠んだもの。江戸城内に入ることも許されており、その様子を描いたものか。中啓は扇子の一種で、太夫・才蔵のうち太夫が持つ。（堀川）

一〇―三　柳沢吉保　和歌懐紙

三五・一糎×五〇・二糎

霊樹院殿月光寿心大姉
追悼和歌
四位少将吉保
四十にもまたたらすして
世のさかへきはめし人の
名残をそおもふ
他是阿誰の話に相応
せられけれは
たそとおもひかれとまよはす
見し人のこゝろの月そ
光さやけき

江戸時代中期の政治家。館林藩主徳川綱吉に仕え、将軍就任に伴い幕臣となる。側用人として権勢を揮い、大名となる。元禄十一年（一六九八）に左近衛権少将、十四年に保明から吉保に改名。綱吉死後は隠居し、文人的な生活を送る。正徳四年十一月二日没、五十七歳（一六五八〜一七一四）。

嗣子吉里の生母である側室の染子（家臣飯塚氏の娘）が宝永二年（一七〇五）に四十一歳で亡くなったときの追悼和歌。「他是阿誰」は禅宗の公案集『無門関』第四十五則に見える語。（堀川）

一〇一四　契沖　『万葉代匠記』巻二断簡

二七・三糎×四〇・一糎

たちの中にハ、第いくはしらにあたらせたまへるや、是につきて不審有、」先草壁太子の御年を逆推するに、〔八天智元年に生れさせたまひて〕天武元年ハ十一歳にならせ」たまふ、大津皇子ハ天智三年にむまれたまひて、壬申の年ハ、九歳」にてましませハ、天武天皇（×智）、高市皇子にむかひ『て』（補入）のたまへるミことの」りにも、唯有二幼小孺子一耳、奈之何とおほせられ、皇子攘（カヽゲ）レ臂（タヽムキヲトリシハリテ）按レ剣ヲ」奏言、近江群臣雖レ多何敢逆二天皇之霊一哉、天皇雖二独則臣高市一」頼二神祇之霊一請二天皇之命一引二率諸将一而征討豈有レ距乎とあるを」ミるに、嫡〔長〕子にてその比十六七歳以上にてもおハしましけるなるへし、」天武紀云、八年己卯五月庚辰『ノ』朔甲申幸二于吉野宮一、乙酉天皇詔二皇后及一」草壁皇子尊、大津皇子、高市皇子、河島皇子、忍壁皇子、芝基皇子一曰、」朕今日与二汝等一倶盟二于庭（オホハ二）一而千歳之後欲レ無レ事、奈之何、皇子等共『三』〔タチ〕対『テ』曰、」理実（コトハリイヤチコナリ）灼然　云々又さきの川島皇子の挽歌のひたりの注の注に、天武」紀を引るかことく、十四年正月に爵位の号をあらため（ナ）て、皇子」たちに位を授させたまふ時、草壁皇子尊にハ、浄広壱をさつけ、」大津皇子にハ、浄大弐、高市皇子にハ、浄広弐の位を授給、浄位」四階毎レ階有二大広一といへり、草壁太（二字消す）皇子ハ、正后の御腹なれハ、太子に」立たまひ、大津皇子ハ、太田皇女の御腹なるゆへに、位階も一等高」く授たまふにや、紀の文皆第三につらねたるハ、此皇子ハおとり腹に」おハします故にや、懐風藻にハ、大津皇子を長子といひたれとも、薨」したまふ時、二十四歳なるをもてかそふるに、誤れり、日本紀に、第三子」と載られたれハ、此皇子ハ第一、草壁ハ第二なるへし、此皇子いつ太子に」立たまへりとハ、日本紀にもみえねとも、後『ノ』〔ミカトミコト〕『日本紀』皇子尊といひ、懐風藻『ノ』葛」野王の伝によるに、まさしく太子に立たまひけるなり、皇子尊を」ハ日本紀にみかとみこ（一字補入）と、よめり」　万二　六十一　（落合）

契沖は、摂津の人で、俗姓下川、号円珠庵。『万葉代匠記』『和字正濫鈔』『勢語臆断』をはじめ古代文学、言語研究におおきな足跡を残した古学者、歌人、また真言宗の高僧で、阿闍梨の位を授かった。元禄十四年没、六十二歳（一六四〇〜一七〇一）。

契沖の初稿本『万葉代匠記』巻二下の中に見える、『万葉集』巻二、一九九番歌の題詞「高市皇子尊城上殯宮之時、柿本朝臣人麻呂作歌一首」に施された長い注の後半、一丁分の断簡。『契沖全集』第一巻（岩波書店、昭和四十八年）の林勉の解説によれば、諸家に分蔵された自筆清書本系の未紹介資料の一つと考えられる。内容は、高市皇子が『日本書紀』で、草壁皇子、大津皇子について三番目に序列されているのは、それぞれの母親の出自に応じたためで、実は、高市皇子が天智天皇の第一子に当たることを論じたものである。二行目の「先草壁太子」以下の朱筆訂正部分は、右下がりの契沖の独特の書風をよく表している。それに対し、墨筆の本行は、契沖に近い書風ではあるが、真筆と断じることは躊躇われ、周辺の人物による筆耕を想定すべきように思われる。（鈴木）

一〇一五　北村季吟　歌文懐紙

三一・〇糎×四二・五糎

人の心のふかみ草に、いやめつら」なるもろこしのことの葉をそへて、」けふのつれ〲をなくさめ給ふめるに、」此いらへ何よけんとたにおもひあへ」ぬ心の物うさそ口おしきや、しかり」とて花のおもはん所もあれは」かのさいその句の春といふ字をとりて、此はるこの花を見し」はしめなるよろこひはかりをのへ」侍るかし」　季吟

此ころはさくらになれてしらさりき」名たかき草の花の春とも

姓は北村、名は静厚、通称は久助、号は季吟・呂庵・慮庵・七松子・拾穂軒・湖月亭・再昌院。歌人、俳人。晩年（元禄二年〈一六八九〉以降）は幕府の歌学所に出仕した。宝永二年六月十五日歿。享年八十二（一六二四〜一七〇五）。

歌文懐紙。牡丹の花に漢詩を添えて贈られたのに対して、歌を以て応えたもの。虫損有り。（深沢）

一〇—六　北村正立　和歌懐紙

三一・〇糎×四一・九糎

詠梅始開
和歌
正立

春来ぬとよのまの
風のゆるからし朝
戸にゝほふ梅のは
津（つ）波（は）那（な）

姓は北村、名は季次、字は正立（まさたつ）、通称は権三郎・源之丞、号は成等院。歌人。北村季吟（一〇—五）の次男。台紙に「北村正立 季吟次子」と記す。元禄十五年閏八月二十一日歿。享年五十一（一六五二～一七〇二）。

和歌懐紙。（深沢）

一〇—七　北村季文　歌文懐紙

三六・九糎×五一・二糎

右大将君十一月なかの一日」あらためて西の御殿に」御わたましせさせ給ふとき、」その御怡ひ申に、読て」奉る祝ひ哥
人こゝろみかけるけふの」との移りうつれとそ思ふ」御代のすかたに
今年は万の政とも旧きにかへ」させ給ふ御掟を、世の中なへて」承り仰き侍りけるおりになむ
法印季文上

姓は北村、名は季文（きぶん）、通称は平吉、号は再昌院・向南亭閑人。歌人。一〇—五の北村季吟の六代の裔、公儀和歌所に出仕した。嘉永三年二月九日歿。享年七十三（一七七八～一八五〇）。

歌文懐紙。将軍の移居を祝うもの。台紙裏面に「再昌院法印」と記す。（深沢）

一〇—八　似雲　和歌懐紙

三三・〇糎×四四・二糎

はつせ川の落花を
見て
初瀬川
はるは行とも
夏かけて
いは間によとめ
花のしら波
似雲

俗姓は河村、法名は初め如雲のちに似雲、通称は金屋吉右衛門、号は春雨亭・風月庵・虚空庵。浄土真宗僧侶、歌人。宝暦三年七月八日歿。享年八十一（一六七三～一七五三）。

和歌懐紙。台紙に「似雲法師」と記す。（深沢）

一〇—九　涌蓮　月に雁画自賛和歌

二八・一糎×三三・五糎

涌蓮（花押）

かり〳〵と
鳴わたれ
とも
秋のよの
月にはとまる
わかこゝろかな

江戸時代中期の浄土真宗僧侶、歌人。京の嵯峨野で隠遁生活を送った。冷泉為村門。安永三年五月二十八日没、五十六歳（一七一九～七四）。

秋の月夜を飛ぶ雁を描いた水墨画と和歌。全体を薄墨で描く。雁は「(この世は) 仮だ、仮だ」といって執着を捨てるよう諭しながら飛んでいくが、やはり月の美しさにはどうしても心が引きつけられる、というやや俳諧歌めいた詠みぶり。伴蒿蹊『近世畸人伝』巻三に取り上げられ、この歌も引かれている。　(堀川)

一〇―一〇　裏松固禅　和歌懐紙　三〇・六糎×二四・三糎

かたみそと
見るにかしこき
ふての
跡は
おほけなくとも
うつしをきてむ
固禅

俗名は光世。益光の嗣。実は烏丸光栄の男。正五位下左少弁。宝暦事件に連坐、解官、宝暦十年（一七六〇）出家。有職故実に精通し『大内裏図考証』の著あり。文化元年七月二十六日卒、六十九歳（一七三六～一八〇四）。和歌懐紙。　(小川)

一〇―一一　賀茂真淵　詠草　一四・四糎×二〇・四糎

真淵
冬日
霜も又かへりて
露の玉さゝに
春日やとれる
神な月哉

作者は、江戸中期の歌人、古学者。本姓岡部。通称、三四、衛士。名は春栖など。県居と号した。遠江敷智郡の人。荷田春満に歌学を学び、江戸に出て、田安家和学御用となる。明和六年没、七十三歳（一六九七～一七六九）。

「露の玉さゝ」は、露の置かれた美しい笹の意で、神楽歌の「明星」の「いづこにか　駒を繋がむ　朝日子が　さすや岡辺の　玉笹の上に　玉笹の上に」などの用例がある。歌はいわゆる小春日和を詠んだもの。繊細な書風である。田林義信『賀茂真淵歌集の研究』(風間書房、昭和四十一年）によれば出府以後、田安家出仕以前の歌という。　(鈴木)

一〇―一二　加藤枝直　和歌懐紙　三〇・四糎×四二・〇糎

六月はらへ
橘枝直
ます人のつみてふつみの
みそぎして更にとなふる
万代のこゑ

作者は、江戸中期の歌人、和学者。雅姓、橘。通称、又兵衛。名は為直とも。南山などと号。千蔭の父。伊勢松坂の出身。江戸に出て、町奉行与力となる。鷺河長教に歌学を学び、賀茂真淵に古学を習った。家集は『東歌』。天明五年没、九十四歳（一六九二～一七八五）。

題の「六月はらへ」は、夏越の祓えともいい、六月晦日に、宮中また神社などで、水辺に斎串を立てて、祝詞を唱えて祓えを行う。「ます人」は人民、「みそぎして更にとなふる」の主語は「ます人」。枝直は日頃から神道を躬行した。　(鈴木)

一〇―一三　本居宣長　和歌懐紙　三二・五糎×四三・九糎

詠立春眺望
和歌

宣長

ふるとしはひと夜へ
たゝるなかめとてきの
ふのゆきも霞や
麻のは

作者は、江戸後期の古学者、歌人。伊勢松坂の人。本姓、小津。通称は春庵、中衛など。号は鈴屋。契沖に私淑し、賀茂真淵に師事。『古事記伝』、『源氏物語玉の小櫛』などのほか著書は多数で、古学を大成させる。和歌の詠みぶりは、いわゆる二条派のそれを良しとした。医家を営み、晩年、紀伊和歌山藩に仕えた。享和元年没、七十二歳（一七三〇～一八〇一）。
和歌は立春とともに、霞が立って、昨日までの景色が一新されたことを詠んだもの。「霞」は「かすむ」と読ませ、「や麻のは（山の端）」に係る。『鈴屋集』春歌に収録。

（鈴木）

一〇一四　平田篤胤　和歌

二三・四糎×三二・三糎

七十まりとせ
のよはひことし
より一とかそへて
八千世ませ
君

篤胤

作者は、江戸時代後期の古学者。本姓、大和田。通称、大角。号は気吹屋、大壑。本居春庭の門人。出羽久保田の人。備中松山藩に仕えた。著書は、『古史徴』『古史伝』など多数。天保十四年没、六十八歳（一七七六～一八四三）。
誰かの七十七歳の祝いの折、これからは七十七歳をもって一と数えて、常しえに長生きするように歌ったもの。宴会の席上作らしく奔放な書きぶりであるが、豪胆な篤胤らしさも窺える。『気吹舎歌集』に結句「万世に坐せ」として収録。天保四年（一八三三）に門人の和泉利愛のもとめによって、その母の喜寿を言寿いだ歌。

（鈴木）

一〇一五　富士谷御杖　和歌

二六・一糎×三九・六糎

今年よりふたしへに
歌はよめとそゝのかされて
としのをはりはしめによめる

御杖

くやしくもをしみつるかな
くれゆけはわか身にとまる
としとしらすて

山ふかみ雪にこもれる
うくひすのふる巣にきくや
はるはたつらむ

昨日かも我かとのへを行人の
いひてそ過し
としは暮ぬと

はる風はいそしきものそ
氷ある野川山の井
くまもおちすふく

作者は、江戸後期の歌学者。京都の人。通称、専右衛門。別名、成寿また成元。号は北辺。成章の子。柳川藩に仕えた。『真言弁』などを著し、形而上学的な歌学説を展開したことで知られる。文政六年没、五十六歳（一七六八～一八二三）。
和歌は、詞書と四首から成り、詞書の「ふたしへ」は二重にの意味で、年末と新年のあわいに両者の感慨を重ね合わせたような歌が並んでいる。第二、三首は、『不二谷御杖ぬしの歌文』下（『新編　富士谷御杖全集』第五巻、思文閣出版、昭和五十六年）に所見。木皮交ぜ漉き料紙。

（鈴木）

一〇一一六　田中葵園　和歌入り書状

三一・一糎×四二・九糎

寒威増長旧痾如何、呉々御自愛可被成候」此一陶作軽微御見舞のしるし迄進之候」御
叱留可被下候
　老後述懐
むかしわかまなひのまとにあつめてし」雪はかしらのものとなりけり
　　　　　御一笑
　　　　　　　　　清拝
「（モト端裏ウワ書）
　千つるさま　　　清
　　　　　　　　　」

作者は、江戸後期の和学者。通称、従太郎。字、士廉。名は美清また清。佐渡相川の人で、佐渡奉行の高官（広間役）。『佐渡志』を編纂した。弘化三年没、六十四歳（一七八三～一八四六）。
和歌は、著名な『晋書』車胤伝の、孫康が雪明かりで読書したという故事に基づき、老を嘆いたもの。（鈴木）

一〇一一七　賀茂真淵　書状

一七・三糎×四二・〇糎

あるかたのせちにこひ給ふまゝに御哥」おくらせられんとて、ちかきほとなるを」四くさ見せ給へる、いつれもよく侍り、されと」猶過し十六夜（いざよひのよ）の御哥よく侍れは、一首は」それをとて書侍り、又のもみちの御哥も一首」ともによくとゝのひ侍れと、かのいさよひのも」たけよくのひ「たる」（やかな御哥）なれは、今一つは少し」はたらきの有をそへ給ふも、今の世の中」の人の心によく侍らんとて、かのいつの」間に紅ふかくてふ御哥に事をくはへて」まいらせぬる也、其哥のことばに
　ゆるしなき色にもなりぬと云は（濃）こき（紅）くれ」なゐの事也、衣のこき紅はいと位高き人」ならではゆるしてきせ給はぬ色也、又ゆるし」色といふは中（なかの）紅（うす）薄紅なとをいひて是は大かたの」人のきる事をゆるすをいふ、然れはゆるし」なき色は深き紅の事に成

てもみち深」しといふ題の心をいへり、此哥の心は「はし（き）ゝ」には」たゝうす紅の衣をたちぬひてきる山と」見し間にいつか今はゆるしなきまでの深（こき）紅」に成ぬるといふ［心］也
　惣て紅紫なと「に（の）」こきはゆるさす中紅と中紫はゆる」すといふ事有也、かゝる事をもおほえさせ給へとて」なん、是は官人官女なとのさうぞくの事也、」今の世のつねざまをいふにあらす
衣をたつといふは今もいふ如くきぬをたちてぬふ」也よりてたつとのみいひて着る事にもなる也」立田山は名所也それにこゝろもたつといひかけしのみ
　おくらさまへ申上候へ

筆者については一〇一一一参照。
書状の内容は、ある人の求めによって、宛先「くら」の歌を四首ほど贈った由を言い送ったものである。そのうちの一首、「もみち深し」という題で詠んだ「いつの間に紅ふかく」という歌を巡って、装束の禁色である濃い紅色についての言説を書き加えたことをいう。真淵の書状に、「らんの君」「くらの君」連名の一通が存するが、「らん」は小山正の『賀茂真淵伝』（東京春秋社、昭和十三年）によれば、松代藩主真田家の麻布屋敷医師の立田玄杏妻という。（鈴木）

一〇一一七裏　前田夏蔭　書状

三五・〇糎×二八・四糎

県居翁之消息一軸、」被遣拝見仕候処、真」蹟尤面白奉存候、翁之」門人に被致教諭候趣、毎度」如斯丁寧親切ニ而、」此一事ニても凡人難及、」感伏仕候、今日古学之」四方ニ流布仕候も、此」精中ニ依候事与、増崇」仰候、無名ニ而御坐候へ共、」無疑ものニ候へハ、御秘重」可然奉存候、書余期」拝顔縷々可申候、以上
　　　頓首
七月十九日
〆
小松園君　　　夏蔭
　侍史御中

筆者については八―一八参照。

内容は、真淵書状の真偽について述べ、その書状から窺われる真淵の人柄について、称えたもの。あるいは、この真淵書状は、一〇―一七をさしているのであろうか。宛名の「小松園」は未詳。「七月十九日」以下は紅色の料紙。

（鈴木）

一〇―一八　斎藤拙堂　扇面和歌

一四・四糎×四五・五糎

仁徳帝炊」煙を見給ふ」かたに

高き屋の」なかめは」はなの」雲ならで」いふせき」しつか」けふり也」けり

正謙（印）

江戸時代後期の儒学者。名、正謙。別号、鉄研道人など。津藩儒。藩政改革にも取り組み、幅広い著述活動を行った。慶応元年七月十五日没、六十九歳（一七九七～一八六五）。

礬砂・雲母引きした料紙で、天地に銀箔の縁取りがある。伝仁徳天皇詠「高き屋にのぼりて見ればけぶり立つ民の竈はにぎはひにけり」を踏まえる。落款印「鉄研学人」（朱）。

（堀川）

一〇―一九　中井甃庵　和歌

一五・五糎×一七・四糎

またてやはやまほとゝきす
ひとこゑもとをさと
おのゝむらさめのそ
ら
めいしよをよせてよめる
にやありけむ　きねゆき

江戸時代中期の儒学者。名、誠之。大坂の学問所である懐徳堂の創建に尽力した。子に竹山、履軒がいる。宝暦八年六月十七日没、六十六歳（一六九三～一七五八）。

摂津国の名所「遠里小野」を詠み込んだホトトギスの歌。この名所は通常秋の景物（萩など）とともに詠まれることが多い。「にやありけむ」とあるのは、曽て詠んだ歌を思い出しながら揮毫したためか。

（堀川）

一〇―二〇　上田秋成　和歌懐紙

三六・二糎×四八・五糎

花
よしのなる
象山陰の
もと桜若
むす枝にたわむ
花さきを
よさい

姓は上田、名は東作、号は秋成・漁焉・無腸・余斎・鶉居・鶉の屋・和訳太郎・剪枝畸人・三余亭。国学者、読本作者。文化六年六月二十七日歿。享年七十六（一七三四～一八〇九）。

和歌懐紙。秋成家集『藤簍冊子（つづらぶみ）』に収録せず。台紙に「上田秋成号余斎」と記す。

（深沢）

一〇―二一　山田方谷　扇面詩

一四・八糎×四六・三糎

（印）
成立之難似」上天脚跟、纔」失即深淵、一」言贈別、汝須」記、業欲専精」志欲堅
業欲専精志」欲堅、只憂視」物則移遷、都」街八百多岐」路、莫惑多岐」誤少年、
送大津寄生」遊学江都
方谷老生
（印）

幕末明治の儒学者。名、球。字、琳卿。備中西方村（岡山県高梁市）の農民に生まれ、備中松山藩儒となり、藩主板倉勝静の老中時代はその顧問としても活躍した。維新後は教育に専念する。明治十年六月二十六日没、七十三歳（一八〇五〜七七）。
磐砂・雲母引きした料紙で、天地に銀箔の縁取りがある。江戸へ遊学する門生に贈った送別詩。八百八町の大都会の誘惑に惑わされず、意志を固く持って学業に励むよう諭している。引首印「游戯」、落款印「明々雲間月（月字は間の中の「月」のみ繰り返している）」（いずれも朱）。
（堀川）

一〇一二　山田方谷　発句懐紙
二八・七糎×三七・一糎

（印）
　春興
淋しさをよき正月の山家かな
鶯に似た声もあり手まりうた
　無量寿庵春興
はつ春や庵も客あり茶の煙
梅か香に酒気のましらぬ庵の春
　元日のいつになく暖なりけれは
礼さきに梅咲かぬ家は一二軒
　二日に雨のいたく降りけれは
春雨とおもへはすてにうめの花
ふるもよし若菜にちかき野辺の雨
　無量寿庵主（印）（印）

筆者については一〇一一参照。
歳旦の発句七句。安政六年（一八五九）に草庵を作り、無量寿庵と命名しているので、翌万延元年以降の作であろう。引首印「方谷」、落款印「球印」「琳卿」（いずれも朱）。
（堀川）

一〇一三　豪潮　和歌懐紙
三〇・五糎×四二・六糎

随上人草庵を
とむらはれるに
　豪潮
十とせあとの
むかしを今日の
ものかたり
今日を昔しに
いつやかたらん

江戸時代中後期の天台宗僧侶。字、寛海。肥後玉名の出身、比叡山で修行した。晩年は尾張藩に招かれて寺院の開山にもなる。天保六年没、八十七歳（一七四九〜一八三五）。書でも知られ、北島雪山・秋山玉山と並ぶ近世肥後の三筆と称される。
十年ぶりに再会し、今日のことをまたいつの日か思い出として語る日が来るであろうか、と詠む。
（堀川）

一〇一四　屋代弘賢　『蘭亭序』臨書
三四・一糎×四六・六糎

是日也、天朗」気清、恵風和」暢、仰観宇宙」之大、俯察品」類之盛」　源弘賢臨

江戸時代後期の和学者。奥右筆詰所の幕臣。通称太郎。『寛政重修諸家譜』『藩翰譜続編』等の幕府編纂事業に参加、『古今要覧』編纂の任に携わる。蔵書家として著名で不忍池畔の三棟の書庫「不忍文庫」に収蔵された蔵書の殆どは没後、阿波蜂須賀家に譲られた。天保十二年正月十八日没、八十四歳（一七五八〜一八四一）。
王羲之の『蘭亭序』の一文を天が藍、地が紫の雲紙に金切箔、砂子を散らした茶地絹目料紙に臨書したもの。右筆らしい温和な書きぶりが見られ、弘賢自筆と判断される。
（村木）

一〇一二五　大地東川　詩懐紙

二九・八糎×四五・五糎

奉賀　白石先生五十寿
武昌柳色映春台、座」上迎賓清興催、日暖」金桃臨径発、風微青」鳥近筵来、樽前長対」
千秋嶺、花下頻傾万」寿盃、独歩詩名人不」及、高歌一曲見豪才
大地昌言拝

江戸時代中期の儒学者。名、昌言。室鳩巣の外甥で、加賀藩儒。宝暦二年没、六十歳（一六九三〜一七五二）。

宝永三年（一七〇六）、新井白石の五十賀に贈った詩。十四歳の時の作である。『天爵堂寿詩』（五十賀詩の集成、『新井白石全集』第六巻所収）に収める。本文の異同なし。「白石先生」を平出にする。なお、以下同様の詩懐紙が四種続くが、萩野由之は白石関係の資料収集でも知られており、その一端であろう。（堀川）

一〇一二六　山脇滄洲　詩懐紙

二五・五糎×四〇・五糎

白石先生□□□□
門前楊柳簇鳴」珂、六十知　君鬢未皤、桂醑」蘭樽開寿宴、満」堂斉唱九如歌
滄洲山敬美拝
（印）（印）

江戸時代中期の儒学者。名、元悦。字、敬美。加賀藩儒。生没年未詳。

享保元年（一七一六）、新井白石の六十賀に贈った詩。黄檗色染の料紙を用いる。「君」を平出にして、白石への敬意を示す。端に欠損がある。『天爵堂寿言』（六十賀詩文の集成、『新井白石全集』第六巻所収）に収め、本文に樽—尊の異同がある。落款印「山敬美印」（回文印）「滄洲散人」（ともに朱）。（堀川）

一〇一二七　伴玄通　詩懐紙

三三・四糎×四五・八糎

恭賀　筑州源太守六十華誕詩
鼇島春浮碧海環、芳辰」清宴得相攀、群仙天上」青雲下、阿母池頭白鶴」還、久仰　声
名懸北斗、共期　寿考対南山、　君今六十猶強健、不用」樽前酒借　顔、
伴秀貞拝稿

江戸時代中期の町医者。名、秀貞。『新井白石日記』によると、元禄十三年（一七〇〇）、長門本平家物語を徳川綱豊（後の将軍家宣）が彼から購入する仲介をしている。また、享保二年（一七一七）七月には失脚後拝領した内藤新宿の屋敷から小石川に転居する際、その土地を彼からの借地と称している。生没年未詳。

享保元年（一七一六）、新井白石の六十賀に贈った詩。端に欠損がある。「筑州源太守」「声名」「寿」「君」「顔」を平出にして、白石への敬意を示す。『天爵堂寿言』に収める。本文異同なし。（堀川）

一〇一二八　伊藤莘野　詩懐紙

二一・七糎×一一五・六糎

奉賀」白石先生五十寿
其一
花撲寿觴和気均、」飛来飛去送香頻、」碧桃須酔三千歳、」玉樹伝芳五十春、」魯叟当時知
命早、」衛臣此日覚非新、」高蹤已躡雲霄路、」独歩青油幕下賓、
其二
白雁伝書東海天、」遥知才子賀高年、」春生脩竹凌芳酒、」風送飛花入綺筵、」交比金蘭能
耐久、」性如薑桂老逾賢、」君今早得崑山玉、」従此幾聞報九遷、
其三
二月東風入遠林、」寿筵開処落花深、」百年詩巻留天地、」千載雄名接古今、」金殿談経春
誦響、」玉楼侍宴夜絃音、」吾猶垂翼北溟上、」一望悠々万里心、
其四

寿酒幾斟金屈巵、」春光掩映万年枝、」董生事主下帷久、」楊震比　君当路」遅、鵷鷺時
逢前席」問、羔羊須有退朝」詩、武関東望一千」里、何日親看元紫」芝
　刻渓伊藤由言謹書
　　（印）（印）

江戸時代前中期の儒学者。字、由言。別号に刻渓。京に在住、加賀に下向して講説を行う。享保二十一年二月二十二日没、五十六歳（一六八一～一七三六）。
原本部分は薄香色料紙。宝永三年（一七〇六）、新井白石の五十賀に贈った詩。遠く京にいて、江戸での賀宴に参加できないことを述べる。一行目下に「前半闕佚、今拠刊本白石先生／天爵堂寿言、補書十四行」と朱書あって、冒頭から其二の本文二行目までを補写している（萩野由之筆か）。第四首「君」の前を闕字にして、白石への敬意を示す。『天爵堂寿詩』（『新井白石全集』第六巻所収）と比べると、本文に薑―姜の異同があるが、これは異体字の範囲と見なせるものであろう。落款印「藤由言印」（回文印）「忠公氏」（ともに朱）。（堀川）

一〇―二九　江村北海　詩懐紙　　二三・三糎×二八・九糎

豈啻慈幃在北堂、兼知」祖母髪如霜、明時不作陳情」表、佳節新伝上寿觴、地接　」梁
園分竹色、門臨周道引」花香、遐年八十休言老、」日仰　東方奉薬王、
　右寿　士統礒田君祖母氏」八十」　北海江邨綬
　　（印）（印）

筆者については四―九参照。
礒田士統の祖母の八十賀に贈った詩。『北海先生詩鈔』三編巻三に収める。異同は、豈啻―已拝。『詩鈔』には左注があり、それによると礒田士統は輪王寺宮家（毘沙門堂門跡を兼務）に仕えていて、家は山科の東海道沿いにあるという。第五・六句はそれを詠み込んでいる（梁園は親王家の庭園、周道は国家によって整備された官道）。落款印「江邨綬印」「君錫」（ともに朱）。なお、四―九に萩野由之は「北海ノ書概皆代筆ナルコト其手簡ニ見ユ此書ハ其自筆ナリ珍トスヘシ」と記しており、それと本懐紙とは筆跡が異なるように見える。六如の代筆も行っていた書家の永田観鵞によるものか。代赭色（ほとんど褪色）刷罫紙を使用。（堀川）

一〇―三〇　六如　詩懐紙　　二八・一糎×三七・六糎

（印）
　奉寄懐　紫巌上人
懐昔京城屡晤言、雲山一去少」相存、旧来好事今応郤、何日」妙宗重細論、白屋綻衣経
臘」雪、青缸掩巻聴秋猿、羸骸」悔向塵中老、薪水何因給」旦昏、
　六如杜多草
　　（印）（印）

江戸時代中後期の天台宗僧侶、詩人。法諱、慈周。近江出身、京で活躍、古文辞派から性霊派へと詩風を変革する立役者の一人として知られる。享和元年三月十日没、六十八歳（一七三四～一八〇一）。
かつて親しく往来し、文雅にも学問にも交流があったことへの懐古と、俗世に纏われながら老いてしまった我が身への嘆きを詠む。『六如庵詩抄』二編巻三に収め、題を「寄懐叡山紫巌上人」とする。相手は六如と同じ天台宗（比叡山）の僧侶とわかる。寛政三年（一七九一）の作。引首印「方外典午」、落款印「釈慈周印」（回文印）「六如」（いずれも朱）。（堀川）

一〇―三一　菅茶山　詩　　二四・六糎×一四・九糎

不是孤愁恋友深、帰舟能入」夢魂尋、吟箋忽落松窓夕、一」抹渓雲暮鳥沈、
　奉次　岡兄元齢夢余見贈韻　晋師拝具

江戸時代中後期の詩人。名、晋帥（晋師）。備後川北村（広島県福山市川辺町）の農家の出身、上京して医学・儒学を学び、帰郷して私塾を開く。後、福山藩に認められて郷学廉塾となる。六如と並び、江戸中期から後期への詩風変革を担った一人。文政

十年八月十三日没、八十歳（一七四八～一八二七）。
朱色刷有界六行の自家用詩箋（左欄外「黄葉夕陽邨舎」と名入りである）を用いる。備中倉敷の詩人岡鶴汀（字、元齢。一七三六～一八一一）から茶山を夢に見たという詩が送られ、それに次韻したもの。『黄葉夕陽村舎詩』に見えない。（堀川）

一〇―三二　宮崎筠圃　趙文敏筆紫芝歌跋　二八・一糎×一四・七糎

昔人有云、真跡雖劣猶勝墨跡之佳者、蓋以其用筆之意易」見而成功之速也、然真跡固難得、且其為真迹者多是偽作不」可信従、若得墨本之佳者、専心致志精求其法、則其妙処亦」未可謂難見顧用力何如耳、岩氏所蔵趙文敏書紫芝歌、」所謂墨本之絶佳者而結字用筆体勢具存、可謂違真」不遠矣、今再刻于其家、伝之同好、其摹勒精妙、不爽豪」髪、亦学者之至宝也、刻成求跋、因贅数語、宝暦癸未仲冬」十有九日　海西宮奇（印）（印）

江戸時代中期の儒学者、画家。名、奇。字、子常。尾張出身、京で活躍する。竹の絵の名手として知られる。伴蒿蹊『近世畸人伝』巻一に取り上げられる。安永三年十二月十日没、五十八歳（一七一七～七四）。
宋末元初の書家趙孟頫（松雪と号し、文敏公と諡される）の拓本の覆刻本について記した跋文。優れた拓本は真跡にも負けないくらい、その書家の神髄を伝え、手本とするに足ることを述べ、またそれを模刻した該書の精密さを称える。宝暦十三年（一七六三）十一月の作。落款印「宮崎」「子常」（ともに朱）。（堀川）

一〇―三三　巻菱湖　詩懐紙　二九・一糎×四三・六糎

脂膊荒鶏半」夜伝、祖劉起」舞競先鞭、孰」如兵馬搶攘日、」太華青天白」日眠、陳希夷図」　菱湖老人（印）

筆者については五―二九参照。
中国五代・宋初の隠者、陳希夷を描いた図への賛。樹下で延々と眠り続けたという伝説があり、それが画題として流布している。落款印「任遠」（朱、連印）。（堀川）

一〇―三四　貫名海屋　詩　一八・八糎×二五・〇糎

曲々沙為岸、菲々草色」新、昨来三日雨、今作一川春、」燕尾尖辺簇、鴨頭濃裏」匂、将備浣紗石、或接起」風蘋、尺地通長彴、寸陰留」細鱗、不妨香縷触、得免画」輪轔、漸洳余深沢、膏」腴布至仁、及迎秉簡節、幾」処好成茵、
　水辺春草　海屋生（印）

江戸時代後期の儒学者、書家。名、苞。字、君茂。別号、菘翁など。阿波徳島出身、大坂で学び、京で活躍する。市河米庵・巻菱湖とともに幕末の三筆と称される。文久三年五月六日没、八十六歳（一七七八～一八六三）。
やや薄墨（青墨か）を用いる。川べりの草が芽吹き、あたりの景色が春らしく変わった様子を詠む。落款印「君茂」（朱）。（堀川）

一〇―三五　岡本黄石　詩　三一・七糎×二三・七糎

（印）
乙酉清明後三日、与湖山枕山二」老友飲於池亭第三回也、換用前韻、
三度同游倒玉壺、三翁友誼也応」無、世遭昌盛文章貴、節際清明」気色殊、翠柳陰中馳快馬、斜陽」影裏起眠鳧、千秋此境留詩本、今日」新池是旧湖、　七十五翁黄石迪（印）（印）

幕末明治の政治家、詩人。名、迪。字、吉甫。彦根藩家老として活躍、維新後は東京で詩人として名声を得た。明治三十一年四月十二日没、八十八歳（一八一一～九八）。
金茶色絹本を用いる。明治十八年（一八八五）四月、小野湖山・大沼枕山と不忍池の畔で会飲したときの作。明治二十四年刊『黄石斎第六集』に「与湖山枕山飲於湖心亭、以亭名為韻得湖字、時清明後五日喚用亭名同賦以此為三回」と題して収める。題にあるように、「湖心亭」の「湖」を韻字に用いる。第二句「三友交誼世応無」、第三句

「運遭」、第四句「時際」の異同がある。前の年、池を一部埋め立てて周囲に競馬場が作られたため、かつて「小西湖」と呼ばれた面影が失われたことを詠む。引首印「骨重心寒」、落款印「岡本迪印」「吉氏甫」（いずれも朱）。

（堀川）

一〇―三六　大沼枕山　詩

三一・七糎×二二・八糎

（印）

歳晩会飲

調馬場成滅泛鳬、漣漪」縮了截荷蒲、唯看酒店」臨些水、誰記茶翁喚小」湖、春後変遷帰此境、歳」残潑散属吾徒、窮塵不」点杯盤瑩、況復氷心在」玉壺　枕山叟（印）（印）

幕末明治の詩人。名、厚。字、子寿。別号、熙々堂。幕臣の子として生まれ、早くから頭角を現し、幕末期の江戸詩壇を領導した。維新後は森春濤ら清詩を範とする詩人たちに主導権を譲る。明治二十四年十一月一日没、七十四歳（一八一八～九一）。一〇―三五と近い時期か。料紙同じ。これも「湖」字を韻字に用いている。「茶翁」は菅茶山。彼の詩が、不忍池を「小西湖」と呼んだ早い例である（金文京「西湖と不忍池」和漢比較文学叢書十六『俳諧と漢文学』汲古書院、一九九四年）。引首印「熙堂」、落款印「大沼厚印」「子寿氏」（いずれも朱）。

（堀川）

一〇―三七　小野湖山　詩

三一・七糎×二二・七糎

（印）

白首唱酬情最深、晴波涵影夕」陽沈、百般世事須相擲、卌歳」唫盟豈不尋、誰把芳塘供跑」馬、唯余小嶼付游禽、亭前景」物今非昨、欲改湖心喚水心、

得心字　湖山酔翁愿（印）（印）

幕末明治の詩人。名、長愿。近江出身。江戸に出て梁川星巌の玉池吟社に参加、三河吉田藩儒として尊王攘夷運動に関わり、安政の大獄により江戸追放、藩内に幽閉される。維新後は上野池之端に住んで詩人として活躍した。明治四十三年四月十九日没、九十七歳（一八一四～一九一〇）。

これも一〇―三五・三六と同じような機会に詠まれたものであろう。こちらは韻字に「心」字を用いる。料紙同じ。引首印「愛睡」、落款印「長愿」「湖山小隠」（いずれも朱）。

（堀川）

一〇―三八　赤塚芸庵　書状

三一・五糎×四五・一糎

（モト端裏捻封ウワ書）
「北小路石見守様　赤塚芸庵」

今以吉日婚縁被催」御祝義之由、珍重不可過」之候、伉儷薄儀之至候得」共、雪魚両鱗進入申候、」尚後日以貴面可伸賀義候、」慈母御満足察入候、宜」可預御心得候、恐々謹言

正月廿一日　正隅

江戸時代前期の下級公家。名、正隅。京の藤森神社神主の家に生まれ、後水尾天皇に上皇時代も含め非蔵人として長く仕え、従五位下肥前守に至る。和漢の学問に通じた。元禄五年二月八日没、八十歳（一六一三～九二）。

某年正月二十一日付書状。宛名の北小路俊光（一六四二～一七一八）は近衛家諸大夫で、儒学者熊沢蕃山の弟子。子息の婚礼のお祝いとして雪魚（タラ）二尾を贈ったときの添え状。

（堀川）

一〇―三九　三好宗甫　書状

三〇・三糎×四二・七糎

（端裏結封ウワ書）
「北小路石見様　三好宗甫

□□　貞以」

尚々、誠慮外ニ忝儀、」冥利之至難勝計奉存候、」即明日期面上万々可得賢慮候、」唯今罷帰拝見、腹痛も追々」能罷成候、仍不快之仕合も御座候」へとも、為斯打忘、于今眺入」罷有事ニ御座候、尚期明日、」已上

先刻預貴札候処、去比よりの腹痛」于今然共無之、付而毎事塩風呂ニ入申候、」今夕も其へ参候而、唯今罷帰致拝見候、」今日　中院様へ御参上之処、私儀被　仰出、」其上最

前御申上申成被下候富士之絵ニ」被為遊　御詠、殊　御名乗迄被為遊付被下候」御事、誠以有難仕合、冥利之至不可過之」忝儀絶言語、筆紙ニも難尽奉存候」先能御礼被仰上被下候旨、是亦忝次第」御座候、偏貴公御影故と奉存候、猶明日」以参可得賢意候へとも、只今罷帰拝見」余忝奉存、夜部ニハ御座候へとも、先如斯」御座候、恐惶謹言

極月廿七日　　（花押）

江戸時代前中期の医者か。近衛家に出入りしていて、『北小路俊光日記抄』にしばしば見える。生没年未詳。

某年十二月二十七日付北小路俊光宛書状。中院通茂に富士山の画賛和歌をもらったことへの礼状。北小路俊光は通茂と昵懇の仲であるため、仲介を頼んでいたのであろう。（堀川）

一〇四〇　松平忠英　書状

（上）一五・七糎×三三・八糎
（下）一五・七糎×三三・八糎

尚々、中大公御病気無」御心元奉存候、私義主馬方へも申遣候通」先生之後は中大公へ一度得貴意申度願」のミニ候へ者、一しは気遣仕候、御老人之御事ニ」候へ共、如何奉存候、山本氏迄書状遣し候」主馬迄遣し申候、貴様から成共御達可被下候」猶又御心得奉頼候、母へも御加書あさからすなと」左内へも御伝筆申達候以上」追而妻も病気与遅快、私も平癒ニ而」罷帰候間、貴意安思召可被下候キ、将又隠山」其許へ召連候者共、奉公能仕候よし被仰下」忝奉存候、心を付申事候、

老父下向之節者、御細書」殊更重宝之油煙墨弐挺」被送下、御心入之段不浅忝」奉存候、寒気ニ向候へ共、益御」堅固之義、此中も隠山へ之」御書中ニ令承知、珍重奉存候」先以御真志之趣、親物語ニ而」承、頼母敷奉感候、心伝之事」御通用之義、珍重奉存候」先生一両度も仰候を、私なとも」覚居申候、聖経者ひたすらに」高キものと斗存、心のひとしきを」しらす罷在候処、誠ニ凡人ニ而ハ」聖徳を心ニむかへ候而者、患難も」共ニ楽ミと成候事不大形御」事候、何そ人ニ高ふり申事」可有之哉、温潤之徳味規々」あさからぬ御事候、隠山滞留」之内ニ御心入承、於私忝次第」奉存候、御内さまニ親切之御事共ニ而」在所之存事ニなく快楽病養」之由申、呼下し候を悔申斗候、」未得貴意候へ共、御内義さまへも」宜御心得被成可被下候、心友之交り者」就中左も可有事候、御得益も」御尤奉存候、此中者朝夕ニ御噂」斗候、私事妻女病養として」出宿申候を助なから、自身為」保養出宿、先月廿五日令」帰郷候、御床数斗ニ御座候、疾ニも」貴様申上度候へ共、仲氏へ申遣候通」不得心隙候故令延引候、外ニ」序候故、私当然之存寄認候もの候間、追而登せ可申よし主馬へ」申遣候、其節可申入候、恐惶」謹言

十一月三日　　松平文太郎如□〔斎カ〕

北小路石州様　貴答

江戸時代前中期の儒学者。文太郎は通称か。生没年未詳。大和郡山藩主松平信之の重臣であった父隠山（松平生吉）は藩にお預けの身であった熊沢蕃山（元禄四年〈一六九一〉没）の理解者・弟子であり、忠英も同じく蕃山に学んだと思われる。元禄七年、岩槻藩主松平忠徳（信之のいとこ）に父子ともに仕え、同十二年、忠英は柳沢吉保に出仕、宝永元年浪人（『北小路俊光日記抄』）。隠山は宝永元年（一七〇四）没（六十五歳）、墓が世田谷区等々力満願寺境内の細井広沢一族の墓域にある（山口剛「松平隠山」『掃苔』五―七、一九三六年七月）。

某年十一月三日付の北小路俊光宛書状。継ぎ紙を二つに切り、上下に並べて貼り込まれている。学問指導に関する内容で、「先生」は熊沢蕃山、「中大公」は同じく蕃山の弟子であった中院通茂、「主馬」は久松主馬、松平忠徳の家臣。「左内」は蕃山四男であろう。翻字後ろから八行目「未得」二字の間「不」をミセケチする。（堀川）

解説執筆者紹介（掲載順）

長谷川（はせがわ） 強（つよし）	国文学研究資料館名誉教授
岡崎（おかざき） 久司（ひさじ）	元早稲田大学客員教授
末柄（すえがら） 豊（ゆたか）	東京大学史料編纂所准教授
落合（おちあい） 博志（ひろし）	国文学研究資料館教授
鈴木（すずき） 淳（じゅん）	国文学研究資料館名誉教授
小川（おがわ） 剛生（たけお）	慶應義塾大学教授
堀川（ほりかわ） 貴司（たかし）	慶應義塾大学附属研究所斯道文庫教授
宮崎（みやざき） 修多（しゅうた）	成城大学教授
深沢（ふかさわ） 眞二（しんじ）	和光大学教授
村木（むらき） 敬子（けいこ）	大東急記念文庫学芸課長

大東急記念文庫 善本叢刊 中古中世篇 別巻四 集古筆翰〈翻字・解説篇〉

発行 平成三十年三月三十日

責任編集 長谷川強 岡崎久司

編集協力 鈴木淳 堀川貴司

発行 公益財団法人五島美術館 大東急記念文庫

整版印刷 富士リプロ株式会社

製作発売 株式会社汲古書院 代表 三井久人
〒102-0072 東京都千代田区飯田橋二-五-四
電話〇三(三二六五)九七六四
FAX〇三(三二二二)一八四五

ISBN978-4-7629-3493-3 C3390 第28回配本